戰地鐘聲

For Whom the Bell Tolls

海明威——著
葉佳怡——譯

目次

導讀

沒有個人主義英雄的戰爭

文／國立臺灣大學外國語文學系暨研究所教授　蔡秀枝

一九四〇年海明威（Ernest Miller Hemingway, 1899-1961）出版《戰地鐘聲》，為剛剛結束的西班牙內戰（1936-1939）立下一座沒有鐫刻英雄名字的文學紀念碑。《戰地鐘聲》一書甫出版就得到許多讚揚，被《紐約時報》譽為海明威的最佳小說和美國文學史上最重要的小說之一。《戰地鐘聲》的英文書名「For Whom the Bell Tolls」是取自英國詩人、聖保羅大教堂首席主教約翰・鄧恩（John Donne）在一六二三年於病榻沉思生死時所寫下的散文作品《緊急場合的靈修》（*Devotions Upon Emergent Occasions*，共二十三節短文）裡的〈沉思十七〉（Meditation XVII）：

No man is an island, entire of itself; every man is a piece of the continent, a part of the main. If a clod be washed away by the sea, Europe is the less, as well as if a promontory were, as well as if a manor of thy friend's or of thine own were: any man's death diminishes me, because I am involved in mankind, and therefore never send to know for whom the bell tolls; it tolls for thee.

沒有人是一座孤島，
能自外而周全；
每個人都是大陸的一片，

是整體的一部分；
如果海水沖掉一塊土，
歐洲就縮減，
如同山岬少了一塊，
如同你朋友或自己的莊園少了一塊；
任何人的死亡都是我的損失，
因為我是人類的一員；
所以永遠別問喪鐘為誰而鳴；
它為你而鳴。

約翰．鄧恩在此篇章裡深刻地體悟到「人非孤島」。「每個人都是大陸的一片，是整體的一部分……任何人的死亡都是我的損失，因為我是人類的一員；所以永遠別問喪鐘為誰而鳴；它為你而鳴。」也正是人與人之間保有的那種無法截斷的互相聯結與關涉，才因之得以串聯起人類的共同命運。於是某一個人的死亡總或多或少地牽扯出其他人的削減、甚至死亡。所以戰地喪鐘並不僅只是為小說主角羅伯．喬登[1]這位參加西班牙內戰的美國人而敲響，它也為書中喪生的西班牙游擊隊員、法西斯黨人、共和軍、國民軍、以及所有因為戰爭與衝突而犧牲的人民哀悼。然而此喪鐘的鳴響不僅代表了以上種種死亡的告知，也象徵性地藉由其音聲的比喻，由此而彼，慢慢地浸透、聯結了所有聽見鐘聲的人。海明威曾在一九三七年二月寫給他第二任妻子寶琳（Pauline Pfeiffer）的信裡指出，西班牙內戰就像是一場歐洲戰爭的預演。海明威《戰地鐘聲》的書名引用約翰．鄧恩「喪鐘為你鳴」的譬喻，也可能是有意將它延伸作為預示人類共同命運的警鐘，用以象徵性地警示那未知的、潛藏的、可能將引發第二次世界大戰機鋒的種種悄然醞釀，繼之隱隱不絕地傳遞著為未來戰爭喪生者的哀悼。

海明威文字敘事的簡潔與小說人物對話的直白，讓人性層出不窮的自私、懦弱、背叛與算計等，均無從隱匿。羅伯因為炸橋計畫必須尋求游擊隊協助。僅僅發生在四天（其實真正依時數而計還不滿三天三夜）裡的事件，卻能經由小說人物間的溝通交際，點點滴滴地勾串延伸，將單一炸橋事件，輻輳出一個可以被約略預想勾畫的西班牙內戰遠景。藉由詩人約翰・鄧恩的人際聯結（interconnectedness）概念和喪鐘音聲傳播的蔓延與擴散的寓意，海明威將這場有著嚴謹的地域劃分和時間限定的西班牙內戰，翻轉演繹成飽含文學寓意的，關於人類貪婪、自私、失德與殘暴掠奪下的共業，因之譜出一場展現並預示人類共同命運的失序浩劫。

缺乏個人主義英雄的戰爭：人非孤島

故事的主角羅伯・喬登是炸橋事件的謀畫者。整部小說從他開始探勘地形，尋求帕布羅帶領的游擊隊協助，安排準備炸橋的計畫（用以斷絕並阻擋法西斯國民軍的增援，並以此拉開共和軍展開攻擊的序幕），到國民軍可能知悉共和軍的攻擊計畫而派遣偵察機、轟炸機前來，羅伯因此派人與戈茲將軍聯繫必須要停止炸橋計畫（後因軍隊裡的種種拖沓，以致消息太晚送達而未果），再到當

1 在現實世界裡，海明威筆下這位反法西斯的羅伯・喬登（Robert Jordan），確實是有一名原型參照人物：羅伯・梅里曼（Robert Merriman）。羅伯・梅里曼在志願參加西班牙內戰之前，是美國加州大學教授。他於一九三七年一月抵達西班牙，是最早到達西班牙支援內戰的美國人之一。他是第十五旅的參謀長，也是該旅最後一次突擊時的隊長。作為旅參謀長，羅伯・梅里曼是西班牙內戰志願者中階級最高的美國人。一九三八年四月，在國民軍的攻擊下，他所屬隊伍被國民軍包圍。羅伯・梅里曼從此失蹤。具判應是遭國民軍處決。

地開始下起五月雪（另一游擊隊首領聾子和其隊員們的藏匿蹤跡因此暴露）、游擊隊首領帕布羅偷竊炸藥、引信與雷管夜逃，炸橋計畫最終不盡完美，並以羅伯和許多游擊隊員的喪生告終。故事始於羅伯的地形探勘，以羅伯用其將死之軀做生命的最後一擊（射殺帶隊追擊炸橋者的國民軍騎兵中尉，以爭取讓愛人瑪麗亞、皮勒和帕布羅安全撤離）為終結，首尾聯結一氣呵成。從嚴格的情節、意義與作用上來檢視，炸橋這個事件最終對整個戰爭攻擊計畫而言並不是最重要與不可或缺，因為這個炸橋行動可以被以各種理由喊停。戈茲將軍在下達炸橋命令給羅伯時都直接承認：誰能保證他的命令不會更改？誰能保證攻擊不會取消，不會延後？誰能保證攻擊能在預定時刻六個鐘頭內開始？有哪一次攻擊能完全遵照計畫？真實的戰爭永遠都充滿各種未知的變數，這就是現實的人生與生命的真正樣態。羅伯身為一個爆破者，可以是一個獨自策畫工作、懷著浪漫情懷的外國志願軍，但是他並不是霸氣的戰爭英雄。他的計畫必須要依賴全然陌生的游擊隊成員的通力合作才能成事。在帕布羅表態拒絕參加炸橋計畫之後，羅伯並沒有如其他人所暗示與盼望地開槍殺死帕布羅。反而是帕布羅的妻子皮勒強烈贊成並支持他的計畫，因此凝聚了其他游擊隊員。羅伯需要皮勒這位果敢決斷又堅韌信賴共和軍的女性，以及她燉煮的、能撫慰所有人的溫暖食物。同時他更渴望與驚喜年輕美麗的瑪麗亞的愛情，讓他感受到強烈的愛欲，並理解到經由深刻的愛的力量，他或許能夠將與瑪麗亞在一起的這三天不到的七十個小時，當成兩人有如已經親密生活在一起七十年，宛如他們已經度過了相親相愛的一生，而且他可以為她犧牲自己的生命。同時他也必須突破自己不擅長且不喜社交、傾向單獨行動的習慣，才能順利完成炸橋任務。這些正是他最終得以從炸橋事件中學習到的愛、社群經驗與人生現實。海明威將整個事件與所有小說人物凝聚成一幅人非孤島，人人依靠人人的眾生圖像。這是一個不凸顯，甚至沒有個人主義英雄的戰爭。海明威藉由《戰地鐘聲》描繪出他對戰爭的看法，並為人類的戰爭與任意無差別的屠殺立下一個用以警醒世人的，沒有鐫刻凸顯個人英雄的文學紀念碑。

殺戮現場：毀滅與生機

在海明威的敘事視角下，不論是共和軍或國民軍，在戰爭裡都分別扮演著殘酷殺戮者的角色。沒有哪個群體是無辜的。而其中人物的造化則各憑緣法。皮勒對羅伯講述了她所在小鎮的一場殘暴屠殺，那也是帕布羅如何崛起的重要事件。帕布羅領著眾人趁夜包圍軍營射殺傷兵、國民兵、衛兵，接著率眾占據小鎮開始掃蕩所有法西斯分子。雖然剛開始時這些農民並不想參加殺戮，但是在種種刺激下，他們開始暴躁地拿起連枷等農具殘忍地殺害一個又一個法西斯分子。但是皮勒在目擊這些法西斯分子被一一處決後，卻從中感到抱歉。因為被殺者未必個個都是什麼十惡不赦之人。

瑪麗亞也向羅伯說起她的村莊被國民軍屠殺的情形。在村長父親與母親的死亡後，她落入國民軍手裡，被粗暴的剃光滿頭長髮、被殘暴地集體性侵與監禁。作為一個倖存者，她必須忍辱背負身體和心靈的雙重傷害。但是羅伯的愛情讓瑪麗亞變得勇敢，願意敞開心胸向羅伯傾訴一切加諸其身的暴虐。羅伯對她的珍視與愛，讓瑪麗亞得以經由敘述個人的悲劇來直面自己的不幸。在愛人面前不隱瞞她恥辱的遭遇，用誠真與愛來對待自己與羅伯的情感。在戰爭的陰影與死亡的壓力下，這份真誠的愛與勇氣代表著歷經殘暴戰火肆虐與人性卑劣侮辱後錘鍊出的純粹，即使短短不足三天，也足以濃烈燃燒並照亮兩人短暫交叉的生命，最終支持瑪麗亞堅持為她自己（同時也為了終將從她的生命中退場的羅伯）繼續活下去。這是海明威對無情戰火與殘暴人性肆虐下，依舊堅持的脆弱生命與堅貞濃烈的愛情的謳歌——真愛不論相聚的時長，它是從生命的狹小莖脈裡孕育綻放的、救贖的花朵。它教會了瑪麗亞堅強，也教會羅伯為愛犧牲自己。

然而，並非所有參與戰爭的人都嗜殺成性、毫無人性。大雪過後國民軍騎兵中尉發現了聾子與其帶領的游擊隊員的行蹤，率隊擊斃他們並下令割下這些游擊隊員的首級。在領著隊伍繼續前行時，中尉心裡並不覺得驕傲。他只感到行動之後的空虛。割人首級太野蠻了。但是他們必須留下殺死敵人的證據以獲頒軍功。騎兵中尉面對割人首級一事，不得不以戰爭之名來合理化他的殘殺與處理敵方屍首的手段，以自身的理智來壓制情感的分裂，因為這些殺戮行為都是在戰爭的名義下，集體地對對方陣營的所有人進行的無差別掠殺，而且雙方在戰鬥場上其實也互相在贏與輸之間扮演著虐殺者與被虐殺者的角色。戰爭裡沒有道德，戰場上的殺戮也不允許個人懷抱悲情或是與政治理念相違背的原則。以戰爭之名，屠殺因此成為一個平等的代名詞。而給受傷的夥伴補上一槍、協助其死亡，則變成良善的手段，因為可以讓無法脫逃的夥伴免於遭受對手殘忍的虐待與迫害。

從羅伯私下的自問自答裡也可以看到被軍令壓制下道德觀的質問，讓他用以支撐在服從軍事命令背後的反法西斯信念已面臨傾頹：

> 你已經殺過多少人了？他自問。不知道。你認為自己有權殺死任何人嗎？沒有，但我得下手。你殺的人有多少是真正的法西斯分子？很少。但他們都屬於跟我軍對立的敵方。……難道不知道殺人是錯的嗎？你知道。但你還是殺人？對。而你還百分之百相信你是基於正確的理由？對。

最後羅伯只能對自己說：「你最好別再想了。這對你和你的任務都很不好。」羅伯以職業上的遵守軍令與執行命令，來逐退情感與道德上的虧欠。老嚮導安索莫因為有著信仰，堅持不殺人。但是當他的任務是盯哨即將要進行炸破計畫的橋時，他還是開槍殺了一個哨兵。他知道這與他的信仰背道而馳，可是戰爭的狀態迫使他必須如此。他只能退而求其次，堅持一旦戰爭結束，就是這個非正常狀態的結束，那麼屆時人們都要懺悔他們曾經做過的殺戮。面對人生中的這些變數、突發狀況和非正常狀態（因為炸橋事件而被牽連在一起的命運），海明威筆下的人物各自展現了面對問題的可能姿態與解方。

死亡凝視下的生命之歌

海明威對戰爭中殊死雙方的立場與政治信仰並不支持。於他，生命的意義或是與死神的搏鬥，必須有著生命的尊嚴和榮譽。這是西班牙和西班牙人的精神。《戰地鐘聲》裡有一段不同的生死爭戰場景。那是有關於皮勒以前的情人鬥牛士菲尼托的故事。當帕布羅和他的游擊隊員恥笑菲尼托是個懦夫、肺癆鬼時，皮勒強硬地反擊這樣的侮辱。皮勒告訴帕布羅：「你現在會怕死了。你現在覺得死掉是件大事。」她承認菲尼托隨時隨地都害怕公牛，甚至當「菲尼托俱樂部」設宴邀請他到以他的名字命名的俱樂部時，他坐在筵席間連看都不敢看那個掛在牆上被他殺死那頭牛的牛頭。但是當他站在鬥牛場中面對公牛時，他卻勇猛如獅。他所受的訓練讓他在面對公牛的爆發力與死亡的近身威脅時，堅守住他鬥牛士的自尊、驕傲與榮譽。他必須在與公牛的鬥爭中，尋找公牛的弱點進行高貴的攻擊。但是因為他身高不太高的關係，使得他的胸部在使用技巧甩弄紅布挑釁公牛時，總難以避免地會頻繁地被公牛角橫掃撞擊，因此落下肺癆傷病。然而鬥牛士因為職業而導致的身體病痛，並不是懦弱的徽章。海明威筆下的鬥牛士即使有著身體缺陷，對於職業鬥牛場裡的生死攸關，是絕對不會棄甲怯懦遁走的。

相對於鬥牛士面對死亡的挺直腰桿、堅決面對，皮勒的先生、游擊隊首領帕布羅，卻在經歷過小鎮上的大殺四方後，懦弱地逃離了他的戰場。安索莫就直言帕布羅自從有了馬匹，就成了資產階級，開始如懦夫般害怕失去他所掌控的財產與生命。但是帕布羅無疑是有著看透現實情勢的精明，所以當他看出炸橋計畫恐怕不能成功後，就連夜偷盜羅伯的炸藥和雷管等引爆物，將之丟下山谷棄置，以此破壞羅伯的計畫。後來他因為害怕被大家唾棄變成孤單一人，只得再去招攬另一批人馬來替補死去的聾子游擊隊。但是在羅伯炸橋之後，帕布羅就直接殺害了這個來協助他的小隊，因為他要謀奪他們的馬匹。現在的帕布羅只是一個貪生怕死的懦夫、背叛者和殺人犯，但是他有他活下去的方法。相反地，當羅伯完成炸橋任務卻意外摔斷腿時，為了讓愛人得以順利逃生，他選擇放棄與瑪麗亞、皮勒和帕布羅一起撤離，而是苦撐著受傷的身體留下來布置他生命裡的最後一擊：射殺國民軍騎兵首領，阻止他順利帶領騎兵團迅速追殺正在撤離的瑪麗亞等人。在死亡的陰影迫近時，鬥牛士菲尼托、游擊隊首領帕布羅、和美國來的志願軍羅伯身上各自背負著生命裡難以承受的輕與重。不懼艱苦遠赴西班牙當志願兵的羅伯，猶如鬥牛場中驕傲榮耀的菲尼托，犧牲奉獻出自己的性命。

另一組游擊隊五十二歲的首領聾子，在臨死時並沒有驚慌失措，「如果人難免一死，他心想，而且顯然就是會死，我也可以死。但我真是恨透了」。此刻的聾子接受了這個討厭的事實，傷口疼得厲害，可是仍努力感受著生命勃發出的各種動能：

> 死不算什麼，他對死沒有想像，心中也沒有恐懼。可是活著是山坡上有風吹拂的麥田。活著是天上的老鷹。活著是在穀物的殼遭到敲打飛散，以及在這片霧濛濛中那只裝著水的陶罐。

無獨有偶地，瀕死的羅伯躺在滿是松針的地上，也感受到了壓在松針上的心臟因為即將到來的射殺行動而猛烈地跳動，一如小說的開篇裡，他躺臥在布滿松針的赤褐林地上，感受這夏日的山坡、豔陽與吹過松樹頂的微風。當生命即將耗盡時，聾子和羅伯是幸福的，因為他們都得以重新感受與掌握生命流動的微小而純粹的力量。臨死的聾子眼下所見的是生命的力量與波動的匯聚，是不同的脈絡流動下的渾沌與艱辛，是乍現微光下的飛翔與流轉。而羅伯在生命的最終時刻，亦是感受著生命的跳動，和即將為愛人爭取到生的機會的雀躍。生命的形式與人的感知流動，即使在在不同，卻因為念想與波動而互相聯結。

從二十世紀四〇年代《戰地鐘聲》裡的戰爭圖像，轉回到二十一世紀的俄烏戰爭、以巴衝突、以伊衝突，現代戰爭機器的大幅進化，通訊機、智能手機轉瞬變裝炸彈裝置，無人機與各式經由電腦人工智慧操控的殺傷力與毀滅性倍增的攻擊武器日新月異，不只宣告戰爭機器的進化論，也見證個人主義式戰爭英雄的式微。在人工智能時代，人與人之間的互動互聯也需要重新定義。約翰・鄧恩和海明威的叩問或許能再次提供一絲清明的洞察：人非孤島，每一個當下的波動與變換，其力都將向外影響、擴散，一如鐘聲之飄盪、綿延。

此書獻給
瑪莎．葛宏[1]

1 瑪莎．葛宏（Martha Gellhorn, 1908-1998）是美國著名的記者，其戰地記者的身分特別出名，曾報導過西班牙內戰、第二次世界大戰、中國抗日戰爭及越南戰爭等戰役，還為了報導喬裝出現在諾曼第登陸現場。她一直到八十歲都還在進行報導工作，美國新聞界在她去世後設立了以她為名的新聞獎項。她也是海明威的第三任妻子。

沒有人是一座孤島，
能自外而周全；
每個人都是大陸的一片，
是整體的一部分；
如果海水沖掉一塊土，
歐洲就縮減，
如同山岬少了一塊，
如同你朋友或自己的莊園少了一塊；
任何人的死亡都是我的損失，
因為我是人類的一員；
所以永遠別問喪鐘為誰而鳴；
它為你而鳴。

——約翰・鄧恩[2]

第一章

他平趴在鋪滿棕色松針的林間地面，下巴靠在交疊的雙臂上，高處的風吹過松樹頂端。上方山坡平緩下降到他趴的所在，不過再往下的坡度變得很陡，他可以看見油亮的蜿蜒路面穿過山隘。有條小溪沿著路邊往下流，他看見山隘下方深處的溪邊有間鋸木坊，還看到溪水從水壩落下時，因為夏日烈陽反射出白光。

「就是那間鋸木坊嗎？」他問。

「對。」

「我沒印象了。」

「你來這裡時就蓋了。舊鋸木坊在更下面，在山隘的更下方。」

他在林間地面攤開軍事地圖的影本，仔細查看。老頭則越過他的肩膀望向地圖。他是個矮小精實的老男人，身上穿著農夫的黑色長工作服，灰色長褲燙得硬挺，腳踩繩底鞋，此刻正因為剛爬上來大口喘著氣。他們把兩個厚重背包背了上來，老頭的一隻手正搭在其中一個背包上。

「那麼，從這裡看不見橋。」

「看不見，」老頭說：「在山隘的這區還算好走，溪流也和緩。再往下，道路消失在樹林的那一頭，坡地會突然下降，有座陡峭的溪谷——」

---

2 約翰・鄧恩（John Donne, 1572-1631）是英國的玄學派詩人。

「這我有印象。」

「溪谷的對面就是橋。」

「那他們的哨站在哪？」

「你現在看到的那座鋸木坊就是哨站。」

年輕男子正在仔細研究這片山區，他從褪色的卡其色法蘭絨襯衫口袋取出望遠鏡，用手帕擦拭，轉動鏡片，直到鋸木坊的一片片木板清楚呈現在眼前，他還因此看見了門邊的木製長椅；一大堆木屑高高堆在圓盤鋸所在的開放棚架後方，還有條將原木往山下運送的水道在溪流對岸。那條溪流在望遠鏡中顯得清晰、平滑，而在水流彎曲墜落的下方，因水壩而噴濺起的水沫飛散在風中。

「沒看到哨兵。」

「鋸木坊有煙冒出來，」老人說：「繩子上也有晾衣服。」

「那些我有看到，但沒看見哨兵。」

「或許在樹蔭下，」老人解釋。「那裡現在很熱。他可能在一個我們看不到的角落樹蔭下。」

「可能吧。下個哨站在哪？」

「在橋下。就在修路工的小屋，從山隘的最高處往下走五公里。」

「這裡有多少人？」他指向鋸木坊。

「應該是四個兵，還有一名下士。」

「再下面那座哨站呢？」

「更多，之後我會去確認。」

「橋那邊呢？」

「一直都是兩個，兩端各一個。」

「我們需要好些人手，」他說：「你可以弄來多少？」

「你要多少，我就能弄來多少，」老人說：「現在這片山區裡有很多人。」

「多少？」

「超過一百，但分成許多小隊。你需要多少人？」

「等我們仔細勘查過橋之後，我會讓你知道。」

「你想現在去勘查嗎？」

「不。在正確的時機到來之前，我想先去能藏好這些炸藥的地方。我希望藏在最保險的地方，但如果可能的話，那地方距離橋的路程最好不超過半小時。」

「那很簡單，」老人說：「從我們這邊到橋那裡，一路都是下坡，但現在我們得認真往上再爬一小段，才能抵達目的地。你餓嗎？」

「餓，」年輕人說：「但我們晚點再吃。你說你叫什麼？我忘了。」他覺得忘記人家名字實在不是個好兆頭。

「安索莫，」老人說：「我叫安索莫，我來自埃爾瓦爾科德亞維拉[3]。讓我幫你背那個背包吧。」

這名年輕男子又高又瘦，一道道陽光灑落在他漂亮的髮絲上，他的臉上有風吹日曬的痕跡，身上穿著被陽光曬褪色的法藍絨襯衫、農夫長褲，腳踩繩底鞋，他歪斜身體，一隻手臂穿過背包的皮製背帶，將沉重的背包甩上肩膀。他想辦法把另一隻手臂穿過另一邊背帶，讓背包的重量座落在背上。剛剛襯衫接觸背包的部分還是濕的。

「好了，」他說：「我們怎麼走？」

「就是爬。」安索莫說。

---

3 埃爾瓦爾科德亞維拉（El Barco de Ávila）是西班牙中西部亞維拉省（Provincia de Ávila）的一個市鎮，亞維拉省的首府亞維拉（Avila）擁有作為世界文化遺產的中世紀古城牆，是西班牙海拔最高的省分，南部有格雷多山脈（Sierra de Gredos）。

他們的身體被沉重的背包壓彎，汗水不停流下，兩人在覆蓋山坡的松樹林中穩健往上爬。年輕男子沒辦法在眼前的地面看見路徑，但他們仍想辦法往上爬，繞過山的這一面，現在正在跨越一條小溪，前方的老頭腳步穩健地走在布滿石頭的溪床邊緣。這邊的山坡爬起來比較陡，也比較難走，終於他們抵達一片高聳的光滑大理石岩壁，溪流似乎就是從這片岩壁陡然流下，老頭站在岩壁下方等年輕男子跟上。

「你還可以嗎？」

「還行。」年輕男子說。他渾身大汗，大腿肌肉因為腳下的陡峭坡度時不時抽動著。

「在這裡等我，我先過去知會他們一聲。背著這玩意兒時，你可不想遭人射擊。」

「就連開玩笑都不敢想像，」年輕男子說：「很遠嗎？」

「很近了，大家怎麼稱呼你？」

「羅伯托[4]。」年輕男子回答。他把背包從背上滑下，輕巧地放在溪床邊的兩塊圓石之間。

「那在這裡等一下，羅伯托，我會回來找你。」

「很好，」年輕男子說：「但你等等打算沿這條路走去橋那邊嗎？」

「不會，我們會走另一條路去橋那裡，那條路比較短，比較好走。」

「我不希望這些裝備存放在離橋太遠的地方。」

「等著瞧吧。如果不滿意的話，我們再帶去別的地方。」

「等著瞧囉。」年輕男子說。

他坐在背包旁，望著老人爬上岩壁。爬上去並不難，他不用特別找就知道哪裡可以搭手爬上去，年輕男子一看就知道他之前一定爬過很多次。不過無論有哪些人待在上面，爬的時候都很小心，沒留下任何足跡。

年輕男子的名字是羅伯・喬登，他現在很餓，而且很擔心。他常覺得餓，但不常擔心，因為他向來置生死於度外，而且無論在這片山區的任何地方，他根據經驗就知道要移動到敵營後方有多容易。只要擁有一位好嚮導，你要移動到敵營後方就跟跨越敵方陣線一樣簡單。除非是被逮到，才會變得很難處理，也才得擔心自己的處境；另外需要擔心的是決定誰值得信任。你必須百分之百信任跟你一起合作的人，不然就得處處提防，你得對此做出決定。其實那些事他一點也不擔心。但他心裡有其他事。

這個安索莫是名好嚮導，這片山區沒有他去不了的地方。羅伯．喬登自己就很能走，但光是從天亮前跟著安索莫走到現在，他就知道這老頭有能耐讓他走到死。羅伯．喬登信任這個人，他信任安索莫，截至目前為止他都完全信任他，唯有判斷力除外。他還沒機會測試他的判斷力，反正無論如何，如何下判斷是他自己的課題。不，他不擔心安索莫，那座橋的問題也沒比任何其他問題麻煩。他知道如何炸掉任何種類的橋，你說得出來的橋他都能炸掉，而且他已經炸過各種大小、結構不同的許多橋了。兩個背包中的炸藥足夠，其他裝備也有帶全，就算那座橋比安索莫回報的大上兩倍，比他回憶中於一九三三年徒步前往拉格蘭哈[5]時的印象大上兩倍，又或者他出發前一晚在埃斯科里亞爾郊區那個樓上房間時，戈茲匯報給他的橋梁尺寸只有實際的一半，他都能把橋徹底炸爛。

「炸掉那座橋實在輕而易舉，」當時戈茲是這麼說的，檯燈的燈光照著他帶疤的光頭，他用一支筆指著大大的地圖。「你明白嗎？」

「是的，我明白。」

「絕對是輕而易舉。光是把橋炸掉只能算是失敗。」

4 此處的羅伯托（Roberto）是羅伯（Robert）的西班牙文說法。

5 拉格蘭哈（La Granja）是位於西班牙中西部的一個市鎮，鄰近亞維拉省的邊界，是西班牙王室避暑的夏宮，又被稱為「小凡爾賽」。

「是的，將軍同志。」

「你應該基於發動攻擊的時間表，在指定時間把橋炸掉。這點你一定能懂。你要這樣做才對，而且就該這麼辦好。」

戈茲望著那支鉛筆，然後用筆輕敲自己的牙齒。

羅伯．喬登沒說話。

「你要這樣做才對，而且就該這麼辦好，」戈茲繼續說，他望著他並點點頭。他用鉛筆輕敲地圖。「我該這麼辦好，但我們不可能辦成。」

「為什麼？將軍同志？」

「為什麼？」戈茲口氣顯得憤怒。「你都見過幾次攻擊行動了？還問我為什麼？有什麼能保證我的指令不變？有什麼能保證攻擊不會取消？有什麼能保證攻擊不會延期？有什麼能保證行動會在表訂的六小時內開始？有**哪次**攻擊行動是原本該有的樣子？」

「你的攻擊行動就會準時。」羅伯．喬登說。

「那些行動從來不是我的，」戈茲說：「我執行這些行動，但那些行動不是我的。砲兵部隊也不是我的，我得申請才有。我要求的從來沒拿到，就算他們有也不給。這還不是最糟的。還有很多其他鳥事。你知道那些人都怎樣。哎呀沒必要一次投入全部嘛。總會有其他事發生。總會有某人會插手。所以你最好搞清楚這些。」

「所以橋何時該炸掉？」羅伯．喬登問。

「攻擊行動開始之後。一旦攻擊開始就炸，不能在開始之前，這樣才不會有敵方援軍從那條路過來。」他用鉛筆指。「我必須確認那條路上什麼都不會出現。」

「所以什麼時候攻擊？」

「我會讓你知道。但你只能把我給你的日期和時間當成行動可能展開的參考。你一定要做好準備。你要在攻擊開始後炸掉橋，懂嗎？」他用鉛筆去指。「那是他們唯一有辦法增援的一條路。只有靠著那條路，他們才能把坦克車、砲兵，或甚至是卡車移動到我打算發動攻擊的隘口。我必須確定那條橋沒了。絕不能在行動開始前炸橋，這樣萬一行動延後，他們就有時間把橋修好。這樣不行。橋必須在攻擊開始後消失，我必須確定橋真的消失了。那裡只有兩個哨兵站，之後跟你去的傢伙就是來自那邊的哨站，根據他們的說法，他是個非常可靠的人。你等著瞧吧。他在山裡有人手。你要多少人手就盡可能多找。盡量不要用上太多人手，但要足夠。這些事也不需要我來跟你說。」

「我該怎麼判斷攻擊開始了沒？」

「會有一整個師發動攻擊。開始前會先進行空襲。你沒聾，是吧？」

「所以我可以這麼想：一旦飛機開始投彈，攻擊就開始了？」

「也不總是這樣，」戈茲搖搖頭。「但根據目前的情況，你就這麼想吧，畢竟這是我的攻擊行動。」

「我明白了，」羅伯・喬登說：「但老實說，我不是很喜歡這種狀況。」

「我也沒多喜歡。如果你不想接下這份任務就直說，覺得做不來也直說。」

「我會去做，」羅伯・喬登說：「我會做好。」

「我只需要知道，」戈茲說：「不會有任何人事物越過那座橋就行了。這種事絕不能發生。」

「我明白。」

「我不喜歡要求別人在這種情況下這麼幹，」戈茲繼續說：「我不能命令你去做。在我提出的條件下，我明白你可能會被迫做不想做的事。為了讓你理解，我把一切仔細解釋過，你也會明白所有可能的困難和任務的重要性。」

「那橋炸毀後，你們要怎麼推進到拉格蘭哈？」

「我們會準備後在猛攻入山隘後把橋修好。這是一個複雜、優美的行動。一如往常的複雜、優美。這計畫是在馬德里制定出來的，是那位失意教授比森特．羅霍[6]的另一個大師級巨作。這是我執行的攻擊，而且跟以前一樣兵力不足，儘管如此，這任務仍然很可能成功。我比以前更樂觀，只要炸掉那條橋就能成功。我們可以拿下塞哥維亞[7]。瞧，我示範給你看。有看見嗎？我們攻擊的不是山隘的最頂端。我們要守住這個據點，攻擊的則是更後面的地方。看——這裡——像這樣——」

「我還是不要知道好了。」羅伯．喬登說。

「很好，」戈茲說：「就另一方面來說，這樣你爬上山時，至少心頭背負的重量會輕一點，是吧？」

「我寧願不知道，我一直都這麼想。這樣的話，無論發生什麼事，我都不可能說溜嘴。」

「不要知道比較好，」戈茲用鉛筆輕撫額頭。「有好多次，我也希望我自己什麼都不知道。但關於這座橋，該知道的你得知道，是吧？」

「是的，我知道。」

「我相信你，」戈茲說：「我不會再對你發表演說了。我們喝一杯吧。說這麼多話讓我口好渴，侯登同志。你的名字用西班牙文讀起來很搞笑，我說侯登昂同志啊[8]。」

「你的『戈茲』用西班牙文要怎麼說？將軍同志？」

「霍茲耶，」戈茲露齒而笑，他用喉嚨深處發音，彷彿正因為重感冒猛咳。「霍茲耶，」他刻意發音粗啞。「霍茲耶將軍同志。如果早知道戈茲在西班牙文裡怎麼發音，我會在來參戰前先挑個好一點的名字。想當初來到這個師，我可以挑任何想要的名字，結果我竟然挑了這個霍茲耶。霍茲耶將軍。現在也來不及改啦。你喜歡幹partizan的工作嗎？」那是俄國人稱呼游擊隊的說法。

「很喜歡，」羅伯．喬登說。他笑得露出牙齒。「在戶外工作很健康。」

「我在你的年紀時也很喜歡，」戈茲說：「他們說你橋炸得很好，手法很科學。不過我都是聽說的，從來也沒親眼看你幹過。說不定他們說的根本不是真的。你真的把那些橋都炸了嗎？」他在逗他了。「喝這個吧，」他把一杯西班牙白蘭地遞給羅伯．喬登。「你**真的**把那些橋都炸了？」

「有時候。」

「你最好別在炸這座橋時給我碰上什麼『有時候』。不行，我們別再討論這座橋了。你對這座橋了解夠多了。我們平常夠認真了，所以可以好好開些玩笑。對了，你在敵方領地有很多女人嗎？」

「沒有，沒時間搞這些。」

「這我可不同意。通常當兵生活有多不穩定，私下生活就有多精采。你的當兵生活就很不穩定。還有，你得剪頭髮了。」

「如果有必要就剪，」羅伯．喬登說。要是得把頭剃成跟戈茲一樣的光頭，那簡直跟下地獄沒兩樣。「女孩子之外的事就夠我想了。」他不太高興地說。

「我該穿什麼制服？」羅伯．喬登問。

「不用，」戈茲說：「你的髮型也還行，剛剛逗你而已。你的個性跟我還差真多。」戈茲說話時一邊倒滿杯子裡的酒。

「你絕不能一心只想著女孩子的事。我就從來不想。為什麼要想？我是Général Sovietique[9]。我從來不想，也別想有人陷害我去想。」

他的下屬中有個人坐在繪畫板邊，那人正在處理一張地圖，此時他用羅伯．喬登聽不懂的語言對戈茲低吼了些什麼。

---

6 比森特．羅霍（Vicente Rojo, 1894-1966）全名為Vicente Rojo Lluch，曾在西班牙內戰期間擔任武裝部隊的參謀總長。
7 塞哥維亞（Segovia）是塞哥維亞省的省會，位於首都馬德里以北。
8 戈茲揣摩喬登（Jordan）的西班牙文讀法時，先是說了Hordan，後來又讀成Hordown。
9 Général Sovietique，法文，「蘇維埃大將軍」。

「閉嘴，」當時戈茲用英文說：「我想怎麼開玩笑就怎麼開。我這人平常夠認真了，所以可以開玩笑。現在喝掉這個就離開吧。明白嗎？嗯？」

「好，」羅伯．喬登說：「我明白。」

他們兩人握了手，他敬禮，離開，走到高級軍官車旁，那時睡著的老頭正在車裡等他，他們搭著那台車穿越瓜達拉馬[10]，老頭還在睡，然後車子往北開上納瓦塞拉達路，抵達阿爾卑斯山屋，接著羅伯．喬登在山屋睡了三小時，兩人才再次啟程。

那是他最後一次看見戈茲，包括他那張從未曬黑的古怪白臉、老鷹般的雙眼、大鼻子、細薄嘴唇，還有布滿皺紋和傷疤的光頭。明晚他們就會在埃斯科里亞爾城外的黑暗中沿路前行；那裡會有一排排卡車列隊在黑暗中運送步兵師隊；身上帶滿裝備的男人爬上卡車；機關槍部隊也高舉著槍枝爬上卡車；坦克沿著斜坡開上車體很長的坦克運送卡車；師隊中人力盡出，為了山隘的攻擊行動漏夜移師。他不會去想，這不關他的事，那是戈茲要負責的。他只有一件事要做，他只該想那件事，他該想清楚所有細節，也要接受所有可能性，而且不去擔心。擔心就跟害怕一樣糟。擔心只會讓事情變得更難辦。

現在他坐在溪邊望著清澈的水從石頭間流過，發現溪的對面長了厚厚一層水田芥。他越過溪水，抓了兩把水田芥，用水流將根部的泥巴洗掉，再次在背包旁坐下，他吃下乾淨、清涼的綠葉，也吃下爽脆又有點刺辣的草莖。他在溪邊跪下，將自動步槍沿著腰帶移動到下背，以免槍被弄濕，他彎下腰，兩隻手各撐在一塊圓石上，口就著溪中喝水。溪水冷得令人發疼。

他用雙手重新把自己撐起來，轉頭看見老人正從岩壁爬下來，身邊跟著另一個男人。那男人身上也穿著黑色的農夫工作服和深灰色長褲，看來幾乎像是當地的制服，他腳上也穿著繩底鞋，背上掛著一把卡賓槍。這男人沒頭髮。兩人從大理石壁邊攀爬下來的動作像山羊。

他們走向他，羅伯．喬登站起身。

「Salud, Camarada[11]。」他對帶著卡賓槍的男人說，臉上露出微笑。

「Salud。」另外那人看來一臉不情願。羅伯・喬登望著他長滿鬍子的厚重臉龐，他的臉幾乎是正圓形，頭也圓，而且距離肩膀很近。他的兩隻眼睛很小，而且分得太開，小小的耳朵緊貼著頭。他是個大約五英尺十英寸高的粗壯男人，雙手和雙腳很大，鼻子斷過，嘴巴一角給砍過，疤痕橫越過上唇，下巴的下半部從蓋住臉部的鬍子中隱約透出。

老頭對這個男人點點頭，露出微笑。

「他是這裡的老大，」他咧嘴笑開，用力繃緊了一下手臂肌肉，一副想展示肌肉的樣子，然後用半嘲弄的敬佩表情望向帶卡賓槍的男人。「是個超級強壯的男人。」

「看得出來。」羅伯・喬登說，然後又微笑了一下。他不喜歡這個男人臉上的表情，他的心裡完全笑不出來。

「你有什麼可以證明身分？」帶卡賓槍的男人問。

羅伯・喬登把一枚安全別針從口袋遮片上取下，從法蘭絨襯衫左胸前的口袋取出一張摺起來的文件，遞給那個男人，男人打開，一臉懷疑，然後在雙手中翻弄那張紙。

所以他不識字，羅伯・喬登暗自記下。

「看那個封印章。」他說。

老人指向封印章，帶卡賓槍的男人仔細檢視，還用手指撥弄。

「這是什麼封印？」

「你沒見過？」

10 瓜達拉馬（Guadarrama）是西班牙馬德里自治區的一個市鎮。

11 Salud, Camarada，西班牙文，用來打招呼的「祝好，同志」。

「沒有。」

「有兩個單位，」羅伯．喬登說：「其中一個是S.I.M.，代表軍事情報局。另一個代表參謀總部。」

「好吧，我看過這個封印章。但這裡只有我可以下指令，」那個男人陰沉地說：「你的那些背包裡有什麼？」

「炸藥，」老人驕傲地說：「昨晚我們摸黑越過陣線，花了整天把炸藥背上山。」

「我確實可以用上炸藥，」帶卡賓槍的男人說。他把那張紙還給羅伯．喬登，把他從頭到腳打量一遍。「是的，我可以用上一些炸藥。你為我帶來多少？」

「我不是為你帶炸藥來的，」羅伯．喬登的語調沒有起伏。「炸藥有其他作用。你的名字是？」

「干你什麼事？」

「他是帕布羅。」老人說。帶卡賓槍的男人一臉陰沉地望著他們兩人。

「很好。我聽說過很多有關你的好話。」羅伯．喬登說。

「你聽說了什麼？」帕布羅問。

「我聽說你是個很了不起的游擊隊領袖，你對共和國很忠誠，而且用行動證明了你的忠誠，還聽說你很認真、勇猛。我為你帶來參謀總部的問候。」

「你這些都打哪聽來的？」帕布羅問。羅伯．喬登意識到他沒被這些奉承話打動。

「從布伊特拉戈到埃斯科里亞爾都有聽說。」他將這個國家在陣線另一邊的所有地區含括在內。

「在布伊特拉戈和埃斯科里亞爾，我都沒有認識任何人。」帕布羅告訴他。

「山區另一邊的很多人原本都不是住在那裡。你從哪裡來？」

「亞維拉。你要拿那些炸藥做什麼？」

「炸掉一座橋。」

「什麼橋？」

「那是我的事。」

「這塊地盤上的事就是我的事。你不能在自己住的地方附近炸橋。你絕對不能在自己住的地方執行任務。我很清楚怎麼做游擊工作。現在這個世道，一年之後還能活下來，就會很清楚該怎麼做。」

「這是我的工作，」羅伯．喬登說：「我們可以一起討論。你願意幫我們一起搬這些背包嗎？」

「不。」帕布羅搖頭。

老人突然轉向他講起方言，而且講得又氣又急，羅伯．喬登的聽力只能勉強跟上，感覺就像在讀奎維多[12]的詩歌。安索莫講的是古老的卡斯提爾語，聽起來大概是，「你是畜牲嗎？是。你是野獸嗎？是，完全是。你有大腦嗎？不，沒有。我們是要來完成一件要緊事，你卻只想著住處不受打擾，只在意自己那個狐狸洞，不管人類的福祉，不管人民的福祉。我什麼什麼什麼去你爸。我什麼什麼去你的這個那個。**把背包給我背起來**。」

帕布羅低頭盯著地面。

「每個人都得量力而為，做事必須務實，」他說：「我住在這裡，所以都在塞哥維亞以外的地方執行任務。如果你在這裡惹事，我們會被追殺，會被迫離開山裡。只有什麼都不做，我們才能繼續住在這片山區。這是狐狸的生存準則。」

「對，」安索莫挖苦地說：「這是狐狸的生存準則，但我們需要的是狼。」

「我比你更像狼。」帕布羅說，羅伯．喬登知道他會把背包背起來了。

12 奎維多（Quevedo, 1580-1645）又稱 Francisco de Quevedo，是西班牙那個時代最傑出的詩人之一，也是概念主義（conceptismo）的作家，風格崇尚簡潔直接又常夾雜文字遊戲。

「嘿咻……」安索莫望向他。「還比我更像狼呢，我可是六十八歲了。」

他對著地面吐口水，搖頭。

「你年紀這麼大？」羅伯・喬登問，他能看出現在沒問題了，所以試著讓氣氛輕鬆一些。

「七月就滿六十八歲了。」

「如果我們真有機會活到那個月的話，」帕布羅說：「讓我幫你背那個背包吧，」他對羅伯・喬登說：「另一個給老人背。」他說話的口氣不再陰沉，但幾乎顯得哀傷。「他是個力氣很大的老頭。」

「我來背就好。」羅伯・喬登說。

「別，」老頭說：「交給另外這個強壯的傢伙吧。」

「我來吧。」帕布羅說，他的陰沉中有一絲讓羅伯・喬登感到困擾的哀傷。他認得這種哀傷，此時見到令他擔心。

「那給我卡賓槍吧。」他說，帕布羅把槍遞給他時，他把槍甩到背上背好，然後跟著前面的兩個男人爬，他們的動作沉重，拉拉扯扯地爬上大理石岩壁，翻上最頂端，抵達一片樹林間的綠地。

他們沿著這片小草原的邊緣走，羅伯・喬登現在不用背背包，腳步輕盈起來，原本肩膀因為沉重的背包而汗濕，現在上頭只壓著令人感到愉悅輕快的堅實卡賓槍，他注意到草地有些地方修剪過了，另外還有栓馬樁插入土裡的痕跡。他可以看見有人之前帶馬去溪邊喝水的小徑，還有幾匹馬留下的新鮮糞便。看來他們是晚上把馬栓在這裡，白天再帶到沒人看見的地方，他心想。真不知道帕布羅有幾匹馬？

他突然想起來，自己剛剛就有注意到帕布羅的長褲在膝蓋及大腿處磨得如同肥皂般滑亮，只是沒意識到是因為騎馬。不知道他有沒有靴子，還是他穿那種alpargatas[13]騎馬？他心想。他的騎馬服裝想必很不賴。但我不喜歡那種哀傷，他想，那種哀傷不是好兆頭。那是一種人們打算放棄或背叛別人時才會出現的哀傷。那是一種打算出賣別人的哀傷。

他們前方有匹馬在林間低鳴，只有一絲絲陽光透過松樹彼此緊密碰觸的樹冠灑落下來，而在這些棕色樹幹間，他看見了用繩子圍住幾根樹幹搭成的馬欄。那些馬在人們接近時轉頭過來，而在馬欄外的樹下，有許多馬鞍疊在一起，上面蓋著防水布。

隨著一行人走近馬欄，兩個帶著背包的男人停下腳步，羅伯．喬登知道，現在是他讚嘆這些馬匹的時候了。

「確實，」他說：「牠們好美。」他轉向帕布羅。「你有自己的騎兵部隊呢。」

圈馬的繩欄中有五匹馬，三匹是紅褐色、一匹是栗子色，還有一匹是鹿皮色。他先把全部的馬看過一遍，大概分類，再一匹匹仔細看過。帕布羅和安索莫知道這些馬有多好，就在帕布羅終於不再那麼哀傷，驕傲地站在那邊寵愛地望著牠們時，老頭擺出是他突然之間變出這場驚喜的模樣。

「你覺得牠們看起來如何？」他問。

「這些馬都是我弄來的。」帕布羅說，羅伯．喬登很高興聽到他的語氣中充滿驕傲。

「那匹，」羅伯．喬登指向其中一匹紅褐色的馬，那是匹高大的種馬，額頭上有塊白斑，左前腳是白色，「是匹好馬。」

這匹公馬很美，看起來就像從維拉斯奎茲[14]的油畫裡走出來的駿馬。

「牠們都很好，」帕布羅說：「你懂馬？」

「懂。」

「不太糟嘛，」帕布羅說：「你能看出其中一匹馬有缺陷嗎？」

---

13 alpargatas，西班牙文，麻繩底的鞋子。

14 維拉斯奎茲（Velásquez, 1599-1660），是文藝復興後期、巴洛克時代、西班牙黃金時代的一位畫家，對後來的印象派也有影響。

羅伯・喬登現在知道了，他的文件剛剛被這個不識字的男人好好檢查過了。所有馬都還抬頭望著那個男人。羅伯・喬登從綁了兩圈的繩子中間穿過去，走進馬欄，拍了一下鹿皮色馬的臀部。他往後靠在圍欄的繩索上，望著馬匹環繞馬欄踱步，就這樣站著看了一分多鐘，等馬匹站定腳步後，他再彎身從繩索間鑽出來。

「栗子色馬右後腿瘸了，」他對帕布羅說話時沒有看他。「馬蹄裂了，如果有好好釘上蹄鐵，或許不會很快惡化，但走比較硬的地面可能會裂開。」

「我們抓到這隻母馬時，情況就是這樣了。」帕布羅說。

「你們那匹最好的馬，白臉的紅褐色種馬，牠脛骨上部有顆腫包，看起來不太妙。」

「那沒什麼，」帕布羅說：「前幾天撞到而已。要是真的很嚴重，早就會惡化了。」

他把防水布拉開，展示出下面的馬鞍，其中有兩個普通的牛仔馬鞍，或說牧人馬鞍，就跟美國的牲口馬鞍差不多，還有一個裝飾華麗的牛仔馬鞍，皮料部分由手工裁製，非常厚重，馬鐙上有蓋子，另外還有兩個黑色皮革製的軍用馬鞍。

「我們殺了兩個 guardia civil[15]。」他解釋了軍用馬鞍的來源。

「很冒險呢。」

「他們在塞哥維亞和聖瑪利亞德爾雷爾之間的路上下了馬，他們下馬是為了要看小運貨車駕駛的證明文件。我們殺掉他們，但成功沒傷到馬。」

「你們殺過很多國民警衛兵嗎？」羅伯・喬登問。

「殺過幾個，」帕布羅說：「但只有殺這兩個時沒傷到馬。」

「在阿雷瓦洛炸掉火車的是帕布羅，」安索莫說：「就是帕布羅幹的。」

「跟我們一起炸掉火車的還有一個外國人，」帕布羅說：「你認識他嗎？」

「他叫什麼名字？」

「不記得了。是個很少見的名字。」
「他長什麼模樣？」
「很好看，跟你一樣，但沒你那麼高，雙手很大，鼻子斷過。」
「卡什金，」羅伯．喬登說：「那是卡什金。」
「沒錯，」帕布羅說：「是個很少見的名字。大概是這個沒錯。他後來怎樣了？」
「四月就死了。」
「每個人都這樣，」帕布羅憂鬱地說：「我們每個人的下場都會是這樣。」
「本來誰都難逃一死，」安索莫說：「自古以來都是這樣。你到底是怎麼了，老兄？吃壞肚子了？」
「**他們**很強，」帕布羅說。他似乎在自言自語。他憂鬱地望著那些馬。「你還不清楚他們有多強。每次看到他們，他們的勢力都更強大，軍火更豐沛。物資也更多。而我現在有的就是這些馬。我能指望什麼？不過就是被追殺後死掉。沒其他可能了。」
「你被追殺，但你也追殺別人，很公平。」安索莫說。
「不，」帕布羅說：「不想再玩了。但要是現在離開山裡，我們又能去哪？回答我。現在能去哪？」
「西班牙有的是山。要是離開這裡，還能去格雷多斯山區[16]。」
「我不去，」帕布羅說：「我受夠被人追殺了。我們在這很好。如果你現在炸掉這邊的橋，我們就會被追殺。如果他們知道我們在這裡，開飛機來追殺我們，我們一定會被找到。如果他們派摩爾

15 guardia civil，西班牙文，國民警衛兵。
16 原書使用的是西班牙文「Sierra de Gredos」。

人[17]來追殺我們，我們會被找到，也就非離開不可。我受夠這一切了。你聽懂了嗎？」他轉向羅伯·喬登。「你一個外國人，憑什麼來告訴我該做什麼？」

「我沒說你非做什麼不可。」羅伯·喬登對他說。

「但你會開口的，」帕布羅說：「這個，這個就是惡兆。」

他指向那兩個沉重的背包，他們剛剛看馬的時候把背包放到地上。看見馬之後，他似乎意識到自己面臨的緊要關頭，也似乎在發現羅伯·喬登懂馬後暢所欲言起來。他們三人現在站在馬欄的繩索邊，片片光影在紅褐色種馬的毛皮上錯落分布。帕布羅看著他，用腳推了推那個沉重的背包。「這個就是惡兆。」

「我只是來執行自己的工作，」羅伯·喬登告訴他。「我是奉命來到這裡，那些指揮戰爭的人要我來。我要求你們幫忙，你們可以拒絕，那我會再找其他人幫我。我甚至還沒開口請你幫忙。我必須根據我收到的命令行動，也可以向你保證這個行動很重要。我是外國人，這不是我的錯。我還寧願自己是在這裡出生。」

「對我來說，此時此刻，最重要的就是我們在這裡的生活不受干擾，」帕布羅說：「對我來說，現在，我的工作是照顧好跟隨我的人，也照顧好我自己。」

「你自己，沒錯，」安索莫說：「你已經好一陣子只顧自己，只顧自己和你的馬。有馬之前，你跟我們還算一夥，但現在的你更像個資本家。」

「這樣說不公平，」帕布羅說：「為了這場戰爭，我一天到晚讓馬暴露在危險之中。」

「很少，」安索莫語氣嘲諷地說：「在我看來真的很少。為了偷竊，有。為了吃好一點，有。為了殺人，有。為了戰鬥，從來沒有。」

「你是個會禍從口出的老頭。」

「我是個誰也不怕的老頭，」安索莫告訴他。「此外，我還是個沒有馬的老頭。」

「你是個可能不會再活多久的老頭。」

「我是個會一直活到死掉的老頭，」安索莫說：「而且我不怕狐狸。」

帕布羅什麼話都沒說，他直接把背包提起來。

「也不怕狼，」安索莫一邊說一邊背起另一個背包。「如果你還算狼的話。」

「閉上你的嘴，」帕布羅對他說：「你是一個總是話說太多的老人。」

「而且言出必行，」安索莫被背包壓彎了腰。「而且現在又餓又渴。走吧，一臉悲苦的游擊隊領袖，帶我們去吃點什麼吧。」

這趟任務的開頭實在夠糟了，羅伯・喬登心想。但安索莫夠有種。他們好的時候可說棒極了，他想，這種人表現好的時候無人能及，但變壞時也沒人比他們更糟。安索莫帶他來這裡時，一定已經很清楚自己會面對些什麼。但我不喜歡，這情況我一點都不喜歡。

唯一的好兆頭只有帕布羅願意背背包，而且還把卡賓槍交給他。或許他這人總是這樣，羅伯・喬登心想。或許他就是那種愛搞憂鬱的傢伙。

不，他告訴自己，別自欺欺人了。你根本不知道他之前是哪種人；但你很清楚他很快會變壞，他甚至不會掩飾。一旦他開始遮掩，你就得痛下決心。記住這件事，他告訴自己。只要他一開始示好，你就得痛下決心。就算那些馬真的很棒，他心想，真是很漂亮的馬。那些馬帶給帕布羅的感受，我還真不知道能有什麼帶給我類似感覺。老人說的沒錯。這些馬讓他富有，人一旦富有就想享受人生。不用過多久，我猜，他就會因為無法加入賽馬俱樂部而感到可惜，他心想。可憐的帕布

17 摩爾人（Moors）主要由阿拉伯人和柏柏爾人組成，也有伊比利半島出身的土著穆斯林。主要泛指穆斯林，但此稱呼帶有貶意。在西班牙內戰期間，有許多摩爾人幫助佛朗哥將軍。

羅，他錯過參加賽馬俱樂部的機會囉[18]。

想到這他感覺不再那麼糟了。他咧嘴笑，雙眼望著在前方林間移動的兩個身影，他們的背都因為大背包駝著。他今天一整天都沒在內心說笑，現在開了個玩笑後感覺好多了。你之後會變得跟他們這些人一樣，他告訴自己。你也會變得憂鬱。他跟戈茲在一起時一定也是嚴肅又憂鬱。這份工作讓他有點喘不過氣來。就是有那麼點喘不過氣來，他心想。其實是非常喘不過氣。戈茲當時態度歡快，也想讓他在離開前歡快起來，但他就是沒辦法。

所有那些最好的傢伙，一旦你仔細想想，那些最好的傢伙總是很歡快。歡快一點總是比較好，歡快本身也帶有其他意味：就像在還活著的時候獲得永生。這是個不好懂的說法。不過這種好傢伙沒剩多少了。不，歡快的傢伙剩不多了。還在世的實在天殺的有夠少。如果你繼續想下去，我的老天，你也不會在世了。停止你在想的事情，現在停止，別管什麼老前輩啊、老戰友的。你現在是個炸橋的人，不是思想家。天哪，我好餓，他心想。我希望帕布羅平常都吃得很好。

第二章

他們穿越了濃密的林木，抵達這座小山谷的杯口形上緣，他看得出來，營地一定就在他們眼前林間隆起的緣岩下方。

就是那座營地，而且是座好營地。你必須走近才看得見，而且羅伯．喬登知道從空中是看不見的。營地上方沒有任何洩漏蹤影的可能，藏得就跟熊的巢穴一樣隱密。不過這座營地的守衛稍微嚴密一些。他一邊走近一邊仔細查看。

緣岩上有個大洞穴，開口邊有個男人背靠石頭坐著，他擱在地面的雙腿伸長，卡賓槍靠在石頭上。他正用刀子砍一根棍子，並在他們接近時盯著他們瞧了一陣子，然後又繼續削。

「Hola[19]，」坐在地上的男人說：「是誰來了啊？」

「老人和一個爆破手。」帕布羅告訴他，然後把背包在洞口放下。安索莫也放下背包，羅伯．喬登將槍取下，靠在石頭邊。

「別放在離洞穴這麼近的地方，」削木棍的男人說，他有一張慵懶好看的吉普賽人臉龐，藍眼睛，偏深的膚色像是燻過的皮革。「裡面有生火。」

「那你自己起來移啊，」帕布羅說：「去放到那棵樹旁邊。」

18 原書使用的是法文：Pauvre Pablo. Il a manqué son Jockey. 當時最高級的賽馬俱樂部在法國，所以用法文來嘲諷帕布羅想加入高級社交圈的野心。

19 Hola，西班牙文，意思維打招呼用的「你好」或「哈囉」。

那個吉普賽人沒動，但說了些不雅的話，接著又說：「留在那裡吧。把你自己炸爛吧，」他懶洋洋地說：「順便治治你的瘋病。」

「你在做什麼？」羅伯．喬登在吉普賽人身旁坐下，吉普賽人拿給他看。那是個「4型」陷阱，他正在削其中的橫桿。

「捕狐狸用的，」他說：「用一根大圓木一砸斃命，直接把牠們的背砸斷。」他對喬登拉出一個大大的微笑。「就像這樣，懂嗎？」他用手的動作模仿陷阱支架倒榻的情況，然後搖搖頭，縮回一隻手，展開兩隻手臂表演狐狸背斷掉的樣子。「非常實用。」他解釋。

「他抓的都是兔子，」安索莫說：「他是吉普賽人。只要抓到兔子，他都說是狐狸。如果抓到狐狸，他會說抓到了大象。」

「那如果我抓到一隻大象呢？」吉普賽人提問時又笑得露出牙齒，還對羅伯．喬登眨眨眼。

「你會說那是台坦克。」安索莫對他說。

「我會搞到一台坦克，」吉普賽人告訴他。「我真的會搞到一台坦克。你愛怎麼說就怎麼說吧。」

「這些吉普賽人，就是大話說得多，殺死得很少。」安索莫對他說。

吉普賽人又對羅伯．喬登眨眨眼，然後繼續削手上的木頭。

帕布羅已經鑽進洞穴不見了。羅伯．喬登希望他是去拿食物。他坐在吉普賽人旁邊的地上，午後陽光灑入林間，他伸長的雙腿能感覺到陽光的暖意。他可以聞到洞穴裡有食物的氣味，那是油炸洋蔥和肉的味道，他的胃因飢餓在體內蠕動。

「我們可以搞到一台坦克，」他對吉普賽人說：「不會太難。」

「用這個嗎？」吉普賽人指著那兩個背包。

「對，」羅伯．喬登對他說：「我會教你。你就負責做陷阱。不會太難。」

「就你和我？」

「是呀，」羅伯．喬登說：「沒什麼不行吧？」

「嘿，」吉普賽人對安索莫說：「把那兩個背包移到安全的地方，好嗎？那可是貴重物品。」

安索莫發出不滿的悶哼。「我要去喝酒。」他告訴羅伯．喬登。羅伯．喬登起身把兩個背包拿到遠離洞穴的地方，分別各自靠在一根樹幹邊。他知道包裡有什麼，所以向來不喜歡看到兩個背包距離太近。

「拿個杯子來給我。」吉普賽人說。

「有葡萄酒嗎？」羅伯．喬登問，他再次在吉普賽人身邊坐下。

「葡萄酒？怎麼沒有？有滿滿一囊呢。是半囊啦，其實。」

「有什麼能吃？」

「什麼都有，老兄，」吉普賽人說：「我們吃得跟將軍一樣好。」

「你們吉普賽人在戰爭中負責什麼？」羅伯．喬登問他。

「吉普賽人負責繼續過吉普賽人的生活。」

「那是份好差事。」

「頂尖的差事，」吉普賽人說：「大家都怎麼叫你？」

「羅伯托。你呢？」

「拉菲爾。坦克這事是認真的嗎？」

「當然，有何不可？」

安索莫走出洞口，手拿一個裝滿紅酒的深石槽，手指上勾著三個杯子。「瞧啊，」他說：「他們連杯子啊什麼的都有。」帕布羅跟在他們身後走出來。

「食物很快就好了，」帕布羅說：「你有菸嗎？」

羅伯．喬登走到背包旁，打開其中一個，摸索裡面的內袋，取出他在戈茲的指揮中心拿到的其中一包扁盒俄國菸。他用大拇指甲沿著盒緣摸，打開蓋子，遞向帕布羅，帕布羅拿出半打菸。帕布羅用一隻大手握著那些菸，另一隻手拎起一根就著光瞧。這是帶有硬紙板圓筒濾嘴的細菸。

「裡頭空氣很多，菸草很少，」他說：「我知道這種菸。之前那個名字很少見的人也有這種菸。」

「卡什金。」羅伯・喬登說，然後也把菸盒遞向吉普賽人和安索莫，他們一人拿了一根。

「多拿點。」他說，他們於是各多拿一根。他又各多給了四根，為了感謝他，他們單手舉菸對他點了兩次頭，彷彿擊劍向對手致意。

「對，」帕布羅說：「那是個少見的名字。」

「酒在這裡。」安索莫拿杯子在石槽裡舀起一杯，遞給羅伯・喬登，然後又為自己和吉普賽人各舀了一杯。

「沒我的酒嗎？」帕布羅問。他們現在都一起坐在洞口了。

安索莫把自己的杯子給他，然後又走進洞穴拿杯子。走出來後他彎身朝石槽裡舀了滿滿一杯，再跟每個人碰杯致意。

葡萄酒很好，因為裝在皮酒囊裡而有樹脂的氣味[20]，但風味很好，舌頭嘗起來的味道輕盈、乾淨。羅伯・喬登緩慢地喝，感覺酒溫暖地覆蓋住他的疲倦。

「食物很快就好了，」帕布羅說：「所以那個名字很少見的外國人，他是怎麼死的？」

「他被俘虜後自殺了。」

「怎麼會這樣？」

「他受傷了，不想成為戰俘。」

「詳細來說到底發生了什麼事？」

「我不知道。」他說謊。他非常清楚所有細節，但不是個適合現在討論的話題。

「他要求我們發誓，要是他在火車任務時受傷，而且無法逃脫的話，就要用槍把他打死，」帕布羅說：「他盡講一些奇怪的話。」

他即便在當時一定也是提心吊膽的，羅伯．喬登心想。可憐的老卡什金。

「他無法接受自殺，」帕布羅說：「他跟我說的。而且他非常害怕被逼供。」

「這也是他跟你說的嗎？」

「對，」吉普賽人說：「他跟我們所有人都說過。」

「你們當時都有參加火車的任務嗎？」

「對，我們所有人都有參加。」

「他盡講一些奇怪的話，」帕布羅說：「但他很勇敢。」

可憐的老卡什金，羅伯．喬登心想。他為這裡帶來的壞處大於好處。真希望我早知道他有那麼提心吊膽。他們該讓他退出那場任務才對。你不能派人在做這種工作時還一天到晚講出這種話。不該這樣講話才對。就算他們完成了任務，帶來的壞處也比好處多，因為他一天到晚講這種話。

「他有點怪，」羅伯．喬登說：「我想他有點不正常。」

「但爆破手法很厲害，」吉普賽人說：「而且很勇敢。」

「但腦子不正常，」羅伯．喬登說：「做這種事，你必須非常理性，而且非常冷酷。他不該這樣講話才對。」

「那你呢？」帕布羅說：「如果在這座橋上受傷了，你希望被丟下嗎？」

「聽我說，」羅伯．喬登把身體往前傾，為自己又舀了一杯酒。「仔細聽好了。如果真有需要誰幫我一個小忙，我會在時候到了提出請求。」

「很好，」吉普賽人很滿意地說：「好傢伙就該這樣講話。啊！來了。」

20　裝酒的獸皮囊內面會塗抹樹脂。

「你吃過了。」帕布羅說。

「我可以再吃兩頓呢，」吉普賽人告訴他。「看看是誰拿食物來了。」

女孩彎著腰走出洞口，停下腳步，她手上拿著鐵製大烤盤，羅伯．喬登看見她的臉歪向一個奇怪的角度，也注意到她有些地方不對勁。她微笑著說：「Hola，同志。」羅伯．喬登說：「Salud。」然後小心翼翼地確保自己沒有直盯著她瞧，但也沒別開眼神。她把鐵製烤盤放在他面前，他注意到她棕色的雙手很美。現在她正面對他微笑。她的牙齒在那張棕臉上顯得很白，皮膚和眼珠子都是一樣的金棕色。她的顴骨很高，眼神愉快，平直的雙唇豐滿，頭髮是麥田在烈陽底下燃燒的金棕色，但剪得很短，長度只比水獺的皮毛長一些。她正對著羅伯．喬登的臉拉出微笑，用一隻棕色的手撫過她的頭，若是摸過的頭髮又翹起來，她就再次壓平。她有張很美的臉，羅伯．喬登心想。要是他們沒把她的頭髮剪那麼短，她會很美。

「我都是這樣梳頭，」她對羅伯．喬登說，然後笑了。「吃吧。別盯著我看了。他們是在華拉杜列[21]把我剃成這樣。現在已經算是有點長回來了。」

她坐在對面望著他。他回應她的眼神，她微笑，雙手交疊在膝蓋上。她從長褲褲腳中伸出的雙腿修長、乾淨，伸長的雙手交握在膝蓋前方，他可以看見她小小的乳房在灰色襯衣內往上翹著。每次羅伯．喬登望向她，他都可以感覺自己的喉頭一陣緊縮。

「沒有盤子，」安索莫說：「用你自己的刀子。」女孩已經彎腰把四根叉子放在鐵盤邊，叉齒朝下。

他們都直接從大淺盤裡叉食物吃，沒人說話，西班牙的用餐習俗正是如此。盤子上是用洋蔥和青椒烹調的兔肉，還有紅酒醬煮的鷹嘴豆。食材都烹調得很好，骨頭上的兔肉一剝就散，醬汁也很美味。羅伯．喬登進食間又喝了杯紅酒。女孩在用餐的過程中始終盯著他。所有其他人則認真盯著自己在吃的食物。羅伯．喬登用麵包把眼前最後一點醬汁抹掉，把兔子骨頭堆在一邊，拿麵包把原本在兔子骨頭下的剩餘醬汁抹一抹，把叉子也抹清淨，再抹了一下刀子，把刀子放到一邊，吃下那片麵包。他往前傾身用杯子舀了一整杯紅酒，那女孩仍盯著他。

羅伯．喬登喝掉半杯酒，但開口跟那女孩說話時，喉頭還是一陣緊縮。

「如何稱呼妳？」他問。一聽見他說話的語調，帕布羅就瞄了他一眼，然後起身走開。

「瑪麗亞。你呢？」

「羅伯托。妳在山裡待很久了嗎？」

「三個月。」

「三個月？」他望向她的頭髮。她用手撫過髮絲，但此刻顯得有些難為情，而剛被摸過的頭髮就跟山丘上有風吹過的麥田一樣濃密、矮短，又波濤起伏。「被剃掉了，」她說：「他們在華拉杜列的監獄裡定期幫人剃頭。這是花了三個月才長回來的成果。我當時在火車上，他們正要把我帶往南方。許多囚犯在火車炸掉後都被抓了，但我沒有。我跟這些人來到這裡。」

「我發現她躲在石堆中，」吉普賽人說：「我們正要離開，老天，這傢伙實在醜到不行。我們把她帶在身邊，但好幾次都以為得把她丟下了。」

「所以火車任務時跟他們待在一起的另一個人呢？」瑪麗亞問：「另一個金頭髮的人？就是那個外國人？他在哪？」

「死了，」羅伯．喬登說：「四月的時候。」

「四月？火車任務就在四月。」

「對，」羅伯．喬登說：「他死在火車任務的十天後。」

「可憐的傢伙，」她說：「他很勇敢。你做的工作跟他一樣嗎？」

21　華拉杜列（Valladolid）是西班牙中部的城市，位於馬德里和塞哥維亞的更北方。

「對。」

「你也炸過火車？」

「對。三次。」

「在這裡？」

「在埃斯特雷馬杜拉[22]，」他說：「我來這裡前是在埃斯特雷馬杜拉。我們在埃斯特雷馬杜拉幹過不少大事。我們很多人都在埃斯特雷馬杜拉活動。」

「那現在為何來這邊的山區？」

「我是來接手金頭髮那人的工作。而且我在反抗運動前就對這片地區很熟了。」

「你很熟？」

「不對，不算真的很熟。但我學得很快。我有張很棒的地圖，也有個很棒的嚮導。」

「你說我們這個老頭，」她點點頭。「他確實很棒。」

「謝謝你。」安索莫對她說，此時羅伯．喬登才突然意識到現場還有他和女孩之外的其他人，也意識到自己沒辦法盯著她看，因為只要看著她，他的聲音就會變得很不一樣。他正在違反兩條行動守則中的第二條，第一條是要跟說西班牙話的人好好相處，第二條是給男人香菸，但別跟女人互動；然而他非常突然地意識到，自己根本沒把此刻的違規放在心上。之前他有太多事都不在乎了，憑什麼這事他得放在心上？

「妳有張很美的臉，」他對瑪麗亞說：「真希望能有幸在妳被剃頭前見到妳。」

「總有一天會長得夠長，」她說：「不用六個月。」

「你該看看我們把她從火車那邊帶回來時的樣子。醜到會讓你想吐。」

「妳是誰的女人？」羅伯．喬登試圖用這個問題套取資訊。「妳是帕布羅的女人嗎？」

她望著他笑出來，然後輕拍他的膝蓋。

「帕布羅？你見過帕布羅嗎？」

「那，好吧，拉菲爾吧。我見過拉菲爾有多好看。」

「也不是拉菲爾。」

「她沒跟誰在一起啦，」吉普賽人說：「她是個很怪的女人，她沒跟誰在一起，但很會煮飯。」

「真的沒跟誰在一起？」羅伯．喬登問她。

「我沒有男友。沒有。無論是開玩笑或認真的對象都沒有。當然也不是你的女人。」

「不是嗎？」羅伯．喬登說，他可以感覺到喉頭又一陣緊縮。「那很好，我可沒時間應付任何女人。」

「連十五分鐘也沒有？」吉普賽人逗他。「就四分之一小時？」羅伯．喬登沒回話。他望著那女孩，名叫瑪麗亞的女孩，他的喉嚨緊縮得太厲害，他怕自己開口會出問題。

瑪麗亞望著他笑，然後突然臉紅起來，但仍盯著他瞧。

「妳在臉紅，」羅伯．喬登對她說：「妳很常臉紅嗎？」

「從來沒臉紅過。」

「妳現在臉紅了。」

「那我要進洞穴了。」

「待在這，瑪麗亞。」

「不要，」她這時沒有微笑。「我現在要進洞穴了。」她拿起他們剛剛進食用的鐵盤和四把叉子，姿態笨拙地像匹小馬，但也帶有幼獸的優雅。

「杯子還要用嗎？」她問。

22 埃斯特雷馬杜拉（Estremadura）是西班牙西部的一個自治區，緊鄰葡萄牙。

羅伯．喬登還是盯著她瞧，她又臉紅了。

「別逼我，」她說：「我不喜歡這樣。」

「先留著別收，」吉普賽人對她說。「拿著。」他又從石碗舀了滿滿一杯酒給羅伯．喬登，羅伯．喬登望著手拿沉重鐵盤的女孩壓低頭走進洞穴。

「謝謝你。」羅伯．喬登說。既然她不在了，他的聲音又恢復正常了。「這是最後一杯，我們也喝夠了。」

「我們會把這整碗喝完，」吉普賽人說：「還有超過半囊的酒。我們打包掛其中一匹馬身上。」

「那是帕布羅最後一次打劫來的成果，」安索莫說：「之後他什麼都沒幹。」

「你們有多少人？」羅伯．喬登問。

「七個人，還有兩個女人。」

「兩個？」

「對，還有帕布羅的mujer[23]。」

「那她人呢？」

「在洞穴裡。那女孩的廚藝勉強還行。我稱讚她很會煮飯只是要討她開心，其實她主要是當帕布羅mujer的助手。」

「她是個怎樣的人？我說帕布羅的mujer？」

「野蠻，」吉普賽人笑到露出牙齒。「就是**非常**野蠻。如果你覺得帕布羅很醜，就更該看看他的女人，不過很勇敢就是了，比帕布羅勇敢一百倍，不過就是野蠻。」

「帕布羅一開始很勇敢，」安索莫說：「帕布羅一開始很認真。」

「他殺的人比霍亂害死的還多，」吉普賽人說：「反抗運動剛開始時，帕布羅殺死的人比因為傷寒病死的人還多。」

「但已經好久了，他現在就是很muy flojo[24]，」安索莫說：「很軟弱啦。他真的很怕死。」

「可能因為他一開始殺太多人了，」吉普賽人做出哲學性發言。「帕布羅殺的人比淋巴腺鼠疫搞死的人還多。」

「那也是，還有因為他愛錢，」安索莫說：「而且他酒喝很多。現在他想像個matador de toros[25]一樣退休，還真以為自己是鬥牛士，但他不能。」

「如果他越過陣線，投身敵營，他們會拿走他的馬，逼他從軍，」吉普賽人說：「若問我真心話，我也實在不愛從軍。」

「沒有吉普賽人會愛。」安索莫說。

「憑什麼該愛？」吉普賽人問：「誰想從軍？我們搞革命是為了要從軍嗎？我願意打仗，但不想進軍隊。」

「其他人呢？」羅伯．喬登問。他喝了酒覺得舒服，昏昏欲睡，他往後在森林的地面躺下，透過樹冠縫隙望出去，他看見午後山間的小小雲朵在西班牙的高空緩緩移動。

「有兩個人在洞穴裡睡覺，」吉普賽人說：「兩個人在上方架槍的地方站哨。一個人在下面站哨。他們大概都睡著了。」

羅伯．喬登翻身側躺。

「是哪種槍？」

「一種很少見的名字，」吉普賽人說：「我一時想不起來。是種機關槍。」

---

23 mujer，西班牙文，意思是「女人」，這裡是指「老婆」。

24 muy flojo，西班牙文，意思是「很懶散」。

25 matador de toros，西班牙文，意思是「鬥牛士」。

一定是自動步槍，羅伯．喬登心想。

「有多重？」他問。

「一個人就能帶在身上，但很重，有三支可折疊的腳架。我們上次認真打劫時搶到的，就是搶到酒之前那次。」

「你們有多少子彈？」

「多到數不出來，」吉普賽人說：「有一整箱，重到不可思議。」

聽起來大概可以射擊五百發，羅伯．喬登心想。

「是用彈帶還是彈盤上膛？」

「槍頂有個圓形的彈罐。」

老天爺，是把路易斯機槍，羅伯．喬登心想。

「你懂機關槍嗎？」他問老人。

「Nada[26]，」安索莫說：「一點也不懂。」

「你呢？」他問吉普賽人。

「我知道機關槍發射的速度很快，槍管會燙到手無法碰。」吉普賽人自豪地說。

「這種事誰都知道。」安索莫輕蔑地說。

「可能吧，」吉普賽人說：「但他要我說我對máquina[27]知道多少，我就告訴他啦。」然後他又補充，「還有，跟一般步槍不同，只要你持續按壓板機，機關槍就會不停發射子彈。」

「除非卡彈、彈藥用完，或者彈殼熱到融化。」羅伯．喬登用英文說。

「你說什麼？」安索莫問他。

「沒什麼，」羅伯．喬登說：「我只是用英文預測未來。」

「這可真的是很少見了，」吉普賽人說：「竟然用Inglés[28]預測未來。你能讀掌紋嗎？」

「不行，」羅伯．喬登又舀了一杯酒。「但如果你可以，我希望你讀我的掌紋，然後告訴我接下來三天會發生的事。」

「帕布羅的mujer會讀掌紋，」吉普賽人說：「但她很愛生氣，又很野蠻。不知道她願不願意。」

羅伯．喬登此時坐直身體，吞下一大口酒。

「讓我們見見這位帕布羅的mujer吧，」他說：「如果她真有那麼糟，還不如早點見一下。」

「我可不想打擾她，」拉菲爾說：「她可恨我了。」

「為什麼？」

「她總覺得我在浪費時間。」

「還真是誣賴你了呢。」安索莫口氣奚落。

「她對吉普賽人有意見。」

「那還真是大錯特錯啊。」安索莫說。

「她的體內流著吉普賽人的血，」拉菲爾說：「說話很有智慧。」他拉開微笑。「但她有可以燙傷人的舌頭，像鞭子一樣能傷人。她可以用舌頭把任何人的皮剝下來，而且扯爛。她野蠻得不可思議。」

「她和那個女孩處得如何？那個瑪麗亞？」羅伯．喬登問。

「很好，她喜歡那女孩，但要是有人認真打她的主意——」他一邊搖頭，一邊把舌頭彈得嘖嘖作響。

26 Nada，西班牙文，否定的意思，此處可翻作「不」，其他地方能翻成「不會」或「沒有」。
27 máquina，西班牙文，在本書中大多泛指各種大小尺寸的機關槍。
28 Inglés，西班牙文，代表「英文」或「英國人」。

「她對那女孩很好，」安索莫說：「她很照顧她。」

「我們結束火車任務後把女孩帶回來，那女孩當時真的很怪，」拉菲爾說：「她不願意說話，一天到晚哭，要是有人碰她，她就會抖得像條全身濕透的狗。一直到最近她才變得比較正常。最近真的好多了。今天她狀況不錯。就在剛剛，跟你說話的時候，她表現得非常好。我們本來很可能在火車任務結束後丟下她。本來嘛，實在不值得為了一個又悲傷、又醜陋，而且顯然沒有價值的傢伙延誤我們的行程。但那個老女人用一條繩索綁住她，每當女孩覺得再也無法前進時，老女人就會用繩索的尾端抽打她。要是她真的走不動了，老女人就會把她背在肩膀上。等老女人背不動她了，就換我背。我們沿著那座山丘往上爬，在及胸的金雀花和石南花叢中前進。等我再也背不動了，就換帕布羅背。但那老女人為了逼我們這麼做，說的話可過分了！」他因為回憶起那些話而猛搖頭。「確實，那女孩腿長，但不重，因為骨架很輕，不是很重，但我們背著她時還得停下來開槍射擊，之後再重新把她背起來，之後還有一段路老女人幫帕布羅拎步槍，我們聽到她用繩索抽打背著女孩的帕布羅，等他把女孩放下來，她再把槍交給他，攻擊完再逼他把女孩背起來，同時一邊幫他填子彈一邊咒罵；她會從他的彈藥袋裡拿子彈，幫他的槍填彈，同時不停罵他。當時天色都黑了。幸好對方沒有騎兵部隊。」

「火車那一戰一定很辛苦，」安索莫說：「我不在場，」他對羅伯．喬登解釋。「在場的有帕布羅的小隊，有聾子的小隊，我們今晚會見到聾子，另外還有兩個山裡的小隊。我當時去了戰線的另一邊。」

「除了那個名字很少見的金髮傢伙——」吉普賽人說。

「卡什金。」

「對。我真是怎麼樣都記不得這名字。總之除了他，我們還有帶了一把機關槍的兩個人手，都是軍隊派來的。他們沒辦法把槍帶走，就丟下了。當然槍不比女孩重，要是老女人也這樣咄咄逼人地管他們，恐怕他們也能把槍帶走了。」他一邊回憶一邊搖頭，然後繼續說：「我這輩子從沒見過那種爆炸場面。火車穩穩地開過來，我們很遠就看見了。然後我突然非常興奮，一種說不出來的興奮。我們看見噴出的蒸氣，汽笛音響起。然後火車穩定駛來，匡噹匡噹匡噹的聲響愈來愈大，然後在爆炸那一刻，火車頭的前輪離開地面，全世界的泥土彷彿都轟隆隆炸成一大朵漆黑的雲，在飛天泥土和軌道枕木組成的雲中，火車頭被炸得好高，像一場夢，然後火車頭側面著地，像受傷的動物倒下，接著因為爆炸冒出白色蒸氣，接著才終於不再有因為其他爆炸落到我們身上的殘骸，然後máquina開始答—噠—噠—答！」吉普賽人只往上伸出大拇指，兩隻緊握的拳頭不停上下抖動，模仿機關槍發射的節奏。「答！答！噠！噠！噠！答！」他看來興高采烈。「這輩子真沒見過這種事，好多士兵從火車跑出來，máquina對著他們不停射擊，眼前一直有人倒下。就在那時候，我興奮地把手放到máquina上，才發現槍管好燙，此時老女人從旁邊打了我一巴掌，她說：『開槍啊，你傻子啊！快開槍啊不然我踢爛你的腦！』然後我開始射擊，但真的很難握穩槍，那些士兵開始跑上遠方山丘。之後我們往下走到火車旁，才看到發生了什麼事，有名軍官正舉著手槍逼迫士兵回頭來打我們。他不停揮舞那把手槍，對他們大吼大叫，我們都朝他開槍，但沒人打中。然後有些士兵趴下開始射擊，軍官在他們身後來回走動，但因為火車角度的關係，我們還是打不中他，máquina也無法對他射擊。這名軍官對兩個趴著不動的人開槍，但他們還是不願起來，他繼續咒罵，終於他們站起來，先是一個、兩個，然後是三個，他們向我們和火車跑來，又趴在地上射擊。然後我們離開了，我們離開時máquina還在不停對我們發射。就在那時候，我發現了那個從火車上逃出來的女孩躲在石堆中，她也跟著我們跑。那些士兵一路追殺我們到晚上。」

「那場一定很艱苦，」安索莫說：「真夠緊張了。」

「那是我們唯一幹過的好事，」一個深沉的聲音說：「你在做什麼？你這末婚吉普賽垃圾生的懶惰酗酒又噁心的小雜種？你在做什麼？」

羅伯・喬登眼前出現一個大概五十歲的女人，她幾乎跟帕布羅一樣魁梧，體寬幾乎和身高等長，她身穿黑色農民裙和襯衣，粗壯的腿上套著厚重羊毛襪，腳踩黑色繩底鞋，棕色的臉像大理石紀念碑上常見的那種人物。她的雙手很大，但很好看，粗重的黑色捲髮在後頸處扭成一個髮結。

「回話啊。」她無視其他人，只對吉普賽人說。

「我在跟這些同志說話。這個人是爆破手。」

「這些我都知道，」帕布羅的mujer說：「現在給我滾，安德列斯在上面站哨，你去換他的班。」

「Me voy[29]，」吉普賽人說：「我走了。」他轉頭對羅伯・喬登說：「吃飯時再與你見面。」

「開什麼玩笑，」女人對他說：「根據我的計算，你今天已經吃三次了。快滾吧，叫安德列斯給我過來。」

「Hola，」她對羅伯・喬登微笑著伸出手。「你好嗎？共和國一切可好？」

「很好，」他伸手回握，她握手的力道很大。「我和共和國都很好。」

「我很高興，」她告訴他。她凝視他的臉，微笑，他注意到她的灰眼睛很好看。「你是來找我們去炸另一台火車嗎？」

「不是，」羅伯・喬登立刻就覺得可以信任她。「是來炸一座橋。」

「No es nada[30]，」她說：「一座橋而已，太簡單了。既然現在我們有馬了，什麼時候要再去炸另一台火車？」

「之後吧。這座橋很重要。」

「我們的女孩告訴我，跟我們一起炸火車的那位同志死了。」

「對。」

「真可惜。我沒看過那麼厲害的爆炸場面。他很有天分，我很喜歡他。現在真的不可能再去炸一台火車嗎？現在山裡有很多人手，太多了，要搞到食物都已經變得很難。如果能離開會比較好，而且我們又有馬。」

「我們得炸這座橋。」

「哪裡的橋？」

「很近。」

「那更好了，」帕布羅的mujer說：「讓我們把這一帶的橋全炸了，然後離開這裡。我真是受夠了這地方。人太多。人太多不會有好處。大家像一灘死水，都要腐爛發臭了。」

她透過樹林看了帕布羅一眼。

「Borracho[31]！」她對他喊：「酒鬼。腐臭的酒鬼！」她又一臉愉快地回頭面對羅伯．喬登。「他自己拿了一皮囊葡萄酒去林子裡喝，」她說：「他一天到晚都在喝酒。這種生活要把他毀了。年輕人，你能來這裡，我很高興。」她拍拍他的背。「啊，」她說：「你比看起來還高大，」她用手撫過他的肩膀，感受他在法藍絨襯衫下的肌肉。「很好。你來這裡，我很高興。」

「我也是。」

「我們一定能心意相通，」她說：「喝杯酒吧。」

「我們喝過一些了，」羅伯．喬登說：「但妳要喝嗎？」

「晚餐前不喝，」她說：「喝酒會讓我胃酸燒到心口。」然後她又看了帕布羅一眼。「Borracho!」她大吼：「酒鬼！」她轉向羅伯．喬登，搖搖頭。「他本來是很好的男人，」她告訴他。「但現在是完了。另外再聽我一聲勸，一定要對那個女孩很好，要小心照顧她，我說瑪麗亞。她之前過得很

29 Me voy，西班牙文，意思是「我走了」。

30 No es nada，西班牙文，意思是「沒什麼」。

31 Borracho，西班牙文，意思是「酒鬼」。

苦。你懂嗎？」

「懂。妳為何這樣說？」

「她回到洞穴時，我就能看出她見過你之後的樣子不同了。而且她出洞穴前，我就發現她在看你了。」

「我對她開了點玩笑。」

「她之前狀況很糟，」帕布羅的女人說：「現在好多了，她該離開這裡。」

「這是當然，她可以和安索莫一起被送到共和國領地。」

「任務結束後，你和安索莫可以一起帶她去。」

羅伯．喬登感覺喉嚨痛起來，聲音也變得緊縮。「或許可以。」他說。

帕布羅的 mujer 望著他，搖搖頭。「Ayee。Ayee[32]，」她說：「你們男人都這樣嗎？」

「我什麼都沒說啊。她很美，妳也很清楚。」

「不，她不美，但她正開始變美，我想你是這個意思，」帕布羅的女人說：「男人啊。我們女人創造出這些男人真是可恥。不，說認真的，在共和國統治的地方，難道沒有一些庇護之家能照顧像她這樣的女孩嗎？」

「有，」羅伯．喬登說：「有些很好的地方，在靠近瓦倫西亞的海岸區。其他一些地方也有。那些機構能好好照顧她，她能和孩子一起工作。那裡也有從各地村莊撤退出來的孩子。他們會教她工作的技能。」

「我就是希望這樣，」帕布羅的 mujer 說：「帕布羅已經因為她得了戀愛病。這是另一件正在毀掉他的事。只要看到她，戀愛病就糾纏在他身上。她最好還是離開。」

「任務結束後，我們可以把她帶走。」

「如果我信任你，你會小心照顧她吧？跟你講話時，我覺得好像認識你很久了。」

「確實會這樣，」羅伯．喬登說：「人們可以彼此理解時就會這樣。」

「坐下吧，」帕布羅的女人說：「我不會要求你做出什麼承諾，因為會發生的事就是會發生。但我就怕你**不**帶她走，這件事你得向我保證。」

「為什麼怕我不帶她走？」

「因為我不想處理你離開後的瘋狂場面。我之前見過她有多瘋，而我自己必須處理的瘋事夠多了。」

「炸完橋後，我們會把她帶走，」羅伯．喬登說：「如果炸完橋後還活著，我們就會帶她走。」

「我不喜歡聽你用這種方式說話，這樣說話絕對不會帶來好運。」

「我用這種方式說話，是為了向妳許下承諾，」羅伯．喬登說：「我不是那種搞憂鬱的人。」

「讓我看看你的手。」女人說。羅伯．喬登伸出手，女人把他的手掌攤開，握在自己的大手中，用大拇指在掌心磨擦，她觀察，仔細觀察，然後放開他的手，站起身，他也跟著站起來，然後她看著他，臉上沒有笑意。

「妳看到了什麼？」羅伯．喬登問她。「我不相信這種事，妳說了也不會嚇到我。」

「什麼都沒有，」她告訴他。「我什麼都沒看到。」

「妳明明有看到。我只是好奇。我不相信這種事。」

「那你相信什麼？」

「很多事，但就不信這個。」

「很多事是什麼事？」

「我的工作。」

32 Ayee，西班牙文，意思是「哎呀呀」。

「對，這點我看得出來。」

「告訴我妳還看到什麼。」

「我什麼都沒看到，」她的口氣酸苦。「你說那座橋不好處理？」

「沒有，我說那座橋很重要。」

「但可能很難處理？」

「對。現在我要去勘查一下。你們這裡有多少人？」

「五個還算可以。吉普賽人一點價值都沒有，他這人只有動機是好的，心地善良。至於帕布羅，我不再信任了。」

「聾子有多少可用的好人手？」

「大概八個吧，我們今晚可以再確認，他正往這裡來。他是個非常務實的男人，手頭也有些炸藥，不多就是了。你會有機會跟他談。」

「是妳派人叫他來的嗎？」

「他每天晚上都會來，是我們的鄰居。他是朋友，也是並肩作戰的同志。」

「妳覺得他這人如何？」

「是個非常好的人，也非常務實。火車那場任務，他貢獻很大。」

「其他小隊的狀況呢？」

「如果趕快通知他們，應該有機會指望他們蒐集到五十把步槍。」

「機會有多大？」

「就看這場任務需要耗費多少精力。」

「每把步槍有多少子彈？」

「大概二十，得看他們為這場仗帶多少過來，我說如果他們願意參加的話。你別忘記，炸橋的這趟任務得不到錢、得不到戰利品，而且根據你有所保留的說法，應該也非常危險，結束後大家還得搬出這片山區。很多人會反對這場炸橋的任務。」

「顯然是這樣。」

「因此如果沒必要，就別提起這件事。」

「我同意。」

「等你去研究過那座橋，我們今晚再跟聾子談。」

「我現在就跟安索莫下去看看。」

「去把他叫醒吧，」她說：「需要帶把卡賓槍嗎？」

「謝謝妳，」他對她說：「能有是很好，但用不著。我只是去勘查，不是去惹事。謝謝妳剛剛告訴我的事。我很喜歡妳說話的態度。」

「我盡量實話實說。」

「妳在我的掌心看到什麼？告訴我吧。」

「沒有，」她搖頭。「什麼都沒看到。現在去看你的橋吧。我會看守你帶來的裝備。」

「蓋起來不讓人碰就好，放在那裡比在洞穴裡安全。」

「我會確定有蓋好，不會讓任何人碰，」帕布羅的女人說：「去看你的橋吧。」

「安索莫。」羅伯．喬登把手放在正在睡覺的老頭肩膀上，他把頭枕在手臂上睡著了。

老人抬眼望向他。「好，」他說：「沒問題。我們走吧。」

第三章

他們走下最後兩百碼，腳步小心翼翼地在樹蔭之間移動，此時在陡峭山坡上的最後一小片松木林的對面，橋就在距離他們五十碼的眼前。時間已經接近傍晚，陽光卻仍越過了棕色山肩，那座橋在陡峭的空曠溪谷上方因背光顯得黯淡。那是一座鋼製的單幅橋，兩側各有一個哨兵亭。橋寬足以讓兩台車通過，堅實的金屬結構往四面八方延伸，而遙遠下方的溪谷底部，激流在大小石頭間濺起白色水花，再匯入山隘的主要溪流中。

太陽直射入羅伯·喬登的雙眼，他只能看見橋的輪廓。接著陽光漸弱、消失，他透過林間縫隙往上瞧，望向太陽已經落在背後的圓滑棕色山頭，才發現因為不用再直視強光，山坡其實已冒出一整片幼嫩的新綠，山頂下方還有一片片尚未融雪的遺跡。

然後他再次望向橋，在僅剩的餘光中短暫照見它的真實樣貌，並研究起橋的結構。破壞這座橋本身並不難。他一邊看一邊從胸前口袋取出筆記本，快速畫出幾幅線條簡單的素描。此時的他還沒有計算需要使用的炸藥量，這部分之後再算。他只是先記下炸藥該放的位置，好確保橋幅失去支撐，讓其中一整截掉落溪谷。要達成這個目標可以使用科學手法，在六處放上炸藥後同時引爆，就能正確無誤又從容地辦到；另外也可以手法粗糙地用兩大堆炸藥達成目標。如果是後者，那兩堆炸藥的量要相當大，而且要放置在橋的兩端並同時引爆。他快速、開心地素描著；他很高興總算開始真正著手處理這個難題，他很高興終於真正展開了這個任務。然後他闔上筆記本，將鉛筆推進筆記本封皮旁的皮製筆環，將筆記本收入口袋，扣上口袋的釦子。

他素描時，安索莫負責注意道路、橋和哨兵亭的動靜。他覺得考量兩人的安全，此刻他們實在離橋太近，因此當素描結束時，他鬆了口氣。

就在羅伯．喬登扣好口袋，平趴在松樹幹後方觀察另一側的橋時，安索莫用手扶住手肘，伸出一根手指往前指了指。

在道路前方面對他們的哨兵亭裡，有個坐著的哨兵手持步槍，他的刺刀插在槍口，槍體夾在雙膝間。正在抽菸的他頭上戴著針織帽，身上披了條長毯披風。因為距離五十碼，你無法看見他臉上的任何細節。羅伯．喬登舉起他的雙筒望遠鏡，儘管現在根本沒有陽光會讓鏡片反光，他仍用雙手包住鏡頭兩側，於是在鏡頭前，橋的欄杆清楚到彷彿觸手可及，哨兵的臉也清晰可見，你可以看見他凹陷的臉頰、香菸的菸灰，還有刺刀上的油光。那是一張農民的臉，臉頰在高高的顴骨下方凹進去，下巴滿是鬍渣，雙眼上方是濃重的眉毛，他用兩隻大手握住步槍，披風的縫隙間露出厚重的靴子。哨兵亭的牆上掛著一只嚴重磨損發黑的皮製酒瓶，亭內有些報紙，但沒有電話。當然，很可能旁邊有電話，只是從他的角度看不見；但在他的視線範圍內沒看見有電話線拉入哨兵亭的跡象。不過有條電話線沿著道路拉過橋面。哨兵亭外有個炭火盆，火盆是用老舊汽油罐切掉頂部再打了一些洞後製成，目前放在兩塊石頭上，但裡面沒有火。底下的灰燼中還有一些被火燒黑的空罐。

羅伯．喬登把望遠鏡遞給趴在身邊的安索莫。老人露出一個大大的微笑，搖頭拒絕。他用手指輕點眼睛旁的太陽穴部位。

「Ya lo veo[33]，」他用西班牙文說：「我見過他。」他從嘴縫中吐出這些話，嘴唇幾乎沒動，發出的聲音比平常的悄悄話還小聲。羅伯．喬登對他微笑，他望著那名哨兵，用手指去指，另一隻手比劃過自己的喉嚨。羅伯．喬登點點頭，但他沒有笑。

橋另一端的哨兵亭離他們更遠，而且背對他們，他們看不見裡面。這條道路寬敞、平滑，整理

33 Ya lo veo，西班牙文，意思是「我看見了」。

得很好，路在橋的另一頭往左彎，然後又大角度往右彎後離開他們的視線範圍。眼下這條路是由舊路拓寬，靠著切進溪谷另一邊的堅固岩壁才有了現在的寬度；其左側或說西側，若從隘口和橋往下望，是由一整排垂直切割的石塊保護著，並藉此劃定出外緣界線，而那些石塊的另一邊就是直通溪谷深處。這裡的溪谷幾乎算是個大峽谷，至於橋跨越溪谷底部的那條小溪，會往下匯入隘口的主要溪流。

「再下一個哨站呢？」羅伯．喬登問安索莫。

「那個轉彎後再走五百公尺的地方，就在那棟蓋在岩壁邊的修路工小屋裡。」

「有多少人？」羅伯．喬登問。

他又開始用望遠鏡觀察那名哨兵。那名哨兵正用哨亭的木板牆捻熄香菸，然後他從口袋掏出菸草包，拆開那根熄掉的香菸菸紙，將剩下的菸草倒回小包中。那名哨兵站起來，把步槍靠在哨兵亭的牆邊，伸展手腳，再拿起槍甩到肩膀上背好，他離開哨兵亭，走到橋上。安索莫平平地趴在地上，羅伯．喬登將望遠鏡小心滑入襯衫口袋，把頭好好地藏在松樹後方。

「有七個人和一名下士，」安索莫靠在他耳邊說：「我是從吉普賽人那裡知道的。」

「一等他沒動靜之後，我們就離開，」羅伯．喬登說：「我們靠太近了。」

「你需要的都有看到嗎？」

「有，需要的都有看到。」

太陽下山之後，氣溫冷得很快，等太陽照在他們身後山坡的最後光線退去之後，天色也開始暗去。

「你看了覺得如何？」他們望著哨兵走向橋對面的哨兵亭時，安索莫口氣輕柔地開口問，哨兵的刺刀在最後的太陽餘光中閃爍出光芒，他的身體在長毯罩衫下看不出形狀。

「非常好，」羅伯．喬登說：「非常、非常好。」

「我很高興，」安索莫說：「我們該走了嗎？現在他不可能看見我們了。」

那名哨兵站在橋的另一邊背對著他們。山谷中傳來水流衝擊石頭的聲響。接著在這片聲響中又出現一個聲音，那是一種穩定但吵雜的嗡鳴，他們看見哨兵抬頭看，他的針織帽斜斜往後滑，他們於是也轉頭往上看，夜空的高處，三架單翼機排成V型往前飛，雖然那些銀色身影只出現了一瞬間，但代表高處仍有一絲陽光，這三架飛機以難以置信的高速劃過天空，傳來一陣陣穩定的飛機引擎聲。

「我們這邊的？」安索莫問。

「似乎是。」羅伯．喬登說，但他知道在那種高度的飛機其實很難確定，也很可能是任何一邊在進行夜間巡邏任務。但只要看到戰鬥機，你一定要說是我們這邊的，因為聽的人會感覺好一點。轟炸機又是另一回事了。

安索莫顯然也有同樣感覺。「是我們的飛機，」他說：「我認得出來，那些是Moscas[34]。」

「很好，」羅伯．喬登說：「在我看來應該也是Moscas，沒錯。」

「就是Moscas。」安索莫說。

羅伯．喬登大可拿起望遠鏡，這樣立刻就可以確定，但他寧可不這麼做。今晚對他來說，那些飛機屬於哪個陣營並不重要，如果認定是我們陣營的飛機能讓老頭開心，他不想奪走這份開心。此時此刻，就在那些飛機朝著塞哥維亞飛去，並逐漸離開他們的視線範圍之際，他發現那些飛機看起來並不像俄國用波音P32機型改裝後，有著綠色機身和紅色的機翼尖端，而且被西班牙人稱為Moscas的那種飛機。顏色是無法看清楚，但輪廓就不對。不是。那是法西斯陣營的巡邏機正在返航。

34 Moscas，西班牙文，意思是「蒼蠅」，這裡是西班牙共和軍為蘇聯製I-16轟炸機取的暱稱。

哨兵仍站在遠方那座哨兵亭旁邊，他還背對著他們。

「我們走吧。」羅伯．喬登說。他開始往山丘上爬，小心翼翼地移動，利用各種掩護物體前進，終於離開了哨兵的視線範圍。安索莫以大約一百碼的距離跟在他身後。等確定從橋上真的看不見他們之後，他停下腳步，老頭跟上後重新開始帶路，他們一起穩穩爬過隘口，沿著陡峭的山坡沒入夜色。

「看來我們的空軍不好應付。」老人開心地說。

「對。」

「我們會贏。」

「我們必須贏。」

「沒錯。等我們贏了之後，你一定要來這裡打獵。」

「獵什麼？」

「野豬、熊、狼、野山羊——」

「你喜歡打獵？」

「喜歡啊，老兄。比什麼都喜歡。我們都會在我的村子裡打獵。你不喜歡打獵？」

「不喜歡，」羅伯．喬登說：「我不喜歡殺動物。」

「我倒是相反，」老人說：「我不喜歡殺人。」

「除了腦子有問題的人之外，沒人喜歡殺人，」羅伯．喬登說：「但如果有必要的話，我不反對殺人，如果是為了理想。」

「那倒是不一樣，」安索莫說：「在我家，我說以前還有家的時候，現在沒了，總之以前我家有我在低地森林獵到的野豬獠牙，還有我打到的狼皮。冬天時，我會在雪中打獵。其中一隻狼很大，是我在村外獵到的，那是個十一月的晚上，我當時在回家路上，天色昏暗。我家地板上有四匹狼的皮毛，因為大家踩來踩去都磨損了，但確實是狼皮。家裡還有我在高山上殺死的野山羊角，還有亞維拉的鳥類標本師填充的老鷹，那隻老鷹雙翅展開，眼睛就跟活老鷹一樣黃，很真實。真的很美，賞玩那些戰利品讓我很愉快。」

「也是。」羅伯．喬登說。

「在我村子的教堂門上，釘著我春天時獵到的熊掌，我是在山腰的雪地發現那頭熊，當時牠正用那隻熊掌翻倒一根圓木。」

「這是何時的事？」

「六年前。每次看到那隻熊掌，我都覺得很愉快，那隻熊掌就像人的手，只是爪子很長，而且被我風乾後釘在教堂的門上」

「是因為自豪，所以愉快嗎？」

「是因為記起初春在山腰上遇見那頭熊的回憶，所以自豪。但殺了跟你我都一樣的人之後，不會留下任何美好。」

「你不能把人的手掌釘在教堂的門上。」羅伯．喬登說。

「不行，不可能做這麼野蠻的事。不過人的手跟熊的手掌很像。」

「人的胸膛也跟熊的胸膛很像，」羅伯．喬登說：「把毛皮去掉後，其實肌肉結構有很多地方類似。」

「對，」安索莫說：「吉普賽人相信熊是人類的兄弟之一。」

「美國的印地安人也是，」羅伯．喬登說：「每殺掉一隻熊，他們都會對牠道歉，尋求牠的寬恕。他們會把牠的頭骨放在樹上，在離開前請求熊的原諒。」

「吉普賽人之所以相信熊是人的兄弟之一，是因為牠們毛皮底下有跟人類很像的身體，而且還會喝啤酒、愛聽音樂，甚至喜歡跳舞。」

「印地安人也這樣相信。」

「所以印地安人也是吉普賽人嗎？」

「不是，但他們對熊的看法差不多。」

「顯然如此。吉普賽人之所以相信熊是人的兄弟，也是因為熊以偷竊為樂。」

「你有吉普賽人的血統嗎？」

「沒有，但我很常見到他們，抵抗運動爆發後無疑更常看見。山裡就有很多。對他們來說，殺外族人沒有罪。他們會否認，但是真的。」

「就跟摩爾人一樣。」

「對。但吉普賽人其實也有很多自己的律法，可是他們又不承認。因為戰爭，很多吉普賽人又變得跟以前一樣墮落了。」

「他們不理解為什麼會有戰爭，他們不知道我們在為何戰鬥。」

「他們不知道，」安索莫說：「他們只知道現在有一場戰爭，大家又跟以前一樣開始可以殺人，而且不一定會因此受罰。」

「你殺過人了嗎？」因為今天日夜都跟他待在一起，在這種彷彿很熟稔的氛圍中，羅伯．喬登開口問了。

「有，好幾次，但並不開心。對我來說殺人是種罪，就算殺的是我們非殺不可的法西斯分子也一樣。對我來說，殺熊和殺人是完全不一樣的事，吉普賽人認為人和動物是兄弟，但我不相信那種神怪的說法。不信。我反對殺人。」

「但你還是殺了。」

「對，而且之後還會殺。但要是戰後我還活著，我會試著過不去傷害任何人的生活，然後就會獲得原諒。」

「被誰原諒？」

「誰知道呢？既然我們不再有神了，也沒有聖子和聖靈，到底誰可以原諒呢？我不知道。」

「你已經不信神了？」

「不信，老大。一丁點也不信。如果有神，祂絕不會允許我所見到的那些事發生。就讓**他們**去信吧。」

「他們宣稱擁有神的庇佑[35]。」

「當然我很懷念祂，畢竟我是在宗教環境裡長大，但現在的人必須為自己的行為負責。」

「所以也是你要原諒殺人的自己。」

「我相信是這樣，」安索莫說：「你講得這麼白了，我聽了也相信就是這樣。但無論有沒有神，我認為殺人都是罪。奪取他人生命對我來說太嚴重了。非做不可的事我都會做，但我不是帕布羅那種人。」

「為了打贏戰爭，我們得殺掉敵人，這是不變的真理。」

「顯然是如此。打仗就是得殺人。但我有個很少見的想法。」安索莫說。

現在的他們在黑暗中並肩走得很近，他的說話聲音輕柔，偶爾會在爬坡時轉過頭來。「我不會殺主教，一個也不會殺，我不會殺任何一種大老闆。我會要他們每天下田工作，就像我們會在山裡砍樹一樣，我會要他們餘生都這麼幹。這樣他們才會知道，我們每個人生下來必須面對什麼。他們應該跟我們睡在同樣的地方，吃跟我們一樣的食物，但最重要的是他們必須工作。這樣他們才會學到教訓。」

「然後他們會想辦法生存下來，再次把你變成奴隸。」

35 西班牙第二共和國時期始終對天主教會採行打壓策略，到了西班牙內戰時，天主教會一直與共和軍的對手國民軍站在一起。

「殺掉他們無法讓任何人成長，」安索莫說：「你不可能全面殲滅他們，他們的後代只會因此懷抱更大的仇恨。把他們關起來也無濟於事。監獄只會製造仇恨。我們所有的敵人都該學到教訓。」

「但你還是殺了人。」

「對，」安索莫說：「殺過很多次，以後也還會殺，但不會因此感到愉快，也覺得那是種罪。」

「還有哨兵。你剛剛拿殺哨兵的事來開玩笑。」

「那就是個玩笑。我會殺那個哨兵，沒錯，我很篤定，心裡很清楚這就是我們的任務，但我並不感到愉快。」

「我們就讓那些享受殺人的人去愉快吧，」羅伯．喬登說：「兩個小隊各有八個人和五個人，所有會有十三個人享受這趟任務。」

「樂在其中的人很多，」安索莫在黑暗中說：「我們游擊隊有很多這種人。享受殺人的人比服役參戰的人還多。」

「你從軍過？」

「沒有，」老人說：「反抗運動剛開始時，我們有在塞哥維亞作戰過，但我們被打得很慘，就跑了。我和其他人一起逃。我們不是真的很清楚自己在做什麼，也不知道怎麼做才對。而且我只有一把獵槍和大號鉛彈的子彈，國民警衛隊卻有毛瑟槍。我在一百碼外用大號鉛彈根本打不到他們，但他們就算距離三百碼也能輕鬆擊中我們，好像我們是群小兔子。他們不停射擊，又射得很準，我們在他們面前就像小綿羊。」他安靜了一陣子，然後開口問：「你覺得炸橋時需要對戰嗎？」

「有這個可能。」

「我只要看到雙方交戰，就一定會逃，」安索莫說：「我不知道自己可以做什麼。我是個老人了，怎麼想都想不出來。」

「我會負責照顧你。」羅伯．喬登告訴他。

「你有跟敵方對戰過嗎？」

「有過幾次。」

「你對炸橋這場任務有什麼看法？」

「首先我在意的是橋，那是我必須做好的工作。把橋毀掉並不難，但我們還得處理其他細節。為了做好準備，我會把所有重點寫下來。」

「這裡識字的人不多。」安索莫說。

「我會用大家能理解的方式來寫，好讓每個人都能清楚，也會另外詳細解釋。」

「你分配我做什麼，我就會去做，」安索莫說：「但別忘記塞哥維亞的那場槍戰，如果兩邊打起來，就算只有激烈交火，我都必須清楚知道自己非做不可的工作內容，不然我只會逃跑。我記得自己在塞哥維亞時真的就是一心想逃。」

「我們會待在一起，」羅伯・喬登告訴他。「我會隨時告訴你該做什麼。」

「那就沒問題了，」安索莫說：「只要給我指令，我都能幹。」

「為了橋和這場仗，我們該團結一心。」羅伯・喬登在黑暗中這麼說，他覺得自己有點戲劇化，但用西班牙文講的感覺挺好的。

「這是我們該優先做好的事。」安索莫說。聽見他誠懇、明確又毫不矯飾地說出這句話，不帶英文那種低調內斂的姿態，也沒有拉丁語系擅長展現雄風的口氣，羅伯・喬登覺得自己能遇上老頭這夥伴實在幸運，而且他還清楚看過了橋、簡化了解決問題的方法，好讓自己屆時能在那兩座哨站毫無戒備的情況之下，以正規的方式炸掉橋，他痛恨戈茲下的命令，也痛恨這些命令的必要性。他痛恨這些命令對自己造成的影響，以及對這個老頭造成的影響。對於必須執行的人來說，這些都是百分之百糟糕的命令。

但不能這樣想，他告訴自己，這世間沒有所謂的你，也沒有所謂不能出事的人。你跟這老頭都無足輕重。你只是用來執行任務的工具。這些必須執行的命令不是你的錯，總之現在有座橋，這座橋可能成為人類族群未來命運的轉捩點。這座橋也可能和戰爭中發生的所有其他事連動。你只有一件事要做，你非做不可。只有一件事啊，天殺的，他心想。如果真只有一件事就容易多了。別擔心了，你這嘮叨的渾蛋，他告訴自己。想想別的吧。

所以他開始想那個名叫瑪麗亞的女孩，他想她的肌膚，她的頭髮和眼睛都是一樣的金棕色，頭髮顏色稍微深一些，但若是她再曬一下膚色，髮色就會顯得不那麼濃重，畢竟那光滑的肌膚表面上是淡金色，底下卻透出黝深的肉色。一定很光滑吧，她全身的肌膚一定很光滑，她的姿態笨拙，彷彿身體有什麼毛病，她也因為別人能看出自己的毛病而難為情，但其實她根本沒毛病，一切只是她的想像。他望著她時，她臉紅起來，她坐著時，雙手環抱住膝蓋前方，襯衫領口在喉頭處打開，胸部的弧線往上挺翹，抵在襯衫底下，他就這麼想著她，喉頭開始吞嚥困難，而且因為山路變得難走，他和安索莫不再說話，直到老人開口說：「現在我們穿過這片岩堆，往下走，就能抵達營地。」

他們在黑暗中穿過岩堆，此時有個男人對他們說：「站住，你們是誰？」他們聽見槍栓被往後拉，發出喀噠一聲，然後槍栓又被往前推，往下壓到槍托時發出敲擊到木頭的聲音。

「是同志。」安索莫說。

「什麼同志？」

「帕布羅那邊的同志，」老人對他說：「你不認識我們？」

「認識，」那個聲音說：「但這是命令。你們知道通關密語嗎？」

「不知道。我們是從下面來的。」

「我知道，」男人在黑暗中說：「你們是從橋那邊來的。我都知道。命令不是我下的。你們必須說出通關密語的後半。」

「那前半是什麼？」羅伯・喬登問。

「我忘了，」男人在黑暗中笑了出來。「你們他媽的直接走去營火那邊吧，帶著你們那些可惡的炸藥。」

「還真是遵守游擊隊應有的紀律啊，」安索莫說：「把槍的擊錘降下。」

「降下啦，」男人在黑暗中說：「我用大拇指和食指壓下去了。」

「你要是用毛瑟槍時這麼做，有些槍栓上沒有防滑紋，那就等於直接開槍了。」

「這把就是毛瑟槍，」男人說：「但我的大拇指和食指力氣驚人。我都是這樣降下擊錘。」

「你的步槍指向哪裡？」安索莫在黑暗中問。

「指著你，」男人說：「槍栓壓下後就一直指著你們。你們去營地時，叫人來換我的班，因為我真是餓到他媽的不知怎麼說，連通關密語都給忘了。」

「你的名字是？」羅伯．喬登問。

「奧古斯敦，我在這裡快無聊死了。」

「我們會把你的話帶過去。」羅伯．喬登說，他心想，沒有任何其他國家的農民會說西班牙文中代表無聊的 aburmiento，但這是西班牙各階級的人口中最常出現的詞彙。

「聽我說，」奧古斯敦走近他們，將一隻手搭在羅伯．喬登的肩膀上。接著他用燧石和鋼料點燃一片軟木，把火吹大，利用火光打量這名年輕人的臉。

「你跟另一個傢伙很像，」他說：「但又不太一樣。聽我說，」他把用來打出火星的工具放下，站直身體，握好他的步槍。「告訴我，橋的事是真的嗎？」

「什麼橋的事？」

「就是我們得該死的炸掉那座橋，然後我們得該死的離開這片該死的山區？」

「我不知道。」

「**你**不知道，」奧古斯敦說：「多無禮的態度啊！那些炸藥是誰的啊？」

「我的。」

「然後你不知道炸藥是用來做什麼的？少胡說了。」

「我知道炸藥是用來做什麼，你們很快也會知道，」羅伯．喬登說：「但我們現在先去營地。」

「去他媽下地獄吧，」奧古斯敦說：「也去你的。但要我行行好，跟你說件事嗎？」

「好，」羅伯．喬登說：「如果不是那些去他媽的髒話。」他直接點出在充斥剛剛那段話的髒話。這個奧古斯敦說話超髒，每個名詞都要加上一個髒字當形容詞，而且還用同一種髒話當動詞用，羅伯．喬登甚至懷疑他沒辦法在不說髒話的情況下好好講一個句子。奧古斯敦聽到後在黑暗中笑了。「我說話就是這個風格，可能是因為長得醜吧，誰知道呢？每個人都會根據自己的模樣說話嘛。聽我說，橋對我來說一點也不重要，橋代表的意義對我來說也不重要。而且待在這片山區讓我覺得無聊，有必要的話離開也沒差。這片山區對我沒有任何意義，我們就該頭也不回地走，但我必須說件事：保護好你的炸藥。」

「謝謝你，」羅伯．喬登說：「是要防你嗎？」

「不是，」奧古斯敦說：「是要防那些跟我一樣天殺的沒什麼資源的人。」

「因為？」羅伯．喬登說。

「你懂西班牙文，」奧古斯敦說話的態度嚴肅起來。「保護好你那些天殺的炸藥。」

「謝謝你。」

「不，別謝我。看好你的東西就是了。」

「發生過什麼事嗎？」

「沒有，如果有的話，我也不會浪費時間跟你說這些了。」

「總之還是謝謝你。我們現在去營地了。」

「很好，」奧古斯敦說：「還要叫他們派個記得通關密語的人來。」

「我們會在營地見到你嗎？」

「會的，老兄。很快就會。」

「來吧。」羅伯．喬登對安索莫說。

他們沿著草原邊緣往下走，眼前有片灰濛濛的薄霧。走過松樹林地後，此刻他們腳下的草地豐美，草葉上的露珠沾濕了繩底鞋的帆布面。就在前方，羅伯．喬登可以透過林間看到火光，他知道那裡就是洞穴入口。

「奧古斯敦是個非常好的人，」安索莫說：「嘴巴很不乾淨，一天到晚開玩笑，但是個很認真的人。」

「你跟他很熟？」

「對，認識很久了，我對他很有信心。」

「那他剛剛說的話呢？」

「他說的沒錯，老兄。帕布羅現在不是個好人，你一定也看得出來。」

「最好的處理方式是？」

「一定要有人時時守著炸藥。」

「誰？」

「你、我、那個女孩，還有奧古斯敦。畢竟他也看出危險了。」

「你之前就覺得這裡的情況像現在這麼糟了嗎？」

「不，」安索莫說：「但惡化得很快。不過我們還是必須來這裡。這片山區是由帕布羅和聾子掌管，若要在這一帶工作就得跟他們打交道，除非是可以不靠他們完成的工作。」

「那聾子狀況如何？」

「很好，」安索莫說：「另一個傢伙有多壞，這傢伙就有多好。」

「你覺得他現在是真的墮落了？」

「整個下午我都在思考，但根據我們剛剛聽到的那些話，我現在覺得，沒錯，真的就是。」

「如果離開這裡，去炸另一座橋，然後從其他小隊那裡徵集人手呢？」

「不行，」安索莫說：「這是他的地盤。你若打算那麼做，絕對逃不過他的法眼。但無論怎麼做，我們都得非常謹慎。」

第四章

他們來到洞穴口，有道光線從掛在洞口的毯子邊緣透出來。兩個背包就在樹下，上面蓋著帆布，羅伯．喬登跪下摸了一下，發現帆布又濕又硬。在黑暗中，他把手探進帆布底下摸索，從其中一個背包的外袋拿出一個裹著皮套的扁酒壺，默默塞入自己的口袋。背包開口有長棍形的掛鎖插在金屬釦眼中，他把掛鎖拉開，解開背包頂端的拉繩，伸手進包裡確認內容物。在其中一個背包底部，他摸到捆在一起的火藥塊，這些火藥塊分裝在許多袋子中，袋子外頭用厚睡袋裹了起來。他重新把拉繩綁好，掛鎖鎖上，手伸進另一個背包，摸到木盒的銳利邊角，那只木盒裡面裝著老舊的引爆器，另外還有裝滿導線帽的雪茄盒，每根小圓柱狀的導線帽外都纏著連接其上的兩根導線（那些物資被打包的仔細程度，就跟他小時候打包野鳥蛋沒兩樣），他還摸到短機關槍的槍托，這個槍托裹在他的皮夾克裡，上面的槍管已經拆下，在大背包的其中一個內袋中有兩個槍盤和五個彈夾，另一個內袋中有一小卷銅線和一大卷輕巧的絕緣線。在那個裝了線的口袋中，他又摸到他的鉗子，和用來在火藥塊尾端鑽洞的兩把木柄尖錐，接著他從最後一個內袋中掏出一大盒俄國香菸，這是他從戈茲總部獲得的其中一項物資，然後他把袋口綁緊，掛鎖鎖上，背包的遮片拉下扣好，再次用帆布蓋住兩個背包。此時安索莫已經走進洞穴。

羅伯．喬登起身跟在他身後，但思考了一下後又掀起蓋住背包的帆布，一手拎起一個背包開始走，過程看來有點勉強。他走到洞口，放下一個背包，把洞口的毯子拉到一邊，頭往下彎，然後一手抓著一個背包的皮製肩背帶走進洞穴。

溫暖的洞穴內煙霧瀰漫。其中一面牆邊放著一張桌子，桌上有個瓶子內插著獸脂蠟燭。帕布羅就坐在桌邊。另外還有三個他不認識的男人和那位吉普賽人拉菲爾。燭火在這些男人的身後投出陰影，安索莫站在剛進洞穴的桌子右側。洞穴角落的開放式火爐燒著炭火，帕布羅的老婆就站在一旁，女孩則跪在她腳邊往一個鐵鍋裡攪拌。她拿起木匙，望向站在入口處的羅伯．喬登，女人正用風箱把火吹旺，他則在火光中看見了那個女孩的臉，女孩的手臂，還看見湯汁沿著木匙流下後滴進鐵鍋裡。

「你拿著什麼？」帕布羅說。

「我的裝備。」羅伯．喬登說，他把兩個背包中間隔著一點距離放下，就放在桌子朝向洞穴開口處的對面。

「放在外面不好嗎？」帕布羅問。

「可能有人會在黑暗中被背包絆倒。」羅伯．喬登說，然後他走到桌邊，把那一大包香菸放在桌上。

「我不喜歡洞穴裡有炸藥。」帕布羅說。

「離火很遠，」羅伯．喬登說：「拿些香菸吧。」他用大拇指的指甲掃過紙盒邊緣，紙盒表面印著多色軍艦的圖案，他把菸盒往帕布羅的方向推。

安索莫拿了張生獸皮面的矮凳給他，他在桌邊坐下。帕布羅望著他，一臉打算再說些什麼的模樣，但仍只是伸手拿了幾根菸。

羅伯．喬登把菸推向其他人。他還沒見過他們，但注意到只有一個男人真的伸手拿菸，另外兩人沒拿。他們的注意力都在帕布羅身上。

「都還好嗎？吉普賽人？」他對拉菲爾說。

「很好。」吉普賽人說。羅伯．喬登看得出來，他進來時他們正在議論自己。就連吉普賽人看起來都不太自在。

「她又打算讓你吃飯了？」羅伯．喬登問吉普賽人。

「對啊，沒道理阻止我吧？」他下午時還會友善地跟他開玩笑，現在態度卻完全不同。帕布羅的女人什麼話都沒說，只是繼續對著炭火壓風箱。

「有個名叫奧古斯敦的人說，他在上面要無聊死了。」羅伯．喬登說。

「死不了的，」帕布羅說：「就讓他再無聊一下吧。」

「有酒嗎？」羅伯．喬登面對著桌子問，沒有特別在問誰，他把身體往前傾，雙手搭在桌面。

「有剩一點。」帕布羅一臉陰沉地說。羅伯．喬登覺得他最好認真觀察一下另外三個人，看能不能搞清楚自己目前的處境。

「既然如此，讓我喝杯水吧。妳，」他對女孩說：「拿杯水來給我。」

女孩抬頭望向女人，女人沒說話，也沒表現出聽到他說話的樣子，女孩走去裝水的壺邊，裝了滿滿一杯後拿來放在他面前的桌上。羅伯．喬登對她微笑，在此同時，他肚子吸氣，將坐在矮凳上的身體稍微往左轉，讓腰帶上的手槍稍微往他需要的方向滑動。他把手往後伸向後側口袋，帕布羅望著他，他知道他們所有人都在看他，但他只望著帕布羅，他從屁股上的口袋取出那個裹著皮套的扁酒壺，轉開蓋子，拿起杯子，喝掉一半的水，然後緩慢地把壺裡的液體倒進杯裡。

「對妳來說太烈了，我就只給妳嘗一點，」他對女孩說，然後再次對她露出微笑。「實在沒剩多少，不然也會給你嘗一點。」他對帕布羅說。

「我不愛茴香。」帕布羅說。

辛辣的氣味傳遍整張桌子，他聞出其中一種熟悉的成分氣味。

「很好，」羅伯．喬登說：「因為沒剩多少。」

「那是什麼飲料？」吉普賽人問。

「一種藥，」羅伯．喬登說：「想喝喝看嗎？」

「用來治什麼的？」

「什麼都能治，」羅伯・喬登說：「什麼都能治。不管你有哪裡不對勁，喝這個都能治。」

「讓我嘗嘗。」吉普賽人說。

羅伯・喬登把杯子推向他。原本的液體摻了水，在杯子裡呈現出奶黃色，他希望吉普賽人頂多喝一口。杯裡真的剩下不多，而這只要喝上一杯就能取代所有你讀過的晚報、所有以前在咖啡廳享受過的時光、所有在這個月盛放花朵的栗子樹、在巴黎的外環大道上緩慢行進的馬匹、那些書店、那些小雜貨舖、那些畫廊、蒙蘇里公園、布法羅體育場、肖蒙山丘公園、擔保信託公司和西堤島、歷史悠久的福約酒店[36]，還有能夠閱讀、放鬆的那些夜晚時光；這酒只要喝上一杯，就能取代他享受過、遺忘過的所有一切，在他嘗到這曖昧、苦辣、麻痺舌頭、燒暖腦子、燒暖肚子，甚至連想法都改變的液體煉金成果後，一切都能回想起來了。

吉普賽人做了個鬼臉，把杯子還給他。「聞起來是茴香，但嘗起來比膽汁還苦，」他說：「我寧願生病也不要喝這個藥。」

「是苦艾的味道，」羅伯・喬登對他說：「這裡頭是純正的艾碧斯酒，酒裡有苦艾。大家都說苦艾會搞壞人的腦子，但我不這麼想，我覺得苦艾只會讓你改變想法。本來是該把水慢慢加進去才對，一次一滴，但我剛剛是把酒直接倒進水裡。」

「你說什麼？」帕布羅聽起來怒氣沖沖，他覺得這話有嘲笑他的意思。

「我只是在解釋藥該怎麼喝，」羅伯・喬登對他笑著說：「我在馬德里買的。這是最後一瓶，我已經喝了三個星期。」他喝了一大口，感覺液體包覆住他的舌頭，造成極輕微的麻痺效果。他望向帕布羅，再次露齒而笑。

「我們的任務如何？」他問。

帕布羅沒回話，羅伯・喬登仔細地觀察起桌邊另外三個男人。其中一個男人有著一張扁平的大臉，那張棕色的臉扁得就像白豬火腿，斷過鼻子平貼其上，而那根從口中斜斜突出的俄國香菸只讓他的臉顯得更平。這個男人有一頭灰色短髮，下巴滿布灰色鬍渣，身上穿著尋常的黑色工作服，鈕釦一路扣到脖子下緣。羅伯．喬登望向他時，他把眼神移往桌面，但神色篤定，也沒眨眼。另外兩人顯然是兄弟。他們長得很像，身材都很矮，體格壯碩，頭髮是黑色，額頭上的髮線很低，眼珠子一個是黑色，一個是棕色。其中一人左眼上方的額頭有條疤，當他望向他們時，兩人都篤定地回應他的眼神。其中一人看來大概二十六、八歲，另一個大概比他大兩歲。

「你在看什麼？」兄弟中的其中一人問他，有疤的那位。

「看你。」羅伯．喬登說。

「有看到什麼不尋常的嗎？」

「沒有，」羅伯．喬登說：「來根香菸？」

「有何不可？」兄弟中的這一位說。他本來一根都沒拿。「這些菸就跟另外那傢伙的一樣，炸火車那傢伙。」

「你們也有參加火車任務嗎？」

「我們都在現場，」兄弟中拿菸的這位沉靜地說：「除了老頭之外。」

「這正是我們現在該做的，」帕布羅說：「再找火車來幹一票。」

「當然可以，」羅伯．喬登說：「炸完橋之後。」

他可以看見帕布羅的老婆不再埋首火堆，她稍微轉過身來，她在聽。當他提起「橋」時，沒人說話。

「炸完橋之後。」他故意再說了一次，然後喝了一小口艾碧斯酒。由我來開場也沒什麼不行，

36 這裡提及的地方都是巴黎的機構及景點。

他心想，該來的遲早要來。

「我不贊成炸橋，」帕布羅說話時眼睛望著桌面。「我跟我的手下都不贊成。」

羅伯．喬登沒說話。他望安索莫，舉起手上的杯子。「那我們只好自己幹了，老傢伙。」他微笑著說。

「不用算上這個懦夫。」安索莫說。

「你剛剛說什麼？」帕布羅對老頭說。

「跟你無關，我沒在跟你說話。」安索莫對他說。

羅伯．喬登此刻的眼神越過桌面，落到站在火堆旁的帕布羅老婆臉上。她還沒說話，也沒有打算開口的跡象。但現在她用他聽不見的音量對女孩說了些什麼，女孩於是從煮飯的火堆旁站起身，沿著牆邊悄悄走遠，然後拉開掛在洞口的毯子後走出去。我想是時候攤牌了，羅伯．喬登心想。我想是這樣沒錯，雖然並不希望，但似乎已經別無選擇。

「那我們會在沒有你的幫助下進行。」羅伯．喬登對帕布羅說。

「不行，」帕布羅說，羅伯．喬登望著他滿臉大汗。「你不能在這裡炸橋。」

「不行？」

「你不能在這裡炸橋。」帕布羅口氣沉重地說。

「妳怎麼想？」羅伯．喬登對站在一旁的帕布羅妻子開口，她在火邊的身影巨大，一動也不動。她轉向他們後開口說：「我支持炸橋。」她的臉被火光照亮，整張臉泛紅，火光讓她原有的深色肌膚顯得暖和又漂亮。

「妳說什麼？」帕布羅對她說，羅伯．喬登看到他臉上有遭到背叛的表情，還在他轉頭時看見他額上的汗水。

「我支持炸橋，不支持你，」帕布羅的妻子說：「就這樣。」

「我也支持炸橋。」鼻子斷過的扁臉男人說，他在桌面捻熄菸頭。

「對我來說那座橋根本不重要，」其中一位兄弟說：「我支持帕布羅的 mujer。」

「贊成。」另一位兄弟說。

「贊成。」吉普賽人說。

羅伯．喬登望著帕布羅，他一邊盯著他，一邊慢慢把右手往下探，為可能需要動手的場面做好準備，心裡半是希望真能動手（他覺得或許那是最簡單、最容易的結果，但又不想搞壞經營得很好的局面，畢竟他也很清楚，一個家庭、一個家族，或一個游擊小隊中的所有人，只需要發生一場爭執，就能多快跟外來的陌生人變得勢不兩立，但他又想，考量眼前已發生的狀況，光是動手就能將問題用最好、最簡單的方式解決，幾乎如同外科手術般完善），在此同時，他看見帕布羅的老婆站在那裡，因為大家跟她站在同一陣線而在臉上泛起自豪、堅定又健康的紅潮。

「我支持共和國，」帕布羅的女人開心地說：「支持共和國就是支持炸橋，以後我們會有時間去幹別的計畫。」

「而妳，」帕布羅用憤恨的口氣說：「真是腦如種牛，心如妓女。如果炸了橋，妳以為我們還有什麼『以後』可言？妳知道我們得克服多少麻煩嗎？」

「那就一定要克服，」帕布羅的女人說：「一定要克服，也一定會克服。」

「所以我們如果像野獸一樣遭人追殺，妳也覺得沒差嗎？為了這麼一件沒好處的任務？死掉也沒差？」

「無所謂，」帕布羅的女人說：「別嚇唬我，懦夫。」

「懦夫，」帕布羅憤恨地說：「只因為這個男人懂得綜觀全局，因為他可以看出這場進攻有多白癡，妳就覺得他是懦夫。明白什麼行為是愚蠢才不是懦夫。」

「明白誰是懦夫也不是愚蠢。」安索莫說，他實在無法克制照樣造句的衝動。

「你找死嗎？」帕布羅嚴肅地問他，羅伯．喬登看得出來他可不是隨便問問。

「不想。」

「那就小心管好你的嘴。你這人話太多，根本不懂自己在說什麼。你看不出嚴重性嗎？」他幾乎是憐憫地說：「只有我清楚情況有多嚴峻嗎？」

我想沒錯，羅伯．喬登心想。老帕布羅啊，你這老男孩，我想沒錯。除了我之外沒人清楚。你清楚，我清楚，那女人可以從我的掌紋讀出來，但沒有真正搞清楚，還沒。她還沒搞清楚。

「我這個隊長是白當了嗎？」帕布羅問。「我知道我在說什麼。你們其他人根本沒概念。這老頭就是胡說八道，他什麼都不是，平常只負責送信，不然就幫外國人帶路。這個外國人來這裡也只是追求外國人的好處，而為了他的好處我們得犧牲。我是為了我們所有人好，我是為了我們的安全。」

「安全，」帕布羅的妻子說：「根本沒什麼安全。太多想過得安全的人現在都跑來這裡，反而讓這區變得很危險。你現在反而是為了安全輸掉一切。」

此刻的她已經拿著大湯匙站在桌邊。

「還是有可能安全的，」帕布羅說：「在危險中過得安全，就是要能清楚知道我們必須承擔多少風險，就像鬥牛士很清楚自己在做什麼，他不會隨便冒險，他是安全的。」

「直到他被牛角捅出大洞，」女人挖苦地說：「我見過太多次了，這些鬥牛士在被捅之前都會這樣說。我就不知道聽菲尼托說過多少次：只要懂得掌握情況，鬥牛就不可能捅穿人，只可能是人自己去讓牛角捅穿。在被捅之前，這些人總是大言不慚地這樣說。然後我們就去診所探望他啦。」現在她開始模仿在床邊探病的場景，「『哈囉，老友，哈囉，』」她聲如洪鐘。然後她模仿的是受傷鬥牛士的虛弱聲音：「『Buenas, Compadre[37]，妳都好嗎？皮勒？』」接著她用自己洪亮的音量說：「『怎麼會這樣，菲尼托，Chico[38]，這麼糟糕的意外怎麼會發生在你身上？』」然後她的聲音又變得虛弱，「『沒什麼啦，女人。皮勒，這真的沒什麼。不該發生這種事的。我用精采的手法直取牠的要害，妳懂吧，沒人能幹得比我更好。當時我已經完全按計畫直取牠的要害，牠死定了，腿都在發抖，即將被自己的體重拉倒，我從牠身邊走開，心裡有些自大，整個人大搖大擺，然後就從我的背後，牠用角從我的屁股中間捅進去，刺穿了我的肝臟。』」她開始笑，然後她停止模仿那名鬥牛士幾乎可說嬌弱的聲音，音量再次響亮起來。「你儘管大談你要的安全吧！我跟三個全世界待遇最差的鬥牛士一起生活了九年，難道對何謂恐懼或安全會一無所知嗎？你拿什麼跟我談都行，別談什麼安全。還有你，我以前對你期待很高，結果竟然全是幻覺？戰爭才過一年，你就變得這麼懶散，還成為一個酗酒的懦夫。」

「你沒有權利用這種態度說話，」帕布羅說：「尤其還是在小隊隊員和陌生人的面前。」

「我就要用這種態度說話，」帕布羅的妻子繼續說：「剛剛大家說的話你是沒聽見嗎？你還覺得這裡是由你發號施令？」

「對，」帕布羅說：「這裡由我指揮。」

「我沒在開玩笑，」女人說：「這裡由我指揮！你沒聽見 **la gente**[39] 都是怎麼說的嗎？這裡真正在發號施令的只有我。你想要的話大可留下來，你可以吃飯也可以喝酒，但天殺的別吃太多，願意的話也能分擔大家的工作。但這裡由我指揮。」

「我該槍斃妳和這個外國人。」帕布羅陰沉地說。

「試試看啊，」女人說：「看看會發生什麼事。」

37「Buenas, Compadre」是西班牙文，意思是「你好啊，夥伴。」

38 Chico，西班牙文，意思是「你這傢伙」。

39 la gente，西班牙文，意思是「大家」。

「給我來杯水。」羅伯．喬登開口，他盯著他們，那個男人看起來嚴肅又陰沉，那個女人則是自豪又自信，她姿態權威地握著那根大湯匙，彷彿那是根權杖。

「瑪麗亞，」帕布羅的女人喊，等女孩走進洞穴後，她說：「給這位同志一杯水。」

羅伯．喬登伸手取出扁酒壺，並在此同時鬆開槍套，將手槍甩到大腿上方。他第二次將艾碧斯酒倒入杯中，接過女孩遞來的杯子，開始將水一滴滴倒入原本的杯中，一次一點點。女孩站在他的手肘邊望著他。

「出去。」帕布羅的女人對她說，手拿著湯匙往洞口揮。

「外面很冷。」女孩說，她把臉頰貼近羅伯．喬登的臉頰，仔細觀察烈酒在杯中霧化的過程。

「或許吧，」帕布羅的女人說：「但裡面太熱了。」然後她語氣和善地說：「再一下就好。」

女孩搖搖頭，出去了。

我不覺得他還能繼續忍受這個場面，羅伯．喬登在心中告訴自己。他一隻手拿起杯子，另一手現在明擺地放在手槍上。他已經滑開槍的保險，感覺格紋槍柄久經磨損，幾近光滑，摩擦他的肌膚時帶來一種舒適的感受，然後他輕撫圓滑、冰涼的扳機護弓，感受著它的陪伴。帕布羅已經沒在看他，他只盯著他的女人。她繼續說：「聽我說，酒鬼，你現在明白這裡誰是老大了嗎？」

「我。」

「不，聽好了，把你多毛耳朵裡的耳屎挖乾淨，給我聽清楚。我才是老大。」

帕布羅望著她，你從他的臉上看不出他的心思。他不慌不忙地瞪著她，然後眼神越過桌面望向羅伯．喬登。他若有所思地望著他很久，然後再次把眼神移回他的女人身上。

「好啊，就給妳指揮吧，」他說：「妳想要的話也可以給他指揮啊。你們倆可以下地獄去了。」他直直瞪著女人的臉，彷彿自己沒有屈服於她，也沒有受到她的任何影響。「可能我是懶吧，也可能我酒喝得太多。妳可以把我當成一個懦夫，但妳搞錯了，我可不笨。」他沉默了一下。「妳愛當老大就當，滿意了吧。好了，既然妳是女人又是老大，我們現在該有些食物吃吧。」

「瑪麗亞。」帕布羅的女人大喊。

女孩的頭從洞口的毯子邊鑽進來。「現在進來上晚餐。」

女孩走進洞穴，經過爐邊的矮桌，拿出一些琺瑯碗放到桌上。

「我們有足夠所有人喝的酒，」帕布羅的女人對羅伯．喬登說：「別管那個酒鬼說什麼。等這些喝完後我們還能弄來更多。你現在喝的這個少見玩意兒，趕快喝完，來杯葡萄酒吧。」

羅伯．喬登吞下最後一口艾碧斯，他仔細品味著，因為大口吞酒，他的體內彷彿因為化學改變產生一股熱流，那股熱流溫暖、微弱、潮濕，幾乎有輕煙隨之升起。然後他為了裝葡萄酒遞出杯子。女孩幫他舀了滿滿一杯，臉上露出微笑。

「那麼，你看見橋了嗎？」吉普賽人問。自從改變陣營後，其他人都還沒開過口，此時所有人都為了這個話題靠攏過來。

「有，」羅伯．喬登說：「是個很簡單的任務，要我展示給你們看嗎？」

「要，老兄。很有興趣啊。」

羅伯．喬登從襯衫口袋拿出筆記本，讓他們看那些素描。

「看看有多像，」扁臉男人說，他的名字是普里米提沃。「完全就是那座橋。」

羅伯．喬登用筆尖解釋他們該怎麼炸橋，要在哪裡擺炸藥，還有選擇那些地方的原因。

「真簡單，」兄弟中的疤臉男說，他名叫安德列斯。「那要怎麼引爆？」

羅伯．喬登也用素描解釋了他打算怎麼做，他感覺女孩一邊看一邊把手臂搭到他的肩膀上。帕布羅的女人也跟在一旁看，只有帕布羅毫無興趣，他獨自坐在一旁，手裡拿著剛剛從大碗中舀出的一杯葡萄酒，那只大碗是瑪麗亞剛剛用掛在洞口左邊的酒囊裝滿的。

「你之前常做這件事嗎？」女孩語氣輕柔地問。

「對。」

「我們可以看到執行的過程嗎？」

「可以，有何不可？」

「妳會看到的，」坐在桌子另一頭的帕布羅說：「我相信妳會看到的。」

「閉嘴，」帕布羅的女人對他說，然後突然記起下午看到的手相，於是毫不講理地暴怒起來。「閉嘴，懦夫。閉嘴，厄運鳥。閉嘴，殺人魔。」

「很好，」帕布羅說：「我閉嘴。反正現在是妳發號施令，妳該繼續欣賞那些漂亮的圖片啊。但記住，我可不笨。」

帕布羅的女人可以感覺內心的怒氣逐漸轉為哀傷，然後又變成讓她無法心懷希望及盼望的一種情緒。她從小就明白這種情緒，她這輩子都明白這是從何而來。這種情緒在此時突然出現，但她擱置不理，也不打算受其影響，無論是她本人或共和國都一樣，「現在來吃飯吧。把鍋裡的食物用碗裝上來，瑪麗亞。」

第五章

羅伯・喬登推開掛在洞口的馬鞍毯，踏出洞外，深吸了一口夜間的冷涼空氣。薄霧已散去，星星出來了。四下無風，此時此刻，他遠離了洞穴中的溫暖空氣，裡頭的溫暖空氣滿是菸草及煤炭飄出的濃煙，還有烹調米飯、肉、番紅花、紅甜椒和油的氣味，另外還有巨大皮囊中灑出的酒散發出瀝青味，那具巨大的動物皮囊是用繩子綁著脖子處掛在洞口邊，皮囊的四條腿直直往外延伸，取酒時要拔開裝在其中一條腿上的塞子，有些酒灑在泥土地上，稍微蓋掉了塵土的氣味；現在他在外面，同時也遠離了那些他完全不知道名字的草藥氣味，那些草藥一綑綑吊在洞穴頂部，和一串串繩索綁起的大蒜掛在一起，他遠離了那些銅幣、紅酒和大蒜的氣味，遠離了馬味以及男人乾在衣服上的汗味（男人的汗味刺鼻又濃重，馬匹汗沫在刷洗過卻仍有殘餘，乾掉後的散發則是甜膩、噁心的氣味），同時他也遠離了桌邊的那些男人。羅伯・喬登將山間夜晚的乾淨空氣深深吸入體內，空氣聞起來是松樹和溪邊草原葉片上的露珠氣味。自從風不再吹，地面就結滿大量露珠，不過他站在洞口時，心裡想著早上應該會結霜。

他站在那裡深呼吸，聆聽暗夜的聲響，一開始，他聽見遠方有射擊的槍響，接著聽見貓頭鷹在底下的林木間高聲鳴叫，就在繩索馬欄的位置。然後他聽到洞穴裡的吉普賽人開始唱歌，另外還有吉他被輕柔彈響和弦。

「**我從父親手中繼承了遺產，**」一個強裝堅定的聲音剛硬地響起，在空中縈繞不去。那個聲音繼續唱：

「我繼承的是月亮和太陽
儘管我在這個世界到處流浪
卻從未把這遺產花光。」

有人急促撥動吉他和弦，藉此為唱歌的人撥出一陣掌聲。「很好，」羅伯．喬登聽見有人說：「給我們唱首加泰隆尼亞民謠吧，吉普賽人。」

「不要。」

「要啦，要啦。加泰隆尼亞民謠。」

「好吧。」吉普賽人說，然後歌聲哀愁地唱起來，

「我的鼻子扁
我的臉黑
但我還是個男人。」

「Olé[40]！」有人說：「繼續啊，吉普賽人！」

吉普賽人的歌聲悲傷地揚起，其中似乎又帶有一絲嘲諷意味。

「感謝上帝我是個黑人。
而不是加泰隆尼亞人！」

「吵死人了，」帕布羅的聲音說：「閉嘴，吉普賽人。」

「沒錯，」他聽見女人的聲音。「真的吵死人了。那種歌聲除了招來國民警衛隊之外，從頭到尾就是難聽。」

「這首歌我還知道一段。」吉普賽人說，於是吉他開始彈奏。

「省省吧你。」女人對他說。

吉他停止彈奏。

「反正我今晚喉嚨狀態不好，不唱也沒損失。」吉普賽人說，然後他拉開毯子，走入洞外的黑暗。

羅伯．喬登望著他走向一棵樹，於是也朝他走去。

「羅伯托，」吉普賽人輕聲開口。

「是的，拉菲爾。」他說。根據吉普賽人說話的聲音，他知道他已微醺。他自己也因為那兩杯艾碧斯和後來的葡萄酒有點醉，但因為必須應付帕布羅的壓力，他的腦筋還算清晰、冷靜。

「你為什麼沒殺掉帕布羅？」吉普賽人的聲音非常小。

「為什麼要殺他？」

「你遲早得殺掉他，為什麼當時不下手？」

「你是認真的嗎？」

「你以為大家在等什麼？你以為那女人為什麼要打發女孩出去？你真覺得在剛剛那場對話之後，大家還能繼續合作嗎？」

「那你們就該幹掉他。」

「Qué va[41]，」吉普賽人沉靜地說：「那是你的工作。我們已經有三、四次都在等你殺掉他了。帕布羅沒有朋友。」

---

40 Olé，西班牙文，歡呼讚嘆的意思，可翻作「太讚了」或「太棒了」。

41 Qué va，西班牙文，這裡可翻作「不可能」，但也翻作「才不會」、「那才不」等。

「我確實有這個念頭，」羅伯．喬登說：「但後來還是算了。」
「大家一定都有看出來，所有人都注意到你已經做好準備。為什麼你沒下手？」
「我以為這樣做會讓你們其他人不滿，或讓那女人不滿。」
「Qué va，那女人就像等待貴客上門的妓女一樣著急。沒想到你內心還是個年輕人啊。」
「有可能喔。」
「現在殺掉他。」吉普賽人催促他。
「這樣是暗殺了。」
「那更好，」吉普賽人的聲音仍然很輕。「比較不危險。去啊，現在殺掉他。」
「我沒辦法。我對這種事很反感，就算是為了這場戰爭也不該這麼做。」
「那就挑釁他，」吉普賽人說：「總之你得殺掉他。要挽救這局面，沒有其他方法。」
兩人說話時，有隻貓頭鷹從林間飛過，動作輕柔又無比安靜，牠在經過兩人時下降，接著又往上飛，翅膀快速拍動，但沒有發出鳥類狩獵時的羽毛擦動聲。
「瞧瞧那隻貓頭鷹，」吉普賽人在黑暗中說：「人類行動時就該這樣。」
「然後到了白天，就算身邊全是烏鴉，牠在樹上卻什麼都看不見。」羅伯．喬登說。
「這種情況很少見，」吉普賽人說：「遇到了就是運氣。總之殺掉他，」他繼續說：「再等只會更難下手。」
「時機已經過去了。」
「去挑釁，」吉普賽人說：「或者趁夜深人靜的時候。」
蓋住洞口的毯子被掀開，光線透了出來，有人走向他們站的地方。
「真是個美好的晚上，」男人用粗重、呆板的聲音說：「明天天氣會很好。」
是帕布羅。

他正在抽一根俄國香菸，他的圓臉在他用力吸菸時被香菸的微光照亮。在星光下，他們可以看見他的長手臂和厚重身軀。

「完全不用管那女人，」他對羅伯．喬登說。那根香菸在暗夜中閃出明亮的火光，他把香菸從嘴邊取下，手放低，你能看見他手中的那根菸。「她有時很難搞，但是個好女人，對共和國很忠誠。」香菸的火光在他說話時輕微抽動著。他一定是叼著菸用嘴角說話，羅伯．喬登心想。「我們一起行動不會有什麼困難，我們團結一心。很高興你來了。」香菸的火光此時變得更亮。「別管我們剛剛吵什麼，」他說：「我們很歡迎你來這裡。」

「現在請容我先離開，」他說：「我要去看看他們把馬栓在草地上吃草的情況。」

他走進樹林，往那片草原走，然後他們聽見底下傳來馬的嘶鳴。

「懂了嗎？」吉普賽人說：「現在懂了嗎？這樣又錯過殺他的時機了。」

羅伯．喬登沒說話。

「我下去那裡。」吉普賽人生氣地說。

「去做什麼？」

「Qué va，至少可以不讓他逃跑。」

「他可以從下面騎馬離開嗎？」

「不行。」

「那去可以攔住他的地方。」

「奧古斯敦在那裡。」

「那去跟奧古斯敦說一聲，把剛剛發生的事告訴他。」

「奧古斯敦會很樂意殺掉他。」

「那也不糟？」羅伯．喬登說：「就上去吧，把情況一五一十地告訴他。」

「然後呢？」

「我下去草原那邊看看。」

「很好，老兄，很好，」他在黑暗中看不清楚拉菲爾的表情，但可以感覺到他在微笑。「你總算是上緊發條了。」吉普賽人顯得很滿意。

「去找奧古斯敦。」羅伯．喬登對他說。

「遵命，羅伯托，遵命。」吉普賽人說。

羅伯．喬登穿過松樹林，摸索著樹木一路走到草地邊緣。他在黑暗中往遠處眺望，這裡因為空曠被星光照得更亮，他能看見栓在這裡吃草的馬匹，不過看起來只是一方方深色的色塊。他數算著散落在他和溪流之間的馬匹數量，五匹。羅伯．喬登在一棵松樹旁坐下，眼神望向草原的另一頭。

我累了，他心想，或許判斷力也因此變得不太好。但我的責任是炸掉那座橋，為了達成目標，我不能在完成任務前讓自己承擔無謂的風險。當然有時候，不去承擔必要風險可能會讓他面臨更大的危險，但他一路走來始終如一，他總是順其自然。如果吉普賽人說的是實話，如果他們真的期待他殺掉帕布羅，那或許我確實該下手。但我始終不清楚他們是否真的這麼想。對他這樣一個陌生人而言，在之後必須合作的團隊中殺人實在不是個好主意。這件事在技術上可行，如果支持他的群體夠有紀律，或許做了也沒問題，但就眼下的狀況來說，儘管這個選項非常誘人，似乎也是最能輕鬆解決問題的簡單方法，我仍認為那是個糟糕的主意。我不相信在這片山區有什麼能輕鬆解決問題的簡單方法，此外，儘管我完全信任那個女人，我還是無法判斷她會對這麼極端的手段做出什麼反應。在這種地方搞死人的場面可以非常醜陋、難看，甚至令人難以接受。你實在無法確定她會有什麼反應。要是沒了這女人，這裡就沒有任何組織或紀律可言，有了這女人一切就能運作良好。如果她能自己殺掉他就太理想了，換作吉普賽人（但他不可能）或是那個哨兵奧古斯敦也很不錯。如果我開口要求，安索莫也會做，儘管他反對殺人。安索莫恨他，我相信是這樣，而且他已經信任我了，也相信支持我就代表支持他的信念。目前在我看來，只有那個女人和他是真正對共和國抱持信念；但現在說什麼都還太早。

隨著眼睛逐漸適應了星光，他能看見帕布羅站在其中一匹馬的旁邊。那匹正在吃草的馬抬起頭，接著又不耐煩地垂下。帕布羅站在馬旁邊，身體靠著馬，馬在栓繩的長度範圍內到處移動，他也跟著走動，同時用手輕拍馬的脖子。馬正忙著進食，對他展現的柔情感到不耐。羅伯．喬登看不清楚帕布羅在做什麼，也聽不見他對馬說的話，但可以看出他沒有試圖拔起栓馬樁，也沒有在為馬上鞍。他坐在那裡望著他，試圖理清他所面對的難題。

「妳是我高大出色的小小馬，」帕布羅在黑暗中對著那匹馬說；他正在對那頭高大的紅褐色種馬說話。「妳這漂亮的白臉大美人。妳的脖子弧線就像我們村落的高架道路，」他沉默了一下。「但弧線更彎、也更精緻。」那匹馬正把地上的草拔起來，一邊拉扯一邊擺動牠的頭，覺得旁邊這男人跟他說的話都很煩人。「妳不是女人或也不是傻瓜，」帕布羅對著那匹紅褐色的馬說：「妳，噢，妳啊妳啊妳，我高大的小小馬。妳不像那個如同燙手山芋的女人。妳不像平頭女孩一樣生澀，也不像剛從母親肚子生下來的濕答答馬仔一樣笨拙。妳不會辱罵、說謊，或拒絕理解。妳，噢，妳，噢，我出色高大的小小馬。」

如果羅伯．喬登有聽見帕布羅對紅褐色馬說的話，那一定很有趣，但他沒聽見，因為此刻的他深信帕布羅只是來查看馬的狀況，而且認定此刻殺掉他不是個務實的作法，所以他站起身，回頭往洞穴走。帕布羅在草原上待了很久，他一直在跟馬說話，馬一個字也聽不懂；牠只能從他的聲音判斷那是一些表達親暱的話，但牠已經在馬欄待了整天，現在很餓，只忙著把栓馬繩扯到極限，好能到處吃草，因此更嫌這男人煩。帕布羅終於移動了栓馬樁的位置，然後他站到馬的旁邊，不再說話。馬繼續吃草，因為男人不再煩牠而鬆了口氣。

第六章

洞穴角落的火堆邊擺著一些生獸皮矮凳，羅伯．喬登正坐在其中一張矮凳上聽女人說話。她正在洗碗，女孩瑪麗亞則負責把洗好的碗擦乾，然後跪在地上，逐一把洗好的碗盤收在牆上挖來當架子的一個凹槽。

「真怪，」她說：「聾子竟然沒來，他一小時前就該到了。」

「妳有要他來嗎？」

「沒有，但他每晚都來。」

「或許他在忙，有工作得做。」

「有可能，」她說：「如果他沒來，我們得明天去見他。」

「好。去那裡的路遠嗎？」

「不遠，會是趟不錯的出遊。我太少運動了。」

「我能去嗎？」瑪麗亞問：「我也能去嗎？皮勒？」

「好，太好了，」女人說，然後她把一張大臉轉過來，「她很美吧？」她問羅伯．喬登。「你覺得她如何？有點太瘦？」

「我覺得她很好，」羅伯．喬登說。瑪麗亞幫他把酒斟滿。「喝吧，」她說：「喝酒能讓我變好看。要讓我看起來漂亮，你得多喝點。」

「那我最好別喝了，」羅伯．喬登說：「在我看來，妳已經美到不行。」

「這樣說就對了，」女人說：「你似乎是個好男人。除此之外，她看來如何？」

「聰明，」羅伯．喬登這話說得毫無說服力。瑪麗亞咯咯笑出聲，女人則哀傷搖頭。「一開始講得多好啊，結果卻是如此，羅伯托大人。」

「別叫我羅伯托大人。」

「就是個玩笑。我們都會開玩笑地叫『帕布羅大人』，就像我們也會用『瑪麗亞女士』來開玩笑。」

「我不開那種玩笑，」羅伯．喬登說：「對我來說，戰爭中的同志夥伴都該嚴肅地直呼本名。一旦開玩笑就是墮落的開始。」

「你對自己奉行的政策相當虔誠，」女人逗他。「你都不開玩笑？」

「開啊，我喜歡笑話，但不會拿人名來開玩笑。人名就跟國旗一樣神聖。」

「我可以拿旗子來開玩笑，什麼旗子都行，」女人笑了。「對我來說，什麼都可以開玩笑。以前的國旗是黃色和金色，我們會說是『膿與血』。共和陣線的旗子加上了紫色，我們就說是『血、膿和過錳酸鹽』。就是開玩笑。」

「他是共產主義者，」瑪麗亞說：「這種gente[42]總是一本正經的。」

「你是共產主義者嗎？」

「不，我只是反法西斯。」

「很久了嗎？」

「打從知道什麼是法西斯主義開始。」

「這樣是多久？」

「快十年。」

---

42 gente，西班牙文，這裡是某種「人」的意思。

「不是很久，」女人說：「我身為共和主義者二十年了。」
「我父親終身都是共和主義者，」瑪麗亞說：「他就是因此被槍斃了。」
「我父親也是終身的共和主義者，祖父也是。」羅伯・喬登說。
「在哪個國家？」
「在美國。」
「他有被槍斃嗎？」女人問。
「Qué va，」瑪麗亞說：「美國是共和主義者建立的國家。那裡不槍殺共和主義者。」
「無論如何，有個身為共和主義者的爺爺是件好事，」女人說：「出身良好。」
「我祖父參加過共和黨全國委員會。」羅伯・喬登說。就連瑪麗亞都露出讚嘆的表情。
「那你的父親還有在為共和國工作嗎？」皮勒問。
「不，他死了。」
「可以問是怎麼死的嗎？」
「舉槍自盡。」
「為了避免受到敵方折磨？」女人問。
「對，」羅伯・喬登說：「為了避免受折磨。」
瑪麗亞望著他的雙眼中有淚。「我父親，」她說：「沒辦法拿到武器。噢，真高興你父親運氣好，他拿到了武器。」
「對，運氣挺好的，」羅伯・喬登說：「我們是否該談談別的事了？」
「那你跟我是一樣的。」瑪麗亞說。她把手搭在他的手臂上，雙眼直視他的臉。他望著她棕色的臉龐，望著她的雙眼，自從他見過她以來，從未見過這對眼睛透露出跟臉龐一樣的年輕氣息，然而就在此刻，她的眼神突然顯得飢渴、年輕，又充滿欲望。

「光看外表，你們可能是兄妹，」女人說：「但還好，我想你們不是兄妹。」

「我知道為什麼我有這種感覺了，」瑪麗亞說：「現在都很清楚了。」

「Qué va，絕不是什麼兄妹，」羅伯．喬登說，然後伸出手撫摸她的頭。他一整天都想這麼做，現在終於這麼做了，他可以感覺自己的喉嚨像是哽住一樣。她移動在他手掌下方的頭頂，仰頭微笑望著他，感覺頭頂粗硬但光滑的短髮在他的指尖下一片片起伏。他的手來到她的脖子，然後放下。

「再摸一次，」她說：「我整天都期待你這麼做。」

「晚點吧。」羅伯．喬登說，他的聲音像是喉嚨哽住了。

「至於我，」帕布羅的女人用洪亮的聲音說：「我就活該看這場面嗎？我看了還得無動於衷嗎？不可能啦。只怪我沒找到更好的對象；那個帕布羅是該回來了。」

瑪麗亞現在完全沒在管她，其他在桌邊就著燭光玩牌的人也一樣。

「要再來杯酒嗎，羅伯托？」她問。

「好啊，」他說：「為何不呢？」

「妳會跟我一樣擁有一個酒鬼，」帕布羅的女人說：「畢竟他還會喝剛剛杯子裡那個什麼少見的飲料。聽我說，Inglés。」

「不是Inglés，是美國人。」

「反正聽我說，美國人。你打算睡哪裡？」

「外面，我有厚睡袋。」

「很好，」她說：「今晚天氣很好吧？」

「而且冷。」

「那就睡外面吧，」她說：「你睡外面，你帶來的裝備可以跟我們一起睡。」

「很好。」羅伯．喬登說。

「讓我們獨處一下。」羅伯．喬登對女孩說，還把手搭上她的肩膀。

「為什麼？」

「我想跟皮勒談點事。」

「我非得離開？」

「對。」

「什麼事？」帕布羅的女人問，此時女孩已走到洞口，她站在大酒囊旁望著打牌的那些人。

「吉普賽人說我剛剛應該——」他開口。

「不，」女人打斷他的話。「他搞錯了。」

「如果有需要我——」羅伯．喬登態度沉靜地開口，但也有點為難。

「那你剛剛就會下手了，我相信，」女人說：「不，沒這必要。我有在觀察你。你的判斷沒有錯。」

「但若是有需要——」

「沒有，」女人說：「我直接告訴你，沒這必要。這個吉普賽人很邪惡。」

「但人的軟弱可以帶來很大的危害。」

「不，你不懂。面對危險時，因為軟弱，這傢伙已經沒有能耐帶來危害了。」

「我不懂。」

「你還是太年輕了，」她說：「你會懂的。」接著她對女孩說：「來吧，瑪麗亞。我們談完了。」

女孩走了過來，羅伯．喬登伸手輕拍她的頭。她在他的手下磨蹭得像頭小貓。他以為她要哭了，但她嘟起雙唇，望向他微笑。

「你現在去睡比較好，」女人對羅伯．喬登說：「畢竟你大老遠跑來。」

「很好，」羅伯．喬登說：「我去收拾一下。」

第七章

他在厚睡袋裡睡著了，他覺得自己睡了很長一段時間。睡袋鋪在石堆背風處的林間地面，就在離洞口不遠處，他睡覺時翻來覆去，還滾到他用掛繩跟手腕綁在一起的手槍上，原本他躺下時手槍是放在身旁，上頭還用睡袋蓋著。他躺下時肩膀和背都虛軟無力，腿很疲倦，肌肉因疲累而緊繃，顯得地表很軟，而且僅僅是貼著睡毯的法蘭絨內襯伸展手腳，就已經讓辛勞的他感受到無上的愉悅。醒來時，他有一瞬間搞不清楚身在何處，接著才意識過來，然後他把手槍從身側下方取出，重新放好，再把背部躺平後開心入睡。他把手擱在枕頭上，那是他用衣服捆住繩底鞋後做出的枕頭。他用另一隻手抱住枕頭。

然後他感覺她的手摸上他的肩膀，於是迅速轉身，用睡毯下的右手握住槍。

「噢，是妳啊。」他說，然後放開手槍，伸長兩隻手臂把她拉近自己。他還抱住她，他可以感覺到她在發抖。

「進來，」他低聲說：「外面冷。」

「不，我不可以。」

「進來，」他說：「進來之後我們再談。」

她在發抖，他用一隻手抓住她的手腕，另一隻手臂仍輕巧地抱著她。她已經把頭轉開了。

「進來，小兔子。」他說完親了一下她的後頸。

「我怕。」

「不，別怕。進來。」

「怎麼進去？」

「直接鑽進來，裡頭空間很大。要我幫妳嗎？」

「不用。」她說，然後她爬進睡毯。他緊緊抱住她，嘗試吻她的唇，她卻把臉緊貼在枕頭上，只用一隻手臂環抱住他的脖子。然後他感覺她的手臂放鬆下來，但身體仍在他的懷中顫抖。

「不，」他笑著說：「別怕，那是手槍。」

他拿起手槍塞到背後。

「我好丟臉。」她說，她不願面對他。

「不，不要這樣。來，看我。」

「不，我不該這樣。我好丟臉，我好害怕。」

「別這樣，我的小兔子。拜託。」

「我不該這樣。如果你不愛我怎麼辦？」

「我愛妳。」

「我愛你。噢，我愛你。用你的手摸摸我的頭吧。」她不看他，繼續把臉埋在枕頭裡。他抬手輕撫她的頭，然後突然之間，她的臉離開枕頭，整個人縮入他懷中，身體緊貼住他，臉也貼著他的臉。她在哭。

他把她抱得好緊，一動也不動，感覺著她年輕修長的身體。他撫摸她的頭，親吻她濕濕鹹鹹的眼睛，她在哭泣。他可以感覺到她圓潤、硬挺的乳房隔著身上的襯衫碰觸他。

「我不能接吻，」她說：「我不知道怎麼做。」

「沒必要接吻。」

「有必要，我必須接吻。我什麼都得做。」

「沒必要做任何事。我們這樣很好。但妳衣服穿太多了。」

「我該怎麼做？」

「我來幫你。」

「這樣比較好嗎？」

「有，好多了。這樣不是比較好嗎？」

「嗯。好多了。根據皮勒的說法，我可以跟你走吧？」

「可以。」

「但不去庇護之家，是跟著你。」

「不，是去庇護之家。」

「不、不、不。要跟著你，我要成為你的女人。」

現在他們躺著，原本遭到遮蔽的一切全裸露出來。之前蓋著粗糙布料的肌膚此刻顯得平滑，那光滑、堅挺又圓潤的部位緊貼著他，他還感受到那副修長身體的溫暖涼意，外涼內暖，修長又輕盈，那個身體緊抱著他也被他緊抱，那個身體寂寞，那個身體的曲線在兩人之間創造出空洞，那個身體令他快樂，而且年輕、深情，此刻溫暖平滑，還散發著足以將人心掏空、讓人胸口疼痛，而且無從擺脫的寂寞，羅伯．喬登感受到那份強大的寂寞，他真受不了她那麼寂寞，他說：「妳愛過其他人嗎？」

「從來沒有。」

然後突然之間，她在他的懷中失去生氣，「但有人對我做過壞事。」

「誰？」

「很多人。」

現在的她徹底靜默地躺著，身體彷彿已然死去，臉也再次背對他。

「現在你不會愛我了。」

「我愛妳。」他說。

但他有了改變，而她很清楚。

「不，」她的聲音變得扁平又死氣沉沉。「你不會愛我了。但或許你仍會帶我去庇護之家。我會去庇護之家，我永遠不可能成為你的女人，我沒有其他出路了。」

「我愛妳，瑪麗亞。」

「不，你說的不是實話，」她說。然後她懷抱著希望，最後一次可憐兮兮地開口試探。

「但我沒吻過任何男人。」

「那現在吻我。」

「我想，」她說：「但我不知道該怎麼做。遇到那些壞事時，我一直反抗到什麼都看不見。我一直反抗……直到……直到有個人坐在我頭上……然後我咬了他——然後他們綁住我的嘴，把我的兩隻手臂抓到頭後面……然後其他人開始對我做壞事。」

「我愛妳，瑪麗亞，」他說：「沒有人對妳做過任何事。妳啊，不是他們碰得到的。沒人碰過妳，小兔子。」

「你這樣相信？」

「我很清楚。」

「那你就能愛我了？」緊靠著他的身體再次溫暖起來。

「我可以更愛妳。」

「我會努力好好吻你。」

「輕輕吻我一下吧。」

「我不知道怎麼做。」

「就吻我。」

她親了一下他的臉頰。

「不是這樣。」

「鼻子要怎麼擺？我老在想鼻子要怎麼擺。」

「瞧，把頭歪一下，」然後他們的嘴唇緊貼在一起，她的身體緊貼住他，她的嘴巴逐漸張開，突然之間，他把她抱得更緊，此生從未感覺如此快樂，那是一種輕盈、深情、歡欣鼓舞的深層快樂，那種快樂能讓他不再思考、疲倦，或擔憂，只感到無比愉悅，然後他說：「我的小兔子。我的小親親。我的小甜心。我纖長的美人。」

「你說什麼？」她的聲音彷彿從遠方傳來。

「我美麗的女孩。」他說。

他們一起躺著，他感覺她的心臟貼著他的胸口跳動，腳的邊緣稍微擦過她的腳側。

「妳光腳來。」他說。

「對。」

「看來妳本來就打算上我的床。」

「對。」

「妳都不怕嗎？」

「怕，很怕。但我更怕到時候脫鞋搞得一團糟。」

「現在幾點？lo sabes?[43]」

「不知道。你沒有錶？」

「有，但在妳背後。」

43「lo sabes?」這句西班牙的意思是「你知道嗎？」

「那你拿來看啊。」

「不。」

「越過我的肩膀看？」

是一點鐘。指針在睡袋內的黑暗中顯得很亮。

「你的下巴刮得我肩膀好癢。」

「原諒我。我沒有刮鬍子的工具。」

「我喜歡。你的鬍子是金色？」

「對。」

「會長很長嗎？」

「炸橋之前是不至於。瑪麗亞，聽我說。妳是否——？」

「我是否怎樣？」

「妳是否願意？」

「願意。什麼都願意。求你了。要是我們什麼都一起做，壞事或許就能像是從未發生過。」

「這是妳自己想出來的嗎？」

「不是。我隱約想過，但替我說出來的是皮勒。」

「她很有智慧。」

「還有，」瑪麗亞輕柔地說：「她要我告訴你，我沒得病。她對這種事很了解，她要我告訴你。」

「她要妳告訴我？」

「對。我找她談了，我跟她說我愛你。我今天對你一見鍾情，明明沒見過你卻彷彿愛了好久，我告訴皮勒，她說若有什麼非跟你說不可，就是要跟你說，我沒得病。很久以前她還說過另一件事，當時是火車任務結束沒多久。」

「她說什麼？」

「她說只要是我不願意的事，就不是我的錯，如果我愛上某人，愛會把傷痛抹去。我當時想死，你懂吧。」

「她說的沒錯。」

「現在我很高興我沒死，我真的很高興我沒死。你真的可以愛我？」

「可以。我現在確實愛妳。」

「我可以做你的女人？」

「做這種工作的我不能給女人承諾。但妳此刻確實是我的女人。」

「只要曾經是，就永遠是。那我現在是你的女人了？」

「是的，瑪麗亞。是的，我的小兔子。」

她緊貼住他，嘴唇尋找他的唇，找到後貼上去，他撫摸她，多麼鮮活啊，她是多麼陌生、光滑、年輕又美麗，還散發著溫暖、滾燙的涼意，這樣的身體竟然在他的睡袋中，實在難以置信，甚至讓他感覺像是自己的衣服、鞋子或任務一樣熟悉，然後她開口了，語氣驚恐地說：「我們趕快做吧，這樣其他傷痛都會消失。」

「妳想要？」

「想要，」她幾近凶狠地說：「要、要、要。」

第八章

夜晚很冷，羅伯．喬登睡得很沉。他醒來過一次，伸展了一下身體，意識到女孩在他身邊，她正蜷縮著身體埋在厚睡袋中，呼吸輕緩、規律，而在黑暗中，他因為寒冷把頭縮了起來，天空極度清澈，星光燦亮，留在他鼻孔中的空氣仍然寒涼，他把頭伸進溫暖睡袋的更深處，親吻了她光滑的肩膀。她沒醒來，他翻身背對她側躺，再次把頭伸出睡毯外，有那麼一陣子，他清醒地躺著，感受那悠長綿延又大量滲入體內的疲勞，然後是兩人身體交纏時安穩又確切的幸福感受，然後他把腿盡可能伸進睡毯深處，任由意識再次瞬間滑入睡夢中。

他在第一道天光灑落時醒來，女孩已經不見了。他一醒來就知道她不在，他伸出手，感覺她睡過的睡袋處仍有餘溫。他望向洞口，掛在洞口的毯子邊緣結了細細的霜，有灰煙從石堆縫中飄出，代表廚房已開始燒火煮飯。

有個男人從林中走出，他把一條毯子像斗篷般披在頭上。羅伯．喬登看出那是帕布羅，他正在抽菸。他剛剛是去把馬帶回圍欄了，他心想。

帕布羅完全沒往羅伯．喬登這裡看，他直接掀開毯子，走進洞穴。

羅伯．喬登用手撫摸結在睡毯上那層薄薄的霜，這條用了五年的睡毯老舊，外層用的是斑點圖樣氣球綢料，然後他又縮回毯內躺好。Bueno[44]，他對自己說，他伸展開雙腳，感受著睡毯法蘭絨內裡的熟悉撫觸，然後側躺，他知道太陽會從何處升起，他要確保自己的頭背對那個方向。Qué más da[45]，我不如再睡一下吧。

他一直睡，直到飛機的引擎聲把他吵醒。

他平躺著，他看見了，那是三架飛雅特飛機組成的法西斯巡邏隊，那些飛機小巧、亮麗，快速地劃過山間天空，往安索莫還有他昨天出發的方向飛去。先是三架經過，然後又來了九架，而且是在高很多的高空瞬間飛來，排出三架、三架，又三架的箭頭隊形。

帕布羅和吉普賽人站在洞口的陰影處望向天空，羅伯．喬登仍躺著沒動，天空現在充滿引擎彷彿巨錘敲擊的巨大噪音，接著又出現一種低頻但響亮的嗡鳴，三架飛機從距離空地不超過一千英尺的空中飛過。這三架是亨克爾１１１型號的雙引擎轟炸機。

羅伯．喬登的頭擱在石堆的陰影中，他知道飛機上的人看不見他，就算看到也無所謂。如果他們真有打算在山間尋找任何敵方活動跡象，他知道他們可能會看見馬欄中的馬；就算沒打算找什麼也還是可能看見那些馬，但會理所當然地認定為自己陣營的騎兵坐騎。新的低頻嗡鳴再次出現，這次聲音更大，又是三架亨克爾１１１轟炸機逕直往下大角度俯衝得更低，隊形嚴密精確，轟隆隆的喧囂聲響逐漸變大，成為難以忽視的干擾，然後在飛機經過空地後逐漸變弱。

羅伯．喬登把綁成一綑當枕頭的衣物鬆開，穿上襯衫。他才正把套上頭的衣服往下拉，就聽見下一批飛機飛了過來，他在睡袋內穿好長褲，在又出現的那三架亨克爾轟炸機飛過時躺好不動。那三架飛機還沒飛過山肩，他就已經把手槍扣好，捲起睡袋後靠著石堆放著並坐下，他坐得離石堆很近，綁好腳上的繩底鞋，此時又有嗡鳴聲接近，而且逐漸變成比之前更吵雜的怒吼，接著又有九架亨克爾輕型轟炸機列隊飛來，轟隆轟隆的音響劃開了天空。

羅伯．喬登沿著石堆小心翼翼走到洞口，兄弟中的其中一人、帕布羅、吉普賽人、安索莫、奧古斯敦和那個女人都站在洞口內往外瞧。

44 Bueno，西班牙文，此處意指「好」。

45 Qué más da，西班牙文，意思是「有什麼差呢」。

「之前有過這麼多飛機嗎？」他問。

「從來沒有，」帕布羅說：「進來吧。他們會看見你。」

陽光還沒直射到洞口，目前才剛照亮溪邊的草原，羅伯．喬登知道他們在黑暗中不會暴露行跡，那是一片由樹蔭及石堆造成的確切陰影所形成的黑暗，但為了不讓他們緊張，他還是走進洞穴。

「飛機數量很多。」女人說。

「還會有更多。」羅伯．喬登說。

「你怎麼知道？」帕布羅起疑地問。

「那些剛剛來的飛機，後面都還會跟著驅逐機。」

就在此時他們聽見了，那是一種更高、更細的嗡響，就在這些飛機越過大約五千英尺的高空時，羅伯．喬登靠聲音數出十五架列隊飛行的飛雅特轟炸機，它們像野鵝一樣三台飛成一排，總共有五排列出V字隊形。

這些人在洞口內的每張臉都非常警醒，羅伯．喬登看了說：「你們沒見過那麼多飛機？」

「從來沒有。」帕布羅說。

「塞哥維亞沒出現過那麼多飛機？」

「從來沒有，我們一般都是一次見到三架。有時會有六台伴隨機，或者是三台老式活塞螺旋槳戰鬥機，就是那種有三具引擎的大飛機，身邊還跟著幾架伴隨機。從來沒有一次見過這麼多飛機。」

情況不妙，羅伯．喬登心想。真的很不妙。飛機出現的密度那麼高，代表有些不妙的事發生。我一定得注意聽飛機投彈的聲音。但是不對，他們應該還不可能為了那場攻擊在今晚或明晚之前把部隊帶上來，還不可能。這時他們還不可能有動作才對。

他還能聽見飛機遠去的聲音。他看看自己的錶。現在那些飛機應該已經飛回他們的陣地，至少第一批一定到了。他按壓手錶的鈕，第二根指針開始滴答作響，他望著那根指針走動。不，或許還沒。現在吧。沒錯。現在一定已經到了。總之那些111型轟炸機的時速有兩百五十英里，五分鐘就能讓他們回到自家陣地。此刻那些飛機早已越過山隘，飛在卡斯提亞地區上空，那裡的早晨一片金黃，一條條白色的道路在地面交錯，還散落著許多小村莊，那些飛過的亨克爾轟炸機的影子，則像游過海底沙床上方的鯊魚身影。

沒有炸彈碰、碰、碰落下的聲音。他的錶繼續滴答作響。

這些飛機是往科爾梅納爾[46]和埃斯科里亞爾的方向飛，或是打算前往曼薩納雷斯—埃爾雷亞爾[47]的田野上空，他心想，那裡有俯瞰湖面的城堡，湖裡的蘆葦叢內有鴨子，還有在真正機場後方停滿假飛機的假機場，老實說隱密性不是很夠，假飛機的螺旋槳還會隨風旋轉。那些飛機一定是朝那裡飛。他們不可能得知我們的這次攻擊，他告訴自己，但心底又有個角落想著，為什麼不可能呢？其他攻擊他們都事先知道了啊。

「你覺得他們有看見那些馬嗎？」帕布羅問。

「這些飛機不是來找馬的。」羅伯．喬登說。

「但他們有看見嗎？」

「他們有可能看見嗎？」

「除非他們有被要求過來找馬。」

「大概沒有，」羅伯．喬登說：「除非陽光有照到那些樹上。」

「陽光很早就打在那些樹上了。」帕布羅一臉慘兮兮的樣子。

46　科爾梅納爾（Colmenar），西班牙南部靠海的一個市鎮。

47　曼薩納雷斯—埃爾雷亞爾（Manzanares el Real）是位於馬德里自治區的一個市鎮，在馬德里和塞哥維亞中間。

「我認為他們有馬以外的事得考慮。」羅伯．喬登說。

自從他把錶的計時功能按停，八分鐘過去了，四周仍沒有炸彈爆炸的聲音。

「你用錶在做什麼？」女人問。

「我在聽飛機去了哪裡。」

「噢。」她說。十分鐘後，他不再看錶了，因為知道到了這時候，就算考量音波傳送所需的時間，飛機也早已遠得聽不見了。他對安索莫說：「我要跟你談談。」

安索莫走出洞口，兩人走到稍微有點距離的地方，在一棵松樹下站定。

「Qué tal？[48]」羅伯．喬登問他：「一切都好嗎？」

「還行。」

「吃過了嗎？」

「沒有。大家都還沒吃。」

「那去吃吧，然後打包一些中午吃的食物。我要你去看守道路，然後把來回經過的一切記下來。」

「我不會寫字。」

「不需要寫字，」羅伯．喬登從他的筆記本取下兩頁紙，用刀把鉛筆尾端切下一英寸。「拿著，如果是坦克就做這個記號，」他畫出一台斜斜的坦克，「每有一個人走過，就畫一條線，第五條線要斜斜橫越前面四條線。」

「我們也是用這種方式計算。」

「很好。如果有卡車經過，畫另一個符號：兩顆輪子和一個方塊。如果裡頭是空的就畫個圈，如果裡面裝滿士兵就畫一條直線。槍也要做記號。大槍這樣，小槍這樣。車子也要記錄。救護車也要，這樣，兩個輪子和一個方塊，方塊裡畫個十字。士兵用一個連為單位，像這樣，懂嗎？一個小正方形然後旁邊做記號。騎兵的符號是這樣，懂？至於馬，就是在方塊上畫四條腿。這樣畫就是有二十匹馬的一個連。你懂嗎？每個連都要做一次紀錄。」

「好，這方法太天才了。」

「現在，」他畫出兩個很大的輪子，外面再用圈圈環住，還有一條代表槍管的短線。「這些是反坦克武器，裝配有橡膠輪胎，也要記錄。這些是防空砲，」他在兩個輪子上畫了一條斜斜往上的砲管。「這也要記錄。你了解嗎？你有看過這種槍嗎？」

「有，」安索莫說：「當然。你講得很清楚。」

「帶吉普賽人一起去，這樣他會知道你在哪裡偵查，之後才能跟你換班。挑個安全的地方，不要靠道路太近，只要視野好、夠舒適就行。在那待到有人跟你換班為止。」

「我明白。」

「很好。等你回來後，我必須知道所有經過那條路的一切。一張紙記錄道路往上的動靜，一張紙記錄往下的動靜。」

他們朝洞穴的方向走。

「叫拉菲爾來找我。」羅伯．喬登說，然後站在樹邊等。他望著安索莫走進洞穴，毯子在他身後垂落。吉普賽人悠哉走出來，他正在用手抹嘴巴。

「Qué tal？」吉普賽人開口：「你昨晚找了樂子啊？」

「我就是睡覺。」

「不錯嘛，」吉普賽人賊笑。「有香菸嗎？」

「聽我說，」羅伯．喬登開口，手伸進口袋裡找香菸。「我希望你跟安索莫去個地方，一個可以偵查路上來往動靜的地方。找到後，你要先離開，但記住那個地點，之後才能帶我去，或者帶其他

48「Qué tal?」是西班牙文的問候語，通常是指「最近如何？」或「還好嗎？」

人去換班。之後你要去可以觀察到鋸木廠的地方，記下那個哨站的動靜。」
「什麼動靜？」
「那邊現在有多少人？」
「八個，據我上次所知是八個。」
「去看看那邊現在有幾個人，觀察一下那座橋的守衛輪班間隔。」
「間隔？」
「守衛每次待幾小時，還有何時交班。」
「我沒有錶。」
「拿我的去。」他把手錶解下。
「多棒的錶啊，」拉菲爾的口氣充滿讚美。「瞧那些細節多複雜。這支錶根本可以讀書寫字了吧。瞧那些數字多複雜。不可能有比這支更厲害的錶了。」
「別拿錶去亂搞，」羅伯．喬登說：「你看得懂時間吧？」
「怎麼不會呢？中午十二點，肚子餓的時候。午夜十二點，睡覺的時候。早上六點，肚子餓的時候。晚上六點，喝醉的時候，如果運氣好的話。晚上十點——」
「閉嘴，」羅伯．喬登說：「你不需要像小丑一樣搞笑。我還要你去觀察那座大橋，還有下方道路上的哨站，方法就跟觀察鋸木廠的守衛和小橋一樣。」
「工作量很大啊，」吉普賽人說：「你確定沒有比我更好的人選嗎？」
「沒有，拉菲爾。這很重要。你該仔細完成這份工作，而且小心別被看到。」
「我一定不會被看到，」吉普賽人說：「為什麼你要提醒我？你覺得我想被射殺嗎？」
「嚴肅一點，」羅伯．喬登說：「這是很嚴肅的事。」
「你要我嚴肅一點？那你自己昨晚幹了什麼？你本來該殺掉一個人，但你做了什麼？你應該殺人，而不是『做人』！我們剛剛才目睹了滿天的飛機，那些飛機多到不只可以回頭殺光我們的祖父母，還能殺光我們尚未出世的孫子，甚至包括我們所有的貓、山羊和床蝨。那些飛機發出的聲音足以讓你媽奶子裡的奶都凝結，那些飛機劃過天空時發出獅子一樣的怒吼，然後你要我嚴肅一點？我實在不可能更嚴肅了。」

「好吧，」羅伯．喬登笑了，他用一隻手搭上吉普賽人的肩膀。「那就**不要**太嚴肅了。趕快去吃完早餐出發吧。」

「那你呢？」吉普賽人問：「你要做什麼？」

「我要去找聾子。」

「剛剛那些飛機飛過後，你在這片山區可能一個人也找不到，」吉普賽人說：「那些飛機經過時，一定很多人嚇得冷汗直流。」

「那些飛機有其他任務，目標不是游擊隊。」

「對，」吉普賽人說。然後他搖搖頭。「但總有一天他們會來處理我們。」

「Qué va，」羅伯．喬登說：「那是最頂級的德國輕型轟炸機。他們不會派那種飛機來追殺吉普賽人。」

「他們讓我骨子裡發涼，」拉菲爾說：「遇到這種事，沒錯，我很害怕。」

「他們是要去轟炸機場，」羅伯．喬登走進洞穴時這麼告訴他。「我幾乎可以確定那是他們的目標。」

「你說什麼？」帕布羅的女人問。她為他倒了一碗咖啡，還遞來一罐煉乳。

「有奶可加？多奢侈啊！」

「這裡什麼都有，」她說：「那些飛機出現後，大家都很怕。你剛剛說他們是要去做什麼？」

羅伯．喬登把一些濃縮乳汁從罐子的切口滴進咖啡，擦拭杯緣，把咖啡攪拌成淺褐色。

「我想他們是要去轟炸一座機場。他們可能是飛往埃斯科里亞爾和科爾梅納爾。可能三批飛機都是。」

「那他們要去的地方很遠，最好也離這裡遠一點。」帕布羅說。

「為什麼他們會來？」女人問：「有什麼原因嗎？我們從沒見過這麼多飛機，也沒看過這麼頂尖的飛機。他們在準備發動攻擊嗎？」

「昨天晚上在道路那邊有什麼動靜嗎？」羅伯．喬登問。瑪麗亞這女孩現在靠他很近，但他沒有望向她。

「你，」女人說：「佛南多，你昨晚在拉格蘭哈。那裡有什麼動靜嗎？」

「沒動靜，」一個表情坦率，年紀大約三十五歲的矮小男人回答，他的一隻眼睛貼著紗布，羅伯．喬登之前沒見過他。「跟平常一樣有幾台軍用卡車經過。還有幾輛汽車。我在那裡時沒看見部隊移動。」

「你每天晚上都會潛入拉格蘭哈嗎？」羅伯．喬登問他。

「有時是我，有時是別人，」佛南多說：「總有人去。」

「他們是為了情報去，也為了香菸去，就是想弄些小東西回來。」女人說。

「我們在那邊有伙伴嗎？」

「有，怎麼會沒有？有些在發電廠工作。還有其他人。」

「有什麼新情報嗎？」

「Pues nada[49]，什麼都沒有。北方的狀況仍然不太好，但不是新聞了。北方的戰況打從一開始就每況愈下。」

「有任何來自塞哥維亞的消息嗎？」

「沒有，hombre[50]。我沒問。」

「你會潛入塞哥維亞嗎？」

「偶爾，」佛南多說：「但去那裡比較危險，會有管制站要求看你的證明文件。」

「你對機場熟嗎？」

「不熟，hombre。我知道在哪裡，但沒靠近過。我說的就是那一帶，那一帶會有很多地方要求看證件。」

「昨晚沒人提起這些飛機？」

「在拉格蘭哈嗎？沒有。但今晚一定會談起。他們有提到奎波．德里亞諾[51]的廣播內容，其他就沒有了。噢，對了，共和國似乎正準備發起一波攻勢。」

「什麼？」

「共和國似乎正準備發起一波攻勢。」

「在哪？」

「還不確定，可能在這裡，可能在山區另一帶。你有聽說嗎？」

「他們在拉格蘭哈這麼說？」

「對，hombre。我之前忘了，但那裡一天到晚都有人在討論可能會有人進攻的話題。」

「這些傳言從哪裡傳來的？」

「哪裡來的？當然就是到處聽來的。可能有軍官在塞哥維亞和亞維拉的咖啡店裡談起，服務生就記下了。這類傳言到處都是。早從很久以前，就一直有謠傳說共和國要在這一帶發起攻勢。」

---

49 Pues nada，西班牙文，這裡的意思是「什麼都沒有」。

50 hombre，西班牙文，在此書中都是稱呼對方「老兄」的意思。

51 奎波．德里亞諾（Queipo de Llano）曾在西班牙內戰中擔任共和軍的第一軍區司令。

「共和國發起？還是法西斯陣營？」

「共和國。如果是法西斯陣營，所有人都會知道。不，這是一波規模不小的攻勢，有人說一共會有兩場。一場在這裡，另一場在靠近埃斯科里亞爾的阿爾托德爾萊昂。這些你都有聽說嗎？」

「你還聽說了什麼？」

「Nada, hombre。沒了。噢，對了，有人說共和國會嘗試炸掉這邊的橋，如果真要發起攻勢的話，但那些橋都有人守衛。」

「你在開玩笑嗎？」羅伯．喬登一邊說話，一邊啜飲著咖啡。

「不，hombre。」佛南多說。

「這傢伙不開玩笑，」女人說：「真不幸，要是他愛開玩笑就好了。」

「那麼，」羅伯．喬登說：「謝謝你跟我分享這些情報。真的沒再聽說其他消息了嗎？」

「沒了。他們就跟之前一樣，常有人說會有部隊派來這裡清空山區。有人說這些部隊已經從華拉杜列出發上路了。但他們一天到晚說這種事，根本沒什麼重要性可言。」

「你啊，」帕布羅的女人對帕布羅幾乎是凶暴地說：「你還在那邊大談要追求什麼安全的生活。」

帕布羅若有所思地望著她，同時用手搔抓下巴。「妳啊，」他說：「妳那些橋啊。」

「什麼橋？」佛南多愉快地問。

「笨死了，」女人對他說：「豬腦。Tonto[52]。再喝杯咖啡，努力想想還有聽到什麼消息。」

「別生氣啊，皮勒，」佛南多顯得冷靜又愉快。「沒人需要因為謠言而警戒。我已經把我記得的全跟妳和這位同志說了。」

「真的沒再想起其他事？」羅伯．喬登問。

「沒了，」佛南多態度莊嚴地說：「我能記得這些已經很走運了，畢竟這些只是謠言，我根本沒有認真聽。」

「所以他們可能還有聊到更多？」

「對，有可能，但我沒注意聽。這一年來我聽到的全是謠言。」

羅伯．喬登聽見瑪麗亞那女孩忍不住爆笑出聲，她正站在他旁邊。

「再跟我們說個謠言吧，佛南迪托[53]。」她一邊說，肩膀又不禁抖動起來。

「就算我記得，我也不說，」佛南多說：「認真聽謠言，還把謠言當一回事，實在不是尊貴的人該做的事。」

「我們可以藉此拯救共和國呢。」女人說。

「不，得靠**妳**把橋炸掉才能拯救共和國啊。」帕布羅對她說。

「出發吧，」羅伯．喬登對安索莫還有拉菲爾說：「如果你們吃完早餐的話。」

「我們現在出發，」老頭說，他們站了起來。羅伯．喬登感覺有手搭在他的肩上，是瑪麗亞。

「你該吃早餐，」她任由自己的手繼續停在那裡。「好好吃一頓，吃飽才有辦法承受更多謠言。」

「那些謠言讓我沒食欲了。」

「不，這樣不對。吃吧，趁更多謠言出現前，趕快吃。」她把碗放在他面前。

「別拿我開玩笑，」佛南多對她說：「我明明跟妳交情很好，瑪麗亞。」

「我不是在開你玩笑，佛南多。我是在跟他開玩笑，他該吃早餐，不然之後會餓。」

「我們都該吃點食物，」佛南多說：「妳那邊有什麼我們沒吃到的嗎？」

「沒什麼，老兄，」帕布羅的女人說，然後在他的碗裡裝滿燉肉。「吃吧，這是你現在**可以**做的。吃吧。」

---

52 Tonto，西班牙文，有「蠢貨」的意思。

53 這裡的佛南迪托（Fernandito）是對佛南多的暱稱。

「這真的很棒，皮勒。」佛南多說，他還是那副尊貴的模樣。

「謝謝，」女人說：「我感謝你，真是再次感謝你。」

「妳在生我的氣嗎？」佛南多問。

「沒有。吃吧，趕快繼續吃你的吧。」

「我吃，」佛南多說：「謝謝妳。」

羅伯．喬登望向瑪麗亞，肩膀又開始抖動的她別開了眼神。佛南多繼續吃，臉上帶著驕傲又尊貴的表情，就算手上拿的湯匙好大，嘴角的燉肉醬汁也稍微滴了出來，那份尊貴仍絲毫不減。

「這食物你喜歡嗎？」帕布羅的女人問他。

「喜歡啊，皮勒，」他說話時口中滿是食物。「跟平常一樣。」

羅伯．喬登感覺到瑪麗亞的手抓住他的手臂，手指因為開心而收緊。

「因為**跟平常一樣**，所以你喜歡？」女人問佛南多。

「好，」她說：「我懂了。燉肉，跟平常一樣，Como siempre[54]。北方狀況不好，跟平常一樣。在這裡發起一波攻勢，跟平常一樣。部隊前來追殺我們，跟平常一樣。你就是記錄了各種『跟平常一樣』的紀念碑。」

「但最後兩個只是謠言，皮勒。」

「西班牙這國家啊，」帕布羅的女人挖苦地說。然後她轉向羅伯．喬登。「其他國家也有這種人嗎？」

「西班牙是獨一無二的。」羅伯．喬登禮貌地說。

「沒錯，」佛南多說：「西班牙在這世上是獨一無二的。」

「你是有去其他國家看過嗎？」女人問他。

「沒，」佛南多說：「我也沒想去看。」

「懂了嗎？」帕布羅的女人對羅伯．喬登說。

「佛南迪托啊，」瑪麗亞對他說：「跟我們說說你去瓦倫西亞[55]的事吧。」

「我不喜歡瓦倫西亞。」

「為什麼？」瑪麗亞問，她又抓緊了羅伯．喬登的手臂。「為什麼不喜歡啊？」

「那裡的人都沒禮貌，我沒辦法理解他們。他們只是一天到晚對彼此大吼著ché[56]。」

「他們可以聽懂你在說什麼嗎？」瑪麗亞問。

「他們假裝聽不懂。」佛南多說。

「那你去那裡做什麼？」

「我連海都沒看到就離開了，」佛南多說：「我不喜歡那邊的人。」

「啊，快滾吧，你這沒見過世面的傢伙，」帕布羅的女人說：「你這要讓我噁心了，趕快滾。我在瓦倫西亞度過了人生最棒的時光。Vamos！[57]瓦倫西亞。你別亂講瓦倫西亞的壞話。」

「妳去那裡做什麼？」瑪麗亞問。帕布羅的女人在桌邊坐下，手上拿著一碗咖啡、一片麵包和一碗燉肉。

「Qué[58]？我們去那裡做什麼啊。當時菲尼托簽了份合約，他在四月節[59]上有三場鬥牛賽。我從

54 Como siempre，西班牙文，意思是「一如往常」。
55 瓦倫西亞（Valencia）位於西班牙東部沿岸，是西班牙的第三大城，共和國在內戰期間丟掉馬德里時曾遷都此地。
56 ché，西班牙語，這裡是指彼此之間嘿、嘿、嘿地大叫。
57 「Vamos!」是西班牙文，這裡可翻譯為「你行行好！」
58 Qué，西班牙文，詢問「什麼」的意思。
59 Feria一般是節慶的意思，但這裡使用大寫，指的應該是四月到十月舉辦的四月節。

沒一次見過這麼多人，也沒見過咖啡廳能這麼擠。你根本好幾個小時也找不到座位，也不可能擠上路面電車。那時的瓦倫西亞根本是不夜城。」

「但妳到底去做了什麼？」瑪麗亞問。

「什麼都做，」女人說：「我們去了海灘，躺在水裡或著帆船上，那些船都是公牛拉出海的。人們會把公牛趕到水中，直到牠們不得不開始游泳，然後他們把牛套上拉船的軛，就在那時候，牠們會發現自己在沙地上跌跌撞撞望地前進。你會在早上看到十對公牛拉著帆船出海，一波波細碎的海浪不停打上沙灘。這就是瓦倫西亞。」

「但除了看公牛，妳還做了什麼？」

「我們在沙灘上的涼棚底下吃飯。飯菜有用煮熟的碎魚肉、紅綠甜椒，以及像米粒的小堅果做成的派餅。那些派餅很容易碎掉或掉屑，但魚肉豐美，好吃得驚人。剛從海裡撈出的新鮮蝦子淋上萊姆汁，每隻都又粉又甜，必須四口才能吃完。我們真的吃了好多蝦。我們還吃了有很多新鮮海鮮的paella[60]，裡頭有帶殼蛤蠣、淡菜、螯蝦和小鰻魚。然後我們還吃了更小的鰻魚，那些小鰻魚小得像豆芽菜，用油煮，每條都朝不同方向蜷曲著身體，軟得不用咬就能在口中化開。我們成天都在喝白酒，冰涼、爽口又好喝的白酒，一瓶才三十分錢。最後收尾的是甜瓜，那裡可是甜瓜的故鄉。」

「卡斯提亞地區的甜瓜更好。」佛南多說。

「Qué va，」帕布羅的女人說：「吃卡斯提亞的甜瓜根本是自殘，瓦倫西亞的甜瓜才是人吃的。只要想到那些跟人類手臂一樣長的甜瓜，顏色綠得像大海，切開時爽脆多汁，比夏日的清晨還甜美。啊，一想到那些小小的鰻魚，細小的身體一堆堆擺在盤子上。還有整個下午源源不絕出現在大酒壺中的啤酒，那些酒壺都跟水罐一樣大，冰涼的表面彷彿不停在流汗。」

「那沒在吃喝時，妳在做什麼？」

「我們在陽臺掛著木百葉窗的房間裡做愛，微風從微開的絞鍊門上方吹入。我們在那裡做愛，因為有百葉窗，房間就算在白天也很暗，有花市的香味從街上傳來，另外還有traca[61]爆竹的火藥燒過的氣味，四月節的每天中午都會沿街點燃爆竹。那些連成串的爆竹環繞城市一圈，沿著路面電車軌道邊的柱子和電線一路爆發，每次都發出驚人巨響，從一根柱子炸到下一根柱子，妳不會相信那種爆炸聲有多尖銳。

「我們做愛，然後叫人再送一大壺啤酒來，玻璃壺面因為啤酒冰冷而結了一滴滴水珠，當女孩為我們送啤酒來時，我從門口接下，把冰冰的酒壺貼在趴在床上的菲尼托背上，啤酒送來時他已經睡著，還沒醒來，然後他說：『別，皮勒，別這樣，女人，讓我睡。』我說：『不，醒來，喝喝看這有多冰。』他喝了，但眼睛從頭到尾沒睜開，然後又繼續睡，我在床腳背靠枕頭躺下，我看著他睡覺，他有棕色皮膚，黑色頭髮、年輕、睡著時好安靜，我就這樣喝掉整壺啤酒，聽著樂隊經過時演奏的音樂。你，」她對帕布羅說：「這些你懂嗎？」

「我們一起做過其他事。」帕布羅說。

「對，」女人說：「當然。全盛時期的你比菲尼托更有男子氣概，但你從來沒去過瓦倫西亞。我們從來沒有在瓦倫西亞一起躺在床上，聽著樂隊經過窗外。」

「那是不可能的，」帕布羅告訴她。「我們根本沒機會去瓦倫西亞。要是妳講講理，就會知道這是不可能的。但，妳跟菲尼托在一起時，也從來沒炸過任何一台火車。」

「沒有，」女人說：「我們剩下的也只有這個了。火車。沒錯，每次都要提那台火車。沒人能說那件事的壞話。無論怎麼發懶、怠惰或失敗，無論此刻多麼懦弱，我們也還能拿這件事來說嘴。當然之前我們也幹過很多事，我也不想失之偏頗。但同樣的，沒有人能說瓦倫西亞的壞話。聽懂了

---

60 什錦燉飯。

61 traca，西班牙文，意指「一整串的爆竹或煙火」。

嗎？」

「我不喜歡，」佛南多沉靜地說：「我不喜歡瓦倫西亞。」

「而大家還嫌騾子太固執呢，」女人說：「收拾一下吧，瑪麗亞，收拾好我們就能出發了。」

她正說著，他們就聽見第一批飛機飛回來的聲音。

第九章

他們站在洞口望著那些飛機。這次回來的轟炸機在高空飛得很快，醜陋的箭矢機頭伴隨著喧囂的引擎音響劃過天空。它們的形狀**就像**鯊魚，羅伯．喬登心想，那種能在墨西哥灣暖流裡看見的寬鰭尖吻鯊。儘管這些飛機銀色機翼像鯊魚鰭一樣寬大，但引擎運作的聲音轟鳴，推進器在陽光下彷彿散出一團薄霧，總之移動方式跟鯊魚並不同。這些飛機移動的方式跟任何存在過的事物都不同。它們像是末日機器在出動。

你該寫作了，他告訴自己，或許之後還能重拾寫作吧。他感覺瑪麗亞抓住他的手臂，她抬頭望向他，他對她說：「妳覺得它們看起來像什麼？guapa[62]。」

「我不知道，」她說：「死亡吧，我想。」

「在我看來就是飛機，」帕布羅的女人說：「原本那些小飛機呢？」

「可能會從其他地區飛回他們的地盤，」羅伯．喬登說：「這些轟炸機的速度太快了，不可能還等它們，所以就先回來了。我們從沒跟著這些飛機回到它們的地盤交戰，飛機沒那麼多，無法冒這麼大的風險。」

就在此時，三台亨克爾戰鬥機以V字隊形低飛過空地，朝他們飛來，高度只比樹冠高一些，像是聲音吵雜、機翼傾斜，機鼻扁塌的玩具飛機突然間放大成實際尺寸，令人望而生畏，接著伴隨一陣尖細的聲響呼嘯而去。它們真的飛得很低，站在洞口的他們都能直接看見駕駛，那些駕駛戴著頭

62 guapa，西班牙文，親暱地說「美人」或「小美人」的意思。

盔和護目鏡，最前方那台巡邏機領隊駕駛的圍巾被吹到往後飄飛。

「**那些人**可以看見馬。」帕布羅說。

「他們連你手上的菸屁股都能看見，」女人說：「把毯子蓋下來吧。」

之後再也沒有飛機接近。其他飛機一定是越過了更前方的山脊飛回自家地盤，等到飛機的低頻嗡嗚消失後，他們走出洞穴，來到外面。

此時的天空一片空蕩，高聳的天穹湛藍清澈。

「感覺剛剛那些飛機只是一場夢，而你現在醒了。」瑪麗亞對羅伯・喬登說。那些聲音幾乎已超過他們能聽見的範圍，就連最後一絲幾乎聽不見的哼嗚都不見了，也沒留下那種彷彿手指輕輕碰觸你、移開，又輕觸你的餘韻。

「那些飛機不是夢，妳趕快進洞穴整理乾淨，」皮勒對她說。「該怎麼進行？」她轉向羅伯・喬登。「我們該騎馬還是走路？」

帕布羅望向她，喉嚨發出不滿的呻吟。

「照妳的意思吧。」羅伯・喬登說。

「那我們用走的吧，」她說：「為了肝臟好，我想用走的。」

「騎馬對肝臟也很好。」

「對，但騎馬會讓屁股很難受。我們用走的，至於你——」她轉向帕布羅。「下去點一下你的那些畜牲，看有沒有哪匹逃掉了。」

「你想騎馬嗎？」帕布羅問羅伯・喬登。

「不用了，很感謝。女孩呢？」

「她走一走比較好，」皮勒說：「不然身體太多地方變僵硬，那可沒好處。」

羅伯・喬登感覺自己臉紅了。

「你有睡好嗎？」皮勒問。然後說：「她是真的沒得病。其實本來很可能有，我也不知道為何沒有，或許天主終究還是存在，即便我們都背棄了祂。走啊，」她對帕布羅說：「這事跟你無關，是年輕人之間的事。人家根柢上就跟你不是同一種人。去辦你的事吧。」然後她又對羅伯．喬登說：「你的裝備等等交給奧古斯敦看守，我們等他來就出發。」

那是清朗明亮的一天，此刻更因為太陽升起而暖活起來。羅伯．喬登望著那個女人的棕色大臉，臉上兩隻分很開的眼睛顯得慈祥，厚重的方臉布滿皺紋，雖然醜但討人喜歡，眼神也愉快，但若嘴唇停住不動，臉上的表情就顯得哀傷。他望著她，然後又望向那個正穿越樹林走向馬欄的男人。女人也同樣看著他的背影。

「你們有做愛嗎？」女人問。

「她怎麼說？」

「她不告訴我。」

「我也不打算說。」

「那就是有做愛，」女人說：「盡可能小心對待她吧。」

「萬一她懷孕怎麼辦？」

「那也不會對她造成傷害，」女人說：「或說造成的傷害還比較少吧。」

「現在不是生孩子的時候。」

「她不會繼續待在這裡，她會跟你離開。」

「我之後會去哪？我去的地方可不適合帶女人。」

「誰知道呢？說不定你會帶兩個。」

「現在不是不正經的時候。」

「聽好了，」女人說：「我不軟弱，但今天清晨的情況，我看得很清楚，我認為我們認識的很多人都不會活到下週日。」

「現在是星期幾？」

「星期日。」

「Qué va，」羅伯・喬登說：「下星期日還是很久以後的事。如果能撐到週四，我們就沒事了。可是我不喜歡聽妳說這種喪氣話。」

「每個人總得找人說說話，」女人說：「以前我們還有宗教和很多其他胡說八道。現在大家至少得有個可以坦率說話的對象，畢竟再英勇的人也會有孤單的時候。」

「我們不孤單，我們是一體的。」

「看到那些飛機會讓人心情受影響，」女人說：「我們根本打不過那些飛機。」

「但我們可以打敗它們。」

「聽著，」女人說：「我只是坦白告訴你，我覺得傷心，但別以為我缺乏決心。我的決心完全沒有動搖。」

「傷心的情緒會在太陽升起後消散，就跟薄霧一樣。」

「看來是這樣，」女人說：「就讓你這麼想吧。或許是因為談起在瓦倫西亞的荒唐過去吧，還有想起那個去查看馬的男人現在有多失敗。我用剛剛那個故事傷他很深。其實殺他可以，詛咒他也可以，但我從不傷害他。」

「妳後來怎麼會跟他在一起？」

「誰跟誰在一起又有什麼道理可言？反抗運動剛開始，他是個了不起的人物，開始之前也是，那時的他是個認真的人。但現在的他已經完了。就像塞子被拔掉的酒囊，所有酒都已經流光。」

「我不喜歡他。」

「他也不喜歡你，而且理由很正當。昨晚我跟他睡在一起。」她露出微笑，搖搖頭。「Vamos a

ver[63]，」她說：「我對他說：『帕布羅，你為何不殺掉那個外國人？』

「『他是個好孩子，皮勒，』他說：『他是個好孩子。』

「所以我說：『你明白現在我才是老大嗎？』

「『是的，皮勒，我知道。』他說。之後，我聽到他還醒著，他在夜裡哭，哭聲急促，模樣很醜，男人有時會那樣哭，就像體內有一隻動物在大力搖晃他。

「『發生什麼事了？帕布羅？』我問他，我把他拉過來，抱住他。

「『沒事，皮勒，沒事。』

「『有，你心裡有事。』

「『那些人，』他說：『他們竟然要丟下我，那些gente。』

「『對，但他們跟著我，』我說：『而我是你的女人。』

「『皮勒，』他說：『記住火車那次的教訓，』然後他說：『希望天主幫助妳，皮勒。』

「『為何要提神呢？』我對他說：『這樣說有什麼意義？』

「『有意義，』他說：『天主與Virgen[64]保佑。』

「『Qué va，說什麼天主與Virgen呢，』我對他說：『這樣說有什麼意義？』

「『我怕死，皮勒，』他說：『Tengo miedo de morir[65]。妳不明白嗎？』

「『那就滾下床吧，』我對他說：『一張床上擠不下我和你，還有你的恐懼。』

「然後他覺得丟臉，沒再說話，我繼續睡了，但是，老兄，他真的徹底毀了。」

63 Vamos a ver，西班牙文，意思是「你瞧瞧」。

64 Virgen，西班牙文，意思是「童貞聖母」。

65 Tengo miedo de morir，西班牙文，意指「我怕死」。

羅伯・喬登沒說話。

「我這輩子偶爾會像現在這樣感到傷心，」女人說：「但跟帕布羅那種傷心不同，這不會影響我的決心。」

「我相信。」

「可能女人偶爾就是會這樣，」她說：「應該沒什麼大不了，」她停頓一下，然後繼續說：「我對共和國懷抱各種偉大的幻想。我堅定地相信共和主義，我有信仰，我是熱切地相信著，就跟那些對神祕事物抱持宗教信仰的人一樣。」

「我相信妳。」

「你也有信仰嗎？」

「對共和國的信仰嗎？」

「對。」

「有。」他說，他希望自己說的是真話。

「我很高興，」女人說：「你不害怕？」

「不怕死。」這話倒是真的。

「但害怕其他事？」

「只怕沒把我該做的工作做好。」

「不怕像其他人那樣被俘虜？」

「不怕，」他說得真心。「不怕，要是一個人什麼都擔心，那就沒用處了。」

「你是個非常冷酷的孩子。」

「不，」他說：「我不覺得。」

「不。你的思考方式很冷酷。」

「我只是一心想著自己的任務。」

「但你不喜歡人生中的各種事物嗎？」

「喜歡，很喜歡，但不能影響到我的工作。」

「你喜歡喝酒，這點我知道，我有見過。」

「對，很喜歡，但不能影響到我的工作。」

「女人呢？」

「我很喜歡女人，但沒把她們看得很重要。」

「你不在乎她們？」

「在乎，但人們總說女人可以觸動你的內心深處，我還沒找到那種對象。」

「我覺得你在說謊。」

「可能有一點吧。」

「但你在乎瑪麗亞。」

「對。我突然之間非常在乎。」

「我也是。我很在乎她。沒錯，很在乎。」

「我也是，」羅伯．喬登說，他可以感覺到喉頭又開始緊縮。「我也是，沒錯。」這麼說讓他愉快，他還很正式地用西班牙文說了一次。「我相當在乎她。」

「等我們見過聾子後，我會讓你們兩人獨處。」

羅伯．喬登沒說話。然後他開口說：「沒必要。」

「有的，老兄，有必要。時間不多了。」

「妳是在掌紋中看到的嗎？」他問。

「不是。什麼有關掌紋的胡說八道，我都不記得了。」

任何可能對共和國不利的事物，她都決定擱著不管，包括掌紋這件事。

羅伯・喬登沒說話。他望著瑪麗亞在洞穴內收拾碗盤。她把手擦乾淨，轉頭對他微笑。她沒辦法聽見皮勒說的話，但對羅伯・喬登微笑時，黃褐色肌膚下湧起了暗色紅潮，她又對他笑了一下。

「白天也有白天可做的事，」女人說：「晚上的事，你們做過了，但還有白天。當然啦，你們不可能像我在瓦倫西亞時過得那麼奢侈，但至少還能去採採野草莓之類的。」她笑著說。

羅伯・喬登用一隻手臂環住她壯碩的肩膀。「我也在乎妳，」他說：「我也非常在乎妳。」

「你就是那種標準的情聖唐璜，」女人說，她因為感動而難為情起來。「竟然開始什麼人都在乎啦。奧古斯敦來了。」

羅伯・喬登進了洞穴，走向瑪麗亞站的地方。她望著他走向自己，雙眼明亮，臉頰和喉嚨再次泛起紅暈。

「哈囉，小兔子。」他說，然後親吻了她的嘴唇。她抱緊他，望向他的臉說：「哈囉。噢，哈囉。哈囉。」

佛南多本來仍坐在桌邊抽菸，此刻他站起身搖頭，拿起靠在牆邊的卡賓槍走出洞穴。

「這樣很不得體，」他對皮勒說：「我不喜歡。妳該照顧那個女孩才對。」

「我有啊，」皮勒說：「那位同志是她的novio[66]。」

「噢，」佛南多說：「既然如此，反正他們都訂婚了，我就覺得百分之百正常。」

「我很滿意。」女人說。

「我也一樣，」佛南多非常慎重地表示同意。「Salud，皮勒。」

「你要去哪？」

「去上面的哨站接普里米提沃的班。」

「要死了你是要去哪？」走過來的奧古斯敦問那個一臉嚴肅的矮小男人。

「去做我的工作。」佛南多姿態尊貴地說。

「你的工作啊，」奧古斯敦語帶嘲諷。「我去你的屎工作。」然後他轉向女人，「見鬼的我得看守什麼屎東西？」

「在洞穴裡，」皮勒說：「有兩大包。你滿嘴髒話真的讓我很煩。」

「妳媽的煩我才覺得煩。」奧古斯敦說。

「快滾，去你的。」皮勒的話沒有絲毫火氣。

「妳媽啦。」奧古斯敦回嘴。

「你連媽都沒有。」皮勒對他說，這些罵人的話是用極度正規的西班牙文說的，但真正罵人的內容始終沒言明，只靠話語暗示。

「他們倆在裡面做什麼？」奧古斯敦神祕兮兮地問。

「沒什麼，」皮勒對他說：「Nada。說到底，我們也是畜牲，現在又是春天。」

「畜牲，」奧古斯敦玩味這著個詞。「畜牲。而妳，妳這紅牌妓女的女兒，我在春天也只能去我的。」

皮勒用力拍了他的肩膀。

「你，」她發出洪亮無比的笑聲。「罵人的詞彙未免太少，不過很帶勁。你有看到那些飛機嗎？」

「我去他的那些屎馬達。」奧古斯敦又是點頭又是咬住下唇。

「你要是真能去他的惡搞到那些飛機也是了不起，」皮勒說：「真的了不起，但可不容易。」

「飛那麼高，確實不容易，」奧古斯登笑得露出牙齒。「Desde luego[67]。但開點玩笑總是比較好。」

---

66 novio，西班牙文，意指「未婚夫」或「新郎」。

67 Desde luego，西班牙文，意思是「確實」。

「沒錯，」帕布羅的女人說：「開點玩笑好多了。你是個好人，開起玩笑也很帶勁。」
「聽我說，皮勒，」奧古斯敦嚴肅地說：「有事要發生了，我說的沒錯吧？」
「你怎麼看？」
「我覺得這屎情況不能再糟了。那些飛機數量很多啊，女人，真的很多。」
「你跟其他人一樣，因為飛機而怕了嗎？」
「Qué va，」奧古斯敦說：「妳覺得他們在準備什麼？」
「聽著，」皮勒說：「既然有這個年輕人來炸橋，顯然共和國在準備發動攻擊。那些飛機顯然也代表法西斯軍準備回擊。但為什麼要讓大家看到那些飛機呢？」
「這場戰爭的很多事都很可笑，」奧古斯敦說：「這場戰爭可說蠢事無邊。」
「顯然如此，」皮勒說：「不然我們就不用待在這裡了。」
「沒錯，」奧古斯敦說：「我們被這些蠢事惡搞了一整年。但帕布羅比我們了解多了。帕布羅是個懂謀略的人。」
「為什麼要這樣說？」
「我實話實說。」
「但你必須明白，」皮勒解釋。「現在已經不是能靠謀略解決問題的時候，更何況他也沒其他能耐。」
「我明白，」奧古斯敦說：「我知道我們得離開。既然為了能活到最後，我們非贏不可，那些橋也一定得炸掉。但是，現在的帕布羅就算是個懦夫，也還是很聰明。」
「我啊，我也很聰明。」
「不，皮勒，」奧古斯敦說：「妳不聰明。妳很勇敢、忠誠、果斷，直覺也很準。妳敢下判斷，而且勇氣可嘉，但妳不聰明。」

「你這麼認為？」女人若有所思地問。
「是，皮勒。」
「那年輕人很聰明，」女人說：「聰明而且冷酷，他思考可以不帶情感。」
「沒錯，」奧古斯敦說：「他一定很清楚該如何完成任務，不然他們不會派他來，但我不確定他聰不聰明。至於帕布羅，我**確定**他很聰明。」
「但他很害怕，又抗拒行動，他的聰明根本沒用。」
「但還是聰明。」
「所以你想表達什麼？」
「沒什麼。我試著理性思考，此刻我們得理性行動。橋炸掉後我們得立刻離開，所有人都得做好準備。我們得知道到時候要去哪裡，也要想該怎麼去。」
「這是當然。」
「關於這點——找帕布羅。這事得靠聰明人來辦。」
「我對帕布羅沒信心。」
「這事的話，可以找他。」
「不，你不清楚他崩壞得有多厲害。」
「**Pero es muy vivo**[68]。如果這事沒辦法聰明地辦好，我們就去他的完了。」
「我會考慮，」皮勒說：「我今天有整天的時間可想。」
「要炸那些橋，交給那個年輕人，」奧古斯敦說：「他一定很懂。想想之前那傢伙把火車任務規畫得多好。」

68 Pero es muy vivo，西班牙文，意思是「但他很聰明」。

「沒錯，」皮勒說：「幾乎是他策畫了一切。」

「妳負責鼓舞大家，堅定大家的決心，」奧古斯敦說：「但讓帕布羅負責搬家事宜，讓帕布羅處理撤退工作。逼他開始研究。」

「你是個理性的人。」

「理性，確實，」奧古斯敦說：「但 sin picardía[69]。帕布羅才有。」

「就算他怕成那樣？」

「沒錯，就算他怕成那樣。」

「那你對炸橋有什麼看法？」

「非炸不可。這點我很清楚。有兩件事不能不做：我們得離開這裡，而且非贏不可。如果我們想贏，就得把那些橋炸掉。」

「如果帕布羅這麼聰明，為什麼不能看清這點？」

「因為軟弱，他希望一切維持現狀。他想活在自己軟弱的小漩渦裡，但河水已經上漲。一旦被迫面對改變，他還是能表現得很聰明。Es muy vivo[70]。」

「幸好那年輕人沒殺掉他。」

「Qué va。吉普賽人昨晚要我殺掉他，那傢伙真是個畜牲。」

「你也是畜牲，」她說：「但是隻理性的畜牲。」

「我們都很理性，」奧古斯敦說：「但帕布羅才有才智！」

「但看了實在難受，你不知道他狀況有多糟。」

「是，但有才智。聽著，皮勒。開戰只需要理性，但若要打贏，我們需要才智和物資。」

「我會好好想想，」她說：「現在得動身了，時間晚了。」接著她扯開嗓子，「英國人！」她大喊：「Inglés！快來！我們要走了。」

第十章

「我們休息一下，」皮勒對羅伯・喬登說：「來這坐下，瑪麗亞，我們休息一下。」

「我們該繼續走，」羅伯・喬登說：「到那裡再休息。我得見到那個男人。」

「你會見到他的，」女人對她說：「不用急。在這坐下，瑪麗亞。」

「走吧，」羅伯・喬登說：「我們到山頂再休息。」

「我現在就要休息。」女人說，然後她在溪邊坐下。女孩坐在她身邊的石南花叢中，陽光照得她的頭髮閃閃發亮。現在只剩羅伯・喬登站著，他望向山坡高處草原的另一頭，一條有鱒魚的小溪流過。他站的地方也有石南花叢。草原再往下一點的地方，石南花叢被黃色歐洲蕨取代，蕨葉中有灰色卵石錯落，再往下是一排排深色松樹。

「到聾子那裡還有多遠？」他問。

「不遠，」女人說：「越過這片開闊的山地，走下下一座山谷，再穿越溪流上游那區的林地就是了。在這坐下，先別這麼嚴肅。」

「我想見他，我想趕快談妥。」

「我想泡泡腳，」女人說，她脫下繩底鞋，扯下厚重的羊毛長襪，將右腳浸入溪水。「老天，有夠冷。」

---

69 sin picardía，西班牙文，意思是「我沒腦子」。

70 Es muy vivo，西班牙文，意思是「他很聰明」。

「我們該騎馬才對。」羅伯・喬登對她說。

「走路對我有好處，」女人說：「我一直沒機會這樣走走。你到底怎麼回事？」

「沒什麼，只是有急事要辦。」

「那就先冷靜下來。時間還很多。多美好的一天啊，能不用待在松林裡真讓我心滿意足。你無法想像一個人可以對松樹多厭煩。妳對松樹不厭煩嗎？guapa？」

「我喜歡松樹。」女孩說。

「松樹有什麼好喜歡的？」

「我喜歡松樹的氣味，還有松針踩在腳下的感覺。我喜歡風吹過樹木高處時，聽到松針彼此摩擦的聲音。」

「妳什麼都喜歡，」皮勒說：「如果廚藝再好一點，妳對每個男人來說都是天賜的大禮。但松樹林很無聊。妳從沒見過山毛櫸林、橡木林和栗樹林。那些才算真正的森林。那種森林裡的每棵樹都不同，大家有各自的個性和美好。松樹林很無聊。你怎麼說？Inglés？」

「我也喜歡松樹。」

「Pero, venga[71]，」皮勒說：「你們這兩個傢伙啊。我也喜歡松樹，但我們已經在這邊的松林待太久。我也厭倦山區了。在山裡只有兩個方向，往下和往上，而且往下只有通往那些法西斯小鎮的道路。」

「妳去過塞哥維亞嗎？」

「Qué va，怎麼可能去露臉？大家都認識我這張臉了。想不想體驗一下身為醜女的感受啊，美女？」她對瑪麗亞說。

「妳不醜。」

「Vamos[72]，說什麼我不醜。我生來就醜。我這輩子都醜。你，Inglés，這個對女人一無所知的傢伙。你知道醜女的感受嗎？你知道一個女人這輩子都很醜，但內心仍覺得自己很美，過的是什麼樣的人生嗎？這情況很少見，」她把另一隻腳泡進溪水裡，然後又抽出來。「老天，好冷。看看那隻鶺鴒，」她指向河流上游的一顆石頭，那隻站在石頭上的鶺鴒正上下擺動著頭。「那種鳥什麼都不厲害，唱歌和吃飯都不在行，只會上下抽動尾巴。給我一根菸，Inglés。」她接下遞來的菸，用從襯衣口袋拿出的燧石和鋼製打火片點燃。她叼著菸吐出一口白煙，望向瑪麗亞和羅伯・喬登。

「生命很奇妙，」她說，然後從鼻孔吐出白煙。「我可以是個很厲害的男人，但偏偏生為女人，而且還很醜。不過很多男人愛過我，我也愛過不少男人。真奇妙。聽著，Inglés，這很有趣。看著我，我就是這麼醜，看仔細一點，Inglés。」

「妳不醜。」

「Qué no？[73]別說謊，還是因為，」她發出深沉的笑聲。「這長相已經對你產生效果啦？沒啦，開開玩笑。不，好好看我有多醜。當一個人愛妳的時候，愛的感受會讓他變得盲目。因為有愛的感受，妳才讓他盲目，也讓自己盲目。然後有一天，沒有任何理由，他就看出妳原本有多醜，他不再盲目，妳看出自己在他眼中有多醜，也就失去了妳的男人和愛的感受。妳懂嗎？guapa？」她拍拍女孩的肩膀。

「不懂，」瑪莉亞說：「因為妳不醜。」

「試著用用妳的腦子，而不是妳的心，還有，聽我說，」皮勒說：「我跟你們說的是很有趣的事呢，你不覺得有趣嗎？Inglés？」

71「Pero, venga」這段西班牙文可翻譯為「但是，你們不會是認真的吧」。

72 Vamos，西班牙文，在這邊的意思是「少來」或者「拜託」。

73「Qué no?」這句西班牙文是在問「不醜嗎？」

「是有趣，但我們該走了。」

「Qué va，去吧，我待在這裡很好。那麼，」此時她跟羅伯．喬登說話的態度就像面對一整個班級，幾乎像在授課。「過一陣子後，等妳變得跟我一樣醜，沒有女人可以比妳更醜時，那麼，如我所說，過一陣子後，那種感受，那種對方覺得妳很美的愚蠢感受，又會逐漸在另一個人心中滋長。那感受會像高麗菜一樣不停長大。然後，等那種感受長好後，另一個男人就會覺得妳看起來很美，一切又會從頭開始。現在我覺得自己已經過了這個階段，但那種感受仍可能找上門來。妳很幸運，guapa，妳不醜。」

「但我**真的**很醜。」瑪麗亞堅持。

「問**他**啊，」皮勒說：「還有別把腳放進溪水裡，會凍傷。」

「羅伯托說我們該走了，我想真的該走了。」瑪麗亞說。

「聽聽妳說的話，」皮勒說：「這趟任務中不只對妳的羅伯托很重要，對我來說也很重要。我說我們大可在溪邊休息一下，我說我們還有很多時間。此外，我喜歡說話，這是我們唯一能擁有的文明活動，不然要怎麼找點樂子？我說的話提不起你的興趣嗎？Inglés？」

「妳說得很好。但比起討論美不美麗的話題，我還有其他更感興趣的事。」

「那談談你感興趣的事吧。」

「內戰剛開始時，妳人在哪裡？」

「在我老家的小鎮。」

「亞維拉？」

「Qué va，才不是亞維拉。」

「帕布羅說他是從亞維拉來的。」

「他說謊，他覺得說自己出生在大城市感覺比較體面，其實是這座小鎮。」她說出小鎮的名字。

「之後發生了什麼事？」

「很多事，」女人說：「很多事，全是很醜惡的事，就連光榮的戰績也很醜惡。」

「跟我說說。」羅伯・喬登說。

「很殘忍，」女人說：「我不想在這女孩面前說。」

「說吧，」羅伯・喬登說：「如果不適合她，她不聽就是了。」

「我可以聽，」瑪麗亞說。她把手放在羅伯・喬登的手上。「沒有什麼是我不能聽的。」

「不是妳能不能聽的問題，」皮勒說：「我不知道是否該告訴妳，怕會害妳做噩夢。」

「我不會因為聽故事而做噩夢，」瑪麗亞告訴她。「在我們經歷了那些慘劇後，妳覺得我會因為聽個故事就做噩夢？」

「說不定會讓Inglés做噩夢。」

「說了再看結果如何吧。」

「不，Inglés，我不是在開玩笑。你有在任何一座小鎮目睹反抗運動開始的場面嗎？」

「沒有。」羅伯・喬登說。

「那你什麼都沒見過。你見過那種場面留下的殘局，就是現在的帕布羅，但你真該見見那天的帕布羅。」

「說吧。」

「不，我不想說。」

「說吧。」

「好吧，那麼，我會盡可能如實描述。但妳，guapa，一旦覺得故事讓妳難以忍受，就要告訴我。」

「如果無法忍受，我就不聽，」瑪麗亞告訴她。「一定還有太多更糟的故事。」

「我想沒錯，」女人說：「再給我一根菸，Inglés，vamonos[74]。」

女孩往後靠著長在溪岸的石南花叢，羅伯．喬登伸展開手腳，肩膀貼著地面，頭靠著一叢石南花。他伸手找到瑪麗亞的手，握進手裡，在石南花叢上不停摩擦，直到她終於攤開掌心，平放在他手上，兩人就這麼聆聽著。

「當時是清晨，軍營裡的civiles[75]投降了，」皮勒開始說。

「你們對軍營發動攻擊？」羅伯．喬登問。

「帕布羅在黑暗中包圍了軍營，切掉電話線，在牆下埋了炸藥，然後呼籲guardia civil投降。他們不願意。天一亮他就把牆炸開，戰鬥開始。兩名civiles被殺死，四名受傷，四名投降。

「在凌晨的光線中，我們全部趴在屋頂、地面、牆邊還有其他建築物上，爆炸的煙塵始終沒落定，因為煙塵真的飛得好高，也沒有風來吹散，我們所有人都朝建築物被炸破的那一面發射子彈，在煙霧中不停填彈發射，建築中還是會閃現步槍發射的火光，然後煙霧中有人大叫停火，四名civiles高舉雙手走出來。屋頂有一大塊已經塌陷，牆也不見了，他們直接出來投降。

「『裡面還有人嗎？』帕布羅喊道。

「『有傷兵。』

「『看好這些人，』帕布羅對著從我們剛剛射擊處走出來的四個人說。『站在那裡，靠在牆上。』他要那些civiles照做。於是四名civiles靠在牆邊，他們髒兮兮的，渾身沙塵，還因為煙霧沾滿汗漬，另外那四個看守他們的人用槍指著他們，帕布羅和其他人則進去解決掉受傷的人。

「他們搞定了一切，建築物內不再有傷者發出的聲響，那裡沒有呻吟、哭喊，或者從軍營裡射擊的槍響，之後帕布羅和其他人走出來，他把獵槍掛在背後，手上拿著一把毛瑟手槍。

「『妳瞧，皮勒，』他說：『這把槍剛剛握在自殺的軍官手中。我從來沒有發射過手槍。你，』他對其中一位看守的人說：『展示一下這把槍怎麼用。不，不要展示給我看，告訴我就好。』

「四個civiles靠牆站著，當軍營裡發出槍響時，滿頭大汗的他們一個字也沒說。他們全都有一張guardias civil的臉，跟我的臉像是同個模子刻出來的。只不過他們的臉上滿是鬍渣，這是他們人生最後一個早晨還沒刮掉的鬍渣，他們靠牆站著，一個字也沒說。

「『你，』帕布羅對站得離他最近的人說：『告訴我這把槍怎麼用。』

「『把那個小桿子拉下來，』那個男人說話的聲音很乾。『把機匣往回拉，再讓它往前彈。』

「『什麼是機匣？』帕布羅問，然後他望向那四位civiles。『什麼是機匣？』

「『槍機上的那一塊。』

「帕布羅往後拉，但卡住了。『現在呢？』他說：『卡住了。你們是騙我吧。』

「『再往後拉一點，讓它輕輕地往前彈。』那個civil說，我從沒聽過這種說話口氣，聽起來比沒有日出的早晨更灰暗。

「帕布羅照著那個男人的話往後拉，然後放手，那一個方塊往前彈到正確位置，手槍已進入擊錘拉好的待發狀態。那是把很醜的手槍，很小，槍柄圓圓的，槍管又大又扁，而且不好用。從頭到尾那些civiles都望著他，他們一個字也沒說。

「『你打算如何處理我們？』其中一個人問。

「『槍斃你們。』帕布羅說。

「『何時？』男人用同樣灰暗的聲音問。

「『現在。』帕布羅說。

「『哪裡？』男人問。

---

74 Vamonos，西班牙文，意思是「我們開始吧」，這裡可翻為「故事開始」。

75 civil這個西班牙字彙在此是「一位國民警衛兵」的簡稱，複數為civiles，整個國民警衛隊則為guardia civil。

「『這裡，』帕布羅說：『這裡，現在。此時此地。你們有什麼話要說嗎？』
「『Nada，』那個civil說：『沒有了。但這樣做很卑鄙。』
「『你們就卑鄙啊。』帕布羅說：『你們這些殺死農民的傢伙，你們還射殺自己的媽媽呢。』
「『我沒殺過任何人，』那位civil說：『不要把我媽扯進來。』
「『向我們示範一下該怎麼死啊，你們這些一天到晚在殺人的傢伙。』
「『沒必要羞辱我們，』另一個civil說：『我們知道該怎麼死。』
「『靠著牆跪下，頭也靠著牆。』帕布羅對他們說。那幾個civiles面面相覷。
「『跪下，我叫你們跪，』帕布羅說：『跪到地上。』
「『你覺得呢？帕可？』其中一名civil對剛剛和帕布羅解釋手槍的那個高個子說，他的袖子上有標示他是下士的條紋，儘管清晨涼爽，他還是滿身大汗。
「『跪就跪吧，』他回答。『反正也不重要了。』
「『反正都要回歸大地了嘛。』第一個開口的人試圖開個玩笑，但每個人都陰鬱得沒心情聽笑話，也沒人笑。
「『那我們就跪吧。』第一個civil說，然後他們四人跪下，姿勢因為頭貼著牆、雙手又緊貼兩側而顯得怪異，帕布羅走過他們身後，逐一朝每個人的後腦杓開槍，他解決一個後走向下一個，將手槍的槍管抵住他們的後腦勺，每個男人都在射擊時往下滑落。我到現在還能聽見那時的手槍射擊聲，尖銳但又悶悶的，每當槍管往後抖一下，就有男人的頭往前倒。手槍抵住其中一個人的頭時，他還用雙手抱住頭。有人把額頭往前緊貼住石牆。有人全身都在發抖，連頭也跟著抖，只有一個人用雙手遮住眼睛，他是最後一個人。接著四具屍體癱軟地靠在牆邊，帕布羅轉身背對他們，拿著手槍朝我們走來。
「『幫我拿著，皮勒，』他說：『我不知道怎麼降下擊錘。』他把手槍遞給我，站在那裡望著躺在軍營牆邊的四名警衛兵。當時所有在場的人都望著他們，沒有人說話。

「我們贏下了那座小鎮，因為時間真的很早，還沒有人進食或喝過咖啡，我們望著彼此，身上全因為剛剛炸軍營而滿身塵土，就跟打穀的人一樣，我拿著手槍站在那裡，手槍好重，我看著死在牆邊的那些警衛兵，覺得胃一陣絞扭；他們跟我們一樣因為沙塵而一身灰，但現在因為血流在他們躺著的牆邊沙土上，一具具身體也隨之濕潤起來。我們站在那裡，太陽從遠方的山丘後方升起，照亮我們當時站的那條路和軍營的白牆，空氣中的沙塵在第一道陽光中閃爍金光，然後一個站在我旁邊的農民看向軍營的牆、看向躺在地上的人、看向太陽，他說：『Vaya[76]，又是新的一天。』

「『我們去喝咖啡吧。』我說。

「『很好，皮勒，很好。』他說。然後我們走進鎮裡的中心廣場。那四個人是我們村裡最後射死的一批人。」

「其他人怎麼了？」羅伯．喬登問：「村裡沒有其他法西斯分子了？」

「Qué va，村裡怎麼可能沒有其他法西斯分子？有超過二十個。但這些人沒被射死。」

「你們怎麼處理？」

「帕布羅把他們全部用連枷打死，從懸崖邊丟進河裡。」

「二十個人都這樣？」

「我告訴你，這並不容易。我這輩子從不希望看見有人被連枷打死，還從河上方的空地被丟下懸崖的場面。

「這座小鎮建在河邊的拔高河床上，中央有片空地，空地上有泉水和長凳，長凳邊還有大樹可以遮蔭。所有人家的陽臺都能俯瞰這片廣場。有六條街通往這片廣場，所有房子下還有一道環繞廣

76 Vaya，西班牙文，意思是「哇」。

場的相連拱廊道，太陽很大時可以走在裡面。廣場有三面是拱廊道，一面是有樹蔭遮蔽的小徑，再過去就是懸崖，而懸崖下方深處是河，高度有三百英尺。

「帕布羅就像攻擊軍營一樣組織了這次行動。一開始他先把通往街道的出入口用運貨車擋住，打算弄出一個capea[77]。法西斯分子都被關在Ayuntamiento[78]，我們的鎮公所，那是廣場邊最大的一棟建築。鎮上的時鐘就掛在鎮公所牆上，法西斯分子的俱樂部就在拱廊下的建築物內。而在這些建築物前方的人行道上就放著俱樂部的桌椅。反抗運動開始前，他們就習慣在這裡喝點小酒。那些桌椅都是柳條製，看起來就像戶外咖啡廳，但又更雅致。」

「但抓住他們時沒遇到抵抗嗎？」

「帕布羅在攻擊軍營的前晚就把他們抓來了。當時他已經包圍了軍營。這些人在攻擊開始沒多久就在家中遭到制伏。真的很厲害。帕布羅的組織能力很強。若不是這樣規畫，他在攻擊guardia civil的軍營時，側翼和後方都會遭到攻擊。

「帕布羅真的很厲害，但也很殘暴。他的計畫考量了整個村子的情況，非常有條理。聽著，就在成功擊破軍營，裡面最後四個警衛兵也投降，他在牆邊射死那四人，我們又去村中角落早班公車發車站旁，那間最早開的咖啡館喝過咖啡後，他就開始處理廣場的工作。他將運貨車堆放起來，製造出業餘鬥牛場，只有通往河的那一面沒圍住，留下那個出口。然後帕布羅命令神父去讓法西斯分子告解自己的罪過，為他們進行必要的聖禮。」

「這些都在哪裡進行？」

「在Ayuntamiento裡，就是我剛剛說的鎮公所。外面有很多群眾聚集，裡面的神父開始進行後，外面開始有人躁動不安，還有人大罵髒話，但大多數人仍抱持嚴肅、尊重的態度。那些亂開玩笑的人都是因為慶祝擊破軍營而喝醉的傢伙，還有一些本來就一天到晚醉醺醺的沒用貨色。

「神父在裡面進行工作時，帕布羅要廣場上的人排成兩排。

「他要他們排成像是拔河比賽一樣的兩排隊伍，那場面就像單車的公路越野賽，人們擠在城市中的終點線附近，只留下足以讓單車手經過的空間，又像是眾人在隊伍中讓路給聖像通過。兩條隊伍中間只相隔兩公尺，這樣的隊伍從Ayuntamiento門口一路穿過廣場，延伸到懸崖邊緣。因此，任何人只要從Ayuntamiento的門口走出來，眼神往廣場望去，就會看到左右各有一排人在等他。

「這些人都配備了連枷，就是用來打穀的工具，兩邊相隔的正是一把連枷的距離。並不是所有人都有連枷，因為數量不夠，但大多數有連枷的人都是從吉列爾莫・馬丁大人的店裡買來的，他是個法西斯分子，店裡有賣各種農用工具。沒有連枷的人拿來沉重的牧人手杖或牛刺棍，有些人還拿了木製乾草叉。那些叉子通常是在脫穀之後用來把穀殼和稻草叉起來。還有些人拿了鐮刀和收割用的彎刀，但帕布羅把他們安排在隊伍最尾端，幾乎快到懸崖的那邊。

「這些列隊的人很安靜，那天天氣很好，就跟今天一樣，高空中飄著一些雲朵，就像現在一樣，廣場還沒開始塵土飛揚，因為前晚結了大量濃重的露水，樹木的蔭影罩著這兩條隊伍，你能聽見有水流過噴泉中那隻獅子嘴巴的銅製水管，然後落入噴泉的池子中，平常女人都是拿罐子來這裡取水。

「只有在靠近Ayuntamiento的地方，也就是神父正在對法西斯分子履行義務的地方，才能聽到有人大爆粗口，就是那些我剛剛說的那些毫無價值的傢伙，那些已經喝醉的人擠在窗邊，透過窗戶的鐵欄杆對裡面咒罵髒話或亂開玩笑。其他大部分人都安靜列隊等著，我聽見有個人對另一個人說：『等一下會有女人嗎？』

「另一個人說：『我向耶穌乞求，希望沒有。』

77 capea，西班牙文，意指「業餘鬥牛場」。

78 Ayuntamiento，西班牙文，意指「鎮公所」。

「接著又有個人說：『帕布羅的女人在這啊。欸，皮勒，會有女人嗎？』

「我看著他，他是個農民，身上穿著週日才穿的正裝外套，此刻渾身大汗，然後我說：『不，瓦金。沒有女人。我們不殺女人。我們為什麼要殺他們的女人？』

「然後他說：『感謝耶穌，等一下沒女人，那我們何時開始？』

「我說：『等神父結束後就開始。』

「『那神父何時結束？』

「『我不知道。』我告訴他，然後看到他的表情開始扭曲，汗從他的額頭流下。『我沒殺過人。』他說。

「『等一下就能學了，』他身邊的農民說：『但我不認為用這個打一下能殺死人。』他用一臉懷疑地盯著雙手握住的連枷瞧。

「『就是這點才棒，』另一個農民說：『得打很多下才行。』

「『**他們**已經拿下了華拉杜列，**他們**拿下了亞維拉，』有人說：『在我們回到小鎮前，我才聽說的。』

「『**他們**永遠不可能拿下這座小鎮。**這座**小鎮是我們的，我們已經搶在他們之前出擊，』我說：『帕布羅不是那種會等著挨打的人。』

「『帕布羅很有能力，』另一個人說：『但殺死最後那批civiles時，他只顧著自我表現。妳不覺得嗎？皮勒？』

「『覺得啊，』我說：『但現在這件事，大家都有參與。』

「『對，』他說：『行動組織得很好，但為什麼我們沒聽到更多有關反抗運動的消息？』

「『帕布羅在清晨攻擊軍營前切斷了電話線，現在還沒修復。』

「『啊，』他說：『所以才什麼消息都沒有。今天一大早我還有從修路工寮那邊聽到一些消息。』

「『為什麼我們現在要這麼做，皮勒？』他問我。

「『為了省子彈，』我說：『而且每個人都必須扛起自己的那份責任。』

「『那就快開始吧、快開始吧。』我看著他，他在哭。

「『為什麼哭啊，瓦金？』我問他。『這不是該哭的事。』

「『我忍不住，皮勒，』他說：『我一個人也沒殺過。』

「如果你沒見過反抗運動開始時在這種小鎮發生的場面，那你根本沒見過世面，這種鎮上的所有人都彼此認識，而且大家幾乎是一輩子的老交情。就在這天的廣場上，排成兩列的這些人身上是平日在農地穿的衣服，因為所有人都是匆忙趕到鎮上，但有些人不知道反抗運動開始的第一天該怎麼穿，所以穿了週日上教堂或假日才會穿的好衣服，當這些人看見其他人身上都是最破舊的衣服，包括那些剛剛擊破軍營的人，他們都因為穿錯服裝而覺得丟臉，但又不想把好外套脫下來，因為怕弄丟，又或者被那些沒用的傢伙偷走，所以他們站在那裡，因為陽光照射不停冒汗，等著行動開始。

「然後有風揚起，因為太多人在廣場上又走來走去，原本潮濕的地面變得又乾又鬆，砂土開始被風捲起，有位穿著深藍色正裝外套的男人開始大喊『Agua！Agua[79]！』」我們鎮上有個負責維護廣場的人，他的職責就是每天早上用水管噴灑廣場地面，此刻他過來打開水，開始把廣場邊緣揚起的塵土靠水灑回地面，接著逐步往中央灑。兩排人龍此時往後退開，讓他對著廣場中央噴水；水管噴出的水柱形成一個寬廣的弧度，水花在陽光下閃耀，男人們斜倚著他們的連枷、木杖或白色的乾草叉，他們望著那根水柱左右潑灑。然後，等廣場終於回到良好的濕潤狀態，沙土也都落地，兩列隊伍再次歸位，有位農民大喊：『我們的第一位法西斯分子何時出現啊？到底這第一位法西斯分子

79 Agua，西班牙文，意思是「水」。

何時要出來？』

「『快了，』帕布羅從Ayuntamiento的屋頂上往下吼。『第一個傢伙很快就要出來了。』他的聲音粗啞，因為在剛剛的攻擊行動中吼了太久，還被炸軍營的煙塵嗆到。

「『為何拖那麼久？』有人問。

「『他們還在忙著訴說自己的罪狀。』帕布羅大吼。

「『顯然如此，畢竟一共有二十人。』有個男人說。

「『不只。』另一個男人說。

「『二十個人要從頭說起的罪狀可多了。』

「『是，但我覺得也可能是種爭取時間的詭計。畢竟在面對這麼緊急的狀況時，除了自己最嚴重的罪，正常人應該想不起其他罪狀。』

「『那也有點耐心，既然有二十多個人，就算只告解最嚴重的罪，也夠花時間了。』

「『耐心是有，』又有個人說：『但最好還是速戰速決，無論對他們或我們都好。現在是七月，必須做的工作還很多。我們收割了，但還沒去殼。現在還不是什麼值得歡天喜地的時候。』

「『但今天大家一定會歡天喜地，』另一個人說：『這是可以歡慶自由的一天，而且從今天開始，一旦消滅了這些人，這座小鎮和土地都是我們的了。』

「『我們用連枷把法西斯分子脫穀啦，』有個人說：『從他們的穀殼中，我們迎來了這座pueblo[80]的自由！』

「『我們得把這場幹好，才有資格享受自由，』有個人說：『皮勒，』他對我說：『我們何時開個組織大會？』

「『等等一結束就開，』我告訴他。『就在Ayuntamiento這棟樓。』

「為了好玩，我當時戴著之前其中一位guardia civil的三角漆皮帽，我已經降下手槍的擊錘，彷佛很老練地一邊用大拇指壓著擊錘，一邊拉動扳機，我用一條繩索把手槍綁在腰部，長長的槍管直接塞進我的衣袍中。我為了好玩戴上帽子時，覺得是個很好的主意，不過後來覺得應該拿手槍的槍套，而不是帽子才對。不過排在隊伍中的一個男人對我說：『皮勒，妳這女孩子，我覺得戴那頂帽子感覺很不好，我們可是好不容易擺脫掉了guardia civil。』

「『好吧，』我說：『我脫下來。』然後我真的取下帽子。

「『給我，』他說：『這該處理掉。』

「我們走到隊伍的最後，那裡的懸崖邊有條步道，他把帽子往懸崖外拋，用的是牧人低手朝牧牛丟石塊的動作。帽子在空中愈飛愈遠，我們可以看到它愈變愈小，漆皮在清澈的空氣中閃爍光芒，然後落入河裡。我回頭望向廣場和所有窗戶和擠滿人的陽臺，望向從Ayuntamiento門口延伸過來的兩條人龍，望向在那棟建築窗外推擠的人群，到處都有人在講話，然後我聽見一聲大喊，有人說：『第一個人出來了。』出來的是班尼托．賈西亞大人，他是鎮長，緩慢走出來的他沒戴帽子。他走過門廊但什麼事都沒發生，他走到兩排拿著連枷的人之間但什麼事都沒發生。他經過兩個人身邊，四個人，八個人，十個人，還是什麼事都沒發生，他走在兩條人龍之間，頭抬高，那張扁臉顯得陰鬱，雙眼直視前方，又來回望著兩邊的人，他往前走的腳步穩健。什麼事都沒發生。

「在一個陽臺上有人大喊：『Qué pasa, cobardes？[81]怎麼回事啊？你們這群懦夫？』但班尼托．賈西亞大人仍然在人龍間往前走，什麼事仍然都沒發生。然後我看到跟我之間隔著三個人的一個男人表情扭曲，他緊咬下唇，握緊連枷的雙手泛白。我看到他望向班尼托大人，他望著他走來，但還是什麼都沒發生。接下來，就在班尼托大人走到他面前時，他高舉起連枷，不小心敲到旁邊的人，

80　pueblo，西班牙文，意思是「小鎮」。

81「Qué pasa, cobardes?」這句西班牙文的意思是「怎麼啦？你們這群懦夫？」

然後對著班尼托大人的頭部側邊砸了下去，班尼托大人轉頭看他，男人又敲了一下，他大吼：『這就是給你的教訓，Carbón[82]！』這一下直接砸在班尼托先生臉上，他用雙手扶住臉，然後他們不停打他直到他跌在地上，一開始打他的那個人叫其他人幫忙，然後他扯住班尼托先生的襯衫領口，其他人抓住他的手臂再把他的臉壓在廣場的沙土地上，他們把他拖到懸崖邊的步道上然後往下丟進河裡。然後第一個出手的男人跪在懸崖邊往下望著他說：『渾蛋！渾蛋！啊你這渾蛋！』他是班尼托大人的其中一位租客，兩人一直處得很不好。之前河邊有片土地出現爭議，班尼托大人從這個男人手上取得後又租給別人，這個男人為此一直記恨他。這男人後來再也沒有回到隊伍裡，他只是一直坐在懸崖邊往下望著班尼托大人先掉下去的地方。

「班尼托大人出來後，再也沒有人肯出來了。廣場上一點聲音也沒有，大家都在等著看下個出來的人是誰。然後一個醉鬼非常大聲地吼起來，『Qué salga el toro！[83]把牛放出來！』

「然後有個站在Ayuntamiento窗邊的某人大喊：『他們都不動！他們都在禱告！』

「又有一個醉鬼大喊：『把他們拖出來。快點！都拖出來。禱告時間結束了。』

「但還是沒人出來，然後我看到一個男人從門口走出來。

「那個人是費德里科．岡薩雷斯大人，他是磨坊和飼料店的老闆，是個十足的法西斯分子。他身形高瘦，為了遮住光頭把頭髮從一側往另一側梳過頭頂，身上穿著一件塞進長褲的男用長睡衫。他跟從被家裡抓走時一樣光著腳，雙手高舉過頭，在他身後，帕布羅用獵槍槍管抵住費德里科．岡薩雷斯大人的背，直到費德里科大人走進那兩排人之間。但帕布羅回頭走向Ayuntamiento門口時，費德里科大人就一步也無法前進了，他抬眼望向天堂，雙手彷彿可以抓住天空般高舉起來。

「『他的腿走不動啦。』有人說。

「『怎麼回事啊，費德里科大人？忘記怎麼走路了嗎？』有人對他大吼。但費德里科大人只是高舉雙手站在那裡，雙唇因為無聲說話而動個不停。

「『繼續走啊，』帕布羅從Ayuntamiento前的階梯對他大吼：『走。』

「費德里科大人站在那裡，他動不了。有個醉漢從他的背後用一根連枷的把手戳他，費德里科大人像一匹拒絕前進的馬一樣小跳步了一下，但仍停在原地，雙手高舉，雙眼望向天空。

「然後站在我身邊的農民說話了，『這樣做實在很可恥，我對他沒有任何意見，但這種荒唐場面非得結束不可。』所以他沿著隊伍走，推開人群走到費德里科大人站的地方後說：『經您同意。』然後用一根手杖使勁掃過他的頭。

「費德里科大人放下雙手，抱住頭頂禿掉的地方，而就在他被雙手包住的頭低垂下來時，原本蓋住光禿處的細長髮絲從指縫中竄出，他飛快地從兩條隊伍之間跑過，連枷不停打在他的後背及肩膀上，終於他倒下，隊伍尾端的人於是把他扶起來後甩下懸崖。打從他被帕布羅用獵槍抵著走出來後，他就沒有開過口。他唯一的困難就是無法前進，彷彿無法控制自己的雙腿。

「費德里科大人出來之後，我看出靠近懸崖的隊伍末端聚集了最冷酷的一群人，然後我離開那裡，走去Ayuntamiento的拱廊，推開兩個醉漢，透過窗戶往裡面看。在鎮公所的大廳中，那群人圍成半圈跪在地上禱告，神父也和他們一起跪著禱告。帕布羅和一個名叫Cuatro Dedos的人站在一起，這個名字的意思是『四指』，他平日是名鞋匠，很常和帕布羅混在一起，另外還有兩人拿著獵槍站在一旁。帕布羅問神父：『現在換誰出去？』神父繼續禱告，沒有回答。

「『聽著，就是你，』帕布羅用粗啞的聲音說：『現在換誰出去？誰準備好了？』

「神父不願跟帕布羅說話，只是假裝他不存在，我可以看出帕布羅現在變得非常生氣。

「『我們全部一起出去吧。』瑞卡多．蒙托沃大人是名地主，他抬起頭，停止禱告，這樣對著帕

82 Carbón，西班牙文，這裡可以翻作「渾蛋」。

83「Qué salga el toro!」這句西班牙文的意思是「讓牛出來！」

布羅說。

「『Qué va，』帕布羅說：『準備好的就出發，一次一個。』

「『那我去吧，』瑞卡多大人說：『我不能再準備得更好了。』神父在他說話時祝福他，也在他起身時祝福他，過程中始終沒中斷他的禱詞，他舉起一隻十字架給瑞卡多大人親吻，瑞卡多大人親吻後轉身對帕布羅說：『這輩子沒有任何一刻比現在準備得更好了。你這狗娘養的Cabrón。別碰我們。』

「瑞卡多大人身高不高，一頭灰髮，脖子很粗，身上穿的衣服沒有領子。他因為很常騎馬而外八。『再見，』他對那些還跪在地上的人說：『別傷心，死不算什麼，唯一糟糕的是死在這個canalla[84]手裡。別碰我，』他對帕布羅說：『別用你的獵槍碰我。』

「一頭灰髮的他張著那雙小眼睛走出Ayuntamiento前門，他的粗脖子看起來又短又憤怒。他望著那兩排農民，對地上吐了口水。在這種場合，Inglés，你該知道，實在很難想像還有人能吐出真的口水，然後他說：『Arriba España！[85]跟著這群膽敢自稱共和黨下地獄吧，我去他的瞧不起你們這些生來的壞胚子。』

「因為他的辱罵，他們很快就把他打死了，而且他才走到第一個人面前就被痛打，即便如此仍努力抬頭挺胸地走，終於他被痛打到跌落地面，之後還繼續被勾刀和鐮刀砍個不停，最後很多人把他抬到懸崖邊扔下去，現在他們的手和衣服上都沾滿了血，然後大家開始覺得，現在只要從那扇門走出來的，一定都是非殺不可的真正敵人。

「直到瑞卡多大人氣勢驚人地走出來大肆咒罵之前，許多排在隊伍的人，我確信，無論必須付出多少代價，他們都希望自己永遠不用加入這個隊伍。如果當時有人在隊伍裡大喊：『好了，我們原諒剩下的人吧，他們已經學到教訓了。』我確定大多數人也會同意。

「但瑞卡多大人的勇敢行徑只是給其他人幫了倒忙。因為他激怒了排在隊伍裡的人，在此之前，他們只是被迫來完成任務，實在也不是很樂意，但現在他們都生氣了，氣氛變得完全不同。

「『讓神父出來，這樣會進行得比較快。』有人大吼。

「『讓神父出來。』

「『我們已經幹掉三個賊了，現在來搞定神父吧。』

「『兩個賊，』有個矮小的農民對著剛剛大吼的人說：『是兩個賊和我們的上主[86]。』

「『誰的上主？』那個男人的臉氣得脹紅起來。

「『照理來說該稱祂為我們的上主。』

「『祂才不是我的上主，我可沒開玩笑，』另一個人說：『如果不想來走我們中間這條路，最好管住你的嘴。』

「『我跟你一樣是自由派的共和主義者，』矮小的農民說：『我打了瑞卡多大人的嘴、我打了費德里科大人的背，我沒打到班尼托大人。我之所以說我們的上主，是因為那本來就是祂的正式稱謂，另外兩個是賊。』

「『我去你的共和主義壞胚子。你還這個也稱呼大人、那個也稱呼大人啊。』

「『大家在這裡就是這麼稱呼他們的。』

「『我才不這麼叫，這些cabrónes！至於你的上主——嗨！又來一個新傢伙啦！』

「就在此時，我們看到一個有夠不光彩的場面，因為從Ayuntamiento門口走出來的人是佛斯汀諾．李維洛大人，他的父親薩拉斯汀諾．李維洛是地主，而他是這位地主的長子。他很高，一頭黃

---

84 canalla，西班牙文，意思是「流氓」。

85「Arriba España!」這句西班牙文的意思是「西班牙衝啊！」

86《聖經》馬太福音第二十七章第三十八節：當時，有兩個強盜和他同釘十字架，一個在右邊，一個在左邊。

髮從前額整齊地往後梳，因為他口袋裡永遠有把梳子，而且還在走出門前梳過了。他很常招惹女孩子不開心，而且是個懦夫，但又一天到晚希望能成為一名業餘鬥牛士。他常和吉普賽人混在一起，也喜歡鬥牛士和養牛的人，而且很愛穿安達盧西亞服飾，但本人一點也不勇敢，總是被大家當成一個笑話。某次一個亞維拉的老人之家宣布他會在一場業餘的慈善鬥牛賽中上場，而且會以安達盧西亞的風格坐在馬背上殺牛，據說他花了很多時間練習，本來還挑了一頭雙腿站不穩的小牛，後來發現被換成大牛後立刻說自己病了，還為假裝嘔吐而把三根手指插進自己喉嚨。

「那兩排人一見到他就開始鼓譟，『Hola！佛斯汀諾大人。小心別又吐啦。』

「『聽我說，佛斯汀諾大人。懸崖下有很多漂亮女孩喔。』

「『佛斯汀諾大人。稍等一下，我們要把更大的牛牽出來囉。』

「又有個人大吼：『聽我說，佛斯汀諾大人。你有聽說死是怎麼一回事嗎？』

「佛斯汀諾大人仍然姿態勇猛地站在那裡。他剛剛一時衝動，宣布自己要走出大門，現在也還處在那種亢奮情緒中。之前他也同樣是因為一時衝動才宣布參加鬥牛賽。之前那股衝動讓他相信並盼望自己能成為一名業餘鬥牛士，而此刻的他受到瑞卡多大人的啟發，於是既尊貴又勇猛地站在那裡，臉上還帶著不屑的表情。但他無法開口說話。

「『來吧，佛斯汀諾大人，』隊伍中有人大吼：『來吧，佛斯汀諾大人。這裡準備了史上最大的一頭牛。』

「佛斯汀諾大人站在那裡往外瞧，我認為在他張望的當下，兩排隊伍中沒有任何人憐憫他。他還是維持尊貴又充滿威嚴的模樣；但實在無法再拖延了，他只有一條路可走。

「『佛斯汀諾大人，』有人大喊：『你到底在等什麼，佛斯汀諾大人？』

「『他在準備嘔吐啦。』有人說，隊伍中的大家都笑了。

「『佛斯汀諾大人，』有位農民喊：『你喜歡吐就吐吧，對我來說完全沒差。』

「接著，就在眾目睽睽之下，佛斯汀諾大人的眼神沿著人龍越過廣場，望向懸崖和懸崖外的一片空無，然後他迅速轉身躲進Ayuntamiento的入口。

「隊伍中的所有人都吼叫起來，有人尖聲嘶喊：『你去哪？佛斯汀諾大人？你去哪？』

「『他去吐了。』又有個人大吼，大家又笑了。

「然後我們又看到了佛斯汀諾大人，他被帕布羅用獵槍抵著背走出來，原本維持的儀態現在都沒了。光是看到那兩排人就讓他的貴氣及儀態盡失，他身後的帕布羅就像道路清潔工，而佛斯汀諾大人就像他正往前推的垃圾。佛斯汀大人走出來了，他不停畫十字和禱告，然後他用雙手遮住眼睛，走下階梯朝人龍走去。

「『先別管他，』有人喊：『別碰他。』

「隊伍中的所有人都明白意思，沒人對佛斯汀諾大人動手，他遮住眼睛的雙手顫抖，嘴巴動個不停，就這樣走過兩排人之間。

「沒人說話，沒人碰他，等他走到半路時，他再也無法前進，直接跪倒在地上。

「沒人打他。我在外側沿著隊伍走，清楚看到一切的經過，有個農民彎下身把他扶起來，『起來，佛斯汀諾大人，繼續走。牛還沒出場呢。』

「佛斯汀諾大人無法獨自走下去，那位穿著黑色連身工作服的農民於是從一邊扶著他，另一位穿著黑色連身工作服及牧人靴的農民攙扶起他的另一側，兩人就這樣抓著他的兩隻手臂，讓佛斯汀諾大人繼續雙手遮住眼睛往前走，他的嘴唇始終沒有停下來，頭頂上的絲滑黃髮在陽光下閃爍，他經過那些農民面前時，有人會說：『佛斯汀諾大人，buen provecho[87]，佛斯汀諾大人，祝你用餐愉快。』另外有些人說：『佛斯汀諾大人，A sus ordenes，佛斯汀諾大人，樂意為您效勞。』還有一個

87 buen provecho，西班牙文，是祝福人「用餐愉快」。

自己也在鬥牛場上失敗過的人說：『佛斯汀諾大人。Matador, a sus ordenes[88]。』還有個人說：『佛斯汀諾大人，天堂有很多漂亮女孩啊，佛斯汀諾大人。』他們就這樣讓佛斯汀諾大人走完整條路，兩邊的人緊緊扶住他，確保他走路時能站直，而他始終用手遮住雙眼。不過他一定有透過指間偷看，因為就在靠近懸崖邊時，他再次跪下，整個人倒下緊抓住地上的草，『不、不、不。拜託。不。拜託、拜託。不、不！』

「然後，就在他跪下時，扶住他的兩個農民跟隊伍末端那些比較冷酷的人立刻在他身後蹲下，迅速一推，讓他翻出懸崖，過程中他一下也沒挨打，你能聽見他在落下時的尖聲狂喊。

「就在那一刻，我知道這兩排人已經變得冷血，一開始是因為瑞卡多大人的辱罵，接著是因為佛斯汀諾大人的軟弱。

「『再來處理下一個吧。』有農民大喊，另一個農民拍了拍他的背，然後說：『佛斯汀諾大人！了不起的人物！佛斯汀諾大人！』

「『現在他可見識過大牛了，』另一個人說：『現在啊，就算吐也幫不了他。』

「『我這輩子，』另一個農民說：『我這輩子從來沒見過像佛斯汀諾大人這種貨色。』

「『還有其他人，』又有個農民說：『耐心點。誰知道我們還可能見到什麼？』

「『這世上可能有巨人和侏儒，』第一個農民說：『可能有來自非洲的黑人和少見的野獸，但對我來說，永遠、永遠不可能有任何人像是佛斯汀諾大人一樣。但現在來處理下一個人吧！來吧，再來一個！』

「許多醉鬼從法西斯那幫人的俱樂部酒吧搜刮出了茴香酒和科涅克白蘭地，然後一瓶瓶傳遞給大家喝，每個人都把這些酒當葡萄酒一樣狂喝，因此，隊伍中許多人開始醉了，同時他們也因為班尼托大人、費德里科大人、瑞卡多大人帶來的亢奮情緒而陶醉，尤其是佛斯汀諾大人。就算是沒拿到烈酒瓶的人，也能從到處傳遞的皮酒囊中喝葡萄酒，我也好渴，所以喝了一大口，任由涼涼的葡萄酒從皮bota[89]中一路流過我的喉頭。

「『殺人會讓人很渴。』把酒囊遞給我的人說。

「『Qué va，』我說：『你殺過人嗎？』

「『我們才剛殺了四個，』他驕傲地說：『還沒算上那些civiles呢。聽說妳殺了其中一個civiles，真的嗎？皮勒？』

「『沒有，』我說：『牆倒下時，我朝著那片煙塵射擊，就跟其他人一樣。僅此而已。』

「『妳的手槍哪來的？皮勒？』

「『帕布羅給我的。帕布羅殺掉那些civiles後給我的。』

「『就是用這把手槍殺的嗎？』

「『就是這把，』我說：『他要我帶著。』

「『可以給我看一下嗎？皮勒？讓我拿一下？』

「『有何不可？老兄。』我說，然後我把槍從袍子下抽出來，遞給他，但也疑惑為什麼沒有其他人出來，就在此時，出來的不是別人，正是吉列爾莫．馬丁大人，大家就是從他店裡搶到那些連枷、牧人手杖和木製乾草叉。吉列爾莫大人是個法西斯分子，但除此之外，大家對他沒什麼意見。

「確實，考量到那些製作連枷的人，他付給他們的費用確實不多，但向他們收取的成本費也不高，如果有人不想從吉列爾莫大人的店裡買連枷，那也可以只花木頭和皮革的錢，自己從無到有製作出來。他說話的方式挺粗魯，無疑是個法西斯分子，也是那幫人當中的成員，他會在中午和晚上

---

88 A sus ordenes，西班牙文，意指「樂意為你效勞」，Matador意指「鬥牛士」。

89 bota，西班牙文，意思是「囊」，通常都是用來裝酒。

坐在他們俱樂部的藤椅上，一邊讀《辯論報》[90]一邊讓人替他擦亮鞋子，同時喝著苦艾酒和氣泡水，還搭配烤杏仁、蝦乾和鯷魚。但這都不是殺一個人的理由，我確定如果不是因為瑞卡多·蒙托沃大人的辱罵，還有佛斯汀諾大人搞出的可悲場面，再加上酒意放大了眾人的情緒，一定總會有人大喊：『我們該放過吉列爾莫先生。我們手上的連枷都是他店裡的。讓他走吧。』

「因為這個鎮上的人可以很冷酷，但也可以很善良，他們有追求正義的天性，也渴望做出對的事。但此刻冷酷已深入這兩排人的內心，同樣發酵的還有酒意或剛開始發作的酒意，所以這些人現在已經跟班尼托大人走出來時不一樣了。我不知道其他國家的狀況如何，也沒有別人比我更在意喝酒帶來的快樂，但在西班牙，只要不是由葡萄酒引發的酒意，都真的非常醜陋，大家會因此做出本來絕不會做的事。在你的國家不是這樣吧？Inglés？」

「也一樣，」羅伯·喬登說：「我七歲時和我媽去參加俄亥俄州的一場婚禮，婚禮上有負責拿花的男女花童，我是其中的男孩——」

「你當過花童？」瑪麗亞問。「真好！」

「在這座小鎮，有個黑人先是被吊在燈柱上，然後又被燒死。那是盞弧光燈。燈的部分可以從柱子頂端降到人行道上。一開始，大家用吊弧光燈的機械設備把他吊起來，但設備壞了——」

「黑人，」瑪麗亞說：「多野蠻啊！」

「那些人喝醉了嗎？」皮勒問：「他們是因為喝醉才把黑人燒死嗎？」

「我不知道，」羅伯·喬登說：「因為我只是從屋內透過百葉窗簾底下的縫隙往外偷看，那棟房子剛好就在那盞弧光燈座落的街角。街上滿是人群，就在他們第二次把黑人吊起來時——」

「如果你當時才七歲，而且還待在屋內，確實無法判斷他們有沒有喝醉。」皮勒說。

「正如我剛剛所說，就在他們第二次把黑人吊起來時，我母親把我從窗邊拉開，所以我沒看到更多，」羅伯·喬登說：「但至少我確實因此知道，在我的國家，酒意也可以造成類似結果，總之一樣醜陋又殘暴。」

「七歲實在太小了，」瑪麗亞說：「那麼小的孩子不該看到這種事。除了馬戲團外，我從沒見過黑人，除非摩爾人也算黑人。」

「摩爾人有些是黑人，有些不是，」皮勒說：「我可以跟你說說摩爾人的事。」

「我經歷得更多，」瑪麗亞說：「不，我可以說嘴的經歷絕對比妳多。」

「別談這些了，」皮勒說：「談這些不健康，剛剛講到哪了？」

「談到隊伍裡的人都喝醉了，」羅伯．喬登說：「繼續吧。」

「要說都喝醉了也不公道，」皮勒說：「因為他們距離真正的喝醉還有一段距離，但他們的心中都起了改變，吉列爾莫大人走出來後，身體站得筆直，他有近視眼，灰頭髮，他的身高中等，身上的襯衣有領扣但卻沒領子，他站在那裡往自己身上畫了個十字架之後向前看，但因為沒戴眼鏡所以看不清楚，但總之他是往正確的方向走，而且態度冷靜，表情足以激發憐憫。但隊伍中有人大喊：『這裡，吉列爾莫大人，往這裡來，吉列爾莫大人。就是這個方向。我們這裡每個人都拿著你的商品。』

「剛剛對佛斯汀諾大人開的玩笑太成功了，所以他們此刻無法理解吉列爾莫先生的狀況完全不同，如果要殺吉列爾莫先生，應該要速戰速決，而且要為他留下尊嚴。

「『吉列爾莫大人，』另一個人大吼：『我們該派人去你的屋子拿眼鏡嗎？』

「吉列爾莫大人住的根本不是獨棟的屋子，因為他沒什麼錢，而且他之所以成為法西斯分子，純粹只是為了標新立異，他因為經營一間木製工具維修店，做得要死要活還賺得不多，所以想透過

90《辯論報》（*El Debate*）是一份天主教會發行的日報，從一九一〇年發行到一九三六年，是當時西班牙最具代表性的天主教刊物。

這個身分尋求虛榮的慰藉罷了。他之所以是個法西斯分子，也是因為妻子的宗教信仰，他認為自己既然愛她，就也該接受她的信仰。他住在距離廣場三棟屋子遠的一間公寓樓房裡，而正當吉列爾莫大人站在那裡，近視的雙眼朦朧地望向兩列隊伍，也就是他必須走進去的方向時，有個女人開始在他住的公寓陽臺上尖叫。她可以從陽臺看見他，她是他的妻子。

「『吉列爾莫，』她哭喊：『吉列爾莫，等等我，我要陪著你。』

「吉列爾莫大人將頭轉往哭喊聲傳來的方向。他看不見她。他嘗試說些什麼，但說不出來。然後他朝那個女人喊叫的方向揮揮手，開始往兩列人龍的中間走去。

「『吉列爾莫！』她哭叫：『吉列爾莫！噢！吉列爾莫！』她雙手抓住陽臺欄杆，身體前後顫抖。『吉列爾莫！』

「吉列爾莫大人再次朝聲音傳來的方向揮揮手，然後抬頭挺胸地走進隊伍中央，除了他臉頰泛出的顏色，你無法看出他的感受。

「然後隊伍中有個醉漢大吼：『吉列爾莫！』他在模仿他妻子高亢嘶啞的聲音，吉列爾莫大人雖然看不清楚，但仍快步走向他，淚水流下他的臉頰，那個男人用連枷掃過他的臉，吉列爾莫大人因為那一擊的力道跌坐地面，他坐在那裡哭，但不是因為恐懼而哭，那個醉漢繼續打他，另一個醉漢也撲了過來，他跨在他肩膀上，拿一個酒瓶敲他。在此之後，許多人離開了隊伍，這些空缺開始由其他醉漢補上，就是之前一直擠在鎮公所窗外，對著裡頭嘻笑怒罵或說些低俗話語的人。

「在帕布羅打死那些guardia civil時，我的情緒很複雜，」皮勒說：「殺人是非常醜惡的事，但我心想，若是迫不得已就不能逃避，至少他下手不殘忍，只是奪去對方性命。這些年來我們早已學到教訓，奪人性命雖然醜惡，但為了獲勝，也為了共和國，殺人是必要的。

「就在廣場被封鎖起來，大家排成兩排的時候，我很崇拜帕布羅能想出這種作法，也能理解其中的概念，但同時也覺得有點天馬行空，而且為了不招人反感，我們應該確保一切行動做得漂亮才對。確實，如果法西斯分子必須遭到人民處刑，那還是讓所有人參與比較好，我也希望跟其他人共同分攤這份罪惡感，畢竟等到小鎮屬於我們之後，我也希望可以共享其中的好處。但在吉列爾莫大人之後，我開始覺得羞恥，覺得厭惡，隨著更多醉漢跟沒用的傢伙加入隊伍，再加上看到許多人因為吉列爾莫大人而離開隊伍以示抗議，我開始希望自己可以跟這些隊伍裡的人徹底劃清界線，所以我走開了，我越過廣場，那裡有一棵大樹，我在樹蔭下的長凳坐下。

「隊伍裡有兩個農民走過來，兩人邊走邊交談，其中一個對我喊：『妳怎麼啦？皮勒？』

「『沒事，老兄。』我對他說。

「『有事，』他說：『說吧，發生什麼事了？』

「『我覺得我受夠了。』我告訴他。

「『我們也是。』他說，然後兩人一起在長凳坐下。其中一人把他的皮酒囊遞給我。

「『漱漱口吧。』他說，然後另一個人接著兩人剛剛的對話繼續說：『最糟糕的是還會帶來厄運。沒人能向我保證，那樣殺死吉列爾莫大人不會帶來厄運。』

「然後另一個人說：『如果非把他們殺光不可，我不覺得有必要這樣做，該讓他們有尊嚴的死，也不該這樣嘲笑他們。』

「『若是佛斯汀諾大人，嘲笑是合理的，』另一個人說：『他一直都是個丑角，向來也不是個認真的人。但嘲笑吉列爾莫大人那種認真的人，實在令人難以接受。』

「『我受夠了。』我告訴他，而且體內真的充滿幾乎難以承受的不適感，就像吃了壞掉海鮮一樣不停冒汗又反胃。

「『那麼，就這樣吧，』其中一個農民說：『我們不會參與下去了，真不知道其他鎮上的情況如何。』

「『他們還沒修復電話線，』我說：『但這個狀況很快會排除。』

「『那是當然，』他說：『誰知道呢，或許我們應該讓小鎮進入防守狀態比較好，而不是用殘暴的手法慢吞吞地屠殺他們。』

「『我會去跟帕布羅談談。』我告訴他們，然後從長凳上站起身，朝著通往 Ayuntamiento 大門的拱廊走，廣場上的隊伍就是從拱廊前一路延伸出去，不過現在那兩條隊伍一點也不直，簡直亂無章法，而且感覺大家真的醉得很厲害。有兩個男人倒下後平躺在廣場中央，來回輪流喝著一瓶酒。其中一人喝一口就大喊：『Viva la Anarquia！[91]』他平躺著吼叫的模樣就像是瘋了，脖子上綁著一條紅色和黑色的手帕。另一個人則大吼：『Viva la Libertad[92]！』然後他把雙腿往空中一陣亂踢，再次大吼：『Viva la Libertad！』他也有一條紅黑手帕。他用一隻手揮舞手帕，另一隻手揮舞著酒瓶。

「有個離開隊伍的農民現在站在拱廊的陰影下，他一臉嫌惡地望著他們說道：『他們該吼「喝醉萬歲」才對。他們的唯一信仰就是喝醉。』

「『他們連這也不相信，』另一個農民說：『那些人什麼都不懂，根本也沒信仰可言。』

「就在這時候，有個醉鬼站了起來，他抬起雙臂朝天空揮拳，大吼：『無政府和自由萬歲！我去他的沒種的共和國！』

「另一個還躺在地上的醉鬼抓住正在大吼的醉鬼腳踝，翻了個身，大吼的醉鬼跟著跌回地上，兩人一起滾了一圈才坐起身，拉人的醉鬼把手臂環繞住還在大吼的醉鬼的脖子，把酒瓶遞給他，親吻了他脖子上的紅黑手帕，然後兩人又繼續一起喝酒。

「就在這時候，隊伍中有人開始大叫，從拱廊這邊望去，我看不到是誰走出大門，因為很多群眾擠在 Ayuntamiento 門口，擋住了走出來的人的頭。我只能看見有人被拿著獵槍的帕布羅和四指推出來，但看不出是誰，我試著走近隊伍，有好多人為了湊熱鬧擠在門邊。

「現在大家都在彼此推擠，法西斯俱樂部前的咖啡桌椅都已經被掀翻，只剩一張上面躺著醉鬼的桌子沒翻，那個醉鬼的頭從桌邊垂下，嘴巴開開，我撿起一張椅子，靠著一根柱子擺正，爬上去，嘗試越過群眾的頭看個清楚。

「被帕布羅和四指推出來的人是安納斯塔西歐・李瓦思大人，他無疑是個法西斯分子，也是鎮上最胖的人。他是一位穀物收購商，也是好幾間保險公司的業務，另外也有在放高利貸。我站在椅子上看到他走下階梯，往隊伍前進，他脖子的肥肉從衣領後方擠出一大坨，禿頭因為陽光閃爍，但他根本沒能走進隊伍之間，因為此時出現了一聲吼叫，那不是某個人發出的吼叫，而是所有人一起齊聲狂叫。那聲音好恐怖，所有隊伍中的醉鬼都在吼叫，他們一起大叫，然後隊伍整個散掉，因為所有人都朝他衝過去，我看見安納斯塔西歐大人雙手抱頭趴到地上，然後就看不見他了，因為所有人都疊在他身上。等這些人從他身上起來，安納斯塔西歐大人因為頭砸在拱廊底下的人行道鋪路石上，死了，現在已經沒有隊伍了，只有一群暴徒。

「『我們進去，』他們開始大吼：『我們進去解決他們。』

「『他太重了，根本抬不起來，』有個男人踢了一下安納斯塔西歐大人的屍體，他的臉朝地，就這麼癱在地上。『就讓他待在這裡吧。』

「『我們何必把這一大坨爛肉拖去懸崖呢？就讓他趴在這。』

「『我們進去裡面解決剩下的人，』有個男人吼著：『我們進去。』

「『何必整天站在太陽下等？』另一個人吼：『來吧，我們上。』

「暴徒現在全擠到拱廊下。他們大吼大叫，他們推擠，他們發出野獸一樣的聲音，而且全部都在喊『開門！開門！開門！』因為隊伍散掉之後，守衛就把Ayuntamiento的門關上了。

「因為站在椅子上，我可以透過窗戶的欄杆看到鎮公所大廳的狀況，那場面就跟之前一樣。神

91「Viva la Anarquia!」這句西班牙文的意思是「無政府主義萬歲！」

92「Viva la Libertad!」這句西班牙文的意思是「自由主義萬歲！」

父站著，剩下的其他人在他身邊圍成半圈跪著，他們都在禱告。帕布羅正坐在市長椅前方的大桌子上，獵槍掛在背上，雙腿從桌邊垂下，手裡正在捲一根香菸。四指坐在市長座位上，雙腿跨在桌上，他正在抽菸。所有守衛都坐在不同的行政人員座位上，手上拿著槍。可以打開大門的鑰匙就放在帕布羅旁邊的桌子上。

「暴民把『開門！開門！開門！』當成口號一樣喊個不停，坐在那裡的帕布羅卻彷彿什麼都沒聽見。他對神父說了些話，但因為暴民太吵，我聽不見他說了什麼。

「神父就跟之前一樣沒回話，他只是繼續禱告。因為很多人擠過來，我嘗試把椅子移到牆邊，因為後面的人擠我，我也只能不停用椅子擠開前面的人。我站上椅子，臉緊貼著窗外欄杆，雙手握住欄杆。有個男人也爬上椅子，他把雙臂撐在我的雙臂外側，手握住更外側的欄杆。

「『椅子會壞掉。』我對他說。

「『有什麼關係？』他說：『瞧瞧他們，他們在禱告呢。』

「他的氣息噴到我的脖子上，聞起來就是暴民的氣味，很酸，像是鋪路石上的嘔吐物，也像人喝醉時會發出的氣味，然後他把頭越過我的肩膀，嘴巴塞進欄杆的縫隙，大吼：『開門！開門！』那個暴民貼在我背上，感覺就像夢中有個惡魔貼在你的背上。

「現在暴民都貼在門前，最前面的人都被後面廣場擠過來的人緊緊壓住，此時有個脖子上綁著紅黑手帕的大個子醉鬼往前跑，整個身體撞向那群推擠的暴民，跌在那些推擠的人身上，然後又站起來，往後退，再次往前跑，撞在正往前擠的那些男人背上，他大吼：『我萬歲！無政府萬歲！』

「我望著這一切，這男人接著轉身背對人群走開，坐下拿起酒瓶喝，他坐著時看見了安納斯塔西歐大人，他還臉朝下趴在石子地上，但現在看起來更是備受蹂躪，醉鬼起身，走向安納斯塔西歐大人先生，彎腰把酒灑在安納斯塔西歐大人的頭和衣服上，然後從口袋掏出火柴盒擦亮幾根火柴，嘗試點燃安納斯塔西歐大人。但當時風太強了，火柴一直被吹熄，沒過多久，高大的醉鬼就在安納斯塔西歐大人身旁坐下，搖頭晃腦地喝著瓶子裡的酒，時不時還彎下腰拍拍安納斯塔西歐大人屍體的肩膀。

「過程中那些暴徒就是一直吼著要開門，跟我一起站在椅子上的男人緊握窗戶欄杆，同樣大吼著要開門，他的吼叫聲搞得我的耳朵都快聾了，氣味也難聞得不得了，我把眼神從試圖點燃安納斯塔西歐大人的醉漢身上移開，再次望向鎮公所大廳，場面仍跟之前一樣沒變。禱告的人還在禱告，他們跪在地上，襯衫敞開，有些人垂下頭，另外有些人抬頭望向神父及他手上握的十字架，神父禱告的語速很快，口氣僵硬，眼神越過那些人的頭頂，而他們身後的帕布羅已點燃手上的香菸，他坐在桌上搖晃著雙腿，獵槍還掛在背上，他正在把玩那支鑰匙。

「我看到帕布羅又開始跟神父說話，他仍坐在桌上，只有身體靠過去，我因為大家的吼叫聽不見他說什麼。神父沒回話，他繼續禱告，然後一個男人從圍著禱告的半圈人中站起來，我看見他打算走出去。那是荷西・卡斯楚大人，大家都叫他皮皮先生，他是個百分之百的法西斯分子，也是一位馬匹交易商，他站起來的身形矮小，長相即便沒刮鬍子也顯得工整，睡衣上衣塞在灰條紋長褲中。他親吻了十字架，神父祝福他，他站起身望向帕布羅，朝大門歪了一下頭。

「帕布羅搖頭，繼續抽菸。我能看出皮皮先生對帕布羅說了些話，但聽不見內容。帕布羅沒回話，只是再次搖頭，然後又對著大門點了一下頭。

「我看見皮皮先生直直望向大門，也才意識到他之前不知道門有上鎖。帕布羅把鑰匙拿給他看，他站在那裡望著鑰匙，然後轉身回去再次跪下。我看見神父轉頭望向帕布羅，帕布羅對他露出一個大大的微笑，拿起鑰匙給他看，神父似乎也是第一次意識到門鎖著，然後似乎猛力搖起頭，但其實他只是歪了一下頭，然後繼續禱告。

「我不知道他們怎麼可能不清楚門鎖著，除非是因為他們真的太專注於自己的禱告及思緒，但顯然現在他們搞懂了，也很清楚那些吼叫是怎麼一回事，當然也知道情勢有了全面性的改變。不過他們還是維持著原本的姿態。

「此時吼叫聲已經大到你什麼都聽不見了，跟我一起站在椅子上的醉鬼用雙手緊抓住窗戶的欄杆大力搖晃，同時大吼：『開門！開門！』他吼到嗓子都啞了。

「我望著帕布羅又對神父說了些話，神父沒有回應。然後我看見帕布羅取下背著的獵槍，再伸出獵槍輕敲神父的肩膀。神父完全沒管他，我看見帕布羅搖搖頭。然後他扭頭對四指說了些什麼，四指對其他守衛說話，接著所有人站起身，走到大廳最後方，舉起獵槍站在那裡。

「我看見帕布羅對四指說了些話，他於是移動到兩張桌子和幾張長凳外的距離，其他守衛則擎著獵槍站在他們身後。他們藉此在大廳這個角落建立起防禦的壁壘。帕布羅彎身向前，再次用獵槍輕敲神父的肩膀，神父還是完全不理會他，但就在其他人無視現場情況繼續禱告時，我看到皮皮先生望向他。帕布羅看到皮皮先生望著他，於是對皮皮先生搖頭，高舉手上的鑰匙給他看。皮皮先生懂了，於是低下頭，非常快速地開始禱告。

「帕布羅雙腿一甩，從桌子上跳下，繞過那張桌子，抵達長型會議桌後方的高臺，坐進高臺上的市長座椅。他在那張椅子坐下後給自己捲了根菸，過程中始終盯著那些跟隨神父禱告的法西斯分子。你無法在他臉上看到任何表情，鑰匙放在他前方的桌上。那是一支鐵製的大鑰匙，超過一英尺長。然後帕布羅對守衛喊了些什麼，我聽不見，其中一位守衛走到門邊。我可以看到他們此刻禱告的速度史無前例地快，我知道他們都清楚狀況了。

「帕布羅對神父說話，神父還是沒回應。然後帕布羅彎身向前，拿起鑰匙，拋向站在門邊的守衛。守衛接住，帕布羅對他微笑，守衛把鑰匙插進門上的鎖孔，轉動，將門往內拉開，在暴民衝進來時躲到門後。

「我望著他們衝進去，跟我一起站在椅子上的醉漢開始大吼『Ayee！Ayee！Ayee！』他把頭往前擠，害我沒法看見裡面，然後他狂吼『殺掉他們！殺掉他們！揍他們！殺掉他們！』他用兩隻手臂把我推到一邊，我什麼都看不見了。

「我用手肘揍他的肚子，我說：『醉鬼，這是誰的椅子？給我看。』

「但他只是一直抖動抓住窗戶欄杆的雙手和雙臂，而且還叫個不停，『殺掉他們！揍他們！揍他們！就是這樣！揍他們！殺他們！Cabrónes！Cabrónes！Cabrónes！Cabrónes！』

「我用手肘狠狠撞他的肚子，『Cabróne！醉鬼！讓我看。』

「然後他為了看得更清楚用雙手把我的頭往下壓，還把身體的重量都壓在我頭上，口中繼續叫囂，『揍他們！就是這樣！揍他們！』

「『揍死你自己吧。』我對他說，然後痛擊他的要害，他終於痛到把雙手從我的頭上放開，摀住自己的要害，『No hay derecho, mujer[93]，妳沒有權利這麼做，臭女人。』就在那一刻，我透過窗戶欄杆看到大廳中充滿瘋狂揮舞著手杖及連枷攻擊的男人，還有人用白色木製乾草叉對人又戳又打又推又拉扯，導致叉齒不是斷掉就是一片血紅，整個大廳都是這種場面，而帕布羅就坐在大椅子上觀賞，他的獵槍擱在膝蓋上，他望著一切，他們還在吼叫在敲打在戳砍，還有男人像陷入火海的馬一樣尖聲嚎叫。然後我看見神父的長袍下襬掀翻起來，他正努力爬上一張長凳，那些追殺他的人正用鐮刀和收割彎刀砍他，然後有人抓住他的袍子，接著又是一聲尖叫，再一聲尖叫，我看見兩個男人用鐮刀砍上他的背，第三個男人抓住他的長袍下襬，神父雙手往上試圖抓住一張椅子的椅背，然後我站的那張椅子垮了，我和醉鬼都跌在人行道上，人行道聞起來充滿潑灑出來的葡萄酒和嘔吐物的氣味，那個醉漢對我搖動手指，『No hay derecho, mujer，妳很可能害我受傷。』很多人從我們身上踩過，他們想趕快衝進Ayuntamiento，我只能看到前往門口的許多腿在移動，那個醉漢面對我坐著，用手摀住剛剛被我揍的地方。

93「No hay derecho, mujer」這段西班牙文的意思是「妳沒有權利這麼做，女人」。

「我們小鎮除掉法西斯分子的殺戮就此結束，我很高興沒有看見更多，要不是因為那個醉漢，我可能會從頭看到尾。所以他還算幹了點好事，因為在Ayuntamiento裡發生的事，任何人該都寧願自己沒看過。

「不過另一個醉鬼是另外那種少數人。椅子垮掉後，我們好不容易爬起身，一大堆人正擠入Ayuntamiento時，我看到廣場上那個戴著紅黑領巾的醉鬼再次往安納斯塔西歐大人身上倒了些什麼。他的頭不停左右抖動，連坐起身都有困難，但他還是一直倒，擦燃火柴，然後又倒，又擦燃火柴，我走過去對他說：『你在做什麼？不要臉的傢伙。』

「『Nada, mujer, nada，』他說：『別管我。』

「或許是因為我站在那裡，雙腿剛好擋住風，火柴竟然點燃了，藍色的火焰從安納斯塔西歐大人的大衣肩膀開始蔓延到背部，這位醉鬼抬起頭狂喊：『有人在燒屍體！有人在燒屍體！』

「『誰？』有個人問。

「『哪裡？』又有個人大吼著問。

「『這裡，』醉鬼用低沉的聲音大吼：『就在這裡！』

「然後有人用連枷從醉鬼的頭側邊用力砸了下去，他往後倒，躺在地上，往上望著打他的男人，然後閉上眼睛，雙手交疊在胸口，就這樣彷彿睡著般地躺在安納斯塔西歐大人旁邊。那個男人沒再打他，直到其他人把安納斯塔西歐大人和其他屍體一起放上推車時，醉鬼還躺著，那天晚上，等清理過Ayuntamiento後，大家把推車推到懸崖邊，把屍體全倒下去。如果有把那些超過二、三十個人的醉鬼丟下去就更好了，尤其是那些戴著紅黑領巾的傢伙，如果還有下一次革命，我確信他們一開始就會被消滅。但當時的我們還不明白，是接下來的日子才學到教訓。

「那天晚上的我們還不知道之後要面對什麼。Ayuntamiento的屠殺結束後，這場殺戮也正式落幕，但我們當晚沒辦法開組織大會，因為有太多人喝醉，就連維持秩序都做不到，所以會議延到了隔天。

「那天晚上，我和帕布羅睡在一起。我其實不該跟妳說這個，guapa，但另一方面來說，妳都知道也不錯，至少這代表我對妳毫無保留。聽我說，Inglés。這很耐人尋味。

「如我所說，那天晚上我們用餐，但情況很耐人尋味。大家像是經歷了一場風暴、水災或戰役，每個人都累得不怎麼說話。我覺得很空虛、不太舒服，內心滿是羞恥，還覺得自己做錯了事，我感覺即將有人來鎮壓我們，或是很快會有壞事發生，就跟今天早上那些飛機一樣。然後確實，壞事不到三天就發生了。

「我們吃飯時，帕布羅沒什麼開口。

「『妳喜歡今天嗎？皮勒？』終於他在口中塞滿小山羊烤肉時開口問了。我們當時在公車站旁的旅店用餐，這裡擠滿正在唱歌的人，連要上菜都很難走動。

「『不喜歡，』我說：『除了佛斯汀諾大人之外，我都不喜歡。』

「『我喜歡。』他說。

「『全部都喜歡？』我問他。

「『全部都喜歡，』他說，然後用刀為自己切了一大塊麵包，還拿麵包狂抹肉汁。『全部，除了神父之外。』

「『你竟然不喜歡神父的下場？』我知道他向來痛恨神父更勝於法西斯分子。

「『他讓我有點失望。』帕布羅傷心地說。

「太多人在唱歌了，我們幾乎要大吼才能聽得見彼此。

「『為什麼？』

「『他死得很淒涼，』帕布羅說：『一點也不尊貴。』

「『他都被暴民追殺了，你怎麼可能還指望他尊貴？』我說：『我一直覺得他表現得很尊貴，沒人能比他更尊貴了。』

「『對，』帕布羅說：『但到了最後一刻，他嚇壞了。』

「『誰能不被嚇壞？』我說：『你有看到他們拿什麼追殺他嗎？』

「『我怎麼會沒看到？』帕布羅說：『但我覺得他最後死得很沒骨氣。』

「『遇到這種情況，誰能死得有骨氣，』我告訴他。『你到底指望什麼？發生在Ayuntamiento的一切都太令人作嘔。』

「『是，』帕布羅說：『根本沒有組織可言。但神父，神父該設立典範。』

「『我以為你痛恨神父。』我說。

「『沒錯，』帕布羅說，然後又切了更多麵包來吃。『但他可是**西班牙**的神父啊。**西班牙**的神父應該死得很有骨氣。』

「『我覺得他死得夠有骨氣了，』我說：『畢竟他沒有獲得任何應有的禮數。』

「『不，』帕布羅說：『我真的覺得很失望。我整天都在等神父死亡的時刻到來。我以為他會是最後一個走向隊伍的人。我真的很期待。我以為一切會在那時累積到高潮。我從沒見過一位神父死掉。』

「『還有的是機會，』我挖苦地說：『反抗運動才剛開始呢。』

「『不用了，』他說：『我真失望。』

「『總之，』我說：『我想你應該會放棄信仰了吧。』

「『妳不明白，皮勒，』他說：『他是**西班牙**的神父。』

「『西班牙人還真是個了不起的民族。』我對他說。多麼好的民族呀，自尊心多強啊，是吧？Inglés？多麼好的民族。」

「我們該走了，」羅伯．喬登說。他望著太陽。「快要中午了。」

「對，」皮勒說：「我們馬上出發，但讓我跟你說說帕布羅。那天晚上他對我說：『皮勒，今晚我們什麼都不會做。』

「『很好，』我告訴他。『正合我意。』

「『我覺得殺了這麼多人之後，這麼做顯得很沒格調。』

「『Qué va，』我告訴他。『你還真想假裝自己是聖人啊。我跟一堆鬥牛士混了這麼多年，難道不知道他們鬥牛賽後有多沒勁嗎？』

「『真的嗎？皮勒？』他問我。

「『我何時騙過你？』我告訴他。

「『我說真的，皮勒，我今晚是沒辦法了。你不會怪我吧？』

「『不會，hombre，』我對他說：『但別天天殺人啊，帕布羅。』

「那晚他睡得像個嬰兒，隔天第一道陽光才剛升起，我就把他叫起來，但我自己整晚睡不著，只好起身坐上一張椅子，透過窗戶往外望，我可以看見月光灑落在本來排了兩條隊伍的廣場上，那些樹木都在月色中閃閃發光，我還看見那些樹投下的陰影，長凳也因月光而發亮，還有到處散落的酒瓶也反射著月光，我還把眼神投向那些人被丟下去的懸崖彼方。四下無聲，只有噴泉裡的水花潑濺，我坐在那裡，我覺得我們已經開始墮落。

「旅店的窗戶開著，我可以聽見廣場另一頭有女人在哭。我走到外面陽臺，光腳站在鐵格子地面上，月光照射在廣場周遭的所有建築表面，而哭聲是從吉列爾莫大人住的那棟公寓的陽臺傳來，是他的妻子正跪在陽臺上哭。

「然後我回到屋內的房間，坐在那裡，我實在不願這麼想，但直到下一個糟糕的日子來臨前，那是我人生中最糟的一天。」

「下一個糟糕的日子？」瑪麗亞問。

「三天後，法西斯軍拿下小鎮的那一天。」

「別說了，」瑪麗亞說：「我不想聽，這樣就夠了，太難承受了。」

「我剛剛就說妳不該聽，」皮勒說：「看吧，我不想讓妳聽這些，現在妳會做噩夢了。」

「不會，」瑪麗亞說：「但我不想再聽更多了。」

「我倒希望妳可以找機會告訴我。」羅伯．喬登說。

「我會的，」皮勒說：「但對瑪麗亞只有壞處。」

「我不想聽，」瑪麗亞可憐兮兮地說：「拜託了，皮勒。千萬別在我在場時說，我可能又會忍不住想聽。」

她的嘴唇扭曲起來，羅伯．喬登以為她要哭了。

「拜託，皮勒，別說。」

「別擔心，小平頭，」皮勒說：「別擔心。但我會找機會再告訴Inglés。」

「但只要有他的地方，我都想跟著，」瑪麗亞說：「噢，皮勒，永遠別說了吧。」

「我會在妳工作的時候告訴他。」

「不、不，拜託。我們就永遠別提這事了吧。」瑪麗亞說。

「既然都說了我們幹的好事，就必須要把那段故事說出來才公平，」皮勒說：「但妳永遠不會聽到的。」

「沒什麼開心的事可說了嗎？」瑪麗亞說：「我們只能成天說些恐怖的事嗎？」

「今天下午，」皮勒說：「妳和Inglés，你們兩個想聊什麼就聊什麼。」

「那麼這個下午應該到來，」瑪麗亞說：「應該飛快到來。」

「會來的，」皮勒告訴她。「會飛快到來，明天也一樣會飛快到來。」

「今天下午，」瑪麗亞說：「今天下午。今天下午應該到來。」

第十一章

他們爬坡時走的路都位於松樹蔭的濃密處，之後他們從高處草原往下走進長滿林木的山谷，再沿著一條與小溪平行的小徑往上爬，接著拋下小溪，爬上一片緣岩地形的頂端，最後這段路非常陡，然後有個拿著卡賓槍的男人從樹後走出來。

「站住，」他說。接著又說：「Hola，皮勒。跟妳一起來的這傢伙是誰？」

「一個 Inglés，」皮勒說：「但有個基督教的名字——羅伯托。來到這裡的陡坡真是去他的難走。」

「Salud, Camarada，」這名守衛對羅伯．喬登說，然後伸出手。「一切都好？」

「都好，」羅伯．喬登說：「你呢？」

「也很好，」這名守衛說。他非常年輕，體格輕盈，身子瘦，臉上的鷹勾鼻很顯眼，顴骨很高，眼珠子是灰色。他沒戴帽子，一頭黑髮蓬亂，握手很有力道又友善。他的眼神也很友善。

「哈囉，瑪麗亞，」他對女孩說：「沒把自己搞得太累吧？」

「Qué va，瓦金，」女孩說：「我們坐下來說話的時間還比走路的時間多。」

「你就是爆破手嗎？」瓦金問。「我們有聽說你在這區。」

「我們昨晚在帕布羅那裡過夜，」羅伯．喬登說：「對，我就是爆破手。」

「我們很高興能見到你，」瓦金說：「是要炸火車嗎？」

「你也有參加火車任務嗎？」羅伯．喬登微笑著問他。

「怎麼會沒有呢，」瓦金說：「就是因為那次的任務，才有了這傢伙，」他對著瑪麗亞微笑。

「妳現在漂亮了，」他對瑪麗亞說：「大家有說妳很漂亮嗎？」

「閉嘴啦，瓦金，但也很感謝你，」瑪麗亞說：「你要是剪個頭髮也會很好看。」

「之前我有背妳，」瓦金對女孩說：「我把妳背在肩膀上。」

「還有很多人背過她，」皮勒用深沉的聲音說：「誰沒背過她？老傢伙在哪？」

「在營地。」

「他昨晚在哪？」

「塞哥維亞。」

「有帶消息回來嗎？」

「有，」瓦金說：「有消息。」

「好消息還壞消息？」

「我想是壞消息。」

「你有看見飛機嗎？」

「哎呀，」瓦金搖搖頭。「別跟我說這個了。爆破手同志，那些是什麼飛機？」

「亨克爾111型轟炸機。另外還有飛雅特驅逐機。」羅伯．喬登告訴他。

「那些機翼比較低的大飛機是？」

「亨克爾111型轟炸機。」

「不管飛機叫什麼名字，總之不是好消息，」瓦金說：「但我耽誤你了。我帶你們去見指揮官。」

「指揮官？」皮勒問。

瓦金嚴肅地點點頭。「比起『老大』，我更喜歡這樣叫，」他說：「聽起來比較像在軍隊。」

「你這人也太軍事化了。」皮勒笑著對他說。

「沒有，」瓦金說：「我只是喜歡軍事術語，因為這能讓位階更清楚，也比較好維持秩序。」

「這裡有個合你胃口的傢伙，Inglés，」皮勒說：「一個嚴肅的孩子。」

「我該背妳嗎？」瓦金笑著問女孩，還把手臂搭上她的肩膀。

「一次就夠了，」瑪麗亞對他說：「但還是謝謝你。」

「妳還記得嗎？」瓦金問她。

「我記得有人背我，」瑪麗亞說。「但不記得有你。我記得吉普賽人，因為他把我摔到地上好幾次。但我謝謝你，瓦金，有機會我也會背你。」

「我記得很清楚，」瓦金說：「我記得抓住妳的兩條腿，妳的肚子壓在我的肩膀上，頭靠在我的背上，兩隻手臂沿著我的背後往下垂。」

「你記得很清楚呢，」瑪麗亞對他微笑。「我一點也不記得了。無論你的手臂、肩膀還是背，總之都沒印象。」

「想知道一件事嗎？」瓦金問她。

「什麼事？」

「有人拿槍從後面朝我們射擊時，我很高興有妳在我背上。」

「真是頭豬，」瑪麗亞說：「就是因為這樣，吉普賽人才願意花這麼多時間背我嗎？」

「為了擋子彈，也為了能摸妳的腿。」

「還真是我的英雄，」瑪麗亞說：「我的救命恩人呢。」

「聽我說，guapa，」皮勒對她說：「這孩子花很長的時間背妳，而且那種時候根本沒有人在意妳的腿，大家在意的全是飛來的子彈。當時要是他把妳丟下，就能更快跑到子彈打不中的地方了。」

「我謝過他了，」瑪麗亞說：「而且如果有機會，我也會背他的。就讓我們開開玩笑吧。他是背過我，但我沒有非得為此哭泣，是吧？」

「我本來是想把妳丟下，」瓦金繼續逗她。「但我怕皮勒會拿槍把我打死。」

「我才不拿槍打人。」皮勒說。

「No hace falta[94]，」瓦金對她說：「妳不需要這麼做。妳光靠嘴巴就能把大家嚇死了。」

「嘴巴還真甜啊，」皮勒對他說：「你以前是個多麼有禮貌的小男孩啊。反抗運動前你是做什麼啊？小男孩？」

「沒特別做什麼，」瓦金說：「我當時才十六歲。」

「但到底是做什麼的啊？」

「偶爾處理個幾雙鞋。」

「製鞋嗎？」

「不是，擦鞋。」

「Qué va，」皮勒說：「不只這樣。」她望著他那張棕色的臉龐、柔韌的體態、蔓生的髮絲，還有從腳跟踩到腳尖穩當又快速的走路方式。「你為什麼沒成功？」

「什麼沒成功？」

「什麼？你很清楚是什麼。你又在留辮子了[95]。」

「我想是因為害怕吧。」那男孩說。

「你的體態很好，」皮勒告訴他。「但臉不怎麼樣。所以是因為害怕，對嗎？但你在火車任務時狀態不差。」

「我現在面對那些人不怕了，」男孩說：「一點也不怕。我們也見過比鬥牛更糟糕、更危險的人事物了。顯然沒有鬥牛會比機關槍危險。但如果現在上場鬥牛，我也不確定能不能控制自己的腿。」

「他本來想當鬥牛士，」皮勒對羅伯．喬登解釋。「但太害怕了。」

「你喜歡牛嗎？爆破手同志？」瓦金拉開大大的微笑，露出一口白牙。

「非常喜歡，」羅伯．喬登說：「非常、非常喜歡。」

「你有在華拉杜列看過牛嗎？」瓦金問道。

「有，在九月的慶典看過。」

「我的小鎮就在那裡，」瓦金說：「多麼好的小鎮啊，buena gente[96]，鎮上的人多麼好，但都在這場戰爭中受了苦。」然後他的表情變得陰鬱，「他們在鎮上槍殺了我的父親、我的母親、我的姊夫，而現在輪到我姊了。」

「這些禽獸。」羅伯．喬登說。

他這種故事聽過多少遍了？他見過多少次人們難以啟齒的樣子？曾有多少次，他望著他們的雙眼盈滿淚水，喉頭緊縮，艱難地談起我的父親、我的兄弟、我的母親，又或者我的姊妹？他都不記得自己聽別人用這種方式提起家中死者多少次了。幾乎每個人說的方式都跟這男孩差不多；大家總是非常突兀又恰如其分地提起自家小鎮，而你也總是回應，「這些禽獸。」

你只聽過那些關於失去親人的陳述。你沒見到這些人的父親是如何倒下，皮勒卻透過溪邊說的那個故事強迫他看見了那些法西斯分子的死狀。你知道那些父親可能死在某座中庭，或緊貼著牆，又或者在田地或果園，當然也可能是在晚上，可能是在卡車燈光照射下的某條路邊。你見過那些山丘上的車子射出燈光，聽見槍響，然後之後你會在路邊看見屍體。你沒看見那些母親是如何遭到射殺，也沒看到那些姊妹，沒看見那些兄弟。你只是聽過；你聽過那些槍聲，你見過那些屍體。

皮勒強迫他在那座小鎮中看見了。

94　No hace falta，西班牙文，意思是「沒有必要」。

95　這裡是指鬥牛士留的髮辮。

96　buena gente，西班牙文，意思是「好人」，此處可翻譯成「人都很好」。

要是那女人會寫作就好了。他會試著寫下來，如果運氣夠好，可以記住她說過的話，或許他能把她說過的內容如實記錄下來。老天，她真會說故事。她比作家奎維多還厲害，他心想。他描寫過的死亡都比不上她描述佛斯汀諾大人死掉的過程。我希望我能把那故事好好寫出來，他心想。要寫我們幹了什麼好事，而不是其他人對我們幹了什麼好事。後者他夠清楚了。在共和國領地他見過太多，但你得知道發生在戰線另一邊的事。你必須知道他們在村莊裡發生的事。

因為我們總是在移動，我們根本不知道事情後來的發展，也不用留下來承擔這些發展可能帶來的後果，他心想。你可能去了一個農民家過夜，那個農民還有家人。你在晚上去了他們家，和他們一起用餐，天亮後你躲起來，然後隔天晚上就離開。你把任務完成後撤退了。下次你再去那一帶就聽說農民一家都被射殺了。僅止於此，簡單明瞭。

每次事情發生時你都不在。所有partizans[97]總是帶來損害後就撤走了，只留農民承擔後果。這些我一直都知道，他心想，我打從一開始就知道我們幹了什麼好事。我一直都很清楚，也很痛恨，我常聽到這種事被人無恥或羞恥地提起，又或者有人拿來炫耀、拿來吹噓，又或者為這些情況辯護、解釋，甚至否認。但那個天殺的女人讓我看見了，她讓我彷彿置身現場。

好吧，他心想，這是任何人都該學習的一課。這一課勢必會帶來震撼教育。只要你願意聆聽，這就是你會在戰爭中學到的，一定會學到。他很幸運，戰爭開始前的十年，他就在西班牙斷斷續續住過好一段時間。基本上他們光靠語言就能信任你。若你能完全理解他們的語言，也能說得道地，還能知道不同地區的差異，那他們就能相信你。西班牙人說到底真正效忠的是自己的村莊。當然首先他們效忠西班牙，然後是他們自己的族人，然後是他們所在的省分，接著是他們的村莊、家人，最後則是從事的行業。如果你懂西班牙語，他基本上就先喜歡你了，如果你熟悉他的省分，那就更不用說，但如果你了解他的村莊和從事的行業，你會比其他所有外國人更能親近這個西班牙人。他說西班牙語時從來不覺得自己是外國人，大多時候他們也沒把他當外國人看，除非是要找你麻煩的時候。

他們當然會找你麻煩。他們很常找你麻煩，但他們本來也就成天找所有人麻煩。他們也會找自己麻煩。若是有三人結伴，就會有兩人聯手對抗第三個人，然後那兩個人又會彼此背叛。當然不是一定如此，但他見過的案例已經足以讓他得出這項結論。

不該再這麼想了，但難道又有誰在審查他的思想嗎？說到底只有他自己。他不會任由自己陷入失敗主義的思維。首要任務是贏得戰爭。如果沒有贏得戰爭，一切犧牲就白費了。但他會留意、聆聽，並記下其中的一切。他在這場戰爭中服役，絕對忠誠己方，過程中毫無保留地拿出最佳表現。但沒有人能擁有他的心靈，也不能奪走他目睹及聆聽的能力，若真要批判也是之後的事。而足以用來下判斷的材料可多了，真的夠多了，有時真有點太多了。

瞧瞧皮勒這個女人，他心想。無論未來如何，若是找到時間，我一定要她說完剩下的故事。瞧瞧她跟這兩個孩子走在一起的模樣。西班牙不可能孕育出比他們更好看的人了。她就像一座山，而男孩和女孩就像年幼的小樹。所有老樹都被砍倒了，而小樹正清白純真地生長著。若不論他們各自的過往，這些小樹看來生意盎然、純真、簇新，而且未受汙染，就彷彿從未聽說過那些不幸。但根據皮勒的說法，瑪麗亞才剛恢復健全。她之前的狀態一定很糟糕。

他還記得第十一旅的一個比利時男孩，他和同村的五個男孩一起入伍。那裡的居民大約兩百人，男孩之前從未離開過村莊。他第一次見到這個男孩是在漢斯旅[98]的參謀部，跟他同村的另外五個男孩都已陣亡，而男孩狀態非常糟，他們於是派他去作在餐桌邊服務大家的勤務兵。他有一張佛

97 前頭有提過partizan這個俄文詞彙指的是「游擊隊」。
98 漢斯旅（Hans' Brigade）指的是第十一國際縱隊，指揮官是漢斯・卡勒（Hans Kahle）。

拉蒙人[99]的大臉，皮膚金黃又泛紅，還有農民的那種笨拙大手，他拿著碗盤走動時看來孔武有力、姿態笨拙，就像拉農具的大型挽馬。他從頭到尾哭個不停，整個用餐期間他都在無聲地哭。

你只要一抬眼就會看到他在那裡哭。你請他倒酒，他哭，你拿盤子請他裝燉菜，他哭，還把頭轉開。然後他停止哭泣，但只要你一抬頭看，他的眼淚又會流下。不用上菜時他就在廚房裡哭。所有人都對他小心翼翼，但沒有幫助。他終究得想辦法搞懂自己是怎麼了？他還有沒有可能振作起來？他還能勝任士兵的工作嗎？

瑪麗亞感覺現在夠健全了，至少看起來是如此，但他也不是精神病學家。皮勒才是這裡的精神病學家。或許昨晚兩人共度春宵對他們都有好處。沒錯，除非他們沒打算走下去。對他是絕對是有好處的，他今天感覺不錯，身體健全，沒有擔憂，心情也愉快。兩人彼此表白的場合實在夠狼狽了，但他還是該死的幸運。他也有過和其他女子衷情互訴時的糟糕經驗。「衷情互訴」，這是用西班牙文的邏輯在思考。瑪麗亞很可愛。

瞧瞧她，他告訴自己。瞧瞧她。

他看著她在太陽下大步走路，她身上的卡其襯衫領口敞開，露出脖子。她走路的樣子像匹小馬，他心想。你不可能隨便撞見這等好運。這種事不可能發生，或許本來就沒發生，他心想。或許這是你的夢或想像出來的，事實上並沒有發生。或許這就像你去看電影，電影裡的人會在你晚上睡覺作夢時跑來你的床上，而且表現得親切又可愛。他總會在睡著時跟這些進入夢裡的人上床。他到現在都還記得跟嘉寶[100]上床的夢，還有哈露[101]，沒錯，她夢過哈露好幾次。或許現在就是那種夢。

但他還能記得嘉寶在波索夫蘭科[102]那場攻擊前夕來到他夢裡的那次，他擁抱她，感覺她身上的羊毛衣無比軟滑，她貼向自己時，頭髮往前掃過他的臉，她還問他，明明她這些日子以來都愛著他，他為何始終不向她表明愛意？她不害羞、不冷漠，感覺也不遙遠。她抱起來好可愛，又親切又可愛，一切彷彿她和傑克·吉爾伯特[103]在一起的往日時光一樣美好，那場夢感覺就像現實，他在當下愛她勝過哈露，儘管嘉寶只出現在他的夢中一次，而哈露——或許現在就是那種夢。

又或許不是那種夢，他對自己說。或許我現在就可以伸出手，碰到眼前那個瑪麗亞，他對自己說。或許你只是害怕，他對自己說。或許你會發現這一切從未發生，這一切都不是真的，這一切只是你的想像，就像那些電影裡的人會進入你的夢，又或者像前女友會在夜晚的夢中回來鑽進你的睡袋，在那些時刻，他的睡袋可能鋪在光裸的地面、乾草倉的稻草上、馬廄、馬圍欄和農舍、樹林、車庫、卡車，或者西班牙的任何一座山丘上。她們總是在他睡著時鑽進他的睡袋，而且總是史無前例的好相處。或許就是這種情況。或許你會不敢為了確認她是否真實而去碰觸她。或許你真的會怕，就怕這一切只是你的想像或夢境。

他走出一步，跨越小徑，用手握住女孩的手臂。他的手指可以感覺到她手臂上磨損的卡其襯衫相當光滑。她望向他，微笑。

「哈囉，瑪麗亞。」他說。

「哈囉，Inglés。」她回答，他看見她金棕色的臉龐、黃灰色的眼珠、正在對他微笑的豐厚嘴

99 佛拉蒙人（Flemish people）主要住在法蘭德斯地區，此地區包括比利時西部、法國北部跟荷蘭南部的一部分。這個民族是比利時的兩個民族之一。

100 葛麗泰・嘉寶（Greta Garbo, 1905-1990），瑞典女演員，奧斯卡終身成就獎得主，曾被許多評論家稱為「默片女王」。由於氣質冷淡，長相冷豔，再加上神祕的私生活，讓她成為一名傳奇演員。

101 珍・哈露（Jean Harlow, 1911-1937），美國三〇年代的性感女星。

102 波索夫蘭科（Pozoblanco）是西班牙安達魯西亞地區的一個市鎮。

103 傑克・吉爾伯特（Jack Gilbert）是一名男演員，他的藝名是約翰・吉爾伯特（John Gilbert），他是葛麗泰・嘉寶唯一承認過的愛人。

唇，還有被太陽曬傷的平頭髮絲，她抬臉望向他，她的微笑映照在他的眼珠子裡。一切都是真的。

聾子的營地已經出現在他們眼前，就在松樹林的盡頭，那裡有個圓形的峽谷，形狀就像開口朝上的臉盆。這種石灰岩的臉盆構造上部通常充滿洞穴，他心想。眼前就有兩個洞穴。岩石表面長的矮松將洞穴藏得很隱密。這裡的條件跟帕布羅那邊差不多好，甚至更好。

「你家人怎麼會被槍斃？」皮勒正對瓦金說。

「沒什麼特別的，女人，」瓦金說：「他們就跟其他留在華拉杜列的許多人一樣。法西斯分子去淨化小鎮時，我父親就先被槍斃了。他之前是投票給社會主義者。然後他們殺掉我媽，她也投給同一個人，那是她生平第一次投票。然後他們殺掉我其中一個姊姊的丈夫，他是路面電車司機聯合會的成員，但顯然是因為如果不參加聯合會就不能開路面電車，但他沒有政治傾向，我跟他很熟，他這人甚至有點無恥，我甚至不覺得他算個好戰友。接著，另一個女孩的丈夫，也就是我另一個姊姊的丈夫，他也在路面電車工作，後來跟我一樣逃進山裡。他們以為她知道他在哪裡，但她不知道，最後他們因為她不願透漏他的行蹤殺了她。」

「這些禽獸，」皮勒說：「聾子呢？我沒看見他。」

「他在這裡，可能在洞穴裡吧，」瓦金回她，此刻他已停下腳步，將步槍的尾端靠在地面，他說：「皮勒，聽我說，還有妳，瑪麗亞。剛剛用我家人的事惹你們不愉快，請原諒我。我知道大家的遭遇都差不多，也知道不提比較好。」

「你就該說出來，」皮勒說：「如果我們無法彼此幫助，那生下來又有什麼用處？如果聽了還什麼都不說，這樣的幫助也夠冷漠了。」

「但這會惹瑪麗亞不愉快，她自己的遭遇也夠慘了。」

「Qué va，」瑪麗亞說：「我的苦難是個大水桶，你的事情掉進去也裝不滿。我很遺憾，瓦金，我希望你的姊姊平安。」

「目前她還沒事，」瓦金說：「他們把她關進監獄，目前似乎沒有太虐待她。」

「家族裡還有其他人嗎？」羅伯．喬登問。

「沒了，」男孩說：「就剩我，沒其他人了。另外就是那個跟我一樣逃進山裡的姊夫，但我想應該已經死了。」

「說不定他沒事，」瑪麗亞說：「或許他跟其他小隊的人待在別的山區。」

「對我來說，他已經死了，」瓦金說：「他一直都不是很好相處，之前他是路面電車的車掌，那份工作對他逃進山裡生活沒什麼幫助。我懷疑他連一年都撐不過，他的胸腔也有些毛病。」

「但他還是可能沒事。」瑪麗亞把手臂搭上他的肩膀。

「當然，女孩，有什麼不可能呢？」瓦金說。

男孩站在那裡，瑪麗亞伸出雙手，用雙臂環抱住他的脖子，親吻他。瓦金把頭轉開，他在哭。

「那是一個給兄弟的吻，」瑪麗亞對他說：「我把你當成兄弟親吻。」

男孩搖搖頭，他在無聲地哭。

「我是你的姊妹，」瑪麗亞說：「我愛你，你有我這個家人。我們全是一家人。」

「包括這個Inglés，」皮勒扯開嗓門說：「沒錯吧？Inglés？」

「沒錯，」羅伯．喬登對那男孩說：「我們都是一家人，瓦金。」

「他就是你的兄弟，」皮勒說：「嘿，Inglés，是吧？」

羅伯．喬登將手臂搭在男孩的肩膀上。「我們都是兄弟。」他說。男孩搖搖頭。

「我對自己剛剛說的話感到羞愧，」他說：「說這種話只讓大家更難受。我讓你們不愉快，我覺得羞愧。」

「我去你的沒種的羞愧，」皮勒用她深沉又慈愛的聲音說：「如果瑪麗亞再親你，那我也要開始親你啦。我已經好多年沒親過任何一位鬥牛士了，就連你這種沒成功的鬥牛士也沒有，我很樂意親一位成為共產主義者的失敗鬥牛士。抱住他，Inglés，讓我好好給他親一下。」

「Deja[104]，」男孩用力背過身去。「別管我。我沒事。我很羞愧。」

他站在那裡努力控制住自己的表情。瑪麗亞牽起羅伯．喬登的手。皮勒現在雙手摀住嘴唇，有點嘲弄地盯著那男孩。

「等我親你的時候，」她對他說：「就不會是什麼姊妹之吻了。這個什麼姊妹之吻的小花招啊。」

「沒必要開這種玩笑吧，」男孩說：「就跟妳說我沒事，我後悔我剛剛說了那些話。」

「好啦，我們去見老傢伙吧，」皮勒說：「一直陷在這種情緒中也很累。」

男孩望向她。根據他的眼神，你能看出他突然覺得受傷。

「不是在說你的情緒，」皮勒對他說：「是在說我的。身為一個鬥牛士，你還真敏感。」

「我就失敗啦，」瓦金說：「妳不用這樣講個不停。」

「但你又開始為了鬥牛士的髮辮留頭髮了。」

「對，何不留留看呢？鬥牲口最符合經濟利益，可以讓很多人有工作，國家也會控管。說不定現在我已經不怕了。」

「可能吧，」皮勒說：「可能不怕了吧。」

「為什麼妳要用這麼殘忍的態度說話？皮勒？」瑪麗亞對她說：「我很愛妳，但妳現在的表現禽獸不如。」

「很可能我就是禽獸不如，」皮勒說：「聽著，Inglés。你知道等等跟聾子見面要說什麼嗎？」

「知道。」

「因為他這人話很少，跟我、你，還有這個多愁善感的溫室花朵不同。」

「妳為何要這樣說話？」瑪麗亞生氣地問。

「我不知道，」皮勒一邊大步往前走一邊說：「妳覺得是為什麼？」

「我不知道。」

「有時候，真的很多事讓我厭煩，」皮勒生氣地說：「妳懂嗎？其中有個人已經讓我厭煩了四十八年。有聽懂嗎？那傢伙四十八歲了，還有張醜臉。另一件讓我厭煩的事，就是在我說，而且是開玩笑地說，我要親一位擁有共產主義傾向的失敗鬥牛士時，卻看到他一臉驚恐。」

「才沒有，皮勒，」男孩說：「妳看到的不是這樣。」

「Qué va，你說謊。我去你們全部這些沒種的傢伙。啊，他來了。Hola，桑提亞哥！Qué tal？」

皮勒說話的對象是個矮壯的男人，他有一張棕臉，顴骨很寬，灰髮，兩隻黃棕色的眼睛分得很開，鼻樑很窄但鼻頭勾，像印地安人，上唇很長，嘴唇薄但很寬。他鬍子刮得很乾淨，此刻正從洞口走向他們，他的腳步外八，身穿牧牛短褲和靴子。天氣很暖，但他穿著一件綿羊毛內裡的短皮夾克，釦子還一路扣到脖子。他對皮勒伸出棕色的大手。「Hola，女人，」他說：「Hola，」他對羅伯．喬登說，然後和他握手，眼神熱切地盯著他的臉。羅伯．喬登發現他的眼睛是跟貓一樣的黃色，而且跟爬蟲類一樣扁扁的。「guapa。」他對瑪麗亞說，然後拍拍她的肩膀。

「吃過了嗎？」他問皮勒。她搖搖頭。

「我們吃吧，」他說話時望向羅伯．喬登。「喝酒嗎？」他問，同時比出大拇指後往下畫，做出倒酒的動作。

「喝，謝謝你。」

「很好，」聾子說：「威士忌？」

「你有威士忌？」

104　Deja，西班牙文，意思是「停止」、「走開」或「別管我」。

聾子點點頭。「Inglés？」他問：「不是Ruso[105]？」

「Americano[106]。」

「這裡美國人不多。」他說。

「現在比較多了。」

「既然是美國人，那還不算太糟。北美還南美？」

「北美。」

「那跟Inglés沒兩樣[107]。什麼時候炸橋？」

「你知道橋的事？」

聾子點頭。

「後天早上。」

「很好。」聾子說。

「帕布羅呢？」他問皮勒。

她搖搖頭。聾子咧嘴笑開。

「妳去別的地方，」他對瑪麗亞說，然後再次笑開。「等到，」他從外套內掏出一支掛在皮繩上的大懷錶。「半小時後再回來。」

他揮手示意要大家在一根表面砍平的長原木上坐下，那是他們的長凳，然後他望向瓦金，舉起大拇指朝他們剛剛走來的小徑方向晃了晃。

「我跟瓦金去走走，之後再回來。」瑪麗亞說。

聾子走進洞穴，拿出一個裝著蘇格蘭威士忌的內凹酒瓶和三只玻璃杯。他把酒瓶夾在一邊的手臂下，三只玻璃杯也用同一邊的手拎著，每只酒杯各用一根手指勾住，另一隻手則抓住一只陶製水壺的壺頸。他把杯子和酒瓶放到他們坐的原木上，陶壺放在地上。

「沒有冰塊。」他對羅伯．喬登說，然後遞去酒瓶。

「我不想喝。」皮勒用手蓋住她的杯口。

「昨晚地面有結冰，」聾子笑著說：「全融啦，現在那上面才有冰，」聾子說，他用手指向光裸峰頂上彷彿有積雪的地方。「太遠啦。」

羅伯．喬登開始朝著聾子的杯子裡倒酒，但這個聽不見聲音的男人搖搖頭，揮手示意要他為自己倒酒。

羅伯．喬登倒了一大杯蘇格蘭威士忌，聾子緊盯著他，等他倒完後，他把水壺遞過去，羅伯．喬登再將陶壺傾斜，讓流出的冷水逐漸裝滿玻璃杯。

聾子為自己倒了半杯威士忌，再用水把杯子添滿。

「葡萄酒？」他問皮勒。

「不用。水就好。」

「拿去，」他說：「不好喝，」他對羅伯．喬登笑著說：「認識過不少Inglés。他們老是喝很多威士忌。」

「在哪裡？」

「農園，」聾子說：「老闆的一些朋友。」

「威士忌是哪來的？」

「什麼？」他聽不清楚。

105 Ruso，西班牙文，意思是「俄國人」。

106 Americano，西班牙文，這邊的意思是「美洲人」。

107 北美洲講英語，南美洲主要講西班牙語，因此這邊的西班牙人將北美的人粗略跟英國人歸為同一類。

「你得用吼的，」皮勒說：「對另一邊的耳朵吼。」

聾子指著聽力比較好的那隻耳朵，咧嘴笑開。

「威士忌是哪來的？」

「釀的。」聾子說，羅伯・喬登拿著酒杯正要放到嘴邊，聾子看到他在聽到這話時停住動作。

「沒有啦，」聾子拍拍他的肩膀。「開個玩笑。拉格蘭哈來的。昨晚聽說有英國爆破手來了。讚。很開心。就搞來威士忌。為你搞來的。喜歡嗎？」

「很喜歡，」羅伯・喬登說：「是很好的威士忌。」

「我很滿意，」聾子咧嘴笑開。「今晚有些新消息。」

「什麼消息？」

「部隊有不少動作。」

「哪裡？」

「塞哥維亞。你有看到那些飛機嗎？」

「有。」

「不妙，對吧？」

「不妙。」

「部隊有什麼動作？」

「比利亞卡斯廷和塞哥維亞之間有很多動作。還有華拉杜列路上。比利亞卡斯廷和聖拉斐爾之間動作也很多。很多。真的很多。」

「你怎麼想？」

「我們這邊有在準備發動攻擊？」

「有可能。」

「他們知道了，所以也在準備。」

「可能。」

「為什麼不今晚炸橋？」

「命令。」

「誰的命令？」

「參謀總部。」

「這樣啊。」

「炸的時間點重要嗎？」皮勒問。

「再重要不過了。」

「但如果他們將部隊往山上移動呢？」

「我會派安索莫把所有的移動狀況跟集合地點報告出去，他正在路上勘查。」

「你派人在勘查道路？」聾子問。

羅伯．喬登不確定他剛剛聽見多少。你永遠無法真正摸透一個聾子。

「對。」他說。

「我也有。為什麼不現在炸橋？」

「我必須遵守命令。」

「我不喜歡這樣，」聾子說：「我很不喜歡。」

「我也不喜歡。」羅伯．喬登說。

聾子搖搖頭，啜飲了一小口威士忌。「你要我幫忙？」

「你有多少人手？」

「八個。」

「我需要有人切斷電話線、攻擊修路工小屋那個哨站、拿下那個哨站，然後再撤退後守住橋梁。」

「這很簡單。」

「我會把這些都寫下來。」

「不用那麼麻煩。帕布羅呢？」

「他會負責切斷下方的電話線，攻擊鋸木廠的哨站，奪下後再退守橋梁。」

「接下來準備撤退？」皮勒問：「我們有七個男人、兩個女人和五匹馬。你呢？」她對著聾子的耳朵大吼。

「八個男人和四匹馬。Faltan caballos[108]，」他說：「馬的數量不夠。」

「十七個人和九匹馬，」皮勒說：「還沒考慮運貨的馬匹呢。」

聾子沒說話。

「不可能再搞來一些馬嗎？」羅伯．喬登對聾子聽力好的耳朵說。

「打了一年仗，」聾子說：「搞到四匹馬，」他比出四根手指。「你一來就說明天還要八匹。」

「對，」羅伯．喬登說：「反正現在確定要離開了，在這一帶的活動就不用那麼小心翼翼，也不需要那麼謹慎。你就不能安排一下，想辦法偷個八匹馬？」

「可能吧，」聾子說：「可能偷不到，也可能偷到更多。」

「你有一把自動步槍？」羅伯．喬登問。

聾子點點頭。

「在哪？」

「山上。」

「哪一種？」

「不知道名字，有彈盤的那種。」

「有幾發子彈？」

「五個彈盤。」

「有人知道怎麼用那把槍嗎？」

「我，稍微知道，但不常用。不想在這裡製造太多聲響，也不想浪費彈藥。」

「我之後再去看看狀況，」羅伯．喬登說：「有手榴彈嗎？」

「很多。」

「一把步槍有多少子彈可用？」

「很多。」

「多少？」

「一百五十，可能還更多。」

「其他人呢？」

「你是指什麼？」

「在我炸橋的時候，其他人必須擁有足夠火力拿下哨站，並且掩護那座橋。我們該將現有的火力提升一倍。」

「拿下哨站很容易，不用擔心。什麼時間發動？」

「天亮之後。」

「沒問題。」

「我還可以再用上二十個人手，保險起見。」羅伯．喬登說。

108　Faltan caballos，西班牙文，這裡的意思是「馬的數量不夠」。

「好人手沒這麼多。不可靠的傢伙能接受嗎？」
「不行。好人手有多少？」
「大概四個。」
「怎麼會那麼少？」
「其他人我不信任。」
「都有馬嗎？」
「夠信任的才配馬。」
「如果可以的話，我希望再有十個好手。」
「四個。」
「安索莫說這片山區有超過一百個人手。」
「都不好。」
「妳說有三十個，」羅伯・喬登對皮勒說：「妳說有三十個還算可靠的人手。」
「依里亞斯那邊的人呢？」皮勒對聾子大喊。他搖搖頭。
「不好。」
「你無法找來十個？」羅伯・喬登問。聾子用那雙扁平的黃眼睛望著他，搖搖頭。
「四個。」他伸出四根手指。
「你的人夠好嗎？」羅伯・喬登問，但一說出口就後悔了。
聾子點頭。
「Dentro de la gravedad[109]，」他用西班牙文說：「這些人不是很保險，但還可以接受。」他笑開。「不太妙，嗯？」
「有可能。」

「我沒差，」聾子直言不諱，沒有自誇的意思。「寧可用四個好人手，也勝過一堆爛人手。這場戰爭中的爛事一直很多，好事很少。每天的好事愈來愈少。帕布羅如何？」他望向皮勒。

「你也很清楚，」皮勒說：「每天都在變糟。」

聾子聳聳肩。

「喝酒吧，」聾子對羅伯．喬登說：「我帶我的人，另外再帶四個人手，總共十二個。我們今晚全盤來討論一下。我有六十根柱狀炸藥，你要嗎？」

「百分比多少？」

「不知，就一般炸藥。反正我帶著。」

「我們炸掉上面那座小橋時就用柱狀炸藥，」羅伯．喬登說：「那沒問題。你今晚會下來吧？就把炸藥帶來，好嗎？我沒有接到炸小橋的命令，但還是該炸掉。」

「我今晚會下去，然後找馬。」

「偷到馬的機會大嗎？」

「不一定，先吃。」

他跟所有人講話都這樣嗎？羅伯．喬登心想。還是他覺得要這樣說話，外國人才聽得懂？

「任務結束後，我們要去哪裡？」皮勒對著聾子的耳朵大喊。

他聳聳肩。

「這些都得先安排。」女人說。

「當然，」聾子說：「怎麼會不安排？」

「情況夠糟了，」皮勒說：「一定要計畫得很詳盡。」

109 Dentro de la gravedad，西班牙文，意思是「情況還不算太糟」。

「是的，女人，」聾子說：「妳擔心什麼？」

「什麼都擔心。」皮勒大吼。

聾子對她咧嘴笑開。

「之前都是靠帕布羅帶著妳到處跑的嘛。」他說。

所以他只對外國人說那種彆扭的西班牙文啊，羅伯・喬登心想。很好。很高興能聽到他用習慣的方式說話。

「你覺得我們該去哪裡？」皮勒問。

「哪裡？」

「對啊，哪裡？」

「有很多地方可去，」聾子說：「很多地方。妳知道格雷多山區嗎？」

「那裡有很多人。一旦他們有時間，所有地區就會遭到掃蕩、清空。」

「對，但那是片很大的鄉野，而且很荒僻。」

「要去那裡可不容易。」皮勒說。

「什麼事都很難，」聾子說：「去格雷多山區就跟去其他地方差不多難。我們得在夜間移動。這裡現在很危險。我們能在這裡待這麼久已經是奇蹟了。格雷多比這裡安全。」

「你知道我想去哪嗎？」皮勒問他。

「去哪？帕拉梅拉？那裡不好。」

「不是，」皮勒說：「不是帕拉梅拉山脈，我想去共和國。」

「那不可能。」

「你的人不會想去嗎？」

「會，如果我下令的話。」

「就算我下令，我也不知道情況會如何，」皮勒說：「帕布羅不會想要去，儘管，說真的，他在那裡會覺得比較安全。他太老了，沒有必要上戰場，除非他們打算徵召更多年齡層的人。吉普賽人也不會想去。我不知道其他人會怎麼想。」

「因為這裡一直都沒出事，他們看不出情況有多危險。」聾子說。

「今天出現那些飛機之後，他們會更明白，」羅伯．喬登說：「但我想你以格雷多為據點，一定能表現得很好。」

「什麼？」聾子說話時眼神死氣沉沉地盯著他。他提問的口氣一點也不友善。

「從那裡突擊會更有效率。」羅伯．喬登說。

「這樣啊，」聾子說：「你對格雷多那區很熟？」

「對。你可以從那裡攻擊鐵路的主要幹線，可以不停干擾那條幹線，我們在更南邊的埃斯特雷馬杜拉也是在做類似的事。在那裡行動會比回到共和國更好，」羅伯．喬登說：「你在那裡會更有用處。」

他說話時，另外兩人的表情都很凝重。

聾子望向皮勒，她也看著他。

「你對格雷多山區很熟？」聾子問：「真的？」

「當然。」羅伯．喬登說。

「你之後要去哪？」

「再往亞維拉的巴爾科鎮的北邊走。那裡比這裡好多了。我可以在那裡突襲主要幹道，還有貝哈爾和普拉森西亞之間的鐵路。」

「幹起來很不容易。」聾子說。

「我們在埃斯特雷馬杜拉對同一條鐵路發動襲擊，那一區更危險。」羅伯．喬登說。

「這個『我們』是誰？」

「在埃斯特雷馬杜拉的 guerrilleros[110] 團體。」

「你們人很多？」

「大概四十人。」

「那個神經兮兮，名字又古怪的傢伙，他也是從那裡來的嗎？」皮勒問。

「對。」

「他現在在哪？」

「死了，我之前有告訴妳。」

「你也是從那裡來？」

「對。」

「懂我的意思了嗎？」皮勒對他說。

我搞砸了，羅伯．喬登心想。你永遠不該對他們提起自己的英勇行徑及能耐，但我剛剛卻向這些西班牙人吹噓，說我們可以把事情辦得比你們更好。我明明應該奉承他們，卻對他們的計畫指指點點，現在他們可氣壞了。好吧，他們可能氣過就算了，但也可能不會放過我。他們在格雷多山區一定會比在這裡有用多了，畢竟自從卡什金組織的火車任務後，他們就一事無成。那場任務的成效並不特別好。法西斯陣營只損失了一台火車頭和一些士兵，但這些人把那場戰役講得像整場戰爭的高潮。他們或許會因為覺得丟臉而前往格雷多山區。確實有可能，但我也可能被趕出這地方。好吧，無論怎麼看，他的下場似乎都不怎麼美好。

「聽著，Inglés，」皮勒對他說：「你容易緊張嗎？」

「還行，」羅伯．喬登說：「還過得去。」

「因為上一個被派來跟我們一起工作的爆破手，他技術高超，個性卻很神經質。」

「我們有些人確實比較容易緊張。」羅伯・喬登說。

「我不會說他是個懦夫，因為他舉止得宜，控制得很好，」皮勒繼續說：「但他說話的方式很少見，總是神經兮兮的。」她提高音量。「沒錯吧？桑提亞哥？上一個爆破手，火車那位，個性有點少見？」

「Algo raro[111]，」這個聽不清楚的男人點點頭，雙眼把羅伯・喬登的臉仔細掃過一遍，模樣讓他想起吸塵器管子末端的圓形開口。「Si, algo raro, pero bueno[112]。」

「Murió[113]，」羅伯・喬登對著聾子的耳朵說：「他死了。」

「怎麼死的？」聾子問，他的眼神從羅伯・喬登的眼睛移到他的嘴唇。

「我射死了他，」羅伯・喬登說：「他傷得太重，沒辦法再移動，所以我殺了他。」

「他老說時候到了一定得這麼做，」皮勒說：「成天都在想這件事。」

「對，」羅伯・喬登說：「他老說時候到了一定得這麼做，真的成天在想這件事。」

「Como fué?[114]」聾子問：「是因為炸火車嗎？」

「炸完火車撤退的時候，」羅伯・喬登說：「火車任務很成功。但在黑夜中撤退時，我們遇見了法西斯軍的巡邏隊，他在逃跑時被射到上背，沒打到任何骨頭，只有擦到肩胛骨。他後來還走了好長一段路，但因為傷口實在走不下去了。他不想被獨自丟下，所以我射死了他。」

---

110 guerrillero，西班牙文，意思是「游擊隊」。

111 Algo raro，西班牙文，意思是「確實少見」。

112 「Si, algo raro, pero Bueno.」這句西班牙文的意思是「沒錯，是少見，但人也很好」。

113 Murió，西班牙，意指「死了」。

114 「Como fué?」這句西班牙文的意思是「怎麼會這樣？」

「Menos mal[115]，」聾子說：「總好過被丟下。」

「你確定你不是神經質的人？」皮勒對羅伯．喬登說。

「確定，」他對她說：「我算是不太會緊張的人，我也認為等炸橋任務結束後，你們去格雷多會表現得很好。」

他一說完，那女人就開始用一堆髒話瘋狂咒罵他，那些滔滔而來的辱罵包圍住他，就像突然噴出的白花花間歇泉，全部熱燙地潑灑在他身上。

聾子對羅伯．喬登搖搖頭，愉快地咧嘴笑開。就在皮勒繼續用各種話攻擊他時，聾子繼續開心搖頭，此時羅伯．喬登知道一切又都沒事了。終於她停止咒罵，伸手去拿水壺，倒水，喝了一口，然後冷靜地說：「那就閉上你的嘴，別試圖管我們之後要做什麼，可以嗎？Inglés？你回去你的共和國，嘗到的甜頭也帶走，但別管我們這裡的人決定要死在哪片山區。」

「是生活在哪片山區，」聾子說：「冷靜點，皮勒。」

「活在哪邊和死在哪邊都一樣，」皮勒說：「我很清楚結局會是如何。我喜歡你，Inglés，但少在那邊下指導棋，少管我們這趟任務結束後必須怎麼做。」

「那是妳的事，」羅伯．喬登說：「我不插手。」

「但你已經插手了，」皮勒說：「把你那個平頭小婊子帶走，回去你的共和國，但別把不是外國人的其他人關在共和國大門外，畢竟我們開始愛共和國時，你還在喝母奶喝得下巴髒兮兮呢。」

他們說這段話時，瑪麗亞正沿著小徑朝他們走來，聽見皮勒再次提高音量對羅伯．喬登大吼的最後這句話。瑪麗亞對著羅伯．喬登猛力搖頭，警告意味濃厚地對他搖動手指。皮勒看見羅伯．喬登正望向那個女孩微笑，她於是轉過頭去說：「對，我說她是婊子，我是認真的。我想你們會一起去瓦倫西亞，而我們可以去格雷多吃羊屎。」

「如果妳希望我是婊子，我就是，皮勒，」瑪麗亞說：「如果妳這麼說，我想我就一定是，但冷靜點，妳是怎麼了？」

「沒什麼，」皮勒在長凳坐下，聲音冷靜下來，本來銳利的怒氣消失無蹤。「我沒有那樣說妳，但我真的很想去共和國。」

「我們都能去。」瑪麗亞說。

「有什麼不能去？」羅伯・喬登說：「妳似乎也沒有很想去格雷多。」

聾子又對他咧嘴笑。

「再看看吧，」皮勒說，她現在完全不氣了。「那種少見的酒，再給我一杯。我剛剛氣到喉嚨好累。再看看吧，看之後情況如何。」

「是這樣的，同志，」聾子解釋。「早上下手會很困難。」他現在沒再用那種彆扭的西班牙文說話，望著羅伯・喬登的眼神也變得冷靜又坦率，不再若有所思或充滿猜疑，也沒有之前那種身為前輩運動者的強勢優越感。「我能理解你的需求。那些哨站必須殲滅，你在作業時也需要有人掩護著橋，這些我都完全明白，不過要在天亮前，或者剛破曉。」

「好，」羅伯・喬登說：「再去其他地方走走，好嗎？」這話是對瑪麗亞說的，但他沒有望向她。

女孩走到聽不見他們交談的地方坐下，將雙手交握在腳踝處。

「是這樣的，」聾子說：「這樣做是沒問題，但結束後要在大白天離開這片山區，就會是很大的問題。」

「確實，」羅伯・喬登說：「我也有想過。這樣我也得在大白天撤退。」

「但你只有一個人，」聾子說：「我們人很多。」

115 Menos mal，西班牙文，意思是「這樣也好」。

「可能可以先回營地，夜晚再離開。」皮勒說，她本來已經將杯子舉到唇邊，但又放下。

「那樣也很危險，」聾子解釋。「甚至可能更危險。」

「我可以想像。」羅伯・喬登說。

「晚上炸橋很容易，」聾子說：「但既然你非在白天炸橋不可，後果可能很嚴重。」

「我知道。」

「你不能晚上炸橋？」

「如果這麼做，我會被槍斃。」

「如果你在白天炸橋，我們可能全都會被槍斃。」

「對我來說，只要橋炸掉了，我個人的生死就不重要了，」羅伯・喬登說：「但我理解你們的立場。你們沒辦法想出在白天撤退的計畫嗎？」

「當然可以，」聾子說：「我們可以想出這種撤退計畫。但讓我跟你解釋一下，為什麼這裡有個人心事重重，另一個人又怒火中燒。你提起格雷多時，像是在談論一場必須被完成的軍事調度。但要成功抵達格雷多，我們需要的是奇蹟。」

羅伯・喬登沒說話。

「聽我說，」這個聽不清楚的男人說：「我是有點囉嗦了，但這樣我們才能理解彼此。我們出現在這裡是因為奇蹟，是法西斯分子的懶惰和愚蠢造就的奇蹟，但他們遲早會想辦法彌補自己的失誤。當然，我們也一直小心不在這片山區惹事。」

「我知道。」

「但現在，因為這場任務，我們得離開。我們得花很多心思想出離開的方法。」

「當然。」

「那麼，」聾子說：「一起吃飯吧，我囉嗦很多了。」

「從沒聽你這麼囉嗦過，」皮勒說：「是因為這個嗎？」她舉起手上的杯子。

「不是，」聾子搖頭。「不是因為威士忌，是因為之前從沒遇過需要囉嗦的事情。」

「我很感謝你的幫忙，也感謝你效忠於共和國，」羅伯．喬登說：「感謝你願意處理炸橋時間點的問題。」

「別這麼說，」聾子說：「我們在這裡就是盡力而為，但一切都很複雜。」

「紙上談兵都很簡單，」羅伯．喬登咧嘴笑。「根據紙上談兵，橋會在發動攻擊的瞬間被炸掉，這樣就不會有任何人事物沿路往山上走，就這麼簡單。」

「那他們也該讓我們紙上談兵就好，」聾子說：「我們也可以靠著紙上談兵規畫、執行些什麼任務呢。」

「『紙本無情[116]。』」羅伯．喬登引用了諺語。

「但很有用處，」皮勒說：「Es muy útil[117]。真希望你的任務能在紙上完成。」

「我也是，」羅伯．喬登說：「但你永遠不可能靠紙贏得一場戰爭。」

「是不行，」這位高大的女人說：「我想是不行。但你知道我希望什麼嗎？」

「希望去共和國，」聾子說。他之前就把聽力好的耳朵靠向她。「Ya irás, mujer[118]。讓我們贏下這場，讓一切榮耀歸於共和國。」

「好啦，」皮勒說：「那麼現在，看在老天的分上，我們吃飯吧。」

116 這句諺語的原文是寫「Paper bleeds little」，意思是不考慮人為因素的紙上談兵總是容易。
117 Es muy útil，西班牙文，意指「很有用處」。
118 「Ya irás, mujer」這段西班牙文的意思是「妳會去成的，女人」。

第十二章

他們吃完後離開聾子的營地，開始沿著山徑往下走。聾子一路送他們到下方的站哨點。

「Salud，」他說：「今晚見。」

「Salud, camarada。」羅伯．喬登對他說，然後他們三人沿著山徑繼續往下走，這個聽不清楚的男人則站在原地目送。瑪麗亞回頭向他揮手，聾子用一種西班牙式的打發態度回應，他將前臂突兀地往上甩動，彷彿正甩開些什麼，完全沒有正經打招呼該有的樣子。用餐過程中他從沒解開過羊皮大衣的釦子，態度也謹慎有禮，他會仔細地轉頭聆聽別人說話，再用簡短破碎的西班牙文禮貌地向羅伯．喬登問起共和國的情況；但顯然他很想趕快擺脫他們。

正要分道揚鑣之際，皮勒問他：「怎麼了嗎？桑提亞哥？」

「嗯，沒事，女人，」聾子說：「沒什麼問題，我只是在想事情。」

「我也是。」皮勒說，之前這段松林間的陡峭山坡讓他們爬得很辛苦，但由於現在是沿小徑一路往下，走起來輕鬆愉快，但皮勒後來都沒再說話。羅伯．喬登和瑪麗亞也一聲不吭，三人走得很快，之後小徑從林木濃密的山谷中再次陡峭往上爬升，他們於是放慢腳步穿過樹林，終於來到高處的空曠草原。

這是個炎熱的五月午後，最後這段陡坡走到一半時，女人停下了腳步。羅伯．喬登停步往後望，看見她的額頭上流下大顆大顆的汗水，也覺得那張棕色的臉似乎在失去血色，膚色變得蠟黃，眼睛下方也有黑眼圈。

「休息一下吧，」他說：「我們走太快了。」

「不，」她說：「繼續走吧。」

「休息吧，皮勒，」瑪麗亞說：「妳看起來不太好。」

「閉嘴，」那女人說：「沒人問妳的意見。」

她開始繼續往上爬，但抵達頂端時已經氣喘吁吁，臉全被汗水浸濕，看起來無疑更蒼白了。

「坐下，皮勒，」瑪麗亞說：「拜託，求妳坐下吧。」

「好吧。」皮勒說，他們三人在松樹下坐下，眼神越過山上這片草原，眾多峰頂從這片翻騰起伏的高地探出頭來，峰頂積雪在晌午剛過的陽光中閃閃發亮。

「雪是多麼討人厭啊，但又那麼美，」皮勒說：「真難以捉摸。」她轉頭對瑪麗亞說：「很抱歉剛剛對妳這麼凶，guapa。我不知道自己今天自己是怎麼了，情緒很不好。」

「我從不會把妳的氣話放在心上，」瑪麗亞告訴她。「妳可常生氣了。」

「不，若是生氣還好一點。」皮勒說話時眺望著遠方的峰頂。

「妳身體不舒服。」瑪麗亞說。

「也不是這個原因，」女人說：「來吧，guapa，把妳的頭枕在我大腿上。」

瑪麗亞靠近她，兩隻手臂交疊放上她的大腿，把頭枕在手臂上，就是大家睡覺時沒枕頭會採取的姿勢。她把臉往上轉向皮勒，對她微笑，但這個高大的女人仍望著草原另一頭的山巒。她輕撫女孩的頭，但沒看她，一根粗壯的手指摸過女孩的額頭，繞過耳朵外緣，往下來到頸子後方的髮線邊緣。

「再過沒多久，她就是你的了，Inglés。」她說。此時羅伯．喬登坐在她身後。

「別那樣說。」瑪麗亞說。

「沒錯，他可以擁有妳，」皮勒說話時沒看他們任何一個人。「我從來沒想要擁有妳，但我嫉妒。」

「皮勒，」瑪麗亞說：「不要這樣說。」

「他可以擁有妳，」皮勒說，她的手指撫過女孩的耳垂邊緣。「但我真的很嫉妒。」

「但是，皮勒，」瑪麗亞說：「妳跟我解釋過了，妳說我們之間不是那種情感。」

「那種情感總是有的，」女人說：「不該有的情感總是有的。但我沒有，真的沒有。我希望妳快樂，別無所求。」

瑪麗亞沒說話，只是躺著，她努力讓自己不要太用力靠在她腿上。

「聽著，guapa，」皮勒說，她的手指現在顯得心不在焉，只是隨興地沿著她臉頰的曲線撫摸。「聽著，guapa，我愛妳，他可以擁有妳，我不是tortillera[119]，我天生是個愛男人的女人。這是真的。但現在這樣說讓我愉快，光天化日下，我可以說我真的很在乎妳。」

「我也愛妳。」

「Qué va，別胡說八道。妳甚至不懂我在說什麼。」

「我懂。」

「Qué va，妳不懂。妳是Inglés的。這是明擺的事實，也是自然的道理。這點我可以接受，換作其他人我就不接受了。我不虛情假意，我只跟妳說實話。很少人會跟妳說實話，女人更不會。我很嫉妒，我就說出來，這是實情。所以我就說出來。」

「別說了，」瑪麗亞說：「別說了，皮勒。」

「Por qué[120]，為什麼不說呢？」女人說話時仍沒望向他們任何一人。「我會一直說，直到說了不再讓我愉快為止。然後，」她現在低頭看著女孩了，「不再讓我愉快的時候到了，我不會再說了，懂嗎？」

「皮勒，」瑪麗亞說：「別說這些。」

「妳是隻讓人很愉快的小兔子啊，」皮勒說：「然後抬起頭吧，我不再犯傻了。」

「那樣不傻，」瑪麗亞說：「而且我頭這樣放著很好。」

「不，抬起來吧，」皮勒對她說，她將一雙大手放到女孩的頭底下，撐起她的頭。「你呢？Inglés？」她說，她的手還捧著女孩的頭，眼神望向遠方的山巒。「哪隻貓吃掉了你的舌頭？」

「沒有什麼貓。」羅伯．喬登說。

「那是什麼動物？」她把女孩的頭放到地上。

「沒有動物啊。」羅伯．喬登對她說。

「所以是你自己把舌頭吞掉了？嗯？」

「我想是吧。」羅伯．喬登說。

「嘗起來味道好嗎？」皮勒此時轉頭對他笑開。

「不怎麼好。」

「我想也是，」皮勒說：「我**就想**是這樣。但我把兔子還給你啦，之後再也不會試圖搶你的兔子了。她很適合叫兔子。我今天早上聽見你這樣叫她。」

羅伯．喬登感覺自己的臉紅起來。

「妳是個很難懂的女人。」他對她說。

「不，」皮勒說：「但就是因為太好懂，反而顯得很複雜。你複雜嗎？Inglés？」

「不，但也沒那麼好懂。」

「你真討我喜歡，**Inglés**，」皮勒說。她微笑，往前傾身，一邊微笑一邊搖頭。「多希望能把兔子從你手中搶過來，也把你從兔子手中搶過來。」

119 tortillera，西班牙文，意指「女同性戀」，帶有貶意。

120 Por qué，西班牙文，意思是「為什麼」。

「妳沒辦法。」

「我知道，」皮勒說，然後又露出微笑。「我也沒這想法，但我年輕時做得到。」

「我相信。」

「你相信？」

「當然，」羅伯．喬登說：「但現在談這些沒有意義。」

「真不像妳會說的話。」瑪麗亞說。

「我今天不太像平常的自己，」皮勒說：「真的很不像。你的炸橋任務讓我頭痛，Inglés。」

「我們可以叫它『頭痛橋』，」羅伯．喬登說：「但我會讓那座橋像碎裂的鳥籠一樣掉進底下的溪谷。」

「很好，」皮勒說：「維持這股氣勢。」

「我會讓橋斷掉，就像妳剝皮後把香蕉折斷一樣容易。」

「我現在還真想吃香蕉，」皮勒說：「繼續吧，Inglés，繼續大言不慚。」

「沒有必要，」羅伯．喬登說：「我們回營地吧。」

「你的任務，」皮勒說：「很快就要開始進行。我之前說我會讓你們獨處。」

「不了，我還有重要的事得忙。」

「那也很重要，而且不花什麼時間。」

「閉嘴啦，皮勒，」瑪麗亞說：「說什麼噁心話。」

「我這人就是噁心，」皮勒說：「但也情感豐富。Soy muy delicada[121]。我會留你們兩人獨處。剛剛那些嫉妒什麼的都是胡說八道。我對瓦金很生氣，因為他的眼神讓我意識到自己有多醜。我只是嫉妒妳才十九歲，但這情緒不會維持很久。妳不可能永遠十九歲。總之我走啦。」

她站起來，一隻手插在屁股上，雙眼盯著羅伯．喬登瞧，他現在也站起來了。在樹下坐著的瑪麗亞往前垂下頭。

「我們一起去營地吧，」羅伯・喬登說：「這樣比較好，要辦的事也很多。」

皮勒朝瑪麗亞的方向點點頭，她坐在那裡別開頭，沒說話。

皮勒微笑，幾乎難以讓人察覺地聳聳肩，「妳知道怎麼往營地走嗎？」

「我知道。」瑪麗亞說，她沒抬起頭。

「Pues me voy[122]，」皮勒說：「那我走啦。我們會準備豐盛的食物給你們吃，Inglés。」

她走進草原上的石南花叢，朝穿過草原流向營地的小溪走去。

「等等，」羅伯・喬登對她大喊：「我們一起走比較好。」

瑪麗亞坐在那裡沒說話。

皮勒沒回頭。

「Qué va，」她說：「我們營地見。」

羅伯・喬登站在原地。

「她還好嗎？」他問瑪麗亞。「她剛剛看起來很不舒服。」

「讓她走吧。」瑪麗亞說，她仍低垂著頭。

「我想我該陪她一起走。」

「讓她走，」瑪麗亞說：「讓她走！」

---

121 Soy muy delicada，西班牙文，意思是「我的情感非常纖細」。

122 Pues me voy，西班牙文，這裡可譯為「好吧，我走了」。

第十三章

他們走過山上草原的石南花叢，羅伯．喬登感覺著石南花掃過他的雙腿，感覺著手槍在緊貼大腿內側的槍套內的重量，他感覺著陽光照在頭頂，感覺著從峰頂積雪吹來的微風涼涼吹在背上，握在他手中的女孩的手堅定有力，兩人十指交扣。從她跟他緊貼的掌心、緊扣的手指，和交疊的手腕中，有些什麼從她的手、她的手指，以及她的手掌滲透進他，而且鮮活的就像從海面吹向你的第一股輕盈氣流，平滑如鏡的海面幾乎沒有因此出現一絲皺褶，就像羽毛拂過你的唇，或者在無風時落下的葉子；那力量如此輕盈，因此光靠手指的碰觸就能感應，但又如此強悍、劇烈，而且透過兩人緊壓彼此的十指和緊貼的手掌和手腕讓人著急、讓人疼痛，讓人難以忽視，就彷彿有一陣水流沿著他的手臂往上移動，再將他全身注滿因為極度渴望而帶來的刺人空虛。陽光灑在她的頭髮上，照出麥子般的褐金色，陽光也灑在她那張光滑又可愛的金棕色臉龐上，灑在她喉頭的曲線上，他將她的頭往後仰，把她抱緊，親吻她。他感覺正被親吻的她在顫抖，他抱緊她的身體，感覺她的乳房透過兩件卡其襯衫緊貼他的胸口，他可以感覺到那對乳房小而堅挺，他伸手解開她的襯衫鈕釦，彎腰親吻，而她站在那裡打顫，頭往後仰，背後靠著他的手臂支撐。然後她低下頭，將下巴靠上他的頭，他感覺她用雙手捧住自己的頭，讓自己的頭靠著她搖晃。他打直身體，雙臂環抱住她，將她緊緊地抱離地面後貼在他身上，他感覺她在顫抖，她的雙唇貼住他的喉嚨，然後他放下她，說：「瑪麗亞，噢，我的瑪麗亞。」

然後他說：「我們該往哪邊走？」

她沒說話，只是將手探進他的襯衫，他感覺到她在解自己的鈕釦，她說：「你的也解開，我也要親。」

「不要，小兔子。」

「要、要。你做的我都要做。」

「不，那是不可能的。」

「是這樣，那麼，噢，那麼，噢，那麼，噢。」

然後飄來石南花折斷後的氣味，她的頭壓彎的莖幹斷口摸起來很粗糙，燦亮的陽光灑上她緊閉的雙眼，他這輩子都會記得她將頭躺在石南根脈上時喉頭展示的曲線，還有她的嘴唇是如何不由自主地顫動，還有她緊閉雙眼上的睫毛是如何翻飛，那雙阻隔陽光的雙眼也阻隔了萬事萬物，在她看來照在緊閉雙眼上的陽光讓萬事萬物都是紅色、橘色和金紅色，一切都是那樣的顏色，一切，無論是充滿、支配還是占有都是那樣的顏色，她因為那樣的顏色而盲目。對他來說那卻是通往虛空的黑暗通道，再來是虛空，再來還是虛空，再來仍是虛空，一直且永遠通往虛空，手肘沉重地撐在土地上通往虛空，黑暗，永遠沒有盡頭地通往虛空，總是永遠堅持不懈地通往未察覺的虛空，這一次再一次總是通往虛空，現在再也無法承受一次的總是通往虛空，此刻超越所有極限的上升、上升、上升，然後通往虛空，突然之間，滾燙之間，懸置之間，所有虛空消失，時間絕對地靜止下來，他們倆就在那裡，時間已然靜止，他感覺土地正在他們兩人底下搖動、然後遠去。

然後他側身躺著，頭深埋在石南花叢中，他嗅聞著石南、石南的根、泥土，還有陽光照耀其間透出的氣味，石南刮在他光裸的肩膀和身側顯得有點癢，女孩面對他躺著，雙眼還閉著，然後她張開眼睛對他微笑，他開口，語氣非常疲憊，彷彿離她很遠但仍顯得友善，「哈囉，兔子。」她微笑，毫無隔閡地對他說：「哈囉，我的Inglés。」

「我不是Inglés。」他懶洋洋地說。

「噢，沒錯，你是Inglés，」她說：「你是我的Inglés。」她伸手抓住他的兩邊耳朵，親了他的額頭。

「親一下，」她說：「如何？吻功有進步嗎？」

然後他們一起沿著溪邊走，他說：「瑪麗亞，我愛妳，妳真可愛，真美好，真漂亮，跟妳在一起時的一切都讓我動搖，愛妳的時候，我覺得快要死了。」

「噢，」她說：「我每次都死過一次，你沒有死嗎？」

「沒有。幾乎要死了。但妳有感覺大地在搖晃嗎？」

「有，在我死掉的時後。抱住我吧，拜託。」

「不，我握住妳的手了，有妳的手就夠了。」

他看著她，眼神越過草原，草原上有隻老鷹在狩獵，午後的大片雲朵現在已覆蓋住山區天空。

「你跟其他人在一起時不是這樣嗎？」瑪麗亞問他，他們現在手牽手走著。

「沒有，真的。」

「你愛過很多其他人。」

「一些，但都比不上妳。」

「都跟我在一起的感覺不同？真的？」

「以前也愉快，但沒像這樣。」

「而且大地在搖晃。之前你沒有覺得大地在搖晃？」

「沒有。真的從來沒有。」

「啊，」她說：「這樣的日子我們擁有一天了。」

他沒說話。

「但至少我們現在享受過了，」瑪麗亞說：「你也喜歡嗎？我有取悅你嗎？我之後會更好看。」

「妳現在就很美。」

「不，」她說：「但摸摸我的頭吧。」

他撫摸她的頭，感覺短短的柔軟髮絲在他的指間扁平下去，但又陸續彈回來，他用雙手捧住她的頭，將她的臉抬高靠近自己，並親吻她。

「我很喜歡接吻，」她說：「但我吻得不好。」

「妳沒必要吻得好。」

「要，有必要。如果要做你的女人，我就該在所有方面取悅你。」

「妳已經夠取悅我了。我不可能更開心了，如果更開心了，我還真不知道該怎麼辦。」

「但你會看見我的美，」她非常開心地說：「我的髮型現在讓你覺得有趣，因為很怪，但我的頭髮每天都在長。夠長之後，我看起來就不會醜，或許你就會更愛我。」

「妳的身體很可愛，」他說：「全世界最可愛的身體。」

「只是年輕又瘦而已。」

「不，美妙的身體有種魔力。我不知道怎樣的身體才算美妙，怎樣又不算，但妳有那種身體。」

「是獻給你的。」她說。

「不是。」

「就是，是獻給你，永遠獻給你，只獻給你。但能帶給你的好處不多。我會學習好好照顧你。但老實跟我說，你之前沒感覺過大地搖晃？」

「從來沒有。」他老實說。

「現在我才快樂了，」她說：「現在我才真正快樂了。」

「你在想別的事嗎？」她問他。

「對，想我的工作。」

「真希望我們有馬可以騎，」瑪麗亞說：「現在這麼快樂，我希望可以坐在一匹好馬的背上，和你一起並肩快速奔馳，我們會愈騎愈快，快到像要飛起來，我的快樂就永遠不會結束。」

「我們可以把妳的快樂帶上一架飛機。」他心不在焉地說。

「然後在空中不停來回地飛，就像那些在陽光中閃閃發亮的小小驅逐機，」她說：「不停在迴旋及衝刺中翻騰。Qué bueno！[123]」她笑了。「我快樂得甚至不會注意到。」

「妳的快樂在什麼環境都能生存。」他說，但其實沒有很認真聽她說話。

因為他的心思現在不在這了。他的人走在她身旁，心裡卻已經在想橋的問題，那些問題此刻顯得清晰、冷硬又銳利，就像相機的鏡頭對準了焦距。他在腦中看見那兩個哨站，看見安索莫和吉普賽人正在勘查。他看見路空蕩蕩的，還看見上面有些動靜。他看見他打算安置兩把自動步槍的位置，那裡可以擁有最好的射擊視野，然後誰要來操作這兩把槍？他心想，最後會是我，但一開始呢？他看見自己放入火藥，一點點塞入、壓實，裝好導線帽、綁緊，整理電線，把電線接上，然後回到他放著老舊盒子的地方，盒子裡有引爆器，然後開始思考所有可能發生的狀況跟可能出錯的地方。別想了，他告訴自己。你才剛跟這女孩做愛，現在腦袋清醒過來，而且是完全清醒過來後，你就開始窮擔心了。思考非做不可的事沒問題，但窮擔心是另一回事。別擔心。你不能擔心。你很清楚自己可能得做什麼，也清楚可能發生什麼事。當然有可能發生。

你來這裡時就很清楚自己為何而戰。你所對抗的正是你在做的事，你為了可能獲勝的微渺機會被迫這麼做。所以現在他非得利用這些他喜歡的人不可，正如同為了獲得成功不放感情地利用手下士兵。帕布羅無疑是最聰明的傢伙，他立刻就明白後果有多糟。那女人打算大膽賭一把，現在也仍然如此，但她逐漸意識到實情有多殘酷，情緒也因此受到不小影響。聾子立刻就明白了，他會幫忙，但跟羅伯．喬登一樣，他一點也不喜歡這趟任務。

好吧，所以你說你考慮的不是你自己的下場，而是那女人、這女孩，還有其他人可能有的下場囉。就算是這樣吧。如果你沒來的話，他們會怎麼樣呢？在你根本還沒來到此地前，他們發生了什麼？經歷了什麼？你不能再這樣想下去了。除了任務之外，你不用對他們負責。命令不是你下的，是戈茲下的。戈茲是誰？一個很好的將軍。是你服役期間遇過最頂尖的將軍。但一個男人明明知道下場如何，還該去執行不可能成功的任務嗎？就算下命令的戈茲既代表黨又代表軍隊，你也非幹不可嗎？對。他該去執行那些命令，因為唯有透過實際執行，才能證明它們是不可能的任務。沒試過怎麼知道不可能成功？如果每個人一接到命令就說不可能達成，你會淪落何處？如果當命令下來時，你直接說：「這不可能。」我們所有人又會淪落何處？

他見過太多覺得命令不可行的指揮官了。在埃斯特雷馬杜拉時，那個蠢貨高梅茲就是這樣。太多次攻擊發動時，側翼都沒推進，就因為覺得不可能成功。不行，他會執行命令，而喜歡上必須合作的對象只會招來厄運。

每一次，他們這些partizans執行任務時，總會為庇護、幫助自己的人招來更多危險和厄運。這是為了什麼？就為了到最後，大家不用再面對危險，國家也會成為安居樂業的好地方。就算這說法聽來陳腐，也仍是事實。

如果共和國輸了，信仰共和國的人就無法繼續住在西班牙了。但會輸嗎？會，他知道會，根據法西斯陣營占領區的狀況看來是如此。

帕布羅是個蠢貨，但其他人很不錯，把他們全拖下水幹這票難道不算辜負他們嗎？可能算吧。但要是他們不幹，不到一星期，兩個騎兵大隊就會來將他們追殺、趕出這片山區。

不。就算不打擾他們也不會有什麼好處，雖然所有人都不該受到打擾，你也不該干涉任何人的生活。他是這麼相信的，是吧？是，他這麼相信。那之後重新規畫社會秩序及諸如此類的種種工作呢？就交給其他人吧。他戰後還有其他事要做。他之所以現在參與這場戰爭，是因為戰爭開始在一

123「Qué Bueno!」這句西班牙文的意思是「太棒了！」

個他愛的國家，而且他對共和國有信仰，如果共和國遭到摧毀，所有共和國信仰者根本活不下去。戰爭期間的他遵循的都是共產主義的紀律，而在西班牙這個地方，共產主義者擁有最棒的紀律，進行戰爭時的遵循的是最健全、最理智的紀律。他之所以在戰爭期間接受他們的紀律規範，是因為根據戰爭中的表現，他唯一能尊敬的只有這個陣營的計畫及紀律。

那他的政治理念是什麼？目前沒有，他告訴自己。但千萬別告訴任何人，他心想，千萬別承認。那你之後有什麼打算？我打算回國，像之前一樣靠教西班牙文賺錢，而且打算寫一本真正的書。我敢打賭，他對自己說，我敢打賭要辦到一點也不難。

他該跟帕布羅談談政治理念。了解他一路以來的理念變化一定很有意思。應該會是從左派變成右派的一個經典案例，他想，跟老勒魯[124]很像。帕布羅真的跟勒魯很像。普里耶托[125]也差不多糟糕。帕布羅和普里耶托對是否能在最終獲勝差不多一樣缺乏信心。他們的政治理念無異於偷馬賊。他對共和國成為治國政府的能力有信心，但共和國得擺脫這幫偷馬賊，抗爭開始時就是這幫人把共和國帶上了歪路。世間哪有領導者是這副德性？他們根本是人民公敵。

人民公敵。他或許會放棄這說法。就算這說法太容易朗朗上口，他或許仍會略過不講。這是跟瑪麗亞睡過的影響之一。他本來面對政治理念的心態可說偏執又頑固，就跟死硬派的浸信教徒沒兩樣，所以像「人民公敵」這類說法總能輕易浮現腦海，他不太會批判這樣的自己。任何有關革命或愛國的陳腔濫調也一樣，他總能毫不自我批判地引用那類說法。當然那些說法都是真的，但使用起來總顯得太過機巧又便宜行事。不過自從昨晚和今天下午之後，他的頭腦變得更清晰，面對任務的思慮也更清明。偏執是很古怪的心態。你要偏執，就得百分之百確信你是對的，而沒什麼比禁欲更能讓你自我篤定又自以為是。禁欲是所有「異端邪說」的敵人。

以上這前提是否禁得起他進一步的檢視呢？或許這正是共產主義不停打壓波希米亞主義的原因吧。畢竟每當一個人喝醉、交媾或偷情時，就會意識到自己是如此的不可靠，而這種反覆搖擺的心態，會取代你原本在追隨領導者的信念及黨教條時的堅定不移。正所謂隨著浪蕩主義沉淪，那就是馬雅可夫斯基[126]犯下的罪孽。

但馬雅可夫斯基現在又是個聖人了，因為死透的人總是隨人說。你也會成為死透的人，他告訴自己。現在別想這些了。想想瑪麗亞吧。

瑪麗亞讓他很難保持偏執。目前她還沒動搖他的決心，但他確實變得比較不想死了。他很樂意放棄作為英雄或聖徒的下場。他不想成為溫泉關[127]的那種勇士，也不想向保衛橋梁的豪拉提烏斯[128]看齊，也不想成為那個用手指堵住堤壩漏洞的荷蘭男孩。不，他希望能花多一點時間跟瑪麗亞相處，用最簡單的說法就是這樣，他想跟她天長地久。

他不相信之後還有這種「天長地久」的可能了，但若真有機會，他希望對象就是她。我們可以一起上旅館，還可以把旅客名字登記為李文斯頓醫生夫妻吧[129]，他心想。

---

124 亞歷杭德羅・勒魯・加西亞（Alejandro Lerroux García, 1864 -1949）是西班牙激進共和黨的創立者。

125 因達列西奧・普里耶托（Indalecio Prieto, 1883-1962）是西班牙社會工人黨的重要領袖人物之一，卻始終跟右翼組織互通聲息。

126 弗拉基米爾・馬雅可夫斯基（Vladimir Mayakovsky, 1893-1930）是俄國著名的詩人，在一九一七年開打的俄國內戰之前，他是頗富盛名的未來主義詩人，內戰時期也表達了對共產主義的支持，但仍因為文化審查制度跟強調社會寫實的風氣而跟當局關係緊張。他曾在巴黎渡過的「浪蕩生活」也有受到譴責。

127 溫泉關（Thermopylae）之役是波希戰爭中的一次著名戰役，斯巴達國王及其精銳部隊在此壯烈犧牲，但成功拖延住波斯帝國的進攻，讓雅典及其他諸城邦有應戰的時間，也促成的希臘後來的勝利。

128 普布里烏斯・豪拉提烏斯・科克萊斯（Publius Horatius Cocles）是活動於約公元前六世紀前後的古羅馬獨眼英雄。他效命於羅馬共和國，並曾經在一場戰役中成功阻止了敵軍進攻，直到羅馬人毀壞了台伯河上的蘇布里基烏斯橋。

129 大衛・李文斯頓（David Livingstone）是十九世紀英國最偉大的非洲探險家之一。

何不乾脆娶她？就娶吧，他心想。我會跟她結婚。然後我們會成為愛達荷州太陽谷的羅伯・喬登先生和太太。或者住在德州聖體市，又或者在蒙大拿州的比尤特。

西班牙女孩太適合當老婆了。我沒娶過所以這麼確信。等我拿回大學的工作，她就可以成為講師太太，那些選修西班牙文（四）的大學生晚上會來家裡吸菸斗，我們一起交流有關奎維多、維加[130]、加爾多斯[131]和其他總是受人敬重的死人的珍貴資訊，而此時瑪麗亞就能告訴他們，有些號稱為了純正信念戰鬥的神聖藍衣部隊[132]是如何坐在她的頭上，另一些人扭住她的手臂，還有人掀起她的裙子塞入她的嘴裡。

不知道若是去蒙大拿州的米蘇拉，那裡的人會怎麼看瑪麗亞？當然我得先在米蘇拉那邊重新找到工作才行。我想我已經被永遠貼上共產黨標籤，之後永遠會在當地的黑名單上。但誰知道呢？你永遠無法確知實情如何。他們沒掌握任何證據，事實上，就算你直接告訴他們，他們也不會相信，而且我是拿著有效護照來西班牙，那時仍未有旅遊禁令。

我不用在一九三七年的秋天以前回去。我離開時是三六年的夏天，雖然計畫是離開一年，但隔年的秋季學期開始前回去就行。現在距離秋季學期還有很多時間。若真要這樣說，現在距離後天也還有很多時間。不。我想我不用擔心大學的事。只要你在秋天時重新回去，一切都不會有問題。想辦法回去那裡就是了。

但這種生活過久了還真奇怪，不怪才有鬼吧。你的工作及職責都在西班牙，所以待在西班牙是自然、合理的事。你已經花了不只一個夏天在工程計畫上，也曾在森林裡幫忙修建道路，在國家公園待過，還學了如何使用炸藥，這樣說來爆破也是份有保障的正常工作。雖然工作時總是有些匆忙，但有保障。

一旦把爆破認定為一個課題，那就單純只是個課題，但還是有很多不怎麼好的麻煩隨之而來，儘管天知道你根本沒那麼嚴肅看待這一切。總是有人嘗試透過爆破來創造出成功暗殺敵方的條件，但冠冕堂皇的大話能為這種行徑辯護嗎？能讓殺戮變得更有樂趣嗎？若是問我，我覺得你太欣然接受這一切了，他告訴自己。等在共和國這邊的役期結束後，你會變成什麼模樣？你究竟適合什麼樣的工作？他心想，這些問題都很難有答案。不過我猜你會透過寫作拋棄一切，他說。一旦你寫下來，這段過去就消失了。如果你能寫下來，那會是本好書。比另一本好多了。

但此刻或未來你能擁有的全部人生就是今天、今晚、明天、今天、今晚、明天，如此這般周而復始（希望如此），他心想，所以你最好善用現有時間並心存感恩。畢竟橋的任務有可能不順利。畢竟剛剛看來情勢不怎麼好。

但瑪麗亞一直都很好。可不是嗎？噢，可不是嘛，他心想。或許那正是生命從此刻開始對我的賜予。或許我的人生沒有七十年[133]，而是四十八小時，又或者就是七十或七十二小時。一天的二十四小時若是過了完整的三天就是七十二小時。

我想就算是七十小時也能活得像七十年一樣充實，前提是你在這七十小時開始時有過充實的人生，而且也活到了一定歲數。

全是胡說八道，他心想。你自己在醞釀什麼墮落思想啊。**真是**胡說八道。但或許也不是胡說八道。好吧，我們走著瞧。上次我跟女孩子上床是在馬德里。不，不是，是在埃斯科里亞爾，那次我在晚上醒來，把對方誤認成別人而興奮得要命，但最後發現根本搞錯，除此之外就只是一次單純的生理發洩，算是獲得了基本的樂趣，僅此而已。然後再之前是在馬德里，那次我在過程中針對自己

---

130 羅培・德・維加（Lope de Vega）是西班牙十五及十六世紀的劇作家及詩人，也是西班牙黃金時期的重要作家。

131 貝尼托・佩雷斯・加爾多斯（Benito Pérez Galdós, 1843-1920）是西班牙的寫實主義小說家。

132 藍衫軍（Blueshirts）的前身是愛爾蘭的一個激進組織，部分前成員後來在西班牙內戰時來為佛朗哥陣營服務。

133 這裡的原文是寫「threescore years and ten」，是《聖經》中描述七十年的說法。

的身分遮遮掩掩地說了一些謊，除此之外一切感覺跟後來那次差不多，甚至更糟。所以我不是會過度美化西班牙女人的浪漫主義者，對我來說，一夜情就是一夜情，在什麼國家都沒差。但跟瑪麗亞在一起時，我愛她，愛到真的覺得我會死，我之前從來不信這種事，根本不覺得可能發生。

所以就算你是用七十年換來這七十小時，我也覺得值了，有機會享受這段時光就夠幸運了。如果沒有天長地久這種事，沒有餘生，也沒有所謂的從今以後，而只有「現在」，那麼「現在」就值得受到讚美，我也對此感到滿意。現在這個詞，在西班牙文是ahora、法文是maintenant、德文是heute。現在，這詞讀起來發音很好笑，卻含括了整個世界和你的人生。西班牙文的Esta noche是今晚，法文是ce soir，德文是heute abend。人生與妻子，英文life和wife有押韻，法文要押韻可以是Vie和Mari，不行這樣意思就不對了，法文的Mari會變成丈夫。德文可以押韻成now和frau，但這也無法證明什麼。再拿「死亡」來說吧，法文是mort，西班牙文是muerto，德文是todt。德文的Todt的死亡意味最濃厚。戰爭，法文是guerre，西班牙文是guerra，德文是krieg。Krieg聽起來最有戰爭的感覺，不是嗎？又或者只因為他最不懂德文？甜心，甜心的法文是chérie，西班牙文是prenda，德文是schatz。他想把這三個字都換成瑪麗亞。多好的名字呀。

好吧，總之他們全要一起幹這場任務，而且時間就快到了。前景確實愈來愈不看好。在早上進行不可能行得通，你們不可能撐到晚上再逃離此地。你們可以試著在行動後撐到晚上再回營地，這樣就沒事，或許，只要你們真能苦撐到天色暗去後再回營地。但萬一是打從天一亮就得苦撐呢？你自己說？那個該死的可憐聾子為了好好向他解釋這個情況，還特地放棄了原本彆扭的西班牙文。難道他以為自從戈茲向他提起這項任務後，每次他陷入嚴重的負面情緒時都不會想起這些嗎？難道他以為自從前天晚上開始，他就心安理得，沒有活得像胃裡有一整坨消化不了的麵團嗎？

多了不起的任務啊。你這輩子以為很多事都非常有意義，卻總會在後來發現毫無意義。原本他追求的跟眼前這些都無關。你以為這是件你絕不會幹的事，然後在這樣一場爛戲中，你開始協調兩支離腳的游擊小隊，要他們一起幫助自己在不可能成功的條件下炸橋，就為了阻礙一場屆時可能早已開始的反擊行動，而且還在這場爛戲中撞見了瑪麗亞這樣一個女孩。當然啦，你確實樂見如此，但你遇見她的時機太晚了，太晚了。

然後有皮勒那種女人幾乎直接把女孩塞進了你的睡袋，結果瞧瞧怎麼了？對，瞧瞧怎麼了？怎麼了？你告訴我怎麼了？麻煩你？對。就是這樣。結果就是這樣。

別自欺欺人了，別假裝相信是皮勒強迫女孩鑽進你的睡袋，試圖藉此無視或貶低這件事。你一見到她就淪陷了。她一開口對你說話，你的感受就很明確了，你心知肚明。既然你有感覺，還是自以為永遠不會有的感覺，去汙衊這件事毫無道理，因為你很清楚自己的感受，你知道自己第一次看到她彎腰拿著鐵烤盤出來時就感受到了。

你一見鍾情，你很清楚，所以何必說謊？每次只要你望向她，或者她望向你，你就覺得體內的一切都不對勁。所以為何不承認就好？好吧，我承認。至於皮勒把女孩塞給你這件事，其實她只是個有智慧的女人。她一直把女孩照顧得很好，而且在女孩拿著烤盤回到洞穴裡時，就立刻知道會發生什麼事。

所以她推了一把。她推了一把後你才能有昨晚和今天下午的機會。她天殺的比你有見識多了，她清楚時間就該拿來幹什麼。沒錯，你對自己說，我認為我們可以承認她對時間的寶貴頗有概念。她承受了打擊，她不想看到其他人失去她以前失去的事物，儘管承認自己失去的一切很難承受。所以她剛剛在山坡上接受了這個打擊，我猜我們也沒能讓她好過點。

總之，現在就這樣了，發生的已經發生，你不如就承認你的情感，之後你也不會再有跟她相處整整兩晚的機會了。你們無法共度此生，不會住在一起，不會擁有大家總該擁有的一切，完全不可能。共度的一夜已是過去，你們還擁有了一個下午，之後或許還有一晚，只是或許。其實不可能，這位先生。

沒有光陰，沒有幸福，沒有樂趣，沒有孩子，沒有房子，沒有浴室，沒有一套乾淨的睡衣，沒有早晨的報紙，沒有一起醒來的時刻，沒有醒來並知道她在身旁讓你不感到孤單的機會。沒有。這些都沒有。但為什麼，如果這就是你此生的渴望，而且你終於找到了，為什麼不至少讓你們在有床單的床上過一晚？

你的要求是不可能的。你要求的是完全不可能的事。所以如果你真有如你聲稱的愛這個女孩，你最好非常盡力愛她，以彌補這段關係中無法長期維持下去的情感熱度。你聽懂了嗎？以前的人會投入一生去愛，而你現在找到那個對象，你不知道怎麼會如此幸運，但很可能只能跟她共度兩個晚上。兩個晚上。我們用兩個晚上相愛，互敬互重，無論順境逆境，無論疾病或死亡。不對說錯了。應該是無論疾病或健康，至死不分離。[134]兩個晚上。很可能就兩個晚上，很可能就是這樣，現在別再想這些了。你現在可以停止了。這樣想對你不好。別做任何對你沒好處的事。這就是其中一件。

這就是戈茲之前談起的狀況。他在這待得愈久，戈茲就顯得愈聰明。所以他之前問的就是這個，他說服役生活缺乏規律會讓人出現補償心態。戈茲有過這樣的經驗嗎？這份情感是因為情勢緊急、缺乏時間，以及環境的關係造就出來的嗎？所有人在類似環境中都會發生同樣狀況嗎？只因為這個經歷發生在自己身上，他才以為很特別嗎？戈茲在蘇聯紅軍中領導生活缺乏規律的騎兵隊時，常會在匆忙行進間到處睡女生嗎？他那種環境中的種種條件結合起來，讓那些女孩看起來都跟瑪麗亞沒兩樣嗎？

說不定戈茲也很清楚這一切，所以想強調你必須在獲得的兩晚中活出你的一生；既然過著像我們的這種生活，你就必須將你該擁有的一切，密集地在你能擁有的短時間內實踐出來。

戈茲相信的這個理論很好，但他不相信他眼中的瑪麗亞只是環境造就的結果。除非，當然，她的所有反應跟他一樣是自身處境造就的結果。她曾陷入不是那麼好的處境，他心想，不，真的不是那麼好。

如果情況就是這樣，他也只能接受，但沒有法律能逼他說自己喜歡這種結果。我之前不知道自己可以對人擁有這種感受，他心想，也不覺得這種事能發生在自己身上。我希望能一輩子擁有這種感情。你會的，他體內的另一個聲音說，你會的，你**現在**擁有了，這就是你的一生：現在。除了現在什麼都不存在。沒有昨天，就是這樣，當然也沒有任何明天。你一定要老到什麼程度才能理解呢？存在的只有「現在」，而如果「現在」只有兩天，那兩天就是你的一生，其中的一切也會以同樣的縮放比例呈現。這就是你在兩天內度過一天的方式。如果你停止抱怨，停止去要求不可能獲得的未來，你就能擁有美好的一生。美好的一生不是用《聖經》的標準[135]來衡量。

所以現在別再擔心，就先知足，做好你的工作，你就會擁有漫長、快樂的一生。最近不就很快樂嗎？你在抱怨什麼？做這種工作就是這樣，重要的不是學到什麼，而是你所遇見的人嘛，他告訴自己，然後對自己能這樣想感到滿意。他之所以滿意是因為他又開始開玩笑了，然後他的注意力又回到女孩身上。

「我愛妳，兔子，」他對女孩說：「妳剛剛說什麼？」

「我剛剛在說，」她告訴他，「你不用擔心工作的事，我不會打擾你，也不會插手。如果有我能幫忙的地方，你再告訴我。」

「不需要幫忙，」他說：「這趟任務真的很簡單。」

「我會向皮勒學習如何好好照顧一個男人，也會好好去做，」瑪麗亞說：「然後，在學習過程中，我自己會有些新發現，剩下的你可以再告訴我。」

「沒什麼要做的。」

---

134 這裡說的是基督教的婚禮誓詞。

135 這裡所謂「聖經的標準」應該是呼應前面所提到的《聖經》說法「threescore years and ten」，也就是七十年。

「Qué va，男人啊，竟說沒什麼要做！你的睡毯今天早上就該拍打通風，掛在太陽下曬，然後在結露水之前收好才對。」

「繼續說說看，兔子。」

「你的襪子該洗好扭乾，我希望你有兩雙可換。」

「還有呢？」

「如果你願意教我，我可以幫你清理手槍、上油。」

「吻我。」羅伯．喬登說。

「不，我是認真的。你不願意教我嗎？皮勒那邊有抹布和油，洞穴裡也有尺寸適合的清理棒。」

「當然可以，我會教妳。」

「那麼，」瑪麗亞說：「如果你願意教我射擊，那我們就有辦法打死彼此或自殺，畢竟可能會有人受傷，或者有逃避追捕的需要。」

「很有趣，」羅伯．喬登說：「妳很常想這些嗎？」

「不常，」瑪麗亞說：「但有個作法很好。皮勒給我這個，還教我怎麼用，」她打開襯衫的胸前口袋，拿出一個裁切過的皮套，像是裝隨身梳的尺寸，她解開綁住皮套兩端的粗橡皮筋，從中取出一片吉姆牌的單面刀片。「我一直把這帶在身上，」她解釋。「皮勒說一定要從耳朵的正下方下刀，一路割到這裡。」她用手指比給他看。「她說這裡有條大動脈，從這裡下刀不可能沒切到。還有，她說這樣切不會痛，就是一定要從耳下穩穩地把刀片壓進去，再往下拉。她說做起來輕而易舉，而且一旦下手沒人救得了。」

「沒錯，」羅伯．喬登說：「那是頸動脈。」

所以她不管到哪都帶著那個，他心想，她徹底接受這麼做的可能性，也已經思考過該如何好好執行。

「但我寧願是你用槍打死我，」瑪麗亞說：「答應我，如果真有需要，你會殺死我。」

「當然，」羅伯．喬登說：「我答應妳。」

「很感謝你，」瑪麗亞對他說：「我知道做起來不容易。」

「沒問題的。」羅伯．喬登說。

你要忘記這一切，他心想，你要忘記這場內戰中的美好，要專注於手頭的工作。你已經把這些都忘了。好吧，你本來就該忘掉。卡什金就是因為忘不掉，後來才會搞砸任務，不然你以為那位老兄當初只是剛好直覺需要有人打死他嗎？真的很怪，他在殺死卡什金時沒有感受到任何情緒。他以為自己終究會感受到，但直到目前為止還是完全沒有。

「但我還可以為你做其他事。」瑪麗亞對他說，她走近她身邊，姿態非常認真又有女人味。

「除了拿槍打死我之外？」

「對，等你那些有濾嘴的菸沒了之後，我可以替你捲菸。皮勒教過我，我很會捲，可以捲得很緊、很工整，不會灑出菸草。」

「太棒了，」羅伯．喬登說：「妳自己舔菸紙嗎？」

「對，」女孩說：「如果你受傷，我會照顧你，替傷口上藥，幫你洗澡，還餵你吃──」

「說不定我不會受傷。」羅伯．喬登說。

「那等你生病的時候，我會照顧你，煮湯給你喝，幫你清理身體，什麼都為你做。我還會讀書給你聽。」

「說不定我不會生病。」

「那我會在你醒來時端咖啡──」

「說不定我不喜歡咖啡。」羅伯．喬登對她說。

「怎麼會，你明明有喝啊，」女孩開心地說：「今早你就喝了兩杯。」

「假如我厭倦了咖啡，也不需要有人射殺我，又沒有受傷或生病，還戒菸了，身上只有一雙襪子，而且還會自己晾睡毯，那然後呢？兔子？」他輕拍她的背。「那怎麼辦？」

「那麼，」瑪麗亞說：「我會去跟皮勒借剪刀來幫你剪頭髮。」

「我不喜歡剪頭髮。」

「我也不喜歡，」瑪麗亞說：「而且我喜歡你頭髮現在的模樣。所以，如果沒有可以為你做的事，我就會坐在你身邊，一直望著你，然後晚上跟你做愛。」

「很好，」羅伯．喬登說：「最後這個計畫非常明智。」

「我也這麼覺得，」瑪麗亞微笑著。「噢，Inglés。」她說。

「我的名字是羅伯托。」

「不。我想跟皮勒一樣叫你Inglés。」

「但我的名字還是羅伯托。」

「不，」她對他說：「今天一整天你的名字就是Inglés。還有，Inglés，我可以幫你執行任務嗎？」

「不行。我的工作都是獨自進行，而且策畫時非常冷酷。」

「很好，」她說：「那何時會結束？」

「今晚，運氣好的話。」

「很好。」她說。

在他們前面的斜坡下方，是通往營地前的最後一片林地。

「那是誰？」羅伯．喬登用手往前指。

「皮勒，」女孩沿著他的手臂望去。「沒錯就是皮勒。」

在草原的下緣連接到第一排樹林的地方，那女人坐在那裡，頭靠在手臂上。從他們站的地方望過去，她看起來像一綑深色的行李，在棕色樹幹前方黑漆漆的一塊。

「來吧，」羅伯．喬登說，他開始越過及膝的石南花叢朝她跑去。在灌木叢中跑步顯得舉步維艱，他跑了一下後就慢下來，接著用走的。他可以看到女人的頭枕在交疊的雙臂上，在樹幹前看起來身形寬闊、黝黑。他靠近她後突然大喊：「皮勒！」

女人抬起頭，望向他。

「喔，」她說：「你們結束了？」

「妳病了嗎？」他彎腰靠近她問道。

「Qué va，」她說：「我睡著了。」

「皮勒，」剛剛跟上的瑪麗亞在她身旁跪下。「妳感覺如何？還好嗎？」

「我好極了，」皮勒說，但她沒有站起身，只是望著他們倆。「哎呀，Inglés，」她說：「看來你玩了不少花樣啊。」

「妳還好嗎？」羅伯．喬登直接忽略她的這些話。

「有什麼不好？我睡了一下。你們呢？」

「沒有。」

「這樣啊，」皮勒對女孩說：「妳似乎很滿意。」

瑪麗亞臉紅起來，沒說話。

「別煩她了。」羅伯．喬登說。

「沒人在跟你說話，」皮勒對他說。「瑪麗亞，」她的聲音很嚴厲。女孩沒有抬起頭。

「瑪麗亞，」女人再次開口。「我說妳似乎很滿意。」

「噢，別煩她了。」羅伯．喬登再次說。

「你給我閉嘴，」皮勒說話時沒看他。「聽著，瑪麗亞，隨便跟我說些什麼。」

「不。」瑪麗亞搖頭。

「瑪麗亞，」皮勒的口氣跟表情都很嚴厲，而且一點也不友善。「妳要自願跟我說些什麼。」

那女孩搖頭。

羅伯．喬登心想，如果不需要跟這女人合作，還有她那酒鬼男人跟手下彆腳的小隊，我現在就會用力給她一巴掌——

「來吧，告訴我。」皮勒對女孩說。

「不要，」瑪麗亞說：「不要。」

「別煩她了。」羅伯．喬登說，他的聲音聽起來不像他的聲音。我就直接給她一巴掌吧，天殺的不管了，他心想。

皮勒甚至不跟他說話。那感覺不像蛇在誘惑鳥，也不像貓在逗弄鳥。她的姿態沒有狩獵意味，也沒有絲毫變態的感覺，但彷彿正打算網羅些什麼，就像一條眼鏡蛇正展開兩側的頭套。他可以感覺到她的意圖。他可以感覺到一股惘惘的威脅。不過這種網羅的姿態單純是為了征服，不是出於邪惡，也不是想窺探。真希望沒看見這場面，羅伯．喬登心想。總之這不是件該讓人出手打巴掌的事。

「瑪麗亞，」皮勒說：「我不會對妳動手。妳要自願告訴我。」

「De tu propia voluntad[136]。」同樣的話，但這次是用西班牙文說的。

女孩搖頭。

「瑪麗亞，」皮勒說：「現在說，自願說，聽到了沒？說什麼都好。」

「不要，」女孩柔聲說：「不要就是不要。」

「現在妳就告訴我，」皮勒對她說：「什麼都好。妳會明白的。現在告訴我。」

「大地搖晃了，」瑪麗亞說，但沒望向那女人。「真的。這事我能告訴妳。」

「這樣啊，」皮勒的聲音變得溫暖又友善，沒有絲毫勉強，但羅伯．喬登注意到她的額頭和嘴唇上冒出許多小汗珠。「原來如此。就是這樣。」

「是真的。」瑪麗亞說完後咬住下唇。

「當然是真的，」皮勒的口氣親切。「但別跟身邊的人說這件事，因為他們絕不會相信。你沒有Cali[137]的血統吧？Inglés？」

她站起身，羅伯．喬登扶她站起來。

「沒有，」他說：「就我所知沒有。」

「就瑪麗亞所知，她也沒有，」皮勒說：「Pues es muy raro[138]。這真的很怪。」

「但真的有發生，皮勒。」瑪麗亞說。

「Cómo qué no, hija?[139]」皮勒說：「怎麼不會呢？小女孩？我年輕時也曾覺得大地晃動，妳會感覺地面扭曲變形，還怕地表從腳下消失呢。每天晚上都發生。」

「妳說謊。」瑪麗亞說。

「對，」皮勒說：「我說謊。人能感覺大地晃動的次數一輩子不超過三次。**真的**有動嗎？」

「有，」女孩說：「真的。」

「你也有感覺到？Inglés？」皮勒看向羅伯．喬登。「別說謊。」

「有，」他說：「真的。」

「很好，」皮勒說：「很好。那可真了不起。」

「妳說大地只會晃動三次是什麼意思？」瑪麗亞問：「為什麼這樣說？」

136 De tu propia voluntad，西班牙文，意思是「妳要自願這麼做」。

137 這裡的Cali推測是西班牙文Calé的誤拼，Calé在西班牙文中也是指吉普賽人的意思。

138 Pues es muy raro，西班牙文，意思是「這真的很怪」。

139 「Cómo qué no, hija?」這句西班牙文的意思是「怎麼不會呢？小女孩？」

「就三次，」皮勒說：「現在你們有過一次了。」

「只有三次？」

「對大多數人來說，一次也不會有，」皮勒對她說：「妳確定有動？」

「甚至有可能掉到地底。」瑪麗亞說。

「那我想是真的動了，」皮勒說：「來吧，現在我們去營地吧。」

「這個有關三次的鬼扯是怎麼回事？」他們一起穿過松林時，羅伯．喬登對那個高大的女人說。

「鬼扯？」她一臉嘲諷地望向他。「別說我鬼扯，小英國人。」

「就跟讀掌紋一樣是什麼巫術嗎？」

「不是，但對Gitanos[140]來說，這是有受過驗證的常識，大家都知道。」

「但我們不是Gitanos。」

「不是，但你們剛好運氣不錯。非吉普賽人偶爾也會走運。」

「妳說只有三次是認真的？」

她再次表情古怪地望向他。「別煩我了，Inglés，」她說：「別一直來招惹我。你太年輕了，跟你說了也是白說。」

「可是，皮勒，」瑪麗亞說。

「閉嘴，」皮勒對她說：「妳體驗過一次了，這世上還有兩次在等著妳。」

「妳呢？」羅伯．喬登問她。

「兩次，」皮勒回答時舉起兩根手指。「兩次，而且不會有第三次了。」

「為什麼不會？」瑪麗亞問。

「哎呀，閉嘴吧，」皮勒說：「閉嘴，你們這年紀的Busnes[141]真讓我無聊。」

「為什麼沒有第三次？」羅伯．喬登問。

「哎呀，閉嘴，好嗎？」皮勒說：「閉嘴！」

好吧，羅伯．喬登對自己說。只是我不會再有那種體驗了。我認識過很多吉普賽人，他們真的夠怪了，但我們也一樣，差別只在於我們得老實賺錢過活。沒人知道我們源自什麼種族、我們承襲了什麼血統，又或者我們祖先住過的森林深處有過什麼奧祕。我們唯一知道的就是我們一無所知。我們不清楚自己在晚上遭遇了什麼，那些遭遇若發生在白天，一**定**都很了不起。無論當時發生了什麼，總之確實發生過，而現在這女人不只逼不想談的女孩說出來，還奪走了這個故事，強加她自己的詮釋。她非得把這事搞得跟吉普賽人有關。我本來以為她在山坡上深受打擊，但顯然她已經重新強勢起來。如果這行為是出於邪惡，她該被槍打死，但那不是邪惡。她只是想確實擁有活著的感覺，她想透過瑪麗亞確實覺得自己還活著。

等撐過這場戰爭，你或許可以開始研究女人，他對自己說。你可以從皮勒下手。她在這一天展現出相當繁複的樣貌，若你問我的話。她之前從未搞出吉普賽人的把戲，只有讀掌紋，他心想。沒錯，這個厲害的人當然會想讀掌紋。我不認為她是假裝懂掌紋。但這麼厲害的人當然不願意說她看見什麼。無論她看見什麼，她自己都是信的，但這也無法證明什麼。

「聽我說，皮勒。」他對女人說。

皮勒望向他，微笑。

「怎麼了？」她問。

「別這麼神祕兮兮的，」羅伯．喬登說：「這些神祕兮兮的事讓我很厭煩。」

「所以？」皮勒說。

---

140 Gitano，西班牙文，意指「吉普賽男人」，也泛指「所有吉普賽人」。

141 這裡的 busne 應該是 busné，西班牙文，意思是「非吉普賽人」。

「我不相信有食人巨妖，也不相信預言家、算命師，或者蹩腳的吉普賽巫術。」

「喔。」皮勒說。

「不相信。你也別煩那女孩了。」

「我不會煩她了。」

「我也不會再管那些神祕兮兮的把戲，」羅伯．喬登說：「我們已經有夠多工作跟瑣事得處理，不想被這些蠢事搞得更複雜。少搞點神祕，多做點工作。」

「明白，」皮勒同意地點點頭。「然後聽我說，**Inglés**，」她說話時還對他微笑。「大地有晃動嗎？」

「有啦，天殺的妳這傢伙，有動。」

皮勒笑個不停，她站在那裡看著羅伯．喬登笑個不停。

「噢，**Inglés**，**Inglés**，」她一邊說一邊笑。「你真的很搞笑。你現在得很認真工作，才可能贏回你的尊嚴。」

下地獄吧妳，羅伯．喬登心想，但他閉緊嘴巴。在他們說話時，頭頂的雲已遮住太陽，他回頭望向山頂的方向，此刻的天空看來陰沉無比。

「沒錯，」皮勒望向天空。「會下雪。」

「現在這時候？都快六月了？」

「為什麼不可能？這些山可不認得月分。我們現在這邊是陰曆五月。」

「不可能是雪吧，」他說：「**不可能**下雪。」

「你這樣說也一樣，**Inglés**，」她對他說：「總之會下雪。」

羅伯．喬登抬頭望向灰雲厚重的天空，太陽只剩下微弱的黃光，然後他目睹陽光徹底消失，天空全變灰，那片灰感覺柔軟又厚重；那片灰現在開始削去山巒的頂部。

「好，」他說：「我猜妳說的沒錯。」

第十四章

等他們抵達營地時，天空已經開始下雪，雪片正斜斜切入松林間。他們在林間畫出斜線軌跡，一開始很稀疏，一邊飄落一邊旋轉，之後隨著冷風從山頂吹下，大量雪片開始席捲而來，羅伯．喬登怒氣沖沖地站在洞穴口望著雪。

「雪會下很大。」帕布羅說。他的聲音粗啞，紅紅的雙眼像是剛睡醒。

「吉普賽人回來了嗎？」羅伯．喬登問他。

「沒，」帕布羅說：「他和老人都沒回來。」

「你願意跟我去主要道路上那座靠山上的哨站嗎？」

「不要，」帕布羅說：「我才不幹。」

「那我自己去找。」

「暴風雪這麼大，你會錯過的，」帕布羅說：「我現在不去。」

「就是往山坡下走一段到主要道路，再沿路往上走一段而已。」

「你可以找到哨站，但那兩個站哨的現在也在雪中往回走，你會在路上錯過他們。」

「那個老傢伙在等我。」

「不會，下雪了他就會回來。」

帕布羅望著正被飛快速吹過洞口的雪，他說：「你不喜歡這場雪，Inglés？」

羅伯．喬登咒罵起來，帕布羅透過朦朧的雙眼望向他，大笑出聲。

「下了這場雪，你的攻擊行動就沒戲啦，Inglés，」他說：「來洞穴裡吧，你派去的人會直接回來的。」

洞穴中的瑪麗亞正在火堆邊忙碌，皮勒則在廚房的桌邊。火堆目前只有煙，但隨著那女孩不停努力，又是用木頭去戳，還用摺起來的紙去搧，柴中終於噴出一大團煙，接著有火光閃現，木頭總算燃燒起來，隨著有風從洞穴頂端往外吸出一道氣流，火焰也被明亮地拉高起來。

「這場雪，」羅伯．喬登說：「你覺得還會繼續下很大？」

「很大，」帕布羅心滿意足地說。然後他對皮勒說：「妳也不喜歡這場雪吧，女人？既然現在妳才是老大，一定不喜歡這場雪吧？」

「A mi qué?[142]」皮勒扭過頭來說：「下了就下了吧。」

「喝點酒吧，Inglés，」帕布羅說：「我喝了一整天，就為了等這場雪。」

「給我來一杯。」羅伯．喬登說。

「敬這場雪。」帕布羅說，他跟他互敲酒杯。羅伯．喬登在敲杯時望入他的雙眼。你這眼神朦朧的垃圾殺人魔，他心想。真想用杯子敲爛你的牙。**冷靜一點**，他告訴自己，**冷靜一點**。

「這場雪很美，」帕布羅說：「但雪下成這樣，你不會想睡在外面。」

所以**這事**你也操心是嗎？羅伯．喬登心想。你煩惱的事很多啊，是吧？帕布羅？

「不適合嗎？」他禮貌地說。

「不適合。很冷，」帕布羅說：「很濕。」

看來你並不知道老鴨絨睡袋為何要價六十五美金啊，羅伯．喬登心想。每次下雪時睡在那條睡袋裡，都像賺到一美金。

「所以我該睡在這裡？」他禮貌地問。

「對。」

「謝謝，」羅伯．喬登說：「我睡外面就行。」

「睡在雪裡？」

「對，」（天殺的你這該死的紅眼跟豬眼沒兩樣你的臉就像長滿硬毛的豬屁股）。「睡在雪裡。」（就睡在這有夠該死搞砸任務出乎意料淫蕩亂搞心機暗算的雜種狗一樣的雪裡。）

他走向瑪麗亞剛丟入一片松柴的火堆邊。

「好美啊，這場雪。」他對女孩說。

「但對任務不利，對嗎？」她問他：「你不擔心嗎？」

「Qué va，」他說：「擔心沒好處。晚餐何時會好？」

「我就覺得你今晚胃口會很好，」皮勒說：「想先切片起司來吃嗎？」

「謝謝。」他說。為了切起司，她伸手從掛在天花板的網袋，裡頭裝滿大塊起司，她從網袋開口往裡面劃了一刀，把厚厚的一片起司遞給他。他站著吃。羊騷味實在有點太重，不是很美味。

「瑪麗亞，」坐在桌邊的帕布羅開口。

「怎麼了？」女孩問。

「把桌子清乾淨，瑪麗亞。」帕布羅說，同時還對著羅伯．喬登咧開嘴笑。

「自己灑出來的酒自己擦，」皮勒對他說：「先擦你的下巴、擦襯衫，然後擦桌子。」

「瑪麗亞。」帕布羅喊。

「別管他，他喝醉了。」皮勒說。

「瑪麗亞，」帕布羅喊：「外面還在下雪，雪好美。」

他真的對睡袋一無所知，羅伯．喬登心想。這個好樣的豬眼老頭不知道為何我要花六十五美金跟伍茲兄弟買這條睡袋。我希望那個吉普賽人可以趕快回來，只要他一回來，我就會去找那個老傢

142「A mi qué?」這句西班牙文可譯為「對我來說嗎？」或「問我做什麼？」

伙。我其實該現在出發，但又很可能在路上錯過他們。我不知道他在哪裡勘查。

「要做雪球嗎？」他對帕布羅說：「要不要來打雪球戰？」

「什麼？」帕布羅問：「這個提議是什麼意思？」

「沒什麼意思，」羅伯．喬登說：「有把你的那些馬鞍都蓋好嗎？」

「有。」

然後羅伯．喬登用英文說：「要去餵那些馬，還是把牠們帶出來栓在草地上，讓牠們從雪裡挖草吃？」

「什麼？」

「沒什麼。那是你要煩惱的問題，老兄。我打算出去走走。」

「你為什麼說英文？」帕布羅問。

「不知道，」羅伯．喬登說：「有時覺得很厭倦，我就會講英文，不然就是很反感的時候。又或者比如說，搞不懂狀況的時候。只要我真的很困惑，就會說英文，只是為了聽到一點英文的聲音，那種聲響讓我安心。你也該偶爾試試。」

「你說什麼？Inglés？」皮勒說：「聽起來很有趣，但我不了解。」

「沒什麼，」羅伯．喬登說：「我剛剛是用英文說『沒什麼』。」

「這樣啊，說西班牙文吧，」皮勒說：「西班牙文比較簡潔明瞭。」

「當然。」羅伯．喬登說。但噢老天，他心想，噢帕布羅，噢皮勒，噢瑪麗亞，噢待在角落明明我該記住名字卻已經忘掉的你們兩兄弟，但有時我真的很厭倦。厭倦一切、厭倦你、厭倦我、厭倦戰爭，而且到底為什麼，到底為什麼現在得下雪？該死的太過分了。不，沒這回事，沒什麼該死的太過分這種事。你就是得接受現實殺出一條血路現在別再自憐自艾了，接受事實，現在就是跟剛剛一樣還在下雪，接下來你該做的就是確認吉普賽人的狀況，然後去接那位老傢伙。但竟然下雪了！在這個月！別再抱怨了，他對自己說。別再抱怨了，接受現實。都是剛剛那杯酒的問題，你很清楚，剛剛喝那杯酒時是怎麼回事？他該改良這段記憶，不然就別再想起剛剛那些話，因為一旦你不小心想起一句，那句話就會不停掛在你的心上，就像已經忘記卻又擺脫不了的人名。剛剛喝那杯酒時是怎麼回事？

「讓我喝杯葡萄酒吧，麻煩了，」他用西班牙文說。然後又說：「雪很大吧？嗯哼？」他對帕布羅說：「Mucha nieve[143]。」

那個喝醉的男人抬頭看向他，咧開嘴笑，然後點點頭，又笑了一次。

「沒有攻擊行動、沒有aviones[144]、沒有橋，只有雪。」帕布羅說。

「你覺得會下很久？」羅伯．喬登坐在他身邊。「你覺得我們這場雪會下整個夏天嗎？帕布羅？小老弟？」

「整個夏天？倒是不會，」帕布羅說：「從今晚下到明天，會喔。」

「為何這麼想？」

「風暴有兩種，」帕布羅的口氣沉重又審慎。「一種來自庇里牛斯山，這種風暴非常冷，但現在這個月分來的不可能是這種。」

「很好，」羅伯．喬登說：「很有見解。」

「這場風暴來自坎塔布連海，」帕布羅說：「是來自海上。根據現在這個風向，風暴會很強，雪也會很大。」

「你從哪學來這些？老前輩？」羅伯．喬登問。

143 Mucha nieve，西班牙文，意思是「雪很大」。
144 avion，西班牙文，意指「飛機」，複數為aviones。

現在他氣消了，變得跟平常一樣因風暴而興奮起來。無論是遇到暴風雪、狂風、線颮、颱風或山區的夏季雷暴雨，他總會沒來由地感到一陣興奮。那種興奮跟交戰時的興奮感很像，但沒有道德問題。每次交戰時也會有風吹來，但那時的風是熱的，跟你的嘴巴一樣又熱又乾，而且吹動時感覺沉重、燥熱又骯髒，隨著戰局起伏而增長或消退。他太了解那種風了。

但暴風雪跟交戰時的風完全不同。你在暴風雪中會變得像野生動物，而野生動物一點也不害怕。儘管不知身在何方，牠們仍會在所在地四處移動，有時小鹿還會躲到小木屋的背風處站著。在暴風雪中你騎著馬接近麋鹿，麋鹿可能把你的馬誤認為麋鹿，還會踏步前來迎接。暴風雪總會讓人覺得此時此刻的世間彷彿沒有敵人。暴風雪中的風可以吹成狂風，但吹起的是一片乾淨的雪白，空氣中滿是移動的白，讓所有事物變得不一樣，但等風停止後只留一片寂靜。眼前這是場很大的暴風雪，他乾脆樂在其中算了，既然什麼都給這場風雪毀了，你不如就樂在其中吧。

「我當過送貨馬夫[145]很多年，」帕布羅說：「在大卡車出現之前，我們駕著運貨馬車在各個山區間載貨。做那行時，我學了不少天氣常識。」

「那你怎麼會參與反抗運動？」

「我一直是左派，」帕布羅說：「我們跟阿斯圖里亞斯自治區[146]的人很常來往，他們的政治觀比較進步。我一直都是支持共和國。」

「但運動開始前，你在做什麼？」

「我當時替一個札拉哥沙[147]的馬匹承包商工作，他為鬥牛場和軍隊打理馬匹或提供新馬。我就是當時認識了皮勒，她跟你說過，當時她跟菲尼托．德帕倫西亞這位鬥牛士在一起。」

說這些話的他感覺很自豪。

「他鬥牛的技巧不太好。」桌邊那對兄弟中的其中一位說，他的眼神望著皮勒站在火爐前的背影。

「不太好？」皮勒轉身望向那個男人。「他鬥牛的技巧不太好？」

站在洞穴內的烹飪爐火旁，此刻她可以清楚看見菲尼托，他很矮，棕色的臉看起來很清醒，雙眼憂傷，臉頰凹陷，黑色鬈髮濕答答貼在額頭上，戴起來很緊的鬥牛士帽還在額頭勒出一條沒有其他人注意到的紅線。她看見他此刻站著，他面對著一頭五歲公牛，面對著之前把無數匹馬刺飛的那對牛角，那頭牛強壯的脖子把馬往上頂、往上頂，騎在馬背上的菲尼托用長矛刺進牛脖子，但牛還是繼續把馬往上頂、再往上頂，直到馬轟然倒地，騎士跌下，牛用腿把靠在欄杆邊的他往前踢，強大的脖子不停扭動，希望靠牛角取下那匹馬的性命。她看見他，菲尼托，這位不太厲害的鬥牛士此刻站在公牛面前，側身面對牛。她此刻能清楚看見他，他把厚重的法藍絨布沿邊棍捲起一些，那片絨布因吸滿血而顯得沉重，因為剛剛掃過牛的頭和肩膀時，牛被刺飛而抬高身體，濕漉又閃亮的鮮血從牛的肩胛處漫流往整片背部，插在牠身上的短標槍還彼此敲出聲響。她看見菲尼托側身站在公牛頭的五步之外，公牛站定不動，身形沉重，他緩慢拔出長劍，舉到與肩同高處，沿著往下斜的刀刃望向他目前看不見的部位，因為此時牛頭仍高過他的雙眼。他本來可以甩動左臂，讓那片濕漉漉的沉重紅布逼得牛低下頭，但他以腳跟為支點，身體稍微往後搖動，沿著刀刃看去，側身面對那根已經碎裂的牛角；公牛的胸口劇烈起伏，雙眼盯著那塊紅布。

她此刻能非常清楚地看見他，他轉頭望向鬥牛場邊紅色欄杆後的第一排觀眾，她聽見他用纖細、清晰的聲音說：「看看我們能不能就這樣殺死牠！」

她可以聽見他的聲音，然後看見他膝蓋先是蹲了一下，身體開始往前展開這場旅程，他越過牛

145 這裡用的字是arroyero，應該是錯拼了西班牙文arriero，arriero是利用動物運貨的人。

146 阿斯圖里亞斯自治區（Asturias）是西班牙北部靠海的一個單省自治區。

147 札拉哥沙（Zaragoza）位於伊比利半島東北部，是西班牙的第五大城市，也是重要的交通樞紐。

角，牛角此刻神奇地低了下去，原來是牛的鼻口跟著在低處晃動的紅布移動，他纖瘦、棕色的手腕掌控得宜，掃過低下去的牛角，長劍插入髒兮兮的牛肩胛隆起處。

她看見閃亮長劍緩慢又穩定地插入，彷彿是往前衝的公牛讓劍插入自己體內，她望著劍從男人的手中進入牛的體內，直到他的棕色手指節貼在緊繃的牛皮上，那個矮小的棕皮膚男人始終把眼神聚焦在劍插入的所在，此時他晃開憋緊氣的肚子，讓自己遠離牛角，慢慢從那頭動物的身邊晃開，他站在一旁用左手拎著那根掛著紅布的邊棍，舉起右手望著那頭公牛死去。

她看見他站在那裡，他的雙眼望著嘗試緊抓住地面的公牛，望著公牛像即將倒下的樹一樣搖晃，望著公牛奮力想用雙腳抓緊土地，這個矮小男人高舉著正規的獲勝手勢。她看見他站在那裡，大汗淋漓，因為終於結束而空虛地鬆了一口氣，感覺他因為公牛即將死去而鬆了一口氣，感覺他因為有避開牛角的任何可能衝撞而鬆了一口氣，然後，他站在那裡，公牛再也無法緊抓住地面而重摔倒下，翻滾後死去，四腳朝天，她可以看見那個矮小的棕皮膚男人疲累地走向邊欄，臉上沒有微笑。

她知道他若想將人生賭在鬥牛場上，此時就不可以用跑的，她望著他緩慢走向邊欄，用一條毛巾擦嘴，抬頭望向她，搖頭，然後用毛巾擦臉，再開始進行獲勝的繞場。

她看見他緩慢移動，腳步拖沓地在鬥牛場中繞行，他在微笑、鞠躬、微笑，他的助手走在他身後，彎腰撿起所有雪茄，把一頂頂致意的帽子丟回去；他繞著鬥牛場走，眼神憂傷但仍在微笑，最後繞完一圈後停在她面前。然後她望過去，看見他此刻坐在木圍欄的階梯上，用毛巾摀住嘴。

皮勒站在火邊看見了這一切，她說：「他不是厲害的鬥牛士？那我現在是在跟多了不起的人混啊！」

「他是個很好的鬥牛士，」帕布羅說：「就是身材太矮了一點。」

「而且顯然有結核病。」普里米提沃說。

「結核病？」皮勒說：「像他那樣受罪，誰不會得結核病？在這種國家？在這種國家，窮人根本賺不了錢，除非成為胡安・馬奇[148]那種搶錢惡棍，不然就是成為鬥牛士，或者歌劇中的男高音。他怎麼不會染上結核病？在這種國家，中產階級吃得太多，腸胃都吃壞了，沒有小蘇打不能活，窮人卻從出生就餓到死，這樣要怎麼不得結核病？如果你年輕時就得趕路去各地慶典練習鬥牛技巧，移動時卻得坐在第三等車廂的座位底下，那裡不但都是灰塵還都是沾著新鮮口水和乾掉口水的灰塵，而且你的胸口還得不停糟到牛角衝撞，你怎麼會不得結核病？」

「顯然是這樣，」普里米提沃說：「我也只是說他有結核病而已。」

「他當然有結核病，」皮勒說，她手上拿著大大的攪拌木匙。「他身高不高，聲音很細，而且很怕牛。我從沒見過有人會在鬥牛賽前那麼害怕，但也沒見過有人像他在場上這麼不害怕。你啊，」她對帕布羅說：「你現在會怕死了。你現在覺得死掉是件大事。但菲尼托就算平常怕個不停，上了鬥牛場卻是頭雄獅。」

「他在場上是出名的英勇。」兄弟中的另一人說。

「我沒見過有男人比他更害怕了，」皮勒說：「他甚至不能在屋子裡看到牛頭。有一次在華拉杜列的慶典，他把一頭牛宰得很漂亮，那是帕布羅・羅梅洛養出來的牛──」

「我記得，」兄弟中一開始說話的人說：「我有在那場的現場。那是一頭肥皂色的牛，額頭前的毛捲捲的，角很高大，體重有超過三十阿羅巴[149]。那是他在華拉杜列殺的最後一頭牛。」

「沒錯，」皮勒說：「之後有群組成俱樂部的鬥牛迷聚在柯隆咖啡館，這個俱樂部就是用菲尼托

---

148 胡安・馬奇（Juan March, 1880-1962）是一個西班牙的武器及菸草走私商人，在內戰前及期間都跟國民軍關係很好。

149 阿羅巴（arroba）是一種舊制單位，在西班牙的一阿羅巴是三十二磅（但也有一說是二五點三六磅），大約是十四點七公斤。

的名字來命名，他們把牛頭標本加上托座，在柯隆咖啡館的小型宴會上獻給他。用餐時他們把牛頭掛在牆上，但用一塊布遮著。我和其他一些人都有出席，包括明明比我還醜的帕絲托拉[150]和『梳子女孩』[151]，還有其他吉普賽姑娘和名妓。那場宴會規模不大，但大家都很激情，氣氛幾乎可說暴力，因為帕絲托拉和其中一位地位最高的名妓為了禮節問題大吵起來。至於我本人呢，心情是再快樂不過了，我坐在菲尼托身旁，注意到他不願抬頭望向那顆牛頭。牛頭上披著一條紫布，在我們還信仰上主的時候，只要在耶穌受難週期間上教堂，都會看到聖像蓋著那種布。

「菲尼托吃得不多，因為他在札拉哥沙當年的最後一場鬥牛遭遇了palotazo[152]，就是胸口被牛角重重橫掃過，當時他正要動手殺牛，那一下讓他有一陣子失去意識，直到此刻仍無法進食，還得用手帕摀住嘴，宴會期間更時不時朝手帕咳出不少血。我本來是要說什麼？」

「那顆牛頭，」普里米提沃說：「那顆被做成標本的牛頭。」

「對，」皮勒說：「對，但我得先說一些細節，你們才會懂我在說什麼。菲尼托一直不是個很容易開心的人，你懂嗎？他本質上就很嚴肅，我從來沒在我們獨處時見過他因為任何事笑出來。就連非常滑稽的事也無法逗他笑。他總是非常認真地看待每一件事。他幾乎跟佛南多一樣正經八百。但這場宴會是一群鬥牛aficionados[153]辦的，而且他們還組成了『**菲尼托俱樂部**』，所以他有必要表現出愉快、友善又開心的模樣。他在用餐期間一直微笑，也親切說話，只有我注意到他用手帕在做什麼。他帶著三條手帕，但那三條已經不夠擦他吐出來的血，然後他非常低聲地對我說：『皮勒，我真的撐不下去了。我想我得離開。』

「『那我們走吧。』我說，因為我看得出來他很痛苦。此時宴會中的大家已經在狂歡，現場真的很吵。

「『不，我不能離開，』菲尼托又對我說：『畢竟這是特別為我辦的宴會，我有義務待下來。』

「『如果你病了，我們就走吧。』我說。

「『不，』他說：『我留下來。給我來點曼薩尼亞雪莉酒。』

「我不覺得他現在喝酒會是個好主意，因為他什麼都沒吃，胃的狀況又很不對勁，但要是現在不喝點什麼，他顯然已經無法處理眼前快樂的熱鬧氣氛，也無法再承受那些吵鬧。所以我看著他喝，他喝得很快，幾乎喝掉一整瓶曼薩尼亞雪莉酒。因為手帕用完了，他現在繼續用餐巾接替手帕的工作。

「這時宴會中的大家正玩鬧在興頭上，幾個不同的俱樂部成員把一些體重最輕的妓女背上肩膀，繞著桌子遊行。帕絲托拉被大家拱出來唱歌，『里卡多小子』[154]彈吉他伴奏，表演非常動人，現場的大家打從心底開心，也因為酒意而感受到不可能再更緊密的友情。我從沒見過哪場宴會中有過如此熱烈的**佛朗明哥**音樂演出，但此時還沒到為牛頭揭布的展示時刻，說到底，那才是這場慶功宴的主要目的。

「我實在聽得太開心了，又是忙著替里卡多的演奏拍手，又是跟著大家一起為梳子女孩的演唱拍手，所以沒注意到菲尼托已經吐血吐到餐巾也裝不下，開始拿我的餐巾去用了。他現在曼薩尼亞雪莉酒喝得更多了，雙眼炯炯有神，開始跟著其他人一起快樂地搖頭晃腦。他不太有辦法說話，因為只要一說話就可能得用上餐巾，但他看來相當愉快又沉醉，畢竟這就是他待在這裡的原因。

---

150 帕絲托拉．茵普瑞歐（Pastora Imperio, 1887-1979），著名佛朗明哥舞者。
151 梳子女孩（La Niña de los Peines，本名為Pastora Pavón Cruz, 1890-1969），著名佛朗明哥歌手。
152 Palotazo，西班牙文，意指物理上的「撞擊」或「衝擊」。
153 Aficionados，西班牙文，意指「愛好者」。
154 里卡多小子（El Niño Ricardo，本名Manuel Serrapí Sánchez, 1904-1972）是著名的佛朗明哥作曲家及演奏家。

「所以宴會繼續舉行，當時坐在我另一邊的男人是『公雞拉斐爾』[155]的前任經紀人，他正在跟我說一個故事，故事的最後是這樣，『所以，拉斐爾來找我說：「你是我在這世上最好的朋友，也是最高尚的朋友。我像愛兄弟一樣愛你，希望可以送你一個禮物。」他送了一枚漂亮的鑽石胸針給我，親吻了我的兩頰，我們都很感動。然後送了鑽石胸針給我的公雞拉斐爾走出咖啡館，我對著坐在桌邊的雷塔納說：「那個卑鄙的吉普賽小人剛剛跟其他經紀人簽約了。」』

「『「什麼意思？」雷塔納問。』

「『我當他的經紀人十年了，他從沒送過我禮物，』這位公雞拉菲爾的經紀人說：『唯一的可能就是他打算背叛我。』果然情況正是如此，公雞拉斐爾就這樣丟下了他。

「但就在此時，帕絲托拉打岔進來，倒不是她打算為拉斐爾說好話，畢竟一直以來沒人比她更猛烈抨擊他，但她不接受這位經紀人用『卑鄙的吉普賽小人』這種看不起人的稱呼。她很激烈地表達了自己的意見，這位經紀人因此沉默下來。我立刻插嘴要帕絲托拉安靜，另一個Gitana[156]則插話要我閉嘴，現場真的太吵了，沒人聽得清楚別人在講什麼，大家只能聽見有個妓女大吼一聲，那聲吼叫壓過所有人的聲音，現場終於重新安靜下來，我們剛剛忙著要彼此閉嘴的三人低頭死瞪著自己的酒杯，然後我注意到菲尼托正盯著牛頭看，那顆牛頭上還披著那條紫布，他臉上的表情很驚恐。

「就在此時，俱樂部主席開始致詞，致詞結束後就是為牛頭揭布的時刻，在這段演說的過程中，大家不停拍手、大吼『Olé！』，還有人不停敲桌子，而我望著菲尼托還在用他的、不對、是我的餐巾，他坐在椅子上的身體愈來愈萎靡無力，表情驚恐又讚嘆地望著對面牆上那顆蓋著布的牛頭。

「致詞到尾聲時，菲尼托開始搖頭，身體感覺更加萎靡地陷入椅子中。

「『你還好嗎？小傢伙？』我對他說，但他看我的眼神像是不認得我，只是不停搖頭說：『不、不、不。』

「此時俱樂部主席已經要作結，所有人都在對他歡呼，他站起來，伸手解開掛在牛頭上的紫布綁繩，緩慢地把布拉下來，布卡在其中一根牛角上，他把布從打磨得很銳利的角上解下，露出那顆漂亮的黃色牛頭，那對黑色的牛角往兩邊伸展再往前彎，白色的尖端就跟豪豬刺一樣銳利，整顆牛頭看起來跟活著沒兩樣；牛頭的額前鬈毛仍栩栩如生，鼻孔大張，雙眼明亮，就這樣直直盯著菲尼托。

「所有人都在大吼、都在鼓掌，菲尼托在椅子裡的身體看起來更萎靡了，然後大家安靜下來望向他，他說：『不、不，』然後望向牛頭，身體更往後縮，又開口，『不！』這次他叫得很大聲，一顆大大的血泡從口中冒出，他甚至沒拿餐巾去擦，血沫就這樣流到他的下巴，他還望著那顆牛頭，然後他說：『工作整季，沒錯。賺錢，沒錯。吃飯，沒錯。但我現在沒辦法吃。你們有聽見嗎？我的胃壞了。現在就連鬥牛季也結束了！不！不！不！』他環顧桌邊所有人，再望向牛頭又喊了一次『不！』然後他垂下頭，用餐巾摀住嘴，坐在那裡什麼都沒說。本來這場宴會的開場很好，擺明會讓大家體驗一段共同享樂的狂歡時光，結果卻是一敗塗地。」

「他之後過了多久死掉？」普里米提沃問。

「那年冬天，」皮勒說：「他在札拉哥沙被牛角橫掃過那一下後，身體始終沒恢復過來。被牛角橫掃過比被捅還糟，因為留下的是永久傷害，不會痊癒。他幾乎每次最後殺牛時都會遇到一次，這也是為什麼他沒辦法變得更成功。他要避開牛角很難，因為太矮了。每次牛角側邊都會撞到他，但當然大多時候只是輕輕掃過。」

「如果他真的這麼矮，就不該想當鬥牛士。」普里米提沃說。

皮勒看著羅伯．喬登，她搖搖頭。然後她彎腰去看那個大鐵鍋，她的頭還在搖。

155 公雞拉斐爾（Rafael el Gallo，本名 Rafael Gómez Ortega,, 1882-1960）是二十世紀初著名的鬥牛士。他來自一個鬥牛世家。

156 Gitana，西班牙文，意思是「吉普賽女人」。

多麼了不起的民族啊，她心想，西班牙人還真了不起啊，「如果他真的這麼矮，就不該想當鬥牛士」。我聽了什麼都沒說。我不為此生氣，我已經解釋過了，我保持沉默。對無知的人來說一切多簡單啊！Qué sencillo！[157]一無所知的人說：「他鬥牛的技巧不太好。」一無所知的另一個人說：「他有結核病。」而在清楚一切的人好好解釋過之後，又有人說：「如果他真的這麼矮，就不該想當鬥牛士。」

她現在在火堆旁彎腰忙碌，她可以再次看見床上那具光裸的棕色身體，看見兩條大腿上扭曲的傷疤，看見右胸肋骨下方皺縮增生的深邃螺紋，還有那道從身體側邊延伸到腋下的白色疤痕。她看見那對緊閉的雙眼，那張嚴肅的棕色臉龐，黑色髮絲從額頭往後梳，而她就坐在一旁為他按摩雙腿，她使勁摩擦小腿的緊繃肌肉，又是揉、又是想辦法推開，然後用交握的雙手輕輕拍打，好讓抽筋的肌肉鬆開來。

「如何？」她對他說：「兩條腿都還好嗎？小傢伙？」

「很好，皮勒。」他說這話時沒張開眼。

「要我幫你揉揉胸口嗎？」

「不，皮勒，拜託別碰那裡。」

「大腿呢？」

「不，太痛了。」

「但如果讓我揉一揉，再上點止痛膏，會感覺暖一點，不再那麼難受。」

「不，皮勒。謝謝妳。但我寧願什麼都別做。」

「我用酒精幫你消毒吧。」

「好，但動作要很輕。」

「你真是好好教訓了上一頭牛呢。」她會這樣對他說，而他會說：「對，我宰得很精采。」

她替他消毒，再替他蓋上薄被，然後她也在床上躺下，他會伸出棕皮膚的手撫摸她，他會說：「妳是個了不起的女人，皮勒。」這是他說過最接近玩笑話的一句話。他通常會在鬥牛後睡一場，而她會躺在一旁用雙手牽住他的手，聆聽他的呼吸。

他常在睡夢中受到驚嚇，她會感覺到他握緊自己的手，也會看到他額頭上的汗珠，如果他嚇醒，她會說：「沒事的。」他就會再次睡著。她就這樣跟他過了五年，從未出軌，幾乎從來沒有，然後葬禮結束，她和帕布羅走在了一起，帕布羅是在場上為鬥牛士領馬的人，當時的他就像菲尼托一輩子都在宰的那種公牛，但公牛的力氣和勇氣都是沒辦法持久的，她現在看清了，所以有什麼持久地撐下來呢？我撐下來了，她心想。對，我一路撐到了現在，但為了什麼？

「瑪麗亞，」她說：「妳幹活得專心一點，那是要煮飯的柴火，別把整座城都給燒了。」

就在此時，吉普賽人走了進來，身上滿是白雪，他拿著卡賓槍站在那裡，正在跺掉腳上的雪。

羅伯・喬登走向洞穴口，「如何？」他對吉普賽人說。

「勘查了六小時，大橋上每次輪班都有兩人駐守，」吉普賽人說：「總共有八個人跟一名下士。手錶還你。」

「鋸木廠的哨站呢？」

「老頭在那。他可以同時勘查哨站跟道路。」

「那道路的狀況呢？」羅伯・喬登問。

「跟之前完全一樣，」吉普賽人說：「沒什麼跟平常不同的，只有幾台車經過。」

吉普賽人看起來很冷，他黝黑的臉因寒冷而扭曲，雙手凍得發紅。他站在洞口脫下薄外套甩了甩。

157「Qué sencillo!」這句西班牙文的意思是「多簡單啊！」

「我一直待到他們換班為止，」他說：「換班時間是中午跟傍晚六點。每一班的站哨時間真長。真高興沒在他們的軍隊裡。」

「我們去找老頭吧。」羅伯．喬登一邊說一邊穿上皮外套。

「我才不去，」吉普賽人說：「我現在要去烤烤火，喝喝熱湯。我會從這邊找個人，跟他說老人在哪，他可以帶你去。嘿，遊手好閒的傢伙，」他對桌邊的人喊：「誰想帶Inglés去找勘查道路的老頭。」

「我去，」佛南多起身。「跟我說他在哪裡。」

「聽我說，」吉普賽人說：「就在這區——」他把老頭安索莫站哨的位置告訴了他。

第十五章

安索莫蹲在一棵大樹的樹幹背風處，風雪從他兩旁呼呼吹過。他身體緊貼住樹幹，雙手交叉塞在對側的薄外套袖口中，頭也盡可能縮進薄外套的領口。要是再待下去，我就要凍死了，他心想，而且死得毫無價值。Inglés 叫我待到有人來換班為止，但當時他還不知道會有這場風雪。道路上沒有任何異常動靜，道路對面這座鋸木廠哨站的人員配置及習慣，我也已經很清楚了。我現在該回去營地，任何腦筋清楚的人都會等我自己回去。我就再待一下下，他心想，然後就回營地。都是命令下得不好，太沒彈性，不允許人依照情況調整。他用雙腳彼此摩擦，把雙手從袖子裡抽出來摩擦雙腿，還拍打雙腿以確保血液循環順暢。這裡是比較不冷，有樹擋住不會直接被風吹，但他很快就得動身了。

他蹲在那裡摩擦雙腳時，聽見路上有車輛行駛的聲音。那台車的輪子有上鍊，其中一截的尾端不停拍打地面，就在他望過去時，那台車從覆滿雪的道路上開過來，車身散亂分布著綠色和棕色的色塊，彷彿是隨興塗上去的，車窗也漆了藍色，好讓外面看不見裡面，只留半圈透明玻璃讓裡面的人往外看。那是一台車齡兩年的勞斯萊斯牌豪華禮車，漆上迷彩後供參謀總部使用，但安索莫並不知道。他沒辦法看到裡面坐著三名軍官，他們身上都裹著披風，兩人坐在後座，一人坐在摺疊椅上。車子開過時，坐在摺疊椅上的軍官正從藍窗戶上的透明縫隙往外瞧，但安索莫並不知道。他們也沒人看見安索莫。

這台車直接從他下方的雪地開過。安索莫看見了那位司機，他的臉頰泛紅，頭上戴著鋼盔，臉和鋼盔以外的部分全包在身上的長毯披風裡，他還看見坐在司機旁的勤務兵帶的自動步槍槍管前端。車子沿道路往上開，安索莫把手伸進薄外套裡，從襯衫口袋拿出那兩張羅伯・喬登從筆記本撕下來的紙，在汽車的標誌後方做了個記號。那是今天開上去的第十台車了。六台已經開下來，四台還在上面。跟平常的數量相比，有十台車開上去實在不太尋常，其實掌握山隘及山區戰線的參謀部開的是福特、飛雅特、歐寶、雷諾和雪鐵龍等車款，和參謀總部的勞斯萊斯、蘭吉雅、賓士和伊索塔等車款並不相同，但安索莫無法區分。如果是羅伯・喬登來這裡勘查，而不是老頭的話，這就是他該區分出來的重點，他也會意識到這些開上去的車款代表什麼意思。但他人不在這裡，所以老頭只是在筆記紙上畫了個記號，代表有台汽車往山上開。

安索莫實在太冷了，所以決定在天黑前開始往營地走。他不怕迷路，但覺得再待下去也沒有意義，而且現在的風比之前更冷了，雪也沒有減緩的跡象。但他起身，踩掉腳上的雪，透過大雪朝路面望去，卻仍沒有開始往山坡上走，而是停在松樹下，靠著背風處的樹幹。

但Inglés叫我待在這裡，他心想。現在他可能正往這裡走來，如果我離開，他可能會在雪中為了找我而迷路。這場戰爭開打以來，我們就一直因為缺乏紀律及違背命令而吃了不少苦頭，所以我還是再等Inglés一陣子好了。但如果他不趕快來，那不管命令如何，我都要走了，因為我現在有紀錄得回報，我還有很多事要做，在這裡凍死實在太誇張了，而且毫無助益。

道路對面的鋸木廠現在有煙從煙囪裡冒出來，安索莫可以聞到煙被雪吹過來的氣味。那些法西斯分子可溫暖了，他心想，而且很舒適，但明晚我們會幹掉他們。這事真怪，我實在不喜歡去想。我成天在觀察他們，而他們跟我們一樣都是人。我相信我有可能走向鋸木廠，敲門，然後受到他們的款待，只是他們收到的命令就是要質疑所有經過的人，而且還要查驗證件。擋在我們中間的只有命令。那些人不是法西斯分子。我是這樣稱呼他們，但其實他們不是，他們就跟我們一樣是些窮人。他們根本不該來跟我們打仗，我也不喜歡思考這些殺人的事。

這個哨站的人都來自加列戈斯[158]。我下午有聽到他們的交談內容所以知道。他們不能逃兵，因為逃了會害家人被槍殺。加列戈斯的人不是非常聰明，就是又笨又殘暴，這兩種我都認識。李斯特跟佛朗哥將軍就來自加列戈斯的同一個小鎮，不知道看到這個月分還下雪，這些加列戈斯人是怎麼想的。他們那裡沒有這種高山，那一帶總是下雨，而且終年綠意盎然。

鋸木廠的窗戶閃出一道光線，安索莫打了個哆嗦，他心想，那個該死的Inglés！這些在我們地盤裡的加列戈斯人溫暖地待在屋子裡，我卻快在樹後凍死了，而且我們還像野獸一樣住在山上的岩穴裡。但到了明天，他心想，野獸會離開洞穴，而此刻舒適悠哉的這些傢伙會溫暖地死在毛毯裡。就跟我們突襲奧特羅那座小鎮時一樣。他不喜歡回想奧特羅那次的行動。

在奧特羅的那天晚上，他第一次殺人，他希望這次拿下哨站時可以不用殺人。在奧特羅時，安索莫用毯子包住哨兵的頭，帕布羅拿刀攻擊，但哨兵伸手抓住了安索莫的腳，於是當他在毯子中逐漸窒息又發出一聲悲鳴時，安索莫還得在毯子裡摸索著拿刀捅他，直到他放開他的腳，終於一動也不動為止。他用膝蓋壓住那男人的喉頭，不讓他發出聲音，同時繼續往包住人的毯子捅，在此同時，帕布羅把炸彈從窗戶丟進屋內，哨站中的人都在那個房間睡覺。火光閃現時，整個世界彷彿在你眼前炸成紅色和黃色，然後又有兩顆炸彈丟進去。帕布羅拔下保險栓，將炸彈快速從窗戶扔進去，那些沒在睡夢中被炸死的人才剛起身就立刻被第二顆炸死。當時的帕布羅太勇猛了，他就像在這一區肆虐的韃靼人，沒有法西斯分子的哨站在夜裡是安全的。

而現在的他就像頭被閹割的公豬一樣，玩完了，安索莫心想，等閹割完成，尖叫聲停下，你把那兩顆睪丸扔掉，那頭已經不算公豬的野獸還會去找出來吃掉。不，他沒那麼糟，安索莫咧嘴笑開，就算是帕布羅這傢伙，有時大家還是把別人想得太糟了。但現在他也是夠慘了，整個人絕對變了不少。

158　加列戈斯（Gallegos）是來自塞哥維亞省的一個市鎮，位於馬德里北部。

實在太冷了，他心想。那個Inglés也該來了，我在拿下這些哨站時應該不用殺人。這四個加列戈斯人和他們的下士應該交給喜歡殺人的傢伙。Inglés有說過。如果我被指派殺人，我會去做，但Inglés說我在炸橋時跟著他就好，殺人的工作交給其他人。炸橋時一定會打上一戰，如果我能撐過去，我這樣一個老頭在這場戰爭中也算是盡責了。但先讓Inglés趕快來吧，因為我好冷，更何況看到鋸木廠裡的火光，得知加利戈斯人現在很溫暖，我覺得更冷了。真希望能再次回到我的家，真希望這場戰爭結束。但你現在沒有家了，他心想。我們一定要贏下這場戰爭，之後才可能回到自己的家。

鋸木廠中的其中一位士兵正坐在鋪位替靴子上油。另一個人則在自己的鋪位上睡覺。第三個士兵正在煮飯，下士在讀報紙。他們的頭盔掛在牆面的釘子上，步槍靠在木板牆邊。

「什麼鬼地方都快六月了還下雪？」坐在鋪位上的士兵說。

「天氣就這樣。」下士說。

「現在是陰曆五月，」在煮飯的士兵說：「陰曆五月還沒結束。」

「什麼鬼地方五月還下雪？」鋪位上的士兵堅持。

「五月下雪在山區不算少見，」下士說：「我在馬德里的時候，遇過比其他月分都還冷的五月。」

「而且也比其他月分還熱。」在煮飯的士兵說。

「五月是溫差很大的月分，」下士說：「在卡斯提亞這裡，五月可以很熱，但也可以很冷。」

「也可能下雨，」在鋪位上的士兵說：「過去這個五月幾乎每天下雨。」

「才沒有，」煮飯的士兵說：「更何況，過去這個五月其實是陰曆四月。」

「聽你這些鬼話還有什麼陰曆的，人都要瘋了，」下士說：「別再說陰曆的事了。」

「無論是靠海、還是靠種地生活，大家一定都知道，只有月亮還有以月亮計算的陰曆才算數，」

煮飯的士兵說：「舉例來說，明明陰曆五月才剛開始，陽曆就快六月了。」

「那為什麼春夏秋冬是跟著陽曆算？」下士說：「你這堆歪理讓我頭痛。」

「你是城裡人，」煮飯的士兵說：「你是從盧戈來的，對於大海或種地能懂多少？」

「跟你們這些靠海或靠種地生活的analfabetos[159]相比，城裡人能學到更多。」

「第一批大量的沙丁魚群會在陰曆這個月分出現，」煮飯的士兵說：「在陰曆這個月分，沙丁魚船要準備出海，鯖魚則已經往北游了。」

「如果你出身諾亞港，怎麼沒參加海軍？」下士問。

「因為我不是被登記成諾亞人，而是內格雷拉人，我在那裡出生。內格雷拉在坦布雷河上游，他們會把那裡的人編進陸軍。」

「運氣太差了。」下士說。

「別以為海軍就不苦，」坐在鋪位的士兵說：「就算可能避開交戰，那裡的海岸在冬天還是很危險。」

「陸軍是最糟的。」下士說。

「虧你還是陸軍下士，」煮飯的士兵說：「怎麼能這樣說話？」

「不是嘛，」下士說：「我指的是必須面對的危險。我是指必須忍耐各種轟炸、不得不發動攻擊，還得不停躲在護牆後過活。」

「我們這裡不太需要處理這些。」鋪位上的士兵說。

「天主保佑，」下士說：「但誰知道我們何時得再次面對這些？我們絕不可能永遠過著現在這種好日子！」

---

159 Analfabeto，西班牙文，意指「文盲」。

「你覺得這趟任務究竟還要執行多久？」

「不知道，」下士說：「希望可以執行到戰爭結束。」

「一班哨站六小時太久了。」煮飯的士兵說。

「如果暴風雪繼續下去，我們一班哨站三小時，」下士說：「其實本來就該這樣。」

「那些參謀車是怎麼回事？」鋪位上的士兵說：「我不喜歡看到那些參謀車。」

「我也是，」下士說：「這種事不是好兆頭。」

「還有飛機，」煮飯的士兵說：「飛機也不是好兆頭。」

「但我們的飛機很難對付，」下士說：「紅軍沒有我們這麼厲害的飛機。今早的那些飛機，我們陣營的人只要看了都會開心。」

「我見過紅軍的飛機，看起來很是一回事，」鋪位上的士兵說：「我見過那種雙引擎轟炸機，見了真是讓人害怕。」

「沒錯，但他們的空軍沒我們的難對付，」下士說：「我們的飛航戰力無人能及。」

安索莫在雪中望向道路還有鋸木廠窗後的燈火時，他們在談的就是這些事。

我希望我不用殺人，安索莫心想。我認為戰爭結束後，很多人必須為了殺人而懺悔。如果戰後不再有宗教，我想應該要有人組織某種形式的公民懺悔活動，好讓大家洗清殺戮的罪，不然之後的生活不會有一個真正的人性基礎。殺人是必要的，我明白，但對人的壞處還是很大，而我認為，在這一切結束之後，等我們贏得戰爭，一定要安排某種洗清罪孽的懺悔行動。

安索莫是個很好的人，每次他只要長時間獨處，這個有關殺人的煩惱就會重回他的腦中，而他長時間獨處的機會可多了。

不知道Inglés是怎麼樣，他心想，他說自己不介意殺人，但看起來又是個敏感、善良的傢伙。

可能對年輕人來說，這問題不那麼重要。又可能是對外國人、或那些跟我們宗教不同的人來說，大家抱持的態度本來就不同。但我認為一旦殺了人，性格遲早會變得殘暴，即便非做不可，殺人仍是重罪，之後我們也一定必須費盡心力來彌補。

天色變黑了，他望向道路對面的燈火，手臂緊靠胸口抖動取暖。好了，他心想，現在一定要回營地了，但心底有些什麼讓他留在道路上方的樹邊。雪愈下愈大，安索莫心想：要是能今晚炸橋就好了，這樣一定能徹底搞定。這種夜晚不管做什麼都會成功。

然後他站在樹邊輕輕跺腳，沒再想起橋的事。夜色降臨總讓他寂寞，今晚也不例外，他的體內彷彿飢餓一樣空蕩蕩的。以前的時候，他會仰賴禱告來緩解，每次打獵結束後回家，他也會將同樣的禱詞覆誦許多次，心情總會因此好過不少。但他自從反抗運動以來就沒再禱告過了。他懷念那些禱詞，但又覺得現在若真的禱告只會顯得狡猾又偽善，他沒有想獲得跟其他人不同的待遇。

不，他心想，我是很寂寞，但所有士兵、他們的妻子，還有所有失去家人或父母的人也都寂寞。我沒有妻子，我很高興她在反抗運動前就死了。她要是活著不會理解我的選擇。我沒有孩子，以後也不會有孩子。我在白天沒工作時就寂寞，夜色降臨時更是寂寞難耐，但我擁有任何人或神都無法奪走的事物，就是我有好好為共和國工作。我從反抗運動開始的第一天就拿出頂尖表現，一直以來都問心無愧。

我唯一感到抱歉的就是殺人，但之後一定有機會彌補，畢竟這麼多人犯下這種罪行，一定會有人想出恰當的贖罪方式。我想跟Inglés討論一下，但他還年輕，可能無法理解。他之前曾提過殺人的事，還是我提的？他一定殺過不少人，但沒顯示出喜歡的跡象。喜歡殺人的人總有一種墮落氣息。

殺人想必是重罪，他心想，那必定是我們無權做出的事，儘管我也知道目前確實有其必要。但在西班牙，大家總能輕易下手，大多時候也不是真有必要，有些匆忙間的不義之舉後來也永遠無從補救。真希望我可以不要老想這些，他心想。我希望能贖罪，最好現在就能開始，因為這是我這輩子唯一獨處時心裡過不去的事。我認為其他事都可以獲得原諒，又或者有機會用善良或正當的手段彌補，但殺人這事必定是重罪，我希望可以修正這項錯誤。之後或許我們可以在特定日子去為國家工作，又或者做些別的什麼來消除罪孽。可能會類似人們以前上教堂做的事，他心想，然後微笑起來。教堂還真是為了處理罪孽的嚴密組織呢，他一想就覺得愉快，於是在夜色中微笑起來，此時羅伯・喬登朝他走來。他的腳步無聲，老頭一直到他靠近了才看見。

「Hola, viejo[160]，」羅伯・喬登低聲說，手拍了拍他的背。「我們的老傢伙還好嗎？」

「很冷。」安索莫說。佛南多站在離他們有點遠的地方，他正背對著強勁的風雪。

「來吧，」羅伯・喬登低聲說：「上來營地暖一下身子。把你留在這裡這麼久實在罪過。」

「那是他們的燈火。」安索莫指給他們看。

「哨兵在哪？」

「從這裡看不見，他在轉彎那邊。」

「管他們去死，」羅伯・喬登說：「到營地再告訴我吧。來，我們走。」

「讓我跟你說明一下。」安索莫說。

「我打算早上過來看，」羅伯・喬登說：「來，喝口這個。」

他把扁酒瓶遞給老頭，安索莫仰頭喝了一口。

「Ayee，」他揉揉嘴。「跟火一樣燒。」

「來吧，」羅伯・喬登在夜色中說：「我們走。」

夜色實在太黑了，眼前只見雪花不停吹過，以及松樹幹僵直的身影。佛南多站在山坡的較高處。瞧瞧那傢伙，他看起來就像常放在雪茄店的那種印地安人木雕[161]，羅伯・喬登心想。我也該請他喝一口。

「嘿，佛南多，」他走近他時說：「來一口？」

「不了，」佛南多說：「謝謝你。」

是我謝謝**你**才對，羅伯．喬登心想。很高興雪茄店的印地安木雕不喝酒，畢竟瓶裡剩下的酒不多。老天，見到這老頭真開心，羅伯．喬登心想。他看著安索莫，再次拍拍他的背，他們開始往山坡上走。

「很高興見到你，viejo，」他對安索莫說：「就算我心情低落，看到你就能開心起來。來吧，我們趕快爬上營地吧。」

他們在雪中往山上走。

「我們回去帕布羅的宮殿吧。」羅伯．喬登對安索莫說。這話的西班牙文聽來悅耳。

「El Palacio del Miedo[162]，」安索莫說：「充滿恐懼的宮殿。」

「La cueva de los huevos perdidos[163]，」羅伯．喬登開心地講出更厲害的玩笑話。「蛋蛋不見之洞穴。」

「什麼蛋蛋？」佛南多問。

「我在開玩笑，」羅伯．喬登說：「就是個玩笑罷了。不是指真的蛋，你懂吧，是別的東西。」

---

160 viejo，西班牙文，意指「老先生」或「老傢伙」。

161 十九世紀的歐洲人通常將菸草跟美國印地安人的形象連結在一起，因為當初是美國印地安人將菸草引入歐洲，後來成為一種刻板印象式的連結。之後在北美跟南美都開始流行在雪茄店擺印地安人的雕像，但此種雕像形象混雜，有些看起來像是裝飾了羽毛的非洲黑人。

162 El Palacio del Miedo，西班牙文，意思是「充滿恐懼的宮殿」。

163 La cueva de los huevos perdidos，西班牙文，意思是「蛋蛋不見之洞穴」。

「但為何會不見？」佛南多問。

「不知道，」羅伯・喬登說：「真要認真解釋都能寫成書了，你再問皮勒吧，」然後他把手臂搭上安索莫的肩膀，一邊走一邊搖晃他。「聽著，」他說：「見到你真開心，有聽見嗎？你一定不知道，在這個國家，能在原本指定的地方找到原本那個人，對我來說意義有多重大。」

他竟然有辦法說這個國家的壞話，顯示他對這個國家感覺多信任、多親近。

「我也很高興見到你，」安索莫說：「但我剛剛已經打算要走了。」

「最好是，」羅伯・喬登開心地說：「你寧可先凍僵。」

「上面的狀況如何？」安索莫問。

「很好，」羅伯・喬登說：「一切都好。」

他突然感覺到一種少見的喜悅，那是在革命軍中的任何一位指揮官可能擁有的喜悅；那種喜悅是發現戰鬥中的側翼足以撐住場面，儘管只有一側。如果兩邊的側翼都能撐住場面，我想幾乎可說所向披靡了，他心想。真不知還有什麼敵手能夠準備好面對這種攻勢。如果你將側翼的定義不斷延伸，最後會發現一個人也能構成側翼，對，一個人，這不是他夢寐以求的處境，但眼前這是個很好的人。一個很好的人。我們作戰時，你會成為我的左側翼，他心想，但我最好先別告訴你。那場戰役的規模小到不行，他心想，但也會棒到不行。嗯，我一直想獨力主導一場戰役，自從阿金庫爾之役[164]後，我總是對其他人主導的戰術意見很多。我會讓這場變得很棒，規模很小但精準。如果非做不可，我想我會將戰術執行得非常精準。

「聽著，」他對安索莫說：「見到你實在太開心了。」

「我也一樣。」老頭說。

他們在夜色中往山上爬，風吹著他們的背，暴風雪不停在他們往上爬時吹過他們身邊，但安索莫不覺得寂寞。自從Inglés拍了他的肩膀後，他就不覺得寂寞了。Inglés也既滿意又開心，他們不停說笑。Inglés說一切都很順利，所以他不擔心，肚子裡的酒讓他溫暖，不停往上爬的雙腳也暖了起來。

「道路上的動靜不多。」他對Inglés說。

「很好，」Inglés說：「到營地時你再跟我解釋。」

安索莫現在很開心，對自己剛剛繼續待下觀察哨站的決定也很滿意。

如果他剛剛直接回營地其實也沒什麼問題。在那樣的處境下，回營地是理智又正確的決定，羅伯．喬登心想。但他遵照指示留在原地，羅伯．喬登心想。這情況在西班牙實在少見。就某方面而言，待在暴風雪中的決定具有許多含意。德國人將攻擊稱為「風暴」不是毫無原因[165]。要是多幾個願意照指示待在原地的人就好了，但願可以。不知道佛南多會不會待在原地？不是沒有可能，畢竟剛剛是他表示願意出來找老頭。你認為他是會留在原地的那種人嗎？是的話不是很棒嗎？畢竟他這人也算是夠頑固。我得想辦法刺探看看。真想知道這個雪茄店的印地安人木雕現在有什麼想法。

「你在想什麼？佛南多？」羅伯．喬登問。

「為什麼問？」

「好奇，」羅伯．喬登說：「我是個很有好奇心的人。」

「我在想晚餐。」佛南多說。

「你喜歡吃嗎？」

「喜歡，非常喜歡。」

164 阿金庫爾戰役（Agincourt）發生於一四一五年十月二十五日，在英法百年戰爭中是場著名的戰役，英軍在亨利五世的帶領下以少勝多，擊退了法國的精良部隊。

165 德文中的風暴是sturm，但此字也有「進攻」的意思。

「皮勒的廚藝如何？」

「普通。」佛南多回答。

他這少話的程度簡直是柯立芝[166]再世，總之，直覺告訴我，他是會留下來的那種人。

他們三人在雪中拖著沉重的腳步，緩緩往山上爬。

第十六章

「聾子剛剛有來，」皮勒對羅伯·喬登說。他們從風雪中走進煙霧瀰漫的溫暖洞穴，女人一邊朝他們點頭一邊對羅伯·喬登提起這事。「他去找馬了。」

「很好，他有留口信給我嗎？」

「他只說要去找馬。」

「那我們呢？」

「No sé，[167]」她說：「你看看他。」

羅伯·喬登走進洞穴時有看見帕布羅，帕布羅當時就對他咧嘴笑。現在他望向坐在木板桌旁的他，也揮手對他咧嘴笑。

「Inglés，」帕布羅說：「雪還在下呢，Inglés。」

羅伯·喬登對他點點頭。

「鞋子給我，我拿去弄乾，」瑪麗亞說：「我會把鞋子掛在火堆上的煙裡。」

---

166 小約翰·卡爾文·柯立芝（John Calvin Coolidge, Jr., 1872-1933），共和黨政治家，美國第三十任總統。他擅長在公開場合演說，但私下沉默寡言，就算參加派對時也不太說話，人稱「沉默的卡爾」（Silent Cal），大家也很常拿這件事來開玩笑。

167 No sé，西班牙文，意思是「不知道」。

「小心別燒到鞋子，」羅伯・喬登對她說：「我可不想在這一帶光腳移動。現在是怎麼回事？」他轉向皮勒。「大家在開會嗎？沒有人出去站哨嗎？」

「這種暴風雪？Qué va。」

六個男人背靠牆坐在桌邊。安索莫和佛南多還在甩薄外套上的雪，拍掃長褲，還就著洞口牆面敲下鞋底的雪。

「外套給我吧，」瑪麗亞說：「不要讓雪在上面融化。」

羅伯・喬登褪下外套，拍掉長褲上的雪，解開鞋帶。

「你會搞得到處濕答答的。」皮勒說。

「是妳叫我來的。」

「但也沒人阻止你回洞口清理身上的雪啊。」

「不好意思，」羅伯・喬登光腳站在泥土地上。「幫我找雙襪子來，瑪麗亞。」

「還真擺出大老爺的氣派啊。」皮勒把一片木柴塞進火堆裡。

「Hay que aprovechar el tiempo[168]，」羅伯・喬登對她說：「妳的動作得有效率點。」

「背包鎖起來了。」瑪麗亞說。

「鑰匙在這裡。」他把鑰匙拋過去。

「沒辦法插進這個背包的鎖孔。」

「是另一個背包。襪子一打開就能看到，就塞在旁邊。」

女孩找到了那雙襪子，蓋上背包，鎖好，把襪子跟鑰匙一起拿過來。

「坐下把襪子穿上，好好按摩一下你的腳。」她說。羅伯・喬登咧嘴朝她笑。

「妳不能用頭髮幫我把腳擦乾嗎？」這話是故意說給皮勒聽的。

「真是個下流的傢伙，」她說：「先是擺出莊園領主的模樣，現在還真以為是我們以前信的上主了啊？用木柴打他，瑪麗亞。」

「別這樣，」羅伯・喬登對她說：「開玩笑而已，因為我很開心。」

「你很開心？」

「對，」他說：「覺得一切都很順利。」

「羅伯托，」瑪麗亞說：「去坐下，把腳擦乾，我會給你拿杯酒，暖暖身子。」

「妳還真以為這男人以前沒把腳弄濕過啊，」皮勒說：「當他沒遇過下雪啊。」

瑪麗亞替他拿來一片羊皮，放在洞穴內的泥土地上。

「這個，」她說：「鞋子乾掉前，把這個墊在腳下。」

這片羊皮才剛曬乾，還沒泡過鞣劑，羅伯・喬登穿著襪子的腳可以感覺皮面有像羊皮紙的細碎裂紋。

火堆正在冒煙，皮勒對瑪麗亞喊：「把火好好煽起來，沒用的傢伙，這裡可不是燻肉間。」

「妳自己煽，」瑪麗亞說：「我在找聾子留下的那瓶酒。」

「就在他那些背包後面，」皮勒告訴她。「妳非得把他當成吃奶的孩子來照顧嗎？」

「沒有，」瑪麗亞說：「只是把他當成一個又冷又濕的男人，而且是個剛回家的男人。拿去。」她把酒瓶拿到羅伯・喬登坐的地方。「就是今天中午喝的那瓶。這酒瓶可以做成很漂亮的燈。等我們又有電用之後，這酒瓶可以做成多好看的燈啊。」她一臉欣賞地望著那個彷彿被巨人用指尖掐凹的酒瓶。「你想怎麼喝？羅伯托？」

「我以為我叫Inglés。」羅伯・喬登對她說。

「在其他人面前，我要叫你羅伯托，」她低聲說，臉紅起來。「你想怎麼喝這個酒？羅伯托？」

---

168 Hay que aprovechar el tiempo，西班牙文，意思是「我們必須抓緊時間」。

「羅伯托，」帕布羅聲音沙啞地開口，他對著羅伯・喬登點點頭。「你想怎麼喝這個酒？羅伯托大人？」

「你要喝一點嗎？」羅伯・喬登問他。

帕布羅搖搖頭。「我正在用葡萄酒把自己灌醉。」他莊嚴地說。

「好好跟隨巴克斯[169]吧。」羅伯・喬登用西班牙文說。

「誰是巴克斯？」帕布羅問。

「你的好夥伴。」羅伯・喬登說。

「沒聽過這個人，」帕布羅口氣沉重地說：「在這一帶的山區沒聽過。」

「給安索莫倒一杯，」羅伯・喬登對瑪麗亞說：「真正冷的是他。」他已經換上了乾襪子，杯中兌水的威士忌喝起來味道清澈、微溫，但不像苦艾酒會在體內蔓延縈繞，他心想。什麼都比不上苦艾酒。

誰會想到他們這片山區會有威士忌呢，他心想。但若仔細思考，西班牙最可能找到威士忌的地方就是拉格蘭哈。他想到聾子為這位來訪的爆破手搞來一瓶威士忌，還記得從山上帶下來留給他喝，這一切早已超越了待客禮儀。若是單純的待客禮儀，那就是找來這瓶酒，大家一起禮貌地喝一杯就夠了。法國人就會這樣做，至於剩下的酒就等其他場合再喝。不，這是真正的體貼，你明明有些得全心去忙的事，根本不該管別人，只該管自己和手頭上的任務，卻只因為想到訪客喜歡這種酒，就把酒從山上帶下來給他享用——這就是西班牙人。總之是其中一種西班牙人，他心想。你之所以愛這個民族，有人會特地拿威士忌給你就是其中一個原因。但別把他們浪漫化了，他心想。世間有各種西班牙人，就跟世間有各種美國人一樣。但無論如何，拿威士忌過來的舉動真的很慷慨。

「你喜歡這酒嗎？」他問安索莫。

這老頭坐在火邊，他的臉上有微笑，兩隻大手捧著杯子。他搖搖頭。

「不喜歡？」羅伯．喬登問他。

「那孩子往裡面加了水。」安索莫說。

「羅伯托就是這樣喝的，」瑪麗亞說：「你自以為很特別啊？」

「沒有，」安索莫對她說：「我一點也不特別。但我喜歡酒喝下去很辣的感覺。」

「那杯給我，」羅伯．喬登對女孩說：「倒一杯很辣的給他。」

他把杯子裡的酒水倒進自己杯中，將空杯還給女孩，她於是又從瓶口小心地往空杯倒酒。

「啊，」安索莫接過杯子，頭往後仰，任由酒流入他的喉嚨。他看著拿著酒瓶站在那裡的瑪麗亞，對她眨了一下眼，淚水從他的兩隻眼睛流出來。「就是這個，」他說：「就是這個。」他舔舔嘴唇。「只有**這個**可以殺死頑強的酒蟲。」

「羅伯托，」瑪麗亞走去他身邊開口，她手上還拿著酒瓶。「準備吃飯了嗎？」

「可以吃了？」

「你準備好就可以吃。」

「別人吃過了嗎？」

「只剩你、安索莫和佛南多還沒吃。」

「那我們來吃吧，」他對她說：「妳呢？」

「之後跟皮勒一起吃。」

「現在跟我們一起吃吧。」

「不行，這樣不好。」

「來一起吃吧。在我的國家，男人不會比女人先吃飯。」

169 這裡指的是古羅馬人信奉的酒神巴克斯（Bacchus）。

「那是你的國家。在這裡女人最好之後再吃。」

「跟他一起吃吧，」本來盯著桌子的帕布羅看了過來。「跟他一起吃、跟他一起喝酒、跟他一起睡、跟他一起死。就按照他國家的習俗吧。」

「你喝醉了嗎？」羅伯·喬登站到帕布羅面前。那個滿臉鬍渣的骯髒男人愉快地看著他。

「沒錯，」帕布羅說：「你的國家在哪呢？Inglés，那個女人和男人一起吃飯的國家在哪？」

「在Estados Unidos[170]的蒙大拿州。」

「就是那個男人會跟女人一樣穿裙子的地方嗎？」

「不，那是蘇格蘭。」

「但聽我說，」帕布羅說：「你們穿裙子的時候，Inglés——」

「我不穿裙子。」羅伯·喬登說。

「你們穿那種裙子的時候，」帕布羅繼續說：「底下穿什麼？」

「我不知道蘇格蘭人底下穿什麼，」羅伯·喬登說：「我也想不通。」

「別管那些Escoceses[171]了，」帕布羅說：「誰在乎那些蘇格蘭人啊？誰在乎名字這麼少見的民族啊？一點都不在乎。至少我是這樣，我不在乎。你，我說啊，你這Inglés，就是你。在你的國家，你們在裙子底下穿什麼？」

「我已經跟你說過兩次了，我們不穿裙子，」羅伯·喬登說：「我沒喝醉，也沒開玩笑。」

「但在你們的裙子底下，」帕布羅死纏爛打。「既然大家都知道你們穿裙子，就連士兵也穿，我看過照片，我也在普萊斯馬戲團看過，你們到底在裙子底下穿什麼？Inglés？」

「Los cojones[172]。」羅伯·喬登說。

安索莫笑了，其他在聽的人也笑了，只有佛南多沒笑。他覺得那句話的聲音就很沒禮貌，在女人面前說出來也很噁心。

「嗯，合理，」帕布羅說：「但在我看來，如果你的cojones夠多，就不用穿裙子了。」

「別再讓他鬧下去，Inglés，」鼻子斷過的扁臉男子開口，他的名字是普里米提沃。「他醉了。告訴我，你的家鄉養什麼牲口？」

「牛和羊，」羅伯．喬登說：「很多穀物，還有豆子，還有很多製糖用的甜菜根。」

這三人現在坐在桌邊，其他人也坐得很近，只有帕布羅獨自坐在一大碗葡萄酒前面。晚餐是跟昨晚一樣的燉菜，羅伯．喬登餓得猛吃。

「你住的地方有山嗎？既然叫蒙大拿[173]，我想一定有山吧。」普里米提沃有禮地提問。帕布羅的醉態讓他覺得很不好意思。

「很多山，而且很高。」

「有好的牧草地嗎？」

「頂尖的。高山林間的牧草地在夏天由政府管理，到了秋天，牛群會被帶到比較低的山區。」

「土地是農民的嗎？」

「大部分土地屬於在上面耕種的人。一開始土地屬於政府，但只要你住在上面，也表示願意好好開墾，每個人能獲得一百五十公頃的土地產權。」

「告訴我是怎麼進行的，」奧古斯敦問。「那可是很有意義的農業改革。」

羅伯．喬登解釋了經營農莊的流程，他之前沒想過這是一種農業改革。

---

170 Estados Unidos，西班牙文，直譯為「合眾國」，指的就是美國。

171 Escoces，西班牙文，意指「蘇格蘭人」，複數為Escoceses。

172 Los cojones，西班牙文，指的是睪丸，可翻成「那兩顆卵蛋」。

173 蒙大拿州的州名源自西班牙文montaña，此西班牙文的意思是為「山」。

「太了不起了，」普里米提沃說：「那你們國家有共產主義嗎？」

「沒有，我們是在共和國體制下運作。」

「對我來說，」奧古斯敦說：「一切都可以在共和國體制下運作。我不覺得我們需要別種政府。」

「你們沒有那種大業主嗎？」安德列斯問。

「很多。」

「那一定有很多弊病。」

「當然，很多弊病。」

「但你們會想辦法解決問題？」

「我們愈來愈努力去處理，但還是有很多弊病。」

「沒有該被打倒的大地主嗎？」

「有，但也有人相信可以靠稅收打倒他們。」

「怎麼做？」

羅伯．喬登用麵包將裝燉菜的碗抹乾淨，解釋起所得稅和繼承稅運作的方式。「但還是有很多大地主。另外土地也要收稅。」他說。

「但那些大業主和有錢人一定會為了這些稅發起革命，這種稅制在我看來就是一種革命，他們發現自己受到威脅，一定會反抗政府，就跟這裡的法西斯分子一樣。」普里米提沃說。

「有可能。」

「那就跟我們在這裡打仗一樣，你們到時也得打仗了。」

「對，我們到時也得打仗。」

「但你們國家的法西斯分子不多嗎？」

「有很多人不知道自己是法西斯分子，但遲早會知道。」

「但在他們叛變之前，你們無法消滅他們？」

「沒辦法，」羅伯．喬登說：「我們無法消滅他們，但可以教育民眾，讓他們害怕法西斯主義，也要能在看到時有辦法認出來，而且起身對抗。」

「你知道哪裡沒有法西斯分子嗎？」安德列斯問。

「哪裡？」

「帕布羅的老家。」安德列斯咧嘴笑著說。

「你知道那座村莊怎麼了嗎？」普里米提沃問羅伯．喬登。

「有，我聽過那故事。」

「皮勒說的？」

「對。」

「只靠那女人無法知道全部的故事，」帕布羅口氣陰鬱。「她從窗外的椅子跌下去，沒看到最後。」

「那你跟他說到底怎麼了，」皮勒說：「既然我不清楚整個故事，那你來說。」

「不，」帕布羅說：「我從來不說。」

「你不可能說，」皮勒說：「之後也不會說。而且現在你寧可那一切沒發生過。」

「不，」帕布羅說：「才不是這樣。如果所有人都跟我一樣把法西斯分子殺光，我們就不用打這場仗了。但我希望當時不是用那種方式下手。」

「為什麼這樣講？」普里米提沃問他：「你的政治立場變了嗎？」

「沒有，但那種作法太野蠻了，」帕布羅說：「那時的我很野蠻。」

「而現在你醉了。」皮勒說。

「對，」帕布羅說：「還請包涵。」

「我比較喜歡你野蠻的時候，」女人說：「所有男人中，酒鬼最惡劣不過了。不偷不搶的小偷能過上正常生活，詐騙犯不會在家中行騙，殺人犯回家也懂洗手不幹。但酒鬼會臭醺醺地在自家床上嘔吐，任由內臟在酒精中泡爛。」

「妳是女人，妳懂什麼，」帕布羅平靜地說：「我得靠葡萄酒把自己灌醉，如果沒殺那些人，我就能快樂了。那些人讓我滿心憂愁。」他愁雲慘霧地搖頭。

「給他一點聾子帶來的酒，」皮勒說：「什麼都好，讓他振作一點，他傷心過頭了。」

「如果有什麼能讓他們死而復生，我會去做。」帕布羅說。

「去你的，」奧古斯敦對他說：「你以為我們現在為何在這裡？」

「我會讓他們全部活過來，」帕布羅傷心地說：「每一個人。」

「去你媽的，」奧古斯敦對他大吼：「別再講這種鬼話，不然就滾出去。你殺的那些人可是法西斯分子。」

「你聽見我說的了，」帕布羅說：「我會讓他們全部活過來。」

「然後你就能在水上行走了[174]，」皮勒說：「這輩子沒見過這種男人。直到昨天為止，你都還剩那麼一點男子氣概。今天的你卻連隻病貓都算不上。但你倒是醉醺醺的很是快樂啊。」

「我們該殺光他們，不然一個都不該殺，」帕布羅點著頭說：「殺光，不然一個都不該殺。」

「聽我說，Inglés，」奧古斯敦說：「你怎麼會來西班牙？別管帕布羅，他醉了。」

「第一次是十二年前來讀書，當時是來認識這個國家，學習這裡的語言，」羅伯．喬登說：「我在大學教西班牙文。」

「你看起來就很像個教授。」普里米提沃說。

「他沒有鬍子，」帕布羅說：「瞧瞧他，他沒有鬍子。」

「你真的是教授嗎？」

「我是講師。」

「但你在教書？」

「對。」

「但為什麼是西班牙文？」安德列斯問：「你是Inglés，教英文不是比較簡單嗎？」

「他跟我們一樣會講西班牙文，」安索莫說：「為什麼他不該教西班牙文？」

「對，但就某方面來說，一個外國人去教西班牙文，顯得有點自大吧，」佛南多說：「我不是對你有什麼意見，羅伯托大人。」

「他是個假教授，」帕布羅非常自得其樂地說：「他沒有鬍子。」

「你一定更懂英文，」佛南多說：「教英文不會比較好嗎？教起來比較簡單，也比較清楚明瞭？」

「他不是在教西班牙人——」皮勒開始插嘴。

「還真希望不是。」佛南多說。

「讓我說完，你這頭蠢騾，」皮勒對他說：「他是教美國人學西班牙文。北美的美國人。」

「他們不會說西班牙文嗎？」佛南多問。「南美人就會啊。」

「蠢騾，」皮勒說：「他是教說英文的北美人學西班牙文。」

「我還是覺得他既然平常說英文，教英文應該比較容易。」佛南多說。

「你是沒聽見他說西班牙文嗎？」皮勒一臉這傢伙沒救的樣子對著羅伯·喬登搖搖頭。

「有聽見啊。他說西班牙文有口音。」

「哪裡的口音？」羅伯·喬登問。

「埃斯特雷馬杜拉的口音。」佛南多一本正經地說。

174 馬太福音中提到耶穌在水上行走的神蹟。

「噢我的媽呀，」皮勒說：「真拿他沒轍！」

「有可能，」羅伯．喬登說：「我之前就待在那裡。」

「他本來就知道了，」皮勒說：「你這囉嗦的老姑娘，」她轉頭對佛南多說：「吃夠了嗎？」

「如果夠的話我還可以吃更多，」佛南多對她說：「別覺得我是想說你壞話，羅伯托大人——」

「他媽的，」奧古斯敦直接開罵。「真他媽的。我們革命是為了叫同志羅伯托『大人』嗎？」

「在我看來，革命就是為了讓所有人稱呼彼此『大人』，」佛南多說：「而且是在共和國的統治下。」

「他媽的，」奧古斯敦說：「真是狗娘養的。」

「我還是覺得羅伯托教英文會更容易，也會教得更清楚。」

「羅伯托大人沒有鬍子，」帕布羅說：「他是個假教授。」

「我沒鬍子？什麼意思？」羅伯．喬登說：「不然這是什麼？」他輕撫下巴和臉頰上三天沒刮的金色鬍渣。

「那不是鬍子，」帕布羅說。他搖搖頭。「你那不是鬍子。」他幾乎是興高采烈了。「他是假教授。」

「我去你們所有人，」奧古斯敦說：「這裡根本和瘋人院沒兩樣。」

「你該喝一杯，」帕布羅對他說：「在我看來一切正常，只有羅伯托大人少了鬍子。」

瑪麗亞用手撫摸羅伯．喬登的臉頰。

「他有鬍子。」她對帕布羅說。

「自然沒人比妳清楚。」帕布羅說，羅伯．喬登望向他。

我不覺得他有那麼醉，羅伯．喬登心想。沒有，他沒那麼醉。我想我最好小心一點。

「你，」他對帕布羅說：「你覺得雪會繼續下嗎？」

「你怎麼想？」
「我在問你。」
「問別人吧，」帕布羅對他說：「我又不是你的情報人員，你不是有情報局的證件嗎？去問那個女人吧，她才是老大。」
「我問的是你。」
「去你的，」帕布羅對他說：「你和那女人和那女孩都去死。」
「他醉了，」普里米提沃說：「別理他，Inglés。」
「我不覺得他有那麼醉。」羅伯．喬登說。
瑪麗亞站在他身後，羅伯．喬登看見帕布羅的眼神越過他的肩膀望向她。他的頭圓圓的，臉上布滿鬍渣，上頭那對如同野豬的小眼睛正在打量她，羅伯．喬登心想：我在這場戰爭中見識過許多殺人如麻的傢伙，戰爭前也認識一些，他們各有不同，沒什麼共通的特徵或長相，也不是每個人生來就一臉凶相，但帕布羅絕算不上俊美。
「我不覺得你懂喝酒，」他對帕布羅說：「也不覺得你醉了。」
「我是醉了，」帕布羅莊重地說：「喝酒沒什麼，重要的是喝醉。Estoy muy borracho[175]。」
「我很懷疑，」羅伯．喬登對他說：「膽小怕事，那倒沒錯。」
洞穴裡突然變得好安靜，他能聽見皮勒煮飯用的爐柴正在嘶嘶地燒著，也能聽見自己雙腳重量壓上羊皮時產生的尖銳摩擦聲響。他甚至覺得可以能聽見外面飄雪的聲音，其實不行，但他可以聽見大雪落下的洞穴外萬籟俱寂。
真想殺掉他，以絕後患，羅伯．喬登心想。我不知道他打算做什麼，但總之不會是好事。後天

175 Estoy muy borracho，西班牙文，意思是「我喝得很醉」。

就要炸橋了，這男人不對勁，他會對任務的成功造成危害。來吧，就除掉這個後患。

帕布羅對他拉開微笑，舉起一根手指做出割喉的動作。他搖搖頭，但那根粗短的脖子只往兩邊各自小幅度轉了一些。

「不，Inglés，」他說：「別挑釁我。」他望向皮勒，對她說：「你們沒辦法這樣擺脫我。」

「Sinverguenza[176]，」羅伯．喬登對他說，恨不得此刻就能動手。「Cobarde[177]。」

「很可能我就是，」帕布羅說：「但我不接受挑釁。喝點酒吧，Inglés，也給那女人打個手勢，讓她知道沒能成功。」

「閉上你的嘴，」羅伯．喬登說：「是我自己想挑釁你。」

「別白費功夫了，」帕布羅對他說：「我不吃挑釁這套。」

「你就是個bicho raro[178]。」羅伯．喬登說，他不想放手，他不想失敗第二次，他才開口就明白他做過這件事，那感覺就像演出記憶裡的一個角色，是他讀過或夢過的一段記憶，而且感覺一切正在無限迴圈。

「很古怪，沒錯，」帕布羅說：「很古怪而且很醉。為你的健康舉杯，Inglés。」他用杯子從酒碗裡舀了一杯酒。「Salud y cojones[179]。」

他很古怪，沒錯，羅伯．喬登心想，他聰明，心思又複雜。羅伯．喬登因為呼吸聲太大，現在已經聽不見火堆燃燒的聲音。

「這杯敬你，」羅伯．喬登說，他用杯子去舀葡萄酒。如果沒有這類宣示為夥伴的過程，也不會有所謂的背叛，他心想。宣示效忠吧。「Salud[180]，」他說：「Salud再Salud。」你Salud吧，他心想。我用Salud向你宣示，你也Salud吧。

「羅伯托大人。」帕布羅語氣沉重。

「帕布羅大人。」羅伯．喬登說。

「你不是教授，」帕布羅說：「因為你沒有鬍子。如果想幹掉我，你就得暗殺我，而要暗殺嘛，我看你是沒這個cojones。」

他閉著嘴望向羅伯．喬登，雙唇緊抿成一條線，看起來就像魚嘴，羅伯．喬登心想，搭配他的頭就像條刺河豚，就是被抓到後會吞進空氣，把身體膨脹起來的那種魚。

「乾杯，帕布羅，」羅伯．喬登說，然後舉杯飲酒。「我從你身上學到很多。」

「我可給教授上了一課啊，」帕布羅點點頭。「好啦，羅伯托大人，我們可以做朋友啊。」

「我們已經是朋友了。」羅伯．喬登說。

「但現在我們是好朋友了。」

「我們已經是好朋友了。」

「我要出去，」奧古斯敦說：「說真的，大家都說人一輩子必須吞忍一大堆廢話，而我光是剛剛這一分鐘，兩隻耳朵就各被塞進二十五磅廢話了。」

「怎麼啦，negro[181]？」帕布羅對他說：「你不喜歡羅伯托大人跟我之間的友情嗎？」

「管好你的嘴，別叫我negro。」奧古斯敦走過去站在帕布羅面前，低垂的雙手緊握著。

「大家都這麼叫你啊。」帕布羅說。

176 Sinverguenza，西班牙文，意思是「無賴傢伙」。
177 Cobarde，西班牙文，意指「懦夫」。
178 bicho raro，西班牙文，意思是「古怪的可憐蟲」。
179 Salud y cojones，西班牙文，這裡可譯為「為你的健康和卵蛋舉杯」。
180 這裡的Salud意思接近於「舉杯致敬」。
181 negro，西班牙文，意思是「黑色」，這裡指「黑皮膚的人」。

「你不行。」

「那，好吧，blanco[182]——」

「叫白人也不行。」

「那你算什麼？紅人？」

「對，紅人，Rojo[183]。我們陣營的軍服就有紅星，我又擁護共和國。而且我的名字是奧古斯敦。」

「多愛國的一個人，」帕布羅說：「你瞧瞧，Inglés，這是愛國的典範啊。」

奧古斯敦抬手用力揮過他的嘴，他伸手搧了他巴掌，而且是反手搧。帕布羅坐著沒動，他的嘴角沾著酒，表情沒變，但羅伯．喬登看見他瞇起雙眼，就像貓的瞳孔遇到強光時縮成垂直的裂隙。

「這樣也不行喔，」帕布羅說：「別指望這樣能成功，女人。」他轉頭望向皮勒。「我不吃挑釁這套。」

奧古斯敦又打了他一下，這次是用緊握的拳頭揍他的嘴。羅伯．喬登在桌下握住手槍。他已解開保險，用左手把瑪麗亞推開。她只稍微移動了一下，他更使勁用左手推她的肋骨，直到她終於走開。她現在已經走遠，他可以從眼角餘光看見她偷偷摸摸地沿牆壁往火堆走去，然後羅伯．喬登望向帕布羅的臉。

那個圓頭男子坐在那裡，用扁扁小小的眼睛瞪著奧古斯敦。那對眼睛像貓的瞳孔般縮得更小了。他舔了舔嘴唇，抬起手臂用手背抹抹嘴，低頭看見手上有血。他用舌頭沿嘴唇舔過，吐了口口水。

「這也沒用，」他說：「我不傻。我不吃挑釁這套。」

「Cabrón[184]。」奧古斯敦說。

「你該清楚才對，」帕布羅說：「你也清楚那女人的心思。」

奧古斯敦又用力揍了他嘴巴一下，帕布羅對他笑，露出泡在血裡那兩排泛黃又東缺西缺的爛牙。

「放棄吧，」帕布羅說，他伸手用杯子從碗裡舀了一些酒。「這裡沒人有膽敢殺我的cojones，現在這樣揮拳也很傻。」

「Cobarde。」奧古斯敦說。

「罵我也沒用，」帕布羅說，他用酒大聲漱口，然後吐在地上。「我不會放在心上。」

奧古斯敦站在那裡低頭望著他，他咒罵他，他罵得很慢、很清楚、很刻薄，而且態度輕蔑，他用把牲口糞便從貨車上叉起丟到野地的穩定節奏不停罵他。

「這些話也不管用，」帕布羅說：「放棄吧，奧古斯敦，也別再打我了，你會傷到你的手。」

奧古斯敦轉身走向洞口。

「別出去，」帕布羅說：「外面在下雪，你在這裡舒舒服服地待著吧。」

「而你！你！」奧古斯敦從洞口轉回來對他說，他把對他的所有輕蔑化為一個字，「Tu[185]。」

「沒錯，我，」帕布羅說：「你死之後，我還會活著。」

他又舀了一碗酒，然後對著羅伯．喬登舉高酒杯。「敬這位教授，」他說，然後轉向皮勒，「敬我們的指揮官女士。」最後他對所有人舉杯，「敬所有癡心妄想的人。」

奧古斯敦走向他，動作快速地用手刀把他的酒杯打掉。

---

182 blanco，西班牙文，意思是「白色」，這裡指「白皮膚的人」。

183 Rojo，西班牙文，意思是「紅色」，這裡指「紅皮膚的人」。

184 Cabrón，西班牙文，罵人的話，可譯為「笨蛋」、「渾蛋」等。

185 Tu，西班牙文，意指「你」。

「真浪費，」帕布羅說：「這樣很傻。」

奧古斯敦對他說了些惡毒的話。

「不，」帕布羅又舀了一杯酒。「我醉了，你沒看見嗎？我沒喝醉才不會說話。你們從沒聽我說過這麼多話。但聰明人被迫跟蠢貨待在一起時，偶爾也非喝醉不可。」

「去你狗娘養的膽小鬼，」皮勒對他說：「我太了解你了，也知道你多沒種。」

「這女人嘴巴多髒啊，」帕布羅說：「我要出去看看那些馬。」

「去幹你的馬吧，」奧古斯敦說：「這不是你的習慣嗎？」

「沒用啦，」帕布羅一邊說話一邊搖頭。他從牆上取下他的大披風，望向奧古斯敦。「你沒用，」他說：「你那些暴力的招數也沒用。」

「你現在去找馬要幹什麼？」奧古斯敦說。

「去看看牠們。」帕布羅說。

「去幹牠們，」奧古斯敦說：「戀馬癖。」

「我很關心牠們，」帕布羅說：「光牠們的屁股都比你們這些人好看多了，也講理多了。你們找點別的事消遣吧，」他說著就笑了起來。「跟他們說說橋的事吧，Inglés，解釋一下你在攻擊任務中的工作。跟他們說要如何撤退，說你會帶他們去哪裡呢？Inglés？炸掉橋之後？你會把這些愛國者帶去哪裡呢？我一整天喝酒時都在想這些。」

「你想了什麼？」奧古斯敦問。

「我想了什麼？」帕布羅一邊用舌頭在嘴巴裡頭轉圈，確認嘴唇的狀況。「我想了什麼，Qué te importa？[186]」

「說啊。」奧古斯敦對他說。

「想很多，」帕布羅說。他把披風外套從頭頂套下去，那顆圓圓的頭從一堆骯髒的黃色布料皺褶中突了出來。「想了很多。」

「什麼？」奧古斯敦說：「想了什麼？」

「我想你們是群癡心妄想的傢伙，」帕布羅說：「帶領者是個大腦在胯下的女人，還有一個打算害死你們的外國人。」

「滾出去，」皮勒對他大吼：「滾去雪裡找死吧。帶走你那狗娘養的晦氣，你這個把馬都幹翻的 **maricón**[187]。」

「這罵人的口才真好。」奧古斯敦敬佩地說，但有點心不在焉。他擔心起來。

「我滾，」帕布羅說：「但很快就會回來。」他掀起洞口的毯子，走出去，然後從洞口外大喊：「還在下雪啊，**Inglés**。」

---

186 「Qué te importa?」這句西班牙文可譯為「你難道在乎嗎？」

187 **maricón**，西班牙文，意指「男同性戀者」，類似帶有貶意的「死玻璃」。

第十七章

洞穴內現在只剩火爐在嘶嘶作響，那是雪從洞穴頂端的縫隙落到燒紅煤炭上的聲音。

「皮勒，」佛南多說：「還有燉肉嗎？」

「哎呀，閉嘴啦。」女人說，但瑪麗亞把佛南多的碗拿到大鍋邊，鍋子現在已從爐上移到火邊，她拿起大杓子往裡面舀，然後把碗拿回去放到桌上，佛南多立刻低頭開始吃，她拍拍佛南多的肩膀，在他身邊站了一陣子，手還搭在他的肩膀上，但佛南多沒抬頭看，他只是認真在吃那碗燉肉。奧古斯敦站在火旁。其他人坐著。皮勒隔桌坐在羅伯・喬登的對面。

「好了，Inglés，」她說：「你見識過他是什麼德行了。」

「他會怎麼做？」羅伯・喬登問。

「什麼都有可能，」女人低頭望向桌面。「很難說，他什麼都幹得出來。」

「自動步槍在哪？」羅伯・喬登問。

「在那邊角落，裹在毯子裡，」普里米提沃說：「你要用嗎？」

「之後吧，」羅伯・喬登說：「只是想知道收在哪。」

「就在那裡，」普里米提沃說：「是我收進來的，裹在我的毯子裡是為了確保槍機部分乾燥，彈盤在那個背包裡。」

「他不會動槍，」皮勒說：「他不會用 máquina 來鬧事。」

「我以為你說他什麼都幹得出來。」

「是有可能，」她說：「但他沒拿這把 máquina 練習過，真要說的話，直接丟顆炸彈進來還比較符合他的風格。」

「不殺掉他實在太愚蠢、太軟弱了，」吉普賽人說。他整個晚上都沒有加入對話。「昨晚羅伯托就該殺掉他了。」

「殺掉他吧，」皮勒說。她的那張大臉表情陰沉，看起來很疲倦。「我現在贊成殺掉他。」

「我本來不贊成，」奧古斯敦說。他站在火前，長長的手臂垂在身體兩側，兩邊的臉頰在火光中顯出凹陷的陰影，顴骨下緣長滿鬍渣的部分也陷在陰影中。「現在我贊成，」他說：「現在的他只有害處，他很樂意看到我們全部死光。」

「大家表達一下意見吧，」皮勒的聲音顯得很累。「你呢？安德列斯？」

「Matarlo[188]。」兄弟中黑頭髮長到蓋住額頭的那位說，他說話時還點了點頭。

「埃拉迪歐？」

「我也同意，」兄弟中的另一位說：「我覺得他太危險了，而且毫無用處。」

「普里米提沃？」

「同意。」

「佛南多？」

「不能把他關起來就好嗎？」佛南多問。

「那誰要負責看守這個囚犯？」普里米提沃說：「我們得花兩個人力來顧他，而且最後又要拿他怎麼辦？」

「可以把他賣給法西斯分子。」吉普賽人說。

「別搞那些手段，」奧古斯敦說：「別搞那些卑鄙的手段。」

---

188 Matarlo，西班牙文，意思是「殺掉他」。

「只是個提議，」名叫拉菲爾的吉普賽人說：「那些facciosos[189]抓到他應該會很高興。」

「別講了，」奧古斯敦說：「太卑鄙了。」

「不會比帕布羅更卑鄙。」吉普賽人為自己辯解。

「別人卑鄙不代表你就能卑鄙，」奧古斯敦說：「好，大家都講過了，只剩下老頭和Inglés。」

「他們不算，」皮勒說：「他沒領導過他們。」

「等一下，」佛南多說：「我還沒講完。」

「講個盡興吧，」皮勒說：「講到他回來，講到他把手榴彈從洞口的毯子底下滾進來，把炸藥還有一切全炸光為止吧。」

「我覺得妳太誇張了，皮勒，」佛南多說：「我不認為他有那種念頭。」

「我也覺得沒有，」奧古斯敦說：「因為這樣會把葡萄酒也炸掉，他可是很快就要回來喝酒了呢。」

「為什麼不把他交給聾子，讓聾子把他賣給法西斯分子？」拉菲爾提議。「把他的眼睛弄瞎，他就好擺布了。」

「閉嘴，」皮勒說：「你一說話，我就覺得把你殺掉也沒什麼不對。」

「法西斯分子不會花錢來買他，」普里米提沃說：「早就有人試過了，他們才不會因此掏錢，還會把你一起打死。」

「我相信只要把他弄瞎，就一定能換到些什麼。」拉菲爾說。

「閉嘴，」皮勒說：「再說什麼弄瞎眼睛，我就把你一起搞瞎。」

「但是，帕布羅那傢伙也曾經把受傷的guardia civil弄瞎啊，」吉普賽人堅持。「妳忘了嗎？」

「閉上你的嘴。」皮勒對他說。在羅伯．喬登面前談起這件事讓她覺得很丟臉。

「你們還沒讓我講完。」佛南多插嘴。

「給你講完，」皮勒對他說：「講啊，你講完。」

「把帕布羅囚禁起來，如果算是不切實際，」佛南多開始說：「那把他交給敵方，又讓人難以接受——」

「快講完，」皮勒說：「拜託神賜予我愛的力量，快講完！」

「——畢竟跟敵方進行任何交涉都不合適的話，」佛南多繼續冷靜地說：「我同意，或許他該被除掉，以確保目前正在規畫的各種任務，能擁有最大的成功機會。」

皮勒望著那個矮小的男人，她搖搖頭，咬住下唇，什麼都沒說。

「這就是我的意見，」佛南多說：「我認為我們能夠合理地認定，他對共和國造成危害——」

「聖母瑪利亞呀，」皮勒說：「就算是這種鬼地方，就算只有一個男人，竟然也能靠一張嘴大玩官僚把戲。」

「我這是根據他的發言和近期表現做出的結論，」佛南多繼續說：「儘管我們確實該感激他在反抗運動初期到不久之前的表現——」

皮勒剛剛已經走到火邊，此刻她又來到桌邊。

「佛南多，」皮勒沉靜地開口，伸手遞給他一個碗。「心懷感激地接下這碗燉肉吧，用燉肉塞滿你的嘴，別再說話。我們明白你的想法了。」

「但，這樣要怎麼——」普里米提沃開口問，但又沉默下來，沒把句子說完。

「Estoy listo[190]，」羅伯．喬登說：「我準備好了。既然你們都覺得應該下手，那我可以替你們代勞。」

---

189 faccioso，西班牙文，意思是「叛亂分子」，複數為 facciosos。

190 Estoy listo，西班牙文，意思是「我準備好了」。

怎麼回事？他心想。怎麼聽了佛南多說話，我也跟著官腔官調起來？這種語言一定很有感染力。法文是外交的語言，西班牙文是官腔的語言。

「不，」瑪麗亞說：「不。」

「不干妳的事，」皮勒對女孩說：「閉上嘴巴。」

「我今晚動手。」羅伯．喬登說。

他看見皮勒盯著他，她把手指放在嘴唇上，朝著洞口使眼色。

固定在洞口的毯子被人掀開，帕布羅把頭伸進來。他對所有人咧嘴一笑，然後從毯子底下鑽進來，轉身再次把毯子固定好。他轉身後站在洞口，把長披風從頭頂脫下，甩掉上面的雪。

「你們在討論我嗎？」他對所有人開口。「打斷你們了？」

沒人回答，他把披風掛在牆上的一根大釘子上，走向桌邊。

「Qué tal？」他問，然後拿起自己放在桌上的空杯子，伸進酒碗裡打算舀酒。「沒酒了，」他對瑪麗亞說：「從酒囊裡弄一點來。」

瑪麗亞拿起酒碗走向那個頸子朝下倒掛在牆面的皮酒囊，那只鼓脹脹的皮囊表面布滿灰塵、燻得很黑，她將皮囊其中一條腿上的塞子轉鬆，但沒轉開，只是讓塞子邊緣有酒湧向酒碗。帕布羅看著她跪在地上高舉著碗，他望著淺紅色的酒快速裝滿酒碗，速度快到在碗中創造出漩渦。

「小心一點，」他對她說：「酒現在已經少到皮囊的胸口以下了。」

沒人說話。

「本來皮囊的酒剛好滿到肚臍，我今天喝到胸口了，」帕布羅說：「這可是一整天的成績啊。你們是怎麼回事？舌頭都不見了嗎？」

還是沒人說話。

「把塞子轉緊一點，瑪麗亞，」帕布羅說：「別灑出來了。」

「之後還會有很多酒，」奧古斯敦說：「夠你喝醉了。」

「有人找到他的舌頭了啊，」帕布羅說話時對奧古斯敦點點頭。「恭喜！還以為你給嚇傻了呢。」

「被什麼嚇傻？」奧古斯敦問。

「被走進來的我。」

「你只是走進來而已，哪有什麼大不了？」

他蓄勢待發啊，或許吧，羅伯．喬登心想，或許奧古斯敦會動手，畢竟他是真心痛恨他。我不痛恨他，他心想，不，我不痛恨他。他令人厭惡，但我不痛恨他，就算把別人弄瞎確實說明了他這人很糟糕，但這畢竟是他們的戰爭。不過接下來兩天絕不能再跟他扯上關係，我打算先收手，他心想，我今天已經在他面前大出洋相，雖然很樂意除掉他，但不打算在任務之前再跟他有什麼無謂的糾葛。更何況洞穴裡有炸藥，我們也不能在這裡搞出槍戰或耍什麼把戲。帕布羅一定有想到這點，這是當然，那你想到了嗎？他問自己。不，你沒想到，奧古斯敦也沒有。沒想清楚是你活該，他心想。

「奧古斯敦。」他說。

「怎樣？」奧古斯敦一臉陰沉地抬起頭來，轉身背對帕布羅。

「我想跟你談談。」羅伯．喬登說。

「晚點再說。」

「現在，」羅伯．喬登說：「Por favor[191]。」

羅伯．喬登此時已走向洞口，帕布羅的眼神跟著他移動。奧古斯敦起身走向他，身形很高的他雙頰凹陷，動作看來很不情願，而且態度輕蔑。

---

191 Por favor，西班牙文，意思是「麻煩了」。

「你忘記背包裡有什麼了嗎？」為了不讓別人聽見，羅伯・喬登非常小聲地對他說。

「去他的！」奧古斯敦說：「一習慣就忘了。」

「我自己也忘了。」

「去他的！」奧古斯敦說：「Leche！[192]我們有夠蠢。」他迅速轉身，一副稀鬆平常地走回桌邊坐下。「喝一杯吧，帕布羅老兄，」他說：「馬都還好嗎？」

「很好，」帕布羅說：「而且雪變小了。」

「你覺得會停嗎？」

「會，」帕布羅說：「雪沒那麼大了，雖然還有些硬硬的小冰珠，風也還會繼續吹，但雪會慢慢停。風向變了。」

「你覺得明天會放晴嗎？」羅伯・喬登問他。

「會，」帕布羅說：「會冷，但會放晴。風向在變。」

瞧瞧他，羅伯・喬登心想，現在他又變友善了。他就跟風向一樣變了。他的臉跟身體和豬沒兩樣，我也知道他之前殺過很多人，但這人還是跟氣壓計一樣善於偵測環境的改變。沒錯，他心想，他跟豬一樣惹人厭，但豬也是非常聰明的動物。帕布羅是痛恨我們，又可能只是討厭我們的計畫，總之他會用各種羞辱人的手段拉高我們之間的仇恨，但等你準備好除掉他，他發現不能再搧風點火之後就會和緩下來，重新找方法跟你相處。

「我們出動時會遇到好天氣，Inglés。」帕布羅對羅伯・喬登說。

「**我們**，」皮勒說：「**我們**？」

「對，我們，」帕布羅對她笑，然後又喝了點酒。「為何不幹？我剛剛出去時想過了。我們為什麼不該同心協力呢？」

「為了什麼同心協力？」女人問：「你現在是指什麼？」

「所有事，」帕布羅對她說：「包括炸橋的事，我現在贊成你們的作法。」

「你現在贊成我們？」奧古斯敦對他說：「在你剛剛說了那些話之後？」

「對，」帕布羅對他說：「既然天氣變了，我現在贊成你們。」

奧古斯敦搖頭。「天氣，」他說著又搖搖頭。「在我剛剛打了你的臉之後？」

「對，」帕布羅對他咧嘴笑，還用手指劃過自己的嘴唇。「在你打過我之後。」

羅伯．喬登正在觀察皮勒。她望著帕布羅的表情像看到一頭奇怪的動物。因為剛剛提起弄瞎別人眼睛的過去，她臉上的表情還籠罩著一抹陰影。她彷彿想擺脫陰影般地甩甩頭，然後決定將一切拋諸腦後。「聽著，」她對帕布羅說。

「是的，女人。」

「你是怎麼回事？」

「沒怎麼，」帕布羅說：「我改變想法了，就這樣。」

「你剛剛在洞口偷聽。」她對他說。

「對，」他說：「但什麼都聽不見。」

「你怕我們會幹掉你。」

「不，」他對她說，然後越過酒杯望向她。「我不怕，妳很清楚。」

「好，那你是怎麼了？」奧古斯敦說：「剛剛你醉到不行，找我們每個人麻煩，該做的工作也不做，還態度卑劣地咒我們死，而且羞辱女人，又反對該進行的——」

「我喝醉了。」帕布羅對他說。

192「Leche!」這個西班牙文字直譯是「奶水」，西班牙文中常用這個字罵人，比如若覺得一個人個性很糟，就會說對方喝了壞掉的母奶。此處可譯為「去你的！」或「狗娘養的」。

「那現在——」

「我酒醒了，」帕布羅說：「改變心意了。」

「讓其他人去相信你吧，我可不信。」奧古斯敦說。

「信不信隨你，」帕布羅說：「但除了我之外，沒人可以帶你們去格雷多山區。」

「格雷多山區？」

「我們炸完橋之後只可能去那裡。」

羅伯．喬登雙眼望向皮勒，同時抬起距離帕布羅比較遠的手，以尋求解答的姿態輕拍自己的右耳。

女人點頭，接著又點了一次頭。她對瑪麗亞說了些話，女孩於是來到羅伯．喬登身旁。

「她說：『他一定是聽到了。』」瑪麗亞附在羅伯．喬登的耳邊說。

「那麼，帕布羅，」佛南多用法官判決的姿態說：「你現在決定加入我們，而且贊成炸橋的行動？」

「沒錯，老大。」帕布羅說。他直直望著佛南多的雙眼，點點頭。

「真的？」普里米提沃問。

「De veras[193]。」帕布羅對他說。

「而且你覺得可以成功？」佛南多問：「你現在有信心了？」

「為什麼不呢？」帕布羅說：「難道你們沒信心嗎？」

「我有，」佛南多說：「但我這人總是有信心。」

「我要出去。」奧古斯敦說。

「外面冷。」帕布羅口氣友善地對他說。

「或許吧，」奧古斯敦說：「但我受不了這個manicomio[194]了。」

「別說這個洞穴是瘋人院。」佛南多說。

「充滿瘋狂罪犯的manicomio，」奧古斯敦說：「我要在自己也瘋掉之前離開這裡。」

193 De veras，西班牙文，意指「是真的」。

194 manicomio，西班牙文，意思是「瘋人院」。

第十八章

這情況就像旋轉木馬，羅伯．喬登心想。不是那種轉得很快、搭配氣笛風琴樂，還有孩子騎在牛角塗金的牛背上的那種旋轉木馬，那種旋轉木馬一旁會有套圈圈遊戲，附近的梅因大道[195]瓦斯燈會在剛入夜時燃起藍色燈火，隔壁的小攤販賣炸魚，而幸運輪盤遊戲的皮片拍打著插在旋轉盤面上每個編號隔間上的短棍，作為獎品的包裝糖塊則被堆成金字塔。不，現在的情況不像旋轉木馬，儘管確實同樣有人在等待，就像那些等待上旋轉木馬的鴨舌帽男人和穿針織毛衣的女人，那些人站在旋轉的幸運輪盤前面，女人的頭在瓦斯燈光下毫無遮掩，髮絲閃閃發光。現在的情況是另一種旋轉木馬，底下的轉盤不只旋轉還會往上升。

這樣的轉盤現在已經轉了兩次。在他的想像中，那是個以一定角度傾斜的巨大轉盤，每次都會在轉一圈後回到原點。轉盤的一側比另一側高，每次旋轉都讓你升高後又降回原處。搭乘這種旋轉木馬沒有定價，他心想，也沒有人會主動選擇去搭。每次你上去，旋轉，內心從來不是願意的。旋轉的方式只有一種：你會繞上很大一圈，橢圓形的一圈，先是升高再下降回開始的地方。我們現在又轉回來了，他心想，而且什麼都沒搞定。

洞穴中很溫暖，外面的風力漸弱。他現在坐在桌前，桌面上擺著筆記本，筆記本上記載了炸橋所需的一切技術細節。他畫了三幅素描，計算了幾個公式，還用兩幅畫說明炸橋的手法，就像在教導幼稚園學童一樣簡單清楚，這樣就算自己在爆破過程中發生了什麼事，安索莫也有辦法完成工作。他把素描的部分完成，仔細端詳起來。

坐在一旁的瑪麗亞越過他的肩膀看他在做的工作。他意識到帕布羅正坐在桌子對面，其他人則在聊天和玩牌，他意識到洞穴內的氣味改變，原本是餐食和烹調過程散發的氣味，現在變成火堆悶燒的煙味和人的氣味，另外還有菸草味、紅酒味，和刺鼻而汙濁的體味，當望著他完成素描的瑪麗亞把手放到桌上時，他用左手握起那隻手，靠近自己的臉，嗅聞她因為剛剛清洗碗盤留在手上的粗皂及水味。他把她的手放下時沒看她，只是繼續工作，所以沒能看見她臉紅。他就讓她的手擱在那裡，離他的手很近，但沒有再握起來。

現在他已經完成了爆破計畫，於是翻開筆記本的新頁，寫上執行任務的指令。他清楚、仔細地思考過一切，對寫出的結果也感到滿意。他在筆記本中寫了兩頁，然後又仔細讀過一遍。

我想這樣就可以了，他對自己說。這些指令非常清楚，我不覺得有任何漏洞。兩個哨站會遭到殲滅，橋也會依照戈茲的指示炸掉，我的責任僅止於此。這些帕布羅鬧出來的問題本來就不該由我該處理，最後無論如何也會找到方法解決。帕布羅可能會參與，也可能不參與，反正我都不在乎。但我不打算再搭上那座轉盤了，我已經上去過兩次，兩次都在旋轉後回到原點，我不打算再搭了。

他闔上筆記本，抬頭望向瑪麗亞，「Hola, guapa，」他對她說：「看出什麼心得了嗎？」

「沒有，羅伯托，」女孩說，她把手放在他還握著鉛筆的手上。「你做完了嗎？」

「對，都寫出來了，順序也清楚。」

「你剛剛在做什麼，Inglés？」桌子對面的帕布羅問他，他的雙眼又朦朧起來。

羅伯．喬登仔細看著他。別再搭上那座轉盤了，他對自己說，千萬別踏上去。我覺得那座轉盤又要開動了。

「在處理橋的問題。」他有禮地報告。

「處理得如何？」帕布羅問。

---

195 梅因大道（Avenue du Maine）位於巴黎，又譯為「緬因大街」。此條道路是環城道路向城內的銜接道路，位於第十四區。

「很好，」羅伯．喬登說：「一切都很好。」

「我一直在思考撤退的問題。」帕布羅說，羅伯．喬登看著他那雙醉醺醺的豬眼，又望向那只酒碗。那只酒碗已經快見底了。

遠離那座轉盤，他告訴自己。他又在喝酒了，這沒辦法，但你不准再搭上那座轉盤。美國南北戰爭的時候，格蘭特將軍[196]不也一天到晚喝酒嗎？他當然是。要是格蘭特將軍有機會見到帕布羅，一定會因為遭到如此類比而大為火光。格蘭特將軍也愛抽雪茄，嗯，他得看看能不能給帕布羅搞來一根雪茄。只差一根雪茄就能完成格蘭特將軍那張臉了，一根抽一半的雪茄就好。他可以去哪裡為帕布羅搞來一根雪茄？

「還順利嗎？」羅伯．喬登禮貌地問。

「很順利，」帕布羅態度沉重而審慎地點點頭。「Muy bien[197]。」

「你想出計畫了？」正在打牌的奧古斯敦朝這裡問。

「對，」帕布羅說：「想到不少。」

「從哪裡找到想法？酒碗裡？」奧古斯敦質問。

「可能吧，」帕布羅說：「誰知道呢？瑪麗亞，把酒碗裝滿，好嗎？麻煩了？」

「酒囊裡一定有些不錯點子，」奧古斯敦繼續打牌。「你怎麼不爬進去裡頭找一找？」

「不了，」帕布羅和氣地說：「我在碗裡找就好。」

他也不打算搭上轉盤了，羅伯．喬登心想。轉盤看來獨自在打轉。我猜任何人都沒辦法花太長時間搭轉盤。那轉盤會害人沒命。很高興我們都下來了。搭上轉盤讓我頭昏眼花了好幾次。但酒鬼和那些真正刻薄或殘酷的人會在轉盤上待到死去為止。每次轉盤上升的軌跡不盡相同，但最後都會下降回來。任由轉盤去轉吧，他心想。沒有人能再讓我搭上去，不管是哪位先生或格蘭特將軍都不行，我要對轉盤敬而遠之。

皮勒正坐在火邊，她已經把椅子轉向兩個背對她打牌的人，此時也正越過他們的肩膀看他們的牌。她正在關注那場牌局。

本來感覺都要殺出個你死我活了，現在卻又是家常生活的氛圍，這種改變實在怪到極點，羅伯．喬登心想。就是在這種時候，該死的轉盤下降，但你一不小心又會踏上去。不過我現在對轉盤敬而遠之了，他心想。誰都別想再把我拖上去。

兩天前我根本不認識皮勒那女人，我的人生中不存在帕布羅和其他人，他心想，世上也根本沒有瑪麗亞這號人物。那個世界單純多了。我在那個世界接下了戈茲的指示，那些指示清楚明瞭，儘管能看出不容易，也可能面臨某些後果，但似乎還是完全可執行的指示。把橋炸掉之後，我們是否要回到共和國領地都無所謂，如果回去了，我會要求在馬德里待一段時間。這場戰爭中沒人能放假，但我確定可以想辦法在馬德里待個兩、三天。

我在馬德里打算買一些書，還要去佛羅里達飯店[198]開個房間，洗個熱水澡，他心想。我打算派門房小弟路易斯去買一瓶苦艾酒，或許可以在雷昂內斯乳品雜貨店[199]找到一瓶，或者在格蘭大道的隨便一間店找到，然後我會躺在床上，洗澡後讀書，喝上幾杯苦艾酒，再致電蓋洛飯店[200]，看能不

196 尤利西斯．S．格蘭特（Ulysses S Grant, 1822-1885），共和黨政治家，曾為美國上將及第十八任美國總統。據稱年輕時曾在服役時酗酒而自請辭職，不過在南北戰爭時立下不少戰功。

197 Muy bien，西班牙文，非常好。

198 佛羅里達飯店（Florida Hotel）位於西班牙馬德里的市中心，此飯店始建於一九二四年，在西班牙內戰期間是很多外國記者駐點的地方，許多政要名流也會住在這裡，海明威在西班牙擔任北美新聞協會（North American News Association）記者時也曾住在這裡。飯店原址現在被一棟百貨公司所取代。

199 雷昂內斯乳品雜貨店（Mantequerías Leonesas）是馬德里一間高級雜貨店。

200 蓋洛飯店（Gaylord's Hotel）也曾是馬德里的一間重要飯店，目前已遭到移平後變成住宅區。

能去吃頓飯。

他不想在格蘭大道上吃飯，因為那裡的食物其實不好，而你一定得準時抵達，只要晚了就都沒了。而且那一帶太多他認識的記者，他不想吃頓飯還得小心翼翼地說話。他想喝苦艾酒，他想暢所欲言，他想去蓋洛飯店找卡科夫吃飯，那裡有好食物和貨真價實的啤酒，他還想多了解一點戰況。

他以前不喜歡馬德里這間由俄國人接手的蓋洛飯店，第一次去的時候，他覺得以一座正遭受圍攻的城市來說，這間飯店似乎太奢華，食物也太好了，而且裡頭有關戰爭的言論也太過憤世嫉俗。但我也是很容易墮落啊，他心想。當你結束像現在這樣一場任務之後，為何不該享受所有可能蒐羅到的美食呢？而他當時聽到覺得太過犬儒的發言，現在也發現再真實不過了。這是值得在蓋洛飯店分享的心得，他心想，等這一切結束之後。沒錯，等這一切結束之後。

你可以把瑪麗亞一起帶去蓋洛飯店嗎？不，你不行，但你可以把她留在飯店，她可以洗個熱水澡，在房間裡等你從蓋洛飯店回來。沒錯，你可以這樣做，等你跟卡科夫提過她之後，下次就能帶她去，因為他們會對她感到好奇，也會想要見她。

或許你根本不會去蓋洛飯店。你可以早早在格蘭大道用餐，然後趕回佛羅里達飯店，但你知道你一定會去蓋洛飯店，因為你想把那裡上上下下再看過一次，等這一切結束之後，你會想再去吃那裡的食物，想看看其中提供的一切舒適及奢華享受。然後你會回到有瑪麗亞在的佛羅里達飯店。沒錯，等這一切結束之後，瑪麗亞會在那裡等他。等這一切結束之後，對，等這一切結束之後。如果能把這場任務幹好，他就有資格去蓋洛飯店享用一餐。

你可以在蓋洛飯店遇見原本是農民或工人的著名西班牙指揮官，這些平凡人原本沒受過任何軍事訓練，卻在戰爭一開始就拿起了武器，你也會發現他們很多人會講俄語。幾個月之前，他第一次因此深感幻滅，私底下也變得憤世嫉俗起來，不過理解前因後果就沒事了。這些人**確實是**農民和工人。他們在一九三四年的革命[201]中很活躍，後來在革命失敗後被迫逃出國家，之前在俄國時，他們曾被送去軍事學校或共產國際所屬的列寧學院，以便之後可以隨時投入戰爭，也能接受帶兵所需的軍事教育。

共產國際在那裡教育過他們。在任何一場革命中，你都不能讓局外人知道誰在幫助你，也不能讓任何人知道超出他任務範圍的事。他深深明白這個道理。如果一件事在根本上是正確的，為此說謊就不該有問題。不過謊言實在太多了。他一開始不是很在意撒謊，而且是討厭，之後卻變得喜歡起來。要成為局內人就得撒謊，但這實在是很墮落的習慣。

正是在蓋洛飯店，你得知大家稱為El Campesino或「農民旅長」的瓦倫汀．剛薩雷斯[202]其實沒當過農民，他原本是西班牙外籍軍團的中士，逃兵後曾和阿卜杜．克里姆[203]一起作戰。其實這也沒關係嘛，有什麼不可以呢？在這種戰爭中，你需要很快找來農民領袖，而真正的農民領袖又很可能是帕布羅那種德行。你不可能枯等真正的農民領袖出現，就算真的出現了，他們的農民性格可能又太強，所以你得自己打造一個出來。說到這，根據他見過農民旅長的印象，包括黑鬍子、厚厚的黑唇，極為炙熱的圓圓大眼，他覺得他可能跟真正的農民領袖一樣難搞。上次見到他時，他似乎已經開始相信別人為他打造的形象，真心認為自己是個農民。他是個勇敢、強悍的男人，他的勇猛在這世間無人能敵，但天主啊，他真的有夠囉嗦，只要一興奮起來就會口不擇言，絲毫不顧後果，也早因此惹出不少麻煩。不過就算是在看似兵敗如山倒的處境中，他也是個非常厲害的旅長，他從不懂什麼叫「兵敗如山倒」，就算真遇到這種狀況，他也會想辦法殺出一條血路。

201　一九三四年十月，西班牙爆發大規模工人武裝起義。

202　瓦倫汀．剛薩雷斯（Valentín González, 1904-1983）是西班牙共和陣線的指揮官，別稱El Campesino直譯為「農民」，此處結合他的官階稱為「農民旅長」。

203　阿卜杜．克里姆（Abd el Krim, 1882-1963）是一位摩洛哥的政治及軍事領袖，曾率領游擊隊抵抗法國及西班牙的殖民勢力。

同樣是在蓋洛飯店，你認識了來自加利西亞[204]的平凡石匠安立奇．李斯特[205]，他現在是一位師長，也會講俄語。你還在那遇見了來自安達魯西亞的櫥櫃工匠胡安．莫德斯托[206]，他當時才剛被升為軍團司令。他一直沒有在聖瑪麗亞港學好俄語，如果當時那裡有讓這位櫥櫃工匠去上課的貝里茲語言學校，他或許就能學了。他在年輕軍人中最受俄國人信任，因為他是個真正忠於「黨」的人，還自豪地引用了美國人的說法「百分之百效忠」。他比李斯特或農民旅長都還要更聰明。

沒錯，任何人若想接受完整的教育就得去蓋洛飯店。你會在那裡明白真實世界的運作方式，而不是理想中的模樣。他接受的教育才剛剛開始，他心想，他好想知道若是長久學習下去會如何。蓋洛飯店是個可靠的好地方，而且符合他的需求。一開始他信了一堆胡說八道，因此那地方讓他大受打擊，但現在他懂得夠多，也接受了各種欺瞞的必要性，他在蓋洛飯店得知的一切只讓他更相信以前認定為真的信念。他喜歡知道一切的真實狀況，而不是理想的樣子。戰爭中總有欺瞞，但跟所有的謊言和傳奇相比，李斯特、莫德斯托和農民旅長的身分真相精采多了。反正，總有一天他們會對世人說出真相，而此刻他很高興世間能有一間蓋洛飯店，好讓他有機會得知真相。

沒錯，等他買了書、泡過熱水澡，喝過幾杯酒又讀了一陣子書後，這就是他在馬德里會去的地方。但這計畫是在瑪麗亞進入他的人生之前擬好的。好吧，他們可以開兩個房間，他去蓋洛飯店時，她可以做自己想做的事，等他回來找她。這些日子以來她在山區等了這麼久，在佛羅里達飯店再等他一下也行吧。他們會在馬德里待三天，三天可以很長。他會帶她去馬克思兄弟主演的《歌聲儷影》[207]，那部電影已經上映三個月，一定會好看到足以再演三個月。她一定會喜歡《歌聲儷影》中的馬克思兄弟，他心想。她一定會喜歡。

蓋洛飯店距離這個洞穴很遠。不，這不算遠，真正遙不可及的是如何從這個洞穴抵達蓋洛飯店。之前是卡什金帶他去，他不喜歡那裡。卡什金那時說他該見見卡科夫，因為卡科夫想了解美國人，而且他是羅培．德維加在世間最狂熱的愛好者，還認為他的《羊泉村》[208]是史上最傑出的劇作。或許是吧，但羅伯．喬登不這麼想。

他那時候挺喜歡卡科夫的，但不喜歡那地方。卡科夫是他見過最聰明的男人。羅伯．喬登第一次見到他時，他穿著黑馬靴、灰馬褲和灰長袍，手腳很小，微胖的臉和身體弱不禁風，說話的樣子彷彿不停從一口爛牙間吐出口水，整體看起來很滑稽。不過跟他見過的人相比，他比誰都有腦子，內在自尊心也更強，表現出來的傲慢跟幽默感無人能及。

當時的蓋洛飯店看來奢華又墮落，一點也不得體。但統治世界六分之一人口的國家都派代表來西班牙了，這些人憑什麼不能享受一下？總之，他們確實享受到了，羅伯．喬登一開始很反感，但後來接受了，自己也開始享受。卡什金把他吹噓得很了不起，因此卡科夫一開始擺出表面恭敬實則輕蔑的態度，不過一旦羅伯．喬登不再擺出英雄角色的調調，反而是說了個真的很搞笑的故事，甚至是大出洋相之後，卡科夫就不再客氣。鬆了一口氣的卡科夫重新粗魯起來，也恢復傲慢姿態，兩人後來成了朋友。

卡什金在那裡並不受歡迎，他顯然是鬧出一些問題才被派來西班牙將功贖罪。他們不肯跟他說

---

204 加利西亞（Galicia）位於西班牙的西北沿海，是十七個自治區之一。

205 安立奇．李斯特（Enrique Lister, 1907-1994）在一九二五年加入西班牙共產黨，是共和軍重要的軍事領袖之一。

206 胡安．莫德斯托（Juan Modesto, 1906-2969）是西班牙內戰的著名共和陣營軍官之一。

207 馬克思兄弟（Marx Brothers）是在美國於一九〇五年出道的一組喜劇演員，總共有五人，許多評論家稱他們是二十世紀最具影響力的喜劇明星之一。原文寫的電影名稱是Marx Brothers at the Opera，但指的應該是《歌聲儷影》（*A Night at the Opera*, 1935）這部喜劇電影。

208 羅培．德維加（Lope de Vega）是十六世紀西班牙黃金時代最重要的作家之一，他的劇作《羊泉村》（Fuente Ovejuna），其中處理的是地主和農民之間的階級鬥爭。

是什麼事，但既然他死了，現在他們或許願意告訴他。總之，他和卡科夫成為朋友，也跟卡科夫的妻子成為朋友，那位妻子非常瘦，形容憔悴，膚色深，個性很有愛心但容易緊張，生活貧困但不因此懷恨，此外這女人身形修長，但從未好好保養身體，參雜著灰髮的黑髮剪得很短，工作是在坦克軍團擔任口譯。他也跟卡科夫的情婦成為朋友，她有一雙貓眼，頭髮是紅金色（有時比較紅，有時比較金，端看理髮師的手法），身體慵懶又性感（天生就適合和其他身體結合），嘴唇是為了與其他嘴唇貼合而存在，內在則是個愚蠢、野心勃勃但又待人忠誠的女人。這名情婦很愛說別人八卦，時不時還會去外面亂搞，但又不會過頭，似乎只是為了跟卡科夫鬧著玩。卡科夫在坦克軍團外似乎還有一個妻子，也可能是有兩個妻子，沒人能真正確定。羅伯．喬登喜歡他認識的那位妻子，也喜歡那名情婦。如果他認識卡科夫的另一位妻子，假如真有這麼一個人的話，他大概也會喜歡她。卡科夫挑女人很有品味。

蓋洛飯店樓下的門廊外站著槍上裝著刺刀的哨兵，在馬德里這座遭到圍攻的城市裡[209]，那會是最宜人、最舒適的地方了。如果可以的話，今晚他寧可在那裡，而非這座洞穴，但既然轉盤已停止旋轉，這裡也還算過得去了，而且雪也在慢慢變小。

他想帶他的瑪麗亞去給卡科夫瞧瞧，但在這麼做之前得先問過他，而且在這趟任務結束後，他也得先確認那裡的大家樂不樂意見到他。這趟攻擊結束後，戈茲也會在馬德里，如果他表現得好，大家都會從戈茲口中得知消息。戈茲一定也會拿瑪麗亞的事來揶揄他，畢竟他之前特別交待過他別碰女人。

他伸手往帕布羅面前的碗裡舀了一杯酒。「不好意思。」他說。

帕布羅點點頭。他正在認真思考軍事問題吧，我猜，羅伯．喬登心想。他沒在砲口下尋求隨時會化為泡沫的名聲，而是在那只酒碗中尋找問題的答案，但你很清楚，只要他願意，這狗雜種可以把這個小隊帶領得非常成功。看著帕布羅時，他不禁思考，若是在美國南北戰爭期間，他會成為哪種游擊隊領袖？那時有很多游擊隊領袖，他心想，但我們對他們所知甚少。不是指庫安崔爾[210]或莫斯比[211]這類角色，也不是指他自己的祖父，而是那些小隊領袖，到處在野地打游擊的那種。還有喝酒這件事。你真以為格蘭特將軍是個酒鬼嗎？他祖父宣稱他是，說他通常下午四點就已微醺，還說他在圍攻維克斯堡期間[212]就已經大醉了好幾天。但他祖父也宣稱他不管喝了多少表現仍完全正常，只是有時候很難叫醒。但只要**有辦法**叫醒，他都很正常。

截至目前為止，這場戰爭的兩邊陣營都沒有格蘭特、薛曼[213]或石牆傑克森[214]這類的人才。沒有。沒有像傑布・史都華[215]的人，也沒有像謝里登[216]的人，倒是麥克萊倫[217]這類貨色到處都是。法西

209 馬德里此時正遭到國民軍的圍攻。

210 威廉・庫安崔爾（William Quantrill）是美國南北戰爭時期南方美利堅諸州同盟的著名游擊隊領袖。

211 約翰・S・莫斯比（John Singleton Mosby）是美國南北戰爭時期南方美利堅諸州同盟的著名騎兵營指揮官，執行閃電突襲的能力相當出名。

212 維克斯堡（Vicksburg）之役的美利堅合眾國方由格蘭特將軍指揮，後來輸給了聯邦軍，這算是美國內戰末期關鍵的戰役之一，美利堅聯盟國的敗局在此役算是大勢底定。

213 威廉・特庫姆賽・薛曼（William Tecumseh Sherman）是美國南北戰爭的北軍將領，因戰略大膽及戰功顯赫而有「魔鬼將軍」之稱。

214 石牆傑克森（Thomas Jonathan “Stonewall” Jackson）是美國南北戰爭時的著名南軍將領。

215 傑布・史都華（James Ewell Brown “Jeb” Stuart）是美國南北戰爭時的南軍陸軍少校，他也被稱為美國歷史上最傑出的騎兵指揮官之一。

216 菲利普・謝里登（Philip Sheridan）是美國南北戰爭時期的著名聯邦軍將領，對於後來北軍的勝利有極為重要的貢獻。

217 喬治・B・麥克萊倫（George B. McClellan）是美國南北戰爭的北方聯邦軍將領，在內戰初期曾對軍隊的組織訓練工作做出貢獻，後來卻在指揮幾場關鍵戰役時落敗，間接導致內戰延長，後來還跟總司令林肯產生了嫌隙。後世對他評價褒貶不一，是一個爭議人物。

斯陣營中的這類貨色不少，我們這邊也至少有三位。

他確定沒在這場戰爭中見過任何軍事天才，一個也沒有，就連摸著邊的也沒有。克萊柏[218]、盧卡茨[219]和漢斯跟國際縱隊聯手保衛馬德里時，各自都幹得不錯，但後來，那個性格自負、蠢到不行、口才差，又有勇無謀的老光頭四眼仔米亞哈[220]，不但自我宣傳為馬德里的守護者，還因為嫉妒克萊柏的好名聲，強迫俄國人解除克萊柏的指揮權，把他遠派到瓦倫西亞。克萊柏是個好軍人，但能力有限，又**實在**太愛說話，然而身為軍人不能管不住嘴巴。戈茲是個好將軍，也是個不錯的軍人，但他們總是要求他徹底聽話，不給他任何發揮空間。這場攻擊會是他迄今為止最大的表現機會，但目前獲得的相關消息都不太樂觀。另外還有那個匈牙利人蓋爾[221]，如果你在蓋洛飯店聽到有關他的消息有一半可信，那他就該被槍殺，就算只有十分之一可信也一樣，羅伯・喬登心想。

他多希望之前打敗義大利人的時候，他有看見在瓜達拉哈拉[222]另一邊高原上的那場戰役，但當時的他身處南方的埃斯特雷馬杜拉。兩週前在蓋洛飯店，漢斯跟他談過那場戰役，而且講得栩栩如生。戰勢一度相當不利，義大利人已經突破了特里胡埃克附近的陣線，如果托里哈和布里韋加之間的道路被截斷，第十二旅也就斷了後援。「但因為知道他們是義大利人，」漢斯說：「我們嘗試了一種用來對付別的部隊絕對說不通的方法，結果成功了。」

漢斯用作戰地圖向他說明，他將這些地圖裝在地圖箱裡隨身攜帶，而且似乎每次仍對地圖的精妙感到讚嘆、開心。漢斯是個很不錯的軍人，也是個好夥伴。李斯特、莫德斯托和農民旅長的西班牙部隊在那場戰役中表現優異，漢斯說要歸功於他們的領導，以及他們推行的紀律。但李斯特、農民旅長和莫德斯托的許多行動都是俄國軍事顧問指示他們做的，他們就像操控教練機的學生，就算犯錯也隨時有正駕駛可以接手。好吧，今年就能看出他們學了多少，也能知道他們學得如何。再過一陣子就不會有顧問幫忙指揮，到時候我們就能知道他們獨立運作師隊及軍團的能耐。

他們是共產黨員，他們講求紀律，他們所推行的紀律能打造出優良部隊。李斯特在要求紀律時可說殺氣騰騰，他是個十足的狂熱分子，也是對生命絲毫不懷敬意的正統西班牙人。打從韃靼人第一次入侵西方，就很少有軍隊像他指揮的部隊一樣，只因微不足道的理由就將人即刻處死。但他懂得如何將一個師隊打造成行事精準的部隊。據守陣地是一回事，攻擊並拿下陣地是另一回事，而在戰場上調動軍力又是完全不一樣的事，羅伯．喬登坐在桌邊心想。根據我目前對李斯特的觀察，真不知道一旦沒有顧問幫忙之後，他會變成什麼模樣？但那些顧問也可能不會走，他心想，他們真會走嗎？還是會強化自己的掌控權？真不知道俄國人在這件事的立場為何？蓋洛飯店就是他可以搞清楚的地方，他心想，我還需要知道很多事，而且只能在蓋洛飯店搞懂。

他一度覺得蓋洛飯店對自己有害。位於首都維拉奎茲路六十三號的馬德里王宮當時被當成國際縱隊總部，其中推崇共產主義的清教徒式氛圍跟蓋洛飯店正好相反。身處維拉奎茲路六十三號時，你感覺自己是宗教組織的一員——而蓋洛飯店給人的感覺，跟已經被打散重組為新軍的前第五軍團總部大相逕庭。

在這兩座總部，你都會感覺自己正在參加一場聖戰。聖戰是唯一足以形容的說詞，儘管這個詞彙早已被反覆使用、濫用到失去真正的意義。就算官僚主義盛行、行事缺乏效率，黨內也鬥爭頻傳，

---

218 克萊柏將軍（General Kleber）的本名是曼弗雷德．施特恩（Manfred Stern, 1896-1954），這位德國人是共產國際（Communist International）建立的國際縱隊（International Brigade）的領導者之一。

219 盧卡茨（Lucasz），一位匈牙利的將軍。

220 何塞．米亞哈．梅南特（José Miaja Menant, 1878-1958）是西班牙第二共和國的一名軍官。

221 蓋爾是暱稱「蓋爾將軍」的簡稱，本名是亞諾什．蓋利茨（Janos Galicz），在西班牙內戰期間擔任匈牙利的旅及師的指揮官。

222 瓜達拉哈拉（Guadalajara）是距離馬德里東北方大約六十公里的一個城市。

在這樣的地方，你還是會有初次領取聖餐時曾以為能擁有但沒出現的那種感受。你感覺像是被授予了一項責任，你必須為世上所有受壓迫者負責，要說這是一種宗教經驗其實非常難為情，但又跟你聽了巴哈的音樂而有共鳴一樣真確，又或者像是站在沙特爾主教座堂[223]或萊昂主教座堂[224]中，看見光線從雄偉窗玻璃照射進來的感受，又或者像是在普拉多美術館欣賞曼帖那、葛雷柯和布勒哲爾[225]的畫作。這種感受讓你覺得，在一個能夠全心、徹底相信的信念之中，你能占有一席之地，而且可以跟參與其中的所有人建立無堅不摧的兄弟情誼。這是你從未明白過的感受，但既然經歷過了，你便為這種感受賦予了無比的重要性及正當性，導致你個人的死亡變得完全無關緊要，除非你的死亡可能干擾正在執行任務。但最棒的是，面對這種感受及其必要性，你有可以做的事：你可以去戰鬥。

所以你去戰鬥了，他心想，在這些戰鬥中，活下來的人和擅長戰鬥的人不再擁有這種純粹的感受。在戰爭開始的六個月後就是這樣了。

在戰爭中保衛一個陣地或一座城市時，你可以擁有剛剛講的第一種感受。之前在山區作戰時就是這樣，那時的他們是憑藉著真正的革命同志情誼在戰鬥。他是在山上第一次遇到需要遵守紀律的狀況，而他不只同意，也能理解。有人在槍林彈雨中退縮逃跑，他看見那些人被槍殺，丟在路邊的屍體嚴重腫脹，而其他人除了搶光屍體上的子彈和貴重物品之外，沒人願意費心為他們多做些什麼。拿走他們的子彈、靴子和皮外套是戰爭中的正確行為，拿走貴重物品也只是態度務實，畢竟不能被那些無政府主義者搶去。

射殺逃跑的人看來公正又恰當，沒有任何不對的地方。他們逃跑就是自私。法西斯分子已經展開攻擊，我們把他們擋在瓜達拉馬山腰一片布滿灰岩、矮松樹和荊棘叢的山坡上。在飛機的轟炸以及他們拉上來的火砲攻勢之下，我們沿著道路邊緣死守，直到那天留到最後的人發動反擊並逼他們撤退。之後他們試圖從左側進攻，穿過岩堆和林間逼近，我們死守在一間療養院，從窗戶和屋頂對他們射擊，但他們還是從兩側穿越槍林彈雨而來，我們因為死撐嘗到了被包圍的滋味，直到反擊的攻勢將他們全部再次逼回道路後方。

在這段過程中，恐懼讓你的嘴巴和喉嚨乾燥，在碎裂的灰泥和沙塵中，有牆在砲火的閃光及狂嘯中倒下、碎裂，你突然一陣恐慌，你把槍拖出來，也把本來負責槍的那些人拖開，他們臉朝下趴著，身上堆滿碎瓦礫，你把頭躲在槍前方的護盾後方，處理卡彈問題，取出碎掉的彈殼，整理好彈帶，現在你身體直直地趴在護盾正後方，槍口再次朝向路邊搜索；你做了該做的事，你知道這樣做是對的。你明白交戰能讓人口乾舌燥、去除恐懼，還帶來淨化人心的狂喜，在那年的夏天和秋天，你為世上所有窮人而戰，你對抗所有暴政，你為了自己的所有信念而戰，為了你被教育該擁有的新世界而戰。你在那年秋天明白了，他心想，你明白了如何在長時間的濕冷、泥濘、挖掘工作及防禦的建築工事中忍耐，並在過程中忽略各種痛苦。所有關於夏天和秋天的感受都深埋在疲倦、嗜睡、緊張和不適的情緒底下。但那些感受仍在，你所經歷的一切只是更證實了它們的存在。就是在那些日子裡，他心想，你心中擁有深刻、完好又無私的自豪——而那會讓你在蓋洛飯店成為一個天殺的無聊傢伙，他突然這麼想道。

不，要是你那時去了蓋洛飯店其實不太好，他心想，你當時太天真了。你那時沒去算是運氣好。不過那時的蓋洛飯店可能也不是現在這個模樣。不，事實上，那時就不是這樣，他告訴自己，

223　沙特爾主教座堂（Chartres Cathedral）位於法國巴黎西南的沙特爾市，據傳聖母瑪利亞曾在此顯靈。

224　萊昂主教座堂（Cathedral at León）位於西班牙西北部的萊昂市，是天主教萊昂教區的主教座堂。

225　普拉多美術館（西班牙語：Museo Nacional del Prado）又譯為普拉多博物館，是西班牙最大的美術館，館址位於馬德里。安德列阿・曼帖那（Andrea Mantegna）是北義大利文藝復興時期的畫家。艾爾・葛雷柯（西班牙語：El Greco）則是西班牙文藝復興時期的重要畫家，另外也是雕塑家與建築家。老彼得・布勒哲爾（荷蘭語：Pieter Bruegel de Oude）是文藝復興時期布拉班特公國的畫家。

完全不是這樣。當時根本還沒有所謂的蓋勒飯店。

卡科夫跟他提起過那些日子。當時俄國人是住在王宮飯店，羅伯．喬登也還沒認識他們其中任何一人。當時第一個partizan團體尚未組成，他也還沒認識卡什金或其他人。卡什金之前待過北邊的伊倫[226]和聖塞巴斯提安[227]，也參與過那場原本打算推進維多利亞市[228]後來卻被迫放棄的攻勢。他一直到一月才抵達馬德里，當時羅伯．喬登在卡拉班切區和烏謝拉區[229]作戰，在那三天當中，他們阻擋了法西斯分子右翼朝馬德里進行的攻勢，挨家挨戶的將摩爾人和Tercio[230]趕回去，於是在長期受烈日曝曬的灰色高原邊緣上，這片飽受蹂躪的郊區地帶終於受到妥善清理，他們也因此沿著高地建立起一道防線，用以保護城市的這個角落，此時卡科夫早已來到馬德里。

卡科夫就算談起那段時光也不顯得憤世嫉俗。他們都經歷過那段時光，當時的情勢看似節節敗退，甚至一直到現在，比起受過的表揚和勳章，每個人更記得在那樣連連失利的時刻各自選擇了如何行動。當時政府已放棄這座城市，逃亡時帶走了所有軍方汽車，就連老米亞哈都只能騎著腳踏車去巡視他的防守陣地。羅伯．喬登不相信這段回憶，就算動用所有的愛國情懷，他也無法想像米亞哈會騎腳踏車，但卡科夫說是真的。不過卡科夫曾用這段回憶為俄國報紙寫了篇文章，或許寫了之後就更想相信是真的了。

但還有一段回憶卡科夫沒寫過。他曾在王宮飯店負責處理三名受傷的俄國人，他們有兩位是坦克司機，一位是飛機駕駛，三人都因為傷得太重而無法撤出，由於當時最優先的任務就是不能留下俄國人介入的證據，以免讓法西斯陣營有出手的正當理由，因此萬一正式棄城，卡科夫的責任就是要確保這些傷者不會落入法西斯分子手中。

如果真的要棄城，卡科夫就得毒死他們，並在離開王宮飯店前摧毀有關他們身分的所有證據。三人中的其中一人腹部有三個彈孔，一人下巴被射掉，聲帶都裸露出來，還有一人的股骨被子彈擊碎，手和臉嚴重燒傷，導致那張臉只能算是睫毛、眉毛和無毛水泡的組合，他打算把這些滿身是傷的屍體留在王宮飯店的床上，畢竟光靠三具帶傷的屍體無法證明他們是俄國人。沒有什麼可以證明一個裸體的死人是俄國人。死後的你不會展示出國籍和政治立場。

羅伯．喬登問過卡科夫，他對必要時非得殺掉他們有什麼想法，卡科夫只說他本來沒想到會有這項任務。「你打算怎麼做？」羅伯．喬登問他，之後又說：「你知道這不簡單吧，不是突然把人毒死就可以了。」而卡科夫說：「噢，對，為了動手，你得隨身帶著。」然後他打開菸盒，讓羅伯．喬登看他在菸盒一側裝了什麼。

「但要是有人逮到你們的囚犯，一定會先搜走你的菸盒，」羅伯．喬登表示不同意。「他們會要你舉雙手投降。」

「但我這裡還有一些，」卡科夫笑開，拉起外套的翻領。「只要把翻領像這樣含進嘴裡，咬斷，吞下去就行了。」

「這樣好多了，」羅伯．喬登說：「告訴我，是不是像偵探故事說的一樣，聞起來是苦杏仁味？」

「不知道，」卡科夫神情愉快地說：「我沒聞過，我們該折斷一小管來聞聞看嗎？」

「最好還是留著用吧。」

「好，」卡科夫把菸盒收起來。「我不是個失敗主義者，你明白，但這種嚴苛的時刻總是可能再

---

226 伊倫（Irun）是西班牙北部靠近法國邊界的重要城市。

227 聖塞巴斯提安（San Sebastian）是西班牙北部靠近法國邊界的濱海城市。

228 維多利亞市（Victoria）也在西班牙北部，比伊倫和聖塞巴斯提安更靠近內陸。

229 卡拉班切（Carabanchel）和烏謝拉（Usera）都是馬德里自治區內緊鄰著馬德里城的區域。

230 Tercio這個西班牙字直譯是「三」，這裡指的是在內戰期間為國民軍效命的外籍軍團。

次到來，而你無法從任何地方搞來這種東西。你讀過哥多華[231]前線來的公報嗎？太精采了，是所有公報中我最喜歡的。」

「公報上寫了什麼？」羅伯．喬登就是從哥多華前線來到馬德里，此刻的他突然不知所措起來，感覺就像有人開了個你以為只有你才會開的玩笑。「跟我說說。」

「Nuestra gloriosa tropa siga avanzando sin perder ni una sola palma de terreno[232]。」卡科夫用他那怪腔怪調的西班牙文說。

「沒有真的這樣寫吧。」羅伯．喬登不太相信。

「我們光榮的部隊持續推進，沒有輸掉任何一吋土地，」卡科夫用英文重覆了一次。「就寫在公報上，我找給你看。」

你還記得自己認識的人在波索夫蘭科一帶的戰役中犧牲了；但在蓋洛飯店，那只是個值得一提的玩笑。

所以現在住在蓋洛飯店就像這樣。不過蓋洛飯店也不是一直都這樣，若說蓋洛飯店此刻的氛圍是由早期的倖存者孕育而成，他仍很高興有機會親眼見證並了解這個地方。你的心境已經和在瓜達拉馬山區、卡拉班切區和烏謝拉區很不一樣了，他心想。你相當輕易地墮落了，他心想，但那究竟是墮落，或只是失去了一開始投入的純真？所有事不都這樣嗎？還有誰能保有像是年輕醫生、年輕神父，和年輕軍人剛開始投入工作時常擁有的那份純粹初心？神父一定是有的，不然就會放棄了。我猜納粹也保有初心吧，他心想，還有那些自我紀律夠嚴明的共產主義者。但你瞧瞧卡科夫。

卡科夫這個傢伙總讓他百思不厭。上一次他去蓋洛飯店時，卡科夫不停吹捧某位在西班牙待過好一陣子的英國經濟學家。羅伯．喬登多年來讀過這傢伙不少著作，也一直敬重他，但對他本人不甚了解。他對這人筆下的西班牙不感興趣，因為那些內容過於簡單又非黑即白，而且他知道很多數據都是他一廂情願捏造出來的。不過他又想，通常對於你真正了解的國家，你也不太在意新聞報導怎麼寫，而且他尊重他下筆的意圖。

後來他真的見到了那個男人，終於見到了，就在他們進攻卡拉班切區的一個下午。他們坐在鬥牛場的隱蔽角落，兩條街外正發生槍戰，每個人都緊張兮兮地等待發動攻擊的時刻到來。本來有台坦克要來但還沒來，於是蒙特羅坐著，頭埋在手中說：「坦克還沒來。坦克還沒來。」

那天很冷，黃色的沙塵被風吹得沿街飛舞，蒙特羅的左臂因為中彈手臂變得愈來愈僵硬。「我們需要一台坦克，」他說：「我們一定得等到坦克，但快等不下去了。」傷勢讓他的口氣顯得任性而暴躁。

羅伯．喬登剛剛去後面找過了，蒙特羅剛剛說他認為坦克可能停在公寓大樓後方，就在路面電車軌道的那個角落。他確實看見了一台車，但不是坦克，西班牙人那時什麼車都叫成坦克。那其實就是台老舊的裝甲車。司機應該把車開到鬥牛場，但他不願意離開公寓大樓旁的角落，他站在裝甲車後方，雙手交抱靠在金屬車身上，戴著皮革內襯頭盔的頭埋在手臂上。羅伯．喬登跟他說話時，他不停搖頭，頭也始終緊貼著手臂。然後他轉頭，但也沒望向羅伯．喬登。

「我沒有接到開去那裡的命令。」他陰沉地說。

羅伯．喬登從皮套裡抽出手槍，用手槍的槍嘴抵住裝甲車司機的皮外套。

「這就是給你下的命令，」他告訴他。那男人搖動戴著皮襯墊頭盔的頭，那個頭盔看起來像足球選手的裝備，他說：「機關槍已經沒有彈藥了。」

「我們在鬥牛場那邊有彈藥，」羅伯．喬登告訴他。「來，我們走吧。我們會在那裡補上彈帶，

---

231 哥多華（Córdoba）是西班牙中南部的城市。

232 Nuestra gloriosa tropa siga avanzando sin perder ni una sola palma de terreno，西班牙文，意思是「我們光榮的部隊持續推進，沒有輸掉任何一吋土地」。

走了。」

「沒人能操作機關槍。」司機說。

「他人呢？你的夥伴呢？」

「死了，」司機說：「在車裡。」

「拖出來，」羅伯．喬登說：「把他從車裡拖出來。」

「我不想碰他，」司機說：「而且他彎腰倒在槍和方向盤中間，我跨不過去。」

「來吧，」羅伯．喬登說：「我們一起把他拖出來。」

他爬進裝甲車時撞到頭，眉毛上割出一道小傷口，血流到臉上。那個死掉的人又重又僵硬，你沒辦法彎曲他的身體，為了把這個臉朝下塞在座位和方向盤中間的人拉出來，他得不停搥打他的頭。終於，他把膝蓋推到死人的頭底下往上抬，再抓住那人的腰往後拉，總算把屍體鬆開了，然後他獨力把這個死人拖到門邊。

「幫我抬一下。」他對司機說。

「我不想碰他。」司機說，羅伯．喬登看到他在哭。淚水從他的鼻子兩邊流下，劃過布滿粉塵的臉頰，他的鼻水也在流。

站在門邊的他把死人用力拽了出來，終於讓死人跌落路面電車軌道旁的人行道上，那具身體還是維持彎曲交疊的姿勢。他躺在那裡，躺在水泥人行道上的臉色一片蠟灰，雙手跟還在車裡一樣彎曲在身體底下。

「進去，天殺的你，」羅伯．喬登現在用手槍對司機示意。「現在進車裡去。」

就在此時，他看見一個男人從公寓樓旁的安全角落走出來。他身上穿著長大衣，沒戴帽子，一頭灰髮，顴骨很寬，深陷的雙眼靠得很近。羅伯．喬登正用手槍把司機推進裝甲車的時候，他把手上的一包契斯特菲爾德香菸遞了過來。

「等等，同志，」他用西班牙文對羅伯．喬登說：「有關交戰的狀況，可以跟我說一些嗎？」

羅伯．喬登接下香菸，放進藍色技工連身服的胸前口袋。他根據他的照片認出了這位同志，他就是那位英國經濟學家。

「你去死吧，」他用英文對他說，然後用西班牙文對裝甲車司機說：「往下開，去鬥牛場，懂嗎？」他把沉重的邊門碰一聲關上，鎖好，裝甲車開始沿著長長的坡道往下開，子彈不停打在車體上，聽起來像許多小卵石被拋進鐵鍋爐裡。朝他們射擊的機關槍聽起來像尖銳的槌子在拍打。他們把裝甲車停在作為掩蔽處的鬥牛場後方，去年十月的海報還貼在售票窗口旁，一旁散亂的眾多彈藥箱蓋早已被撬開，所有同志手上都拿著步槍在安全的隱蔽處等著，他們的腰帶上和口袋裡配著手榴彈，然後蒙特羅說：「很好，坦克來了，現在我們可以進攻了。」

當晚稍後，等他們攻下山坡上最後一批房子，他舒適地躺在一堵磚牆後方。磚面被敲出一個當作射擊孔的洞，從這裡可以眺望敵我雙方之間那片美麗、平坦的有效射程範圍，還有法西斯分子撤退後駐紮的山脊，他舒適到幾近縱欲，山丘上這座遭人毀壞的別墅保護了他們的左翼。他渾身衣服濕透地躺在一堆稻草裡，在等待身體乾燥時裹了一條毯子。躺在那裡時，他因為想起那位經濟學家笑了出來，接著又為自己的無禮感到抱歉。但在那個當下，那個男人遞來香菸，姿態像是為了交換情報在行賄，於是他身為戰鬥人員對非戰鬥人員所懷抱的仇恨瞬間高漲起來，他克制不了。

現在他又想起在蓋洛飯店時，卡科夫又談起這個男人。「所以你在那裡見到他了，」卡科夫說：「我那天沒越過托萊多橋，他倒是深入前線。我想那是他表現英勇的最後一天，隔天他就離開了馬德里，托萊多就是他表現最英勇的地方了，我想。在托萊多的他貢獻很大，他是我們拿下托萊多[233]

233 西班牙內戰期間，西班牙第二共和國軍隊曾圍攻此地的托萊多城堡。這座城堡因為國民軍的英勇抵抗及內戰中的種種事件，後來成為西班牙右派民族主義的象徵。

的關鍵策畫人士之一，你該見見他在托萊多的表現。我想那次的圍攻之所以能成功，大多要歸功於他投入的心力及建議。要靠外人獻策是這場戰爭最愚蠢的部分，簡直可說愚蠢到頂點，但你跟我說說，他在美國的評價如何？」

「在美國，」羅伯．喬登說：「大家覺得他跟莫斯科那邊關係很好。」

「才不是，」卡科夫說：「但他的長相很有魅力，他的臉跟舉止都有其獨到之處。我就不能光靠臉吃飯。我的成就幾乎跟這張臉無關，因為我的臉不能激勵人心，也無法觸動別人來愛我、信任我。但這個叫米謝爾的男人有張價值連城的臉。他有張大陰謀家的臉。所有在書中讀過大陰謀家這類角色的人都會立刻信任他。此外他的舉止也完全像個大陰謀家。任何人只要看見他走進房間，都會立刻知道最頂尖的大陰謀家來了。你們那些有錢的美國同胞，若有些人感情用事地想幫助蘇聯，可能是基於真心的信仰，也可能是怕萬一哪天共產黨真的贏了，得為自己留點後路，而這些人只要一看見這傢伙的臉和舉止就會知道，沒有人比他更適合作為共產國際備受信任的密探了。」

「他在莫斯科沒人脈嗎？」

「沒有，聽我說，喬登同志。你知道蠢貨有兩種嗎？」

「普通的和該死的？」

「不是，我們俄國這邊有兩種蠢貨，」卡科夫咧嘴笑著開始說：「第一種是冬天蠢貨。冬天蠢貨會來到你的門前用力敲門，你來到門前，看到這個你從來沒見過的人。這人簡直是個奇觀，他身形極為高大，腳踩高筒靴，穿戴毛外套和毛帽，身上堆滿雪。他先把靴子上的雪跺下來，脫下毛外套後又甩出更多雪。然後他脫下毛帽往門板上敲打，更多的雪從他的帽子落下。接著他又跺跺他的靴子，往屋內前進，你瞧著他，眼前就是個蠢貨。那就是冬天的蠢貨。

「至於在夏天，你會看見另一種蠢貨沿街走來，他揮動雙臂，頭不停左右擺動，就算是兩百碼外的人都能看出他是個蠢貨。那就是夏天的蠢貨。這個經濟學家是冬天的蠢貨。」

「但為什麼這裡的人都信任他？」羅伯．喬登問。

「因為他的臉，」卡科夫說：「他那張漂亮的 gueule de conspirateur[234]。他還有一個非常有用的把戲，就是強調自己在來到這裡的前一個地方是備受信任的重要人士，當然啦，」他微笑，「他一定很常到處移動，這個把戲才能一直有用。你也知道西班牙人很怪，」卡科夫繼續說：「這個政府一直很有錢，很多金子，但什麼都不分給朋友。你就是西班牙的朋友，這沒問題，你願意無償幫忙，那就不用給報償。但很多重要公司或國家的代表明明不友善，西班牙卻願意花大錢去買通他們。如果你仔細關注，就會發現這個有趣現象。」

「我不喜歡這樣，而且這些錢屬於西班牙的勞工。」

「你本來就不該喜歡任何事，只要理解就好，」卡科夫對他說：「每次見到你，我就教你一些，最後你能接受到完整的教育。教育一個教授還真有意思。」

「我不知道回去之後還有沒有辦法當教授，他們可能會給我貼上共產黨的標籤，把我趕出去。」

「這樣啊，或許你可以來蘇聯繼續深造，那可能是你最好的選擇。」

「但我的專長是西班牙文。」

「很多國家都講西班牙文，」卡科夫說：「不可能每個國家都跟西班牙一樣難成事吧。還有你一定要記得，你不當教授都快九個月了，可能都已經學到可以轉行的新技能。你辯證法讀多少了？」

「我讀了埃米爾．伯恩斯編纂的《馬克思主義入門手冊》，就這樣。」

「如果你全讀完了，那也算是讀了不少，那本書有一千五百頁，每頁可以花上不少時間。但你也該讀讀其他作品。」

「現在沒時間讀。」

234 gueule de conspirateur，西班牙文，意指「大陰謀家的臉」。

「我知道，」卡科夫說：「我是說之後總該讀一下。有很多材料可以幫助你理解現在發生的事。不過這場戰爭中一定會出現一本大家必讀的書，這本書可以解釋所有大家必須了解的事。可能我會去寫。我希望是我把這本書寫出來。」

「我不知道還有誰可以寫得更好。」

「別拍我馬屁，」卡科夫說：「我是個記者，但就跟所有記者一樣，我寧願寫文學作品。最近我就忙著研究卡爾沃．索特羅[235]。他是個非常傑出的法西斯分子，一個真正的西班牙法西斯分子。佛朗哥將軍跟其他這些傢伙根本算不上。我已經研究過所有索特羅發表過的文字和演講。他很聰明，殺掉他也是個非常聰明的決定。」

「我以為你不贊成政治暗殺。」

「這種作法很普遍，」卡科夫說：「非常、非常普遍。」

「但是——」

「我們不認為該由個人發起恐怖行動，」卡科夫微笑著說：「當然更不接受犯罪恐怖主義者還有反革命組織這麼做。我們極度厭惡布哈林[236]那幫惹事生非的傢伙，他們就是一批言行反覆、惡行惡狀，又殺人如麻的豺狼，也厭惡季諾維也夫、加米涅夫、李可夫[237]和他們的黨羽，這些都是人渣。我們痛恨、厭惡這些貨真價實的惡鬼，」他又露出微笑。「但我還是相信，我們可以說，政治暗殺是很普遍的作法。」

「你的意思是——」

「我沒什麼意思。但當然我們會處決、消滅這類貨真價實的惡鬼和人渣，還有變成叛國狗的將軍，以及辜負人民信任，行為駭人聽聞的海軍上將。我們會消滅這些人，但這不是暗殺，你能看出有什麼不同嗎？」

「我懂了。」羅伯．喬登說。

「我這人偶爾會開玩笑：你也清楚就算是玩笑話，有時開玩笑還是很危險吧？很好。反正你記住我是開玩笑的，總之，西班牙人現在沒槍斃某些目前握有指揮權的將領，但別以為他們之後不會後悔啊。我也不喜歡槍斃人啊，你懂吧。」

「我倒不是很介意，」羅伯．喬登說：「我是不喜歡，但不會介意了。」

「我知道，」卡科夫說：「有人跟我說了。」

「介不介意很重要嗎？」羅伯．喬登說：「我只是想實話實說。」

「只是令人遺憾，」卡科夫說：「但若能不介意，別人確實會覺得你夠可靠，這是方法之一，不然一般來說，獲得他人信任必須花上不少時間。」

「我該成為可靠的人嗎？」

「以你的工作來說，你確實該是個非常可靠的人。我一定得找時間跟你談談，搞清楚你心裡是怎麼想的。我們從沒認真聊過，實在可惜。」

「直到贏得戰爭之前，我暫時就是什麼都不想。」羅伯．喬登說。

「那可能好一陣子不用想任何事了，但偶爾還是該好好活絡一下你的思想。」

---

235 何塞．卡爾沃．索特羅（José Calvo Sotelo, 1893-1936）是西班牙阿方索十三世在位的獨裁政權的財務部長，一九三六年時遭到普里耶托的保鏢暗殺。

236 尼古拉．布哈林（Nikolay Bukharin 1888-1938）是蘇聯共產黨中的理論家，在國際共產運動中也相當活躍。曾對史達林多所幫助，兩人關係惡化後，他在一九三〇年代那波大清洗中遭到逮捕，後來也被史達林冠以「法西斯走狗」之名予以槍決。

237 一九二四年列寧病逝後，在一九一七年俄國革命前加入布爾什維克黨的格里戈里．季諾維也夫（Grigory Zinoviev）、列夫．加米涅夫（Lev Kamenev）和阿列克謝．李可夫（Alexei Rykov）和布哈林一同當選蘇共中央政治局委員，但後來在史達林的大清洗中，這些老布爾什維克（Old Bolshevik）幾乎全數遭到清算。

「我有在讀《工人世界報》[238]，」羅伯．喬登告訴他，卡科夫說：「這樣，很好啊，我也是能接受別人開個玩笑。不過《工人世界報》裡確實有些很了不起的內容，是這場戰爭中最有見識的看法。」

「對，」羅伯．喬登說：「我同意。但要了解這場戰爭的全貌，你不能只讀黨報。」

「是不行，」卡科夫說：「但就算你讀了二十份報紙，也不會找到所謂的全貌，就算找到了，我也不知道你能拿來做什麼。我幾乎是一天到晚覺得看見了全貌，而我能做的就是盡可能忘掉。」

「你覺得情況有那麼糟？」

「現在比之前好了。我們已經擺脫了最糟的狀況，但還是有很討厭的問題。我們正在建造一支大軍，其中有些像是莫德斯托、農民旅長、李斯特和杜蘭[239]的人手就很可靠，他們甚至不只是可靠，是出色極了，你之後就會明白。此外我們還有些國際縱隊的夥伴很不錯，只是扮演的角色正在改變。但一支好壞參半的大軍是無法贏得戰爭的。所有人都必須對政治情勢有一定程度的了解，所有人都要知道自己為何而戰，也了解其重要性。所有人都必須對戰爭懷抱信念，也必須接受紀律的管束。我們正在招募一支大軍，但沒時間實施這樣一支大軍所需的紀律，好讓他們能在槍火下拿出應有的表現。我們說這是一支人民大軍，但這支軍隊缺乏正統人民大軍應有的品質，也沒有招募大軍所需的鋼鐵紀律。你會明白的。這樣進行實在很危險。」

「你今天心情不太好。」

「是不太好，」卡科夫說：「我剛從瓦倫西亞回來，在那裡見了不少人。任何人從瓦倫西亞回來都不會很開心。在馬德里的感覺很好，你不會覺得有打贏戰爭以外的可能性。瓦倫西亞就不一樣了。從馬德里逃走的懦夫還掌控著那裡。他們開心地融入那裡懶散又官僚的政府體系中。他們對馬德里的這些人只有輕蔑。他們現在滿腦子都在想著如何弱化戰爭中的軍糧補給能量。還有巴塞隆納，你真該看看巴塞隆納。」

「巴塞隆納怎麼了？」

「那裡還是一場荒謬劇。一開始是毒蟲和浪漫革命家的天堂，現在是冒牌軍人的天堂。那裡的軍人喜歡穿軍服、喜歡戴著紅黑色圍巾到處招搖，他們喜歡戰爭的一切，但就是不喜歡打仗。瓦倫西亞讓你覺得噁心，巴塞隆納會讓你想笑。」

「那P.O.U.M.[240]的叛亂行動呢？」

「那從一開始就不是認真的。本來就是一堆毒蟲和失控的傢伙在道聽塗說，說到底就是一群幼稚鬼在胡鬧。有些老實人真的被誤導了，但其實那場騷動中只有一個腦子不錯的傢伙，還有法西斯陣營投入了一點錢，如此而已。可憐的P.O.U.M.，總之就是一群傻傻的傢伙。」

「但有很多人死在那場行動中？」

「後來沒有很多人被槍斃，之後也不會。P.O.U.M.啊，這團體就跟他們的名字一樣，一點也不認真。他們應該自稱M.U.M.P.S.或M.E.A.S.L.E.S.[241]，但也不對，就連痲疹都比他們危險，畢竟視覺和聽覺會受影響。但你知道嗎，他們搞了一個計畫要來殺我、華特[242]、莫德斯托和普里耶托，你能看出他們有多搞不清楚狀況嗎？這種人沒資格跟我們相提並論。可憐的P.O.U.M.，他們從沒真正殺

238《工人世界報》（*Mundo Obrero*）是西班牙共產黨於一九三〇年開始發行的刊物，總部設在馬德里，當時有受到蘇聯及第三國際的經濟支援。

239 古斯塔沃·杜蘭（Gustavo Durán, 1906-1969）曾擔任克萊柏將軍的參謀長。

240 馬克思主義統一工人黨（西班牙文：Partido Obrero de Unificación Marxista，簡稱為P.O.U.M.）在西班牙內戰期間表現活躍，但政治立場和親莫斯科的西班牙共產黨不同。

241 Mumps是流行性腮腺炎，Measles是痲疹，這裡是用病名揶揄P.O.U.M.這個看起來也很像「病名」的組織。

242 華特將軍（General Walter，波蘭語本名為Karol Wacław Świerczewski, 1897-1947）是蘇聯紅軍中的波蘭裔將領，一九三七年三月曾在西班牙內戰中領導過對塞哥維亞的攻擊行動。

過任何人，沒在前線殺過，在其他地方也沒有。倒是在巴塞隆納搞死過幾個人，沒錯。」

「你當時在巴塞隆納？」

「對。我還發了一封電報，說明這個沒名氣的托洛茨基派殺人魔組織有多邪惡，我非常輕蔑地描述了他們的法西斯主義陰謀，但是，這話我只跟你私下說，這組織無關緊要，我說P.O.U.M.，其中唯一能上檯面的只有寧[243]。我們本來有抓到他，但又給他逃掉了。」

「他現在在哪裡？」

「在巴黎。據我們陣營所說是在巴黎。他是個非常討人喜歡的傢伙，但就是在政治路上走偏了。」

「但他們有跟法西斯分子來往，是吧？」

「誰沒有呢？」

「我們就沒有。」

「誰知道？我希望是沒有。你常常到他們陣營的大後方，」他咧嘴笑開。「上星期吧，駐巴黎的共和國大使館的其中一位祕書有位兄弟去了聖讓德呂，而且見了來自布爾戈斯[244]的人。」

「我比較喜歡待在前線，」羅伯．喬登說：「愈接近前線，遇到的人就愈好。」

「你喜歡待在法西斯陣營的大後方嗎？」

「很喜歡，我們在那裡有很不錯的同伴。」

「所以啦，你可以明白，他們一定也有一些很不錯的同伴在我們的大後方。我們會把他們找出來槍斃，他們也會把我們的人找出來槍斃。只要你去了他們的地盤，一定要永遠想到他們也派了不少人到我們這邊。」

「我有想過。」

「總之，」卡科夫說：「你今天想的大概也夠多了，把酒壺裡剩下的啤酒喝一喝，現在去幹活吧，我得上樓去見一些人。那些樓上的傢伙啊。之後趕快再找時間來見我。」

好，羅伯．喬登心想。你在蓋洛飯店學到很多。卡科夫讀過他唯一出版過的一本書，那本書沒什麼迴響，篇幅只有兩百頁，他懷疑看過的人甚至不到兩千位。他把自己在西班牙遊歷的十年都寫進去了，包括徒步、搭乘三等火車車廂、坐公車、騎馬或騾子，又或者搭卡車的經歷。他對巴斯克、納瓦拉、阿拉貢、加利西亞、兩個卡斯提亞地區和埃斯特雷馬杜拉那一帶都很熟悉。其實之前已經有博羅[245]和福德[246]寫過很不錯的書了，他可以補充的內容很少，但卡科夫仍說他寫了一本好書。

「所以我才願意花時間在你身上，」他說：「我覺得你下筆很真實，這不常見。我希望你能多了解一些事。」

好吧，等這一切結束後，他想寫本書，但只寫他真正知道的事，還有他個人的理解。但我必須成為一個比現在好很多的作家才行，他心想。畢竟在這場戰爭中，他逐漸理解的一切都沒那麼簡單。

243　安德烈斯．寧（Andreu Nin Pérez, 1892-1937）是西班牙的共產主義政治家，後來被親莫斯科的西班牙第二共和國政府指控與佛朗哥將軍串通而遭逮捕。

244　布爾戈斯（Burgos）是西班牙北部的一個城市，在內戰期間是佛朗哥原政府的總部。

245　喬治．亨利．博羅（George Henry Borrow）是十九世紀英國的一位著名旅遊寫作者及小說家。曾在一八四三年將自己在西班牙生活的五年經歷寫成《在西班牙的聖經》（*The Bible in Spain*）。

246　理查．福德（Richard Ford）是十九世紀初在英國的一位著名旅遊作家，曾出版多本有關西班牙的非虛構作品及旅遊指南。

第十九章

「你坐在那裡做什麼？」瑪麗亞問他。她站得離他很近，他轉頭對她微笑。

「沒什麼，」他說：「就是在想事情。」

「想什麼？炸橋的事嗎？」

「不是。橋的事想完了。我在想妳，還有馬德里的一間飯店，我在那裡認識了一些俄國人，另外還在想之後要找機會寫作。」

「馬德里的俄國人很多？」

「不會，其實很少。」

「但法西斯刊物上說那裡有好多俄國人。」

「都是說謊，那裡俄國人很少。」

「你喜歡俄國人嗎？之前來這裡的那位就是俄國人。」

「妳喜歡他嗎？」

「喜歡。當時我的狀態很差，但我覺得他長得很好看，而且很勇敢。」

「胡說什麼呢，哪裡好看，」皮勒說：「他的鼻子跟我的手掌一樣扁，顴骨跟羊屁股一樣寬。」

「他是我的好朋友，也是我的好同志，」羅伯・喬登對瑪麗亞說：「我很喜歡他。」

「說得可真誠懇，」皮勒：「但你開槍打死了他。」

她這麼說的時候，坐在桌邊玩牌的人都抬起頭來，帕布羅也瞪著羅伯・喬登看。大家都沒說話，接著名叫拉菲爾的吉普賽人問：「是真的嗎？羅伯托？」

「是真的，」羅伯．喬登說。他真希望皮勒別談這個話題，也後悔自己在聾子的營地提起這件事。「我是按照他的要求做的，他那時傷得很重。」

「Qué cosa más rara[247]，」吉普賽人說：「他跟我們在一起的時候，成天就在說可能發生這種結果。我都不記得自己答應過他多少次了。多奇怪啊。」他把一開始說的話重覆了一次，然後搖搖頭。

「他就是個奇怪的傢伙，」普里米提沃說：「非常獨特。」

「聽著，」兄弟中名叫安德列斯的人說：「你是個厲害的教授，你相信人有可能預知自己的下場嗎？」

「我相信他沒辦法知道，」羅伯．喬登說。帕布羅興味盎然地緊盯著他，皮勒則是面無表情地觀察他。「就這個俄國同志的例子來說，他在前線待得太久，變得神經緊張。他曾在伊倫市作戰，你們也知道那次的戰況很慘烈，非常慘。後來他又去了北方作戰。打從這些在敵營大後方進行爆破工作的第一批團隊組成以來，他就一直在埃斯特雷馬杜拉和安達盧西亞這裡工作。我覺得他是真的又累又緊張，才一直會有糟糕的念頭。」

「他一定見證過不少醜惡的事。」佛南多說。

「全世界都這樣，」安德列斯說：「但聽我說，Inglés，你認為人可能預知自己未來的遭遇嗎？」

「不認為，」羅伯．喬登說：「那純粹是無知又迷信的想法。」

「說下去吧，」皮勒說：「讓我們聽聽教授的觀點。」她用一種在跟寶貝孩子說話的口氣說。

「我相信恐懼會讓人對未來變得悲觀，」羅伯．喬登說：「也會因此看到不祥的徵兆——」

「像是今天出現的飛機。」普里米提沃說。

247 Qué cosa más rara，西班牙文，意思是「多奇怪啊」。

「像是出現在這裡的你。」帕布羅輕聲地說，羅伯．喬登越過桌面望向他，意識到他沒在挑釁，純粹是說出心中的想法，於是他繼續說：「恐懼的人只要看到不祥徵兆，就會開始想像自己的死期，然後相信那就是預知未來，」羅伯．喬登做下結論。「但一切只是恐懼。我不相信什麼惡魔、占卜師，或任何超自然的存在。」

「但那個名字很少見的傢伙清楚看見了自己的未來，」吉普賽人說：「結果也成真了。」

「他沒看見，」羅伯．喬登說：「他是害怕這件事發生，後來就擺脫不了這個念頭。沒人可以讓我相信他看見了什麼。」

「我不能嗎？」皮勒問他，她從火堆中撿起一把灰燼，從掌心吹散。「我也無法讓你相信我看見了什麼？」

「不行。就算是訴諸巫術還是吉普賽人的把戲，妳也無法讓我相信妳確實預見了什麼。」

「因為這人是聾的，而且聾得不可思議，」皮勒說，她沐浴在燭光中那張大臉顯得嚴厲又寬闊。「倒不是你笨，你只是聾。聾的人聽不見音樂，也無法聽廣播，所以你才會說沒聽過這些，還說這些都不存在。Qué va，Inglés。在那個名字很少見的傢伙臉上，我預見過他的死，而且就像烙鐵灼燒的印痕一樣清楚。」

「妳沒看見，」羅伯．喬登堅持。「妳看見恐懼和憂慮。恐懼是因為他經歷過太多，憂慮是因為他一直想像壞事可能發生。」

「Qué va，」皮勒說：「我直接看見了死亡，死亡就坐在他的肩膀上。而且他身上有死亡的氣味。」

「他身上有死亡的氣味，」羅伯．喬登語帶嘲弄。「可能是有恐懼的氣味吧。恐懼確實是有氣味。」

「De la muerte，[248]」皮勒說：「聽著，布蘭凱是史上最了不起的peon de brega[249]，他曾在鬥牛士馬諾羅．格尼洛[250]手下工作過，他跟我說過，馬諾羅死掉那天，他們在前往鬥牛場的途中去了趟教堂，當時馬諾羅身上散發強烈的死亡氣味，布蘭凱聞了差點吐出來。去鬥牛場之前，馬諾羅有先在旅館洗澡更衣，當時他也在場。就在他們為了出發前往鬥牛場而全擠進汽車裡時，那種味道還沒出現。在教堂裡時，除了璜安．路易斯．德拉羅薩[251]之外，沒人聞到那氣味。馬爾西亞和奇奎洛也沒聞到，無論是在教堂還是四人列隊準備騎上馬時都沒聞到。但璜安．路易斯當時臉色一片死白，布蘭凱告訴我他於是去問了他：『你也有聞到？』

「『就是因為這樣害我無法呼吸，』璜安．路易斯對他說：『就是你家鬥牛士身上的味道。』

「『Pues nada，』布來凱說：『我們也無能為力，只能希望一切是誤會。』

「『其他人呢？』璜安．路易斯問布蘭凱。

「『Nada，』布蘭凱說：『就這傢伙比塔拉韋拉鎮上的鬥牛士荷西還臭。』

「就是在那天下午，來自維拉瓜牧場的公牛波卡佩納幹掉了馬諾羅．格尼洛，在馬德里的鬥牛場上，牠把格尼洛撞死在第二tendido[252]前的圍欄木板上。我跟菲尼托在現場，我看見了過程，牛角徹底撞爛了他的頭蓋骨，馬諾羅被牛拋到barrera[253]邊，頭卡在estribo[254]底下。」

---

248 De la muerte，西班牙文，意思是「死亡的氣味」。
249 peon de brega，西班牙文，意思是「鬥牛士助手」。
250 馬諾羅．格尼洛（Manolo Granero）是二十世紀初主要在瓦倫西亞活動的一名鬥牛士，不滿二十歲就死在鬥牛場上。
251 璜安．路易斯．德拉羅薩（Juan Luis de la Rosa）是西班牙二十世紀初的一名鬥牛士，鬥牛生涯也不長，後來死於家族糾紛。
252 Tendido，西班牙文，意思是「看臺」。
253 barrera，西班牙文，意思是「圍欄」。
254 estribo，西班牙文，意思是「欄杆」。

「但妳有聞到什麼味道嗎？」佛南多問。

「沒有，」皮勒說：「我距離太遠了。我們當時坐在第三看臺的第七排。正是因為那邊的視角才讓我看見了所有經過。就在那天晚上，在佛諾斯咖啡館[255]，布蘭凱把這件事告訴了菲尼托，話說之前何塞利托被牛殺死時，也是布蘭凱在替他工作。菲尼托又拿這事去問了璜安．路易斯．德拉羅薩，他卻什麼都不肯說，只點點頭表示真有此事。這段過程我都在場。所以，Inglés，或許你就是聾的，就跟奇奎洛和馬爾西亞．拉蘭達[256]一樣，跟他們手下的banderilleros[257]還有其他鬥牛士一樣，跟璜安．路易斯及馬諾羅．格尼洛手下的這些全部人一樣，他們都對那天發生的事聽而不聞。但璜安．路易斯還有布蘭凱不是聾的。我也不是聽不到這些徵兆的人。」

「明明是用鼻子聞到的徵兆，你為什麼要說不懂的人是聾子？」佛南多問。

「Leche！」皮勒說：「真該讓你去當教授，而不是這個Inglés。我還有其他例子可以告訴你，Inglés，總之別因為你自己看不到或聽不見，就質疑某些事物的存在。你聽不見狗聽見的聲音，也聞不到狗聞到的味道，但對於人身上可能發生的事，你多少該有些歷練了。」

瑪麗亞把手搭在羅伯．喬登的肩膀上，就這麼放著沒拿開，他突然有個念頭，我們應該趕快結束這些胡言亂語，好好利用現有的時間吧。但目前還太早，我們得先撐過今晚這段時光。所以他對帕布羅說：「你呢？你相信這種巫術嗎？」

「不知道，」帕布羅說：「我比較同意你。從來沒什麼超自然的事件發生在我身上。恐懼當然是有，很多的恐懼。不過我相信皮勒可以從掌紋算命。如果她沒有說謊，或許她真有聞到什麼。」

「Qué va，我有什麼必要說謊，」皮勒說：「這可不是我編出來的。那個男人布蘭凱做事非常認真，個性也誠懇。他不是吉普賽人，而是來自瓦倫西亞的布爾喬亞。你從沒見過他？」

「有，」羅伯．喬登說：「見過很多次。他個子很小，灰頭髮，耍斗篷的技巧無人能敵，移動腳步的速度跟兔子一樣快。」

「完全沒錯，」皮勒說：「他因為心臟問題總是臉色慘灰，吉普賽人常說死亡與他如影隨形，但他只要甩甩斗篷就能擺脫，跟別人撢掉桌上的灰塵沒兩樣。他可不是吉普賽人，但荷西在塔拉韋拉鎮上鬥牛時也聞到死亡的氣味。雖然那傢伙身上的曼薩尼亞雪莉酒味總是很重，我根本無法想像布蘭凱怎麼能聞到其他氣味。布蘭凱回憶這段時比較沒把握，那些聽他說起的人都說他在幻想，而且荷西當時成天酗酒，所以那只是他腋下散發出的特殊汗味。但後來發生了馬諾羅．格尼洛的事，而且璜安．路易斯．德拉羅薩也有聞到。璜安．路易斯顯然名聲不是很好，但處理工作很細心，而且是個花花公子。但布蘭凱生性嚴肅，沉默寡言，又完全沒有說謊的能力。我告訴你，之前你的那位同事，我就在他身上聞到死亡的氣味。」

「我不相信，」羅伯．喬登說：「還有你說布蘭凱是在他上馬前聞到那種氣味，就是在鬥牛賽快開始前。但你跟卡什金在這裡進行的火車任務很成功，他沒有在任務中死去，妳怎麼可能在那時聞到死亡的氣味？」

「跟時間點無關，」皮勒解釋。「伊格納西奧．桑切斯．梅西亞斯[258]在最後一季的比賽中，就因為散發太過強烈的死亡氣味，導致許多人在咖啡廳都不願跟他坐在一起。所有吉普賽人都知道這件事。」

---

255 佛諾斯咖啡點（Café de Fornos）是馬德里一間於一八七〇年創立的咖啡館，現已不存在。

256 馬爾西亞．拉蘭達（Marcial Lalanda）是西班牙在二十世紀的一位鬥牛士，鬥牛生涯很長。他正式遭到認證出道的日子就是馬諾羅．格尼洛死在鬥牛場上的日子。

257 banderilleros，西班牙文，鬥牛士助手中負責拿裝飾鮮豔且帶倒鉤的短矛的人。

258 伊格納西奧．桑切斯．梅西亞斯（Ignacio Sánchez Mejías, 1891-1934）是西班牙知名鬥牛士，他同時是活躍的寫作者及評論家，也曾出演電影，相當受到大眾歡迎。最後因為鬥牛而死。

「這些故事都是人死後才編造出來的，」羅伯．喬登反駁。「大家都知道桑切斯．梅西亞斯很快就要遇上cornada[259]的結局，因為他太久沒有接受訓練，而且他的鬥牛風格本來就笨重又危險，雙腿又失去了力量及靈敏度，各方面的反應速度都大不如前。」

「這是當然，」皮勒對他說：「你說的這些都沒錯。但所有吉普賽人都知道他散發死亡的氣味，只要他一走進玫瑰莊園酒館[260]，你就會看到里卡多和費利佩．岡薩雷斯之類的傢伙從吧檯後方的小門逃走。」

「那些人可能欠他錢吧。」羅伯．喬登說。

「有可能，」皮勒說：「非常有可能，但他們也聞到了那個氣味，他們都知道那是什麼。」

「她說的是真的，**Inglés**，」吉普賽人拉菲爾說：「我們吉普賽人都知道這件事。」

「我一點也不相信。」羅伯．喬登說。

「聽著，**Inglés**，」安索莫開口。「我個人反對這類巫術。但在這個領域，皮勒的厲害可是很出名。」

「但聞起來像什麼？」佛南多問：「其中有什麼氣味？如果聞得到，那就一定是特定的氣味。」

「你想知道？佛南迪托？」皮勒對他微笑。「你覺得你可以聞得到？」

「如果是真實存在的氣味，憑什麼我不能跟其他人一樣聞得到？」

「怎麼會聞不到呢？」皮勒現在開始戲弄他，她將一雙大手交疊在膝蓋上。「你有上過任何一艘船嗎？佛南多？」

「沒有，我也不想。」

「那你可能認不出來。因為那種氣味中有部分是在船上會出現的氣味，當風暴來襲，所有舷窗緊閉鎖死，你把鼻子緊貼在舷窗的銅製把手上，翻騰的船隻在你腳下搖擺，你覺得暈眩，胃像是被掏空，那時你就能聞到死亡氣味的一部分。」

「那我不可能認得出來，因為我絕對不搭任何船。」佛南多說。

「我搭過好幾次，」皮勒說：「去墨西哥和委內瑞拉都是搭船。」

「那氣味的其他部分呢？」羅伯．喬登問。皮勒由於自豪地想起了曾有過的旅程，此刻正瞧不起地望著他。

「好吧，Inglés，學著點啊。這就是重點。學著點。好吧。下船之後，你得沿馬德里的山坡往下走，在清晨時抵達特萊多橋，然後去那間 matadero[261]，站在因為來自曼薩納雷斯的霧氣而濕答答的水泥地上，此時會有那種老太婆天亮前來這理喝屠宰牲口的血，你就在那裡等她。當這種女人從 matadero 出來時，她通常會緊抓住圍著的披肩，臉色灰敗，雙眼凹陷，下巴因為年紀長了像鬍鬚的細毛，臉頰上也有，在那張蠟白的臉皮上就像一根根豆芽，不是那種粗硬的短毛，而是在灰敗如死的臉上的蒼白豆芽；你伸出雙臂緊抱住她，Inglés，然後親吻她的嘴，這樣就會知道死亡氣味的第二部分是怎麼回事了。」

「真是倒胃口，」吉普賽人說：「說什麼豆芽的實在太噁心了。」

「還想再聽下去嗎？」皮勒問羅伯．喬登。

「有什麼問題，」他說：「既然我們想了解，有必要就說吧。」

「那個老女人臉上會長豆芽的說法，實在讓我噁心，」吉普賽人說：「為什麼老女人會這樣？皮勒。我們男人就不會這樣。」

259 cornada，西班牙文，意指鬥牛士在場上「遭到牛角刺傷」。

260 玫瑰莊園酒館（Villa Rosa）是馬德里最古老的佛朗明哥酒館，二〇二一年因為新冠疫情，這間超過百年的酒館被迫結束營業。

261 Matadero，西班牙文，意思是「屠宰場」。

「是不會，」皮勒對他嘲弄地說：「我們老女人啊，以前年輕時可苗條了，只是後來一天到晚都大著肚子，那可是丈夫喜愛我們的證據呢，而且每個吉普賽人也會爭先恐後——」

「別這樣說話，」拉菲爾說：「很粗俗。」

「所以你受傷了，」皮勒說：「難道你見過的gitana，不是即將生孩子，就是剛生過孩子嗎？」

「妳這傢伙。」

「算了吧，」皮勒說：「大家偶爾難免會心裡受傷。我想說的只是，每個人只要年紀大了，就會用不同的方式變醜，實在沒必要細講，但如果Inglés渴望認出那種味道，他就一定得大清早去屠宰場。」

「我會去的，」羅伯．喬登說：「但我會在她們經過時聞聞看，不會親她們。我怕豆芽菜，就跟拉菲爾一樣。」

「親一下吧，」皮勒說：「親一下，Inglés，就為了搞清楚是什麼味道，然後帶著殘留在鼻孔的味道走回市中心，在看到垃圾桶裡有枯萎的花時，把你的鼻子深埋進去，吸氣，好讓那氣味跟鼻孔中的餘味混合。」

「我已經在想像中照做了，」羅伯．喬登說：「什麼樣的花？」

「菊花。」

「繼續說，」羅伯．喬登說：「我聞到了。」

「那麼，」皮勒繼續說：「重要的是，你必須挑一個下雨的秋日，不然至少要有點起霧，又或是冬天的清晨，現在你該繼續穿越城市，沿著健康大街走，街上有什麼味道就聞，那裡正有人清出casas de putas[262]的垃圾，把廚餘汙水倒進下水道，這裡飄著妓女辛勤工作一晚後甜蜜又空虛的氣味，這氣味和肥皂水及菸屁股混合在一起，淡淡的飄入你的鼻孔，你該繼續走向Jardín Botánico[263]，那些女孩到了夜晚無法在妓院工作，就會靠著植物園的鐵門或尖樁鐵圍欄幹活，或者就直接在人行道上。她們會在樹蔭下或靠著鐵欄杆完全所有男人的願望，從只需要一毛錢就能完成的最簡單要求，到一比薩塔[264]能換來的人人生來就會的偉大行為，都發生在枯萎植株尚未拔除也仍未新植的花床上，那項行為激烈到泥土都軟了，當然那裡本來就比人行道軟多了，然後你會找到一個被人拋棄的麻包袋，裡頭滿是濕潤泥土、枯萎花朵和那晚人們辦事的氣味。這個麻包袋裡濃縮了以上所有精華，包括土壤和枯花莖的死亡氣味、腐爛花瓣的氣味，和一個男人死亡和出生同時發生的氣味。你要把這個麻包袋套在頭上，你要透過這個袋子呼吸。」

「不要。」

「要，」皮勒說：「你要把這個袋子套在頭上，嘗試這樣呼吸，如果之前那些餘味還在，你一旦在麻包袋中深深吸氣，就會聞到我們所知道的那種，死亡即將到來的氣味。」

「好吧，」羅伯．喬登說：「妳說卡什金來這裡時，身上就有這種味道？」

「對。」

「那麼，」羅伯．喬登沉重地開口。「我射死他還是做了件善事呢。」

「Olé。」吉普賽人說。其他人都笑了。

「太好了，」普里米提沃也表示同意。「總算能挫挫她的銳氣，讓她安靜一陣子了。」

「但是，皮勒，」佛南多說：「就算羅伯托大人想搞清楚那味道，妳也沒有真的希望他去做剛剛提到的那些下流事吧。」

「沒有。」皮勒肯定他的說法。

---

262 casas de putas，西班牙文，意思是「妓院」。

263 Jardín Botánico，西班牙文，指的是馬德里的「植物園」。

264 在二〇〇二年歐元流通前，比塞塔（peseta）是西班牙所使用的法定貨幣。

「剛剛說的那些實在太令人反感了。」

「沒錯。」皮勒肯定他的說法。

「妳不會想要他真的去做那些丟臉的事吧？」

「不會，」皮勒說：「上床睡覺吧，可以嗎？」

「但是，皮勒——」佛南多繼續說。

「閉嘴，可以嗎？」皮勒突然口氣惡毒地對他說：「別在這裡丟人現眼了。我也會小心提醒自己別丟人現眼，就是別跟聽不懂人話的傢伙說話。」

「我承認我是不了解。」佛南多又打算長篇大論起來。

「不用承認，也不用試圖理解，」皮勒說：「外面還在下雪嗎？」

羅伯．喬登走到洞口，掀開毯子往外瞧。天空清朗，夜色寒冷，沒有雪落下。他從一片雪白的樹幹間望過去，眼神往上穿過樹冠，望向已經清朗的天空。他呼吸，進入肺臟的空氣冰冷刺骨。

「聾子要是今晚偷了馬，一定會留下很多足跡。」他心想。

他放下毯子，回到煙霧瀰漫的洞穴內。「天空沒有雲了，」他說：「暴風雪結束了。」

第二十章

他在夜裡躺著，等待女孩來找他。現在沒有起風，夜裡的松樹不再搖動。松樹樹幹從覆滿地面的白雪中穿刺出來，他躺在睡袋裡，感覺身體底下的睡袋內襯被他整理得很蓬軟，他將雙腿在溫暖的睡袋上伸長，刺骨冰冷的空氣圍繞著他的頭部，在他呼吸時深入鼻孔。他側睡，頭底下枕的是他用長褲和外套捲住鞋子當作枕頭的一團突起物，他側身底下壓著一塊冰冷的金屬，那是一把大型自動步槍，他脫掉衣服時把槍從槍套取出，再用吊索綁在他的右手腕上。他把手槍推開，讓身體更陷入睡袋，眼神則越過白雪望向岩堆間當作洞穴入口的黑色暗影。天空無雲，反射在雪面的光足以讓人看清樹幹，以及洞穴所在地的一塊塊岩石輪廓。

當晚稍早，他拿著斧頭離開洞穴，穿越新雪走到空地邊緣，砍下一棵小小的雲杉。他在黑暗中抓住靠根部的地方，將樹拖到石牆的背風處。在靠近岩壁的地方，他把樹直立起來，一隻手穩穩抓住樹幹，另一隻手抓住靠近斧刃的握柄處，將所有粗樹枝砍下後堆成一堆。然後他不管那堆粗樹枝，將光裸的樹幹平放在雪中，走進洞穴，拿出一片剛剛靠在牆邊的厚木板。他用木板把岩壁旁的地面積雪清開，撿起樹枝，甩掉上面的雪，將它們一列列交錯排開，像鳥的羽毛般彼此交疊，直到他終於擁有一張床。他把剛剛那根樹幹壓在樹枝床的床尾固定，再用從那片厚木板上劈下的兩塊尖錐加固。

然後他帶著厚木板和斧頭走回洞穴。他彎腰從毯子下鑽進去，將兩樣東西都靠在牆邊。

「你在外面做什麼？」皮勒問。

「我做了一張床。」

「別劈我的新架子去鋪你的床。」

「抱歉。」

「不是什麼大事，」她說：「鋸木廠那邊還有很多厚木板。你做了什麼樣的床？」

「跟我國家的床一樣。」

「就在那張床上好好睡一覺吧，」她說，羅伯・喬登打開其中一個背包，拉出睡袋，將裹在睡袋裡面的物件放回背包，拿著睡袋往外走，他再次彎腰鑽過洞口的毯子，將睡袋鋪在剛剛那堆樹枝上，讓睡袋密合的那端靠著他剛剛橫向固定在床尾的樹幹上，睡袋的開口處則有岩壁的石牆保護。然後他準備走回洞穴拿背包，但皮勒說：「和昨晚一樣，這些背包可以跟我睡在一起。」

「妳不派人去站哨嗎？」他問。「今晚無風無雨，風雪也結束了。」

「佛南多會去。」皮勒說。

瑪麗亞在洞穴後方，羅伯・喬登看不見她。

「大家晚安，」他說：「我去睡了。」

大家開始把木板桌和包裹著毛皮凳子往後推，清出睡覺的空間，然後在爐火前的地上鋪開毯子和睡墊，普里米提沃和安德列斯抬頭對他說：「Buenas noches[265]。」

安索莫已經在角落睡著了，他整個身體蜷縮在毯子和斗篷裡，就連鼻子也沒有露出來。帕布羅在他的椅子上睡著了。

「你的床需要羊皮嗎？」皮勒語調輕柔地問羅伯・喬登。

「不用，」他說：「謝謝妳，我不需要。」

「好好睡，」她說：「我會負責看好你帶來的東西。」

佛南多跟他一起走出去，羅伯・喬登鋪開睡袋時，他在旁邊站了一下子。

「你竟然想睡在外面，真是奇特，羅伯托大人。」他站在黑暗中說，聲音因為裹著長毯斗篷而顯得模糊不清，他的卡賓槍掛在肩膀上。

「我習慣了，晚安。」

「習慣就好。」

「你何時下哨？」

「四點。」

「到四點前會很冷。」

「我習慣了。」佛南多說。

「那麼，習慣就好——」羅伯．喬登客氣地說。

「沒錯，」佛南多表示同意。「現在我得上去了。晚安，羅伯托大人。」

「晚安，佛南多。」

然後他用自己脫下來的衣物捲成枕頭，鑽進睡袋，躺在那裡等待，那些交錯的樹枝感覺就像彈簧，睡袋的內襯也好溫暖，那暖意如同法蘭絨又像羽毛般輕盈，他的雙眼越過雪地望向洞口，心臟在等待時砰砰跳動。

夜空清朗，他的腦袋跟空氣一樣清晰冷冽。他聞到身體底下有松樹枝的氣味、松針壓碎的氣味，還有樹枝斷口的樹脂汁液的刺鼻氣味。皮勒啊，他心想，然後又想起皮勒剛剛那個死亡氣味的話題。這才是我愛的氣味，還有剛切下的苜蓿、騎馬跟在牛群後方時踩碎的鼠尾草、木頭燒出的煙，另外還有秋天燒落葉的味道。這就是所謂鄉愁的氣味吧，米蘇拉城會在秋天的街上把落葉耙成一堆後燃燒，他想念那些燒出的煙味。你更想聞什麼氣味？印地安人用來編織籃子的草葉氣味？煙燻皮革？春天雨後地面的氣味？在加利西亞走過海岬上的金雀花叢時聞到的大海氣味？還是你在夜

265 Buenas noches，西班牙文，意思是「晚安」。

色中搭船接近古巴時，從陸地吹來的風的氣味？那是仙人掌花、含羞草和馬尾藻叢混合在一起的氣味。還是你更想聞到在早晨飢餓時傳來的煎培根氣味？又或者是早晨的咖啡香？還是一口咬下紅玉蘋果時聞到的氣味？還是正在打碎蘋果的蘋果酒坊？還是剛出爐的麵包？你一定是餓了，他心想，他側躺著，藉由星星反射在雪上的光望向洞穴的出入口。

有人從毯子底下鑽了出來，無論那人是誰，他可以看出對方站在作為出入口的洞穴裂隙中。然後他聽到在雪裡有腳步滑溜移動的聲音，接著那人又彎腰進了洞穴。

我猜她大概要等所有人睡了才會來吧，他心想。真浪費時間。這夜都已經過了一半。噢，瑪麗亞，趕快來吧，瑪麗亞，時間不多了啊。他聽見雪從枝幹落到雪地上的輕響。他的臉感覺稍微有陣微風揚起。突然之間，他內心一陣恐慌地覺得她可能不會來了。揚起的風讓他意識到早晨很快就要來臨。更多雪從枝幹上落下，現在他聽見風在松樹頂端吹動。

現在就來吧，瑪麗亞。拜託快點來，他心想。噢，現在就來這裡。別再等了。就算等他們睡著再來又有什麼意義？

然後他看見她從蓋住洞口的毯子底下鑽出來。她在那裡站了一下子，他知道那就是她，但無法看清楚她在做什麼。他低低吹了聲口哨，她卻還在洞口的石堆陰影處不知做些什麼。然後她跑過來，雙手拿著某樣東西，他看見她那雙長長的腿跑過雪地，然後她在睡毯旁跪下，頭緊貼著他，拍掉腳上的雪。她吻他，再將一包東西遞給他。

「把這跟你的枕頭放在一起，」她說：「我為了節省時間先脫掉了。」

「妳光腳跑過雪地？」

「對，」她說：「只穿了我的婚禮襯衫。」

他用雙臂緊抱住她，她用頭磨蹭他的下巴。

「別碰我的腳，」她說：「現在很冰，羅伯托。」

「伸過來這裡，會暖一點。」

「不用，」她說：「我的腳很快就會暖起來。現在立刻說你愛我。」

「我愛妳。」

「乖、乖、乖。」

「我愛妳，小兔子。」

「你喜歡我的婚禮襯衫嗎？」

「妳一直都是穿這一件嗎？」

「對，昨晚也是這件，這就是我的婚禮襯衫。」

「把腳伸來這裡。」

「不要，這樣根本是虐待你，我的腳很快就會自己暖起來，其實在我看來已經夠暖了，只是雪讓你覺得我的腳比較冰。再說一次。」

「我愛妳，我的小兔子。」

「我也愛你，而且我是你妻子。」

「他們睡著了嗎？」

「還沒，」她說：「但我實在撐不住了，而且就算等他們睡著又有什麼意義？」

「沒有意義，」他說，他感覺她緊貼住自己，身體修長、溫暖又可愛。「其他什麼事都沒有意義。」

「摸摸我的頭吧，」她說：「讓我試試看能不能好好親你。」

「親得好嗎？」她問。

「好，」他說：「脫掉妳的婚禮襯衫。」

「你覺得我該脫掉？」

「對，如果妳不會冷的話。」

「Qué va，才不冷，我渾身火燙。」

「我也是，但結束之後不會冷嗎？」

「不。結束之後，我們會合而為一，成為森林裡的一頭動物，我們會緊貼在一起，沒人能看出我們誰是誰。你難道無法感覺我的心就是你的心嗎？」

「可以，分不出差別了。」

「感覺一下，我就是你，你就是我，我們不分彼此。我愛你，噢，我好愛你。我們難道不是真的合而為一了嗎？你感覺不到嗎？」

「可以，」他說：「是真的。」

「感覺一下吧。你沒有心，你只有我的心。」

「我也沒有妳以外的腿、腳，或身體。」

「但我們終究不一樣，」她說：「真希望我們就是同一個人。」

「妳不是真心這麼想。」

「是，我是，真的。我必須老實告訴你。」

「妳不是真心的。」

「或許不是吧，」她的嘴唇貼著他的肩膀，語調柔和地說：「但我想要這麼說。雖然我們就是不同的兩個人，但我很高興你是羅伯托，我是瑪麗亞。可是如果哪天你想要交換，我很樂意交換，我願意變成你，因為我好愛你。」

「我不想交換。能夠不靠別人做自己比較好，每個人都做自己比較好。」

「但我們現在會合而為一，之後也永遠不會分開。」然後她說：「你不在的時候，我也會成為你。噢，我好愛你，我一定會好好照顧你。」

「瑪麗亞。」

「我在。」

「瑪麗亞。」

「我在。」

「瑪麗亞。」

「噢，我在，拜託繼續喊我吧。」

「妳不冷嗎？」

「噢，不會啊，用睡袋蓋住你的肩膀吧。」

「瑪麗亞。」

「我說不出話來了。」

「噢，瑪麗亞。瑪麗亞。瑪麗亞。」

結束之後，睡毯外的夜晚寒冷，在睡毯內綿延的暖意中，她把頭緊貼住他的臉頰，安靜、快樂地躺在他身邊，然後輕聲說：「你覺得呢？」

「Como tu[266]。」他說。

「沒錯，」她說：「但跟今天下午不同。」

「是不同。」

「我更喜歡這次，畢竟不用每次都死。」

「Ojala no[267]，」他說：「但願不是。」

266 Como tu，西班牙文，這裡的意思是「跟妳一樣」。
267 Ojala no，西班牙文，意思是「但願不是」。

「我不是那個意思。」

「我知道。我知道妳的意思，我們講的是同一件事。」

「那為什麼你要這樣講？我不是那個意思。」

「對男人來說是有差別的。」

「那我很慶幸我們不一樣。」

「我也是，」他說：「我了解你為什麼那樣談起死亡。我剛剛那樣說，只是身為一個男人的習慣。我跟妳的感受是一樣的。」

「不管你是怎樣的人，不管你說什麼，我都接受。」

「我愛妳，也愛妳的名字，瑪麗亞。」

「就是個普通的名字。」

「不，」他說：「才不普通。」

「那我們該睡了嗎？」她說：「我可以立刻睡著。」

「來睡吧，」他說，然後感覺那副修長、輕盈的身體溫熱地靠著他，那種緊貼的感受安慰著他，放逐了所有他的寂寞，好神奇啊，光是緊貼住她的身側、肩膀和腳，她就能和他形成一個對抗死亡的聯盟，他說：「好好睡吧，修長的兔子。」

她說：「我已經睡著了。」

「我要睡著了，」他說：「好好睡吧，我的愛。」然後他沉入睡夢中，在夢鄉中感到快樂。

但半夜他又醒來，他緊抱著她，彷彿她是他生命中的一切，但正有人要將她奪走一樣。他抱著她，感覺她是他生命中的一切，這感受是真實的。但她睡得安穩深沉，完全沒有醒來。所以他翻身轉向另一邊側躺，將睡袋往上拉，蓋住她的頭，親了她埋在睡袋中的頸子一下，他將手槍的吊索往上提，把手槍放在他伸手可及的身側，就這麼躺在夜色中思考。

第二十一章

一陣暖風隨著天光吹拂而來，他可以聽見積雪在林間融化，還有雪落到地面時的沉重聲響。那是個晚春的早晨。他才吸第一口氣就知道那場雪只是山區的反常現象，到了中午就會融光。然後他聽見有馬接近，那人駕馬前行時蹄打在濕雪上發出悶悶的重擊。他還聽見卡賓槍套晃動拍打著什麼，還有皮革遭到擠壓、摩擦的刺耳聲響。

「瑪麗亞，」他一邊說一邊抓住女孩的肩膀搖醒她。「待在睡袋裡別出來。」他單手扣好襯衫釦子，另一隻手抓住自動手槍，用大拇指解開保險。他看見女孩髮絲很短的頭一個扭動後消失在睡袋裡，然後看見那個騎馬的人從林間靠近。他現在蹲在睡毯裡，雙手抓著手槍，瞄準正騎馬接近的人。他之前沒見過這個人。

坐在馬背上的人現在幾乎在他的正前方。他騎著一匹高大的灰色閹馬，頭戴卡其色貝雷帽，身上的長毯披風看起來像斗篷，腳踩沉重的黑色靴子。他的馬鞍右側有只槍套，其中突出一把短自動步槍的槍托和長長的矩形彈夾。他的臉很年輕，表情剛硬，此時他看見了羅伯．喬登。

他伸手往槍套探去，就在他壓低身體，快速轉身靠近槍套時，羅伯．喬登看到他的卡其色長毯披風的左胸上有一抹鮮紅色，看來是某種正規的胸章。

羅伯．喬登瞄準他的胸口，瞄準只比那枚胸章稍微低一點的地方，開槍。

手槍在覆雪的林地中發出轟然巨響。

馬像是被人用馬刺踢了一樣往前猛衝，那名年輕人的手還塞在槍套裡，身體卻已朝地面滑下，只留右腳卡在腳蹬上。那匹馬拖著他在樹林間失控狂奔，他的臉朝下，身體到處碰撞，此時羅伯．

喬登單手拿著手槍站在那裡。

那匹大灰馬在松樹間飛馳。胸口一抹鮮紅的男人被馬在雪中拖出一條長長的痕跡，其中一側還帶血。開始有人從洞口走出來。羅伯．喬登伸手往下攤開當作枕頭的長褲，開始穿上。

「穿上妳的衣服。」他對瑪麗亞說。

他聽見頭頂的高空有飛機飛過，透過樹林看見灰馬已停下腳步站著，而原本騎在牠身上的人仍臉朝下掛在一旁，一隻腳還卡在腳蹬上。

「去抓那匹馬，」他對普里米提沃喊，他正朝他走來。然後他又說：「上面是誰在站哨？」

「拉菲爾。」皮勒從洞穴裡頭喊。她站在洞穴裡，兩根綁成辮子的頭髮仍垂在身後。

「有騎兵出動了，」羅伯．喬登說：「把你們該死的槍都拿出來。」

他聽見皮勒朝洞裡大喊：「奧古斯敦。」她走進洞穴，接著兩個男人跑了出來，其中一人把連著三角架的自動步槍背在肩膀上，另一個人拿了一整袋彈盤。

「跟他們一起上去，」羅伯．喬登對安索莫說：「趴在槍旁邊，雙腿保持靜止不動。」他說。

他們三人沿著小路跑過樹林。

太陽還沒從山巒背後升起，羅伯．喬登站直身體扣好長褲，綁緊皮帶，那把大手槍仍藉由吊索掛在他的手腕上。他把手槍收進皮帶上的槍套，將吊索上的活結往下移，再把繩圈穿過頭。

總有人之後會用這繩圈把你勒死，他心想。算了，剛剛這繩圈也算是發揮功效了。他將手槍從槍套中取出，抽出彈夾，從槍套旁的一排子彈中取出一發裝進去，再將彈夾從手槍的尾部推回去。

他透過樹林望向普里米提沃，他正握住馬的韁繩，努力要把騎士的腳從馬蹬上拔出來。那具身體臉朝下栽在雪裡，普里米提沃在他的注視下開始翻那人的口袋。

「快點，」他大喊：「把馬牽過來。」

他跪下來穿上繩底鞋，此時羅伯．喬登可以感覺瑪麗亞緊貼著他的膝蓋，她正在睡袋裡把衣服穿上。此刻的她對他的人生已不具意義。

那名騎兵沒料到會發生這種事，他心想。他並沒有特別跟蹤馬蹄印走，甚至沒保持基本的戒心，更遑論提高警覺。他甚至沒有跟隨人的足跡往哨站走。他一定是在這片山區遊蕩巡邏的騎兵之一。但只要巡邏隊發現他不見了，一定會有人跟隨他的馬蹄印來到這裡，除非積雪能先融化，他心想，又或者那些巡邏兵先遇上其他麻煩。

「你最好到下面去看看。」他對帕布羅說。

他們全走到洞穴外，一行人手拿卡賓槍站在那裡，腰帶上掛著手榴彈。皮勒將一皮袋手榴彈遞向羅伯．喬登，他拿了三顆放進口袋。他彎腰走進洞穴，找到他的兩個背包，打開有短機關槍的背包，取出槍管和槍托，他將槍托跟前半部配件組裝起來，裝入其中一組彈夾，另外三組彈夾收進口袋。他把背包鎖上，開始往洞口走。我有兩個口袋裝滿各種軍備品和彈藥，他心想，希望口袋的縫線撐得住。他走出洞口對帕布羅說：「我現在往上走，奧古斯敦可以操作那把槍嗎？」

「可以。」帕布羅說。他正望著普里米提沃牽著那匹馬走。

「**Mira qué caballo**[268]，」他說：「瞧，多棒的一匹馬。」

那匹大灰馬汗流浹背，身體還微微顫抖，羅伯．喬登拍拍牠肩胛骨中央的隆起處。

「我會把牠帶去跟其他馬待在一起。」帕布羅說。

「不行，」羅伯．喬登說：「牠已經留下前來這裡的足跡了，一定要再製造離開的足跡。」

「沒錯，」帕布羅表示同意。「我會把牠騎出去，把牠藏起來，等積雪融掉後再帶回來。你今天腦袋很清楚啊，**Inglés**。」

「派個人下去注意狀況，」羅伯．喬登說：「我們得往上走。」

---

268 Mira qué caballo，西班牙文，意思是「看啊多棒的一匹馬」。

「沒有必要，」帕布羅說：「那些騎馬的傢伙不會從那邊過來。我們可以離開，從那裡或另外兩個地方，但如果有飛機會來，我們最好不要留下足跡。把裝酒的bota拿來給我，皮勒。」

「又想去哪喝得醉醺醺啊，」皮勒說：「來，別拿酒囊，拿這個吧。」他伸手把兩顆手榴彈裝進自己的口袋。

「Qué va，才不是要喝醉，」帕布羅說：「這情況得認真處理，但給我bota吧，我不想做這些事時只能喝水。」

他高舉雙臂接下馬轡繩，跳上馬鞍，咧嘴笑開，拍拍那匹緊張的馬。羅伯・喬登看見他用腿親密摩擦馬的側身。

「Qué caballo más bonito[269]，」他再次拍拍那匹大灰馬。「Qué caballo más hermoso[270]。來吧，這傢伙愈快離開這裡愈好。」

他把手往下探，從馬身上的槍套抽出一把配有通風槍管的輕自動步槍，那是一把可以使用九毫米手槍子彈的改裝短機關槍，他仔細看了看。「看看他們的武器有多好，」他說：「現代騎兵就是不一樣啊。」

「所謂的現代騎兵正臉朝下倒在那邊呢，」羅伯・喬登說：「Vamonos[271]。」

「安德列斯，所有馬都上好馬鞍了嗎？牠們隨時都能出發了嗎？如果聽見槍火聲，就帶牠們往上去峽谷後方的樹林。你要隨身攜帶武器，然後留女人在那裡看馬。佛南多，要確定我的背包也有帶著。最重要的是，移動我的背包時一定要小心。妳也要照顧好我的背包。」他對皮勒說：「妳要確定他們帶著馬一起上去。Vamonos，」他說：「我們走吧。」

「瑪麗亞和我會為離開這裡做好所有準備，」皮勒說。然後她對羅伯・喬登說：「你看看他，」她朝著坐在灰馬上的帕布羅點點頭，他彷彿一位大腿粗壯的放牧人一樣坐在馬背上，馬正把鼻孔撐得很大，而帕布羅正在換自動步槍的彈夾。「看看一匹馬讓他變得多有精神。」

「那該給我來個兩匹馬才對。」羅伯．喬登激動地說。

「『危險』就是你的馬。」

「那給我來頭騾子就好。」羅伯．喬登笑開。

「幫我把那傢伙扒光，」他對皮勒說，同時把頭往臉朝下倒在雪中的人歪了一下頭。「把他的所有東西收好，包括信件和文件，都放進我背包的外袋裡。所有東西，明白了嗎？」

「明白。」

「Vamonos。」他說。

帕布羅騎馬走在前面，另外兩個男人排成一列跟著，以免在雪地上留下足跡。羅伯．喬登握住短機關槍的前把手，槍嘴朝下拿著。真希望這把槍跟騎兵馬鞍上那把用的是同樣彈藥，他心想，但並不是。他手上這把是德國槍，這是卡什金之前用的槍。

太陽已經從山後面升起。一股暖風吹起，雪正在融化。這是個美好的晚春早晨。

羅伯．喬登往後望，看見瑪麗亞正站在皮勒身邊。她也同樣沿著小徑跑來。為了跟她說上話，他沒再緊跟著普里米提沃身後走。

「你，」她說：「我可以跟你去嗎？」

「不，去幫皮勒。」

她走在他後面，用手抓住他的手臂。

「我要去。」

269 Qué caballo más bonito，西班牙文，意思是「這匹馬多美」。
270 Qué caballo más hermoso，西班牙文，意思是「這匹馬多俊」。
271 Vamonos，西班牙文，這裡的意思是「走吧」。

「不行。」

她繼續緊跟在他身後走。

「我可以跟老安索莫一樣負責握住槍的腳架。」

「妳不會負責握住腳架，也不會負責拿槍。這些都不是妳要做的事。」

她走在他身旁，伸出手塞進他的口袋。

「不行，」他說：「但請好好照顧妳的婚禮襯衫。」

「吻我，」她說：「如果你要走的話。」

「妳真沒羞恥心。」他說。

「對，」她說：「一點也沒有。」

「現在回去吧，還有好多工作要做。如果他們跟著馬蹄印追到這裡，我們可能會在這裡打起來。」

「你，」她說：「你有看到他胸口有什麼嗎？」

「有，怎麼會沒看到？」

「那是聖心胸章。」

「對。所有來自納瓦拉的人都會戴那個胸章。」

「你朝胸章開槍？」

「沒有，我瞄準的是胸章下方。妳現在回去。」

「你，」她說：「我都看見了。」

「妳什麼都沒看見。反正就是有個男人來，然後從馬上摔下來。Vete[272]。妳回去。」

「說你愛我。」

「不，現在不行。」

「現在不愛我？」

「Déjamos[273]。妳回去。我現在幹這種事，沒辦法談情說愛。」

「我想去扶住槍的腳架，還要跟你談情說愛。」

「妳瘋了，妳回去。」

「我沒有瘋，」她說：「我愛你。」

「那妳就回去。」

「很好，我走。如果你不愛我，我可以代替你付出兩個人的愛。」

他看著她，認真一想就微笑起來。

「一旦聽到槍聲，」他說：「就帶著馬來。要幫皮勒搬我的背包。當然很可能什麼都不會發生，希望如此。」

「我走了，」她說：「看看帕布羅騎的馬多棒。」

那匹大灰馬正沿著小徑往山上走。

「沒錯，但妳快走。」

「我走。」

她在他的口袋裡握緊拳頭使勁敲打他的大腿。他看向她，她眼裡有淚。她把拳頭從他的口袋裡抽出來，雙臂用力環抱住他的脖子，吻他。

「我走，」她說：「Me voy[274]。我走。」

---

272 Vete，西班牙文，意思是「走開」。

273 Déjamos，西班牙文，意思是「離開吧」。

274 Me voy，西班牙文，意思是「我走」。

他回頭看見她站在那裡，清晨的第一道陽光打在她的棕色臉龐上，短短的黃褐色頭髮被太陽照得金黃。她對他空揮了一拳，轉身沿小徑往回走，頭低低垂著。

普里米提沃轉身望向她的背影。

「如果頭髮沒剪那麼短，她會是個漂亮女孩。」他說。

「沒錯。」羅伯・喬登說，但他在想別的事。

「她在床上如何？」普里米提沃問。

「什麼？」

「在床上啊。」

「管好你的嘴。」

「你不該覺得被冒犯啊，我只是——」

「別說了。」羅伯・喬登說。他正在查看周遭的形勢。

第二十二章

「幫我砍些松樹枝來，」羅伯．喬登對普里米提沃說：「然後趕快拿過來。」
「我不喜歡你把槍架在哪裡。」他對奧古斯敦說。
「為什麼？」
「架到另外那邊，」羅伯．喬登指向某處，「之後再跟你解釋。」
「這裡，這樣，讓我幫你。這裡。」他說，然後蹲下。
他望向前方那條狹長地帶，又打量兩側的岩石高度。
「要再遠一點，」他說：「過去一點，很好，就是這個地方，目前先這樣。那裡，把那些石頭放去那裡。一個在這裡，另一個放到那邊。留下讓槍嘴旋轉的空間。放在槍旁邊的石頭要再隔一段距離。安索莫，下去洞穴那邊替我拿斧頭來，快點。」
「你們之前從來沒把這把槍架在合適的位置？」他對奧古斯敦說。
「我們之前都架在這裡。」
「卡什金沒說要架去那裡嗎？」
「沒有，這把槍是他離開後才被人帶來的。」
「帶來的人不知道該怎麼用？」
「不知道，是一些挑夫帶來的。」
「還真是會辦事，」羅伯．喬登說：「給你們的時候沒指導你們怎麼用？」
「沒錯，基本上就是當作一般送禮，一把送我們，一把送聾子。總共四個人帶來的，安索莫負責幫他們帶路。」

「四個人帶著槍穿越敵方陣線，結果槍竟然都沒掉，也太驚人了。」

「我也這麼覺得，」奧古斯敦說：「我想派他們來的人根本沒指望他們成功，但安索莫安全把他們帶過來了。」

「你知道怎麼使用嗎？」

「知道，我實驗過了。我會用，帕布羅會，普里米提沃會，佛南多也會。我們為了研究這把槍，有在洞穴的桌上把槍拆開再組回去。不過拆開後有兩天都組不回去，之後我們就沒再拆過這把槍了。」

「這把槍現在還能發射嗎？」

「可以，但我們不會讓吉普賽人或其他人拿這把槍亂搞。」

「你看？架在那裡根本沒用，」他說：「如果架在那裡，本來該保護你們側翼的那些石頭反而掩護了攻擊你們的敵人。你們一定要為這種槍找一塊平地架好，並確保槍可以左右旋轉。懂了嗎？現在看看，這下全部都在它的射程範圍內了。」

「我懂了，」奧古斯敦說：「但除了我們的小鎮被占領的時候，我們從來沒有打過防守戰。炸火車的時候，很多敵方士兵拿的就是máquina。」

「那我們就一起學，」羅伯．喬登說：「有幾件事得觀察一下。本來該在這兒的吉普賽人去哪了？」

「我不知道。」

「他可能在哪裡？」

「我不知道。」

帕布羅已經騎馬穿過山隘，轉了一個彎，在屬於自動步槍射程範圍內的一片山頂平地繞了個圈。此時羅伯・喬登望著他騎馬走下山坡，他正緊貼著進入他們營地的馬蹄印一旁走，然後左轉消失在樹林間。

「希望他不會撞見騎兵隊，」羅伯・喬登心想。「就怕他之後又出現在我們這邊的射程範圍內。」

普里米提沃帶來了一些松枝，羅伯・喬登將松枝穿過積雪插入解凍的土壤中，再將枝條在槍的上方往中間彎成拱形。

「找更多來，」他說：「必須要能蓋住兩個操作槍的人。這不是最好的作法，但在斧頭來之前先這麼辦。聽著，」他說：「如果聽到飛機的聲音，不管你人在哪，都找個石堆的陰影處平趴在地。我會在這裡顧槍。」

現在太陽已經升起，暖風吹拂，待在有陽光照耀的石堆旁其實很舒服。總共四匹馬，羅伯・喬登心想，兩個女人和我、安索莫、普里米提沃、佛南多、奧古斯敦，兄弟中的另外一個到底天殺的叫什麼名字？這樣是八個人。還沒算上吉普賽人啊，這樣就是九個了。再加上暫時跟馬離開的帕布羅就是十個人。對了，是安德列斯，就是兄弟中的另外一個。還有一個人，埃拉迪歐。就先當作十個人好了，每個人連半匹馬都分不到。可以讓三個人據守在這裡，四個人先離開，加上帕布羅就是五個人。這樣還剩兩個人，加上埃拉迪歐是三個人。天殺的他人呢？

要是他們發現了聾子偷馬留下的足跡，天曉得聾子會發生什麼事。真是夠難搞了：雪竟然剛好在那個時間點停下。不過要是今天能融化光就還有轉圜餘地。不過聾子那邊的狀況就難說了。我擔心雪融化的速度對聾子來說太慢了。

如果我們可以撐過今天不作戰，靠著目前的裝備，我們明天可以完成這場炸橋大戲。我知道我們辦得到，或許算不上表現頂尖，也不敢說能夠完全依照計畫且絕不出錯，可能也無法符合我們的理想，但只要用上所有人還是辦得到。**只要我們今天不用打上這一仗**。如果今天真得打上這一仗，那就只能祈求上帝保佑了。

目前除了這裡，我不知道還能部署在其他什麼更好的地方。如果我們現在移動到別處只會留下足跡。這裡跟其他可能部署的地點一樣好，就算最糟的情況發生，我們都還有三條逃離的出路。再來天就要黑了，不管我們之後撤到哪裡，我都有辦法在天亮時到橋那邊完成任務。我不擔心，為什麼我之前要擔心呢？現在看來實在沒那麼難。我希望至少明天共和國可以讓飛機準時起飛，一次就好，真心希望。明天道路上的往來可要熱鬧了。

總之，今天不是非常有趣就是非常無聊。感謝上帝，幸好我們已經讓那名騎兵的馬離開這裡。就算其他騎兵現在朝這個方向騎馬上山，我也不認為他們真的會跟著那些馬蹄印走。他們會判斷他在這附近停下、回頭，然後開始跟隨帕布羅留下的馬蹄印。真不知道那頭老蠢豬會往哪個方向走。他大概會像一頭老公麋鹿一樣在這一帶亂竄，想辦法往山上走，等雪融之後再掉頭下來。那匹馬確實讓他振作了不少，但當然也有可能讓他變得更渾水摸魚。好吧，反正他應該能照顧自己，他也這樣很長一段時間了。總之我不信任他，就像我不信任有人可以把聖母峰掀翻。

我想比較聰明的方法，應該是利用角度讓石堆成為這把槍的屏障，而不是蓋出一個理想的掩體。不然你掩體才挖到一半，就可能會被敵方的軍隊或飛機殺個措手不及。皮勒可以守住，只要她相信守下這據點還有用處，她向來找得出辦法。總之我不能留下來戰鬥，我必須帶著我的工具離開這裡，而且還要帶上安索莫。如果我們得在這裡作戰，誰能在我們倆離開時掩護我們？

他觀察著眼前的可見範圍，就在此時，他看見了吉普賽人從左側的岩堆中走出來。他搖晃著身體，姿態輕鬆、趾高氣昂又隨興，卡賓槍掛在背上，棕色的臉上咧出微笑，左右手各拿著一隻大野兔。他抓著野兔的腳，任由牠們的頭在底下搖晃。

「Hola，羅伯托。」他開心地喊他。

羅伯托用手摀住他的嘴巴，吉普賽人看來嚇了一大跳。他趕快躲到羅伯・喬登蹲著的石堆後方，一旁就是用樹叢遮掩的自動步槍。他也蹲下，將兩隻野兔放在積雪上。羅伯．喬登抬眼望向他。

「你這hijo de la gran puta！[275]」他輕聲說：「你去他的剛剛到底跑去哪了？」

「我去抓這兩隻兔子，」吉普賽人說：「最後都抓到了。牠們在雪裡搞上了。」

「你不是在站哨？」

「抓兔子又花不了多少時間，」吉普賽人悄聲說：「怎麼了？需要警戒嗎？」

「有騎兵出動了。」

「Redíos！[276]」吉普賽人說：「你看見他們了？」

「營地裡現在就有一個，」羅伯．喬登說：「來找早餐吃呢。」

「我就覺得有聽見槍聲之類的，」吉普賽人說：「我去他的！他是從這裡過去的嗎？」

「這裡，就經過**你**站哨的地方。」

「Ay, mi madre！[277]」吉普賽人說：「我真是可憐，我真倒楣。」

「如果你不是吉普賽人，我一定槍斃你。」

「不，羅伯托，別這樣說。我很抱歉，都是因為野兔啦。天亮前我聽見公野兔在雪裡猛撞，你無法想像牠們搞得有多爽。我朝聲音走去，但牠們不見了，我跟著牠們留在雪裡的足跡爬到好高的地方，找到搞在一起的牠們，把兩隻都殺了。你摸摸，這季節的野兔有夠肥，想想皮勒用牠們煮出的食物多美味。我很懊惱，羅伯托，我跟你一樣懊惱。騎兵被殺死了嗎？」

---

275 「hijo de la gran puta!」這句西班牙可翻為「你這狗娘養的！」

276 「Redíos!」這句西班牙文的意思是「該死的！」

277 「Ay, mi madre!」這句西班牙的意思是「哎，我的媽啊！」

「對。」

「你殺的？」

「對。」

「Qué tío！[278]」吉普賽人擺明了在拍他馬屁。「真是個名副其實的好傢伙啊！」

「去你媽的！」羅伯．喬登說，但他又無法克制地對吉普賽人露出微笑。「把你的野兔帶去營地，為我們拿點早餐來。」

他伸手撫摸野兔因為活在雪中而長滿厚毛的大腳和大手，牠們感覺癱軟、修長又沉重，黑色的圓眼睛都張著。

「牠們**很**肥。」他說。

「肥！」吉普賽人說：「兩隻的肋骨上都包滿肥油。我這輩子從沒想過可以抓到這種野兔。」

「去吧，」羅伯．喬登說：「趕快拿早餐來，也幫我把那個 requeté[279] 身上的文件帶來，跟皮勒拿。」

「你不生我的氣嗎？羅伯托？」

「不生氣，但怎麼會在站哨的時候跑掉呢？真受不了，萬一來了一整隊騎兵呢？」

「天啊，」吉普賽人說：「你真理智。」

「聽我說，你不能再像這樣離開站哨點，絕對不行。剛剛說要槍斃你可不是開玩笑。」

「當然不會了。另外，也不會再有其他野兔像這兩隻一樣自投羅網了，人的一生不可能再碰到這種機會。」

「Anda！[280]」羅伯．喬登說：「然後趕快回來。」

吉普賽人撿起那兩隻野兔，從岩縫間溜回營地，羅伯．喬登眺望那片岩壁間的平坦空地及底下的山坡。頭頂上有兩隻烏鴉正在繞圈，接著停在下方一棵松樹上，然後另一隻烏鴉加入牠們，羅伯・喬登望著那些烏鴉，心想：這些就是我的哨兵，只要牠們安靜待在那裡，就代表沒有人從林間接近。

這個吉普賽人，他心想，真是個毫無價值的傢伙。他沒有政治理念，沒有紀律，你無法仰賴他完成任何事。但我明天需要他，我明天有用得上他的地方。在戰爭中看到吉普賽人參與其實很怪。他們應該要像那些因為道德及宗教因素拒絕參戰的人一樣免服兵役，又或者就像那些身心不適合服兵役的人。他們沒有用處。但即便是因為道德及宗教因素拒絕參戰的人也無法避開這場戰爭，沒有人能免於這場戰爭。所有人都一樣會遭遇這場戰爭。好吧，總之戰爭現在也降臨到這裡，降臨到這個懶散的部隊身上。他們得面對了。

奧古斯敦和普里米提沃帶了許多剛拔下的樹枝上來，羅伯・喬登為自動步槍蓋好一座很不錯的屏障，這座屏障讓人無法從空中看見槍，而且在森林中顯得自然。他向他們說明，首先要把一個人力擺到右方岩壁高處，讓那人可以看見底下一帶的全部區域及右側，另一個人部署的位置則是為了掌握左側有人從下方爬上岩壁時唯一可能抵達的區域。

「如果看到有人從那裡過來，不要開火，」羅伯・喬登說：「丟顆石頭警告我們，小石頭就行，然後用你的步槍向我們打暗號，像這樣，」他將步槍高舉到頭頂，彷彿用槍保護自己的頭。「這樣是為了讓我知道人數，」他將步槍舉起來又放下。「如果他們下馬，就將步槍的槍嘴指向地面，像這樣。除非聽到**máquina**的槍聲，不然不要開火。從高處射擊時要射人的膝蓋。如果聽見我用這個

---

278 **Qué tío**，西班牙文，意思是「多了不起的傢伙」。

279 **requeté**，西班牙文，指的是一個卡洛斯主義組織（Requeté）的成員，而他們在西班牙內戰期間唯一真正掌握的地盤只有納瓦拉自治區，這些人也常稱為「紅貝雷帽」。

280 「**Anda!**」這句西班牙的意思是「去吧！」

哨子吹了兩聲，就蹲下找掩護，再回來岩堆這邊的máquina旁。」

普里米提沃舉起步槍。

「我明白了，」他說：「很簡單。」

「先丟一顆小石頭警告我們，指出方向和人數，確保不要被對方看見。」

「好，」普里米提沃說：「可以丟手榴彈嗎？」

「要等聽到máquina開火才可以。這些騎兵可能只是來找同志，不見得有打算攻進來。他們可能會跟著帕布羅留下的馬蹄印走。如果可以避免的話，我們不打算作戰，最好就是能避免交火。現在上去吧。」

「Me voy。」普里米提沃說，然後帶著卡賓槍爬上岩壁高處。

「至於你，奧古斯敦，」羅伯．喬登說：「你對槍了解多少？」

奧古斯敦蹲在那裡，他身材很高，膚色黑，下顎滿是鬍渣，雙眼凹陷，嘴唇很薄，兩隻大手因為長期勞動而顯得滄桑。

「Pues[281]，填彈、瞄準、發射，就這樣。」

「除非他們走到五十公尺內，不然絕不能開槍，而且必須確定他們打算走進通往洞穴的山隘才開槍。」羅伯．喬登說。

「好，五十公尺是多遠？」

「那塊岩石。」

「如果有軍官的話，先對軍官開槍，之後再對付其他士兵。旋轉的動作要慢，每次不用轉太多，我會教佛南多輕拍旋轉。要把槍握緊，以免彈跳得太厲害，瞄準時要仔細一點，如果可以控制的話，一次不要射擊超過六顆子彈，因為槍會在發射時往上彈。每次射擊一個人，再射擊下一個人，如果是坐在馬背上的人，射他的肚子。」

「好。」

「還要有個人握住槍下面的三角架，免得槍一直彈跳，像這樣。他會幫你填充子彈。」

「那你會在哪？」

「我會在這裡的左側，上面，這樣才能掌控全局，而且會用這把小máquina掩護你的左側。這裡。如果他們真的來了，可能會有一場屠殺，但他們必須要真的那麼接近了，你才能開火。」

「我相信要屠殺他們是沒問題的。Menuda matanza！[282]」

「但我希望他們不要來。」

「如果不是為了你的橋，我們就能在這裡大開殺戒後直接離開。」

「這樣做沒有幫助，也沒有任何意義。炸橋是為了贏得戰爭需要做的一項工作。但在這裡殺人沒什麼用處，只能說是一場意外，沒有意義。」

「Qué va，怎麼會沒有意義。法西斯多殺一個就少一個。」

「對，但要是炸掉這座橋，我們可以拿下塞哥維亞，那可是一個省的首都，你自己想想。這會是我們拿下的第一個首都。」

「你是認真這麼相信？你覺得我們可以拿下塞哥維亞？」

「對，只要我們確實把橋炸掉，的確有可能。」

「我希望能在這裡大開殺戒，然後把野橋炸掉。」

「你也太貪心了吧。」羅伯．喬登對他說。

說話時他始終望著那些烏鴉。現在他發現其中一隻烏鴉正盯著什麼看。然後那隻烏鴉嘎嘎叫後飛

281 Pues，西班牙文，意思是「嗯」。

282 「Menuda matanza!」這句西班牙文在此可以翻成「大開殺戒！」

起，但其他烏鴉還待在樹上。羅伯・喬登抬頭望向普里米提沃站崗的高處，他看見他正往下勘查，但沒打出任何信號。羅伯・喬登把身體往前傾，使勁把自動步槍的槍機打開，看見槍膛裡有子彈，然後又裝回去。烏鴉還在樹上，另一隻在雪地上盤旋，繞了大大一圈後再次找了地方棲息。在太陽與暖風吹拂之下，沉沉壓在松枝上的雪正在落下。

「明天早上我為你準備了一場屠殺，」羅伯・喬登說：「我們必須殲滅鋸木廠的那座哨站。」

「我準備好了，」奧古斯敦說：「Estoy listo。」

「還有橋下位於修路工小屋的那座哨站。」

「殲滅這座或那座都行，」奧古斯敦說：「我也可以兩座都滅掉。」

「無法兩座都參與，兩座哨站必須同時拿下。」羅伯・喬登說。

「那我哪座都行，」奧古斯敦說：「已經好久了，我一直希望能在戰爭中參與行動。帕布羅的怠惰讓我們在這裡變得委靡不振。」

安索莫拿著斧頭過來。

「你還需要更多樹枝嗎？」他問。「在我看來已經藏得夠好了。」

「不需要樹枝了，」羅伯・喬登說：「砍來兩棵小樹，種在這裡和那裡，好讓外表看起來更自然。這裡的樹不夠多，還不是真的很自然。」

「我會把樹砍來。」

「盡量往根部砍，留下的樹墩才不會被看到。」

羅伯・喬登聽見身後的樹林傳來斧頭聲。他抬頭望向岩壁高處的的普里米提沃，然後又往下眺望空地前方的松樹林。那隻烏鴉還在那裡。然後他開始聽見有飛機發出轟隆隆的高頻悶響。他抬頭在陽光中看見那架小小的銀色飛機，因為高度很高，它看起來幾乎沒在移動。

「他們看不見我們，」他對奧古斯敦說：「但最好還是趴下，那是今天的第二架偵察機了。」

「昨天那些呢？」奧古斯敦問。

「現在想起來真是一場噩夢，」羅伯・喬登說：「它們現在一定在塞哥維亞，噩夢即將在那裡成真。」

飛機已經飛過山巒，看不見了，但引擎的運作聲仍響著。

在羅伯・喬登的注視下，那隻烏鴉飛了起來。牠筆直地飛過樹林，沒有發出嘎嘎的叫聲。

第二十三章

「你趴下。」羅伯．喬登對奧古斯敦悄聲說，然後用力對安索莫打出「**趴下**」的手勢，「**趴下**」，安索莫正帶著一棵松樹從林間的縫隙走出來，還彷彿那是一棵聖誕樹一樣扛在肩膀上。他看見那老頭將松樹丟在一塊岩石後面，他自己也消失在了岩石後方，然後羅伯．喬登的眼神往前越過空地望向樹林。他什麼都沒看到，什麼也沒聽見，但可以感覺到心臟砰砰作響，然後他聽見石頭敲打岩石的聲音，還有小石頭不停彈跳、落下時的清脆音響。他轉頭往右側上方看，看見普里米提沃把步槍垂直舉起又放下四次，然後就沒什麼能看了，眼前只有一整片白亮的空地、一圈馬蹄印，另外就是遠方的樹林。

「騎兵來了。」他輕聲對奧古斯敦說。

奧古斯敦望向他，他安靜地咧嘴笑，黝黑的凹陷臉頰下方拉得好寬。羅伯．喬登注意到他正不停流汗，於是伸手搭住他的肩膀。他們看見那四人騎馬走出樹林時，他的手還搭在那裡，而且可以感覺到奧古斯敦背部的肌肉抽動了一下。

四人中的其中一人騎馬帶頭，另外三人跟在後面。帶頭的人正跟著馬蹄印在走，一邊騎馬一邊往地面瞧，另外三人在他身後散開，從樹林的不同地方騎馬走出來。他們全在小心觀察四周。羅伯．喬登感覺心臟不停砰砰敲打著身體底下的積雪，他把手肘往兩側張得很開，撐起身體，透過自動步槍的瞄準器觀察他們。

那個帶路的男人沿著馬蹄印走到帕布羅轉彎的地方停下。其他人也騎馬跟上，現在四人都停了下來。

越過自動步槍的烤藍槍管上方，羅伯．喬登可以清楚看見他們。他看見了他們的臉，看見他們身上掛的軍刀，看見馬身側因汗濕而顏色變深的馬毛，還有卡其色斗篷垂下時如同尖錐的形狀，以及納瓦拉區的人會戴的那種斜斜的貝雷帽。帶隊者掉轉馬頭，直接面對著岩壁間的開口，他們的槍就架在這個開口後方的空地上，羅伯．喬登看見他年輕的臉龐，那張臉的膚色因風吹日曬顯得很黑，雙眼靠得很近，鷹勾鼻，形狀如同楔子的下巴有點太長。

他坐在他的馬上，馬的胸膛正對著羅伯．喬登，馬頭抬得很高，他的輕型自動步槍尾端從馬鞍右側的槍套中突出來，帶隊的人指了指後方架了槍的岩壁開口。

羅伯．喬登兩隻手肘用力撐住地面，眼睛沿著槍管望向雪地上那四名騎士。其中三人掏出了他們的自動步槍，兩人將槍橫架在鞍頭上，另一個騎在馬上的人將步槍朝右拎著，槍枝尾端靠著自己的屁股。

你很少有機會這麼近距離看見敵人，他心想。你從沒沿著這種槍的槍管上方這樣看著他們。通常立起來的是後瞄準器，其中的人看起來總是好小，你的子彈得越過好長一段距離才可能打中他們；又或者他們正朝你跑來，撲倒在地，再起身奔跑，然後你得透過火力橫掃山坡上的他們，又或者你得將他們封鎖在一條街上，又或者觀察著在窗戶後方的他們，又或者看見他們在道路上行進。只有在火車上你才能這樣看見他們，只有那時他們才像現在這樣，而且現在他們只有四個人，你可以把他們打得四處逃竄。在這樣的射程距離透過槍的瞄準器看去，他們的身影是原本的兩倍大。

就是你，他心想，他望著現在插在後瞄準器凹槽中的楔形前瞄準器，其中的準心正指著帶隊者胸口，就在鮮紅胸章右邊一點的地方，卡其色斗篷上的那枚胸章正在陽光下閃閃發亮。就是你，他心想，現在他腦中全是以西班牙文思考，手指往前靠住扳機護弓，以免誤觸這把自動步槍快速、駭人又飛馳如同衝刺的攻勢。就是你，他再次心想，你這是英年早逝啊。你啊，他心想，你啊、你啊。但還是別讓這事發生吧，別讓這事發生。

他感覺身旁的奧古斯敦要咳嗽了，又感覺他忍住了，那聲咳在他喉嚨哽了一下，就又被他吞下去。接著他沿著油亮亮的烤藍槍管望過去，透過枝葉間的岩壁開口望過去，他的手指還緊貼著扳機護弓，然後他看見帶隊者掉轉馬頭，指向帕布羅的馬蹄印延伸而去的樹林，四人於是再次進入森林，奧古斯敦悄聲說：「Cabrónes！」

羅伯．喬登往後望向安索莫丟下樹的岩堆處。

吉普賽人拉菲爾此時正從岩縫間向他們走來，他手上拿著兩個布製鞍袋，步槍掛在背上。羅伯．喬登朝他揮手，吉普賽人立刻躲到他的視線範圍之外。

「我們本來可以殺掉四個傢伙。」奧古斯敦沉靜地說。他身上還因為汗水濕答答的。

「是可以，」羅伯．喬登悄聲說：「但要是發出交火聲，誰知道又會引來些什麼？」

就在此時，他聽見了另一顆石頭落下的聲音，他立刻環顧四周，此時吉普賽人和安索莫早已不見人影。他看向自己的腕錶，再抬頭望向普里米提沃，此時他正把步槍快速舉起又放下，像是一次次短促的抽搐，而且次數多得彷彿永無止盡。帕布羅已經啟程四十五分鐘了，羅伯．喬登心想，然後他聽見一大批騎兵靠近的聲音。

「No te apures，[283]」他低聲對奧古斯敦說：「也別擔心，他們會跟其他人一樣往另一個方向走。」

他們排成兩列出現，沿著樹林邊緣騎馬小跑步前進，這一隊總共有二十個騎在馬上的人，他們就跟之前出現的人一樣身穿制服並配有武器，腰上掛的軍刀擺盪著，卡賓槍在槍套裡，然後他們就跟其他人一樣騎進林子裡去了。

「Tu ves？[284]」羅伯．喬登對奧古斯敦說：「有看見嗎？」

「他們人很多。」奧古斯敦說。

「如果把剛剛那四個殺掉，我們就得對付這些人。」羅伯．喬登口氣非常柔和地說。他的心跳現在緩和下來，胸前襯衫因融雪濕了一片，他能感覺胸口底下空了一塊。

照在雪上的陽光很亮，雪融得很快。他可以看見雪在樹幹旁融出一個個凹洞，而就在他眼前，隨著陽光逐漸融化最表層的雪，積雪表面變得潮濕，彷彿蕾絲般脆弱，而底下的泥土也開始朝覆蓋其上的積雪吐出溫熱氣息。

羅伯．喬登抬頭望向普里米提沃所在的崗哨，看見他兩手交叉，手掌朝下，打出了「沒有動靜」的信號。

安索莫的頭從那塊岩石後探出，羅伯．喬登揮手要他過來。這老頭從一塊岩石溜到另一塊岩石後方，最後終於躡手躡腳地接近他，平趴在槍旁邊的地上。

「很多人，」他說：「很多！」

「我不需要那些樹了，」羅伯．喬登對他說：「現在不需要進一步的林木改善計畫了。」

安索莫和奧古斯敦都咧嘴笑開。

「既然剛剛他們仔細看也沒看出破綻，現在種樹反而危險，因為那些人可能會回來，他們的腦子可能也不笨。」

他感覺很需要說話，這代表剛剛的處境確實很危險。他總能根據自己事後的說話欲望強度來判斷情況有多糟。

「這道屏障建得不錯，是吧？」他說。

「很好，」奧古斯敦說：「去法西斯分子的好。我們本來可以殺掉那四個傢伙。你有看見嗎？」

他對安索莫說。

「我有看見。」

283 No te apures，西班牙文，意思是「別衝動」。
284 「Tu ves?」這句西班牙文是「你看見了嗎？」

「你，」羅伯．喬登對安索莫說：「你必須去昨天那個偵查點，或者另外找一個偵查點，總之你要去勘查道路，然後跟昨天一樣回報所有動靜。我們現在已經慢對方一步了。待到天黑，然後回來，我們會再派另一個人去。」

「但我留下的足跡怎麼辦？」

「等雪一融就從下面繞過去。道路會因為雪融變得一片泥濘。注意有沒有很多卡車來往，還有道路的軟土上是否有留下坦克胎痕。我們目前只需要研判這些資訊，其他等你到現場再判斷。」

「可以允許我提出其他意見嗎？」這個老頭問。

「當然。」

「若你允許，我是不是可以去拉格蘭哈，打聽一下那邊昨晚發生了什麼事，然後找一個人用你教我的方法去觀察動靜，這樣不是比較好嗎？這個人可以今晚來回報，或者還有更好的方法，就是我可以再去拉格蘭哈把他的情報帶回來。」

「你難道不怕撞見騎兵嗎？」

「雪融了就不怕。」

「拉格蘭哈那邊有人可以幫忙偵查嗎？」

「有，這項工作的話，有。可以找到一個女人。拉格蘭哈那邊有好幾個值得信任的女人。」

「我相信他說的，」奧古斯敦說：「不只相信，我確實知道有這些人，另外還有幾個女人能提供其他服務。你不希望我去嗎？」

「讓老頭去。你知道怎麼用這把槍，白天的警報還沒解除。」

「雪融了我就出發，」安索莫說：「雪融得很快。」

「你覺得他們逮到帕布羅的機會大嗎？」羅伯．喬登問奧古斯敦。

「帕布羅很聰明，」奧古斯敦說：「沒有獵犬的人抓得到雄鹿嗎？」

「有時可以。」羅伯・喬登說。

「帕布羅的話不可能，」奧古斯敦說：「只有跟他的過去相比，他才像個廢物。但他能在這片山區活下來，每天過得那麼舒服，還能灌酒灌到命都快沒了，而不是像很多其他人一樣在牆邊遭到槍斃，絕不是毫無原因的。」

「他跟大家說的一樣聰明？」

「還要更聰明。」

「他在這裡感覺不是很有能耐。」

「Cómo qué no？[285]如果他沒有能耐，昨晚就死了。我覺得你似乎不了解政治，Inglés，也不了解游擊戰是怎麼回事。無論是玩政治或打游擊戰，最重要的就是想辦法活下去。瞧瞧他昨晚是怎麼讓自己活下來的。你和我瘋狂羞辱他，但不管多少狗屎他都吞下去了。」

既然帕布羅重新加入了這個小隊的行動，羅伯・喬登就不想再說他壞話，其實他剛剛才開口就後悔了，為何要去評論他的能耐呢？他很清楚帕布羅有多聰明，一開始也只有帕布羅立刻看出要他們摧毀橋的命令有多不對勁。他只是因為不喜歡他才說出那種話，但一說出口就知道錯了。這也是經歷壓力之後會變得太想說話的後遺症之一。所以他轉換話題，對安索莫說：「還在天亮時去拉格蘭哈真的可以嗎？」

「不會有問題的，」老頭說：「我又不會帶著軍樂隊去。」

「脖子上也不會掛著鈴鐺，」奧古斯敦說：「也不會拉橫幅。」

「你要怎麼去？」

「從上方繞下去，再穿過森林。」

285「Cómo qué no?」這句西班牙文的意思是「怎麼沒有？」

「但如果他們攔下你呢？」

「我有證明文件。」

「我們都有證明文件，但你要立刻把我們陣營的文件吃下去。」

安索莫搖搖頭，用手輕拍工作服的胸前口袋。

「我思考過好多次了，」他說：「但就是不喜歡吞紙。」

「我有想過，我們或許都該帶點黃芥末配著吃，」羅伯‧喬登說：「我的左胸口袋放著我方證件，右胸口袋放著法西斯證件，這樣才不會在情急之下搞錯。」

剛剛第一批巡邏騎兵的帶隊者指向這塊空地的入口處時，大家一定都感覺到情況有多危急，因為現在他們每個人都太多話了。真的太多話了，羅伯‧喬登心想。

「但是聽我說，羅伯托，」奧古斯敦說：「他們說政府每天都變得更右派。共和國那些人現在不稱呼彼此同志，反而互稱先生和女士。你擺證件的位置是不是也要左右對調一下？」

「等政府右傾得夠嚴重了，我會把共和國證件擺到屁股的口袋裡，」羅伯‧喬登說：「然後從中心縫死。」

「希望那些證件有機會一直擺在你的襯衫裡，」奧古斯敦說：「我們會不會贏了戰爭，卻輸掉革命？」

「不會的，」羅伯‧喬登說：「但如果我們沒有贏下這場戰爭，之後就不用談什麼革命，也不會有共和國存在，無論你我還是任何事物都會消失，只會留下一根噁爛的大carajo[286]。」

「我同意，」安索莫說：「希望我們能贏下這場戰爭。」

「之後再把所有無政府主義者和共產主義者，還有所有這些canalla[287]都槍斃，只留下好的共和主義者。」奧古斯敦說。

「希望我們能贏下這場戰爭，但不用槍斃任何人，」安索莫說：「希望我們能公正治理國家，這些現在努力爭取來的福利，之後也要讓大家獲得應有的回報。至於那些與我們對戰的人，希望我們能教育他們，讓他們看到自己的錯誤。」

「我們到時候得槍斃很多人，」奧古斯敦說：「很多、很多、很多。」

他用握緊的右拳擊打左手的掌心。

「希望我們可以不用槍斃任何人，就連那些領導者也不用。希望我們可以用勞動改造他們。」

「我知道我會讓他們幹什麼。」奧古斯敦說，然後他撿起一些雪，放進嘴裡。

「幹什麼？糟糕的事嗎？」羅伯．喬登問。

「兩種棒到不行活動。」

「哪兩種？」

奧古斯敦又往嘴裡塞了一些雪，眼神越過空地望向騎兵騎馬離開之處。然後他將融化的雪吐出來。「Vaya，這早餐還真讚，」他說：「那個無恥的吉普賽人呢？」

「什麼活動？」羅伯．喬登問他。「說啊，你這張壞嘴。」

「從飛機上不用降落傘就跳下來，」奧古斯敦說，他說話時雙眼閃閃發光。「要是我們喜歡的傢伙才讓他們跳，至於其他人呢，就釘在欄杆柱頂端，再把他們往後推倒。」

「這樣說太惡劣了，」安索莫說：「這樣的我們永遠不會擁有一個共和國。」

「如果用這些傢伙的 cojones[288] 熬成濃湯，我願意在裡面游上個五十公里沒問題，」奧古斯敦說：「剛剛看到那四個傢伙，一想到我們或許可以殺掉他們，我就像在欄舍裡等待種馬的母馬一

286 carajo，西班牙文，指男人的「屌」。
287 Canalla，西班牙文，意思是「流氓」。
288 cojones，西班牙文，男人的「睪丸」。

樣，真是興奮到不行啊。」

「但你知道我們為什麼沒殺他們吧？」羅伯．喬登沉靜地問他。

「知道，」奧古斯敦說：「知道，但當下真覺得非上不可，就像在欲火焚身的母馬一樣。如果沒有過這種感受，你是不可能理解的。」

「你剛剛流了不少汗，」羅伯．喬登說：「我當時覺得你是害怕。」

「怕，當然怕，」奧古斯敦說：「但也想殺掉他們。我這輩子從未有過如此強烈的欲望。」

是啊，羅伯．喬登心想，我們殺人時是冷血的，但他們不是，從來不是。對他們來說，殺人的行為帶有額外的神聖意涵。在新興的天主教從地中海另一頭傳過來之前，他們擁有自己的宗教，而且從未真正拋棄，只是壓抑、隱藏了起來，並在戰爭及宗教法庭中再次拿出來使用。他們是相信「Auto de Fé」的民族，也就是所謂的「信仰審判」。殺人是必要的，但我們的心態跟他們不同。至於你自己，他心想，你沒有隨著這種思想墮落嗎？你在瓜達拉馬山區沒這麼想過？在馬德里的烏謝拉區沒這麼想過？待在埃斯特雷馬杜拉的期間，你從頭到尾都沒這麼想過？一刻都沒有？Qué va，他告訴自己，每次炸火車時你都是這麼想的。

別再拿那些柏柏爾人跟伊比利亞人[289]的不可靠文獻資料來胡扯了，直接承認你一直都喜歡殺人吧，就跟那些自願從軍的人一樣，無論有沒有說謊，總之他們偶爾就是享受殺人。安索莫不喜歡殺人，因為他是個獵人，不是軍人，但也別把他理想化。獵人殺動物跟軍人殺人沒有太大不同。別自欺欺人了，他心想，也別胡扯一些文獻來解釋。你已經沾染上這種習氣很久了。此外也別把安索莫想得太壞，他是個基督徒，這在一個天主教國家當中是很少見的。

不過我之前以為奧古斯敦只是害怕，他心想，我以為那是行動前自然產生的恐懼。所以原來還有殺人的欲望啊。當然，他也可能只是在說大話，畢竟他當時真的很害怕，我可以透過手感覺到。總之現在是該停止說個不停了。

「去看吉普賽人有沒有帶食物來，」他對安索莫說：「別讓他上來，他很蠢，你把早餐拿上來就好。無論他拿了多少來，都派他回去多拿一點。我很餓。」

289 柏柏爾人（Berbers）的命名源自拉丁文中的barbari（野蠻人）是一個主要位於西北非的民族，西班牙內也有少數柏柏爾人，他們主要是主要是遜尼派穆斯林。古伊比利亞人（old Iberians）指的應該是伊比利半島上還能講伊比利亞語的古早民族。

第二十四章

現在的早晨是五月底的樣子了，天空高廣清朗，暖風吹在羅伯．喬登的肩膀上。雪融得很快，他們全部的人正在吃早餐。每個人有兩個很大的夾肉三明治和一片山羊奶起司，羅伯．喬登用他的萬用折疊刀切了兩片厚厚的洋蔥，在厚麵包中間的肉塊上下各夾了一片。

「你這樣嘴巴會有很臭的味道，可以穿過樹林傳到法西斯分子的鼻孔裡。」奧古斯敦說，此刻的他滿嘴食物。

「給我酒囊，我漱漱口。」羅伯．喬登說，他的嘴裡塞滿肉、起司、洋蔥，和嚼過的麵包。他從沒這麼餓過，接著他又在口中倒滿酒，酒因為皮囊散發著微微的瀝青味，他把酒吞下，然後又喝了一大口，他把酒囊舉得很高，讓酒液直接噴到口腔後方，此時的他因為手抬很高，酒囊碰到用來掩護自動步槍的松樹枝條上的松針，他的頭為了讓酒流下而往後仰，頭頂也因此靠在松樹枝上。

「你還要另一個三明治嗎？」奧古斯敦把一個三明治越過槍遞向他。

「不用，謝謝，你吃吧。」

「我沒辦法，不習慣早上吃太多。」

「你不想吃？真的？」

「不想，你吃吧。」

羅伯．喬登接下三明治，放在大腿上，從裝了手榴彈的口袋裡掏出洋蔥，打開折疊刀開始切洋蔥。他先把因為放在口袋而髒掉的表面削下薄薄一片，然後切下厚厚一片。洋蔥厚片的外層落下了一瓣，他撿起來，把所有洋蔥圈全部折在一起夾入三明治。

「你早餐都要吃洋蔥？」奧古斯敦問。

「有的話就吃。」

「你們國家的人都這樣？」

「沒有，」羅伯．喬登說：「美國人看不起這樣做的人。」

「我很高興，」奧古斯敦說：「畢竟我一直以為美國是個文明國家。」

「你對洋蔥有什麼不滿？」

「討厭那個味道，就這樣，不然長相還挺像玫瑰的。」

羅伯．喬登嘴巴塞滿食物地對他咧嘴笑。

「是像玫瑰，」他說：「有夠像玫瑰。玫瑰是玫瑰是洋蔥。」

「看來洋蔥搞壞了你的大腦，」奧古斯敦說：「保重。」

「洋蔥是洋蔥是洋蔥，」羅伯．喬登愉快地說，同時他心想，石頭是啤酒杯是岩石是圓石是卵石。

「用葡萄酒漱漱口吧，」奧古斯敦說：「你真是個少見的怪傢伙，Inglés。你跟之前來和我們一起工作的爆破手很不一樣。」

「確實有一點很不一樣。」

「跟我說說。」

「我還活著，他死了。」羅伯．喬登說。然後他心想：你是什麼毛病？現在是說這種話的時候嗎？食物讓你爽翻天啦？你是怎樣？吃洋蔥吃到醉嗎？現在只要活著就有意義嗎？活著從來沒什麼意義，他老實告訴自己。你努力想讓自己活得有點意義，但從來沒成功。實在也沒必要在剩下的時光裡繼續自欺欺人。

「不是這樣，」他說話的態度變得很嚴肅。「他是個生前吃過很多苦的男人。」

「你呢？你吃了很多苦嗎？」

「沒有，」羅伯．喬登說：「我是那種沒吃太多苦的人。」

「我也是，」奧古斯敦對他說：「世間有人很苦，也有人就是不用吃苦。我沒吃過什麼苦。」

「不算太糟啊，」羅伯．喬登再次斜斜舉高酒囊。「有了這酒，就更不糟了。」

「我都是看到別人吃苦而難受。」

「好人就該這樣。」

「但我自己不怎麼苦。」

「你有妻子嗎？」

「沒有。」

「我也沒有。」

「但現在你有了瑪麗亞。」

「對。」

「實在也沒想到，」奧古斯敦說：「自從她在火車任務加入我們之後，皮勒就非常提防我們所有人接近她，簡直像把她送進加爾默羅教派[290]的修道院。你無法想像她有多花心思在保護她。但你一來，她就把她像個禮物一樣送給你了。你怎麼想？」

「不是這樣的。」

「那是怎樣？」

「她是把她交給我照顧。」

「你的照顧就是joder[291]她一整晚？」

「那只是運氣好。」

「照顧一個人是什麼意思？」
「你不懂可以有人好好照顧另一個人嗎？」
「我懂，但我們任何一個人都能打點這種『照顧』啊。」
「我們別談這個了吧，」羅伯．喬登說：「我是真心喜歡她。」
「真心？」
「比對這世上的什麼都真心。」
「那之後呢？炸完橋呢？」
「她跟我走。」
「那麼，」奧古斯敦說：「這話題就到此為止吧，祝福你們倆離開後一切順利。」
他舉起皮酒囊，花了點時間喝了好大一口酒，然後遞給羅伯．喬登。
「還有一件事，Inglés，」他說。
「你說。」
「我也很喜歡她。」
羅伯．喬登把手搭在他的肩膀上。
「很喜歡，」奧古斯敦說：「很喜歡。沒有人能夠想像的喜歡。」
「我能想像。」
「她在我心頭刻下無法抹滅的痕跡。」
「我能想像。」

---

290 加爾默羅教派（Carmelites）發源於十二世紀，屬於羅馬天主教修會，戒規極為嚴格。
291 joder，西班牙文，是性交的粗俗講法，可譯為「幹」。

「聽著，我是很認真在跟你說。」

「說吧。」

「我從來沒碰過她，也沒跟她扯上任何關係，但我真的很喜歡她。Inglés，別看輕她，她是跟你睡了，但她不是妓女。」

「我會照顧她。」

「我相信你，但要做得更多。這種女孩要是沒碰上革命，你不明白她會擁有多麼好的人生。你的責任重大。這女孩，真的，她受了很多苦。她跟我們不一樣。」

「我會跟她結婚。」

「不，我不是指這個。在革命期間也沒這必要，但是——」他點點頭——「結婚確實比較好。」

「我會跟她結婚，」羅伯．喬登說，他可以感覺到自己的喉嚨在這麼說時有點哽住。「我很喜歡她。」

「之後再說吧，」奧古斯敦說：「時機方便再結，重要的是你有這個心意。」

「我有。」

「聽著，」奧古斯敦說：「我沒有資格開口干涉這件事，現在我已經說得太多了，但你在這個國家有跟很多女孩來往過嗎？」

「不多。」

「妓女？」

「有些是，有些不是。」

「幾個。」

「就一些。」

「你也跟她們上床嗎？」

「沒有。」

「這樣你懂了嗎？」

「懂。」

「我的意思是，瑪麗亞不會隨便做這種事。」

「我也不會。」

「如果我認為你是這種人，昨晚你跟她睡在一起時，我就把你給斃了。我們因為這類原因在這裡殺過不少人。」

「聽我說，老傢伙，」羅伯．喬登說：「因為時間不夠，所以我們無法照正常的規矩來。我們最缺的就是時間。明天我們一定得作戰，對我來說那不是什麼大事，但對瑪麗亞和我來說，這代表我們要在有限的時間裡渡過一生。」

「一天一夜實在不算很長的時間。」奧古斯敦說。

「對，但還有昨天和前天晚上。」

「聽著，」奧古斯敦說：「有我能幫上忙的地方嗎？」

「不用，我們很好。」

「如果我能為你和小平頭做任何事——」

「不用。」

「真的，儘管一個人能為另一個人做的事很少。」

「不會，其實很多。」

「能做什麼？」

「無論今天或明天，只要是跟交戰有關的事，請對我有信心，就算我下的命令看起來不太對勁，你也要服從。」

「我對你有信心，無論是騎兵的事，還是把馬送出營地的決定，都讓我有信心。」

「那沒什麼。你知道我們正在為一個目標努力：贏得戰爭。唯有贏得戰爭，其他一切才不會白費。明天我們要做的事意義重大，真的很重要，此外我們也得作戰，而作戰就得講紀律，因為很多情況不是一眼就能參透背後含意，所以必須仰賴紀律，紀律則要靠信任及信心建立。」

奧古斯敦往地面吐了口口水。

「瑪麗亞的事跟這些都沒關係，」他說：「你和瑪麗亞應該好好享受剩下的時間，就把你們當作一般人。如果有我能幫忙的地方，請隨時吩咐。至於明天，我會完全服從你，不問原由。如果明天非死不可，我也會開心赴死，帶著快活的心情。」

「我也覺得你會這樣，」羅伯．喬登說：「但聽到你親口說出來，還是讓我很高興。」

「還有，」奧古斯敦說：「上面那傢伙，」他指向普里米提沃，「是個可靠的寶貴人才。皮勒也很強，比你能想像的還要強。老頭安索莫也是。安德列斯也是。埃拉迪歐也是，他雖然安靜，但很可靠。至於佛南多，我不知道你是怎麼看他的，他確實比水銀還讓人沉重，而且比在公路上拉車的小公牛更懂得如何讓人感覺無聊。但談到打仗，談到遵照指示行動，Es muy hombre！[292]你之後就知道了！」

「我們很幸運。」

「不，我們有兩個不長進的傢伙，吉普賽人和帕布羅。但聾子的小隊比我們更強，我們基本上只比羊糞強。」

「這樣就夠好了。」

「是，」奧古斯敦說：「但真希望能今天動手。」

「我也是，我也想速戰速決，但不行。」

「你覺得情況會很糟嗎？」

「可以變得很糟。」

「但你現在很愉快啊，Inglés。」

「是。」

「我也是，就算有瑪麗亞和其他要處理的事，我還是很愉快。」

「你知道為什麼嗎？」

「不知道。」

「我也不知道。或許是因為天氣吧，今天天氣很好。」

「誰知道呢？可能是因為要準備行動了。」

「我想是這樣，」羅伯．喬登說：「但不能是今天。總之最重要的事，就是我們得避免在今天起衝突。」

他在說話時聽到有些動靜，有些聲響隨著林間暖風從山上吹來。他無法確定，只是嘴巴開開地仔細聽著，他抬眼望向普里米提沃，發現他也在往上看。他覺得好像聽清楚了，但聲音又消失。風又從松林間吹來，這一次羅伯．喬登用盡所有注意力仔細聆聽，終於聽見了隨風傳來的微弱聲音。

「我沒什麼悲慘的，」他聽見奧古斯敦說：「我永遠無法擁有瑪麗亞也不是什麼大事，反正以後都找妓女就好。」

「閉嘴。」他說，他沒在聽他說話，趴在奧古斯敦身旁的他將頭轉往另一個方向。奧古斯敦突然望向他。

「Qué pasa？[293]」他問。

292「Es muy hombre!」這句西班牙文可以翻譯成「他是了不起的傢伙！」

293「Qué pasa?」這句西班牙文的意思是「怎麼了？」

羅伯・喬登用手摀住自己的嘴，繼續聽。聲音又傳來了，微弱、模糊、乾燥又遙遠，但這次肯定沒聽錯。那是自動步槍開火時劈啪作響又連續不斷的俐落聲響，就像一串又一串的爆竹在遠處接連點燃，但你只能隱約聽見。

羅伯・喬登抬頭望向普里米提沃，他頭抬著，臉朝向他們，一隻手掌張開擱在耳邊。他看見普里米提沃往上指向山區最高處。

「他們跟聾子打起來了。」羅伯・喬登說。

「那我們去幫忙，」奧古斯敦說：「集合所有人手，Vámonos。」

「不，」羅伯・喬登說：「我們就待在這裡。」

第二十五章

羅伯．喬登往上望向普里米提沃所在的瞭望哨點，他正拿著步槍往上指。他點點頭，但那男人繼續往上指，一隻手掌還搭在耳邊，步槍堅持指著上面，彷彿認定不可能有人了解他的意思。

「你一定要待在這把槍旁邊，除非可以非常、非常、非常確定他們朝這裡過來，才可以開火，而且一定要等他們走到那邊的矮樹叢才能開火，」羅伯．喬登指給他看。「你明白嗎？」

「明白，但是——」

「現在別跟我但是，之後再跟你解釋。我先去找普里米提沃。」

安索莫在他身邊，他轉頭對這個老頭說。

「Viejo，跟奧古斯敦一起待在這裡。」他說話的語氣很慢，一點也不著急。「一定要讓他等騎兵真正進來才能開火。如果只是出現在遠處，一定要像我們剛剛那樣確保他別去煩他們。如果他非開火不可，替他把槍的腳架抓穩，子彈沒了就為他遞上彈盤。」

「好，」老頭說：「去拉格蘭哈的事呢？」

「等等再說。」

羅伯．喬登爬上岩壁，雙手一次次撐住現在已顯潮濕的灰色巨石，一邊往上爬　一邊想辦法繞過阻礙，終於慢慢抵達岩壁高處。太陽將石頭上的積雪融化得很快，頂部快曬乾了。他一邊爬一邊眺望下方，看見松樹林和長形的林間空地，還有更遠方山巒前方往下傾斜的谷地。然後他站到普里米提沃身旁，那是個位於兩塊巨石後方的凹陷處，那個臉龐曬得黝黑的矮小男人對他說：「他們在攻擊聾子，我們該怎麼做？」

「什麼都不做。」羅伯・喬登說。

他在這裡眺望山區，同時清楚聽見射擊的聲音，他的眼神投向遠方谷地再次陡峭往上升的地方，看見有隊騎兵正離開森林越過覆雪的坡地往山上騎，他們朝著正是槍聲傳來的方向。他看著白雪上那兩條由人和馬組成的長長隊伍，他們正努力對抗坡地的傾斜角度往上爬。他望著那兩條隊伍爬上山脊後進入更遠的林地。

「我們得去幫他們。」普里米提沃說，他的聲音聽起來乾燥又扁平。

「不可能，」羅伯・喬登對他說：「我整個早上都在想，這遲早要發生的。」

「怎麼會？」

「他們昨晚去偷馬，但雪停了，騎兵就因為馬蹄印找過去了。」

「但我們得去幫忙，」普里米提沃說：「不能就這樣丟下他們，那些人是我們的同志啊。」

羅伯・喬登把手搭上眼前這人的肩膀。

「我們什麼都做不了，」他說：「如果可以的話，我一定會幫忙。」

「可以從上方的一條路繞過去，我們可以騎馬走那條路過去，帶上兩把槍，就是下面那一把，再加上你手上那把，就可以這樣幫上忙。」

「聽著——」羅伯・喬登說。

「我有在聽，我在聽**那邊的聲音**。」普里米提沃說。

現在有兩波發射的聲音彼此交疊，然後在一波波自動步槍乾燥的槍聲中，他們聽見手榴彈如同泡在水裡沉重、滯悶的聲音。

「他們完了，」羅伯・喬登說：「雪一停，他們就完了。要是我們過去那裡，我們也會跟著完蛋。我們無法分散現有的火力去幫忙。」

普里米提沃的下巴、唇邊和脖子都長滿一點一點的灰色鬍渣，那張扁臉的其他部分曬得黝黑，扁平的鼻子斷過，灰色眼睛在凹陷的眼窩中望著他，羅伯・喬登看見他嘴角和喉頭筋上的鬍渣在抽動。

「你聽聽，」他說：「根本是屠殺。」

「如果騎兵把那個山坳包圍住了，確實就是屠殺，」羅伯・喬登說：「有些人可能會逃出來。」

「現在過去幫忙，我們可以從後方攻擊騎兵隊，」普里米提沃說：「讓我們這邊出四個人騎馬過去。」

「然後呢？從後方攻擊之後呢？」

「我們跟聾子一起作戰。」

「一起死在那裡嗎？看看太陽在哪，白天還長呢。」

天空清朗無雲，曬在他們背上的陽光很熱。下方南面山坡上的林間空地已有大片大片的地表裸露出來，松樹上的積雪也全數滑落地面。他們腳下的巨石本來因為積雪而潮濕，現在則在熾熱的陽光下微微冒著蒸氣。

「你得忍住，」羅伯・喬登說：「Hay que aguantarse[294]。戰爭中就是有這種必須忍過去的時候。」

「但沒有我們可以做的事嗎？真的？」普里米提沃看著他，羅伯・喬登知道他信任自己。「你不能就派我跟另一個人帶著小機關槍過去嗎？」

「那沒有用。」羅伯・喬登說。

他以為看見了他一直在注意的動靜，但只有一隻老鷹往下滑進氣流，然後又隨之飛到極遠處的松樹林線上方。「就算我們全部的人都過去，也不會有用。」他說。

就在此時，交火聲的強度變成剛剛的兩倍，還不停出現手榴彈爆炸的厚重聲響。

294 Hay que aguantarse，西班牙文，意思是「你得忍住」。

「噢，去他們的，」普里米提沃發自肺腑地咒天咒地，他的眼裡有淚，臉頰也在抽動。「噢，去他媽的天主和童貞聖母，去他媽狗娘養的。」

「冷靜下來，」羅伯．喬登說：「你很快就能打他們了。那女人來了。」

皮勒正往他們的方向爬上來，她在巨石間的腳步很沉重。

普里米提沃繼續咒罵，只要又有槍聲隨風席捲而來，他就罵「去他們的，噢，天主和童貞聖母，去死吧他們。」羅伯．喬登則下去幫皮勒爬上來。

「Qué tal？女人？」他抓住她的兩隻手腕，在她腳步沉重地爬上最後一塊巨石時撐住她。

「你的望遠鏡，」她取下掛在脖子上的望遠鏡掛帶。「所以已經打去聾子那裡了？」

「對。」

「Pobre[295]，」她惋惜地說：「可憐的聾子。」

因為剛剛才爬上來，她粗喘著氣，眺望向遠方的山區，同時抓住羅伯．喬登的手，而且抓得很緊。

「戰況如何？」

「不好，很不好。」

「他jodido？[296]」

「我想沒錯。」

「Pobre，」她說：「一定是因為偷馬的關係吧？」

「應該是。」

「Pobre，」皮勒說。然後又開口，「剛剛騎兵出現的事，拉菲爾跟我亂七八糟地扯了一遍。來的人馬到底有多少？」

「一隊巡邏兵，還有一部分的騎兵大隊。」

「他們推進到哪裡？」

羅伯・喬登指向剛剛那些巡邏兵止步的地方，還指出槍所隱藏的位置。從他們站的地方往下看，只能看見奧古斯敦的一支靴子從掩護屏障底下伸出來。

「吉普賽人說他們一直騎到槍嘴都抵到帶隊者的胸口了，」皮勒說：「還真是優秀的種族啊！你的望遠鏡留在洞穴裡了。」

「妳打包了嗎？」

「能帶的都帶了。有帕布羅的消息嗎？」

「他比騎兵隊早四十分鐘出發，他們跟著他的馬蹄印走了。」

皮勒咧開嘴對他笑，本來還抓著他的手現在鬆開了。「他們不可能找到他，」她說：「至於聾子，我們能做些什麼嗎？」

「沒辦法。」

「Pobre，」她說：「我很喜歡聾子。你確定嗎？你**確定**他jodido了嗎？」

「對，我看到很多騎兵過去了。」

「比來這裡的還多？」

「有另外一整隊騎兵殺上去了。」

「聽啊，」皮勒說：「Pobre, pobre Sordo。」

他們一起聽著交火聲。

「普里米提沃想上去幫忙。」羅伯・喬登說。

---

295 Pobre，西班牙文，意思是「可憐」。

296 jodido，西班牙文，意思是「死定了」。整句就是在問「他死定了？」

「你瘋了嗎？」皮勒對那個扁臉男人說：「我們這裡怎麼盡出一些locos[297]的傢伙？」

「我想幫他們。」

「Qué va，」皮勒說：「又是個浪漫主義者。就算不做這些沒用的事，你也很快就要死了，信不信啊？」

羅伯．喬登看著她那張厚實的棕色臉龐，像印地安人的顴骨很高，兩隻眼睛分得很開，正在笑的嘴巴有片厚重上唇，那片嘴唇目前正刻薄地噘了起來。

「你得表現得像個男人，」她對普里米提沃說：「明明是個成年人，頭髮也都灰了。」

「別開我玩笑，」普里米提沃陰鬱地說：「任何男人只要有點良心和想像力的話——」

「他就該有辦法克制自己，」皮勒說：「不用再過多久，你就會跟我們一起死了，沒必要去找陌生人一起死。至於想像力，吉普賽人就夠愛想像了，他剛剛真的跟我講了一個亂七八糟的故事。」

「如果你有親眼看見，就不會說那是亂編的故事，」普里米提沃說：「剛剛真的一度情勢危急。」

「Qué va，」皮勒說：「明明就是一些騎兵騎馬來到這裡，然後騎走了，你們就把自己吹捧成英雄。就是因為這樣，我們才會變得這麼怠惰。」

「難道聾子那邊的情況不危急嗎？」普里米提沃開始擺出瞧不起人的態度。每次只要聽見槍聲隨風而來，你就能看出他很痛苦，他很想去幫忙作戰，不然希望至少皮勒能別再煩他了。

「Total, qué?[298]」皮勒說：「已經發生的就發生了。別因為別人的不幸，就變得沒cojones。」

「妳去死吧，」普里米提沃說：「就有這種又笨又殘忍的女人，完全不懂彼此扶持。」

「還都不是為了要扶持、幫助你們這些沒種的男人，」皮勒說：「如果沒什麼其他可看的，那我走了。」

就在此時，羅伯．喬登聽見高空有飛機的聲音。他抬頭，那架飛機似乎是早前出現的偵察機。此刻飛機是從前線的方向回來，目前正飛向聾子遭攻擊的山區高處。

「這是一隻厄運鳥，」皮勒說：「飛機上看得見那邊發生的事嗎？」

「一定能看見，」羅伯・喬登說：「只要他們沒瞎。」

他們望著飛機在高空緩慢移動，穩定前進的機身在陽光下銀閃閃的。飛機是從左側飛過來，他們可以看見兩具螺旋槳製造出圓盤形狀的光暈。

「臥倒。」羅伯・喬登說。

飛機從他們頭上飛過，投下的陰影掠過林間空地，不祥的震動在此時響到最大聲。飛機飛過後朝向谷地的頂端前進，他們望著飛機沿航線穩定往前，才剛離開視線範圍又回頭往下繞了好大一圈，飛機就這樣在山區高處繞了兩圈後才又往塞哥維亞飛去，消失了身影。

羅伯・喬登看向皮勒，額頭冒汗的她搖了搖頭，咬住下唇。

「每個人都有弱點，」她說：「我怕的就是這些飛機。」

「難道是被我的恐懼傳染了？」普里米提沃諷刺地說。

「沒有，」她用手搭上他的肩膀。「你根本不害怕，也不可能傳染，我很清楚。我很抱歉，剛剛玩笑開得有點過頭。我們是同一條船上的夥伴。」然後她對羅伯・喬登說：「我會派人拿食物和酒過來，你還需要什麼嗎？」

「暫時不需要，其他人呢？」

「你帶來的裝備都完好無缺，在下面跟馬放在一起，」她咧嘴笑。「一切都被藏在看不見的地方，要帶走的也準備好了。瑪麗亞跟你的裝備待在一起。」

「要是之後又有飛機來，**應該**讓她待在洞穴裡。」

---

297 locos，西班牙文，意思是「發瘋」。

298 「Total, qué?」這句西班牙文可翻成「那我們全過去，又怎樣？」

「好的，我的 Inglés 老爺，」皮勒說：「**你的那位**吉普賽人啊，總之等等就交給你了，我剛剛派他去採蘑菇，好跟野兔一起煮。現在這季節有很多蘑菇，雖然那些野兔應該留到明天或後天吃比較好，但我覺得就乾脆今天就吃掉吧。」

「最好還是先吃吧，」羅伯．喬登說，皮勒將她的大手搭在他的肩膀上，延伸至他胸口的短機關槍背帶就掛在那裡，然後她把手往上抬，用手指撥亂他的頭髮。「好一個 Inglés，」皮勒說：「等 puchero[299] 煮好後，我會派瑪麗亞送上來。」

遠方傳來的射擊聲幾乎都消失了，現在只剩下零星槍響。

「你覺得結束了嗎？」皮勒問。

「還沒，」羅伯．喬登說：「根據我們剛剛聽到的聲音，騎兵他們發動攻擊後又被擊退了。我覺得現在進攻者包圍了他們，只是暫時找掩護躲起來，他們在等飛機。」

皮勒對普里米提沃說：「你啊，你明不明白，我其實不是想羞辱你。」

「Ya lo sé[300]，」普里米提沃說：「妳以前說過更惡毒的話，我還不是忍了過來。妳就是嘴巴壞，女人。聾子真的是我的好同志。」

「難道就不是我的好同志？」皮勒問他。「聽著，扁臉的傢伙，打仗的時候，很多感受是沒辦法說出來的。就算不管聾子，我們自己的麻煩也夠多了。」

普里米提沃還是悶悶不樂。

「你這大便臉該吃點瀉藥，」皮勒對他說：「現在我去準備食物了。」

「你有把那個 requeté 身上的文件拿來嗎？」羅伯．喬登問她。

「我這笨蛋，」她說：「我忘了，等等再讓瑪麗亞拿過來。」

第二十六章

那時是下午三點，飛機還沒來。積雪在中午前就已經融光，陽光底下的石頭熱燙燙的。天空無雲，羅伯．喬登沒穿上衣坐在岩石上，正在把後背曬成棕色，同時讀著那名死去騎兵口袋裡的信件。他時不時會停止閱讀，抬頭眺望森林邊緣的開闊坡地，再望向山區高處，然後繼續讀信。沒有騎兵再出現了。偶爾會從聾子的營地方向傳來一些槍響，但都只是零星的射擊聲。

根據他帶的軍人證件，他知道這名年輕人來自納瓦拉的小鎮塔法利亞，二十一歲，未婚，是一名鐵匠的兒子。他隸屬於某騎兵團，這讓羅伯．喬登很驚訝，因為他一直以為這個部隊在北邊。他是保皇派的卡洛斯主義者[301]，戰爭剛開始時曾為了打下伊倫市受過傷。

在潘普洛納的奔牛節上，我很可能見過街上的他在公牛前方狂奔，羅伯．喬登心想。你在戰爭裡永遠不會殺到你想殺的人，他對自己說。好吧，幾乎不可能，他修正了自己的說法，然後繼續讀信。

他讀的第一批信件寫得很正式、仔細，內容大多是一些地方發生的小事。這些信是姊姊寫給他的，羅伯．喬登據此得知塔法利亞的一切都很好，他的父親很好，母親跟之前沒兩樣，只是抱怨背

---

299 puchero，西班牙文，意思是「燉煮類的料理」。

300 Ya lo sé，西班牙文，意思是「我知道」。

301 卡洛斯主義（Carlism）起源於西班牙一八三三年，當時卡洛斯王子發起了爭奪王位鬥爭，支持他的人大多是封建貴族跟教會保守勢力，之後這個集團也在內戰中成為佛朗哥國民軍的一支重要勢力。

有些毛病，姊姊則希望他過得好，別遇上太危險的處境，此外她也很高興他正在殲滅紅軍，將西班牙從信仰馬克思主義的這幫人手中解放出來。接著信裡列出自從上次她寫信以來，塔法利亞子弟的陣亡或重傷名單，其中有十位陣亡。就塔法利亞的規模而言人數算是很多，他心想。

信中提到不少宗教，她對聖安東尼禱告、對柱上聖母禱告，也祈求其他聖母保護他，她也要他永遠記住他是受到身上配戴的耶穌聖心胸章保護，她打從心底相信，在經過無數次的實例證明之後——「無數」底下畫了底線強調——這枚無時無刻別在他心口的胸章擁有擋住子彈的力量。她永遠會是深愛他的姊姊康查。

這封信的邊緣沾上了一些汙漬，羅伯·喬登把信重新和軍人證件一起收好，然後打開另一封字跡較不嚴謹的信。那是年輕人的novia[302]寫來的，她是他的未婚妻，其中的語調沉穩、正式，但完全可以感覺對方因為擔心他的安危而顯得幾近歇斯底里。羅伯·喬登讀完信，然後把所有信跟軍人證件一起收進褲子後方的口袋。他不想再讀其他信了。

我想我已經日行一善了，他對自己說。你已經做到了，他又告訴自己一次。

「你在讀的是什麼？」普里米提沃問他。

「是我們今早打死的那位requeté，他身上帶了一些文件和信件。你想看嗎？」

「我不識字，」普里米提沃說：「有什麼有趣的嗎？」

「沒有，」羅伯·喬登告訴他。「就是些私人信件。」

「他們家鄉情況如何？可以從信中看出來嗎？」

「似乎還過得去，」羅伯·喬登說：「他家鄉的小鎮有不少年輕人陣亡。」他低頭望向掩護住自動步槍的屏障，雪融之後，他們又針對那片枝葉進行了一些改造，現在看起來不太可能令人起疑。他眺望向遠方。

「他從哪座小鎮來的？」普里米提沃問。

「塔法利亞。」羅伯．喬登告訴他。

好吧，他告訴自己。我很抱歉，如果抱歉有幫助的話。

沒有幫助，他告訴他自己。

好吧，那麼，別再想了，他對他自己說。

好吧，我已經沒在想了。

但實在無法那麼輕易停止去想。你已經殺過多少人了？他自問。不知道。你認為自己有權殺死任何人嗎？沒有，但我得下手。你殺的人有多少是真正的法西斯分子？很少。但他們都屬於跟我軍對立的敵方。但跟西班牙的其他地方相比，你最喜歡納瓦拉這區的人。沒錯。但你還是會殺掉他們。沒錯。如果你不相信自己這麼做了，回去下面的營地瞧瞧吧。你難道不知道殺人是錯的嗎？你知道。但你還是殺人？對。而你還百分之百相信你是基於正確的理由？對。

這樣做是對的，他告訴自己，不是為了安慰自己，而是對此感到自豪。我相信人民，我相信他們有權用自己想要的方式統治這個國家。但你不該相信殺戮，他對自己說。你只該在必要的時候殺人，但不該相信這樣做是對的。如果你這麼相信，那整件事都錯了。

但你覺得自己已經殺了多少人？我不知道，因為我沒在算。但你知道嗎？對，到底多少？你無法確定到底有多少。光是每次炸掉火車就害死不少。真的不少。不過你無法確定。但你確定的呢？超過二十個。其中有多少是真正的法西斯分子？我確定的有兩個，因為在烏謝拉區把他們俘虜來之後，我不得不殺了他們。你不介意這麼做？不介意。你也不喜歡？不喜歡。我決心不再這麼做了。我有避開。我一直有避開那些沒武器的人。

聽著，他告訴自己，你最好別再想了。這對你和你的任務都很不好。然後他自己又說，你聽

302　novia，西班牙文，這裡的意思是「未婚妻」。

著，你懂嗎？你在做一件很嚴肅的事，所以我必須確定你無時無刻都能正確理解。我必須讓你的腦袋清楚。因為如果你的腦袋不是絕對的清楚，就無權做你正在做的事，因為那些全是犯罪，沒人有權利奪走他人性命，除非是為了預防更糟的事發生在別人身上。所以要想清楚，不要自我欺騙。

但我不會去計算我殺了多少人，不會把那當成一種光榮的紀錄，也不會像有些人很噁心，每殺死一個人就在槍上刻一道痕跡，他告訴自己。我有權不去計算，我也有權忘記我殺死的人。

不，他自己說，你無權忘記任何事。你無權閉上眼無視這一切，也無權忘記這一切，你不能美化你的行為，你不能修改記憶。

閉嘴，他對自己說。你現在也變得太自以為是了。

也永遠不要欺騙你自己，他自己繼續說。

好吧，他告訴自己。謝謝所有你給我的好建議，那我可以愛瑪麗亞嗎？

可以，他自己說。

就算在純粹的社會唯物主義中，根本沒有任何「愛」之類的事物，我還是可以愛嗎？

你打從何時真正相信這種主義了？他自問。從來沒有，而且你也從來不可能相信。你不是個真正的馬克思主義者，你很清楚。你相信的是自由、平等和博愛。你相信的是生命權、自由權，和追求幸福的權利。永遠不要用一堆辯證法欺騙自己，有些人可以這樣，但你沒辦法。為了不成為蠢貨，你是那種必須徹底搞懂的人。現在為了贏得一場戰爭，你暫緩了很多事，如果輸掉這場戰爭，那就是真的失去一切了。

但戰爭結束後你就能拋棄你所不相信的一切。你不相信的事很多，但相信的也不少。

還有一件事，永遠不要在愛情上自我欺騙。多數人是因為不夠幸運才無法擁有愛情，你之前沒有，現在有了。你和瑪麗亞之間擁有的愛，無論是只從今天持續到明天的某個時刻，又或者是維持了長長的一生，總之都是人類能擁有的最重要體驗。總會有人說愛情不存在，那是因為他們沒能擁有，但我告訴你，愛情真的存在，你擁有了，就算明天死了，你也是幸運的。

別再想那些死不死的事了，他告訴自己。現在不是說這種話的時候。這是我們那些無政府主義的朋友才會說的話。每次只要情況變得很糟，他們就想放火燒掉些什麼之後再去死。他們的心態真的很古怪，非常奇怪啊。好吧，我們要撐過今天，老伙伴，他跟自己說。現在快三點了，遲早會有食物送來。聾子那邊還有射擊聲，代表騎兵已把他包圍住，現在正在等更多援兵，應該是吧。不過他們得在天黑前趕上來。

不知道現在上方聾子營地裡的人是什麼感覺。我們所有人遲早得面對這種處境。我猜他們那裡現在不會太開心。因為偷馬的事，我們確實害他們陷入一個很嚴重的困境。西班牙文是怎麼說的？Un callejón sin salida，意思是沒有出口的死路。我想我可以好好面對那種困境，畢竟任何人都只需要經歷一次，而且很快就會結束。但當你因為遭到包圍而作戰，卻還有機會投降，這難道不也是一種奢侈嗎？Estamos copados[303]，我們被包圍了。那是這場戰爭中最令人恐慌的高喊，接下來你就要被槍打死，如果夠幸運的話死前不會經歷什麼糟糕事。聾子就沒那麼幸運了，等我們的時候到了也不會有這種運氣。

三點鐘了。他聽見遙遠的彼方傳來轟隆隆的聲響，他往上看，看見了那些飛機。

303　Estamos copados，西班牙文，意思是「我們被包圍了」。

第二十七章

聾子正在丘頂作戰。他本來一看到這座山丘就不喜歡，因為覺得形狀就像下疳長的丘疹，但他別無選擇，而且還是大老遠一看到就立刻駕馬狂奔過來，他的背上背著沉重的步槍，騎著的馬疲累不堪，槍管在他的大腿間上下搖晃，裝滿手榴彈的袋子掛在身側，裝了自動步槍的彈盤則在另一側彈跳、敲打著他的身體，瓦金和伊葛納西歐停下腳步射擊，然後又停下腳步射擊，就是要為他爭取把槍就定位的時間。

當時地上還有雪，那場害慘他們的雪，他的馬中了槍，氣喘吁吁的腳步緩慢又蹣跚，勉強爬上通往丘頂的最後一段路後就在雪地上噴出一大片鮮紅、搏動的血液，之後聾子往上爬時還得把轡繩掛在肩膀上，用手抓住馬勒拖動馬的身體。子彈不停啪噠啪噠打在石頭上，他盡可能努力地往上爬，肩膀上還背著那兩只沉重的袋子，然後他抓住馬鬃，在需要馬倒地的地方迅速、精準又溫柔地射死了馬，那匹馬抽搐身體，頭往前栽進兩顆石頭中間。他把槍架在馬背上，總共發射了兩片槍盤，槍發射時喀達喀噠地撞擊著，空彈殼不停彈進雪裡，槍嘴放置處傳來燒焦馬毛和馬皮的氣味，他對著所有爬上山丘的人射擊，逼迫他們四散開來找掩護，在此同時，他的背脊一陣發涼，因為不知道身後可能出現什麼。一等到這五個男人中的最後一位抵達丘頂後，涼意就從他背後消失了，他把剩下的彈盤保留下來，打算之後需要再用。

山坡上還死了兩匹馬，另外三匹死在丘頂上。他昨晚總共只成功偷到三匹，其中一匹在他們嘗試跳上沒裝鞍的馬背上時逃跑了，就是在那片營地的馬欄中，第一波槍戰展開。

抵達丘頂的五個男人中有三人受傷。聾子的小腿有一處傷，左手臂有兩處。他很渴，傷口又腫又硬，左臂有處傷口非常痛，頭也痛得很厲害。躺在那裡等飛機來時，他用西班牙文想了一個笑話，「Hay que tomar la muerte como si fuera aspirina」，意思是，「你必須將死亡像阿斯匹靈一樣吞下去」。但他沒把這個笑話說出來。在疼痛的腦袋深處，他咧嘴微笑，此時的他只要移動手臂，環顧自己小隊剩下的那些人時，就會有反胃感襲來。

這五個人像五芒星的尖端散開。他們跪在地上用手在頭部和肩膀前方挖土堆出一個個土石堆作為掩護，再用石塊和泥土把一個個獨立的土石堆連起來。十八歲的男孩瓦金有一頂鋼盔，他正在用鋼盔挖土、運送塵土。

他的這頂鋼盔是在炸火車時獲得的，上頭有個打穿的彈孔，大家總是笑他，不懂他為何要留下來。但他已經把彈孔凹凸不平的邊緣錘平，還在其中塞了一塊木頭，切掉木頭的突出處，再將木頭突出鋼盔內面部分徹底磨平。

槍戰開始時，他把鋼盔用力戴到頭上，因為太用力而感覺就像被一大盆燉菜打中，接著他的馬死了，所以在爬上丘頂的最後一段路時，他肺部疼痛、雙腿感覺快要失去知覺、嘴巴乾燥、身邊滿是子彈啪噠啪噠又劈哩啪啦的合奏，導致此時的鋼盔更感覺有千斤重，像有個鋼圈箍住他快爆開的額頭。但他還是留下這個鋼盔，而現在他正在用鋼盔穩定地挖土，幾乎像台機器一樣拚命。他還沒中槍。

「那東西總算有點用處了。」聾子用他深沉、沙啞的聲音說。

「Resistir y fortificar es vencer。」瓦金說，他的嘴巴因為恐懼而乾燥、僵硬，那種渴比一般戰鬥中的感覺更渴。他說的是共產黨的其中一句口號，意思是「堅守防禦，就能獲勝」。

聾子別開眼神，往山坡下望去，那裡的騎兵正躲在一塊大石頭後開槍狙擊。他很喜歡這男孩，但現在實在沒心情聽這些口號。

「你剛剛說什麼？」

其中一個正在建造掩體的男人轉過頭來，他本來臉朝下平趴在地上，雙手往上小心放好一顆石頭，下巴始終平貼在地。

瓦金又用那種乾巴巴的孩子氣語調說了一次口號，而未停下手上的挖掘工作。

「最後一個字是什麼？」下巴平貼在地面的男人問。

「Vencer，」男孩說：「獲勝。」

「Mierda！[304]」下巴平貼在地面的男人說。

「還有一句口號可以用來描述現在的情況，」瓦金說，然後他把這句話當作護身符一樣使出來，「熱情花[305]說，站著死掉總比跪著活好。」

「又是狗屎，」那個男人說，然後另一個男人轉過頭來說：「我們現在是趴著，不是跪著。」

「你呀，你這共產主義者，你知道熱情花有個兒子跟你同年紀，而且打從反抗運動開始就待在俄國嗎？」

「那是謊言。」瓦金說。

「Qué va，那不是謊言，」那個男人說：「名字很少見的那個爆破手告訴我的。他是黨的人，他為什麼要說謊？」

「那就是謊言，」瓦金說：「她不會在戰爭期間把兒子藏到俄國，她才不會做出這種事。」

「真希望我在俄國，」另一個聾子的手下說：「熱情花不知道現在能不能把我從這裡送去俄國啊？共產主義者？」

「如果你這麼相信你那位熱情花女士，叫她把我們救出這座山丘啊。」其中一個大腿纏著繃帶的人說。

「法西斯分子就會把我們扔出去了。」下巴靠在泥地上的男人說。

「別這樣說。」瓦金對他說。

「把你嘴上媽媽的奶水擦掉吧，趕快再遞一鋼盔土過來，」下巴靠在地上的人說：「我們不會有人今晚看見太陽下山。」

聾子心想：這座山丘的形狀像下疳，又或者是沒乳頭的年輕女孩乳房，又或者是火山尖錐的最頂端。你從沒看過火山，他心想，之後也不會有機會看到。而這座山丘像下疳。別再執著於火山了，現在還想有機會看到火山已經太遲了。

他小心繞過死馬的上背往下望，山坡下方距離很遠的大岩石後方傳來一陣如同敲打的快速射擊聲，他可以聽見短機關槍的子彈啪啪啪地打進馬的體內。他從馬的背後爬過去，透過馬的臀部和岩石中間的一個角度望過去。山坡上有三具屍體，就在他前面的下方，他們倒下時法西斯分子正在自動步槍和短機關槍的掩護下一股腦衝上丘頂，他和其他人靠著丟擲和沿坡地滾落手榴彈才破壞了他們的攻勢。丘頂另一邊還有些屍體，他從這裡看不見。攻擊者沒有任何可以攻上山頂的途徑，他們這邊的射擊也沒有死角，所以聾子很清楚，只要他們的彈藥跟手榴彈數量足以撐下去，他也還能保持至少四個人手，對方就無法把他們轟出去，除非是搞來一台迫擊砲。他不知道他們有沒有請人去拉格蘭哈運迫擊砲來，或許沒有，因為反正飛機不用過多久就會來了。自從偵察機從他們頭頂飛過之後，已經四小時過去了。

這座山丘真的好像下疳，聾子心想，我們就是其中流的膿。但剛剛他們犯傻時，我們殺掉他們不少人。他們怎麼可能以為能夠這麼簡單拿下我們？他們明明有一大堆現代軍備武器，但卻因為過度自信而失去了基本的判斷力。剛剛他們半彎著腰衝上丘頂，他往下滾了一顆手榴彈，那顆手榴彈

304　「Mierda!」這句西班牙文是在罵人，可譯為「狗屎啦！」

305　熱情花（Pasionaria）的本名是多洛雷斯・伊巴露麗（Dolores Ibárruri, 1895-19889），她是西班牙共產黨的政治家，在一九二〇年創黨時即入黨，也是《工人世界報》的供稿者之一。

又彈又滾地幹掉了帶領這波攻勢的年輕軍官。在一片黃灰色的火光跟煙塵中，他看見那名軍官往前撲倒在地，此刻像綑厚重、破爛的舊衣服堆在那裡，標記出剛剛那波攻勢最遠抵達的所在。聾子望著那具屍體，然後再往下看向其他人。

他們是勇敢但愚蠢的人，他心想。但現在他們至少知道在飛機來之前不該再攻上來。除非，當然，要是有迫擊砲出現的話。有迫擊砲的話一切就容易多了。此時要是出現迫擊砲再合理不過了，他也知道一旦迫擊砲來了，他們會立刻丟掉性命，但他只要一想到飛機可能會來就覺得丘頂上的自己好赤裸，彷彿全身衣物遭到剝除，就連皮膚也不剩。沒有什麼能比這更讓我感到赤裸了，他心想。剝光皮的兔子跟熊都沒有我感覺赤裸。但憑什麼他們要讓飛機來呢？光靠迫擊砲就能輕易把我們從這裡轟出去。不過他們對自己的飛機很自豪，可能還是會讓飛機來。就像剛剛他們對自家的自動武器太有自信，才會犯下那種愚蠢錯誤。但我想無論如何，他們一定也會想辦法搞來一台迫擊砲。

他的其中一個手下開槍射擊，猛拉槍栓後又開了一槍，速度很快。

「別浪費子彈。」聾子說。

「其中一個賤婊子養的傢伙打算接近那塊岩石。」男人往下指。

「有打中他嗎？」聾子說，同時艱難地轉頭想要聽清楚。

「沒有，」那個男人說：「那個賤骨頭躲回去了。」

「最賤的婊子就是皮勒了，」下巴靠在泥土地的男人說：「那婊子知道我們在這裡快死了。」

「她幫不上忙，」聾子說。這男人說話的方向正對著他那隻好的耳朵，所以他不用轉頭去聽。「她又能怎樣？」

「她可以從後方攻擊那些賤貨。」

「Qué va，」聾子說：「他們在山丘邊擺開分散的陣勢，她要怎麼攻擊？他們總共有一百五十人，現在說不定更多。」

「但如果我們一直撐到晚上。」瓦金說。

「我還如果聖誕節在復活節的時候降臨呢。」下巴靠在地上的男人說。

「如果你嬸嬸有了cojones就可以成為你的叔叔了呢，」另一個男人對他說：「去找你的熱情花來吧，光靠她一人就能幫上我們的大忙。」

「我不相信那個兒子的故事，」瓦金說：「如果他真的在那裡，應該是在受訓成為機師，或接受其他之類的訓練。」

「他只是為了安全躲在那裡。」那個男人對他說。

「他在學習辯證法。你的熱情花也一直在那裡。李斯特、莫德斯托和其他人也在那裡。那個名字很少見的人告訴我的。」

「那他們應該好好學習，之後再回來幫我們。」瓦金說。

「他們應該現在就來幫我們，」另一個男人說：「那些人渣一樣的俄國騙子都該現在來幫我們。」他開槍後說：「Me cago en tal！[306]這次又沒打中他。」

「別浪費子彈了，也不要這麼多話，不然會很渴，」聾子說：「這座山丘上沒水。」

「拿去，」那個男人稍微抬起身體，從身側拉出一個原本繞過頭頂掛在肩膀上的酒囊，遞給聾子。「漱漱口，老傢伙。那些傷口一定讓你很口渴。」

「給每個人都喝一點。」聾子說。

「那我先喝一點。」酒囊的主人往口中噴進好大一口酒，然後才把皮酒囊遞給別人。

「聾子，你覺得飛機何時會來？」下巴靠在泥土地上的男人問。

「隨時，」聾子說：「本來早該來了。」

306「Me cago en tal!」這句西班牙文的意思是「我有夠爛的！」

「你覺得這些狗娘養的會再次發動攻擊嗎？」

「除非飛機不來。」

他覺得沒有提起迫擊砲的必要。如果迫擊砲出現了，反正他們也會立刻明白。

「根據我們昨天看見的，天曉得他們的飛機數量有多充足。」

「實在是太多了。」聾子說。

他頭痛欲裂，手臂又腫又硬，痛到連移動都難以忍受。他抬頭望向明亮、高遠的湛藍初夏天空，用完好的手臂舉起皮酒囊喝。他五十二歲了，他確定這是他最後一次看見那片天空。

他一點也不怕死，但對於被困在這座山丘上感到憤怒，這裡唯一的用處就是供人等死。如果我們有推進到空地，他心想，如果我們可以讓他們沿著長谷地爬上來，或者擺脫他們後推進到道路另一邊，就不會是現在這種場面。但這座長得像下疳的山丘啊。我們必須盡可能利用這片地形，而且到目前為止利用得還不錯。

就算能知道歷史上曾有多少人被迫利用山丘地形等死，他也不會因此開心起來，像他這種身處困境的人完全不會在意類似處境的人遭遇了什麼，就像寡婦即便知道有其他人失去了深愛丈夫也不會感到寬慰。無論是否害怕，死亡總是很難接受。聾子已經接受了，但這份接受中沒有絲毫美好之處，就算他已經五十二歲也一樣，更何況他身上有三處槍傷，還被敵人圍困在一座山丘上。

他在心中拿自己的死來開玩笑，但也同時望向天空，望向遙遠的山巒，他吞下口中的葡萄酒，他其實不想喝。如果人難免一死，他心想，而且顯然就是會死，我也可以死。但我真是恨透了。

死不算什麼，他對死沒有想像，心中也沒有恐懼。可是活著是山坡上有風吹拂的麥田。活著是天上的老鷹。活著是在穀物的殼遭到敲打飛散，以及在這片霧濛濛中那只裝著水的陶罐。活著是有匹馬夾在你的腿間，是一條腿下壓著一把卡賓槍，還有山丘、谷地，以及沿途都有樹木的溪流，也還有土地的彼端及更遠的山丘。

聾子把酒囊遞回去，點頭致謝。他往前傾身，拍拍那匹死馬的肩膀，剛剛自動步槍槍嘴壓住的地方燒黑了皮毛。他到現在還能聞到馬毛燒焦的味道。他想到他剛剛是如何在那裡抓住這匹馬，馬渾身顫抖，他的身邊到處都是交火聲，有些如同低吟，有些如同爆擊，彷彿一道簾幕環繞住他，然後他在兩方戰線的交界處計算精密地射死了牠，子彈打在他的兩隻眼睛和耳朵中間。就在這匹馬沉重倒下之際，他也撲倒在牠溫暖、濕潤的背後，像之前爬上山丘一樣繼續朝那些攻上來的敵人開槍。

「Eras mucho caballo，」他說，意思是，「你真是匹很不錯的馬」。

聾子現在用沒受傷的那側躺在地上，雙眼望向天空。他躺在一堆空彈殼上，但頭受到岩石保護，身體躺在馬身後的隱蔽處。他的傷口真是腫硬得厲害，他好痛，他覺得自己已經累得無法移動。

「你怎麼了？老傢伙？」他身邊的男人問。

「沒事，我休息一下。」

「睡吧，」另一個人說：「反正**他們**上來時一定會吵醒我們。」

就在此時，山坡下方有人大吼起來。

「聽著，你們這群土匪！」聲音是從架在離他們最近的那把自動步槍一帶傳來，就位於一片岩堆後方。「現在投降，不然等等飛機會把你們都炸爛。」

「他說什麼？」聾子問。

瓦金跟他說了。聾子翻向另一邊，撐起身體，讓自己再次蹲在槍的後方。

「或許飛機不會來了，」他說：「別回話，也別開槍。說不定我們可以再逼他們攻上來。」

「如果咒罵他們一下？」剛剛跟瓦金說熱情花的兒子在俄國的那個男人問。

「不，」聾子說：「把你那把大手槍給我。大手槍在誰那裡？」

「這裡。」

「給我。」他膝蓋跪地蹲著，接過那把九毫米的星牌手槍，往死馬旁邊的地上開了一槍，等了一下，接著又以不規律的時間間隔開了四槍，然後等待，數到六十後又往死馬的身上開了最後一槍。他咧嘴笑開，把手槍遞回去。

「再裝子彈，」他悄聲說：「所有人都得閉嘴，不可以開槍。」

「Bandidos！[307]」那個聲音又從岩堆後方向他們大吼。

山丘上沒人說話。

「Bandidos！現在投降，不然就把你們都炸爛。」

「他們要上鉤了。」聾子開心地低聲說。

就在他的眼前，有個男人從岩堆上方探出頭來，山丘頂端沒有開火，那顆頭又縮了回去。聾子等著，但沒有其他事再發生。他轉頭望向其他人，他們正緊盯著底下自己負責的坡地。他望向他們時，大家都搖了搖頭。

「大家都別動。」他悄聲說。

「狗娘養的兒子。」岩堆後方又傳來咒罵聲。

「紅軍死豬、幹他媽的賤胚、吸老爸屌的垃圾。」

聾子咧嘴笑開，他只要把好的耳朵轉過去，就能聽見那些洪亮的咒罵聲。這比阿斯匹靈還有用，他心想。我們還能幹掉幾個？他們真能那麼蠢嗎？

聲音又消失了，之後有三分鐘的時間，他們什麼都沒聽見，也沒看見任何動靜。接著在下方山坡距離一百碼的那塊大岩石後方，一位狙擊手暴露身影開了一槍。子彈打中一塊石頭，彈跳時發出刺耳的尖嘯聲。接著聾子看見一個男人身體幾乎彎到地上，他從岩堆後方架了自動步槍的掩蔽處跑過空地，來到狙擊手隱身的大岩石後方。他幾乎可說是撲過去的。

聾子四下張望。他們對他打暗號，表示其他坡地沒有任何動靜。聾子開心地咧開嘴笑，搖搖頭。這比阿斯匹靈有用十倍，他心想，然後他等著，用一種只有獵人能懂的方式開心著。

而在坡地下方，那位從石堆跑到大岩石後方掩蔽處的人正在對狙擊手說話。

「你相信嗎？」

「不知道。」狙擊手說。

「這樣想很合理，」那個目前負責指揮的軍官說：「他們被包圍了，現在除了等死之外什麼都不能做。」

狙擊手沒說話。

「你怎麼想？」軍官問。

「沒怎麼想。」狙擊手說。

「自從剛剛槍響之後，還有看到任何動靜嗎？」

「完全沒有。」

軍官看向他的腕錶，再過十分鐘就三點了。

「那些飛機一小時前就該來了。」他說。就在此時，另一位軍官飛撲到這塊大岩石後方。狙擊手往旁邊移，讓出空間給他。

「你呀，帕可，」第一位軍官說：「你覺得情況如何？」

第二位軍官才剛從坡地另一側架了自動步槍的地方衝刺過來，他氣喘吁吁。

「在我看來，這是在玩把戲。」他說。

「但如果不是呢？這樣我們看來會有多可笑？趴在這裡等著襲擊一群死人？」

「我們已經幹過比可笑更糟的事了，」第二位軍官說：「自己看看山坡上是什麼場面。」

307「Bandidos!」這句西班牙人是在罵人「土匪！」

他沿著山坡往上看，一群死屍散落在靠近丘頂的地方。從他的所在地望過去，丘頂零星散落著岩石、馬的腹部，突出的馬腿，裝有馬蹄鐵的馬蹄翹在半空中，那是聾子的馬，另外還有一些剛挖出來的新土。

「迫擊砲呢？」第二位軍官說。

「最晚一小時會到，也可能更早。」

「那等迫擊砲來，我們今天幹的蠢事夠多了。」

「Bandidos！」第一名軍官突然大吼，站起身的他把整顆頭都伸到大岩石上方，因為他站得筆直，丘頂看來顯得更近了。「紅軍死豬！懦夫！」

第二位軍官望著狙擊手搖搖頭。狙擊手別開眼神，嘴唇抿得死緊。

第一位軍官站在那裡，他的頭完全沒有受到岩石遮蔽，他的手按著手槍的槍托。他對著丘頂不停詛咒、辱罵，但什麼都沒發生。然後他直接從大岩石掩護的後方走出來，站在那裡往丘頂望。

「開槍啊，懦夫，如果還活著的話，」他大吼：「我可從來不怕什麼狗娘養的紅軍對我開槍。」

最後這句還挺長的，這位軍官才吼完，臉就充血、脹紅了起來。

第二位軍官很瘦，皮膚曬得黝黑，他眼神沉靜，嘴唇細長，凹陷的雙頰布滿鬍渣，此時他再次搖了搖頭。就是這個大吼大叫的軍官剛剛下令展開第一波攻擊，而死在坡地上的那位年輕中尉就是這位中尉的好友。這位名叫帕可·伯倫多的中尉此刻聽著他的上尉大吼大叫，這傢伙顯然亢奮過頭。

「就是這些死豬殺死了我的妹妹和母親，」上尉說。他的臉泛紅，金色鬍子是英國樣式，雙眼顯得有點不對勁。他的眼珠子是淺藍色，睫毛也是淺色，你望過去時會發現那對眼睛似乎對焦地很慢。他又喊：「紅軍鬼，」他大吼：「懦夫！」接著又開始不停咒罵。

他的身體現在完全暴露在任何掩體外，他先是仔細觀察，然後用手槍對著丘頂上唯一顯眼的目標射開了一槍：就是之前聾子騎的那匹馬。子彈射中馬下方的十五碼處，激起一片塵土。上尉又開了一槍，子彈擊中石頭後彈開。

上尉站在那裡望著丘頂。伯倫多中尉則望著躺在靠近丘頂的中尉屍體。狙擊手望著自己站的地面，然後再次抬眼看向上尉。

「上面沒人活著了，」上尉說：「你，」他對狙擊手說：「去上面看看。」

狙擊手垂下眼神。他沒說話。

「沒聽到我說的話嗎？」上尉對他大吼。

「是的，我的上尉。」狙擊手說，並未看著他。

「那站起來，上去，」上尉還拿著手槍。「聽見了嗎？」

「是的，我的上尉。」

「那為什麼還不過去？」

「我不想去，我的上尉。」

「你**不想**去？」上尉用手槍抵住那個矮小男人的背。「你**不想**去？」

「我會怕，我的上尉。」士兵一臉尊貴地說。

伯倫多中尉望著上尉的臉，還有他古怪的眼睛，他幾乎想開槍打死這個男人了。

「莫拉上尉。」他說。

「伯倫多中尉？」

「這位士兵有可能是對的。」

「你是說，他說他會怕是對的？他說他**不想**服從命令是對的？」

「不是，我是指上面可能是在玩把戲，這點他是對的。」

「他們全死光了，」上尉說：「你沒聽見我說他們都死了嗎？」

「你是說我們在山坡上的同志嗎？」伯倫多問他。「我同意，他們都死了。」

「帕可，」上尉說：「別傻了。你以為你是唯一關心朱利安的人嗎？我告訴你，那些紅軍鬼已經死了，你瞧！」

他站起身，雙手伸到大岩石頂端，把自己的身體撐上去，他先是姿勢笨拙地跪在岩石上，再站起身。

「開槍，」他站在灰色巨型的花崗岩上大吼，一邊還揮動雙臂。「打死我啊！殺了我！」

丘頂上的聾子躺在死馬後方，他咧開嘴巴笑。

多蠢的傢伙啊，他心想。他忍不住笑，但又努力克制，因為身體的搖晃會讓手臂更痛。

「紅軍鬼，」下方傳來吼叫。「紅軍暴民。打死我！殺了我！」

聾子的胸口因憋笑而抖動，他勉強透過馬臀鞦帶的縫隙望出去，看見上尉站在大岩石上揮舞雙臂。另一名軍官站在岩石旁，狙擊手則站在另一側。聾子維持眼神焦點不動，開心地搖了搖頭。

「打死我，」他輕聲對自己說：「殺了我！」然後他的肩膀再次抖動起來。笑讓他的手臂更痛，每次笑的時候頭也幾乎像是要爆開。但笑意仍再次襲來，他簡直像是在抽搐。

莫拉上尉從巨石上下來。

「現在你相信了嗎？帕可？」他質問伯倫多中尉。

「不。」伯倫多中尉說。

「Cojones！」上尉說：「這地方只有白癡跟懦夫。」

狙擊手已經再次謹慎地移到大岩石後方，伯倫多中尉在他身邊蹲下。

上尉站在大岩石旁沒有遮蔽的地方，繼續對著丘頂大罵粗話。這世上沒什麼語言比西班牙文更下流了。不但所有英文中的惡劣詞彙都有，西班牙文還有一些字詞和說法，是只有在那種宗教信仰愈是推崇禁欲觀念，人們就更為擅長玷汙、褻瀆的國家才會出現的。伯倫多中尉是名非常虔誠的天主教徒，狙擊手也是，他們都是來自納瓦拉的保皇派卡洛斯主義者，儘管他們憤怒時也會咒罵或說些褻瀆的話，但仍認為這麼做是罪，而且也會定期為此向神告解。

現在他們倆蹲在大岩石後方望著上尉，耳裡聽著他大吼大叫的內容，兩人都開始假裝他不存在，也假裝他說的話不存在。如果可能在今天死去，他們可不想讓這些話玷汙他們的良心。用這種方式說話不會帶來好運，狙擊手心想。這樣拿 Virgen 來罵不會有好運。這傢伙說話的方式比紅軍的人還糟。

朱利安死了，伯倫多中尉此刻正在想。他在這樣的一天死在那邊的山坡上了。而這個嘴巴下流的傢伙站在那裡，靠著這些褻瀆的話語為他們帶來更多厄運。

此時上尉停止吼叫，轉身面向伯倫多中尉。他的眼神看起來比剛剛更古怪了。

「帕可，」他開心地說：「你跟我上去。」

「我不要。」

「什麼？」上尉又掏出手槍。

我真痛恨這些老愛揮舞手槍的傢伙，伯倫多心想。他們不靠掏出手槍就沒辦法下命令。這種人就算去上廁所大概也得掏出手槍來命令自己做出所有動作。

「如果你命令我，我會去，但我不同意這個命令。」伯倫多中尉對上尉說。

「那我自己去，」上尉說：「這地方充滿膽小鬼的臭味。」

他用右手抓著手槍，穩定地往丘頂大步走去。伯倫多和狙擊手望著他。他完全沒嘗試找掩護，只是直直瞪著眼前丘頂上的石堆、死馬，還有剛挖出來的新土。

聾子躺在馬後方角落的岩石邊，望著上尉大步走上丘頂。

只有一個，他心想。我們只逮到一個。但根據他說話的樣子，他就是 caza mayor[308]。瞧瞧他走

308 caza mayor，西班牙文，意思是「最主要的獵物」。

路的樣子，真是頭野獸啊。看看他大步往前走的姿態，這傢伙是送給我的禮物，我要帶他上路。這個走上來的傢伙正要跟我展開同樣的旅程。來吧，一起踏上旅途的同志，大步走過來吧，就走過來，走過來迎接死亡，來吧，繼續走，別慢下腳步，就走過來，繼續你的步伐，別停下來看那些死人。沒錯，根本不要往腳下看，眼睛直直盯著前方就好。瞧瞧，他有留八字鬍，你覺得怎麼樣？他竟然有辦法留出這麼完整的八字鬍，我的這位旅伴同志啊。他是個上尉，瞧他的袖子就知道了。我就說他是**caza mayor**。他有一張Inglés的臉。看啊，他的臉泛紅，金髮藍眼，沒戴帽子，八字鬍還是黃色的。那對藍眼睛，那對淺藍色的眼睛，那對淺藍色的眼睛有點不對勁。那對淺藍色的眼睛沒對焦。夠近了，太近了。沒錯，一起踏上旅途的同志。接受你的死亡吧，旅伴同志。

他輕壓自動步槍的扳機，這種裝了三角架的自動武器總會在發射時不穩定的顛簸，因此朝他的肩膀撞了三下。

上尉臉朝下趴在山坡上，左手臂壓在身體底下，抓著手槍的右手臂往頭頂前方伸長。山坡底下的所有人又開始往丘頂開火。

伯倫多中尉蹲在大岩石後方，心想現在他得在槍火交織下衝刺過那片空地，此時他聽見聾子粗啞的聲音從丘頂傳來。

「Bandidos！」聲音傳來。「Bandidos！打死我！殺了我！」

丘頂的聾子在自動步槍後方笑得胸口都疼了，他也覺得自己的頭頂快要爆開了。

「Bandidos，」他再次開心地大吼：「殺了我，bandidos！」然後他開心地搖搖頭。我們有很多可以一起上路的旅伴了，他心想。

要是另一個軍官從大岩石後方走出來，他打算試著用自動步槍打他。他遲早得離開那個地方，聾子知道他無法從那裡指揮，他覺得很有機會打中他。

就在此時，其他山丘上的人第一次聽見飛機飛來的聲音。

聾子沒聽見。他正用自動步槍瞄準著山坡下方的大岩石邊緣，心裡想著：我看見他的時候他一定已經在跑，如果不夠謹慎就會打偏。他跑過那段無遮蔽的空地時，我可以追著打中他的背，不對我該在他衝刺時將槍轉到他的跟前，又或者就讓他先跑，然後看清楚，再把槍口對準在他跟前。我會試著在他一走出岩石邊緣就開始動作，立刻將槍口對準到他跟前。然後他感覺有人在拍他肩膀，轉頭看見瓦金那張因恐懼而灰敗的臉，然後朝男孩手指的方向望去，看見了飛過來的三架飛機。

此時伯倫多中尉從大岩石後方衝刺而出，他的頭幾乎彎到兩腿之間，就這麼衝刺到架有自動步槍的岩堆後方。

因為望著飛機，聾子根本沒看見他衝出來。

「幫我把這個拉出來。」他對瓦金說，男孩把本來在馬和岩石中間的自動步槍拖出來。

三架飛機節奏穩定地飛過來。它們排成梯隊飛行，每秒的身影都顯得更大，發出的聲響也更吵雜。

「躺下來對飛機開槍，」聾子說：「射向飛機飛行路徑的前方。」

他的雙眼始終盯著那些飛機。「Cabrónes! Hijos de puta![309]」他快速咒罵。

「伊葛納西歐！」他說：「把槍放到那孩子肩膀上。你！」他對瓦金說：「坐在那裡，不要動，跨過去那邊，再過去一點，不夠，再過去。」

他躺下用自動步槍的瞄準器看，三架飛機正穩穩地飛來。

「你，伊葛納西歐，幫我握穩那邊的三腳架。」三根腳架從男孩背上垂下，槍口抖動，因為瓦金一邊聽著飛機飛來的轟隆隆聲響，身體一邊難以控制地抽動。

伊葛納西歐趴在地上，抬頭望向飛機飛來，他將三腳架的腳握在雙手中，努力穩住槍。

309「Cabrónes! Hijos de puta!」這句西班牙文是在罵「渾蛋！幹你媽的！」

「頭低下來，」他對瓦金說：「頭往前伸著別動。」

「熱情花說：『站著死掉總比——』」就在飛機聲靠近時，瓦金對自己開口說，然後又突然改口，「萬福瑪利亞，妳充滿聖寵。主與妳同在。妳在婦女中受讚頌，妳的親子耶穌同受讚頌。天主聖母瑪利亞，求妳現在和我們臨終時，為我們罪人祈求天主。阿門。天主之母聖瑪利亞，」他先是這樣喊，接著很快意識到飛機的聲響已經近得讓他難以承受，於是開始飛速念起《痛悔經》，「噢我的天主，我得罪了您，真心痛悔。因為我辜負了您的慈愛——」

然後他耳邊有乒乒砰砰的爆炸聲響起，靠在他肩上的槍管熱燙。乒乒砰砰的聲音又響起，他的耳朵幾乎要被槍口的爆炸音響震聾。伊葛納西歐使勁把腳架往下拉住，靠在他背上的槍管熱燙。乒乒砰砰的槍響現在交雜在飛機轟隆隆聲中，他記不得《痛悔經》接下來的內容了。

他只記得在我們死去的這一刻。阿門。在我們死去的這一刻。阿門。這一刻。這一刻。阿門。所有其他人都在射擊。現在，死去的這一刻。阿門。

然後在乒乒砰砰的槍響中，有空氣被劃開的呼嘯音，他膝蓋下的土地在紅黑色的爆響中翻騰起來，一波翻起來的泥土砸中他的臉，土塊和石塊到處散落，伊葛納西歐躺在他的身上，槍翻倒在他身上。但他還沒死，因為又聽見了呼嘯聲，他身體底下的土地再次在轟響中翻騰起來。接著又是一次，土地在他肚子底下蹣跚搖晃，丘頂的一側整片飛起，再緩慢地覆蓋在他們所有人身上。

飛機回頭轟炸了丘頂三次，但丘頂上沒人能知道了。接著飛機用機關槍把丘頂掃射過一遍後離開。就在它們俯衝下來用機關槍乒乒砰砰進行最後一次攻擊時，第一架飛機拉起機頭往上陡升，接著另外兩架飛機也用同樣方式往上飛，它們從梯隊改成V形隊，接著朝向塞哥維亞的方向離開。

伯倫多對著丘頂維持強大的射擊火力，同時帶一個巡邏隊往上推進，抵達其中一個炸彈炸出來的坑，從那裡他們可以往上丟手榴彈。他不想冒險，就算丘頂被炸翻了，還是可能有沒死的人在等他們上去，他朝著那堆死馬、破碎四散的石塊，以及沾上黃色炸藥汙漬的泥土中丟了四顆手榴彈，然後才爬出炸彈坑，走上去察看情況。

除了男孩瓦金之外，丘頂上沒人活著，但躺在伊葛納西歐身體下的他也已失去意識。瓦金的鼻子和耳朵都在流血，自從突然處於各種暴擊聲響的中心後，他就已經什麼都不知道了，也沒有任何知覺，炸彈落得離他很近，他的氣息在那一刻就從身體中給擰走了，伯倫多中尉畫了一個十字，朝他後腦杓開了一槍，動作又快又溫柔，彷彿突兀的舉動也可算是一種溫柔，正如聾子之前也是如此溫柔地打死了那匹受傷的馬。

伯倫多中尉站在丘頂，往下望向自己陣營的死屍，然後眼神越過曠野，望向聾子一幫人在這裡作困獸之鬥前策馬跑過的那段路。他仔細檢視自己部隊剛剛部下的陣地，然後命令手下把死人的馬都帶上，屍體綁在馬鞍上，為的是能夠運回拉格蘭哈。

「也帶上那個人，」他說：「手還放在自動步槍上那位，那位應該就是聾子。他年紀最大，而且負責用槍。不，把他的頭砍下來，包在斗篷裡。」他又想了一下。「把小隊其他人的頭都砍下來好了，還有他們一開始被我們發現時死在山坡下的那些同夥。步槍和手槍都要蒐集起來，那架槍放到馬背上帶走。」

然後他往下走，走到第一波攻擊時死掉的中尉身旁，他低頭望向他，但沒碰他。

「Qué cosa más mala es la guerra，」他對自己說，那句話的意思是，「戰爭真是糟糕透了」。

他又畫了一個十字，然後往山丘下走時，為了讓死去同志的靈魂得以安眠，他說了五次「我們的天父」和五次「萬福瑪利亞」。他不希望留下來看手下如何執行他的命令。

第二十八章

飛機離開後，羅伯・喬登和普里米提沃聽見槍聲響起，他的心臟似乎又因此重新開始跳動。在他眼前可見的山區高地上，有陣煙霧從最遠的山脊上升起，那幾架飛機已成為天空上逐漸遠去的幾枚小斑點。

「他們可能把自家的騎兵炸得一蹋糊塗，根本沒動到聾子和他的小隊，」羅伯・喬登對自己說：「飛機總會把你嚇個半死，但殺不死你。」

「戰鬥還在繼續。」聽見響亮槍聲的普里米提沃說。每次只要有炸彈落下的轟響，他的臉就會抽搐一下，還會舔舔乾燥的嘴唇。

「沒什麼好不繼續的吧？」羅伯・喬登說：「飛機向來殺不死人。」

然後槍聲徹底停下，他沒再聽見任何一聲槍響。伯倫多中尉的手槍聲無法傳這麼遠。槍聲剛停止時，他沒有受到影響，但後來的靜默卻讓他的胸口出現一陣空蕩蕩的感受。然後他聽見手榴彈爆炸，有那麼一瞬間，他的心又振奮起來。接著一切再次回歸靜默，那份靜默不停蔓延，他知道結束了。

瑪麗亞拿著一錫桶蘑菇燉野兔走上來，燉料全泡在濃郁的肉汁中，另外她還帶來一袋麵包、一瓶葡萄酒、四個錫盤、兩只杯子和四根湯匙。她在槍邊停下腳步，為奧古斯敦和埃拉迪歐舀出兩盤燉肉，現在是由他們接替安索莫守在槍邊。她把麵包遞給他們，旋開酒瓶尖端的蓋子，為他們倒了兩杯酒。

羅伯・喬登望著她動作靈巧地爬上瞭望站，她肩膀上的袋子、單手拿的錫桶，還有頭上短短的髮絲都在陽光下閃閃發亮。他往下爬，接過桶子，再扶她爬上最後一塊大石頭。

「飛機來做什麼？」她問，她的眼神看來嚇壞了。

「轟炸聾子。」

他把桶子掀開，將燉肉舀進盤子裡。

「他們還在打嗎？」

「沒有，已經結束了。」

「噢。」她說完，咬住下唇，眺望向山區的遠處。

「我沒胃口。」普里米提沃說。

「還是吃吧。」羅伯．喬登對他說。

「我食不下嚥。」

「喝點這個，老大，」羅伯．喬登說，然後把酒瓶遞過去。「然後吃吧。」

「聾子的事讓我不想吃了，」普里米提沃說：「你吃吧，我不想吃。」

瑪麗亞走過去用雙臂環抱住他的脖子，親吻他。

「吃吧，老傢伙，」她說：「每個人都得顧好自己，要讓自己有力氣。」

普里米提沃轉身背對她。他接下酒瓶，頭往後仰，讓瓶內的酒穩定噴在靠近喉嚨的口腔後側，然後舀了桶子裡燉肉裝滿盤子，吃了起來。

羅伯．喬登看著瑪麗亞搖搖頭。她坐在他身邊，雙手摟住他的肩膀。他們明白彼此的感受。他們就這麼坐著，羅伯．喬登吃燉肉，小心翼翼地品嘗蘑菇的滋味，還喝了葡萄酒，他們都沒說話。

「妳可以待在這裡，**guapa**，如果妳想要的話。」過了一陣子，他把食物吃完後對她說。

「不，」她說：「我得去皮勒那裡。」

「待在這裡也沒關係。我不認為現在這裡有可能出狀況。」

「不，我得去找皮勒，她有事要教我。」
「她要教妳什麼？」
「就是要教我。」她對他微笑，親吻他。「你沒聽過宗教課嗎？」她臉紅了。「有點像是那種。」
她又臉紅了。「但又不一樣。」
「去上妳的課吧，」他說，然後拍拍她的頭。她又對他微笑，然後對普里米提沃說：「需要我從下面幫忙帶什麼上來嗎？」
「不用了，小女孩。」他說。他們都能看出他的心情尚未平復。
「Salud，老傢伙。」她對他說。
「聽著，」普里米提沃說：「我不怕死，但這樣把他們丟在那裡——」他的聲音哽咽了。
「我們別無選擇。」羅伯・喬登對他說。
「我知道，但我的感覺沒有不同。」
「我們別無選擇，」羅伯・喬登又說了一次。「而且現在別再談起比較好。」
「是。但他們孤零零的，沒有我們的幫忙——」
「最好別提了，」羅伯・喬登說：「還有妳，guapa，妳去上課吧。」
他望著她沿著石堆往下爬，然後在那裡坐了很長一段時間，他在思考，一直望著山區高地。普里米提沃對他說話，但他沒回答。待在陽光下很熱，但他沒注意到周遭的熱氣蒸騰，只是望著一道道坡地，還有從最高坡地延伸下來的一片片松樹林地。一小時過去了，就在陽光照在離他左側有點距離的所在時，他看見他們越過坡頂而來，他拿起望遠鏡。
先是領隊的前兩位騎士進入他的視線範圍，他們出現在高丘的長型綠色坡地上，此時的馬看起來小到不行。接著又出現四位騎兵，他們在寬廣的丘地上散開。透過他的望遠鏡，他看見兩個縱隊的人馬極度清晰地騎入他的視野。他一邊看一邊感覺腋下有汗沿著身側淌下。有個男人帶領其中一個縱隊，接著又出現更多騎馬的人，然後是沒坐人的馬，許多物品綁在這些馬的鞍上。然後又是兩名騎士。再來是載著傷者的馬，這些馬旁邊還有人跟著走。最後是由更多的騎兵收尾。

羅伯・喬登望著他們沿坡地騎馬而下，離開他的視線後進入樹林。隔著這樣一段距離，他看不見其中一座馬鞍上有個用斗篷捲起來的長捆包，捆包的兩頭和中間幾處用繩子綁住，讓整個捆包像豆莢一樣有好幾個鼓鼓的突起。這個捆包被橫向固定在馬鞍旁，兩頭用繩索和馬鐙皮帶綁在一起。同樣放在這座馬鞍上的還有聾子曾意氣風發使用的自動步槍。

伯倫多中尉就騎馬走在這支縱隊前頭，他的翼隊往兩側排開，探路的尖兵早已在前方推進了好一段距離，而他本人絲毫不感得意。他心中只有結束任務後的空虛感。他心想：砍頭實在太野蠻，但留下證據及確認身分卻有其必要。這樣做可能只會讓我惹上麻煩，但誰知道呢？長官看到可能會喜歡，他們很多人喜歡這種事，可能還會把那些頭顱送到布爾戈斯。這麼做實在野蠻。用到飛機實在是muchos[310]，過頭，太過頭了。我們本來可以自己解決，而且幾乎不用折損士兵，只要有台斯托克斯式迫擊砲就行了。只要有兩頭騾子背砲彈，一頭騾子在載貨馬鞍的兩側各背一台迫擊砲，這樣我們會是支多威武的部隊啊！有了這些自動武器的火力，然後再來一頭騾子，不，兩頭背彈藥的騾子。別想了，他告訴自己。搞成這樣就不算騎兵了。別想了。你現在想給自己建造一支陸軍軍隊，接下來就會想要一門山砲了。

然後他想到朱利安死在了山丘上，他死了，他被綁在第一批部隊的馬上。此時的他往下騎入幽暗的松樹林，將陽光遺留在身後的山坡上，他在靜默、幽暗的森林中騎馬前進，然後再次開始為他禱告。

「萬福母后，仁慈的母親，」他開口。「我們的生命，我們的甘飴，我們的希望。向妳哀呼。在

310 muchos，西班牙文，意思是「過頭」。

這涕泣之谷[311]——」

他繼續禱告，地面滿是落下的松針，馬蹄子踩在上面的感覺很柔軟，光線從樹幹間灑落，於地面形成一片片光的色塊，就彷彿從主教座堂的柱間灑入，他一邊禱告，一邊望著前方在林間前行的側翼隊伍。

他騎出森林，走上通往拉格蘭哈的泥黃道路，馬蹄揚起一陣沙塵，灰霧籠罩著往前騎行的他們。那些臉朝下綁在馬鞍上的死者及傷者臉上滿是粉塵，走在一旁的人身上也覆滿厚厚的沙土。

就是在此處，安索莫見到他們在沙塵中騎行而過。

他計算了死者和傷者的人數，認出了聾子的自動機槍。他當時不知道用斗篷包成的捆包裡是什麼，只注意到隨著帶頭馬的馬鐙搖晃，捆包也隨著彈跳、拍打著馬側，但在返回營地的路上，他於一片黑暗中來到聾子之前作戰的地方，就立刻知道那個斗篷長捆包裡裝了什麼。夜色讓他無法看出之前有誰在山丘上，但他算了算躺在那裡的屍體，然後跨越眾多丘陵地，往帕布羅的營地走去。

他在黑暗中獨自走著，那些炸彈坑帶來的恐懼讓他心裡一陣發寒，除了炸彈坑之外，他在山丘上發現的一切也讓人害怕，他只好努力不去想明天的一切。他盡可能快步前進，好把消息帶回去。他一邊走一邊為聾子的靈魂禱告，也為他的小隊禱告。這是他在反抗運動開始後第一次禱告。

「最善良、最和藹，最仁慈的童貞聖母。」他禱告。

但他終究還是無法避免想起明天。所以他想：Inglés叫我做什麼我就做，我會完全依照他的指示行動。但請讓我到時候能緊跟在他身邊，噢上帝，也請讓他指示明確，因為在飛機的轟炸下，我不認為我有辦法沉著應對。請幫助我，噢上帝，請讓我在面對臨終時能夠舉止合宜。請幫助我，噢上帝，請幫助我清楚了解能夠完成這天工作的需求。請幫助我，噢上帝，當糟糕的時刻來臨時，請確保我的腳不會胡亂逃跑。請幫助我，噢上帝，請讓我在明天的戰鬥中舉止合宜。既然我在此向祢呼求，也請允准我實現，祢很清楚若不是嚴重的事，我不會開口，我不會再向祢要求其他什麼。

他仍走在黑暗中，禱告完感覺好多了，因為現在他可以確定明天能夠表現得宜。他從山區高處往下走，現在開始為聾子的小隊祈禱，沒過多久，他就走到上方哨點，佛南多要求來者表明身分。

「是我，」他回答，「安索莫。」

「很好。」佛南多說。

「你知道聾子的情況吧？老傢伙？」安索莫問佛南多，在一片黑暗中，他們倆站在大岩堆中間的出入口。

「怎麼會不知道？」佛南多說：「帕布羅都跟我們說了。」

「他當時在上面？」

「怎麼不在？」佛南多不帶感情地說：「騎兵一離開，他就去了那座山丘。」

「他告訴你們——」

「全都告訴我們了，」佛南多說：「這些法西斯分子有夠野蠻！我們一定要消滅這些西班牙境內的野蠻人。」他沉默了一下，接著口氣尖酸地說：「他們不懂，做人應該要品格尊貴。」

安索莫忍不住在夜色中默默笑開。一小時前的他不可能想像自己還有可能笑出來。真是個搞笑的狠角色，這個佛南多，他心想。

「沒錯，」他對佛南多說：「我們得教教他們。我們得奪走他們的飛機、他們的自動武器、他們的坦克、他們的軍備，然後教教他們，什麼叫做人應該要品格尊貴。」

「完全沒錯，」佛南多說：「我很高興你同意。」

安索莫離開後往下方的洞穴走去，留下他獨自站在那裡，無比尊貴。

---

311 這裡他所誦念的是《又聖母經》（Hail Holy Queen，拉丁語為Salve Regina，意為『女皇您好』）。

第二十九章

安索莫發現羅伯．喬登正坐在洞穴內的木板桌邊，帕布羅坐在他對面。他們中間的桌上擺了一只裝滿葡萄酒的大碗，兩人前方各擺了一杯酒。羅伯．喬登拿出了筆記本，手中正握著筆。皮勒和瑪麗亞在洞穴後方看不見的某處。安索莫不可能知道那女人之所以把女孩留在後面，是不想讓她聽見桌邊的對話內容，他只覺得皮勒沒在桌邊很怪。

羅伯．喬登抬頭看見安索莫正從掛在洞口的毯子下方鑽進來。帕布羅直直盯著桌面。他的雙眼聚焦在酒碗上，但沒有真的看進去。

「我從上面過來的。」安索莫對羅伯．喬登說。

「帕布羅跟我們說了。」羅伯．喬登說。

「山丘上有六具屍體，他們把頭砍走了，」安索莫說：「我是天黑才去那裡。」

羅伯．喬登點點頭。帕布羅坐在那裡盯著酒碗瞧，什麼話都沒說。他的臉上沒有表情，那對小豬眼盯著酒碗的樣子就彷彿沒見過這東西一樣。

「坐下。」羅伯．喬登對安索莫說。

安索莫在桌邊其中一張鋪了獸皮的矮凳上坐下，羅伯．喬登把手往桌子底下探，拿出聾子送的威士忌，內凹酒瓶裡的酒大概還剩一半。羅伯．喬登又伸手從桌下拿出杯子，往杯子裡倒威士忌，將杯子推到安索莫眼前。

「喝吧，老頭。」他說。

帕布羅的眼神從酒碗移到安索莫臉上，他看著他喝，然後再次將眼神移回酒碗上。

安索莫吞下威士忌，他的鼻子、雙眼和嘴巴感到一陣灼熱，接著一種愉快、舒適的暖意在他的肚子裡湧現。他用手背抹抹嘴。

然後他望向羅伯．喬登說：「可以再來一杯嗎？」

「有何不可？」羅伯．喬登說，然後又拿瓶子往杯子裡倒了一杯，只不過這次不是把杯子從桌面推過去，而是直接遞給他。

這次已經沒有灼燒的感覺了，但吞下去的暖意加倍。這酒有讓他精神振奮起來的效果，就像大出血的人被打了生理食鹽水。

老頭的眼神再次望向酒瓶。

「剩下是明天喝的，」羅伯．喬登說：「道路上狀況如何？老頭？」

「有不少動靜，」安索莫說：「我全按照你的指示記錄下來了，現在還找了另一個人替我勘查和做記錄。之後我會去把她的報告帶回來。」

「有看見反坦克砲嗎？那種裝了橡膠輪胎和長砲管的武器？」

「有，」安索莫說：「有四台軍用卡車從道路上開過，每台車上都有一架，砲管上也都有松樹枝條作掩護。每台卡車內除了槍還各配有六個人。」

「你說四架槍？」羅伯．喬登問他。

「四架。」安索莫說。他沒看手上的紀錄。

「跟我說說道路上還有什麼？」

安索莫把他在道路上看到的一切全報告了出來，羅伯．喬登做成筆記。他從開頭依序講起，而且就跟所有無法讀寫的人一樣記憶力驚人，而在他說話的過程中，帕布羅又伸手兩次去碗裡裝了更多酒。

「那些在山區高處跟聾子作戰的騎兵，我也有看見他們進入拉格蘭哈。」安索莫繼續說。

接著他說出在馬鞍上看見的傷者及死者人數。

「有一個馬鞍上的捆包，我本來不明白裡面裝什麼，」他說：「但我現在知道是他們的頭了。」他毫無停頓地繼續說下去。「那是一整營的騎兵，但只剩一位軍官，而且不是我們今早看見走到槍附近的那位。那個人一定是死掉的其中一位。根據袖子來看有兩個死掉的是軍官。他們被臉朝下綁在馬鞍上，兩隻手臂往下垂。他們還把聾子的那把 máquina 綁在背著人頭的那匹馬上，槍管彎了。大概就是這樣。」他說完了。

「這樣夠了，」羅伯．喬登說。他用杯子舀了一碗酒。「除了你之外，誰還曾經跨越陣線到共和國的地盤？」

「安德列斯和埃拉迪歐。」

「他們誰比較好？」

「安德列斯。」

「從這裡到納瓦塞拉達[312]，他要花多少時間？」

「如果不帶行李，再根據他小心翼翼的個性，幸運的話三小時內可以抵達。因為之前要帶貨，我們都是挑一條更遠、更安全的路走。」

「他一定可以到？」

「No sé，這世上沒什麼一定的事。」

「就算是你也不行？」

「不行。」

就這麼決定了吧，羅伯．喬登心裡想著。如果他說他一定可以到，我一定派他去。

「安德列斯成功到那裡的機會跟你差不多？」

「差不多，或者更有機會。他比較年輕。」

「但我要送去的東西一定得送到。」

「如果沒發生意外，他就會到。如果真發生了什麼事，誰去都躲不掉。」

「我會寫封急件要他送去，」羅伯．喬登說：「我會跟他解釋可以在哪裡找到將軍。他會在師參謀部。」

「他不會了解什麼叫作『師』，」安索莫說：「這種說法總是讓我迷糊。你該告訴他將軍的名字，還有在哪裡可以找到將軍。」

「但就是要在師參謀部找到將軍啊。」

「那不是一個地方吧？」

「那當然是一個地方啊，老頭，」羅伯．喬登耐心地解釋。「但那會是將軍選定的地方，他會把那個地方指定為指揮戰鬥的總部。」

「所以是在哪裡？」安索莫累了，疲倦讓他變得蠢鈍。這些「旅」、「師」還是「軍」之類的名詞總讓他迷糊。一開始是縱隊，然後是團和旅。現在又同時有旅和師。他不懂。所謂地方不該就是個地方嗎？

「慢慢來，老頭，」羅伯．喬登說。他知道如果不能讓安索莫搞懂，也就沒辦法跟安德列斯解釋清楚。「師參謀部是個地方，是將軍選來派駐手下人員，好用來指揮的地方。他負責指揮一個師，一個師代表兩個旅。我不知道師參謀部在哪裡，因為將軍選定地點的時候，我人不在那裡。很可能會在一個洞穴或防空洞裡，像是個避難所，他們會從外面接電線進去。安德列斯得去打聽將軍在哪，還有師參謀部的地點。他一定要把這個交給將軍、他的參謀長，或者其他我之後寫在信上的人。就算其他人都出去偵查或準備作戰，這些人當中一定有人會留守。你現在懂了嗎？」

312 納瓦塞拉達（Navacerrada）是馬德里自治區的一個市鎮，位於馬德里和塞哥維亞中間。

「懂。」

「那去把安德列斯找來，我來寫信，再用這個封緘章封起來。」他給他看那個小小圓圓的木底座橡皮章，上頭有S.I.M.的封印，另外還有一個圓圓的錫蓋印泥，尺寸比五十分硬幣還小，他總是把這顆印泥帶在口袋裡。「他們會重視這個封印章。現在去找安德列斯過來，我會跟他解釋。他得趕快出發，但首先得讓他搞懂情況。」

「如果我都能搞懂，他就能懂，但你一定要講得非常清楚。這些參謀部還是師部之類的名詞，對我來說始終是個謎。一直以來我做這種事都是去很明確的地方，像是某棟房子。在納瓦塞拉達，指揮的地方在一間老旅館內。在瓜達拉馬是棟有花園的屋子。」

「如果是這位將軍，」羅伯．喬登說：「他會選在非常靠近前線的地方，為了不受飛機攻擊還可能選在地下。安德列斯只要問了就能輕易找到，只要他能問出對的問題，而且只需要把我寫的信給他們看。總之快把他找來，這封信真的必須盡速送到。」

安索莫彎腰從毯子下方鑽出去了。羅伯．喬登開始在筆記本上寫字。

「聽著，Inglés，」帕布羅說，他的眼睛仍盯著酒碗。

「我在寫信。」羅伯．喬登回話，但沒抬眼看他。

「聽著，Inglés，」帕布羅直接對著酒碗說：「沒有必要為此感到灰心。就算沒了聾子，我們還有很多人能拿下哨站，也可以把橋炸斷。」

「很好。」羅伯．喬登說，但沒有停止寫信。

「很多人，」帕布羅說：「我很佩服你今天的判斷，Inglés，」帕布羅對酒碗說：「我覺得你很有picardia[313]，你比我聰明，我對你有信心。」

他完全專注於寫給戈茲的報告上，他試圖使用最少的字句，但仍要展現出百分之百的說服力，好想辦法讓他們取消攻擊，徹底取消攻擊，而且還要讓他們確信他之所以試圖呼籲他們取消，完全不是擔心自己可能在任務中陷入危險，而是要讓他們掌握目前的實際狀況，也因為如此，羅伯・喬登幾乎沒在聽他說話。

「Inglés，」帕布羅說。

「我在寫信。」羅伯・喬登回答他時仍沒有抬起眼。

我可能需要送出兩份，他心想。但要是派出兩個人，到時候卻還是需要炸橋，我們的人手會不夠。這次攻擊的目的到底是什麼？我哪裡知道？或許只是一次牽制用的攻擊。說不定他們是想把敵方部隊引開，說不定他們是故意讓飛機從北方飛來。說不定就是這樣。說不定他們本來就沒指望我們成功。我哪裡知道？這是我寫給戈茲的一份報告。我要在攻擊開始後炸橋，我收到的命令很明確，如果攻擊取消就什麼都不用炸。但為了以防萬一，我必須留下足以完成任務的人手，不能再少了。

「你剛剛說什麼？」他問帕布羅。

「說我對你有信心，Inglés。」帕布羅仍在對酒碗說話。

老天，我還真希望我對自己有信心，羅伯・喬登心想。他繼續寫信。

313 picardia，西班牙文，意思是「謀略」。

第三十章

那天晚上所有該做的事都已經做了。所有命令都已下達。所有人都清楚知道隔天早上該做什麼。安德列斯已經出發三小時，回信要如果沒有跟著日出到來就不會來了。我相信會來的，羅伯．喬登告訴自己，他在高處哨點來回走動，就是他之前去找普里米提沃說話的那個哨點。

是戈茲策畫了這場攻擊，但他沒有取消的權力。只有馬德里那邊才能下令取消。他們很可能無法來得及把馬德里的人叫醒，就算他們醒來了，也可能因為太想睡而無法思考。關於敵方面對攻擊所做的準備，我本來該早點帶話給戈茲才對，但之前事情還沒發生時，我又能送什麼消息過去？他們就是剛入夜才把裝備運上去。他們不希望路上的任何動靜被飛機看見。但他們的飛機呢？法西斯軍的那些飛機是怎麼回事？

確實，我們這邊的人因為那些飛機而有所警覺，但說不定法西斯分子是故意派出飛機，假裝要往下對瓜達拉哈拉發動另一波攻擊。索里亞市[314]應該有義大利的部隊集結，除了駐紮在北方的部隊之外，西貢薩市[315]也有他們的蹤跡。不過他們沒有足夠的部隊或物資來運作兩場大型攻擊。那是不可能的，所以一定只是虛張聲勢。

但我們也很清楚，上個月和上上個月在加的斯市[316]，義大利就有多少部隊登陸了西班牙。他們當然還是很可能再次嘗試攻打瓜達拉哈拉，而且不像之前那麼笨拙，而是會兵分三路襲來，擴展攻擊的前鋒線，並一路沿著鐵路打到高原西側。漢斯之前跟他說明過，他們有辦法把這個策略執行得很好。他們第一次進攻時犯了很多錯誤，大架構就不完備。他們在阿爾甘達[317]時打算針對馬德里和瓦倫西亞之間的道路展開攻勢，卻沒有調用他們在瓜達拉哈拉使用的部隊。為什麼他們當時沒有兩路齊下？為什麼？為什麼？我們真有一天會知道為什麼嗎？

但我們兩次都用同樣的部隊擋下了他們的攻勢。要是他們真的兩路齊下，我們不可能擋下他們。別擔心，他告訴自己。看看在此之前發生過的種種奇蹟吧。你可能一早就得去炸橋，不然就是不用炸，但別自我欺騙地說服自己相信明天已經沒必要炸橋。把橋炸掉是遲早得做的事，就算不是這座橋也有其他橋得炸。什麼是該做的事本來就不該由你決定。你只能遵守命令。你該做的是遵守命令，不該去想命令以外的事。

針對這個任務下的命令非常明確，不能再更明確了。但你絕不能擔心，也絕不要害怕。因為一旦你放縱自己像一般人一樣去害怕，那份恐懼就會影響必須跟你合作的人。

但無論如何，砍頭那件事實在驚人，他告訴自己，而且那老頭竟然就這樣獨自跑上丘頂。如果是你這樣撞見了丘頂的慘況，你會有什麼反應？這件事讓你難以忘懷，是吧？對，你難以忘懷，喬登。今天你已經不只一次遇見難以忘卻的事了，但你表現得還行，目前你的表現還過得去。

以一個在蒙大拿大學教西班牙文的講師而言，你表現得很不錯呢，他打趣地想。是表現得還可以啦，但別這樣就以為你有多特別。你在戰場上目前還沒有多了不起的貢獻。別忘記杜蘭，他從未受過任何軍事訓練，在內戰前是個作曲家，還是小鎮上的浪蕩青年，現在卻已經是個天殺的優秀旅長了。對杜蘭來講，無論學習或理解軍事調度都是輕鬆寫意，就像學起西洋棋信手拈來的神童。你從小開始閱讀、研究戰爭的技藝，你的祖父也開啟了你對美國南北戰爭的認識，只不過祖父總說那

314 索里亞市（Soria）是位於馬德里東北約二百三十公里的一座城市。
315 西貢薩市（Siguenza）是位於馬德里東北約一百四十公里的城市。
316 加的斯市（Cádiz）是位於西班牙西南部的一個海港城市。
317 阿爾甘達（Arganda）位於馬德里自治區，距離馬德里東南約三十公里處。

是「叛亂戰爭」。但跟杜蘭相比，你就像個有點才華的棋手對上西洋棋神童。老杜蘭啊，要是能再見上老杜蘭一面肯定不錯。等眼前的任務結束，他會在蓋洛飯店見到他。沒錯，等這場任務結束。瞧他此刻表現得多鎮定。

我會在蓋洛飯店與他見面，他又對自己說，等這場任務結束。別再自我欺騙了，他說。你表現得完全沒問題，夠冷靜，你沒有自我欺騙。就算你無法再見到杜蘭也沒關係，但別這麼想，他告訴自己。別放縱自己沉溺那些情緒。

也不要沉浸於從容就義的英雄想像。我們不需要這個山區的任何人民沉浸於從容就義的英雄想像。你的祖父在南北戰爭中打了四年，你加入這場戰爭才快滿一年。你還有很長的路要走，也把這項工作掌握得很好。而且現在你還有了瑪麗亞。何必擔心呢？你什麼都有了，你不該擔心。就算一個游擊小隊和一支騎兵大隊狹路相逢了又如何？根本不算什麼。就算把頭砍掉又如何？有什麼差別嗎？完全沒差。

你祖父在戰爭結束後去卡尼堡時，當地的印地安人也是成天剝人頭皮。你還記得嗎？父親辦公室的櫃子裡有一層擺滿各式各樣的弓箭頭，牆上還掛著印地安人戰冠上的老鷹羽毛，一根根長羽斜斜往下垂。你還記得那些綁腿和上衣發出的煙燻鹿皮味，還有珠飾鹿皮軟鞋的觸感嗎？你還記得靠在櫥櫃角落那張沒上絃的野牛骨弓、兩個箭筒的狩獵及戰爭用弓箭，還有你用手握住一把弓箭柄的觸感嗎？

你要記得這樣的事物。記得這些確切、實用的事物。你要記得祖父的軍刀，亮晃晃又上好了油，插在有凹痕的刀鞘裡。祖父解釋給你看，那刀刃因為反覆打磨而顯得極薄。你要記得祖父的史密斯威森手槍。那是一把單發手槍，點三二口徑的軍官型，沒有扳機護弓。那是你按過最輕軟、最美好的扳機，那把槍總是上好了油，內膛乾淨，雖然外層護漆幾乎磨光，槍管的褐色黃銅和旋轉槍膛都被皮套磨得滑溜。這把槍收在櫥櫃的抽屜裡，槍套翻蓋上有U.S.字樣，一旁收著清槍用品，另外還有兩百發子彈。裝子彈的硬紙盒外仔細綁了上蠟的麻線。

你可以從抽屜取出手槍，握在手裡。「自由發揮。」他祖父的說法是這樣，但你也不能亂玩，因為那是「正經的武器」。

你問過祖父一次，他是否有用那把槍殺過任何人，「有。」然後你說：「什麼時候？祖父？」他說：「叛亂戰爭的時候，之後也有。」

你說：「可以跟我說說嗎？祖父？」

他說：「我不想談，羅伯。」

後來你父親用這把手槍自殺。你放學回家，他們辦了葬禮，驗屍官在調查後將手槍還了回來，「鮑伯[318]，我想你會想把槍留下，我本該扣留這把槍，但知道你爸有多重視它，畢竟他的父親在戰時始終把這把槍帶在身上，而且他第一次在這裡跟著騎兵出動時也有帶這把槍，更何況這是把天殺的好槍。我今天下午試過了，殺傷力不怎麼強，但要打中目標沒問題。」

他把槍放回櫥櫃的抽屜，它就屬於那裡，但隔天他把槍拿出來，跟查布一起騎馬爬上雷德洛治鎮上方的山地高處，此處已經蓋了一條穿越隘口並橫越熊齒高原的公路，而且一路延伸到庫克城，上頭的風力稀微，所有山丘就算夏天也總是覆滿了雪，他們在湖邊停下，那座湖應該有八百英尺深，而且是深綠色，查布牽著那兩匹馬，他則爬到一塊石頭上，彎身在靜水中看見自己的臉，也看見自己握著那把槍，他本來握住槍的槍嘴，然後放開，看著那把往下掉的槍濺起許多泡沫，直到看見那把槍在清澈的水中變得好小，彷彿錶鍊上的吊飾，最後終於消失不見。然後他重新爬下石頭，跳上馬鞍，用馬刺狠狠踢了老貝絲這匹馬，貝絲像匹老舊的搖搖馬一樣驚跳躍起。他駕著這匹驚跳的馬沿湖邊奔馳，直到她重拾理智，他們才回到山徑上。

318 這裡的Bob是羅伯．喬登的小名。

「我知道你為什麼那樣處理那把舊槍，鮑伯。」查布說。

「嗯，那我們就不用再討論這件事了。」他說。

他們從未再談過這件事，這就是他祖父傍身武器的下場，另外只剩一把軍刀。那把軍刀還和他的其他私人物品一起收在米蘇拉市的箱子裡。

不知道祖父會怎麼看待現在的情況，他心想。祖父是個天殺的好士兵，大家都這麼說。大家都說要是那天他有跟卡斯特[319]待在一起，一定不會讓他被圍攻得這麼慘。明明那天在下方的大小角河邊的乾涸河床上，就有炊煙和塵土揚起，他怎麼會沒看見？除非是那天起了很濃的塵霧？但那天根本沒起霧。

我希望是祖父在這裡，而不是我。好吧，或許明晚我們就會相聚了。如果真有什麼該死又愚蠢的死後世界，我確定沒有啦，他心想，但如果有的話，我一定要跟他聊聊，因為我有好多事想知道。我現在有權提問了，因為現在的我也得做跟他一樣的事。我不認為他現在會介意我開口問。我之前無權提問。我可以了解他之前為何不告訴我，因為他還不懂我。但我認為我們現在能處得很好。我希望能跟他聊聊，跟他要些建議。天殺的，就算得不到建議，我也只想跟他講講話。真希望可以穿越我們之間的時空，不能這樣做實在太可惜了。

接著，就在他這麼想的同時，他意識到要是這種會面真有可能發生，他和他祖父都會因為他父親的在場而無比尷尬。每個人都有權自殺，他心想，但那畢竟不是件好事。我能理解，但無法認同。用西班牙話來說就是Lache[320]。但你**真的能夠**理解吧？當然，我理解，但是，對，但是。你必須真的非常活在自己的世界裡，才有可能做出這種事。

唉，天殺的，真希望祖父在這裡，他心想。就算只有一小時也好。我少數的優點或許是他透過那個濫用槍枝的傢伙傳承給我的。或許那就是我們能擁有的交流。但該死，真的該死，我希望他能活久一點，才有辦法從他身上學到更多另外那傢伙始終沒教過我的事。他之後也有跟印地安人作戰，但當時的恐懼應該都比不上之前四年參戰所經歷、克服，而且總算擺脫的恐懼，不過如果正是那份恐懼讓另外那傢伙變成一個cobarde呢？就像鬥牛士的第二代總是很沒用一樣？如果真是如此呢？說不定家族內的好基因一定要透過那種不像樣的傢伙才有辦法再次出現？

我永遠不會忘記第一次知道他是個cobarde時，我的感覺有多噁心。說啊，用英文說吧：懦夫。直接說出來總是比較容易，用外國人的說法來描述一個狗娘養的實在沒什麼意義。好吧，其實他不能說是狗娘養的，他只是個懦夫，而沒有比懦夫更不幸的男人了。因為如果他不是個懦夫的話，他就會挺身對抗那個女人，不讓她欺凌他。真不知道如果他和其他女人結婚會如何？這種事你永遠不會知道，他心想，然後咧嘴笑開。說不定就是她內心的那個惡霸，反而補足了丈夫內心欠缺的能量。你該稍微放鬆一點。別再想那些好基因之類的事，等明天搞定任務再說吧。別這麼快就自以為了不起啦，你根本不該這麼自以為是。我們明天就會知道你的基因到底好不好了。

但他又開始想起他的祖父。

「喬治．卡斯特不是一個聰明的騎兵領導者，羅伯，」他祖父曾說：「他甚至不算個聰明的傢伙。」

他還記得聽祖父這麼說時，他就跟其他人一樣難以接受。在雷德洛治鎮的桌球間裡，以這男人為主題的安海斯—布希啤酒廣告就掛在牆上，這幅老舊平版印刷畫中的他穿著鹿皮上衣，黃色鬈髮隨風飄逸，他站在山丘上，手裡拿著軍用配槍，蘇族的印地安人正從四面八方進逼。怎麼可能有人

319 喬治．阿姆斯壯．卡斯特（George Armstrong Custer, 1839-1876）是一位著名的美國陸軍軍官，曾經也是美國總統的熱門人選之一。當時因為印地安人和淘金的白人之間產生衝突，他在一八七六年奉命「清剿」印地安人，但卻在指揮這場大小角之役時遭到伏擊，最後身亡。

320 Lache，西班牙文，這裡是指「丟臉」的意思。

說這傢伙的壞話？

「他唯一了不起的能力，就是能將自己反覆陷入麻煩再逃脫，」他祖父繼續說：「而在小大角河時，他把自己陷入麻煩後卻擺脫不了。」

「現在的菲爾．謝里登[321]算是個聰明人，傑布．史都華也是，但約翰．莫斯比才是史上最棒的騎兵領隊。」

他在米蘇拉的私人物品箱裡有一封信，那是菲爾．謝里登將軍寫給吉爾帕特里克那位「瘋馬基利」[322]老頭的信，其中提到他祖父是名非常優秀的非正規騎兵隊領袖，而且比約翰．莫斯比還棒。

我得跟戈茲聊聊我祖父，他心想，不過他不可能聽說過他。他很可能也從沒聽過約翰．莫斯比。英國人都聽過他們，因為跟歐陸的人相比，他們更需要深入研究我們的南北戰爭。卡科夫說戰爭結束後，若我有意願可以去莫斯科的列寧學院讀書，如果願意也能去紅軍的軍事學院就讀。真不知道祖父會怎麼想？我的祖父啊，他一生都從未在知情的狀況下和民主黨人同桌。

好吧，我其實不想真正成為一個軍人，他心想。我很清楚，所以去讀軍校是不可能了。我只想贏得這場戰爭。我猜真正的好軍人應該不太擅長其他事，他心想。但這顯然不是事實。瞧瞧拿破崙和威靈頓[323]吧。你今晚真笨啊，他心想。

通常他的思緒是很好的夥伴，今晚想到祖父時也算是，但想到他父親就失去了控制。他理解父親的決定，也原諒了他的一切，他同情他，但也以他為恥。

你最好什麼都別再想了，他告訴自己。很快你就會跟瑪麗亞待在一起，到時候就不用思考了。既然其他事都已經搞定，現在沒有比這更好的分心方法。只要太過專注於某事，你就會停不下來，大腦會像失去重量的飛輪一樣急速運轉。你最好是別想了。

但只是假設，他心想，只是假設我們的飛機能炸掉所有反坦克砲，也把那些陣地全炸翻，讓我們這邊的老舊坦克真有那麼一次機會安穩爬上任何一座山丘，也讓戈茲能把第十四旅的那幫酒鬼、

clochards[324]、乞丐、狂熱分子和英雄全趕到大前方殺敵，再加上我**很清楚**戈茲的另一個旅長杜蘭率領了很棒的手下，那麼，我們明晚就會在塞哥維亞了。

對，就只是假設，他對自己說。其實只要能進入拉格蘭哈我就很滿足了。但你一定得炸掉那座橋，他突然非常明確地明白了。攻擊不可能取消。因為你剛剛在那段短短時間假設的那一切，就是下令這波攻勢的人認定可能發生的狀況。沒錯，你得炸橋，他清楚知道。無論安德列斯的行動是否成功都無妨。

他在夜色中沿山徑往下走，獨行的他心情很好，接下來四小時內該辦的事都辦好了，他也因為剛剛想起許多具體的過往回憶而有了信心，再加上清楚自己非炸橋不可，這份領悟幾乎讓他寬心了。

那種不確定性，那種導致所有感受都被放大的不確定性，就像一場沒有溝通好的派對，因為大家都沒搞清楚日期，導致主人不知道客人究竟會不會來，自從派安德列斯去送戰情報告給戈茲後，他就一直無法放下這種感受，但現在已經擺脫了這種不確定感。他現在確信眼前的慶典不會取消。還是確定了比較好，確定了永遠比較好。

321 這裡的菲爾・謝里登（Phil Sheridan）應該就是之前提過的菲利普・謝里登（Philip Sheridan）。

322 瘋馬基利（Killy-the-Horse）本名為休・賈德森・吉爾帕特里克（Hugh Judson Kilpatrick），美國南北戰爭時北方聯盟軍的著名將領，打仗時以不顧手下軍人性命聞名。

323 拿破崙（Napoléon Bonaparte）是擁有驚人的作戰才華，但他知識淵博，博覽群書，年輕時也曾因數學能力卓越成為法蘭西科學院數學部院士。這裡的威靈頓指的是第一代威靈頓公爵阿瑟・韋爾斯利（Arthur Wellesley, 1st Duke of Wellington），他在一八一五年的滑鐵盧戰役中也參與擊敗了拿破崙，後來在政壇上的發展也相當順遂。

324 clochards，西班牙文，意指「流浪漢」。

第三十一章

所以現在他們又一起待在睡袋裡，攻擊前晚的夜深了。瑪麗亞緊貼他躺著，他感覺她修長光滑的大腿貼住自己，乳房像兩座小山丘從狹長平原上有口井的地方隆起，而越過山丘就是她的喉頭低谷，他的唇現在就貼在這裡。他非常安靜地躺著，沒有思考，她用手輕撫他的頭。

「羅伯托，」瑪麗亞非常輕柔地開口，然後親吻他。「我很羞愧。我不想讓你失望，但我真的感覺又疼又痛。我不認為今晚有辦法帶給你任何好處。」

「那裡本來就會又疼又痛，」他說：「不，兔子，這沒什麼。我們不做會痛的事。」

「不是這樣。我的意思是，我希望可以好好讓你舒服。」

「那不重要。那只是個過程。我們只要躺在一起，就是在一起了。」

「是，但我還是覺得羞愧。我想是因為我之前的遭遇，不是因為你和我做過的事。」

「我們就別談這個了吧。」

「我也不願意。可是，在這個晚上讓你失望，我實在受不了，只好給自己找些藉口。」

「聽著，兔子，」他說：「一切都會過去，之後就不會有問題了。」但他心想：看來今晚不走運啊。

然後他羞愧起來，開口說：「躺過來一點，兔子。我喜歡跟妳做愛，也喜歡妳在黑夜裡緊靠著我的感覺。」

「我真的好羞愧，我本來以為今晚可以跟在高地那邊一樣，就是我們從聾子的營地走下來的時候。」

「Qué va，」他對她說：「那本來就不可能每天發生。做愛有那樣很好，但沒那樣我也喜歡。」他說謊，決定暫時擱置心裡的失望情緒。「我們會安靜待在一起，然後睡著。我們聊聊天吧。我還沒透過聊天好好了解妳。」

「我們該討論明天的任務和你的工作嗎？我希望幫忙你的時候可以顯得聰明一點。」

「不，」他說，然後任由身體在長長的睡袋裡徹底放鬆，臉頰靠住她的肩膀，左臂放在她的頭下方，就這麼靜靜躺著。「最聰明的就是別談起明天，也別討論今天。進行任務時我們不討論傷亡，也不討論明天必須做的事。妳不怕嗎？」

「Qué va，」她說：「我一直都很怕，但現在我太為你害怕了，根本沒辦法想到自己。」

「不該這樣，兔子。我經歷過很多，比這情況更慘的也有。」他說謊。

然後突然之間，他屈服於某種神祕的力量，任由自己陷入不現實的想像，他說：「我們來聊聊馬德里吧，還有我們在馬德里會做什麼。」

「好啊，」她說，接著又說：「噢，羅伯托，我很抱歉讓你失望。沒有其他我可以為你做的事嗎？」

他輕撫她的頭，親吻她，然後靠在她身邊放鬆身體，聽著夜晚的寂靜。

「妳可以跟我聊聊馬德里。」他說，然後心想：今天存下來精力我就留到明天用了。明天我需要使勁全力。地上鋪滿的松針可不需要這些精力，明天的我才需要。《聖經》裡是誰對著地面播種？是俄南。俄南的下場是什麼？他心想。我不記得有再聽說過任何俄南的故事。他在黑暗中微笑。

然後他再次屈服，任由自己滑入幻想，感覺到屈從於非現實世界的快感，就像在夜晚一個不明究理的情況下被動享受到性的愉悅，那是一種純然領受的喜悅。

「我的摯愛，」他親吻她。「聽著。之前有天晚上，我在想馬德里的事，我想像我會去那裡，然後把妳留在旅館，再去俄國人的飯店跟一些人見面。但那樣想不對，我絕不會把妳留在任何一間旅館。」

「為什麼不會？」

「因為我會照顧妳。我絕對不會丟下妳。我會帶妳去保安局[325]領證明文件，然後帶妳去買需要的衣服。」

「不需要很多，我可以自己去買。」

「不，妳需要很多，我們可以一起去買，而且買些好衣服，妳穿了會很漂亮。」

「我寧願我們就待在旅館房間裡，然後派人出去買衣服就好。旅館在哪裡？」

「在卡亞俄廣場上。我們會花很多時間待在那間旅館的房間裡。那裡有鋪了乾淨床單的大床，還可以在浴缸裡裝熱的自來水，房裡有兩組衣櫃，我會把我的行李放在其中一組，妳可以用另一組。房間有高高的寬窗，窗戶可以開，窗外的街道上還有噴泉。此外我也知道一些可以吃飯的好地方，不合法，但食物很棒，我還知道哪些店有賣葡萄酒和威士忌。我們會留些吃的在房間，餓的時候可以吃，另外還有想喝就可以喝的威士忌，我還會幫妳買曼薩尼亞雪莉酒。」

「我想試試看威士忌。」

「但威士忌不好買，如果喜歡的話，還是喝曼薩尼亞吧。」

「留著威士忌給你自己喝吧，羅伯托，」她說：「噢，我好愛你，我愛你，也愛我不能喝的威士忌。你真是頭小氣的豬。」

「沒有啦，妳還是該試試，但威士忌對女人不好。」

「那我只享用對女人好的東西，」瑪麗亞說：「那在床上，我還是穿著我的婚禮襯衫嗎？」

「不，我會幫妳買很多種睡袍和睡衣，如果妳比較想穿那種的話。」

「我會買七件婚禮襯衫，」她說：「星期一到星期日的每天各換一件。我還會幫你買件乾淨的婚禮襯衫。你有洗過你的襯衫嗎？」

「偶爾。」

「我會把一切保持乾淨，替你倒威士忌，還會像在聾子的營地時一樣幫你的威士忌摻水，我會買橄欖、鹽漬鱈魚和榛果來讓你配酒，然後我們會在房間裡待上一個月都不離開。如果我有資格享受這一切的話。」她說，突然之間又不開心起來。

「那沒什麼，」羅伯．喬登告訴她。「真的沒什麼。很可能妳那裡受過傷，所以留下讓現在更痛的疤。這是可能的事。總之一切都會過去。如果真有什麼問題，馬德里也有很好的醫生。」

「但之前都很好。」她彷彿像是在對上天乞求。

「那就更能保證之後也會很好。」

「我們再來聊聊馬德里吧。」她將雙腿在他的腿間蜷曲起來，用頭頂磨蹭了一下他的肩膀。「但我幾乎是平頭，會不會很醜？你會不會覺得我在那裡很丟臉？」

「不會。妳很可愛。妳有張可愛的臉，而且身體漂亮、修長又輕盈，光滑的皮膚是燃燒的金色，每個人都會想把妳從我身邊搶走。」

「Qué va，怎麼可能把我搶走，」她說：「到死之前都不會有其他男人碰我。把我從你身邊搶走！Qué va！」

「但很多人會想試試看。妳之後就會知道了。」

「他們會知道我如此愛你，他們會知道碰我有多危險，就像把手放進融鉛鍋爐裡沒兩樣。但你呢？要是你看到跟你同樣文化的漂亮女人呢？你難道就不會以我為恥嗎？」

「絕不可能。我會跟妳結婚。」

325 這裡使用了西班牙原文「Seguridad」。

「想結就結吧，」她說：「但既然我們已經沒有教堂了，我不認為結婚有什麼意義。」

「我希望我們能結婚。」

「依你的意思吧，但聽著，如果之後我們有機會到其他國家，那裡也還有教堂的話，或許我們可以在教堂結婚。」

「我的國家還有教堂，」他對她說：「我們可以在那裡的教堂結婚，如果這樣做對妳來說有意義的話。我沒結過婚，去教堂結婚沒問題。」

「很高興你沒結過婚，」她說：「但我也很高興你對男女之間的事很清楚，你能告訴我這些，代表之前跟很多女人來往過，皮勒也告訴我，只有這種男人有可能成為丈夫。但你現在不會跟其他女人跑掉吧？那樣我會死掉。」

「我從來沒跟任何女人跑掉過，」他真心地說：「遇見妳之前，我不知道自己有可能這樣深愛一個人。」

她輕撫他的臉頰，將她的雙手交握在他的後腦勺。「你一定有過很多女朋友。」

「但沒愛上她們。」

「聽著，皮勒跟我說了件事——」

「說吧。」

「不，最好還是別說了。我們再來聊聊馬德里吧。」

「妳剛剛要說什麼？」

「我不想說。」

「如果可能是重要的事，最好還是說吧。」

「你覺得重要？」

「對。」

「但你根本不知道是什麼事，怎麼知道重不重要？」

「根據妳的態度。」

「那就不瞞你了。皮勒告訴我，我們明天都會死，她還說你跟她一樣清楚，只是不覺得有什麼大不了。她這麼說不是批評你，而是敬佩。」

「她這樣說？」他說。瘋狂的婊子，他心想，然後他說：「她只是愛學吉普賽人說那些鬼話。只有老市集的女人和咖啡店裡的懦夫才會這樣說話。都是些去他的鬼話。」他感覺汗水從腋下滲出，沿著手臂和身側滑下，然後對自己說：「所以你害怕了，嗯？」接著大聲說：「她就是個鬼話連篇的迷信臭婊子。我們再來聊聊馬德里吧。」

「所以明天不是那樣？」

「當然不是。別說這種狗屎話。」他的措辭變得更激烈、更難聽。

但這次談起馬德里時，他已經沒有那種滑進幻想世界的感覺了。他只是跟他的女孩躺在一起，跟內心的自我躺在一起，他們正在度過戰鬥前的夜晚，他心知肚明。他還是想談馬德里，可是原本純然領受的樂趣消失無蹤。但他還是開口了。

「我想過妳頭髮的事，」他說：「想過我們能怎麼做。妳也看到自己的頭髮現在都長得一樣長，就像動物的毛皮，摸起來很可愛，我很喜歡，妳的頭髮很美，當我摸過去的時候，那些髮絲就像風中的麥田一樣起伏。」

「你摸摸吧。」

他照做了，他讓自己的手停留在她的頭髮上，然後繼續對著她的喉頭說話，同時感覺喉嚨有點哽住。「但到了馬德里，我想我們可以一起去美髮店，他們可以幫妳把側邊和後面的頭髮修整齊，我也是這樣修剪頭髮，這樣就算還在留長的階段，在鎮上的模樣也會好看一點。」

「這樣我會看起來像你，」她說，然後把他抱得更緊一點。「那我就不會想改變髮型了。」

「不，頭髮會一直長，那樣剪只是為了在留長的剛開始保持整潔。妳的頭髮留長要花多少時間？」

「要長到很長嗎？」

「不，我是指長到肩膀。我希望妳留那種髮型。」

「就像電影裡的嘉寶？」

「對。」他的喉嚨像是堵住了一樣。

突然之間，幻想世界又一股勁地回到他身邊，他全心接納。當幻想的力量攫住他時，他再次屈服，持續耽溺。「所以頭髮會直直垂到妳的肩頭，髮尾如同海浪的碎末般捲起，顏色就像成熟的麥子，你的臉龐是燃燒的金色，雙眼是唯一能搭配你頭髮和皮膚的顏色，那是一種帶有深色斑點的金色。我會把妳的頭往後推，望入妳的眼裡，將妳緊緊抱住——」

「在哪裡？」

「任何地方，就是我們去的任何地方。妳的頭髮要花多少時間留長？」

「不知道，因為之前沒剪過。但我想不到六個月應該就能長到耳下，一年就能留到你希望的長度。但你知道會先發生什麼事嗎？」

「告訴我。」

「我們會一起待在你那間頂級旅館的頂級房內的乾淨大床上，我們會一起坐在那張頂級大床上望向armoire[326]上的鏡子，鏡子裡有你，鏡子裡有我，然後我會轉身面向你，像這樣抱住你，像這樣親吻你。」

然後他們安靜地躺著，在夜裡緊緊依偎彼此，羅伯．喬登的身體熱燙、發疼又僵硬，他緊靠著她，他抱住她，同時也緊抓住所有他知道永遠不可能發生的幻想，他讓自己堅持不懈地說下去，

「兔子，我們不可能永遠住在旅館理。」

「為什麼不行？」

「我們可以在馬德里租一間公寓，就在那條環繞著布恩麗池公園的街道上。我知道反抗運動開始前，有位美國女人會把公寓裝潢好再租給別人，我還知道如何用內戰開始前的價碼租到這種公寓。那裡有面對公園的公寓，你可以從窗戶俯瞰公園，公園內有鐵圍籬、各種花圃、碎石子步道，還有從碎石子步道邊延伸出去的綠色草坪，另外還有樹蔭濃深的樹林和許多噴泉，而且現在栗子樹正在開花。我們在馬德里時可以去公園散步，在湖裡划船，如果現在湖裡又有水的話。」

「為什麼會沒有水？」

「湖水在十一月時被抽乾了，因為轟炸機會從天上把湖當作辨認方位的標記。但我想現在應該又重新注滿水了。我無法確定，但就算沒有水，我們還是可以在湖以外的公園到處散步，另外有一區像是森林，裡面不但種滿世界各地的樹，還標示出了每棵樹的名字，那些說明牌上會寫出樹的品種和來源地。」

「我本來已經決定立刻就要去看電影，」瑪麗亞說：「但這些樹聽起來很有趣，我要跟你一起認識那些樹，如果我記得住的話。」

「跟去博物館不一樣，」羅伯．喬登說：「那些樹是自然生長出來的。公園有一些小山丘，還有一區像叢林。從公園再往下走，沿著人行道邊擺了賣書的市集，有好幾百個小棚子都在賣二手書，自從反抗運動開始後，那裡賣的許多書都是從被炸毀的屋子裡偷來的戰利品，另外有些書來自法西斯分子的家，全都是偷書賊拿來賣的。只要在馬德里有空的話，我可以花一整天逛這些市集的書攤，我在反抗運動前也這麼做過一次。」

「你逛書市時，我就去忙公寓的事，」瑪麗亞說：「我們會有錢請僕人嗎？」

326 armoire，法文，意思是「衣櫃」，這裡使用法文是要強調其精緻、高檔的特性。

「當然，如果妳喜歡的話，我可以請旅館的佩特拉來幫忙。她很會煮飯，而且愛乾淨。我和記者吃過她煮的飯。他們的房間裡有電爐。」

「你覺得可以就好，」瑪麗亞說：「不然我也可以再找別人。不過你會不會常為了工作離開？你去做現在這類工作的時候，我想他們不會讓我跟你一起去。」

「或許我可以在馬德里找到工作。目前這份工作已經做很久，而且我從反抗運動開始就一直在打仗。也許他們會願意給我一份馬德里的工作。我從沒這樣要求過。一直以來我不是待在前線，就是在做爆破工作。

「妳知道嗎？認識妳之前，我從沒要求過什麼？甚至沒想要過什麼？除了這場革命和贏得戰爭之外，我什麼也沒想過？我的野心的真的很單純。我很努力工作，但現在我愛妳，還有，」他彷彿徹底擁抱住不可能發生的一切，「我愛妳，就像我熱愛著所有戰鬥的理由。我愛妳，就像我熱愛著所有人類可以工作而不至於挨餓的自由、尊嚴和權利。我愛妳，就像熱愛我們守衛的馬德里，就像熱愛所有死去的同志。我們死去的同志好多啊，好多，真的好多。妳無法想像有多少。但我愛妳，就像熱愛著我在世間最熱愛的事物，甚至愛妳還要多一些。我真的好愛妳，兔子，我愛妳愛得難以言喻，我現在能表達的只是其中一點點心意。我沒有過妻子，而現在我有妳作妻子，我很幸福。」

「我會努力作好你的好妻子，」瑪麗亞說：「顯然我沒有受過好的訓練，但我會想辦法彌補。如果我們住在馬德里，那很好，如果我們非得住在其他地方不可，那也很好。如果我們居無定所，但我可以一直跟著你，那更好。如果我們去了你的國家，我會學習如何像那邊的大部分的 Inglés 一樣說 Inglés。我會學他們的行為舉止，他們怎麼做，我就怎麼做。」

「妳一定會鬧出很多笑話。」

「那是當然。我會犯錯，但你會告訴我，我就不會犯同樣的錯，又或者只會再犯一次。還有，在你的國家，如果你真的很懷念我們的食物，我可以為你料理。我會去學校學習如何當一名妻子，如果有這種學校的話，總之我會好好學習。」

「是有這種學校，但妳不用接受那種教育。」

「皮勒說她覺得你的國家會有那種學校，她是從一本雜誌上看到的。她還說我一定要學會講Inglés，而且要說得很好，你才永遠不會覺得我丟臉。」

「她是什麼時候跟妳說了這些？」

「今天我們在打包的時候。她總是一直跟我說該如何當你的妻子。」

我猜想她也打算跟去馬德里吧，羅伯・喬登心想，然後說：「她還說了些什麼嗎？」

「她說我一定要好好照顧身體，保持好身材，就像鬥牛士一樣。她說這很重要。」

「是很重要，」羅伯・喬登說：「但你還要很多年之後才需要煩惱這件事。」

「不，她說我們這個種族的人一定要時刻小心，因為很可能突然就走樣了。她說她以前跟我一樣瘦，但那個年代的女人都沒在運動。她跟我說我該運動，也不該吃太多。她告訴我什麼不該吃，但我忘了，之後一定要再問問她。」

「馬鈴薯。」他說。

「沒錯，」她繼續說：「是馬鈴薯，還有炸的食物。而且當我告訴她下面很痠痛時，她說不能告訴你，一定要忍住痛，別讓你知道。但我還是告訴你了，因為我不想對你說謊，也不想讓你以為我們無法一起享受了，甚至以為上次在山上的那種感受沒有真正發生過。」

「告訴我是對的。」

「真的嗎？因為我很羞愧，如果你希望我做其他什麼，我都會做。皮勒跟我說了所有可以為丈夫做的事。」

「沒有必要做任何事。我們同甘共苦，能有的體驗都重要，我們都守護。我愛妳，我愛這樣躺在妳身邊、摸著妳，知道妳真實存在著。等妳下次準備好，我們再來享受一切。」

「但沒有我可以滿足你的需求嗎？她有跟我說明過了。」

「不用。我們之後再一起滿足需求。除了妳之外，我別無所求。」

「這對我來說是更好了，但請明白，我永遠願意滿足你的需要。只是你必須告訴我，因為我真的很多事不懂，她跟我說的很多內容，我其實也不真正明白，因為我也不太好意思問。她實在很有智慧，她懂好多。」

「兔子，」他說：「妳很美好。」

「Qué va，」她說：「但在為了作戰拔營、打包的這一天，同時山上還發生了另一場戰鬥，我卻在學如何當一名妻子，實在是很少見的經驗，如果我真的犯了什麼嚴重的錯誤，你一定要告訴我，因為我愛你。我可能會記錯，而且她跟我說的大部分內容都很複雜。」

「她還跟妳說了什麼？」

「Pues，事情多到我都記不清了。她說如果我又想起了之前的遭遇，可以告訴你，因為你是好人，而且已經能夠理解。但平常絕不要提起，除非是像之前一樣一想起就心情低落才告訴你，因為可以幫助我擺脫黑暗的念頭。」

「妳現在有為此心情沉重嗎？」

「沒有。自從我們初次相遇，那事就像從未發生過一樣。我只要想到我的父母就會傷心，但那是我永遠都會懷抱的憂愁。不過我想讓你知道，如果要作你的妻子，為了讓你引以為傲，我該讓你知道我永遠不會屈服於任何其他人。我永遠都會反抗，一定要兩個或更多人才可能傷害我，比如其中一人坐在我的頭上制服我。我跟你說這些，是要讓你引以為傲。」

「我以妳為榮。別說這個了。」

「不，我說的是你必須有個足以讓你驕傲的妻子。還有一件事，我父親是鎮長，是個值得敬重的人。我母親也是值得尊敬的女人，她是個很好的天主教徒。他們槍斃了她和我父親，因為我父親在政治上信仰共和國。我親眼看見他們被打死。當時我父親被他們要求靠在鎮裡屠宰場的牆邊，他被槍斃時說了，『Viva la República！[327]』

「我母親站在同一道牆邊，她說了，『這個鎮的鎮長我丈夫萬歲』，我希望他們也槍斃我，正打算喊『Viva la República y vivan mis padres！[328]』但沒有人開槍，反而開始對我做了糟糕的事。

「聽著，我要告訴你一件事，因為那影響了我。我們很多人在metadero被槍斃之後，有些親戚目睹了一切卻沒被打死，他們原本待在metadero後方的陡峭山坡上，後來又回到鎮上的廣場。幾乎所有人都在哭，但有些人因為剛剛見到的場面而麻木，眼淚都乾了。我自己是哭不出來。發生了什麼其他事我也沒注意，因為開槍的當下我只能看見我的父親和母親，只能聽見母親說的『這個鎮的鎮長我丈夫萬歲』，那句話就像在我腦中尖叫，而且始終沒有消退，只是不停、不停地在叫。因為我母親不相信共和國，她不會說『Viva la República！』她只會說倒在地上的我父親萬歲，而我父親就臉朝地趴倒在她腳邊。

「但她有喊出來的話都喊得非常大聲，就像一陣尖嚎，他們槍斃她，她倒下，我試著從一排人中跑向她，但我們被綁在一起。負責槍斃的是guardia civil，當長槍黨人把我們趕往山丘上時，guardia civiles還留在原地打算槍斃更多人，他們的步槍靠在牆邊，所有屍體也倒在牆邊。我們許多女孩和女人被綁成一長串隊伍，他們把我們趕上山丘再穿越街道走向廣場，到了廣場，他們停在理髮店前，那間理髮店前的廣場對面就是鎮公所。

「然後那兩個男人看著我們，其中一人說：『那是鎮長的女兒。』另一個人說：『就從她開始吧。』

327「Viva la República!」這句西班牙文的意思是「共和國萬歲！」

328「Viva la República y vivan mis padres!」這句西班牙文的意思是「共和國萬歲！我父母萬歲！」

「他們切斷綁住我手腕的繩索，有個人對其他人說：『確保隊伍不要亂動。』然後那兩人抓住我的手臂把我拉進理髮店、抬上理髮店的椅子，再固定住。

「我透過理髮店的鏡子看見我的臉，還看見壓制住我的人和三個靠在我身上的人，這些人的臉我都不認識，但透過鏡子我看見了自己和他們，他們卻只看見我。我就像是坐在牙醫診療椅上，身邊有很多牙醫，只是這些牙醫全瘋了。我幾乎認不出自己的臉，哀傷改變了我的臉，但看著鏡子時我仍知道那是我。只是我已經傷心得無法害怕，除了哀傷之外什麼感覺都沒有。

「那天我的頭髮綁成兩根辮子，望著鏡子時，其中一人拉起一根辮子用力扯，有一瞬間疼痛的感受壓過了哀傷，然後他用剃刀從靠近頭皮的地方切斷。我看著自己剩下一根辮子，原本有另一根辮子的地方只剩一道亂切的斜線。接著他切掉另一根辮子，但因為沒把辮子好好拉直，剃刀在我耳朵留下一道小傷口，我看見鮮血從其中冒出。你可以用手指摸到那個疤嗎？」

「可以，但別談不是比較好嗎？」

「這沒什麼。我不會談我被玷汙的事。所以他把兩根辮子從靠近我頭皮的地方切掉，其他人笑了，我甚至沒感覺到耳朵被劃傷，然後他站到我面前，用兩根辮子抽打我的臉，另外兩人則抓住我，他說：『我們就是這樣搞出紅軍尼姑。這能讓你知道如何和妳的無產階級兄弟重聚。妳們是紅色共產基督的新娘。』

「然後他再次用我的辮子左右打我的臉，再把兩根辮子塞進我嘴裡，另一頭繞過我的脖子在後方打結，讓我無法講話。兩個抓著我的人笑了。

「所有看見的人都笑了，我在鏡中看見他們笑，就開始哭，在此之前因為看到槍斃的場面而失去感受，我完全哭不出來。

「然後堵住我嘴巴的人用一把髮剪在我頭上亂剪，一開始從額頭一路剪到後頸，然後剪過頭頂，接著又滿頭亂剪，最後剪到我的耳後，然後他們架住我，好讓我能在理髮店的鏡子裡看見他們做了什麼，不敢相信他們幹了什麼好事，我哭了又哭，但眼神無法從我臉上的驚恐表情移開。我的嘴巴開開，辮子塞在裡面，頭頂被髮剪搞得光禿禿的。

「拿著髮剪的人剪完後從理髮店架子上拿了瓶碘酒（他們把理髮師也槍斃了，因為他也有加入工會，屍體就倒在門口，他們把我帶進來時就是從他身上跨過去），他用泡在碘酒裡面的玻璃棒碰了我耳朵上的傷口，一股微小的疼痛瞬間壓過了哀傷，也壓過了我的驚恐。

「然後他站在我面前，在我的額頭上用碘酒寫了U.H.P.[329]，他寫得很慢、很仔細，彷彿他是什麼藝術家，我從鏡子看著一切過程，我不再哭了，因為我的心已在體內凍結。因為我的父親和母親，發生在我身上的任何事都無關緊要了，我很清楚。

「寫完那些字母後，這位長槍黨人往後退了一步，看著我，檢查著他的成果，然後他放下碘酒瓶，拿起髮剪說：『下一個。』於是他們緊抓住我的手臂把我帶出理髮店，我跌跌撞撞地跨過仍仰躺在門口的理髮師，他那張灰敗的臉朝著正上方。我們幾乎撞上了康塞普西翁．加西亞，她是我最好的朋友，此刻還是同樣那兩人把她帶進來，她一開始沒認出我，認出後大聲尖叫起來，之後我被用力推著走過廣場、走進鎮公所大門、上樓、進入我父親的辦公室，在被推倒在沙發上的過程中，始終都能聽見她的尖叫聲。我就是在那張沙發上遭到玷汙。」

「我的兔子，」羅伯．喬登說，他盡可能輕柔地抱緊她，但心中滿是任何男人都可能湧起的仇恨。「別再說了。別再告訴我了，不然我會克制不住心中的恨。」

在他懷抱中的她又僵又冷，她說：「不會了，我不會再說了。但他們是壞人，如果可以的話，我很想跟你一起把他們殺掉一些。但我跟你說這些，是因為如果我要作你的妻子，就必須能讓你驕

329　U.H.P.是西班牙文「Uníos Hermanos Proletarios」，意思是「團結無產階級兄弟」，這是一九三四年二月結成的勞工陣線的口號，其中包括了西班牙許多左派團體。

傲。我是想讓你理解。」

「我很高興妳告訴我，」他說：「明天要是運氣好，我們能殺死他們不少人。」

「但我們會殺長槍黨人嗎？幹出那種事的人是他們。」

「他們不作戰，」他陰沉地說：「他們只在大後方殺人。我們打仗時對付的不是他們。」

「但不能用某些方式殺掉他們嗎？我真的很想殺一些長槍黨人。」

「我殺過一些，」他說：「之後還有機會再殺。我們炸過幾次火車，當時就殺過一些。」

「我真想跟你一起去炸火車，」瑪麗亞說：「皮勒就是去炸火車那次才把我帶了回來，當時我有點瘋了。她有跟你說我當時怎麼了嗎？」

「有。別說了。」

「我的腦子麻木掉了，像死掉一樣，我成天只能以淚洗面。但還有件事我必須告訴你。這事非提不可。說了你可能就不會跟我結婚了。但是，羅伯托，如果你不想跟我結婚了，我們能不能，就是，一直待在一起？」

「我會跟妳結婚。」

「不，我之前忘了，但或許這不是你該忘記的事。我可能再也無法為你生個兒子或女兒，因為皮勒說，如果我能受孕的話，之前的遭遇應該早就讓我懷上了。這我一定得告訴你。噢，真不知道為什麼我會忘記這件事。」

「這不重要，兔子，」他說：「首先，很可能並不是這樣，只有醫生才能判斷。而且世道如此，我也不打算將任何兒子或女兒帶到這個世界。妳可以拿走我全部的愛。」

「我很想懷你的兒子和女兒，」她對他說：「而且，要是我們這些對抗法西斯分子的人沒生孩子，世界怎麼會變得更好呢？」

「妳啊，」他說：「我愛妳，有聽見嗎？現在我們真的該睡了，兔子。因為天還沒亮我就得起床，現在這個月分，清晨可是很快就降臨呢。」

「那我最後說的事情沒問題嗎？我們還是可以結婚嗎？」

「我們現在已經結婚了。我現在就娶妳。妳是我的妻子。但睡吧，我的兔子，現在沒剩多少時間了。」

「我們真的會結婚？不只是說說而已？」

「真的。」

「那我睡了，而且一醒來就會想到這件事。」

「我也會。」

「晚安，我的丈夫。」

「晚安，」他說：「晚安，妻子。」

他聽見她的呼吸變得穩定、規律，他知道她睡著了，他還醒著，但躺著不動就怕吵醒她。他想了所有她沒告訴他的部分，因此躺在那裡憤恨，也很高興早上可以殺人。但我不能把明天的任務當成自己的私事，他心想。

但怎麼可能不那麼想？我知道我們也對他們做了可怕的事，但那是因為我們這邊的人沒受什麼教育，不明事理，而他們卻是刻意、蓄意地作惡。那些人是此地教育培育出的最後一批果實，他們是西班牙騎士精神的果實。一直以來他們還真是了不起的民族啊，從科爾特斯[330]、皮薩羅[331]、曼能

---

330 埃爾南・科爾特斯（Hernán Cortés）是活躍於十六世紀中南美洲的西班牙殖民者，他和那個時代的其他殖民者開啟了西班牙殖民美洲的第一個階段。

331 法蘭西斯克・皮薩羅（Francisco Pizarro）是活躍於十六世紀中南美洲的西班牙殖民者，他建立了祕魯的現代首都利瑪（Lima），和殖民墨西哥的科爾特斯在當時齊名。

德斯·德亞維拉[332]，一直到安立奇·李斯特和帕布羅，這些狗娘養的。但他們又是多美好的民族。世上沒有比他們更好或更壞的民族了，也沒有比他們更親切或更冷酷的民族了。那麼誰理解他們呢？不是我，因為如果我能理解，就能原諒一切。理解就是原諒。才不是這樣。原諒的重要性被誇大了。原諒是一種基督教的概念，西班牙從來就不是一個基督教國家。西班牙教會中始終有一種獨特的偶像崇拜，Otra Virgen más[333]，我想他們大概是因為這樣才必須摧毀敵人的處女。跟一般人相比，這種崇拜在西班牙的宗教狂熱分子心中一定更為根深蒂固。一般人已經逐漸遠離教會，因為教會屬於政府，而政府總是很腐敗。這是宗教改革始終沒有影響到的唯一一個國家。他們正為曾在宗教法庭舉行的審判付出代價，就是這樣。

好吧，想想這種事還行，畢竟能讓你不再擔心明天的工作，至少比假裝不擔心來得健康多了。老天，他今晚真的花了很多時間在假裝。皮勒整天都沒在假裝。沒錯啊，就算他們明天戰死又怎樣？如果他們有把橋好好炸掉，死了又怎樣？他們明天需要做的就是把橋炸掉。

死了也不算什麼。你不可能一直幹爆破，但也不可能長生不死。或許我已經在這三天享受過了一生，他心想。如果真是如此，我多希望最後這一夜能用不同的方式度過。但從來沒什麼死前的最後一夜是好的，死前的所有「最後」都不會是好的。「這個鎮的鎮長我丈萬歲」倒是很好。

他知道那很好，因為他在心裡默念那句話時全身感到一陣震顫。他靠近瑪麗亞，親吻她，她沒醒來。他用英文在她耳邊輕聲說：「我想跟妳結婚，兔子，我以妳的家人為傲。」

第三十二章

同天晚上在馬德里，許多人聚在蓋洛飯店。一台車停在旅館的門廊前方，車頭燈粉刷了藍色塗料，一個矮小的男人下車，他穿著黑色馬靴、灰色馬褲和一件高釦短夾克。兩位替他開門的哨兵敬禮，他也回禮，然後對坐在櫃檯的祕密警察點點頭，走入電梯。兩位哨兵坐在門內的椅子上，他們各據大理石入口大廳的一側，當這個矮小男人經過他們走向電梯時，他們只是抬眼望了一下。他們的工作是搜索每個人的身側、腋下或屁股口袋，以確保進入飯店的人沒帶手槍，若有攜帶的話必須去櫃台寄放。但他們很清楚這個穿馬靴的男人是誰，所以在他經過時幾乎沒什麼認真看。

他走進自己在蓋洛飯店住的公寓式房間，裡面擠滿了人。人們或坐或站，就像聚在尋常的客廳裡聊天，男男女女都從一只只大酒壺中用小玻璃杯接伏特加、威士忌蘇打，和啤酒來喝。其中四個男人身穿制服。其他人則穿著風衣或皮外套，四個女人中有三個穿著平常的休閒洋裝，第四個女人則是非常憔悴，又瘦又黑，身上穿著剪裁樸素的女軍服，裙子底下的腿套著高筒靴。

卡科夫一進房間就走向那個穿制服的女人，他向她鞠躬、握手。他是他的妻子，他用俄語跟她說了些其他人都沒聽見的話，本來進入房間時眼裡傲慢的神色暫時消失。但當他看見那位有著赤褐髮色、表情嬌媚又慵懶，而且身材美妙的女子時，那抹神色又回來了，那是他的情婦。他用小而精

332　書中寫的是Menéndez de Avila，指的應該是Pedro Menéndez de Avilés，這位西班牙探險家在十六世紀前往美國的佛羅里達，並在那裡建立了「聖奧古斯汀」這座城市，那是在美國本土最早建立且持續有人居住的歐洲移民聚落。

333　Otra Virgen más，西班牙文，意思是「另一個處女」，這裡指的是童貞聖母瑪利亞。

準的步伐踱步過去，對她鞠躬、握手，沒人能判斷他是不是刻意複製了對妻子打招呼的方式。他的妻子沒望向他穿越房間的背影。他的情婦和一個高挑好看的西班牙軍官站在一起，兩人正在用俄語說話。

「妳的摯愛有點胖了，」卡科夫對女孩說：「即將進入第二年，我們所有的英雄都有點胖了。」他沒望向他說的那個男人。

「你醜到連癩蛤蟆的醋也吃啊，」女孩愉快地對他說，她說的是德文。「明天進攻時，我可以跟你一起去嗎？」

「不行。根本沒什麼進攻。」

「大家都知道了，」女孩說：「別這樣神祕兮兮的。多羅莉絲要去，我會跟她或卡門一起去。很多人都要去。」

「誰願意帶妳去就去吧，」卡科夫說：「我不帶。」

然後他轉向女孩，認真地問她：「誰跟妳說了攻擊的事？說清楚。」

「理查。」她也認真地回答。

卡科夫聳聳肩，離開，留她站在原地。

「卡科夫，」一個毛躁的聲音喊他，那個男人身高中等，氣色灰沉的臉皮凹陷，下唇鬆垂。「有聽說好消息了嗎？」

卡科夫走向他，那個男人說：「我才剛聽說的，不到十分鐘前，真是太棒了。今天一整天，法西斯分子都在塞哥維亞附近自相殘殺。他們為了殲滅叛軍不得不使出自動步槍和機關槍，今天下午甚至用飛機轟炸自己的部隊。」

「是嗎？」卡科夫問。

「是真的，」那個眼睛浮腫的男人說：「多羅莉絲親自帶來這個消息。帶來消息時的她真的是開心地容光煥發，我從沒見過她這樣。光看她的臉就知道這是真的。那張美妙的臉——」他愉快地說。

「那張美妙的臉。」卡科夫的語氣毫無起伏。

「如果你能親自聽到她說，」那個眼睛浮腫的男人說：「那消息像光一樣從她身上照耀出來，那是不屬於這個世界的光芒。光聽她的聲音就能知道她說的是實話。我正要用這條消息為《消息報》[334]寫篇文章。對我來說，這是這場戰爭中最偉大的時刻之一。我聽見這項情報時，她美妙的聲音中混砸了憐憫、同情和推崇真理的情緒。她的身上散發出良善與真理，就像平民中的聖人。她被稱為太陽花不是沒道理。」

「還真不是沒道理，」卡科夫的口氣很不起勁。「你最好現在就為《消息報》寫文章，免得你忘記最後這段優美的導言。」

「她不是你可以亂開玩笑的女人，就算是你這種憤世嫉俗的傢伙也不行，」眼睛浮腫的男人說：「但願你能在這裡親自聽她說，還能看到她的表情。」

「那美妙的聲音，」卡科夫說：「那美妙的臉龐。寫吧，」他說：「別跟我說。別在我身上浪費時間一個段落一個段落地說。就現在去寫吧。」

「沒辦法馬上。」

「我想你最好馬上去寫。」卡科夫說，眼神看向他後又移開。眼睛浮腫的男人又拿著一杯伏特加在那裡站了幾分鐘，雖然他的雙眼浮腫，卻仍沉醉於之前所見所聞的一切，然後他離開房間去撰寫報導了。

334《消息報》（*Izvestia*）是俄國於一九一七年莫斯科創辦的日報，在俄國革命期間作為彼得格勒蘇維埃（Petrograd Soviet）這個反對臨時政府的城市議會的傳聲筒。

卡科夫走向另一個大概四十八歲的男子，他身材不高，體格壯碩，淺藍色的雙眼看起來很歡快，他的金髮有些稀疏，粗硬黃鬍子底下的嘴唇看起來無憂無慮。這男人沒有穿制服，他是一名師長，來自匈牙利。

「多羅莉絲來的時候，你人在這裡嗎？」卡科夫問這男人。

「在。」

「所以是怎麼回事？」

「大意就是法西斯分子在自相殘殺。要是真的就太美好了。」

「你有聽說很多明天的事吧。」

「真不像話。所有記者跟這房間裡的大部分人都該槍斃，還有那個自以為有趣又不值得一提的德國人理查。那傢伙就算星期天也是個 függler[335]，無論是誰讓他當上旅長都該被槍斃。或許你跟我也該被槍斃。有可能喔，」這名將軍笑了。「可別跟別人說啊。」

「我絕不會跟別人說這種事，」卡科夫說：「那個有時會來飯店的美國人在那裡，你也認識那位，就是喬登，他正跟 partizan 小隊待在一起。他就在他們說那件事發生的地方。」

「這樣啊，那他今晚該送份報告來，」將軍說：「他們不喜歡我過去那裡，不然我會親自去為你搞清楚。他是和戈茲合作這次任務，是吧？你明天就會見到戈茲？」

「一大早的時候。」

「除非一切發展順利，不然別去招惹他，」將軍說：「他跟我一樣痛恨你們這些渾球，儘管他的脾氣好多了。」

「但關於這件事──」

「應該是法西斯分子在放消息，」將軍咧嘴笑。「反正，我們就看看戈茲能不能也回敬他們一下。讓戈茲去處理吧。我們在瓜達拉哈拉也有這樣耍過他們。」

「我聽說你也要出遠門。」卡科夫說，他微笑時露出了一口爛牙。將軍突然生起氣來。

「我確實也要出遠門。現在主角換成我了啊。果然我們每個人都會被議論。這個下流的八卦圈子，簡直像愛聊天的縫紉社團。只要我們信念夠堅定，任何人都能靠閉嘴拯救這個國家。」

「你的朋友普里耶托就懂閉嘴。」

「但他不相信能贏。如果你對人民沒信心，怎麼可能贏？」

「這就看你怎麼想了，」卡科夫說：「我要去睡一下。」

他離開那個充滿煙霧和八卦的房間，走到後方的臥室，坐在床上脫下靴子。他還可以聽見他們在說話，所以他關上門，打開窗。他懶得脫衣服了，因為凌晨兩點就得出發，開車經由科爾梅納爾、塞爾塞達和納瓦塞拉達，抵達戈茲一早準備發動攻擊的前線。

335 függler，德文，意思是「游手好閒又成天惹事的傢伙」。

第三十三章

皮勒叫醒他的時候是凌晨兩點。她的手碰到他時，他一開始以為是瑪麗亞，所以轉身說：「兔子。」然後女人用大手搖晃他的肩膀，他突然間百分之百的清醒過來，手握住擱在光裸右腿旁的手槍尾部，他就像保險栓被推掉的手槍一樣一觸即發。

他在黑暗中看到對方是皮勒，然後看向他的腕錶，兩支閃亮朝向頂端的指針只以非常小的角度分開，然後意識到現在才兩點，他說：「怎麼回事？女人？」

「帕布羅不見了。」這位高大的女人對他說。

羅伯．喬登穿上長褲和鞋子。瑪麗亞沒有醒來。

「什麼時候？」

「一定有一小時了。」

「然後呢？」

「他把你的一些裝備帶走了。」女人一臉悲慘地說。

「所以帶走什麼？」

「不知道，」她對他說：「你自己來看。」

他們在夜色中走向洞穴入口，彎身從毯子下鑽進去。羅伯．喬登跟在她身後，洞穴中瀰漫著死灰以及滯悶的氣息，還有正在睡覺的男人體味，他打亮手電筒，以免踩到讓任何睡在地板上的人。安索莫醒過來說：「時間到了嗎？」

「還沒，」羅伯．喬登悄聲說：「睡吧，老頭。」

那兩個背包放在皮勒的床頭，旁邊掛了條毯子好跟洞穴裡的其他一切隔開。羅伯．喬登跪在床上，床單上因為汗水反覆濕了又乾，因此散發著甜腥的陳舊氣味，就跟印度安人的床很像，然後他用手電筒照向那兩個背包。兩個背包都從上到下被割開兩道長長的口子。羅伯．喬登左手拿著手電筒，右手伸進去第一個背包裡摸索。這個背包原本裡面裝著他的睡袋，就算不是很滿也很正常，摸起來確實也如此。裡頭還有一些銅線，但裝著引爆器的木盒不見了。本來有個雪茄盒，裡頭整齊裝滿仔細纏繞著線路的雷管，現在也消失了。裝著引線和火帽的一個有著旋轉上蓋的錫罐也被拿走了。

羅伯．喬登摸索著另一個背包，其中仍裝滿炸藥，但可能有一包炸藥不見了。

他站直身體，轉身面對那女人。有時人們會因為清晨太早醒來而感覺空洞又空虛，彷彿整個世界是場災難，而他現在的感受更是強上一千倍。

「妳就是這樣幫別人看守裝備的。」他說。

「我把頭靠在背包上，一隻手臂還放在上面。」皮勒對他說。

「妳睡得可真熟。」

「聽著，」女人說：「他晚上起床，我問：『你去哪？帕布羅？』『去尿尿，女人。』他告訴我，我就又睡著了。不知道過了多久，我又醒來，當時心想他不在這裡，應該是下去看馬了，這本來就是他的習慣。然後，」她一臉悲慘地把話說完，「他沒回來，我開始擔心，一邊擔心一邊伸手去摸背包，想確定一切沒問題，結果就發現被割開了，然後我就去找你。」

「來吧。」羅伯．喬登說。

他們現在站在洞穴外，夜還很深，你還無法感受到清晨的來臨。

「他有可能避開站哨的人騎馬離開嗎？」

「有兩條路。」

「誰在上面站哨。」

「埃拉迪歐。」

羅伯・喬登什麼都沒說，終於他們來到馬被綁在木樁上吃草的草原。現在有三匹馬在草原上吃草。紅褐色和灰色的大馬不見了。

「你覺得他丟下你們大概多久了？」

「一定有一小時了。」

「那就這樣吧，」羅伯・喬登說：「我去拿一拿背包裡剩下的東西，再回去睡覺。」

「我會看守背包。」

「Qué va，還給妳看守呢。已經給過妳一次機會了。」

「Inglés，」女人說：「我跟你對這件事的感受是一樣的。如果可以把那些裝備拿回來，我什麼都願意做。你沒有必要傷害我。我們都被帕布羅背叛了。」

她說話時，羅伯・喬登意識到他沒有對人尖酸刻薄的餘裕，他現在不能跟這個女人吵架。他今天必須跟這個女人合作，而今天已經過去兩個多小時了。

他把手放在她的肩膀上。「沒事，皮勒，」他對她說：「被拿走的東西不是很重要，我們也會想辦法湊合出堪用的替代品。」

「但他到底拿走什麼？」

「沒什麼，女人。就是任何人有時會想要的奢侈品。」

「是爆破設備的部分零件嗎？」

「是，但還有其他方法可以引爆。告訴我，帕布羅自己沒有導線帽和引線嗎？之前炸火車時他一定也會拿到一些。」

「他都帶走了，」她一臉悲慘地說：「我剛剛立刻找過了，都不見了。」

他們穿過樹林走向洞穴入口。

「睡一下吧，」他說：「帕布羅走了，我們比較好辦事。」

「我去找埃拉迪歐。」

「他不會走埃拉迪歐那邊的路。」

「我還是去一下。我不夠警覺，讓你失望了。」

「沒事，」他說：「睡一下吧，女人。我們四點就要出發了。」

他跟她一起走進洞穴，拿出兩個背包，一路上用雙手環抱著，以免有東西從口子掉出來。

「給我縫一下吧。」

「出發前再縫，」他柔聲說：「我把背包拿走，不是不相信妳，只是這樣才能睡好。」

「你明天一定要提早拿給我縫。」

「妳一定會提早拿到，」他對她說：「睡一下吧，女人。」

「不，」她說：「我讓你失望了，我讓共和國失望。」

「去睡一下，女人，」他溫和地對她說：「妳去睡一下。」

第三十四章

法西斯分子占據此處的許多丘頂。但有座無人盤據的山谷只有一個法西斯分子設在農舍裡的哨站，那間農舍還有一些延伸建築和一間穀倉，他們藉此強化了在此地的防禦工事。為了繞過這座哨站，帶著羅伯・喬登的消息去給戈茲的安德列斯在夜色中多繞了一大段路。他知道哪裡鋪設了絆線，要是踢到就會有設置好的槍開火，於是在夜色中找到那條線，跨過去，然後沿著兩旁長有白楊木的小溪流邊走。白楊木的樹葉在夜風中搖曳。一隻公雞在作為法西斯哨站的農舍內啼叫，就在他沿著小溪走時，途中回頭透過白楊木林間看見有光從農舍的其中一扇窗戶下緣透出。這個夜晚寧靜、清澈，安德列斯離開小溪，開始橫越草原。

草原上有四個乾草堆自從去年七月戰爭開始就一直在這裡，但始終沒人來運走乾草，四個季節過去了，這些堆散落一地的乾草堆變得毫無價值。

安德列斯跨過一條穿越兩個乾草堆中間的絆線，此時他心想，多浪費啊。但共和國的人若想要使用，就必須把乾草運上草原彼方那道陡峭的瓜達拉馬坡地，而法西斯分子似乎又不需要乾草，我猜啦，他心想。

他們擁有所有需要的乾草和穀物。他們有的可多了，他心想。但我們明天早上會給他們迎頭痛擊。明天早上我們會替聾子給他們好看。真是一群野蠻人！只要到了早上，那條道路上可就精采啦。

他想趕快把送信的事搞定，然後回去參加一早攻擊哨站的行動。他真的想回去嗎？還是他只是假裝想回去？Inglés 要他準備送信時，他知道自己有種逃過一劫的感覺。他之前一直冷靜面對早晨可能帶來的命運，反正該做的事逃不了。他之前投票贊成，當然也會去做。聾子他們被殲滅確實對他造成不小打擊，但畢竟遭殃的是聾子，不是他們。該做的事他們就會去做。

但當Inglés跟他談起送信的事，他出現一種孩童時代才有的感覺。小時候的他有一次在自己的村莊醒來，那是個慶典的早晨，他聽見外面下著大雨，所以知道地面太濕，廣場上的逗牛遊戲會被取消。

他小時候很喜歡逗牛遊戲，他很期待站在廣場的那一刻，頭頂上的陽光熱辣，載貨小車環繞場地封住每個出口，過程揚起陣陣煙塵，好創造出公牛可以進入的封閉環境，他們會把箱子的尾板拉開，讓公牛從中傾斜倒出，看見牠用四支腳煞住不再往前。他總是興奮、開心，又害怕到滿身大汗地期待著，在那一刻的廣場上，他會聽見牛角敲打著運輸箱的木板，看見牛現身、往下滑，在廣場中煞住腳步。牠的頭高高抬著，鼻孔撐大，耳朵抽動，光澤飽滿的黑色皮毛中參雜了沙塵，身體兩側沾上乾掉的泥巴。他望著牠分得很開的雙眼，那雙眼睛一眨也不眨，眼睛上方的牛角往兩側長得很寬，如同被打磨過的漂流木一般光滑、堅實，那對牛角的尖端往上翹，看了讓你心頭一陣發麻。

他一整年都期待著這一刻。公牛進入廣場，你望著牠的雙眼，牠則在選擇準備在廣場上攻擊的對象。然後牠會猛然低下頭，牛角往前刺，腳步像貓一樣急速又響亮的移動，而你會在這一切開始時感覺心臟停止跳動。他小時候會花一整年期待著這一刻，但Inglés下令要他去送信時的感覺，就像他聽見雨讓大家逃過一劫的感覺，那雨打在石板屋頂上、打在石牆上，也打進村裡街上的泥巴小水窪中。

每次村裡舉辦這些capeas時，他總是表現得非常勇敢，就跟村裡或附近村莊的每個人一樣勇敢。不管有什麼原因，他都不會錯過每年的盛會，不過他也不會去參加其他村莊的capeas。他可以在公牛蓄勢待發時保持靜止不動，只在最後一刻時跳到一旁。每當公牛撞倒某人，他會在牠的鼻頭前揮舞袋子把牠引走，還有好幾次當公牛壓在倒地的人身上，用角把人往旁邊拖時，他會抓住牛角拉開，還對牛的臉又打又踢，直到牠放過那個人，再去對著其他人衝刺為止。

他曾抓住公牛的尾巴，把牠從一位倒地的人身上拖開，他不但抓得很緊，還又拉又扭。有一次他一手拉住尾巴，一直拉到另一隻手可以碰到牛角，當公牛抬頭向他衝刺時，他往後跑，然後就這樣繞著公牛打轉。他一隻手抓著牛尾巴，另一隻手抓住牛角，直到群眾拿刀蜂擁而上將牠刺死。在沙塵與熱氣中，人們大吼大叫，空氣中充斥著牛、人和葡萄酒的氣味，他是第一批撲向公牛的人之一，他很清楚那種感覺，公牛在他的身體底下搖晃、跳動，他趴在牛的前背上，一隻手臂環抱鎖住一支牛角的底部，另一隻手緊握住另一支牛角，就算他的身體不停遭到翻騰、扭轉，手指都仍緊扣不放，當他趴在那一大片如同坡地的肌肉上，那片肌肉熱燙、覆滿砂土、毛髮粗硬又不停翻騰，他覺得自己的左手臂快要從肩關節脫臼出來，他把牛的耳朵緊咬在齒間，舉起刀一次、一次、又一次插入那一大塊隆起卻又不停扭甩的脖子，熱燙的鮮血噴在他的拳頭上，他把體重全壓在那一片高聳傾斜的牛前背上，不停對著牛脖子猛刺又猛刺。

那是他第一次像那樣咬住牛耳朵，而且是緊咬不放，他的脖子和下巴因為牛不停跳躍而僵硬，之後所有人都因此嘲笑他。不過他們儘管開他玩笑，心裡卻還是尊敬他。這情況每年結束後他都要經歷一次。他們會說他是比利亞科內霍斯[336]的鬥牛犬，還會開玩笑說他都吃生牛肉，但他很清楚每年村裡的人都很期待看他拿出同樣的表現。首先是公牛出場，然後會有衝刺、甩人的橋段，接著等大家吼著打算衝過去殺牛時，他會讓自己跟著其他攻擊者一起衝，然後找機會跳上去制住牛。等一切結束，公牛終於一動也不動地倒在所有攻擊者的身體下，他會站起來走開，對剛剛咬住牛耳朵的那一段感到羞愧，但又無比驕傲。然後他會穿越那些載貨小車去石噴泉洗手，很多人會來拍他的背，遞酒囊給他說：「為你喝采，鬥牛犬，祝你母親長命百歲。」

又或者他們會說：「有cojones的表現就是這樣！每年都很棒！」

此時的安德列斯會感到羞愧又空虛，但也驕傲又快樂，他會想辦法擺脫這些人，好好洗手、洗他的右臂，清洗他的刀，然後拿起其中一個酒囊，想辦法用酒洗掉那年留在口中的牛耳味，他會把酒吐在廣場的石地板上，然後再高舉酒囊，將酒噴進口中靠近喉嚨的地方。

完全沒錯。他就是比利亞科內霍斯的鬥牛犬，不管發生什麼事，他每年都不會錯過村中這場盛會。但每當聽見下雨的聲音，知道自己不用上場時，真沒有比那時更棒的感覺了。

但我必須回去，他告訴自己。沒什麼好猶豫的，我就是得回去面對攻擊哨站和炸橋的事。我的兄弟埃拉迪歐在那裡，他和我是同樣父母的骨肉。那裡有安索莫、普里米提沃、佛南多、奧古斯敦、拉菲爾，雖然拉菲爾那傢伙總是不正經，還有那兩個女人、帕布羅和Inglés，不過Inglés不算，畢竟他只是個為了命令前來的外國人。總之他們都豁出去了。我不可能因為意外多了送信的工作，就逃避這個證明自己的機會。我一定要快點將信送到，把事辦好，然後盡快在攻擊哨站前趕回去。如果只因為意外需要送信，就沒有參加這場行動，是非常不光彩的事。這道理再清楚不過了。此外，他告訴自己，他突然想起交戰中也能有樂趣，只是他之前一直在想的是其中艱鉅的面向，此外，能殺幾個法西斯分子我也很樂意啊。我們已經太久沒幹掉任何一個法西斯分子了。明天可以是好好動手殺敵的一天。明天可以是做出具體貢獻的一天。明天可以是值得的一天。明天就該來臨，我也該在場。

他踩在及膝的金雀花叢中，爬上通往共和國前線的陡坡，就在此時，一隻鷓鴣從他的腳下飛出，在黑暗中因為撲翅突然炸出一陣颼颼的聲響，他嚇到瞬間幾乎停止呼吸。實在是太突然了，他心想，牠們的翅膀怎麼能拍得這麼快？這隻母鷓鴣一定是在顧巢，我大概踩得離牠的蛋太近。如果不是因為這場戰爭，我會在這邊的草叢綁上手帕，白天再回來把巢找出來，然後我可以帶走蛋，交給一隻在孵蛋的母雞，等孵出來後雞圈中就有小鷓鴣了，之後我會看著牠們長大，等牠們長大後再

336 比利亞科內霍斯（Villaconejos）是馬德里自治區的一個城鎮。

會利用牠們的叫聲吸引其他鷓鴣。我不會把牠們弄瞎，因為牠們本來就很溫馴。還是牠們可能會飛走？有可能。那我就得弄瞎牠們了。

但我不希望在養大牠們之後這麼做。我用牠們吸引其他鷓鴣時可以剪掉牠們的翅膀，或者綁住牠們的一條腿。如果沒有戰爭，我會跟埃拉迪歐去法西斯哨站後面的溪流抓螯蝦。有一次我們在那條溪流裡一天就抓了四十八隻螯蝦。等炸完橋之後，如果我們去格雷多山區，那裡有很好的溪流可以抓鱒魚，也能抓螯蝦。我希望我們可以去格雷多山區，他心想。我們在夏天和秋天時可以在格雷多山區過得很好，但冬天會冷得很可怕。不過冬天時我們說不定就已經打贏戰爭了。

如果我們的父親不是共和黨人，埃拉迪歐和我都會是法西斯政權的軍人，任何人只要是法西斯政權的軍人就不會遇上難題，因為你只需要服從命令，不管最後是死是活，反正不是由你決定。為一個政權服務比起身對抗容易多了。

但這種非正規的作戰責任重大。如果你是會擔心的人，要擔心的事也很多。埃拉迪歐想得比我多，他也會擔心。我真心相信我們的理想，我不擔心。但這樣活著必須背負沉重的責任。

我想我們是生在一個非常艱困的時代吧，他心想。我想任何其他的時代大概都會比較輕鬆。大家已經不太覺得痛苦，因為我們所有人都逐漸習慣抵抗痛苦。那些仍會痛苦的人不適合這種大環境。但這也是一個很難做決定的時代。法西斯分子一旦發動攻擊就等於替我們做出決定。我們的作戰變成是為了生存。但我願意去作戰，這樣我才有辦法為剛剛那裡的草叢綁手帕，然後在天亮後回來這裡拿蛋，把蛋放到母雞身體底下，還能在自家後院看見鷓鴣的幼雛。我好想做這些平凡的小事。

但你沒有房子，沒有房子當然也沒後院，他心想。你沒有家人，只有一個明天要去作戰的兄弟。你什麼都沒有，只擁有風、太陽和空空的肚子。風很微弱，他心想，現在也沒有太陽。你的口袋裡有四顆手榴彈，但只有丟出去時才有用。你背上有把卡賓槍，但只有打出子彈時才有用處。你還有封信得送出去。你的身體裡還塞滿可以回歸大地的大便，他在夜色中咧開嘴笑。你也可以用尿為大地塗聖水。你擁有的一切都是要交出去的。你是一個哲學現象，是一個不幸的人，他告訴自己，然後又咧開嘴笑了。

儘管有了這些高尚的思想，剛剛那種逃過一劫的感受仍總是隨著慶典早晨的村中雨聲不停襲來。在他前方的山脊頂端就是政府的哨站了，他知道會在那裡遭到盤問。

第三十五章

羅伯．喬登躺在睡袋中，身旁的女孩瑪麗亞還睡著。他側躺背對女孩，感覺她修長的身體緊靠住自己的背，但此刻這樣的碰觸卻只顯得諷刺。你啊，你這傢伙，你開始對自己發火。你啊，你這傢伙。你明明第一次見到他時就告訴自己，只要他一表現友善就代表要背叛你。你這該死的蠢貨。你這個活該死透的天殺的蠢貨。全都別再想了。那不是你現在必須做的事。

他把裝備藏起來或丟掉的機率有多高？不是很高。就算真是如此你也不可能在黑暗中找到。他一定會把那些裝備留在身邊。他也拿了一些炸藥，噢，下流、惡毒、背叛同伴的人渣。卑鄙墮落的死侏儒。他要自己滾去找死沒差，但不用把引爆器跟雷管帶走吧？為什麼我會蠢成這樣？為什麼我會把裝備留給那個他媽的女人保管？聰明狡猾的醜陋死雜種。下流的 cabrón。

別想了，冷靜一點，他告訴自己。你必須把握所有機會，你要接受現實。你就是被人惡搞了，他告訴自己，你被狠狠惡搞了，你氣到快發瘋，但你得該死的保持理智，別再氣了，別再自憐自艾，一點價值也沒有，你還以為自己是去該死的哭牆朝聖嗎。東西沒了就是沒了。沒了，天殺的你，沒了就是沒了。噢該死的下流蠢豬下地獄吧。你得想辦法從這個屎堆裡爬出來，非這樣不可，如果你必須堂堂正正地上場，就得把橋炸掉——這也別想了。你怎麼不問問你的祖父呢？

噢，誰管我那該死的祖父、該死的整個忘恩負義的國家，還有這個該死國家中每個該死的西班牙人不管哪個陣營都一樣，總之全給我永遠下地獄吧。該死的這些人全給我一起下地獄，拉爾戈[337]、普里耶托、阿森西奧[338]、米亞哈、羅霍全部一起。他們所有人都給我下地獄去死。這個充滿叛徒的國家去死。他們的自大和自私都去死，他們的欺騙和背叛也去死。他們全下地獄去死，最好永世不得翻身。在我們為他們而死之前就給我去死，在我們為他們而死之後去死。讓他們死讓他們下地獄。讓神賜死帕布羅，因為帕布羅就是該死的一切。讓神憐憫西班牙人，因為所有領導他們的人都會想要他們去死。兩千年來的西班牙只有一個好人，就是帕布羅．伊格萊西亞斯[339]，其他人就去死。但就算是他，在這場戰爭中誰能確保他會挺身而出？我還記得我以為拉爾戈沒問題，也覺得杜魯提[340]不錯，但他的手下在「法國橋」那邊槍殺了他，只因為他要他們進攻。他們不守紀律地殺了他，還當作是光榮的遵守了人性紀律。這些懦弱的蠢豬。噢他們全下地獄去死吧他們該死。那個帕布羅就帶著我的引爆器和我的雷管盒去死吧。噢讓他去地獄的深處受死吧。但不，其實是我們要被他搞死了。每次真正搞死你的都是這些自己人，從柯提茲、曼能德斯．德亞維拉一直到米亞哈都是。看看米亞哈對克萊柏幹了什麼好事。那個自大的光頭蠢豬。那個愚笨的蛋頭渾帳。所有統治著西班牙及帶領西班牙軍隊的無腦、自以為是又背叛同志的蠢豬都去死。除了人民之外的所有人都去死，然後天殺的小心，小心掌權後的人民又會變成什麼德性。

他不停將怒氣放大、再放大，還大肆發洩自己毫不公道的輕蔑與嘲諷情緒，直到他再也無法相信自己說的話，怒氣也就逐漸消退下去。如果那些都是真的，那你在這裡是為了什麼？事情根本不

337 弗朗西斯科．拉爾戈．卡瓦列羅（Francisco Largo Caballero, 1869-1946）是西班牙工人社會黨的領導者之一，他在西班牙內戰期間擔任第二共和國的首相。

338 卡洛斯．阿森西奧．卡瓦尼利亞斯（Carlos Asensio Cabanillas, 1896-1969）在西班牙內戰期間為國民軍效命，後來還成為佛朗哥麾下非洲軍的將軍。

339 帕布羅．伊格萊西亞斯（Pablo Iglesias, 1850-1925）是西班牙社會主義之父，他在一八七九年創立了西班牙社會主義工人黨（西班牙語：Partido Socialista Obrero Español，簡稱為POSE）。

340 布埃納文圖拉．杜魯提（Buenaventura Durruti, 1896-1936）是信仰西班牙無政府工團主義的激進分子。

是這樣，你很清楚。看看那些好人吧。看看那些很不錯的傢伙。他無法忍受自己成為一個不公正的人。他痛恨所有的不公正，正如他痛恨所有的殘酷，他在盛怒中躺著，但蒙蔽了他心靈的怒火終於逐漸熄滅，原本那怒火燒得又紅又黑，蒙蔽人心又致命，但此刻已完全消失，他的心靈現在沉靜、清明、敏銳又能冷酷地看待一切，就像一個男人剛和一個不愛的女人結束交媾。

「還有妳，妳這可憐的兔子，」他靠過去對瑪麗亞說，瑪麗亞在睡夢中微笑，又往他身上靠去。「如果剛剛妳開口的話，我可能會揍妳。發怒的男人真是頭野獸。」

此刻的他緊靠女孩躺著，雙臂抱住她，下巴靠在她的肩膀上，他躺在那裡思考自己之後必須做什麼，又必須怎麼做。

其實情況沒那麼糟，他心想，其實完全沒那麼糟。我不知道是否有人以前真的這麼做過，但從今以後只要遇上類似困境一定會有人這麼做。只要我們這麼做了，又有人聽說，沒錯，只要有人聽說，而且不只是憑空揣摩而不動手，那就一定會跟著做。我們有的人手實在太少，但現在擔心這件事沒意義。我會用現有的資源把橋炸掉。天哪，我真慶幸自己克服了怒氣，剛剛感覺就像在暴風中無法呼吸。發怒也是你現在負擔不起的奢侈品之一。

「都想清楚了，guapa，」他靠著瑪麗亞的肩頭輕聲說：「妳一點也不用為此煩惱。妳什麼都不知道。我們都會死，但我們會把橋炸掉。妳一點也不用擔心。那實在不是很好的結婚禮物，但能好好睡上一覺難道不是無價的嗎？妳好好睡上了一覺，看能不能把這一覺像結婚戒指一樣戴在手指上吧。睡吧，guapa，好好睡，我的摯愛。我不吵醒妳。這是我現在唯一能為妳做的。」

他躺在那裡非常輕柔地抱著她，感受她的呼吸，感受她的心跳，同時注意著腕錶上的時間。

第三十六章

安德列斯在共和國的哨站遭到盤問。情況是這樣：他趴在陡峭往上升起的斜坡上，頂端是三排鐵絲網，然後往上對著岩石和泥土組成的矮牆大吼。這裡的防線其實並不連續，他可以輕易在夜色中穿越這片駐地，之後再深入共和國的領地一段路後才會再撞見質疑他身分的人。但先在這裡一次解決感覺更安全，也更簡單。

「Salud！」他大吼：「Salud！milicianos[341]！」

他聽見咖嗒一聲，那是槍機被往後拉的聲音。然後從沿著矮牆的更遠處有把步槍開火。爆裂聲猛然響起，黑暗中有道如同小刀往下刺的黃光閃現。安德列斯一聽到槍機的咖嗒響就趴下去，頭頂緊貼在地上。

「別開槍，同志，」安德列斯大吼：「別開槍！我要進去。」

「你們有多少人？」有人在矮牆後方大吼。

「一個。只有我。沒別人。」

「你是誰？」

「來自比利亞科內霍斯的安德列斯．羅培茲，我是帕布羅游擊隊的人。我帶情報來。」

「你有步槍和其他裝備嗎？」

「有的，老兄。」

---

341 milicianos，西班牙文，這裡是指「男民兵們」。

「我們不能讓步槍和裝備進來，」那個聲音說：「除了你之外也不能有更多人進來。」

「就我一個人，」安德列斯說：「這很重要，讓我進去。」

他可以聽見他們在矮牆後方交談，但聽不見說話的內容。然後那聲音又開始大吼：「你們有幾個人？」

「一個。只有我。沒別人。看在神的分上。」

他們又開始在矮牆後方討論起來。接著聲音又來了，「聽著，法西斯分子。」

「我不是法西斯分子，」安德列斯大吼：「我是帕布羅小隊的guerrillero。我有情報必須送到參謀總部。」

「他瘋了，」他聽見有人說：「丟顆手榴彈到他身上。」

「聽著，」安德列斯說：「我身邊沒有人，就真的只有我。我去他的聖蹟真的只有我一個人。讓我進去。」

「他說話像個基督徒。」

然後另外有個人說：「最好就是丟顆手榴彈到他身上。」

「不，」安德列斯大吼：「這樣做大錯特錯。這很重要，讓我進去。」

就是因為這樣，他才不喜歡這種必須來回敵對領地的工作。這種差事有時比其他差事好，但從來不是什麼好事。

「你一個人？」那聲音又往下喊。

「Me cago en la leche[342]，」安德列斯咒罵起來。「我到底要跟你說幾次？我、一、個、人！」

「既然你一個人，那就站起來，把步槍舉在頭上。」

安德列斯站起來，他用雙手把卡賓槍舉在頭上。

「現在穿過鐵絲網，我們現在用máquina對著你。」那聲音大喊。

安德列斯正穿過第一排Z字形交錯的鐵絲網。「我需要用手才有辦法穿過去。」他大吼。

「抬高。」那個聲音命令他。

「我被鐵絲網纏住了。」安德列斯喊。

「直接朝他扔手榴彈容易多了。」有個聲音說。

「讓他背著步槍吧，」另一個聲音說：「他雙手舉著是穿不過來的。講理一點。」

「這些法西斯分子都一個樣子，」另一個聲音說：「他們總會天殺的得寸進尺。」

「聽著，」安德列斯大吼：「我不是法西斯分子，我是帕布羅小隊的guerrillero。傷寒搞死的法西斯分子都沒我們多。」

「我從沒聽過什麼帕布羅小隊，」看起來顯然負責指揮這個哨站的人說：「也沒聽過什麼彼得、保羅或其他聖徒或使徒，當然也沒聽過他們的小隊。把步槍背到肩膀上，用雙手穿過鐵絲網。」

「在我們拿máquina打你之前快過來。」另一個人大吼。

「Qué poco amables sois！[343]」安德列斯說：「你們實在不是很友善！」

他努力鑽過鐵絲網。

「Amables[344]，」有人對他大喊：「我們在打仗啊，老兄。」

「終於開始有點打仗的樣子了。」安德列斯說。

「他說什麼？」

安德列斯又聽見槍機的咖嗒聲。

---

342 Me cago en la leche，西班牙文，這句咒罵的話可翻為「去你媽的婊子」。

343「Qué poco amables sois!」這句西班牙文的意思是「你實在不是很友善！」

344 Amables，西班牙文，意思是「友善」，在這裡考量語氣可翻成「還友善咧」。

「沒什麼，」他大吼：「我什麼都沒說。先等我從這些幹他媽的鐵絲網鑽過去。」

「別罵我們的鐵絲網，」有人大吼：「小心我們丟手榴彈到你身上。」

「Quiero decir, qué buena alambrada[345]，」安德列斯大吼：「多麼美麗的鐵絲網啊，簡直像掉到茅坑中的神。多可愛的鐵絲網啊。很快我就會到你們身邊了，兄弟。」

「對他丟手榴彈，」他聽見有個聲音說：「我告訴你，要處理這件事，最周全的方法就是丟手榴彈。」

「兄弟們，」安德列斯說。他全身都被汗水浸濕，他知道那個老說要炸他的人隨時可以丟出手榴彈。「我不是什麼重要人士。」

「我相信。」支持炸他的人說。

「你是對的，」安德列斯說。他正小心穿過第三道鐵絲網，現在已經非常靠近矮牆了。「我在各方面都不重要。但我要處理的問題非常要緊，Muy, muy serio[346]。」

「沒有比自由更要緊的事了，」說要炸他的人大吼：「你認為有比自由更要緊的事？」他挑釁地問。

「不，老兄，」安德列斯鬆了一口氣。他知道和自己交手的是那種狂熱分子，就是戴著紅黑領巾的那種人。「Viva la Libertad！[347]」

「Viva la F.A.I.[348]！Viva la C.N.T.[349]萬歲！」他們從矮牆後方大吼：「anarco-sindicalismo[350]和自由萬歲！」

「Viva nosotros[351]，」安德列斯大吼：「我們萬歲。」

「他是跟我們理念相同的同志啊，」想炸他的傢伙說：「我差點就用手榴彈殺死他了。」

他望著手中的手榴彈，內心感觸良多，此時安德列斯爬過了矮牆。他用兩隻手臂抱住安德列斯，其中一隻手還握著手榴彈，擁抱時手榴彈抵著安德列斯的肩胛骨，打算炸他的男人親吻他的兩邊臉頰。

「你沒發生什麼事，我很滿意，兄弟，」他說：「我很滿意。」

「你的指揮官呢？」安德列斯問。

「我負責指揮這裡，」有個男人說：「讓我看你的證件。」

他拿著證件走進掩蔽壕，就著燭光檢視那些文件。那是一小條折起來的方型絲布，顏色是共和國的顏色，中間的封印是S.I.M.。羅伯・喬登用筆記本的一張紙寫了他的姓名、年紀、身高、出生地和任務名稱，那就是Salvoconducto，或者能說「安全通行證」，這張紙也蓋上了S.I.M.的橡皮章封印，另外還有一張寫給戈茲的快信折成四折後用一條橡皮筋綁住，再用蠟封起，蠟上用橡皮章木柄頂端的金屬S.I.M.押了印痕。

「這我見過，」負責指揮這個哨站的人說，然後把那塊絲布遞回去。「這印章你們所有人都有，我知道，但也無法證明什麼，除非有這個。」他將安全通行證拿起後再讀了一次。「你在哪裡出生？」

「比利亞科內霍斯。」安德列斯說。

345「Quiero decir, qué buena alambrada」這段西班牙文的意思是「我是說，這些鐵絲網多棒啊」。

346「Muy, muy serio」這段西班牙文的意思是「非常、非常重要」。

347「Viva la Libertad!」這句西班牙文的意思是「自由萬歲！」

348 F.A.I. 是伊比利亞無政府主義聯合會（西班牙語：Federación Anarquista Ibérica）的縮寫。

349 C.N.T. 是西班牙的全國勞工聯盟（西班牙語：Confederación Nacional del Trabajo）的縮寫，這是一個無政府工團主義工會

350 anarco-sindicalismo，西班牙文，意指「無政府工團主義」。

351 Viva nosotros，西班牙文，意思是「我們萬歲」。

「你們那裡生產什麼？」

「甜瓜，」安德列斯說：「全世界都知道。」

「你在那裡認識誰？」

「為什麼問？你是那裡人？」

「不是，但我去過那裡。我是阿蘭胡埃斯[352]人。」

「隨便問我一個人吧。」

「描述一下荷西．林貢這個人。」

「經營酒窖那位？」

「那是當然。」

「光頭，大肚子，一隻眼睛有點斜視。」

「那沒問題了，」那男人說，然後把文件遞回去。「但你在法西斯的領地做什麼？」

「革命開始前，我們的父親就已經在比利亞卡斯廷落腳了，」安德列斯說：「就在那邊山脈再過去的平原。我們是在那裡發現反抗運動開始了，完全措手不及。自從運動開始後，我就跟著帕布羅的小隊打仗，但我現在真的很趕時間，老大，我有一封急件得送。」

「法西斯那一帶的情況如何？」負責指揮的人問。他不趕時間。

「今天真不好過[353]，」安德列斯驕傲地說：「今天一整天的道路上都很不平靜。他們今天把聾子的小隊殲滅了。」

「誰是聾子？」另一個人口氣不以為然地問起。

「這一帶山區中最棒的游擊隊領袖之一。」

「你們所有人都該來共和國這邊從軍，」這位軍官說：「搞這些亂七八糟的游擊隊實在太蠢了。你們全都該來這裡，為我們的自由陣線服務。等我們想派游擊隊出去時，就會視需要派人出去。」

安德列斯是個天生耐性極好的人。他穿過鐵絲網時就處裡得很冷靜。這些檢查證件的過程也沒讓他毛躁不安。眼前這個男人完全不理解他們，也不理解他們的工作，他覺得完全正常，也認為他會說出蠢話是可預期的結果。整個過程被拖得很慢，他也覺得是預料之內，但現在他想離開了。

「聽著，Compadre，」他說：「你很可能是對的，但我接到命令必須將這封急件送給指揮第三十五師的將軍，他們打算在天亮時在這邊的山地區發動攻擊，現在時間已經很晚，我得走了。」

「什麼攻擊？你有什麼情報？」

「不，我什麼都不知道，但我現在得去納瓦塞拉達，再從那裡前往目的地。你可以帶我去找你的指揮官，然後給我可以去那裡的交通工具嗎？派一個人和我一起去向他報告，不能再拖延時間了。」

「我真的很不相信這一切，」他說：「在你接近鐵絲網時，或許直接槍斃你還比較好。」

「你看過我的證件了，同志，我也解釋了我的任務。」安德列斯很有耐心地說。

「文件是可以偽造的，」這位軍官說：「任何法西斯分子都可以捏造出這種任務。我親自跟你一起去見指揮官。」

「很好，」安德列斯說：「那你就該來。但我們必須趕快過去。」

「你，桑切斯，你代替我指揮這裡，」這名軍官說：「你跟我一樣清楚知道該盡什麼義務。我帶這個所謂的同志去見指揮官。」

他們開始沿著淺壕溝往下走，這道壕溝位於丘頂後方，安德列斯在黑夜中聞到守衛這座丘頂的

352 阿蘭胡埃斯（Aranjuez）也位於馬德里自治區，距離比利亞科內霍斯只有約十五公里。

353 Today we had much tomate，這裡的 tomate 是西班牙文，直譯是「番茄」的意思，不過在西班牙文中說「有很多番茄」，有時代表「遇上很多麻煩」的意思。這裡是用英文和西班牙文的交雜來使用西班牙的片語。

部隊留下的排泄臭氣，臭氣蔓延在整片坡地的蕨葉叢間。他不喜歡這些人，他們就像一群危險的孩子：又髒又臭，毫無紀律。他們親切、可愛、傻氣又無知，但因為擁有武器，所以無時無刻顯得危險。安德列斯信仰共和國，除此之外不搞政治。他曾好幾次聽過這些人講話，那些大話聽起來很美好，但他不喜歡。不把自己的排泄物埋好才不是自由，他心想，沒有動物比貓更自由，但貓都會把自己的屎尿蓋好。貓是最棒的無政府主義者。在他們從貓身上學到教訓之前，我都無法尊敬他們。

在他前方的軍官突然停下腳步。

「你身上還帶著卡賓槍。」他說。

「對，」安德列斯說：「為什麼不帶？」

「把槍給我，」軍官說：「你可以從背後用槍打死我。」

「為什麼？」安德列斯問他：「我為什麼要從背後打死你？」

「誰知道呢，」軍官說：「我誰都不信。卡賓槍給我。」

安德列斯把掛在肩上的槍取下，遞給他。

「如果能讓你滿意的話，你就拿著吧。」他說。

「這樣比較好，」軍官說：「我們這樣比較安全。」

他們在黑暗中往山丘下走。

第三十七章

此刻的羅伯．喬登正和女孩躺在一起，他望著腕錶上的時間不停流逝。時間過得很慢，幾乎難以察覺，那支很小的錶讓他看不清秒針，但只要夠專心望著分針就能看出它在移動。女孩的頭抵住他的下巴，他移動頭去看錶時會感覺到她短短的平頭髮絲摩擦他的臉頰，那髮絲柔軟但又生氣勃勃，觸感就像打開捕獸夾拎出困在其中的貂，然後輕撫牠的皮毛時掌心中柔軟起伏的感覺。當他的臉頰沿著瑪麗亞的髮絲磨蹭時，他感覺喉頭彷彿腫脹般哽住，他緊抱住她，一陣空虛的疼痛感從喉頭蔓延到全身。他低垂著頭，雙眼逼近錶面，望著上面尖端如長矛的指針像顆發光的小點緩慢從左側錶面往上爬升。他現在可以清楚看見指針穩定的移動，他緊抱著瑪麗亞，希望可以減緩指針移動的速度。他不想吵醒她，但也無法在這最後的時刻不擁有她，他將唇貼到她的耳後，沿著她的脖子往上親，感受著她光滑的肌膚及肌膚上的柔軟毛髮。他可以看見指針在錶面上移動，他把她抱得更緊，用舌尖沿著她的臉頰輕舔，舔到她的耳垂，然後沿著美好而蜿蜒的曲線來到翹挺的耳尖，他的舌頭在顫抖。他在空虛的疼痛中感受到蔓延其中的顫抖，然後看到和時針形成銳角的指針已指到預定時間。此時的她還睡著，他將她的頭轉過來，用他的唇吻上她的唇。他們躺在那裡，他一開始只是輕碰那因為睡眠而顯得僵硬的唇，但後來靠著親吻讓彼此柔軟起來，感受著彼此輕柔的摩擦。他讓自己轉向她，感覺她修長、漂亮的身體一陣輕顫，然後她嘆氣，她仍睡著，仍然睡著的她也抱住他，之後卻不再睡了，她的唇現在紮實而用力地緊貼住他的，他說：「但妳還痛。」

而她說：「不，不痛了。」

「兔子。」

「不，別說話。」

「我的兔子。」

「別說話。別說話。」

然後他們合為一體，錶面指針還在走動，但已無人注視，他們知道此後發生在一個人身上的事，另一個人也無法免於其外，而且沒什麼比得上此刻，此刻就是一切，就是永遠，就是曾經，是現在，是所有可能的未來。此刻，他們不該擁有的此刻他們正在擁有。他們擁有的是現在，是之前，是永遠，是現在，是現在，還有現在。噢，現在、現在、現在，唯一的現在，最重要的就是現在，除了擁有你的現在沒有其他現在了，現在就是你的先知。現在啊，永恆的現在。來吧現在，現在就來，因為除了現在不再有現在。是的，現在。是的，麻煩就是現在，只有現在，沒有任何其他只有這個現在，不管你在哪裡我在哪裡其他人在哪裡，而且不問為什麼，永遠不問為什麼，只有這個現在；就這麼繼續到永遠，拜託，就永遠是現在，永遠是現在，因為現在永遠只有一體了現在；一體就是一體，沒有其他之一而只有一體了現在，一體，現在出發、現在飛升、現在出航、現在離開、現在旋轉、現在翱翔、現在遠去、現在一路而去、現在完全的一路而去；一體而且一體就是一體，是一體，是一體，是一體，仍然是一體，仍然是一體，是墜落著成為一體，是輕柔的成為一體，是渴望的成為一體，是親切的成為一體，是開心的成為一體，是善良的成為一體，是珍惜的成為一體，是在地面上手肘撐著砍下來當睡床的松枝還聞著松樹枝幹及夜色氣味的一體；現在他們又確切回到了地面，早晨即將來臨。然後他才開口，因為剛剛他滿腦子想的都是對方所以什麼都沒說，「噢，瑪麗亞，我愛妳，而且為此感謝妳。」

瑪麗亞說：「別說話，我們最好什麼都別說。」

「我必須告訴妳，因為這是很了不起的事。」

「不。」

「兔子——」

但她抱緊他，把頭轉開，他輕柔地問：「會痛嗎？兔子？」

「不，」她說：「但可以再次獲得美妙的la gloria[354]，我也很感激。」

結束後的他們安靜地躺著，兩人平行的腳踝、大腿、屁股和肩膀都彼此碰觸著，羅伯・喬登現在把錶舉到他能再次看見的地方，瑪麗亞說：「我們可真走運。」

「沒錯，」他說：「我們是運氣很好的人。」

「沒時間睡覺了？」

「對，」他說：「很快就要出動了。」

「如果一定要起床的話，我們去找點食物吃吧。」

「好。」

「你啊，你沒在擔心什麼吧？」

「沒有。」

「真的？」

「有一下子。」

「但你剛剛有擔心？」

「沒有，現在沒有。」

「我可以幫上什麼忙嗎？」

「不，」他說：「妳幫的夠多了。」

「剛剛？剛剛那是我自己要享受的。」

---

354 la gloria，西班牙文，意指「光榮」或「榮耀」。

「是我們一起享受，」他說：「沒有人是自己享受的。來吧，兔子，我們穿上衣服。」

但他的腦子，他那最好的夥伴，此刻卻在想著La Gloria。她說了La Gloria。剛剛他們的體驗跟「光榮」無關，跟法國人書寫或口語中所稱的La Gloire也無關。那是西班牙的深歌和讚歌[355]中出現的精神，在畫家葛雷柯和神祕學家聖十字若望[356]的作品中有出現，此外當然也還有其他人描繪過。我不是神祕主義者，但若完全否認神祕主義就像是否定電話、否定地球繞著太陽轉，或者否定除了地球之外還有其他星球一樣無知。

對於世間的一切，我們的了解是多麼少。多希望我能活很久，而不是今天就死去，因為我在這四天更認識了生命，而且比我此生所學到的還要多。我想成為一個老人，我想真正認識這個世界。如果繼續學習下去會如何？還是人的理解都有極限？我以為自己懂得很多，但其實仍一無所知。真希望還能有更多時間。

「妳讓我學到很多，**guapa**。」他用英文說。

「你說什麼？」

「我從妳身上學到很多。」

「**Qué va**，」她說：「你才是有受過教育的人。」

受過教育，他心想。我懂的不過是人生教育剛起頭的一丁點知識，真的只有一丁點。如果我今天死了還真是浪費，因為我好不容易多懂一些了。不知道人是不是只能在這種時刻學到教訓，因為此刻的你對一切都過度敏感，又或者因為你在這裡的時間很短？不過，其實沒有時間很短這種事，你要是腦袋夠清楚也就能明白。自從來到這裡，我在這些山丘就已經算是待了一輩子，安索莫算是我最老的好友，我對他的認識比查爾斯、查布、蓋伊和麥克還要深刻，而我跟那些人已經算是熟識。奧古斯敦說話很惡毒，但他是我的兄弟，而我原本始終沒有兄弟。瑪麗亞是我的摯愛，她是我的妻子，我從沒有過摯愛，也沒有過妻子。她也是我的姊妹，我從來沒有過姊妹，我也沒有過女兒，之後也不會有女兒了。必須放棄這麼美好的事物真讓人痛恨。他把自己的繩底鞋綁好。

「我覺得人生真的很有趣。」他對瑪麗亞說。她坐在他身旁的睡毯上，雙手握住自己的腳踝。有人把洞穴口的毯子往旁邊掀開，他們都看見有光透出。夜色還很深，早晨還沒有來臨的跡象，只有在他抬頭從松樹林間望去時能看見星星已經掛在離地平線很近的地方。現在這個時節，早晨很快就會降臨了。

「羅伯托，」瑪麗亞說。

「是的，guapa。」

「今天這一仗，我們會待在一起吧？」

「攻擊開始之後可以。」

「一開始不行嗎？」

「不行，妳得先跟馬待在一起。」

「不能跟你待在一起？」

「不行。我得工作，那工作只有我能做，而且我會擔心妳。」

「但你做完會趕快來找我？」

「很快，」他說，然後在黑暗中咧開笑容。「來吧，guapa，我們去吃飯。」

「你的睡毯呢？」

「捲起來，如果妳願意的話。」

355 深歌（Cante Hondo或Cante Jondo）是西班牙南部的一種民歌形式，主要中心為安達魯西亞，主題通常跟愛與死有關。讚歌（Saeta）則是安達魯西亞的宗教歌曲，通常會用在遊行時唱出內心深切的虔誠情感。

356 聖十字若望（San Juan de la Cruz）是西班牙十六世紀的神祕學家，也是加爾默羅教派的改革者。

「我願意。」她說。

「我來幫妳。」

「不，讓我自己來。」

她跪下，把睡毯攤開後捲起，然後改變心意又站起身，把睡毯拿起來甩了甩。然後她再次跪下，把睡毯拉平整後捲起。羅伯・喬登小心翼翼地拎起兩個背包，以免物品從刀割開的裂縫裡灑出，然後穿越松樹林走向掛著被煙燻黑的毯子的洞口。根據他的手錶，現在距離凌晨三點還有十分鐘，他往一旁拉開毯子，走進洞穴。

第三十八章

洞穴裡的眾人站在瑪麗亞正在搧的火堆前。皮勒已在鍋子裡煮好咖啡。自從把羅伯．喬登叫醒後，她就沒有再睡回去，此刻洞穴中煙霧瀰漫，她坐在凳子上縫喬登背包上的裂口。另一個背包已經縫好了。火光照亮了她的臉龐。

「多吃點燉肉吧，」她對佛南多說：「你的肚子就算吃撐了又如何？反正就算給牛角刺穿，也沒醫生可看。」

「別那樣說話，臭女人，」奧古斯敦說：「妳說話就像個賤錶子。」

他的身體倚在自動步槍上，交疊的雙腿緊靠著多處腐蝕的槍管，口袋裡裝滿手榴彈，一袋槍盤掛在一邊肩上，還有一整條子彈帶掛在另一邊肩膀上。他正在抽菸，單手拿著一碗咖啡舉起碗靠近唇邊，口中吐出的煙掃過咖啡表面。

「你真是個行走的五金行，」皮勒對他說：「你身上堆成這樣，連一百碼都走不了。」

「Qué va，臭女人，」奧古斯敦說：「一路都是下坡。」

「哨站前有段路得爬坡，」佛南多說：「之後才會繼續是下坡。」

「我會像頭山羊一樣爬上去。」奧古斯敦說。

「你兄弟呢？」他問埃拉迪歐：「你那了不起的兄弟開溜啦？」

埃拉迪歐靠牆站著。

「閉嘴。」他說。

他很緊張，而且知道大家都知道他很緊張。他在行動前總是緊張又易怒。他從牆邊走到桌邊，手伸進靠在桌腳的其中一只獸皮蓋背簍，拿裡面的手榴彈塞滿口袋。

羅伯．喬登蹲在他身邊的背簍旁邊。他伸手進背簍拿了四顆手榴彈。其中三顆是橢圓形的米爾斯炸彈，表面有大片鋸齒，材質是厚鋅層鋼板，一根壓下的彈簧桿用開口銷固定住，銷上還連有一只拉環。

「這些手榴彈哪來的？」他問埃拉迪歐。

「那些嗎？共和國的。老頭帶來的。」

「品質如何？」

「Valen más que pesan[357]，」埃拉迪歐說：「每一顆都價值連城啊。」

「都是我帶來的，」安索莫說。「一袋六十顆。總共九十磅，Inglés。」

「你們有用過嗎？」羅伯．喬登問皮勒。

「Qué va，竟然問我們是不是有用過？」女人說：「帕布羅就是用那些屠殺奧特羅的哨站。」

她一提起帕布羅，奧古斯敦就開始咒罵。羅伯．喬登看見皮勒在火光中的表情。

「別說了，」她嚴厲地對奧古斯敦說：「現在說這些沒好處。」

「這些都一定會爆炸嗎？」羅伯．喬登將塗了灰漆的手榴彈握在手裡，用大拇指甲試著推動開口銷的彎曲處。

「都會爆炸，」埃拉迪歐說：「我們用過的手榴彈裡面，沒一顆是啞的。」

「爆炸速度多快？」

「只要是在能丟中的距離，很快，夠快了。」

「那這種呢？」

他拿起一顆湯罐頭形狀的手榴彈，上頭的鐵絲圈綁了條帶子。

「那些就是垃圾，」埃拉迪歐告訴他。「會爆炸，沒錯，但只有很多火光，沒彈片。」

「但一定會爆炸？」

「Qué va，說什麼一定，」皮勒說：「沒什麼一定，無論是我們的彈藥還是他們的彈藥都一樣。」

「但你說其他一定會爆炸。」

「不是我說的，」皮勒對他說：「你剛剛問的是別人，不是我。我看這些從來不覺得有什麼一**定**。」

「一定會爆炸，」埃拉迪歐堅持。「說實話，女人。」

「你要怎麼知道都會爆炸？」皮勒問他。「當時負責丟手榴彈的是帕布羅，你在奧特羅可是一個人也沒殺。」

「真是狗娘婊子養的。」奧古斯敦又開始罵。

「別說了，」皮勒嚴厲地說。然後她繼續講：「那些手榴彈都差不多，Inglés。但是表面有波紋的那種用起來比較簡單。」

我最好在橋的兩邊都兩種各用一顆，羅伯·喬登心想。但表面有大片鋸齒的那種比較好固定，也比較有保障。

「你打算丟手榴彈嗎，Inglés？」奧古斯敦問。

「有何不可？」羅伯·喬登說。

但他蹲在這裡整理手榴彈時，心裡想的是：這是不可能的。真不知道我怎麼能欺騙自己做得到。停雪的時候，聾子就已經完了，而我們就跟聾子遭受攻擊時一樣完了。你只是無法接受事實。你得想辦法做出你知道根本執行不了的計畫。你做了計畫，但現在知道實在不是個好計畫，真的不好，一旦到了早上你就知道了。根據你手上的資源要拿下任何一個哨站都沒問題，但你不可能兩個

---

357 Valen más que pesan，西班牙文，直譯是「它們的價值高於重量」，此處意指這些手榴彈重量不輕，但很有價值。

都拿下，我是指你沒這個把握。別騙自己了，天都要亮了，別再自欺欺人了。

試圖同時拿下兩個哨站是行不通的。帕布羅一直都知道。我猜他一直想開溜，但知道聾子遭攻擊時就更確定我們死定了。你執行任務時不能假定會有奇蹟來幫助你成功。如果你沒有比現在更好的計畫，你會害死所有人，還沒辦法把橋炸掉。你會害死皮勒、安索莫、奧古斯敦、普里米提沃、這個毛毛躁躁的埃拉迪歐、沒用的吉普賽人跟老佛南多，而且橋還無法炸掉。你以為會發生奇蹟嗎？你以為戈茲會派安德列斯帶來任務取消的消息嗎？如果任務沒被取消，你就會用你下的那些指令害死他們所有人，包括瑪麗亞。你也會用你的指令害死她。你就不能讓她脫身嗎？天殺的帕布羅下地獄吧，他心想。

不，別生氣。發怒跟陷入恐懼一樣糟糕。但與其跟你的女孩睡上一晚，你更該整晚跟皮勒那女人在這一帶騎馬招集人手，能找一個是一個。沒錯，他心想。但如果我發生了什麼事，就沒人炸橋了。沒錯。就是這個原因。就是因為這樣我才沒出去找人。而你也不能派任何人出去找，因為你不能再承擔失去他們的風險，你的人手不能再更少了。你必須確保人手不再減少，然後做出計畫，再靠這些人完成。

但你的計畫爛透了，真的爛透了，我告訴你。那是晚上才會想出來的計畫，現在卻是早上了。晚上想出來的計畫在白天一看就知道不好。你在晚上思考的方式在早上毫不管用。所以現在你知道那計畫不管用。

約翰．莫斯比有沒有可能從這種不可能克服的困境脫身呢？他當然可以。他遇過更艱困的場面。而且你要記得，別低估突襲可能帶來的效果，你一定要記得。另外別忘記只要能讓突襲成功，你就不會顯得那麼可笑。但這不是你該有的做事態度，你該做出一定能成功的計畫，而不只是可能成功的計畫。不過瞧瞧事情演變到什麼地步吧。好吧，其實一開始就錯了，只是災難就像滾雪球一樣愈滾愈大。

蹲在桌邊地上的他抬頭看到瑪麗亞，她對他微笑。他正對著她咧嘴笑開回應，然後又選了四顆手榴彈放進口袋。我可以直接把其中的雷管轉下來來用，但就算用上整顆手榴彈，我也不覺得彈片會帶來什麼不好的影響。彈片會隨著爆炸的衝力飛出，但不會把炸藥炸散。至少我覺得不會。我確定不會。有點信心吧，他告訴自己。還有你，昨晚不是還想了你和你祖父有多優秀，而你的父親又是個多麼糟的懦夫？拿出點信心來吧。

他又對瑪麗亞咧嘴笑，但皮笑肉不笑，顴骨和嘴巴周遭感覺很緊繃。

她覺得你棒透了，他心想，但我覺得你爛透了。你昨晚享受了gloria還有一堆胡說八道，而且還滿腦子「聰明想法」不是嗎？你以為把這個世界搞定得很服貼了不是嗎？全是些去他的鬼話。

冷靜一點，他告訴自己，別開始發火。那只是其中一種解決方法，無論何時都一定有解決方法。你現在就是得咬緊牙根，不要再否認已經發生的事，因為你只會因此失控。別像脊椎被打斷的該死的蛇一樣自己咬自己，而且你的脊椎也還沒斷。你這頭蠢獵狗。等受了傷再哭吧，等打仗再發火吧。作戰時的時間可多了，那時候生氣至少還有點用處。

皮勒拿著背包走過來。

「現在很堅固了，」她說：「那些手榴彈很棒，Inglés。你可以對它們有信心。」

「妳覺得如何，女人？」

她望著他，搖搖頭，微笑。真不確定她是不是皮笑肉也笑，總之目前看來她的臉部肌肉似乎運作得很好。

「很好，」她說：「Dentro de la gravedad[358]。」

然後她蹲在他身邊說：「真的要開始行動了，你覺得如何？」

358 Dentro de la gravedad，西班牙文，意思是「還不算太糟」。

「我們人很少。」羅伯・喬登很快地跟她說。

「在我看來也是，」她說：「非常少。」

然後她還是對著他一個人說：「瑪麗亞也可以自己顧馬，我不需要待在那裡。我們會把馬腳捆住。他們是騎兵馬，就算聽到槍聲也不會驚慌。我會去下面的哨站做帕布羅該做的事。這樣我們就能多一個人。」

「很好，」他說：「我就覺得妳可能想這麼做。」

「別擔心，Inglés，」皮勒仔細地盯著他看。「別擔心，一切都會沒事。記住，他們沒預料到我們會去。」

「沒錯。」羅伯・喬登說。

「還有一件事，Inglés，」低聲說話的皮勒盡可能將她粗硬的嗓音放柔。「關於手的事——」

「什麼手的事？」他帶著怒意說。

「沒事，聽著，別生氣，孩子。關於手的事，那只是些吉普賽人的胡說八道，我只是想讓自己感覺很厲害而已。總之沒這回事。」

「別提了。」他冷淡地說。

「不行，」她的口氣嚴厲又慈愛。「那都只是我胡扯出來的謊言。我不想讓你在作戰這天還擔心。」

「我不擔心。」羅伯・喬登說。

「你擔心，Inglés，」她說：「你非常擔心，而且理由很正當。但一切都會沒事的，Inglés，我們生來就是要幹這種事。」

「我現在不需要一個政委來為我喊話。」羅伯・喬登對她說。

她又對他微笑，儘管她的嘴唇感覺嚴厲，嘴巴又很大，那仍是一個很大、很真誠的微笑，她說：「我很喜歡你，Inglés。」

「我現在不需要這種喜歡，」他說：「Ni tu, ni Dios[359]。」

「沒錯，」皮勒用粗啞的嗓音悄聲說：「我知道，我只是想告訴你。而且別擔心，我們會做得很好。」

「怎麼不會呢？」羅伯．喬登說，然後只用最表層的肌膚拉出微笑。「當然我們會，一切都會很好。」

「我們何時出發？」皮勒問。

羅伯．喬登看了一下他的錶。

「隨時。」他說。

他把其中一個背包交給安索莫。

「你還好嗎？老頭？」他問。

這老頭正在削木楔，最後一堆快削好了，他是依照羅伯．喬登給他的樣本削的。這些為了因應臨時狀況準備的備用木楔。

「嗯，」老頭點點頭。「目前為止都很好。」他伸出手。「你看。」他微笑，雙手目前完全沒在發抖。

「Bueno, y qué?[360]」羅伯．喬登對他說：「一整隻手要保持穩定，我隨時都能做到，伸出一根手指。」

安索莫伸出手指，那根手指在顫抖。他望向羅伯．喬登，然後搖搖頭。

---

359 Ni tu, ni Dios，西班牙文，這裡的意思是「不需要妳，也不需要神」。

360 Bueno, y qué?，西班牙文，這裡的意思是「是，那又如何？」

「我的也會，」羅伯．喬登伸出手指給他看。「老是這樣。這很正常。」

「我就不會。」佛南多說。他伸出右手食指給他們看，然後又伸出左手食指。

「你可以吐口水嗎？」奧古斯敦問他，然後對羅伯．喬登眨眨眼。

佛南多清了清喉嚨，驕傲地往洞穴地面吐了口口水，再用腳往上面抹土。

「你這頭髒騾子，」皮勒對他說：「如果一定要吹噓你有多勇敢的話，往火裡面吐。」

「如果不是因為我們要離開這個地方了，我才不會往這邊的地面吐，皮勒。」佛南多一臉規矩地說。

「小心你今天吐口水的地方，」皮勒告訴他。「那可能成為你離開不了的地方。」

「那女人像黑貓一樣，老說些不吉利的話。」奧古斯敦說。他因為緊張而必須不停開玩笑，大家其實都有類似的感受。

「我是開玩笑。」皮勒說。

「我也是，」奧古斯敦說，然後又咒罵，「但 me cago en la leche[361]，反正我要到開打才能心安。」

「吉普賽人呢？」羅伯．喬登問埃拉迪歐。

「跟馬待在一起，」埃拉迪歐說：「你可以從洞口看見他。」

「他怎麼樣？」

埃拉迪歐咧開嘴笑。「很害怕。」他說。講到別人的恐懼特別讓他安心。

「聽著，Inglés——」皮勒開口說。羅伯．喬登望著她，就在此時，他看見她的嘴巴張得很開，臉上出現不可置信的表情，他立刻轉身面向洞口準備掏出手槍。而就在洞口，那人單手拉開毯子，套著消焰器的短短自動步槍嘴從肩膀後方突出，是帕布羅，身材矮胖的他滿臉粗硬鬍鬚，外圈泛紅的小眼睛沒有特別望向任何人。

「你——」皮勒不可置信地對他說：「你！」

「我，」帕布羅的口氣沒有起伏。他走進了洞穴。

「Hola, Inglés，」他說：「山上有依里亞斯和亞里韓德羅的小隊，我從那裡搞來了五個人，還有他們的馬。」

「引爆器和雷管呢？」羅伯．喬登說：「其他裝備呢？」

「我全丟到山溝的河裡去了，」帕布羅說話時仍沒看任何人。「但我有想到方法，我們可以用手榴彈引爆。」

「我也是這麼想的。」羅伯．喬登說。

「有什麼可以喝的嗎？」帕布羅疲憊地說。

羅伯．喬登遞了扁酒壺給他，他大口大口喝得很快，然後用手背抹嘴。

「你到底是怎麼回事？」皮勒問。

「Nada，」帕布羅說，然後又抹了一下嘴。「沒事。反正我回來了。」

「但到底怎麼了？」

「沒什麼，我就是一時軟弱。我逃走了，但又回來了。」

他轉向羅伯．喬登。「**En el fondo no soy cobarde**[362]，」他說：「說到底，我不是個懦夫。」

但你還有其他幾百萬個毛病，羅伯．喬登心想。你不是懦夫才怪。但我很高興見到你，你這狗娘養的。

「從依里亞斯和亞里韓德羅那裡，我全部只能找到五個人，」帕布羅說：「我離開這裡之後就騎馬到處跑，你們光靠九個人是不可能辦到的。不可能。昨天晚上Inglés解釋的時候，我就知道不可

361 Me cago en la leche，西班牙文咒罵的話，意思是「去你媽的婊子」。
362 En el fondo no soy cobarde，西班牙文，意思是「說到底，我不是個懦夫」。

能。不可能。下面的哨站有七個兵和一個下士。萬一他們有了警覺呢？萬一他們主動出擊？」

他此時望著羅伯．喬登。「我離開時心想，你一旦知道這不可行後就會放棄。但當我把你的裝備丟掉後，我又有了不同看法。」

「我很高興見到你，」羅伯．喬登說。他走向他。「我們有手榴彈就可以了。手榴彈會有用。其他事現在不重要。」

「不，」帕布羅說：「我不會為你做任何事。你就是我們的厄運。一切壞事都是因為你。聾子也是因你而死。但我丟掉裝備之後，覺得太孤單了。」

「你他媽——」皮勒說。

「所以我騎馬去找人手，希望讓這趟有點勝算。我把能找到的最好人手都帶來了，但要他們在上面等，這樣才能跟妳談，首先，他們認為我是帶頭的人。」

「你是，」皮勒說：「如果你願意的話。」帕布羅望著她，沒說話。然後他沉靜、直率地說：「自從聾子的事情之後，我想了很多，如果我們要完蛋了，我們也要一起完蛋。但你，Inglés，我恨你把我們捲入這些。」

「但帕布羅——」佛南多的口袋裡裝滿手榴彈，肩膀上背著一整條子彈帶，同時還在用一片麵包把面前小鍋裡的燉肉抹乾淨，然後他開口。「你不相信這趟任務可以成功嗎？前天晚上你還相信一定會成功。」

「再多給他一些燉肉，」皮勒惡狠狠地對瑪麗亞說。然後她轉向帕布羅，眼神柔和下來。「所以你回來了，嗯？」

「是的，女人。」帕布羅說。

「好吧，歡迎你，」皮勒對他說：「沒想到你真的變這麼沒用。」

「真的走掉之後，才發現寂寞難以忍受。」帕布羅靜靜地說。

「難以忍受，」她嘲笑他。「你連十五分鐘都無法忍受。」

「別笑我了。」

「歡迎你啦，」她說：「剛剛我說的那次沒聽見嗎？喝你的咖啡，然後我們就出發。這種溫情大戲我受不了。」

「那是咖啡嗎？」帕布羅問。

「當然。」佛南多說。

「給我一些，瑪麗亞，」帕布羅說：「妳好嗎？」他問時沒看她。

「很好，」瑪麗亞回答，然後拿了碗咖啡給他。「要燉肉嗎？」帕布羅搖頭。

「No me gusta estar solo[363]，」帕布羅繼續向皮勒解釋，彷彿其他人都不在場。「我不喜歡獨自一個人，Sabes?[364]昨天一整天我都是獨自一人，但那是為了大家的好在奔忙，所以我不寂寞。可是昨晚太慘了。Hombre！Qué mal lo pasé！[365]」

「你那位出名的大前輩加略人猶大，後來可是上吊謝罪了呢。」皮勒說。

「別這樣跟我講話，女人，」帕布羅說：「妳是沒看見嗎？我都回來了。別再講猶大之類的話了。我回來了。」

「你帶回來的這些人是怎樣？」皮勒問他：「有帶任何厲害的傢伙回來嗎？」

「Son buenos[366]。」帕布羅得意地說。他還趁機瞪了皮勒一眼，接著又移開眼神。

363 No me gusta estar solo，西班牙文，意思是「我不喜歡孤單一人」。
364 「Sabes?」這句西班牙文的意思是「你知道嗎？」
365 Hombre！Qué mal lo pasé！是西班牙文，意思是「老兄！那感覺可慘了！」
366 Son buenos，西班牙文，意思是「都很好」。

「Buenos y bobos[367]，有好貨也有蠢貨，總之都有赴死的決心。A tu gusto[368]。照你的口味找的，就是你中意的模樣。」

帕布羅再次望向皮勒，這次沒把眼神移開。他始終用那雙外圈泛紅的小豬眼直直望著她。

「你啊，」她粗啞的聲音又有了情意。「你啊，我想一個男人之前若有點能耐，之後多少還是看得出來。」

「Listo[369]，」帕布羅此時已經完全直視著她。「我已經準備好面對今天可能發生的一切。」

「我相信你是真的歸隊了，」皮勒對他說：「我相信。但是，老兄，你之前真的離開我們太久了。」

「你的酒壺再給我喝一大口，」帕布羅對羅伯・喬登說：「然後我們就出發吧。」

第三十九章

他們在黑暗中往上穿過林地，抵達一道通往山頂的狹窄隘口。他們身上帶滿沉重的裝備，所以爬得很緩慢。馬背上也載了不少，馬鞍上都塞得滿滿的。

「如果有必要的話，那些行李可以割捨，」皮勒之前說：「但有了這些，若我們都能帶上，之後就能靠這些另起營地。」

「剩下的彈藥呢？」羅伯．喬登在大家綑綁行囊時問道。

「都在馬鞍袋裡。」

羅伯．喬登感覺背包非常沉重，夾克也因為口袋裝滿手榴彈不停往下扯著他的脖子，手槍沉沉抵住他的大腿，長褲口袋因為短機關槍的彈夾而突起。他的嘴裡有咖啡的餘味，右手拿著短機關槍，左手伸手去拉高夾克領子，好讓背包的背帶別勒得那麼緊。

「Inglés，」帕布羅在黑暗中走到他身邊，靠很近對他說。

「怎麼了，老兄？」

「這些我帶來的人都覺得，既然是我帶他們來，這趟任務就一定會成功，」帕布羅說：「別說什麼讓他們喪氣的話。」

367 Buenos y bobos，西班牙文，意思是「有好的也有蠢的」。
368 A tu gusto，西班牙文，意思是「合你的心意」。
369 Listo，西班牙文，意思是「準備好了」。

「很好，」羅伯．喬登說：「但我們讓任務成功吧。」

「他們有五匹馬，sabes？」帕布羅謹慎地說。

「很好，」羅伯．喬登說：「我們會讓所有馬先待在一起。」

「很好。」帕布羅說，然後就沒再說話。

保羅曾在前往大數[370]的路上改頭換面，老帕布羅啊，我不認為你跟他一樣脫胎換骨了，羅伯．喬登心想。不，光是你能回來就算是個奇蹟。現在要把你奉為聖人應該沒什麼問題了吧。

「有那五個人之後，我會用聾子本來計畫的方式來對付下方哨站，」帕布羅說：「我會切斷電話線，然後回頭往橋上撤退，就跟之前說的一樣。」

我們十分鐘前就討論過這些了，羅伯．喬登心想。真不知道為什麼現在——

「我們真有可能到得了格雷多山區，」帕布羅說：「真的，我之前考慮了很多。」

我相信你在剛剛幾分鐘內又有了靈光一閃，羅伯．喬登對自己說。你又有了新的領悟，但我一定不在你的考量裡，所以別試圖說服我。不，帕布羅，別要求我太相信你。

自從帕布羅走進洞穴，並表示自己帶了五個人來之後，羅伯．喬登的心情就愈來愈好。自從下雪以來，這趟任務的下場似乎就注定是悲劇，但帕布羅的出現好像打破了這股頹勢，而且打從帕布羅回來後，雖然他並未覺得自己轉運，畢竟他不相信運氣，但一切都在朝好的方向發展，甚至開始有了勝算。本來他覺得注定要迎接失敗，但現在慢慢有了信心，就像一顆正被緩緩打入氣體的輪胎。一開始改變的程度並不大，但確實有改變，就彷彿幫浦開始打氣，充氣管也因為氣流在地面如蛇抖動了一下，但此刻他的信心正如海水一樣穩定漲潮，又或者像樹幹中逐漸往上輸送的樹汁，終於，他感覺信心開始抵銷內心的憂慮，這種狀態通常會在行動前轉化為一種真正的快樂。

這就是他最大的天賦，就是這份才華讓他適合打仗；那種能力讓他不只能忽視所有可能的糟糕結局，而且是蔑視。不過因為必須為他人承擔太重的責任，還得執行某個不夠完備或思慮不周的計畫，再再讓他的這項特質大打折扣，畢竟沒人能忽視這個任務帶來的糟糕結局或失敗，因為那不僅僅是對一個人的自我造成傷害那樣**能夠**無視。他知道自己無關緊要，死亡也沒什麼，他對此的認識跟世間其他所有事物一樣清楚。在最後這幾天他自己一個人學會了，你只要跟別人待在一起就擁有一切。但他內心也知道這是特例，我們所擁有的情誼只是特例啊，他心想，能擁有那樣的情誼實在再幸運不過了。那是上天賜予我的，或許吧，因為我從未去爭取。那份情誼不可能被奪走，不可能失去，但現在已經結束了，在這個早晨已經過去了，現在我們該面對的只有這趟任務。

還有你啊，他對自己說，你長久以來嚴重缺乏的事物現在總算找回了一些，我很高興。但你之前真的是很糟啊，我真是為你感到難堪，有那麼一陣子確實是如此。但我就是你，所以也不是在批評你。我們狀態都不好，無論你或我還是我們倆。現在振作一點吧。別再像個精神分裂的傢伙。一次一個人說話就好，現在開始。你現在又沒事了，但聽著，你不能再成天想著那女孩。你沒有其他保護她的方法，只能不讓她被捲進來，而這件事你已經在做了。如果這些好徵兆都可信，到時候會有很多馬。你能為她做的最大貢獻就是把事辦好，動作快速，然後離開現場，一直想著她只會讓你綁手綁腳。所以別再想她了。

想清楚後，他等著瑪麗亞跟上。她身邊是帶著馬的皮勒和拉菲爾。

「嗨，guapa，」他在黑暗中對她說：「妳好嗎？」

「我很好，羅伯托。」她說。

「什麼都別擔心。」他對她說，然後把槍換到左手，右手環抱住她的肩膀。

「我不擔心。」她說。

「一切都規畫得很好，」他告訴她：「拉菲爾會和妳一起顧馬。」

370 編注：大數（Tarsus）又譯「塔爾蘇斯」，是使徒保羅的出生地，位於今日土耳其的南部。

「我比較想跟著你。」

「不，妳顧馬才是最有幫助的。」

「很好，」她說：「那我就會顧馬。」

就在此時，其中一匹馬哀鳴起來，而岩壁缺口對面的空地有馬回應，那嘶鳴聲淒厲、尖銳，是斷斷續續的抖音。

羅伯・喬登隱約看見前方黑暗中有幾匹沒見過的馬。他往前推進，跟帕布羅一起走向他們。那些人正站在他們的坐騎旁。

「Salud。」羅伯・喬登說。

「Salud。」他們在黑暗中回應。他看不清他們的臉。

「這是要跟我們一起去的Inglés，」帕布羅說：「是爆破手。」

沒人回應這點，或許他們在黑暗中點點頭吧。

「我們出發吧，帕布羅，」一個男人說：「快要天亮了，我們的行蹤會洩漏。」

「你們有帶更多手榴彈來嗎？」另一個人問。

「很多，」帕布羅說：「等等要把這些畜牲留下，你們先帶夠彈藥。」

「那我們走吧，」另一個人說：「我們都在這裡等大半夜了。」

「Hola，皮勒。」另一個人在那女人過來時開口招呼。

「Que me maten[371]，天哪，是皮佩吧，」皮勒嗓音沙啞地說：「你還好嗎？牧羊人？」

「很好，」那男人說：「Dentro de la gravedad。」

「你騎什麼馬？」皮勒問他。

「帕布羅的灰馬，」男人說：「真是匹好馬。」

「好了，」另一個人說：「我們走吧，在這裡閒扯沒什麼意義。」

「你怎麼樣，艾里西歐？」皮勒在他騎上馬時這麼問。

「我還能怎樣？」他粗魯地回答。「好了啦，女人，我們有工作得做。」

帕布羅騎上紅褐色的大馬。

「閉上嘴跟我走，」他說：「我會把你們帶到等等暫時停馬的地方。」

371　Que me maten，西班牙文，直譯為「殺了我」，可翻譯為感到驚訝開心的「不會吧」。

第四十章

羅伯．喬登試圖好好睡著的那個夜晚，就是在他擬定炸橋計畫並和瑪麗亞共度美好時光的時候，安德列斯這邊的進度卻很慢。抵達共和國領地之前，他在法西斯領地可以用鄉下人的好體能快速前進，更何況他熟悉這區的地形，就算摸黑也沒問題。不過一旦進入共和國領地，一切就進行得非常慢。

理論上來說，羅伯．喬登給他的安全證上有S.I.M.的封印，急件上也有同樣的封印，只要將這些展示出來就該可以全速往目的地前進。但首先他在前線遇上了那名連長，他像貓頭鷹一樣神經兮兮，完全不相信他的任務。

他跟著這名連長來到營總部，營長在內戰前是理髮師，聽到這趟任務後立刻興致高昂起來。這位營長名叫高梅茲，他斥責連長的愚蠢，拍拍安德列斯的背，給他喝了一杯廉價的白蘭地，然後說之前身為理髮師的他一直想當guerrillero。他叫醒副官，將整個營交給他指揮，然後派他的勤務兵把摩托車兵叫醒後帶來。高梅茲沒有讓摩托車兵騎車將安德列斯送回旅部，而是決定親自送他過去，好加快送信的速度，安德列斯於是緊抓住前方的座位，沿著滿是各種彈孔的山路和高梅茲一起聽著隆隆引擎聲奔馳前行，山路兩邊長滿大樹，摩托車的大燈照出樹木底部的白色塗料，還有樹幹上也有的白色塗料及被彈片與子彈削去、扯下樹皮的部分，那都是反抗運動開始後第一個夏天發生的事。他們轉彎騎進一個屋頂有點被打爛的山區度假村，那是旅總部的所在地，高梅茲像越野車賽車手一樣急煞停車，將摩托車靠在牆邊，一名昏昏欲睡的哨兵在高梅茲擠過身邊時立正敬禮，高梅茲走進一個牆面掛滿地圖的大房間，一個看起來很想睡的軍官戴著綠色護目鴨舌帽坐在書桌前，桌上有閱讀燈、兩台電話和一份《工人世界報》。

這名軍官抬頭望向高梅茲說：「你來這裡做什麼？不知道可以打電話嗎？」

「我得親自見中校一面。」高梅茲說。

「他在睡覺，」軍官說：「我一英里外就能看見你的摩托車燈往這裡來。你是想害我們被轟炸嗎？」

「去叫中校，」高梅茲說：「這件事真的很緊急。」

「他在睡覺，我跟你說了，」軍官說：「你身邊這是哪來的土匪？」他對安德列斯點點頭。

「他是在敵方領地的guerrillero，他有一封非常重要的急件要呈交給戈茲將軍，戈茲會在凌晨去納瓦塞拉達的另一頭指揮一波攻勢，」高梅茲興奮、真誠地說：「看在神的分上，快把Teniente-Coronel[372]叫醒。」

軍官睡眼惺忪的雙眼籠罩在綠色的賽璐珞薄片底下看著他。

「你們都瘋了，」他說：「我不知道什麼戈茲將軍，也不知道有攻擊。把這個看起來四肢發達的傢伙帶回你的營部。」

「我說，叫醒Teniente-Coronel。」高梅茲說，安德列斯看見他的嘴巴緊繃起來。

「管你去死。」軍官懶洋洋地說，然後轉頭不理他。

高梅茲從槍套掏出沉重的九毫米星牌手槍，抵在軍官的肩膀上。

「叫醒他，你這法西斯雜種，」他說：「不叫醒他我就殺了你。」

「你冷靜一點，」軍官說：「你們理髮師還真情緒化。」

在閱讀燈的光線下，安德列斯看見高梅茲的臉浮起了恨意，但他只是說：「叫醒他。」

372 Teniente-Coronel，西班牙文，意指「中校」。

「勤務兵。」軍官用瞧不起人的口氣大喊。

一名士兵來到門邊敬禮，然後走了出去。

「他的未婚妻跟他在一起，」這位軍官說，然後繼續讀他的報紙。「他看到你們一定會高興死了。」

「就是你這種人在妨礙我們打贏戰爭。」高梅茲對這位參謀官說。

軍官沒理他，接著就在繼續讀報時彷彿自言自語地做出評論，「這份刊物真奇怪！」

「那你怎麼不讀《辯論報》？那才是你們這種人該讀的報紙。」高梅茲說的是馬德里在反抗運動開始前的出版品中，可謂天主教保守勢力傳聲筒的指標性刊物。

「別忘記我是你的上級，如果我去舉報你可不是小事，」軍官說這話時頭也沒抬。「我從來不讀《辯論報》，別不實指控。」

「不，你讀的是《A.B.C.》[373]，」高梅茲說：「就是有你這種人，軍隊才一直這麼腐敗，都是你們這種職業軍人的錯。但不會永遠這樣，我們只是暫時受制於無知和憤世嫉俗的人，但我們會教育無知者，然後消滅另一種人。」

「你想說的是『清洗』，」軍官說，他還是沒抬頭。「根據這裡的報導，你那些了不起的俄國人有更多遭到清洗了呢。現在這個時代，他們被政府清洗的速度比瀉鹽還有效率啊。」

「用什麼名義都行，」高梅茲激情地說：「不管用什麼名義，只要能把你這種人肅清掉就行。」

「肅清，」軍官彷彿在自言自語，口氣傲慢。「又是個缺乏正統西班牙文精神的新詞。」

「那說槍斃，可以了吧，」高梅茲說：「這就是正統西班牙文了，你能理解了嗎？」

「可以，老兄，但說話別那麼大聲。旅參謀部除了中校之外還有其他人在睡覺，你這麼情感纖細，我真的受不了，就是因為這樣我才都自己剃頭髮。我真的很討厭還要聊天。」

高梅茲望向安德列斯，搖搖頭。他的眼睛因為怒氣和恨意浮著一層淚光，但他只是搖頭，沒說話，看來打算未來有機會再報仇。他在這片山區晉升為營長的一年半來早已累積不少怨氣。就在此時，中校穿著睡衣走了進來，他立刻站直身體敬禮。

中校米蘭達是個臉色灰敗的矮小男子，他在軍隊中待了一輩子，當他在摩洛哥失去了正常的消化能力時，同時也對身處馬德里的妻子失去了愛，就在他發現無法和妻子離婚後（他的消化系統倒是無疑有機會復原），他決定成為共和黨人，並以中校的軍銜加入內戰。他只有一個野心：用中校的身分結束這場戰爭。他把這一帶山區守得很好，最好是誰都別來煩他，讓他只需要在敵方攻擊時好好守住就好。他在戰爭中感覺比較健康，可能是因為食用肉的頻率不得不受到限制，此外他有大量的小蘇打存貨，而且晚上才喝威士忌，他現年二十三歲的情婦正要生孩子，所有去年七月從軍的這些milicianas[374]幾乎現在都要生孩子了。此刻他走進這個房間，點頭回應高梅茲的敬禮，然後伸出手。

「怎麼會來這裡，高梅茲？」他問，書桌旁坐的是他的作戰部長，他對著他說：「給我一根菸，麻煩了，皮佩。」

高梅茲把安德列斯手上的文件和急件給他看。中校快速看過那份Salvoconducto，望向安德列斯，點頭微笑，接著飢渴地望向那封急件，一副很想打開的樣子。他摸了摸封印，用食指測試了一下，然後把安全通行證和急件還給安德列斯。

「山上的生活辛苦嗎？」他問。

「不辛苦，我的中校。」安德列斯說。

373《A.B.C.》也稱《阿貝賽報》（西班牙語：ＡＢＣ），一九〇三年創刊，是馬德里最古老的日報之一。一九三六年曾被人民陣線占領過，後來在一九三九年時又被佛朗哥將軍交還給原本的老闆經營。

374 milicianas，西班牙文，意指「女民兵們」。

「他們有告訴你，能找到戈茲將軍總部的最近地點在哪裡嗎？」

「納瓦塞拉達，我的中校，」安德列斯說：「Inglés說會在靠近納瓦塞拉達的某地，在戰線後方，靠近他們所在地的右側。」

「什麼Inglés？」中校沉靜地問。

「那個Inglés是跟我們待在一起的爆破手。」

中校點點頭。戰爭中本來就常突然出現這種莫名其妙的怪異情況。「那個Inglés是跟我們待在一起的爆破手。」

「你最好帶他去，高梅茲，騎摩托車去，」中校說：「給他們寫一封等級高的安全通行證，讓他們可以去到戈茲將軍的Estado Mayor[375]，寫好給我簽名，」他對那個臉埋在綠色賽璐珞護目片的軍官說：「用打字機打，皮佩，這裡是相關資訊，」他揮手示意安德列斯把安全通行證交給他，「然後蓋上兩個封印。」他轉向高梅茲。「你今晚會需要比較權威性的證件，這是理所當然的，大家在計畫攻擊時都該小心一點。我會盡可能給你最有力的證件。」然後他轉向安德列斯，非常親切地說：「你需要什麼嗎？吃或喝點什麼？」

「不了，我的中校，」安德列斯說：「我不餓。他們在上一個指揮站有給我喝科涅克白蘭地，再吃或喝點什麼的話，我會想吐。」

「你過來的時候，在我們前線另一邊有看到什麼動靜嗎？」中校禮貌地問安德列斯。

「跟平常一樣，我的中校。安靜，很安靜。」

「我是不是三個月前在塞爾塞迪利亞[376]見過你？」中校問。

「是的，我的中校。」

「果然沒錯，」中校拍拍他的肩膀。「你當時跟安索莫那個老頭在一起。他還好嗎？」

「他很好，我的中校。」安德列斯對他說。

「很好，我很高興，」中校說。軍官讓他看剛剛打好的內容，他看過一遍後簽名。「你得趕快出發了，」他對高梅茲和安德列斯說：「小心騎車，」他對高梅茲說：「要開車燈，光一台摩托車不會惹出什麼事，但還是要小心。代我向戈茲將軍同志問好。我們在佩格里諾斯[377]那仗之後見過面。」他和兩人各自握手。「把證件塞進襯衫底下扣好，」他說：「騎車時風很大。」

等他們離開後，他從櫥櫃取出酒杯和酒瓶，為自己倒了一杯威士忌，再拿起靠在牆邊的一個瓦壺往杯中加入純水。他拿著杯子，站在牆上掛的大型地圖前，非常緩慢地啜飲威士忌，仔細研究著在納瓦塞拉達北部山區進攻的各種可能性。

「我很高興這是戈茲的事，與我無關。」他最後終於對坐在書桌邊的軍官說了。軍官沒回話，眼神也沒望向地圖的方向，此時中校發現軍官已經把頭枕在手臂上睡著了。中校走向書桌，將兩台電話往中間靠，從兩側夾住了軍官的頭。然後他走向壁櫥，為自己又倒了一杯威士忌，往裡面加水，再次回到地圖前。

安德列斯緊抓住高梅茲跨開腿坐的駕駛座，摩托車往前移動時，他的頭為了抵抗風而往前傾。摩托車不停爆出嘈雜的聲響，燈光切入鄉間道路的黑暗之中，眼前的道路兩旁都是又黑又高的白楊樹，因為往上爬升而輪廓銳利，之後因為往下延伸入溪床邊的霧氣而顯得朦朧、暈黃，之後又再次因為往上爬升而清晰起來，接著在他們眼前的十字路口，車燈照到了許多大型的灰色物體，原來是一台台空卡車正從山上開下來。

375　Estado Mayor，西班牙文，意思是「參謀部」。
376　塞爾塞迪利亞（Cercedilla）是馬德里自治區的一個市鎮，較為靠近塞哥維亞。
377　佩格里諾斯（Peguerinos）是亞維拉省的一個市鎮，靠近馬德里自治區的邊界。

第四十一章

帕布羅在黑暗中停下，然後下馬。羅伯·喬登聽見所有人下馬時發出吱吱嘎嘎的聲響，此外還有沉重的呼吸聲，有匹馬甩頭時轡頭發出了金屬碰撞聲。他聞到了馬的味道，那些新加入的男人沒有梳洗，身上散發出一直穿著同樣衣服睡覺的氣味，另外還有人在洞穴裡睡一整晚而沾上的柴煙味。帕布羅站得離他很近，他可以聞見他身上傳來黃銅般的酒餿味，簡直像在口中含著一枚銅幣。他點燃一根香菸，用拱起的手掌遮住火光，深深吸入一大口菸，然後聽見帕布羅非常輕聲地說：「去拿手榴彈的袋子，皮勒，我們現在要來綁馬腿。」

「奧古斯敦，」羅伯·喬登悄聲說：「你和安索莫現在跟我去橋那邊。有拿裝máquina彈盤的袋子嗎？」

「有，」奧古斯敦說：「怎麼會忘記？」

皮勒正把一匹馬上的東西搬下來，普里米提沃在一旁幫忙，羅伯·喬登走了過去。

「聽著，女人。」他輕聲說。

「又怎麼啦？」她用粗啞的聲音悄聲說，同時將馬腹部一條肚帶的勾子甩了甩後解開。

「一定要聽到炸彈落下的聲音，才可以攻擊哨站，妳明白吧？」

「到底是要跟我說多少次？」皮勒說：「你現在很像老太婆啊，Inglés。」

「只是確認一下，」羅伯·喬登說：「還有，哨站的人都解決之後，妳必須撤退回橋上，從道路的上方和左翼掩護我。」

「你第一次規畫好之後，我就懂了，不可能再更懂了，」皮勒悄聲對他說：「去忙你的事吧。」

「除非聽到轟炸的聲音，不然絕不能有動靜、不能開槍，也不能扔手榴彈。」羅伯・喬登輕聲說。

「別再煩我了，」皮勒小聲但生氣地說：「在聾子的營地時我就知道了。」

羅伯・喬登走向帕布羅綁馬的地方。「只有那些可能驚慌的馬，我才綁牠們的腿，」帕布羅說：「這些馬就這樣綁著，一拉就能鬆開，你瞧？」

「很好。」

「我會告訴女孩和吉普賽人如何應付這些馬。」帕布羅說。他帶來的新人手獨自聚在另一邊靠著卡賓槍站著。

「你都清楚了嗎？」羅伯・喬登問。

「有什麼不清楚的？」帕布羅說：「摧毀哨站、切斷電話線、撤退回橋上。在你炸橋前掩護好橋。」

「在轟炸開始前不可以有任何動作。」

「就是這樣。」

「那就沒問題了，祝好運。」

帕布羅呻吟了一聲，然後說：「我們回來時，你會用那架máquina還有你的小máquina好好掩護我們吧，嗯？Inglés？」

「De la primera[378]，」羅伯・喬登說：「絕對當作一等一的大事來辦。」

「那麼，」帕布羅說：「就沒其他事了。不過你到時候一定要很謹慎，Inglés，除非你真的夠謹慎，不然不容易成功。」

378 De la primera，西班牙文，意思是「頭等大事」。

「我會親自操作máquina。」羅伯・喬登對他說。

「你經驗多嗎？我可不想被那個滿肚子好意的奧古斯敦打死。」

「我很有經驗，真的。如果奧古斯敦負責任何一台máquina，我會確保他的槍口離你很遠，很遠、很遠，真的很遠。」

「那沒其他事了，」帕布羅說。然後他推心置腹地輕聲對他說：「馬還是不夠。」

狗娘養的，羅伯・喬登心想。他之前說的那次，他以為他沒聽懂嗎？

「我用走的，」他說：「馬由你分配。」

「不，你會有一匹馬，Inglés，」帕布羅輕聲說：「我們每個人都會有馬。」

「那是你要煩惱的問題，」羅伯・喬登說：「不用把我算進去。你的新máquina子彈夠嗎？」

「夠，」帕布羅說：「那個騎兵身上有的我都帶了。我只試打了四發，昨天在丘地高處試射過。」

「我們出發吧，」羅伯・喬登說：「我們必須提早到，還要躲好。」

「我們出發吧，」帕布羅說：「Suerte[379]，Inglés。」

真不知道這個死雜種腦中又再計畫些什麼，羅伯・喬登自言自語。不過我很確定我知道。好吧，那是他要幹的事，不是我要幹的。感謝老天我不認識這些新來的人。

他伸出手說：「Suerte，帕布羅。」他們兩人的手在黑暗中緊握在一起。

羅伯・喬登伸出手時以為會摸到像是爬蟲類或痲瘋病患的手。他不知道帕布羅的手摸起來感覺如何。不過在黑暗中，帕布羅的手坦率地緊緊握住他，他也回應了。黑暗中的帕布羅有隻很友善的手，羅伯・喬登因此在這天早上產生了極為奇怪的情緒。我們現在勢必得是盟友了，他心想。盟友之間總是很常握手，更別提還有授動跟親吻兩邊臉頰之類的事，但我很高興我們不用那樣。我想所有盟友都是這樣吧，大家總是au fond[380]彼此憎恨。但這個帕布羅真是個怪男人。

「Suerte，帕布羅，」他說，然後用力抓住那隻奇怪、篤定，但又意味深長的手。「我會好好掩護你。別擔心。」

「拿走你的裝備，我很抱歉，」帕布羅說：「我那時動搖了。」

「但你帶了我們需要的人馬來。」

「炸橋的任務，我沒有要跟你作對，Inglés，」帕布羅說：「我覺得成功在望。」

「你們在做什麼？噁心地搞maricones[381]啊？」皮勒突然在他們身邊的黑暗中開口。「你們真的只差一步就要變成那副德性了，」她對帕布羅說。「去忙別的吧，Inglés，等等也別離情依依太久，免得這傢伙又把你剩下的炸藥偷光啦。」

「妳真不懂我，妳這女人，」帕布羅說：「Inglés和我能理解彼此的心意。」

「沒人懂你，就連天主和你媽都不懂，」皮勒說：「我也不懂。去忙吧，Inglés，去跟你的小平頭女孩道別，然後就出發吧。Me cago en tu padre[382]，我開始覺得啊，你就像那種怕牛出場的鬥牛士。」

「去妳媽的。」羅伯．喬登說。

「你連媽媽都沒有，」皮勒開心地悄聲說：「快去吧，因為我真的很想趕快開工，盡快搞定。去跟你那群人手待在一起吧，」她對帕布羅說：「誰知道他們的堅定信念能支撐多久？裡面有幾個爛貨，我可不願跟你交換。帶他們走吧。」

---

379 Suerte，西班牙文，意思是「祝好運」。
380 au fond，西班牙文，意思是「打從根柢上」。
381 Maricones，西班牙文，是以貶抑的方式說對方是同性戀，類似「死玻璃」。
382 Me cago en tu padre，西班牙文，是咒罵的話，可翻為「我去你爸的」。

羅伯．喬登把背包甩到背上，走向馬匹之間尋找瑪麗亞。

「再見，guapa，」他說：「等等很快就能再見面了。」

他對此刻這一切有種不真實的感覺，彷彿他之前就說過這些話，就彷彿有列火車正要離開，而他正站在火車站的月臺上。

「再見，羅伯托，」她說：「好好保重。」

「那是當然。」他說。他低頭親吻她，背上的背包往前翻滾卡在他的後腦勺，他的額頭因此用力撞上她的額頭。就在這事發生時，他也知道這事發生過了。

「別哭。」他說，他覺得尷尬而笨拙，但不只是因為背包的緣故。

「我沒有，」她說：「但趕快回來。」

「聽到槍聲時不要擔心，一定會有很多槍聲。」

「不會的。總之趕快回來。」

「再見，guapa。」他笨拙地說。

「Salud，羅伯托。」

自從羅伯．喬登從雷德洛治鎮搭火車前往比靈斯鎮，之後再從那裡轉乘火車，第一次到外地上學之後，他就沒有再感覺如此年輕了。他原本一直對於去外地上學感到害怕，但不想讓任何人知道，在火車站時，就在車掌拿來踩腳箱讓他可以踏上普通車廂門的踏腳板之前，他的父親親吻他道別，然後說：「當我們不在彼此身邊時，願耶和華看顧你我。」他的父親曾是個很虔誠的人，因此這話說得簡單誠懇。但他的鬍子一直濕答答的，雙眼也因為情緒激動而泛著水氣，當時羅伯．喬登對這一切都感到尷尬，無論是那段禱詞消沉又濕黏的虔誠語調，還是他父親的吻別，總之突然讓他覺得自己比父親老上許多，他也為父親幾乎無法承受的模樣感到難過。

火車啟動後，他站在車尾平臺上，望著車站和水塔愈變愈小，中間橫著一根根枕木的軌道朝著車站與水塔的那點愈來愈窄，在穩定的喀噠喀噠聲中，車站和水塔現在都變得好渺小，他就這麼被帶去遠方。

煞車工說：「你爸看起來很難接受你離家啊，鮑伯。」

「對啊。」他一邊說一邊望著路邊的山艾樹叢，那些樹叢長在一根根經過他們身邊的電線桿中央，又蔓生到一旁綿延不絕流動的沙塵道路上。他正在找艾草松雞的蹤影。

「離家上學，你不在意嗎？」

「不在意。」這是實話。

之前不是不在意，但在那一刻確實如此，而直到兩人要分離的此刻，他才再次像火車離站之前一樣感覺自己如此年輕。他覺得現在的自己好年輕、好笨拙，道別的方式就像男學生跟年輕女孩道別一樣笨拙，彷彿此刻的他正站在這女孩家的門口前廊向她道別，但不知道該不該吻她。然後他知道讓他笨拙的不是道別，而是他即將和敵方作戰。真正讓他不知所措的是要和敵方作戰，此刻的道別只是其中的延伸。

你又陷入了類似的感覺啊，他對自己說，但面對這種事，我想沒有人不覺得自己實在還太年輕。他不會嘗試把這種感覺描述出來。振作一點，他對自己說。振作一點。現在還不是返老還童的時候。

「再見，guapa，」他說：「再見，兔子。」

「再見，我的羅伯托。」她說。然後他走去安索莫和奧古斯敦站的地方說：「Vámonos。」

安索莫將沉重的背包背上。奧古斯敦從洞穴出發時就已經滿身裝備，此刻他靠著一棵樹，自動步槍從身上的裝備中探出頭來。

「很好，」他說：「Vámonos。」

他們三人開始沿著山丘往下走。

「Buena suerte[383]，羅伯托大人。」佛南多在三個人列隊從他身邊的林間走過時這麼說。佛南多蹲著，屁股抵著腳跟，他距離他們經過的地方有點遠，但仍姿態莊重地這麼說了。

「你也buena suerte，佛南多。」羅伯．喬登說。

「你也一切順利。」奧古斯敦說。

「謝謝你，羅伯托大人。」佛南多完全沒理會中間插嘴的奧古斯敦。

「那傢伙實在太驚人了，Inglés。」奧古斯敦悄聲說。

「我相信你，」羅伯．喬登說：「我可以幫你嗎？你背的東西太多了，簡直像匹馬。」

「我沒事，」奧古斯敦說：「老兄，但能正式出發總算讓我安心了。」

「聲音放輕一點，」安索莫說：「從現在開始說話小聲點，聲音也放輕些。」

安索莫帶頭小心翼翼地往下走，接下來是奧古斯敦，羅伯．喬登每一步都踩得很謹慎，就怕不小心滑倒，他可以感覺到繩底鞋下的枯死松針，接著他一隻腳絆到樹根，往前伸的一隻手剛好摸到自動步槍金屬槍管冰涼的突出部分和摺疊起來的三腳架，然後他側身往山丘下走，鞋子在地面滑動時於森林地面留下凹痕，然後他再次伸出左手觸摸樹幹的粗糙樹皮，並在用手把自己撐起來時摸到一個光滑的地方，原來他的掌心底部碰到樹幹被人割出記號的地方，因此被樹脂沾得黏答答的，他們就這樣爬下陡峭的林間丘陵地，來到羅伯．喬登和安索莫第一天俯瞰橋梁的地點。

此時安索莫在黑暗中的一棵松樹旁停下腳步，他抓住羅伯．喬登的手腕，悄聲說話的音量低到喬登幾乎聽不見，「你看，他的炭盆裡有火。」

下方有個光點，羅伯．喬登知道那就是道路和橋梁相連的地方。

「這就是我們之前勘查的地方，」安索莫說。他抓起羅伯．喬登的手，彎腰讓他的手去碰樹幹低處一小片遭人割開的切口。「你在勘查的時候，我做了這個記號。右邊就是你希望架設máquina的地方。」

「我們就架在那裡。」

「很好。」

他們把背包放在松樹幹後方的地面，兩人跟著安索莫來到另一邊的平地，那裡長著一叢小松樹。

「在這裡，」安索莫說：「就是這裡。」

「從這個地方，天亮之後，」羅伯・喬登蹲在小樹叢後方對奧古斯敦悄聲說：「你會看到一小段道路，還有通往橋的入口。你會看到整條橋和另一邊道路延伸到岩壁後方的路段。」

奧古斯敦沒說話。

「我們在準備爆破時，你就趴在這裡，對著任何從上面或下面來的人開火。」

「那個光是什麼？」奧古斯敦問。

「橋這一側的哨亭。」羅伯・喬登悄聲說。

「誰負責處理哨兵？」

「老頭和我，就跟我之前和你說的一樣。但如果我們沒有，你一定要往哨亭裡開槍，看到人也要開槍。」

「有，你跟我說過。」

「爆炸過後，帕布羅的人會從角落過來，如果有人在追他們，你一定要越過他們的頭往後方打。無論他們在什麼情況下出現，你的槍口一定要高過他們，好讓其他人無法跟過來。了解嗎？」

「有什麼不了解？就跟你昨晚說的一樣。」

「有想問的嗎？」

383 Buena suerte，西班牙文，意思是「祝福好運」。

「沒有。我有兩個袋子，我可以去上面不會有人看見的地方裝土，然後搬到這裡來。」

「但別在這裡挖。你一定要跟我們在上面一樣藏好。」

「不會，我會在黑暗中用袋子裝土過來，你看了就知道。我會把袋子固定好，不會被看見。」

「你距離他們很近，Sabes？天亮之後，下面的人可以清楚看見你。」

「別擔心，Inglés，你要去哪？」

「我帶著我的小 máquina 往下面推進，老頭現在會越過山谷，準備向另一側的哨亭進攻。哨亭面對的是另外那個方向。」

「那就沒事了，」奧古斯敦說：「Salud，Inglés，你有菸嗎？」

「你不能抽菸。你太靠近了。」

「不是，只是想叼在嘴裡，晚點抽。」

羅伯．喬登遞出他的菸盒，奧古斯敦拿了三根菸，塞進牧童扁帽前方的帽沿內。他把三腳架的三隻腳拉開，槍嘴埋在低矮的松樹間，然後摸索著把帶來的物品一件件取出，依照他的想法擺放開來。

「Nada mas[384]，」他說：「嗯，沒事了。」

安索莫和羅伯．喬登把他留在那裡，回到他放背包的地方。

「我們該把這兩個背包放在哪裡最好？」羅伯．喬登悄聲問。

「我想就這裡吧，但你確定從這裡有辦法用你的小 máquina 打中哨兵嗎？」

「這就是我們那天來的同一個地點嗎？」

「同一棵樹，」安索莫的聲音很低，喬登幾乎快要聽不見，他知道他現在完全沒動嘴唇，就跟他第一天說話的方式一樣。「我用刀做了記號。」

羅伯．喬登又出現一切早已發生過的感覺，但這次是因為他問了同一個問題並聽到了安索莫同樣的回答。就跟奧古斯敦剛剛一樣，他明明知道答案卻還是問了有關哨兵的問題。

「這裡夠近了，甚至有點太近了，」他悄聲說：「但陽光會從我們身後照過來，我們在這裡不會有問題。」

「那我現在要從這裡跨越山谷，去另一邊就定位，」安索莫說。然後他說：「不好意思，Inglés，為了確保我不會犯錯或犯蠢。」

「什麼？」他連呼吸都很輕柔。

「你把過程再說一次，我才有辦法完全照著做。」

「我開火，你就開火。等你把那邊的人幹掉之後，過橋來我這邊。我會把背包拿到下面，你再依照我的指示放置炸藥。每一步我都會告訴你該怎麼做。如果我真的發生了什麼事，我之前示範給你看過，你就照著做。慢慢來，穩穩做，所有炸藥都用木楔子固定好，手榴彈也要綁牢。」

「聽起來都很清楚，」安索莫說：「都記下來了，那我走了。天亮後要好好找掩護，Inglés。」

「開火之前，」羅伯．喬登說：「停頓一下，有把握再扣扳機。別把對方當成一個人，當成靶上的目標，de acuerdo？[385]你不是在對一個完整的人開槍，而是一個點。打在肚子的正中央——如果他面對你的話。如果他沒有正對著你，就打在他的後背正中央。聽著，老頭，我開火時，如果那個人本來坐著，在逃跑或找地方蹲下前一定得先站起來，你就那時候開槍。如果他還坐著那也立刻開槍，千萬別遲疑。但要瞄準好再開槍，而且要逼近到對方的五十碼內。你是個獵人，對你來說沒問題。」

「我會遵照你的命令。」安索莫說。

384 Nada mas，西班牙文，意思是「沒其他事」。

385 de acuerdo，西班牙文，在這個句子中的意思是問「同意嗎？」

「沒錯，這就是我的命令。」羅伯．喬登說。

太好了，我記得強調這是命令，他心想。這對老頭大有幫助，因為可以讓他不那麼有罪惡感。總之希望有用，多少有點幫助也好。我都忘記他第一天就跟我說過有關殺人的事情。

「這就是我下的命令，」他說：「你走吧。」

「Me voy，」安索莫說：「等等見，Inglés。」

「等等見，老頭。」羅伯．喬登說。

他還記得在火車站的父親，記得那場濕漉漉的道別，當時他沒有說Salud、再見、祝好運或任何其他話。

「你把槍膛裡的油擦掉了嗎？老頭？」他悄聲說：「這樣子彈才不會亂飛。」

「在洞穴裡的時候，」安索莫說：「我就用清槍條擦過了。」

「那就等等見吧。」羅伯．喬登說，老頭離開了，他的繩底鞋沒有發出任何聲響，身體在樹林間大幅度地搖擺。

羅伯．喬登趴在林間的松針上，等著天亮時風一吹起導致松樹枝條騷動起來的第一道聲響。他將短機關槍的彈夾抽出來，前前後後的推動槍機，然後把槍反轉過來，槍機敞開，在黑暗中將槍嘴靠在自己唇邊，再朝著槍管吹氣，舌頭不小心觸碰到槍膛邊緣的金屬時感覺油膩膩的。他把槍橫放在前臂上，槍機朝上，以免松針或其他垃圾跑進去，然後用大拇指把彈夾上的所有子彈剝下，放在面前攤開的手帕上。然後他在黑暗中摸索每一枚子彈，用手指一圈圈確認，再將子彈一次一枚按壓後滑入彈夾。此刻他手中的彈夾又變得很重，他再次將彈夾滑進槍內，喀啦一聲鎖好，然後肚子朝下趴在松樹幹後，將槍橫放在他的左前臂上，雙眼望著下方那點火光。有時他看不見火，就知道是哨亭中的人已經移到了炭盆前方。羅伯．喬登趴在那裡等待天亮。

第四十二章

帕布羅從丘地騎馬回到洞穴，整個小隊又往山下走到暫時停馬處的過程中，安德列斯正快速朝戈茲的總部前進。就在他們騎上通往納瓦塞拉達的高速公路上時，一輛輛卡車正從山區轟隆隆地駛回。那裡有個檢查站，不過當高梅茲把米蘭達中校給他的安全通行證拿給檢察站的哨兵看時，哨兵用手電筒照了照又給旁邊的另一個哨兵看過就還給他，並舉手敬禮。

「Siga[386]，」他說：「繼續走，但別開燈。」

摩托車於是再次狂嘯前行，安德列斯緊抓著前傾的座位，兩人沿著高速道路往前奔馳。高梅茲在車陣中騎得很小心。這些沿著道路前行的沒開燈卡車排成一列長長的隊伍。另外還有滿載的卡車往山上開，行進間不停揚起大片沙塵，但安德列斯在黑暗中什麼也看不見，只感覺沙土像片雲吹在自己臉上，還在他的齒間留下一些顆粒。

他們現在距離其中一輛卡車的車尾門板很近，摩托車的引擎突突作響，然後高摩茲加速超過這台卡車，然後又超過一台，又是一台，又一台，同時左側從山上下來的卡車仍轟隆隆地呼嘯而過。他們身後現在有台汽車正在卡車製造出的噪音及煙塵中一次次狂按老式喇叭；然後那台車閃起大燈，被車燈照亮的沙塵像片黃色的扎實雲朵，那台車在尖刺拔高的打檔聲中急速駛過他們身旁，彷佛恫嚇人的喇叭聲咄咄逼人地狂響著。

前方所有原本停止不動的卡車開始往前移動，它們想辦法繞過救護車、參謀車和一台、又一

386 Siga，西班牙文，這裡的意思是「繼續走」。

台，然後是第三台的裝甲車，這些被繞過的車暫停在原地，在尚未落定的煙塵中看起來像身上有槍管突出的沉重金屬烏龜。他們又遇上一個檢查站，原來車禍就是在這裡發生的。有台卡車停在那裡，因為後方的卡車沒看見就撞上它的車尾，輕型武器的彈藥箱因此散落路面，其中有一箱剛落地就破開了。高梅茲和安德列斯停下摩托車，將車子往前推過這些停滯不前的車輛，好把安全通行證拿給檢查站的哨兵看，為此安德列斯在路面的沙塵中踩過了散落各處的千百枚銅殼子彈。後面那台卡車的散熱器完全撞凹了，再後面那台卡車則完全緊靠著它的車尾門。後面大概還有一百多台卡車塞在那裡等，一名靴子外罩著鞋套的軍官正沿路來回跑，大吼大叫地要其他司機後退，好讓被撞爛的卡車可以從路上移開。

路上的卡車實在太多了，根本不可能回頭，除非那位軍官走到這排不停增加的卡車隊伍尾端阻止其他卡車跟上來，於是安德列斯就看著他不停跌跌撞撞地奔走，手裡帶著手電筒，又是吼、又是咒罵，但卡車仍在一片黑暗中不停開過來。

檢查站的人不肯把安全通行證還回來。那裡有兩個人背上背著步槍，手上拿著手電筒，同時也都在大吼。拿著通行證的那人跨過公路走到往山下開的一台卡車旁，要司機繼續開往下一個檢查站，還要他們把那邊的卡車都先攔下，直到這邊的麻煩解決為止。卡車司機聽了之後開走了。接著這位手上還拿著安全通行證的巡邏兵走過來，對著那名貨物已經灑出來的卡車司機吼叫。

「別管了，看在天主的分上趕快開走，這樣我們才能移除障礙！」他對司機大吼。

「我的變速器撞爛了。」司機在卡車後方彎著腰說。

「去你的變速器，我說趕快開走。」

「差速齒輪撞爛的話，車子是不可能動的。」司機對他說，然後又彎下腰。

「那想辦法找其他車子來拖，趕快開走，我們才能把這他媽的另一台車移出路面。」

司機陰沉地望著他，檢查站的哨兵又把手電筒往卡車被撞爛的車尾照了照。

「往前開，往前開。」那男人大吼，手上還拿著那張安全通行證。

「我的證件，」高梅茲對他說：「證件還我。我們在趕路。」

「拿著你們的安全通行證下地獄吧。」男人遞還給他時這麼說，然後又跑過公路去攔住另一台往下開的卡車。

「在下一個十字路口迴轉，過來把這台破銅爛鐵往前拖。」他對司機說。

「我接到的命令是——」

「去你的命令，照我的話做。」

那位司機換檔後往前沿路疾駛而去，消失在塵土中。

高梅茲開始在淨空的右側車道前行，騎過那台撞爛的卡車，此時安德列斯再次抓緊座椅，他看見檢查站的衛兵又攔下一台卡車，卡車司機正從駕駛座傾身聆聽他說話。

現在他們騎得很快，沿著穩定往山上延伸的道路呼嘯而去。所有本來跟他們一起前進的車流都被卡在剛剛的檢查站，只有下山的卡車不停從他們左側經過、經過再經過，摩托車快速穩定往上爬坡，終於追上在剛剛檢查哨發生災難之前的上山車流。

仍然沒開車燈的他們又從四台裝甲車旁經過，接著是一長排載滿士兵的卡車。這些士兵在黑暗中一片靜默，安德列斯穿越沙塵經過時，只能感覺到他們在比自己高的車上，他們在一台台卡車上凝聚成一塊塊巨大黑影。然後又有一台參謀車出現在他們後方，又是按喇叭、又是閃頭燈，每次燈亮時，安德列斯都會看到那些頭戴鋼盔的士兵，他們的步槍垂直地面，機關槍的槍口則在夜空的背景下往上突起，輪廓在夜色中顯得無比銳利，但又每次在光線滅去時瞬間沒入黑夜。有一次他很近地經過運兵卡車，車燈剛好亮起，他在閃現的光線中看見他們的表情死寂又哀傷。他們戴著鋼盔在黑夜中搭卡車前進，只知道目的是要發動一場攻擊，每個人都在黑暗裡因為各自的問題拉長了一張苦瓜臉，車燈揭露出他們在白天不會表現出來的樣子，因為誰都不好意思讓他人看見這副模樣，直到轟炸或攻擊開始時，這些表情才會再次出現，因為屆時誰都顧不得自己的臉色。

此刻的安德列斯不停經過一台台卡車，高梅茲還是成功地沒讓參謀車超車，心中也完全沒想到這些士兵的臉，他只是在想，「多麼棒的軍隊，多麼棒的裝備，多麼棒的機械化部隊。Vaya gente！[387]瞧瞧這些人。這就是我們共和國的軍隊。瞧瞧他們啊。一台又一台的軍用卡車，所有人都穿著一樣制服，頭戴著一樣鋼盔。瞧瞧卡車上那些準備對抗來襲敵機的宏偉máquinas啊。瞧瞧我們建立起來的軍隊啊！」

摩托車經過一台台載滿士兵的高大灰色卡車，而這些駕駛室又高又方、散熱器又方又醜的灰色卡車正在沙塵中穩定往上開。跟在後面的參謀車仍然閃著頭燈，每當光線掃過卡車尾門和兩側的骯髒車體時，代表軍隊的紅色星星就會被照亮，他們經過這些卡車繼續穩定往山上騎，空氣變得更冷，現在道路開始彎曲又往回蜿蜒，卡車爬坡爬得很辛苦，又發出刺耳的摩擦聲，每當車燈閃現時還能看見一些蒸煙冒出，摩托車現在也爬坡爬得很辛苦，安德列斯必須用力抓緊前座，此時安德列斯心想，這段摩托車車程實在太辛苦、太辛苦了。他之前從來沒搭過摩托車，現在卻坐著摩托車在所有準備進攻的部隊間往山上爬，而在爬山的過程中他知道了，他是不可能趕回去一起攻擊哨站了。在軍隊大型調度的混亂中，他明天晚上有辦法回去就算是幸運了。他從沒見過軍隊進攻，也沒見過準備的過程，而在他們沿路往上騎時，他對共和國建立起來的軍力及規模讚嘆不已。

此刻他們騎上一段往上爬升的歪斜道路，這道長長的山路橫跨過山的表面。因為坡度實在太陡峭，高梅茲在靠近頂端時叫他下車，兩人一起把摩托車推上山隘的最後一段陡坡。越過他們左邊的山頂有條車輛的迴轉道，夜空下可以看見一棟看來高聳陰暗的大型石造建築，裡頭有燈光閃爍。

「我們去那裡問總部在哪。」高梅茲對安德列斯說，巨大建築緊閉的門前站著兩名哨兵，他們把摩托車推過去。高梅茲將摩托車靠在牆邊，此時大門打開，有個身穿皮衣的摩托車手走出來，背後襯著門裡透出的光，肩膀上掛著送急件的信盒，臀側掛著一把有木製槍套的毛瑟槍。燈光暗去時，他找了自己停在門邊的摩托車，把車一直推到發出劈劈啪啪的聲響，終於車子發動了，他於是揚長而去。

到了門邊，高梅茲對哨兵說：「我是六十五旅的高梅茲上尉，」他說：「可以跟我說能在哪裡找到指揮三十五師的戈茲將軍嗎？」

「不是這裡。」哨兵說。

「這是哪裡？」

「Comandancia[388]。」

「什麼的Comandancia？」

「嗯，就是Comandancia。」

「指揮什麼的Comandancia？」

「你是誰？憑什麼問我這些問題？」哨兵在黑暗中對高梅茲說。這邊是這條山路的最高處，天空非常清朗，星星都出來了，擺脫了沙塵的安德列斯現在能在黑暗中看得非常清楚。在他們下方道路往右轉的地方，他可以清楚看見在天際線前駛過的一台台卡車和汽車。

「我是六十五旅的羅傑李奧·高梅茲上尉，我要問戈茲將軍的總部在哪裡。」高梅茲說。

哨兵稍微打開了門。「叫衛兵長來。」他往裡頭大吼。

此時一台很大的參謀車從路彎處開上來，轉了一圈後往巨大的石造建築開，安德列斯和高梅茲則站在這裡等衛兵長來。車子朝他們開來，停在門外。

一個又老又胖的擁腫男人從車子後座下車，他戴著過大的貝雷帽，就是法國軍隊裡的那種

387「Vaya gente!」這句西班牙文是感嘆地在說「衝啊大家！」

388 Comandancia，西班牙文，意思是「指揮部」。

chasseurs à pied[389]戴的帽子，此外他還穿著外罩大衣，帶著一個地圖箱，大衣上綁了把手槍。另外有兩個身穿國際縱隊制服的男人跟他一起下車。

他說法文，安德列斯聽不懂，之前是理髮師的高梅茲也只聽得懂幾個字。他要他的司機把車開去車棚。

就在他和另外兩名軍官走進門時，高梅茲在光線中清楚看見他的臉。他在許多政治場合中見過他，也常在《工人世界報》上讀過別人幫他從法文翻譯過來的文章。他認得那兩道濃密的眉毛，總是泛著水光的灰色雙眼，還有他的下巴跟下面那層雙下巴，他知道他是在黑海帶領法國海軍叛變的人，是法國當代最偉大的革命家之一。高梅茲知道他在國際縱隊的政治地位崇高，這男人一定知道戈茲的總部在哪裡，也一定有辦法指引他去。他不知道這男人已經變成什麼德性，他對一切失望，無論在家裡或政界都顯得刻薄，有志難伸，無論誰跑去問他任何問題都再危險不過了。但對此一無所知的他還是擋住了這個男人，並用緊握的拳頭向他敬禮，他說：「瑪爾提同志，我們有一封急件要交給戈茲將軍。你可以告訴我們如何去總部嗎？情況緊急。」

這個又高又胖的老男人頭往前突出，他望著高梅茲，還用泛著水光的雙眼打量他。雖然有前線這些沒燈罩的光裸燈泡照射，而且還剛在涼爽的夜晚中搭著敞篷車回來，他的灰敗臉龐看起來還是相當衰老。那張臉就像用一隻年邁老獅子爪下的碎肉拼起來的。

「你有什麼？同志？」他問高梅茲，他的西班牙文有很重的加泰隆尼亞口音。他的眼神掃向旁邊的安德列斯，把他從頭到腳檢視過一遍，然後又望向高梅茲。

「一封給戈茲將軍的急件，必須要送到總部，瑪爾提同志。」

「從哪裡來的？同志？」

「從法西斯占領區來的。」高梅茲說。

安德烈．瑪爾提伸手去拿急件和其他文件。他瞄了他們一眼，然後全部收進自己口袋。

「逮捕他們兩人，」他對衛兵長說：「把他們全身搜過，等我要找他們的時候再帶過來。」

他就這樣揣著口袋裡的急件大步走進巨大的石造建築。

在外面的守衛室，高梅茲和安德列斯正被搜身。

「那男人是怎麼回事？」高梅茲對其中一個衛兵說。

「Está loco[390]，」衛兵說：「他瘋了。」

「不，他是個很重要的政治人物，」高梅茲說：「他是國際縱隊的主要政委。」

「A pesar de eso, está loco，[391]」衛兵長說：「那也一樣，他就是瘋了。你們在法西斯占領區做什麼？」

「這位同志是來自那裡的游擊隊員，」高梅茲對著正為自己搜身的人說：「他有一封急件要送給戈茲將軍。我的這些文件都要保管好啊，小心那些錢和掛在繩子上的子彈。那是我在瓜達拉馬第一次槍傷留下來的。」

「別擔心，」衛兵長說：「所有東西都會收在這個抽屜裡。為什麼你不問我戈茲將軍在哪裡？」

「我有想問。我剛剛問過哨兵，他叫了你來。」

「但那個瘋子來了，你卻跑去問他。任何問題都不該問他。他瘋了。你要找的戈茲只要往上再走三公里，就能在右側樹林的岩堆中找到入口。」

「你現在不能直接讓我們去找他嗎？」

---

389 chasseurs à pied，法文，直譯是「徒步獵人」，這裡是指「獵兵」，主要進行散兵戰跟狙擊戰。帽子通常有平坦的圓頂和明顯的帽舌。

390 Está loco，西班牙文，意思是「瘋了」。

391 「A pesar de eso, está loco」這段西班牙文的意思是「就算如此，他還是瘋了」。

「不行，這樣我的腦袋會不保。我一定要把你們帶去找瘋子，更何況你的急件還在他手上。」

「不能找誰說一下嗎？」

「會的，」衛兵長說：「只要一遇到可以主持公道的人，我就會幫你。所有人都知道他瘋了。」

「我一直覺得他是個大人物，」高梅茲說：「是為法國帶來榮耀的人物之一。」

「他或許真的是法國的榮耀，」衛兵長說，然後把手搭到安德列斯的肩膀上。「但也是個徹頭徹尾的瘋子。他熱愛把人槍斃。」

「他真的會槍斃人？」

「Como lo oyes[392]，」衛兵長說：「那個老傢伙搞死的人比淋巴腺鼠疫還多。Mata más que la peste bubonica[393]。但他不像我們都殺法西斯分子。Qué va。沒開玩笑。Mata bichos raros[394]。他殺那些少見的怪人，像是托洛斯基分子、異議分子，總之就是任何少見的獵物。」

安德列斯一點也聽不懂。

「在埃斯科里亞爾的時候，我都不知道為他槍斃了多少人，」衛兵長說：「我們總要幫忙打理好行刑隊。國際縱隊的人不願殺自己的同胞，尤其是法國人。為了避免麻煩都是由我們來做。我們槍斃過法國人，我們槍斃過比利時人，我們槍斃過各式各樣國籍的人。各種人都有。Tiene mania de fusilar gente[395]。每次都是為了政治因素。他瘋了。Purifica más que el Salvarsán[396]。他『淨化』的能力比灑爾佛散治療梅毒還強。」

「但你找人講一下急件的事吧？」

「會的，老兄，一定。這裡兩個旅的人我都認識，所有人都得從這裡經過。我甚至跟幾個地位高的俄國人很有交情，不過他們會講西班牙文的人很少。我們會阻止這個瘋子槍斃西班牙人。」

「但那封急件。」

「急件也會處理，別擔心，同志。我們知道怎麼應付這個瘋子。他只有在下屬面前才會這麼肆無忌憚。我們已經看透他了。」

「把那兩個囚犯帶進來。」安德烈．瑪爾提的聲音傳來。

「Quereis echar un trago?[397]」衛兵長問：「要來杯酒嗎？」

「有何不可？」

衛兵長從櫥櫃裡拿了一瓶茴香酒，高梅茲和安德列斯都喝了。衛兵長也喝了。他用手抹抹嘴。

「Vámonos。」他說。

他們走出守衛室，剛吞下去的茴香酒在嘴裡、肚子裡和心裡都留下了灼燒感，他們沿著走廊前進，進入一個房間，裡面的瑪爾提正坐在一張長桌後方，前方的桌上有張攤開的地圖，手裡擺弄紅藍鉛筆的模樣彷彿他是位將級軍官。安德列斯只覺得眼前又是一個難關，今晚他已經面對了好幾次，而且難關總是很多。如果你的證件有照程序來，心地又正直，總之不會有危險。最後他們總會放過你，然後你就能繼續上路。但Inglés說動作要快。他現在知道自己是不可能趕回去炸橋了，但他們有封急件得送，而桌子後方的這個老頭正把信收在口袋裡。

「站在那裡。」瑪爾提說話時沒抬眼看他們。

「聽著，瑪爾提同志，」高梅茲再也無法忍耐，茴香酒也加深了他的怒氣。「今晚我們受到一個

---

392 Como lo oyes，西班牙文，意思是「正如你剛剛所聽見的」。
393 Mata más que la peste bubonica，西班牙文，意思是「害死的人比淋巴腺鼠疫還多」。
394 Mata bichos raros，西班牙文，意思是「殺那些怪人」。
395 Tiene mania de fusilar gente，西班牙文，意思是「他是喜歡槍斃人的狂熱分子」。
396 Purifica más que el Salvarsán，西班牙文，意思是「『淨化』的能力比灑爾佛散還強」。
397 Quereis echar un trago，西班牙文，意思是「要來一杯嗎？」

無知的無政府主義者阻撓，還遭遇了官僚法西斯分子的怠惰，現在則遇上了疑心病過重的共產主義者。」

「閉上你的嘴，」瑪爾提還是沒抬眼看人。「這不是在開會。」

「瑪爾提同志，這事真的無比緊急，」高梅茲說：「是頭等重要的大事啊。」

一旁的衛兵長和另一位士兵興致勃勃地望著這場面，就像在觀賞一部看過很多次的劇作，但每次到了最精采的部分仍想細細品味。

「所有事都很緊急，」瑪爾提說：「所有事都很重要。」現在他抬頭望向他們，手上握著鉛筆。「你們怎麼知道戈茲在這裡？在進攻之前跑來詢問一位特定將軍的下落，你們明白是多嚴重的一件事嗎？你們怎麼知道一位將軍在這裡？」

「告訴他，tu。」高梅茲對安德列斯說。

「將軍同志，」安德列斯開始解釋——安德烈．瑪爾提沒有糾正他喊錯的官階——「我是在敵方領地拿到那包急件和通行證——」

「在敵方領地？」瑪爾提說：「沒錯，我聽說你是從法西斯占領區來的。」

「是有人給我的，將軍同志，是一位名叫羅伯托的Inglés，他來找我們是為了炸橋。你明白嗎？」

「繼續說你的故事。」瑪爾提對安德列斯說，他之所以說是「故事」，就是為了暗示那是謊稱、捏造，或杜撰出來的事。

「嗯，將軍同志，那個Inglés告訴我要盡快把信帶給戈茲將軍。他今天要在這邊的山區發動攻擊，現在我們唯一的請求就是趕快把信帶給他，如果將軍同志同意的話。」

瑪爾提再次搖搖頭。他望向安德列斯，但沒有真的在看他。

戈茲啊，他內心又是驚恐、又是狂喜地想著，這感覺就像聽見商業對手在一場特別慘烈的交通意外中身亡，又或者儘管你從未質疑過或某個你痛恨之人的廉潔，卻聽說他犯下盜用公款的罪行。

那個戈茲竟然是他們的一分子。那個戈茲竟然明目張膽跟法西斯互通信息。他認識戈茲將近二十年了。戈茲曾在某年冬天跟魯卡茨[398]一起在西伯利亞攔劫下一台載運黃金的火車。戈茲參與過對抗高爾察克[399]的戰爭，也去波蘭打過仗。他去過高加索、去過中國，自從這場內戰第一年的十月就一直在這裡打仗。但他**之前**跟圖哈切夫斯基[400]很親近，和伏羅希洛夫[401]當然也是，沒錯，但圖哈切夫斯基啊！另外還有誰？他在這裡跟卡科夫也走很近，不意外，還有魯卡茨。不過所有匈牙利人都心懷詭計。他痛恨蓋爾，戈茲痛恨蓋爾。記住這件事，找個地方記錄下來。戈茲一直痛恨蓋爾。但他特別喜歡普茲[402]，這也要記住。杜瓦[403]是他的參謀長，看看那是什麼下場。你聽他說過寇比克[404]是個傻子，這是確定的，真有這事。而現在這封急件來自法西斯占領區。唯有把這些腐爛的枝條修剪掉，剩下的大樹才能健康生長。這些腐敗的傢伙一定要原形畢露，才有辦法徹底消滅。但真沒想到是戈茲。戈茲竟然是叛徒的一員。他就知道不能信任任何人。誰都不行。永遠不行。不能信任你的妻子、你的兄弟、你認識最久的同志。誰都不行。永遠不行。

398　這裡的魯卡茨（Lucacz）應該是曾參加國際縱隊並在西班牙內戰升為將軍的帕爾・魯卡茨（Pál Lukács），這位匈牙利軍人的本名是比拉・弗蘭克爾（Béla Frankl）。

399　亞歷山大・瓦西里耶維奇・高爾察克（Alexander Vasilyevich Kolchak, 1874-1920）在蘇俄內戰中的一九一八到一九二〇年被白軍內部視為最高領導者，受到戈茲所參與的紅軍討伐。

400　米哈伊爾・尼古拉耶維奇・圖哈切夫斯基（Mikhail Nikolayevich Tukhachevsky, 1893-1937）是蘇聯紅軍的總參謀長。

401　克利緬特・伏羅希洛夫（Kliment Voroshilov, 1881-1969），曾為蘇聯元帥，在史達林死後出任蘇聯名義上的國家元首七年。

402　約瑟・普茲（Joseph Putz）是出生在比利時的法國軍人，西班牙內戰時曾參與國際縱隊捍衛共和政權。

403　杜瓦（Duval）戈茲手下的一名法國軍官。

404　弗拉基米爾・寇比克（Vladimir Ćopić, 1891-1939）是南斯拉夫的共產主義政治家，曾就讀國際列寧學校，西班牙內戰時志願加入國際縱隊，是蓋爾將軍手下的指揮官。

「把他們帶走，」他對衛兵說：「小心看守他們。」衛兵長望向另一位士兵。就瑪爾提一直以來搞出的鬧劇而言，這場沒什麼看頭。

「瑪爾提同志，」高梅茲說：「別抓狂，聽我說，我是一名忠誠的軍官，是你的同志。這封急件一定要送到。這名同志從法西斯占領區一路帶過來，就只為了交到戈茲將軍同志手上。」

「把他們帶走。」瑪爾提說，這次他是口氣和善地對衛兵說。如果真得把他們肅清掉，同樣身為人類的他會為他們感到遺憾，但戈茲對他們的壓迫才是真正的悲劇。該被肅清的是戈茲才對，他心想，他會把他跟法西斯分子來往的證據立刻交給瓦爾洛夫[405]。不，最好是拿去給戈茲本人，看看他收到時的反應。他就會這麼辦。如果戈茲有跟敵人串通，怎麼能確定瓦爾洛夫沒跟他們勾結？不，這事一定要小心處理。

安德列斯轉向高梅茲，「你的意思是，他不打算把急件送出去？」他不敢置信地問。

「看不出來嗎？」高梅茲說。

「Me cago en su puta madre！[406]」安德列斯說：「Está loco。」

「對，」高梅茲說：「他瘋了。你瘋了！聽到沒！瘋了！」他對瑪爾提大吼，此時拿著紅藍鉛筆的他又開始彎身檢視那張地圖。「聽到沒？你這腦袋壞掉的殺人兇手！」

「把他們帶下去，」瑪爾提對衛兵說：「他們犯下重罪，神智不清了。」

衛兵長聽得懂其中一段話，他之前聽過。

「你這腦袋壞掉的殺人兇手！」高梅茲大吼。

「Hijo de la gran puta，」安德列斯對他咒罵。「Loco。」

這男人的愚蠢激怒了他。如果他真的瘋了，就該把他真的當成瘋子趕走，然後找人來把急件從他口袋中拿出來。天殺的這個瘋子下地獄吧。他平常很冷靜，脾氣也好，但此時心中燃起西班牙人的熊熊怒火，再過一下子就要讓他盲目失控。

瑪爾提看著他的地圖，憂傷地搖搖頭，衛兵把高梅茲和安德列斯帶出去了。兩名衛兵都很享受聽他咒罵，但這場鬧劇整體而言還是令人失望。他們見過更精采的演出。安德烈．瑪爾提根本不在意其他人的咒罵。太多人跟他溝通到最後都是以咒罵作結。他總是真心為了同為人類的對方感到遺憾。他總是告訴自己，這是他真心的想法，也是此刻的他所剩無幾的個人見解之一。

他坐在那邊，鬍子和眼神都指向地圖的方向，指向他從未真正看懂的地圖，指向那些以蜘蛛網的同心構造細緻描畫的棕色等高線。他可以根據曲線看出哪裡是高處，哪裡又是低谷，但從未真正搞懂為何要挑這處高地，又或者為何就是這座谷地。但因為參謀總部是以政委制運作，他能以縱隊的政治首腦身分插手干預，地圖上總是朝特定方向蜿蜒的河流旁有許多平行的道路線條，而在遭到許多道路線條穿越的綠色林地間，他可以把手指放在這個或那個由棕色細線圈起來，還標記了數字的地點，然後說：「那裡，那就是防線的弱點。」

蓋爾和寇比克都很懂政治現實，也很有野心，所以他們會同意他。之後那些從未見過地圖的士兵則是在出發前才聽說了那些山丘的數字，此時也才有人把必須挖壕溝的地點指給他們看，然後他們就會在爬上某側的山坡時迎接自己的死期，又或者遇上架設在橄欖樹叢裡面的機關槍，人生從此再也止步不前。就算換了別的戰線，或許能比較輕鬆爬上去，但下場也不見得比較好。不過只要瑪爾提在戈茲的參謀總部開始對地圖指手畫腳，這位頭上有疤且臉色慘白的將軍就會下巴肌肉緊繃著心想，「真該槍斃你，安德烈．瑪爾提，這樣你那根噁爛的灰色手指才不會放在我的地圖等高線上。就是因為你插手自己也不懂的事，才害死這麼多人，天殺的你真該下地獄。竟然還有人用你的

405　亞歷山大．米哈伊洛維奇．奧爾洛夫（Alexander Mikhailovich Orlov）是一名蘇聯的祕密警察，大清洗時流亡美國，他自稱是本書中這位瓦爾洛夫（Varloff）的原型人物。

406　Me cago en su puta madre，西班牙文，咒罵的話，可翻為「我去你媽的婊子」。

名字去命名拖拉機工廠、村莊和生產合作社，搞得你成為我碰也碰不得的精神象徵人物，天殺的這什麼世道。儘管去其他地方懷疑、告誡、插手、指責吧，放過我的參謀總部。」

但戈茲沒有說出口，他只是把身體往後靠，遠離那個身體往前傾的身影、那根伸出來的手指、那雙泛著水光的灰色眼睛以及灰白色鬍子和口臭，然後他說：「是的，瑪爾提同志。我明白你想說什麼，但這說法站不住腳，我也不同意。如果你想要也可以越過我往上申訴。沒錯，正如你所說，你能把這件事鬧到黨中央。但總之我不同意你的看法。」

所以現在安德烈．瑪爾提坐在這邊，他的桌上沒擺任何其他物品，頭頂的裸露燈泡沒有燈罩，他認真檢視他的地圖，還將過寬的貝雷帽往前拉遮住直射眼睛的燈光，他參考著那份油印的攻擊命令，緩慢、仔細又費力地跟地圖對照，就像一名在參謀學校用功解題的年輕軍官。他已經參戰了。在他看來，他已經在指揮部隊，也有權干預任何決定，而他相信仔細鑽研地圖是指揮部隊的一部分工作。所以他坐在這裡，口袋裡放著羅伯．喬登要給戈茲的急件，讓高梅茲和安德列斯在衛兵室裡乾等，也任由羅伯．喬登在橋上方的樹林裡繼續趴著。

就算沒有受到安德烈．瑪爾提的阻撓，高梅茲得以繼續送信，也很難說安德列斯的任務的結果是否能有不同。前線沒有人的權力大到足以取消攻擊。這台名為「進攻」的機器已經開始運作太久，不可能說停就停。無論什麼規模的軍事行動都擁有一種強大的惰性，一旦克服了這種惰性運作起來，想要停止就幾乎跟啟動一樣困難。

但就在這個夜晚，當這個把貝雷帽往前額拉的老頭子仍坐在桌前看地圖時，門打開了，俄國記者卡科夫和兩個平民打扮的人走進來。另外那兩人都穿戴著皮外套和皮帽。衛兵長很不甘願地在他們身後關上門。卡科夫是他第一個可以說上話而且有辦法主持公道的人。

「瑪爾提同志[407]。」卡科夫用有禮又不屑的聲音口齒不清地說，拉出微笑時還露出了一口爛牙。

瑪爾提站起身。他不喜歡卡科夫，但卡科夫是《真理報》[408]的記者，而且有跟史達林直接溝通的管道，目前算是在西班牙最有影響力的三個人之一。

「卡科夫同志。」他說。

「在為進攻做準備啊？」卡科夫對著地圖點點頭，態度無禮地問。

「我正在研究。」瑪爾提說。

「是你要準備發動攻擊嗎？還是戈茲？」卡科夫不動聲色地問。

「我只個政委，你也清楚。」瑪爾提對他說。

「不，」卡科夫說：「你太謙虛了，實際上你就是個將軍啊。你有地圖，還有望遠鏡。但你之前不是海軍上將嗎？瑪爾提同志？」

「我是槍砲軍士。」瑪爾提說。那是在說謊，他其實是叛軍中的文書軍事長，但現在的他總認定在那個當下，自己就是槍砲軍士。

「啊，我還以為你是文書一級軍事長呢，」卡科夫說：「我老記錯這些細節，這可是記者的特色啊。」

另外兩個俄國人完全沒有參與談話。他們都越過瑪爾提的肩膀望向地圖，偶爾用自己的語言彼此交換一些意見。瑪爾提和卡科夫在一開始打招呼後說的就是法文。

「《真理報》裡頭寫的細節最好別搞錯啊。」瑪爾提說。為了再次拉抬自己的氣勢，他有些唐突地說。卡科夫老是故意讓他漏氣。用法文說就是dégonfler，搞得瑪爾提總是憂心忡忡，對他很有戒心。每次只要卡科夫開口，他幾乎要忘記自己這個人，也就是安德烈·瑪爾提，可是一個來自法國共產黨中央委員會的大人物，甚至幾乎要忘記自己是個沒人動得了的人。卡科夫似乎只要興致一來

407 這裡用的原文是俄文的Tovarich，意指「同志」。

408 《真理報》（俄語：Правда）創刊於一九一二年，在一九一八到一九九一年間一直是蘇聯共產黨委員會的傳聲刊物。

就想招惹他一下。此時卡科夫說：「我通常會在寄給《真理報》之前把錯誤修改掉。告訴我，瑪爾提同志，你有聽說任何要給戈茲的消息嗎？是我們的在塞哥維亞一帶活動的一個partizan小隊送來的？應該是一個名叫喬登的美國同志要給我的消息。據說在法西斯占領區那邊有交戰。他應該會想辦法送消息給戈茲才對。」

「美國人？」瑪爾提問。安德列斯說的是Inglés。所以原來是這樣啊，所以他才會搞錯嘛。說到底為何那些傻子要這樣稱呼他啊？

「是，」卡科夫很不屑地看著他，「一個政治觀點不怎麼樣的美國年輕人，但跟西班牙人往來很有一套，而且之前參與partizan工作的紀錄很好。把那封急件給我吧，瑪爾提同志。在這裡也耽擱得夠久了。」

「什麼急件？」瑪爾提問。這樣說很蠢，他自己也知道，但他就是沒辦法這麼快承認錯誤，於是為了能延後自己受辱的時刻到來，他還是這麼說了。

「在你口袋裡的那封急件啊，名叫喬登的年輕人要給戈茲的快信，」卡科夫透過那一口爛牙說。安德烈．瑪爾提將手伸進口袋，把那封急件放到桌上。他直直望著卡科夫。好吧，他錯了，這點他無能為力，但他不願意承受任何羞辱。「還有安全通行證。」卡科夫柔聲說。

瑪爾提把安全通行證放在那封急件旁邊。

「衛兵長同志。」卡科夫用西班牙文喊。

衛兵長打開門走進來。他快速看了安德烈．瑪爾提一眼，瑪爾提像頭被獵犬圍困的老野豬一樣瞪了回來。瑪爾提的臉上沒有恐懼，也沒有羞愧。他只是憤怒，目前也只是暫時無從發作。他知道這些狗無法永遠困住他。

「把這些拿去給那兩位在衛兵室的同志，然後帶他們去戈茲將軍的總部，」卡科夫說：「已經耽擱太久了。」

衛兵長走了出去，瑪爾提望著他離開的身影，然後望向卡科夫。

「瑪爾提同志，」卡科夫說：「我打算試試看你這人有多麼動不得。」

瑪爾提直直盯著他，沒說話。

「也別打算找衛兵長麻煩，」卡科夫繼續說：「不是衛兵長告訴我的，是我在衛兵室看見那兩個人，他們直接告訴我的」（這是謊言）。「我希望所有人之後什麼都能告訴我」（這是實話，不過剛剛其實也是衛兵長告訴他的）。不過卡科夫確實相信善意的干預可能讓自己顯得平易近人又有人情味，總之一定會帶來好處。他絕不會對這份信念表現出憤世嫉俗的態度。

「你知道嗎，我在蘇聯的時候，有人寫信到《真理報》給我，說當時在亞塞拜然的一座小鎮發生了不公義的事。你知道嗎？他們說：『卡科夫會幫助我們。』」

安德烈．瑪爾提看著他，臉上沒有憤怒和厭惡之外的表情。他現在心裡沒什麼打算，但卡科夫已經找了他的麻煩。好吧，卡科夫，要來比誰權力大嘛，走著瞧。

「這件事不一樣，」卡科夫繼續說：「但原則是相同的。我打算來看看你有多動不得，瑪爾提同志。我想知道啊，將那座拖拉機工廠改名究竟是不是不可能的任務。」

安德烈．瑪爾提的眼神從他臉上移開，重新望向地圖。

「叫喬登的年輕人說了什麼？」卡科夫問他。

「我沒看信，」安德烈．瑪爾提說：「Et maintenant fiche moi la paix[409]，卡科夫同志。」

「很好，」卡科夫說：「我就讓你忙你的軍事工作了。」

他走出房間，回到衛兵室。安德列斯和高梅茲已經離開了，他在那裡站了一陣子，眼神沿山路往上望去，山頂後方開始出現第一束灰白的天光。我們得上去了，他心想。很快就要開始了，很快。

409 Et maintenant fiche moi la paix，法文，意思是「現在別煩我了」。

安德列斯和高梅茲再次騎摩托車上路，天色開始亮了。此時安德列斯再次抓住前方座位的後側，摩托車在不停蜿蜒來回的彎路上爬坡，淡淡的灰色薄霧橫躺在山隘頂端，他感覺身體底下的摩托車在加速，然後稍微打滑後停下，此時他們站在摩托車邊，腳下是林間一條往下坡延伸的道路，左側是覆滿松樹枝條的許多坦克。這裡的林間到處是部隊。安德列斯看見許多人在肩膀上扛著長桿擔架。三台參謀車停放在右側道路外的樹下隱蔽處，車身兩邊堆滿樹木枝條，車頂也蓋滿松枝。

高梅茲把摩托車往上推到其中一台車旁。他將摩托車靠在一棵松樹邊，有名汽車司機背靠樹坐著，他開始跟司機說話。

「我帶你去，」司機說：「把你的moto[410]停到不顯眼的地方，然後用那些蓋起來。」他指向一堆砍下來的枝條。

隨著陽光開始從松樹的頂端枝條灑入，高梅茲和安德列斯跟在司機的身後走，那名司機名叫威瑟特，他們穿過松樹林，越過山路，沿著山坡走到掩體入口，掩體頂端是片長滿樹林的斜坡，上頭布滿電話線。司機先進去，他們站在外頭等，安德列斯讚嘆地望著這座掩體的構造，雖然外表看起來只是山上的一個洞，四周也沒有堆滿挖出的廢土，但他可以從洞口看出掩體內部又深又廣，因為所有人不需要低頭避開長滿沉重林木的屋頂，就能自在地進出其中。

司機威瑟特走了出來。

「他在上面，就是大家正在調度攻擊兵力的地方，」他說：「我把信給了參謀長，他簽收了，這裡。」

他將一個收據信封遞給高梅茲，高梅茲交給安德列斯，他看了看，然後收進襯衫裡。

「簽名的人叫什麼名字？」他問。

「杜瓦。」威瑟特說。

「很好，」安德列斯說：「他是我可以送信的三個對象之一。」

「我們該在這裡等待回覆嗎？」高梅茲問安德列斯。

「這樣或許最好。不過在橋炸掉之後，我能在哪裡找到Inglés和其他人，就連老天爺也不會知道。」

「來跟我一起等吧，」威瑟特說：「就等到將軍回來。我拿咖啡給你們。你們一定餓了。」

「這些坦克是怎麼回事？」高梅茲問他。

他們走過那些車體蓋滿枝條又塗上了泥巴顏色的坦克，每台坦克都在布滿松針的地面上留下兩道深深的脊狀胎痕，因此可以看出它們是在山路的何處掉頭又倒車過來。這些坦克的砲管是四十五毫米，砲管在枝條的掩蓋下垂直指向天空，穿戴皮衣及脊頂頭盔的司機和砲手背靠樹幹坐著，或者躺在地上睡覺。

「這些都是後備坦克，」威瑟特說：「那些也都是後備部隊。真正要發動攻擊的部隊在上面。」

「數量很多。」安德列斯說。

「對，」威瑟特說：「有一整個師。」

掩體內的杜瓦左手拿著羅伯．喬登送來的急件，同時瞄了戴在同一隻手上的腕錶一眼，他已經把那封信讀了第四遍，每次都感覺有汗從腋下冒出再沿著身體兩側流下，他對著電話筒說：「那再幫我轉接塞哥維亞的陣地。他離開了？那轉接到亞維拉的陣地。」

他不停打電話，但一點用都沒有。他已經跟兩個旅聯絡過了，戈茲已經上去視察準備進攻的部署狀況，目前正前往一座偵查哨。所以他打去偵查哨，但他又不在那裡。

「幫我轉接上第一機隊，」杜瓦突然決定要自己扛下責任。他打算為延後攻擊負起責任，他覺得還是延後比較好。你不可能送這些人去突襲早就等著迎戰的敵人。你不能這樣做，這簡直是殺人

410 moto，西班牙文，意思是「摩托車」。

犯的行為，你不可以，你不應該，無論如何都不應該。他們想槍斃他也行，他可以直接打去機場要他們取消轟炸，但如果這只是一場牽制用的進攻呢？如果我們的目標本來就是要引開那些裝備和軍力呢？如果真是如此呢？上面進行牽制進攻時從不會明講。

「不用打給的一機隊了，」他對接線生說：「幫我轉接第六十九旅的偵查哨。」

聽到第一波飛機的聲響時，他還在打電話。

就在那時候，他接通了偵查哨。

「是。」戈茲沉靜地說。

戈茲背靠沙袋坐著，腳擱在一塊岩石上，下唇叼著一根菸的他一邊把電話夾在肩膀上講，一邊抬眼往上望。他正看著三個楔形小點逐漸變大，它們從第一道陽光灑下的遠方山肩飛來，銀色身影在空中發出如雷巨響。他望著它們閃閃發亮的飛來，在陽光下顯得如此美麗，靠近時，太陽照在它們的螺旋槳上，他看見上面暈出兩道光環。

「是的，」他對著電話說，因為在線上的是杜瓦所以說的是法文。「Nous sommes foutus. Oui. Comme toujours. Oui. C'est dommage. Oui[411]。情報來得太晚，太可惜了。」

他望著飛機靠近的眼神非常驕傲。他現在可以看見機翼上的紅色標誌，他望著昂揚不凡的它們在隆隆聲中穩定前進。本來是可能成功的。這些是我們的飛機，它們透過船運裝箱前來，從黑海穿越馬爾摩拉海峽，又穿越了達達尼爾海峽，再穿越地中海來到這裡，最後備受關愛地在亞利坎提卸貨，巧妙地組裝起來再測試過後確認完美，現在以美好精準的錘擊聲飛上天空。從高空飛來的V字隊形緊湊而純粹，機身在陽光下閃現銀光，它們打算炸穿那些山脊，打算在高空中呼嘯著炸翻他們，好讓我們可以攻過去。

戈茲知道一旦飛機越過他頭頂繼續飛，炸彈就會落下，炸彈翻滾的樣子會像凌空的海豚。然後山脊頂端會被轟隆隆地炸開再遭到大量煙塵掩蓋，最後在一大片煙霧中消失。接著坦克會喀啦喀啦地奮力爬上那兩道山坡，之後跟上的就是他的兩個旅。如果這真是一場奇襲，他們會有辦法一路往上再往下，他們可以挺進，暫停，清掃敵人，收拾殘局，總之可以大展身手，有了坦克的幫助更能巧妙地大展身手，畢竟坦克可以推進或迴轉，可以發射掩護的砲火，還可以帶來更多進攻部隊，然後繼續順暢地前進、翻越、穿行或往下推進到更遠的彼方。如果沒人通敵，一切也依照應有的計畫進行，情況本該如此才對。

那裡有兩座山脊，前方有坦克打頭陣，他的兩支旅非常精良，此時已準備好要離開樹林，而飛機現在正飛來。他必須做的一切都已就定位。

但就在他望著飛機時，飛機幾乎已經在他的頭頂上方了，他覺得肚子一陣翻騰，因為他剛剛從電話中聽說了喬登的快信，知道那兩座山脊上不會有人。他們往下撤退了一小段距離，為了躲避彈片而待在一條狹窄的壕溝裡，又或者就躲在樹林中，等到轟炸機飛過後重新帶著機關槍和其他自動武器和反坦克槍回到山脊上，喬登說那些武器都已經沿著道路運上去了，看來又要是一場慘烈的混戰。但飛機現在已經震耳欲聾地飛來了，飛機按計畫來了，戈茲望著飛機，眼神投向天空，對著電話說：「不。**Rien à faire. Rien. Faut pas penser. Faut accepter**[412]。」

戈茲用驕傲的眼神用力望著飛機，那眼神明白一切本來可以如何成功，也清楚現實將會如何不同，然後他開口，那語氣對本來的成功感到自豪，對本來的成功也充滿信念，就算永遠不可能實現，「**Bon. Nous ferons notre petit possible**[413]。」然後他掛上電話。

411「Nous sommes foutus.Oui. Comme toujours. Oui. C'est dommage. Oui.」這句法文的意思是：「我們搞砸了。是的。一如往常。是的。太糟糕了。是的。」

412「Rien à faire. Rien. Faut pas penser. Faut accepter.」這句法文的意思是「沒辦法做什麼。沒辦法。別想了。接受現實吧」。

413「Bon. Nous ferons notre petit possible.」這句法文的意思「很好。我們會竭盡所能」。

但杜瓦沒聽見他說的話。他坐在桌邊握著話筒，耳裡只聽見飛機呼嘯而過，然後他心想，好，說不定這一次啊，既然都聽見它們飛來了，說不定這些轟炸機真能把敵人炸翻，說不定我們會找到突破點，說不定他能獲得之前要求的後備支援，說不定就是這次了，說不定這次就會成功。去吧，去戰鬥，去吧。但轟隆隆的聲音太吵，他無法聽見自己腦中的話語。

第四十三章

羅伯．喬登趴在一棵松樹後方的山坡上，從這片山坡可以俯瞰道路和橋，他就這麼望著天色逐漸轉亮。他總是很喜歡一天的這個時刻；感覺自己的內在也由黑轉灰，彷彿跟著太陽升起前的微光逐漸亮了起來；這種時刻的各種堅實物體顏色會慢慢變深，空間明亮起來，本來在夜間亮著的星光逐漸轉黃，隨著天色明亮而退去。在他下方的松樹幹現在顯得堅實又清晰，棕色的樹幹變得堅實，路面因為覆著一抹薄霧而發亮。露水已把他沾濕，森林的地面柔軟，他可以感覺落下的棕色松針被他的手肘壓得微微凹陷。下方透過從溪床升起了一陣薄霧，他可以看見橋的鋼料筆直堅固地橫跨山溝，橋的兩側各有一座木製哨亭。儘管溪水上方有薄霧，他注視的那座橋梁仍有如蜘蛛網般精緻的結構。

他現在看到了那名站在哨亭內的哨兵，哨亭外有個用來當炭盆的打洞汽油罐，他能看見他傾身往前暖手時露出了背上披的長毯罩衫和頭上的鋼盔。羅伯．喬登聽見在底下深處石間流動的溪水聲，然後看見一抹輕煙從哨兵亭裊裊升起。

他望著錶心想，不知道安德列斯找到戈茲了沒？如果真的必須炸橋，我想非常緩慢地呼吸，我想再次慢下時間來好好感受此刻。你覺得他成功了嗎？我說安德列斯？如果他真的成功了，他們會取消攻擊嗎？他們來得及取消攻擊嗎？Qué va，別擔心了，不是取消就是不取消，不可能出現其他決定，反正再過一下就會知道了。如果進攻成功了呢？戈茲說行得通，他說有這個可能性。只要我們的坦克從那條路開下來，接著部隊從右側推進往下殺過拉格蘭哈，左邊整片山區的形勢就會因此扭轉。為什麼你不想想要是贏了會怎樣？你防守的時間已經久到連這點想像力都沒有了。話是沒錯，但那是在敵方的人力物力沒沿著道路運上去之前的事，是所有飛機還沒飛來之前的事。別那麼天真。但要記得，只要我們能把他們留在這裡就是牽制住了法西斯分子。他們無法在搞定我們之前進攻其他地區，而他們是不可能搞定我們的。要是法國人肯幫忙就好了，但願他們能開放邊境，如果我們又能從美國那裡獲得飛機，那他們就不可能搞定我們。永遠不可能，只要我們能獲得任何一點幫助就不可能。只要裝備齊全，這些人可以永遠打下去。

不行，你不可以期待在這裡獲勝，或許有好幾年都不能期待。這只是一場牽制攻擊。你現在不能陷入那種妄想。但要是我們今天找到突破點呢？這是我們的第一場大型攻擊。搞清楚輕重緩急吧。但要是我們本來就該成功呢？別太興奮了，他告訴自己。記得之前路上的狀況。你能做的都已經做了。不過我們該配備攜帶式的短波通訊設備才對。之後會的，會及時補上，但目前還沒有。你現在就是好好勘查，做你該做的事。

今天只不過是從此刻到未來的其中一天。不過之後到來的其他日子樣貌就取決於你今天的表現。這一年來始終是這樣，這種情況已經出現過好多次。其實整場戰爭都是這樣。你在這個凌晨還真是自大啊，他告訴自己。看看有什麼來了。

他看見兩個男人從路彎處走向橋，他們身穿長毯罩衫，頭戴鋼盔，步槍掛在肩膀上。其中一人停在橋的另一端並在進入哨亭後不見人影，另一個人走上橋，腳步緩慢沉重地走來。他在橋上停下腳步，往底下的溪谷吐口水，然後非常緩慢地走到靠近橋這側的哨兵亭，另一位哨兵在這裡跟他交談後開始過橋往另一端走。這位下哨的士兵走得比剛剛那位快（因為他要去喝咖啡，羅伯．喬登心想），但他也往溪谷吐了口口水。

不知道這是不是一種迷信？羅伯．喬登心想。如果到時候有機會的話，我也得親自去那座溪谷吐個口水。不，那不可能是什麼厲害的巫術，不可能有用的。我離開這裡前得證明那樣做沒用。

新來的哨兵已經進入哨亭坐下。他靠在牆邊的步槍上裝著刺刀。羅伯．喬登將望遠鏡從襯衫口袋取出，轉動鏡頭，直到橋的另一頭清晰呈現在眼前，漆上灰色的金屬橋身也因此看得很清楚。然後他將望遠鏡移向哨亭。

那名哨兵靠牆坐著。他的鋼盔掛在一個鉤子上，臉可以看得很清楚。羅伯．喬登看出他就是兩天前下午在這裡站哨的人。他戴著同一頂針織毛帽，沒有刮鬍子。他的臉頰凹陷，顴骨很顯眼，眉毛濃密、長得非常接近眉心，而且看起來很想睡，還直接在羅伯．喬登的注視下打了個哈欠。然後他拿出一包菸草和一包菸紙為自己捲了根香菸。他嘗試點起打火機，但最後又把打火機放進口袋，他走去炭盆邊彎腰伸手取出一塊木炭，一邊吹木炭一邊單手上下拋擲後再拿來點菸，接著再將那塊木炭扔回炭盆。

羅伯．喬登用蔡司牌的八倍望遠鏡看著他的臉，他正靠著哨亭的牆抽菸。然後他取下望遠鏡，摺疊收好後放回口袋。

我不會再看他了，他對自己說。

他趴在那裡望著道路，試圖讓自己什麼都不去思考。一隻松鼠在他底下的松樹發出吱吱叫，羅伯．喬登望著那隻松鼠沿樹幹往下爬，途中停下腳步轉頭望向正在看牠的這個人。他看見松鼠的雙眼，那對眼睛又小又亮，他還看到牠的尾巴興奮抽動。然後松鼠跑向另一棵樹，過程中用小手掌跟大到誇張的尾巴在地面大步彈跳。牠在跑到樹幹上時回頭看向羅伯．喬登，然後前腳一扯，身體就繞過樹幹不見了。接著羅伯．喬登又在松樹高處的枝幹間聽見松鼠的吱吱叫，他看見牠在那裡，牠的身體沿著枝幹平攤開來，尾巴時不時的抽動。

羅伯．喬登眼神再次往下透過松林望向哨亭。他真想把松鼠抓進口袋裡啊。好希望能有些什麼觸摸著，什麼都好。他揉揉壓在松針上的手肘，但那種感覺不同。沒人知道你在做這種事的時候有多寂寞。但是我啊，我知道。我希望兔子能安全逃出去。別再想了。好啦，沒錯，但我可以希望吧，我就是這麼希望。我希望我能把橋好好炸掉，我希望她安全逃出去。很好。沒錯。就是這樣。

現在我想要的只有這樣。

他現在趴在那裡，眼神從道路和哨亭移開，一路橫越到遠方的山頭。就是什麼都別想，他告訴自己。他靜靜趴在那裡看著早晨來臨。那是一個美好晴朗的夏日早晨，五月底的天總是亮得特別快。一度有位穿著皮外套和全皮安全帽的摩托車手越過橋往山上騎，綁在他左腿的槍套內有把自動步槍。一度又有台救護車開過橋，駛過他的下方後同樣沿道路往山上開。但沒有其他動靜了。他聞到松樹的氣味，聽見溪流的水聲，橋的輪廓在美麗的早晨光線中無比清晰。他趴在松樹後方，短機關槍橫擺在左前臂上，雙眼始終沒再望向哨亭，時間過了好久，久到彷彿該來的不會來了，彷彿在這樣美好的五月底早晨什麼壞事都不可能發生，直到他突然聽見密集傳來的轟炸聲。

他聽見了轟炸聲。他才聽見第一聲轟然巨響，連回音都還沒如雷傳回來，羅伯．喬登就深吸了長長的一口氣，拿起放在一邊的短機關槍。他的手臂因為短機關槍剛剛壓住的重量而僵硬，手指也感覺笨重、不靈活。

哨亭裡的人一聽見轟炸聲就站起來。羅伯．喬登看見他伸手去拿步槍並走出哨亭聆聽。他站在道路上，陽光打在他的身上，那頂針織帽往側邊斜掛著，陽光灑在他沒有刮鬍子的臉上，他抬眼望向飛機正在轟炸的天際。

現在路上沒有霧氣了，羅伯．喬登可以無比清晰地看到那個人，他站在路上望著天空。陽光透過林間明亮灑在他身上。

羅伯．喬登感覺自己的呼吸急促起來，彷彿有條電線纏住他的胸口，他穩住兩側手肘，用手指感覺著前槍把上的波紋，將矩形瞄準器裝在後方凹槽中，瞄準那男人的胸口，輕輕扣下扳機。

他能感覺槍枝迅速、滑順又彷彿抽搐般地晃動後敲擊自己的肩膀，而在路上的那男人看起來又是驚訝、又是疼痛，他整個往前滑落，跪倒在地，身體往下垂，額頭抵在地面。他的步槍掉在身邊，其中一根手指還纏繞在扳機護弓上，手腕往前彎折。那把步槍躺在路面，刺刀朝前，男人的頭抵著地面，彎折的身體躺在通往橋的道路上，羅伯．喬登將視線從他身上移開，也沒再看另一邊的哨兵亭。他看不見另一名哨兵，然後他往右側下方的坡地望去，他知道奧古斯敦就藏在那裡。接著他聽見安索莫開槍，槍聲在溪谷裡打出巨大的回音。而後他聽見他又開了一槍。

隨著第二聲槍響，橋下方的轉角處發出了手榴彈紛紛爆炸的巨響。接著在道路上方一段距離的左側也傳來手榴彈的聲音。他聽見道路上方的步槍連擊，下方的手榴彈轟響中也傳來帕布羅那台騎兵自動步槍啪啪啪啪的槍聲。他看見上方的安索莫往下抄了一條陡峭的近路朝著橋的另一端跌跌撞撞地跑去，於是把短機關槍甩到肩上背好，從松樹幹後方拎起兩個沉重的背包，一手一個，背包把他的手臂往下扯，感覺肩膀的韌帶都要被扯下來了，他腳步蹣跚地往下跑過陡峭的山坡抵達道路上。

他一邊跑一邊聽見奧古斯敦大吼：「Buena caza, Inglés. Buena caza！[414]」然後他心想，「還好槍法咧，活見鬼，什麼好槍法。」就在此時，他聽見安索莫在橋的另一邊開槍，槍聲在鋼梁之間迴盪。他跑過躺在地上的哨兵，跑上橋，兩個背包不停搖晃。

一隻手拿著卡賓槍的老頭跑向他，「Sin novedad[415]，」他大吼：「沒有任何問題。Tuve que rematarlo[416]。我不得不解決他。」

羅伯．喬登跪在橋中央打開背包，拿出他的材料，然後看見眼淚從安索莫臉頰上的灰色鬍渣間滾滾滑落。

414「Buena caza, Inglés. Buena caza!」這句西班牙文的意思是「好槍法，英國人。好槍法！」

415 Sin novedad，西班牙文，意思是「沒什麼事」。

416 Tuve que rematarlo，西班牙文，意思是「我不得不解決他」。

「Yo maté uno tambien[417]，」他對安索莫說：「我也殺了一個。」然後把頭朝向彎腰趴倒在橋頭道路上的那名哨兵歪了歪。

「是的，老兄，是的，」安索莫說：「我們必須幹掉他們，所以我們幹掉了他們。」

羅伯．喬登正往下爬進橋的基底結構中。在他手下的鋼梁因為露水又冰又濕，他小心翼翼地爬，感覺陽光照著他的背部，他用椼架支撐住自己，聽著底下滾滾流過的溪水以及槍聲，上方哨站槍聲實在太激烈。橋下其實很清涼，但他現在汗如雨下。他的一隻手臂上纏繞著一卷銅線，有把綁著皮帶的鉗子掛在他的手腕上。

「一次把一個炸藥包拿下來給我，viejo，」他往上對著安索莫大喊。老頭從橋的邊緣往下探，身體幾乎都伸出來了，他將一個個方形炸藥包往下遞，羅伯．喬登則伸手接過後逐一塞進他想放的位置，扎實擺好，確定支撐的力道足夠，「木楔，viejo！木楔給我！」他一邊聞著剛削好的木楔散發出新鮮的建材香氣，一邊把楔子逐一拍緊，好讓炸藥緊緊地塞在鋼梁之間。

就在他忙著放炸藥、確定支撐力道穩固、拍楔子，再用銅線扎緊時，腦中只想著爆破的事，過程就像外科醫生一樣迅速又技巧純熟地在工作，他聽見底下的道路上傳來咖嗒咖嗒的槍響。然後又有手榴彈的聲音。然後又是一顆手榴彈的爆炸聲劃開溪水的聲音而來。接著那個方向安靜下來。

「該死，」他心想。「不知道他們受到了什麼攻擊？」

上方哨站還有交火聲，天殺的聽起來實在太激烈了，他正把兩顆手榴彈並排綁好，固定在那一塊塊塞緊的炸藥包上，為了確保綁得夠緊、夠穩固，他沿著手榴彈表面的凹痕捆銅線，然後收緊一個結後再用鉗子扭緊。他把綁好的炸藥跟手榴彈都摸了一遍，為了確保夠穩固還在兩顆手榴彈上方又輕拍進一枚木楔子，好讓整塊炸藥確實卡在鋼梁上。

「現在換另一邊，viejo，」他往上對著安索莫大吼，然後爬過橋下的鋼骨結構，彷彿天殺的泰山正鑽過一座搖晃的鋼梁森林，他心想，然後他從橋下方的暗處鑽出來，底下的溪水滾滾流過，他伸手去拿安索莫遞下來的炸藥時抬頭看見了他的臉。天殺的多棒的一張臉啊，他心想，那張臉沒在哭了。沒哭更好。橋的一邊已經搞定，這邊再處理完就行了。這些炸藥可以把橋徹底炸爛。好了。別太興奮。動手就是。跟剛剛一樣迅速俐落。別拖拉磨蹭。穩穩來。別不看能耐的一逕貪快。你現在穩贏不輸。已經沒人能阻止你把橋的一邊炸掉了。你現在完全按照應有的計畫進行。這地方真涼爽。老天，這裡跟紅酒窖一樣涼爽，而且沒有鳥大便。通常在石橋下方工作時都會遇上一堆鳥大便。這座橋真是適合爆破工作的夢幻地點。該死的夢幻地點。現在位置沒那麼好的是上面的老頭。別不看能耐的一逕貪快。真希望上方的交火聲趕快結束。「給我一些楔子，viejo。」現在還有槍聲實在不妙。皮勒一定惹上麻煩了。攻擊開始時一定有哨站的人在外面，可能在哨站後方或鋸木廠後面。他們還在交火。這代表鋸木廠裡有人。啊還有那些天殺的鋸木屑。一大堆一大堆的鋸木屑。鋸木屑，如果那些木屑夠舊又有包裝好，很適合用來躲在後面作戰。裡面一定還有好幾個人。下面的帕布羅那邊很安靜。真不知道第二波交火聲是怎麼回事。一定是有台車或摩托車手來了。我向神禱告，拜託不要有任何武裝車或坦克開上來。繼續手上的工作吧。盡快把所有炸藥塞進去，用楔子塞緊，趕快綁好。你在發抖，天殺的你就像個女人。你這人到底是怎麼回事？你試圖做得太快了。我敢打賭上面那個天殺的女人根本沒在發抖。那個皮勒。說不定她也在發抖。她聽起來惹上大麻煩了。要是惹上的麻煩夠大，她也會發抖，就跟該死的所有其他人一樣。

他將身體往外延伸探入陽光，就在他伸手往上拿安索莫遞給他的東西時，頭就位於溪水沿瀑布落下的音響上方，道路上方的交火聲又陡然激烈起來，然後又有手榴彈的聲音。接著又是更多手榴彈。

「看來他們在襲擊鋸木廠。」

417 Yo maté uno tambien，西班牙文，意思是「我也殺了一個」。

幸好我用的是塊裝炸藥，他心想，幸好不是棍狀。搞什麼啊其實也就是能塞得比較整齊而已。不過要是用那種爛布袋裝的膠狀炸藥會更快。兩袋吧，不，一袋就夠了。如果我們有雷管和那個老舊的引爆器就好了。那個狗娘養的竟把我的引爆器丟進河裡。那盒子我用了很久，去過好多地方，他就丟進河裡去了。帕布羅這死雜種。他正在下面給他們好看。「再給我一些，viejo。」

這老頭幹得非常好。他待在上面那裡其實很危險。他實在痛恨必須射殺那名哨兵，我也一樣，但我沒去想，現在也沒在想。那就是你得做的事。但安索莫對這事有障礙。我知道那種障礙是怎麼回事。我認為用自動武器殺人容易多了。我是指開槍的那方。那是有差別的。一旦按下扳機就是武器在殺人了，不是你。把這事留到其他時候再想吧，你和你這顆腦袋。你有顆很能想的好腦袋啊，老傢伙喬登。衝刺啊喬登，衝刺！以前打橄欖球時，只要你抱著球跑，他們就會這樣喊。你知道天殺的約旦河[418]其實沒比底下那條溪大多少嗎。你指的是約旦河的源頭，任何事物的源頭看起來都差不多。這是一個橋下的小地方，是你遠離家園的另一個家。好了喬登，振作起來啊。這很艱困啊喬登。你不明白嗎？艱困。一般來說不該那麼艱困才對。看看另一邊，Para qué?[419]無論她情況如何，我現在都沒事。只要掌握緬因州的情況就能掌握整個國家[420]。只要掌握約旦河的情況就能掌握天殺的以色列人[421]。橋啦，我要說的是橋。只要掌握約旦河[422]的情況就能掌握天殺的橋，啊應該要反過來說才對，其實。

「再多給我一些，安索莫，你這老小子，」他說。老頭點點頭。「就快好了。」羅伯．喬登說。老頭又點點頭。

他綁好手榴彈，此時再也聽不見道路上方的槍聲。突然之間陪伴他工作的只有溪水聲。他往下望，看見溪水在底下的石頭間翻騰出白色水花，水滴落入一個清澈的卵石水塘，而他掉下去的其中一枚楔子正在水流中擺盪。就在他往下望時，一條鱒魚為了昆蟲浮上水面後繞了一圈，就在那枚打轉的木塊附近。他用鉗子將銅線扭緊，固定好兩顆手榴彈，透過橋的金屬結構看見陽光灑落在綠色山坡上。那裡三天前還是一片咖啡色呢，他心想。

他從清涼陰暗的橋底下探出來，在明亮陽光中對安索莫彎身望向看他的臉大吼：「把那一大捲銅線給我。」

老頭往下遞給他。

看在老天的分上，千萬不要不小心拉鬆了手榴彈，到時候要靠這捲線來拉。我希望你能好好把線穿過去，不過這長度用起來沒有問題，羅伯．喬登一邊想一邊摸著上面有拉環的開口銷，這個開口銷可以讓手榴彈的彈簧桿鬆開。他檢查了一下手榴彈，它們的側邊都纏綁好了，拉環被扯掉時也有空間能讓彈簧桿彈起（綁手榴彈的銅線穿過了彈簧桿下方），然後他將一長條銅線穿過其中一個拉環，接到另一條主要銅線上，另外這條又連接到外面這顆手榴彈的拉環，他又從那捲銅線拉出一段作為緩衝，然後將整捲銅線穿過鋼梁往上遞給安索莫。「小心拿著。」他說。

他爬上橋後從老頭手中接過線捲，盡可能快速回頭往那位哨兵癱倒在路面的方向走，一邊把銅線放長，他彎身沿著牆邊走，一邊走一邊放線。

「把兩個背包拿來。」他一邊後退一邊對安索莫大吼，並在經過短機關槍時彎腰撿起再次掛回

418 約旦河的英文是Jordan，和喬登的名字Jordan拼音相同，是一個諧音笑話。

419 「Para qué?」這句西班牙文的意思是「何必呢？」

420 從一八九〇到一九三二年間，美國人深信緬因州是美國總統大選結果的前哨站，只要緬因州開出的票支持哪位候選人，哪位候選人就會當選。

421 約旦河將以色列人控制在他們「應許之地」之中的特定範圍內。

422 這裡的Jordan表面上是在說約旦河，此刻卻是在暗指喬登自己，其中的雙關若翻出來可以說是「只要喬登進行得順利，橋也就沒問題」。

肩上。

就在這個時候，他的眼神從拉長的銅線往上望向道路上方的遠處，那些人從上方哨站回來了。他看見他們有四個人，然後又得盯著銅線以免卡住，也要確保不被任何橋的外部構造勾住。埃拉迪歐沒跟他們一起回來。

羅伯．喬登將銅線順利拉過橋的尾端，他用銅線在橋的最後一根立柱上繞了一圈，然後又沿著道路拉到一塊石界碑旁才停下腳步。他切斷銅線，交給安索莫。

「拿著這個，viejo，」他說：「現在跟我一起走回橋上。走的時候也帶上線。算了，我來。」

他走到橋上把剛剛繞在立柱上的線圈退出來，現在整條線與手榴彈的拉環直接相連，中間沒勾纏住任何事物，這條線順暢無礙的沿橋邊延伸，他將銅線的尾端遞給安索莫。

「拿著銅線回到剛剛那塊高高的石界碑旁，」他說：「鬆鬆地握著，但要握穩。別使勁拉。當你需要用力拉時，用力，橋就會爆炸。Comprendes？[423]」

「懂。」

「手勁要輕，但不能讓線垂下，免得勾到。輕巧穩定地握住，但除非真正到了時候，不然別拉。Comprendes？」

「懂。」

「時候到了就使勁拉。別只是扯一下。」

羅伯．喬登說話時眼神沿道路往上望著皮勒小隊剩下的人。他們現在走近了，他看見普里米提沃和拉菲爾正攙扶著佛南多，他看起來是跨下中彈，因為他用雙手摀住了那裡，一旁的男人和男孩各從一邊扶住他。他的右腿在地上拖行，他們協助他往前走時他的鞋子側邊在路面上刮擦。皮勒正帶著三把步槍爬過邊坡進入森林。羅伯．喬登看不見她的臉，但她的頭抬得很高，而且正盡可能快速地爬過去。

「進行得如何？」普里米提沃喊。

「很好，我們快搞定了。」羅伯．喬登吼回去。

完全沒必要問他們進行得如何。他移開眼神。此時三人走到路邊，佛南多在他們試圖扶他爬過邊坡時不停搖頭。

「就在這裡給我把步槍。」羅伯．喬登聽見他用透不過氣的聲音說。

「不，hombre。我們會把你帶到停馬的地方。」

「我有了馬又能怎樣？」佛南多說：「我在這裡很好。」

羅伯．喬登沒聽見他們之後說什麼，因為他在跟安索莫說話。

「如果坦克來了就炸橋，」他說：「但一定要等開到橋上才炸。如果有裝甲車來，只要上了橋也一樣炸。其他士兵帕布羅都會擋下。」

「你在下面我就不會炸橋。」

「別管我。如果有必要就炸。我去處理另一條線，處理好就會回來。之後我們一起引爆。」

他開始往橋的中央跑。

安索莫看著羅伯．喬登跑上橋，他的手臂上掛著銅線捲，鉗子垂掛在手腕上，短機關槍背在背上。他看著他爬到橋的圍欄底下失去蹤影。安索莫手裡握著銅線，他用右手握著，他蹲在石碑後方沿著道路往下望，一路望向橋的對面。在他和橋中間的地方倒著那名哨兵，癱倒的他現在離地面更近了，陽光沉沉地壓在他背上，不停下沉的他愈來愈接近平滑的路面。他的步槍躺在路面上，上頭裝的刺刀直直指向安索莫。老頭的眼神越過他來到橫跨著一道道欄杆陰影的橋面，他的眼神一路望向道路沿溪谷往左側急轉的所在，接著道路就消失在岩壁後方。他望著遠端那座哨亭，陽光照耀著

423「Comprendes?」這句西班牙文的意思是「懂嗎？」

哨亭，他意識到自己手裡握著銅線，然後轉頭望向佛南多正在跟普里米提沃和吉普賽人說話的地方。

「把我留在這裡，」佛南多說：「實在很痛，裡頭流了很多血。我一動就能感覺到。」

「讓我們把你扶上山坡，」普里米提沃說：「用你的手臂環抱住我們的肩膀，我們會抬你的腿。」

「這樣沒用，」佛南多說：「把我放在這邊的一顆石頭後面。我在這裡跟在上面一樣有用。」

「但我們會離開。」普里米提沃說。

「把我留在這裡，」佛南多說：「受了這種傷絕對無法長途移動，這樣你們還能多一匹馬用。我在這裡很好。他們一定很快就會來了。」

「我們可以帶你上山，」吉普賽人說：「輕而易舉。」

他當然急死了，也很想趕快離開，普里米提沃也是。但他們都已經把他扶到這裡了。

「不，」佛南多說：「我在這裡很好。埃拉迪歐怎麼了？」

吉普賽人用手指抵著頭，表示他的槍傷在頭上。

「被打中這裡，」他說：「在你之後。就是我們往前衝的時候。」

「丟下我吧。」佛南多說。安索莫可以看出他真的很痛苦。他用雙手壓住跨下，頭靠著邊坡，雙腿直直往前伸，那張灰敗的臉不停流汗。

「丟下我吧，拜託，算是幫我一個忙，」他說。他的雙眼因疼痛而閉起，嘴唇邊緣也在抽動。

「我覺得我在這裡很好。」

「來，步槍和子彈。」普里米提沃說。

「是我的嗎？」佛南多問，他的眼睛還閉著。

「不，你的步槍在皮勒手上，」普里米提沃說：「這是我的。」

「我比較想要我的，」佛南多說：「用起來比較習慣。」

「我之後拿來給你，」吉普賽人對他說謊。「現在先拿著這把。」

「我這個據點很好，」佛南多說：「可以顧道路上方，也可以顧橋。」他張開眼睛後轉頭望向橋的另一邊，然後因為再次湧上的疼痛而閉上眼。

吉普賽人拍拍他的頭，再抬起手指向普里米提沃示意，表示他們得走了。

「之後我們再下來找你。」普里米提沃說，然後開始跟著吉普賽人往上爬坡，吉普賽人爬得很快。

佛南多往後躺在邊坡上。在他面前有顆標記路面邊界的洗白石碑。他的頭在陰影裡，雙手摀住塞了棉球並綁上繃帶的傷口，太陽就照在那雙手上。他的雙腿和雙腳也在陽光裡。步槍擺在他身邊，三枚子彈的彈夾在步槍邊閃閃發亮。一隻蒼蠅爬過他的手，但疼痛讓他感受不到蒼蠅帶來的搔癢。

「佛南多！」蹲在地上握著銅線的安索莫朝他大喊。他把線的尾巴繞成一圈後扭緊握在拳頭裡。

「佛南多！」他又喊了一次。

佛南多張開眼睛望向他。

「情況如何？」佛南多問。

「非常好，」安索莫說：「再一下就能把橋炸掉了。」

「我很高興。如果需要什麼再跟我說。」佛南多說。他再次閉上雙眼，感覺疼痛在體內以不規則的節奏陣陣襲來。

安索莫把眼神從他身上移開，望向那座橋。

他正等著看見線圈被丟上橋面的那一刻，也等著看見Inglés曬傷的頭和臉隨之出現，再看他伸手把身體撐上橋的邊緣。在此同時他也望著橋的另一邊，注意遠方那個路彎有沒有任何動靜。他現在完全不害怕，他一整天都不覺得害怕。一切都進行得快，毫無異狀，他心想。我真的很不想射殺衛兵，確實也一度為此情緒激動，但都過去了。Inglés怎麼可以說殺人就跟殺動物差不多呢？打獵時的我總是洋洋得意，從不覺得做錯事，但殺人的感覺就像是長大成年的你在跟自己的兄弟打架，最後竟然開了好幾槍打死對方。不，別再想了。那事讓你太激動了，剛剛還像是個女人一樣哭哭啼啼地跑過橋來呢。

都過去了，他告訴自己，你有機會為此贖罪，也能為其他殺人行徑贖罪，但你昨晚翻山越嶺回洞穴時的盼望已得償所願：你正在作戰，你的表現沒問題。就算今早死去也沒關係了。

然後他望著佛南多，倒在邊坡上的他仍用雙手摀住腿溝，他的嘴唇發青，雙眼緊閉，呼吸沉重而緩慢，然後他心裡想，如果要死的話，我希望能死得很快。不，我之前許了願望，也說了一旦願望成真就別無所求。所以我什麼都不求。懂嗎？我什麼都不求。不管什麼都不求。實現我昨天的願望，剩下的就聽其自然。

他聽見了嘈雜的聲響從遠方傳來，是他們在山隘口作戰，他對自己說，今天真是很棒的一天。我該承認，我該清楚，今天是多麼了不起啊。

但他心中沒有振奮或興奮的感受。所有情緒都消失了，剩下的只有冷靜。此刻的他蹲在石界碑後方，手裡握著線圈，手腕上還繞著另一圈，膝蓋底下緊貼著小碎石，他不覺得寂寞，也完全不感孤單。他跟銅線合為一體，跟橋合為一體，也跟Inglés所放置的那些炸藥合為一體。他跟正在橋下工作的Inglés合為一體，他跟所有的戰役合為一體，跟共和國合為一體。

但他沒有興奮的情緒，心中只剩冷靜。他蹲在那裡，熾烈的太陽打在他的脖子和肩膀上，他抬頭望向高聳無雲的天空，還有在河對岸隆起的山坡，他不覺得幸福快樂，但他不寂寞，也不害怕。

山坡上的皮勒趴在一棵樹旁，她正望著由山隘延伸而來的道路。她身邊有三把裝好子彈的槍，普里米提沃在她身邊趴下時，她遞了一把給他。

「去那裡趴下，」她說：「在樹後面趴下。你，吉普賽人，那裡，」她指著下方的另一棵樹。

「他死了嗎？」

「不，還沒。」普里米提沃說。

「運氣不好，」皮勒說：「如果再多兩個人就不用發生這種事了。他應該爬過那些木屑堆才對。他在那裡還好嗎？」

普里米提沃搖搖頭。

「Inglés炸橋時，彈片會飛到我們這邊嗎？」趴在另一棵樹後方的吉普賽人問。

「我不知道，」皮勒說：「但負責máquina的奧古斯敦比你靠得更近。如果那裡太近，Inglés不會要他守在那裡。」

「但我記得火車爆炸時，火車頭的燈從我的頭上飛過，還有許多鋼片像燕群一樣飛過去。」

「你的回憶還真是充滿詩意，」皮勒說：「像燕群。Joder[424]！根本像是洗衣服的鍋爐。聽著，吉普賽人，你今天表現得還不錯，現在別陷入恐懼。」

「好吧，只是問一下，彈片如果會飛那麼遠，我才有辦法在遠一點的樹幹後躲好。」吉普賽人說。

「躲在那裡就好，」皮勒對他說：「我們幹掉幾個人？」

「Pues[425]我們這邊五個。這邊兩個。你不能看見另一邊的狀況嗎？往橋那邊看，看見哨亭了嗎？看！看見了嗎？」他往那邊指。「帕布羅在下面那邊幹掉八個人。我幫Inglés看著那個哨站。」

皮勒呻吟了一下，然後又急又氣地說：「Inglés是怎麼回事？他在那座橋下天殺的做什麼？Vaya mandanga！[426]他是在蓋橋還是炸橋？」

---

424 Joder，西班牙文，這邊是當作髒話使用，大概是「幹」的意思。

425 Pues，西班牙文，這裡的意思大概接近「嗯」。

426 「Vaya mandanga!」這句西班牙文的意思是「怎麼慢吞吞的」。

她抬頭往下望向蹲在石碑後方的安索莫。

「嘿，viejo！」她大吼：「你那個去他的Inglés是怎麼回事？」

「有點耐心，女人，」安索莫往上喊，手裡輕巧但穩穩握住銅線。「他在收尾了。」

「但看在狗娘婊子的分上，他到底為何要花這麼長的時間？」

「Es muy concienzudo！[427]」安索莫大吼：「科學的事很費工好嗎。」

「我去他媽的科學，」皮勒對著吉普賽人發飆。「叫那個去他的髒臉男趕快炸完了事。瑪麗亞！」她用低沉的聲音朝山上大吼。「你的Inglés——」髒話從她口中不停湧出，她咒罵著一堆她想像喬登在橋底下幹的好事。

「冷靜下來，女人，」安索莫從道路上往上喊：「他要做的事很費工，已經在收尾了。」

「誰管他啊，」皮勒還在發怒。「重要的是速度。」

就在此時，他們都聽見道路下方由帕布羅拿下並守住的哨站傳來槍聲。皮勒停止咒罵，仔細聆聽。「Ay，[428]」她說：「Ayee、Ayee。他們來了。」

羅伯・喬登單手將銅線捲丟上橋面，再把自己撐上橋，此時他也聽見了槍聲。他的膝蓋跪在橋的金屬邊緣，雙手扶住橋面，聽見下方的道路彎處傳來機關槍聲。那跟帕布羅的自動步槍聲不同。他站起身，彎腰把線捲整理好，一邊沿著橋的邊緣倒退走一邊把銅線放長。

他一邊走一邊聽見槍聲，他可以感覺那些槍聲打在他的心窩，還在橫膈膜上敲出回音。聲音更近了，他一邊走一邊回頭望向路彎處，但還沒看見任何車輛、坦克或人。他朝向道路才走了一半，路彎還是空的，走了四分之三時也還是空的，他手上的銅線毫無阻礙地延展著，什麼都沒卡到，他繞圈爬到哨亭後方時，路彎還是空的，他一直把銅線握高，就怕勾到橋體構造。然後他從橋走上道路，下方的路彎還是空的，然後他快速倒退走進道路低處一條被水沖出來的淺溝，那模樣就像後退的外野手正要接一顆深遠的高飛球，同時他還得確保手上的銅線剛剛好繃著，他快到安索莫躲的那顆石頭對面了，橋下方的路彎處還是空的。

然後他聽見一台卡車沿路開來，轉頭看見卡車正要開上那道長坡，於是他把銅線往手腕上再繞了一圈，對著安索莫大吼：「炸橋！」他踩穩腳跟，身體使勁往後傾斜把線拉緊，繞著線的手腕一轉，卡車聲從後方逼近，前方是死掉的哨兵躺在路上，長長的橋和道路在他的下方，那裡目前都還是空的，然後在爆裂的轟隆隆巨響中，橋的中段飛上半空中，如同打上岸的碎浪，他感覺爆炸的衝擊力往他背上壓來，他往地上撲，臉埋在滿是卵石的路溝中，雙手緊抱住頭。當橋被炸飛的中段終於在下方落定，他的臉仍緊埋在卵石堆中，熟悉的黃色炸藥氣味襲來，他被包覆在滾滾的辛辣煙霧中，破碎的鋼片開始如雨落下。

等鋼片終於停止落下後，他還活著，他抬頭望向橋的另一邊。橋的中段已經沒了。許多形狀不規則的鋼片落在橋面，剛裂開的邊緣及尖端閃閃發亮，在路面上散落得到處都是。那台卡車停在離橋一百碼的地方。原本在車上的司機和另外兩人正往一處涵洞跑去。

佛南多還躺在邊坡上，他還在呼吸。他的手臂直直擺放在身側，雙手鬆開。

安索莫臉朝下趴在洗白的石碑後方，彎折的左手臂擱在頭底下，右手臂直直伸出。線圈還繞在他的右拳上。羅伯．喬登站起身越過道路，在他身旁跪下，確認他已經死了。他沒把他翻過來看是哪片鋼片幹的好事。反正他都死了，知道又如何。

他看起來好嬌小，他死透了，羅伯．喬登心想。他看起來真的好嬌小，而且一頭灰髮，羅伯．喬登心想，如果他的體型真只有這樣，之前怎麼背得動那麼重的背包。他看著他包在灰色緊身牧人馬褲裡的大腿和小腿形狀，還有那雙繩底鞋早已磨損的鞋跟，然後撿起安索莫的卡賓槍和兩個背

---

427 「Es muy concíenzudo!」這句西班牙文的意思是「這是很精細的工作！」

428 Ay，西班牙文，意思是「哎呀」。

包，那兩個背包現在差不多全空了，接著又去撿起佛南多身旁的步槍。他把路面上一塊形狀不規則的鋼片踢開，將兩把槍背上肩膀，握好槍嘴後開始爬上林間的山坡。他沒有回頭，甚至沒有望向橋對面的道路。他們還在下方的路彎處交火，但他不在乎了。

他還在因為TNT炸藥的煙霧而咳嗽，他覺得自己裡裡外外都麻痺了。

皮勒趴在一棵樹後方，他將其中一把步槍擺在她身旁的地上。她看了一眼，她這邊又有了三把步槍。

「妳在這邊太高了，」他說：「有台卡車開過來，妳這邊看不見。他們以為是飛機炸的。妳最好下去一點。我要下去跟奧古斯敦一起掩護帕布羅。」

「老頭呢？」她問他，雙眼直盯著他的臉。

「死了。」

他又咳起來，咳得很厲害，然後往地上吐口水。

「橋已經炸掉了，Inglés，」皮勒望著他。「別忘了。」

「我什麼都沒忘，」他說：「妳聲音真大，」他對皮勒說：「我聽到妳在嚷嚷。妳剛剛往上對瑪麗亞大吼著說我沒事。」

「我們在鋸木廠那邊損失了兩個人。」皮勒說，她試圖讓他了解情況。

「看得出來，」羅伯．喬登說：「你們幹了什麼蠢事嗎？」

「去你媽的，Inglés，」皮勒說：「佛南多和埃拉迪歐也是好傢伙。」

「你們為什麼不上去跟馬待在一起？」羅伯．喬登說：「我在這裡可以掩護得比妳好。」

「你得去掩護帕布羅。」

「我管帕布羅去死。讓他用mierda[429]掩護自己吧。」

「不，Inglés。他回來了。他在下面奮戰。你沒聽見嗎？他正在作戰，而且對手不好應付，你沒聽見嗎?」

「我會去掩護他，但去你們所有人，去你媽的，也去他媽的帕布羅。」

「Inglés，」皮勒說：「冷靜下來。沒有人比我更支持你。帕布羅辜負了你，但他回來了。」

「如果有引爆器的話，老頭就不會死。我可以從這裡引爆。」

「這個也如果、那個也如果——」皮勒說。

橋炸掉後，他從趴的地方抬起眼來，蹲起身看見安索莫死了，憤怒、空虛和憎恨隨著失望而來，那些情緒到此刻仍揮之不去。傷痛在他心裡轉為絕望，所有其他士兵為了繼續當士兵也是這麼做的。一切都結束了，他感覺寂寞、疏離又喪氣，看到誰都覺得好恨。

「如果沒有下雪——」皮勒說。然後也不是突然之間，正如某種肢體性慰藉能帶來的效果（比如一個女人抱住他，舉例來說），他逐漸從大腦開始接受事實，也任由恨意消失。確實如此，那場雪。是雪的問題。那場雪。其他人也被雪害慘了。一旦你再次明白自己跟其他人沒兩樣，一旦你放下了自我，正如你在戰爭中必須不停放下自我一樣，你就懂了。戰爭裡沒有自我。戰爭勢必會讓人失去自我。於是，在失去自我後，他聽見皮勒說：「聾子——」

「什麼?」他說。

「聾子——」

「對，」羅伯．喬登說。他咧嘴對她笑，那是僵硬的臉拉出的一條裂縫，是過度緊繃的肌腱拉出的笑。「忘掉我的話。我錯了。我很抱歉，女人。我們好好幹一場，大家一起幹一場。橋已經炸掉了，如妳所說。」

「對。你得從他們的角度想想。」

---

429 mierda，西班牙文，意思是「屎」。

「那我要去找奧古斯敦了。讓妳的吉普賽人再下去一點，才有辦法把對面的路看清楚。把那些槍交給普里米提沃，拿著這把máquina，我示範給妳看。」

「留著máquina吧，」皮勒說：「我們不會繼續待在這裡了。帕布羅應該快來了，然後我們就要離開。」

「拉菲爾，」羅伯．喬登說：「下來我這邊，這邊，很好。看到那些從涵洞出來的人嗎？那邊，在卡車更過去一點的地方？正往卡車走的那些人？替我打死一個，坐下，慢慢來。」

吉普賽人小心翼翼地瞄準，開火，他把槍栓往後扯，彈射出彈殼，這時羅伯．喬登說：「太高了，你打在上面的石頭上。看見那些石屑灰了嗎？低一點，低兩英尺。現在，小心來，他們現在在跑了。很好。Sigue tirando[430]。」

「我打中一個。」吉普賽人說。那個人倒在從涵洞通往卡車的半路上。另外兩人沒停下來拖他的屍體，只是又跑回涵洞躲起來。

「別對人開槍，」羅伯．喬登說：「瞄準卡車的前輪頂部。就算失準也會打中引擎，很好。」他用望遠鏡看。「稍微低一點。很好。你槍法真不賴。Mucho！Mucho！[431]來，瞄準散熱器頂部，散熱器的任何地方都好。真是個頂尖的小子。聽著，別讓任何人越過那一點，懂嗎？」

「看我來把卡車的擋風玻璃打碎。」吉普賽人開心地說。

「不，卡車已經沒用處了，」羅伯．喬登說：「別開火，除非路上又有動靜。等目標到涵洞對面再開火，盡量打司機。到時候你們所有人都得開火，」他對正和普里米提沃一起更沿山坡往下移動的皮勒說：「你們這個據點很好，瞧旁邊的陡壁把我們掩護得多好。」

「那就去找奧古斯敦，管好你自己的事，」皮勒說：「別說教了。我什麼地形沒見過。」

「讓普里米提沃上去一點，」羅伯．喬登說：「那裡，看見了嗎？老兄？邊坡變陡的那一面。」

「別煩我了，」皮勒說：「去忙你的吧，Inglés，別搞完美主義了。這裡沒問題。」

就在此時，他們聽見了飛機的聲音。

瑪麗亞跟馬待在一起很久了，但牠們無法為她帶來慰藉，她也安撫不了牠們。她在森林裡的這個位置看不見道路，也看不見橋，槍聲響起時，她環抱住那匹白臉的紅褐色大馬，之前馬被養在營地下方樹林的馬欄內時，她就曾好幾次帶點心去給牠，也會溫柔跟牠說話。但她的緊張讓這匹大種馬也緊張起來，牠不停甩頭，鼻孔因槍聲和炸彈的爆破聲而撐開。瑪麗亞也靜不下來，她不停走動，輕拍馬匹、安撫牠們，但只讓牠們變得更緊張、更躁動。

她努力不讓自己一聽到槍聲就認定有壞事發生，槍聲只代表帕布羅跟那些新加入的傢伙在下面作戰，還有皮勒和其他人在上面作戰，她不該陷入恐慌，她該對羅伯托有信心。但她實在做不到，所有橋上方、下方以及隘口的隱約作戰聲席捲而來，如同遠方的暴風雨發出乾燥而翻騰的喀嗒咖嗒脆響，其中時不時又傳來如同敲打的爆炸聲，實在太可怕了，她幾乎沒辦法呼吸。

然後她聽見皮勒的大嗓門傳來，她從下方的山坡往上對她大罵髒話，她聽不清楚內容，但她心想，噢，天主，噢，不。在這種困境中別這樣跟他說話。別冒犯任何人，也別冒不必要的險。別挑釁任何人。

然後她反射性地開始快速為羅伯托祈禱，她以前就是這樣在學校祈禱，她盡可能把禱詞念得很快，用左手的手指計算次數，將兩段禱詞各自複誦了幾十次。然後橋爆炸了，一匹馬因為爆裂的巨響抬起上半身、甩頭，扯斷馬籠頭後逃進樹林裡。瑪麗亞最後終於抓住牠帶回來，這匹馬不停打顫、發抖，被汗水浸濕的胸口毛色變深，馬鞍也鬆垂下來，從樹林中走回來時，她聽見了下面的槍

430 Sigue tirando，西班牙文，意思是「繼續射擊」。

431「Mucho!」這句西班牙文是讚賞地說「很不錯！」或「很不賴！」

聲，她心想，我實在是受不了。再這樣一無所知就要活不下去了。我無法呼吸，我的嘴巴好乾。我好怕，我好沒用，我害馬更緊張，就算有把馬抓回來也只是運氣好，因為牠撞到樹後馬鞍掉了，腿被馬鐙纏住只能亂踢，現在我得再重新裝上馬鞍，噢，天主，真不知道該怎麼辦。我受不了了。請讓他平安吧，因為我的心和我的人都在那座橋上。共和國是一回事，我們必須要贏又是另一回事。但是，噢，親愛的童貞聖母啊，請將他從橋上帶回我身邊，此後我會遵循祢的所有教誨。因為我不在這裡，世間沒有所謂的我，我只有跟他在一起時才存在。請為我照看他，他就是我，我願意為祢做任何事，他一定不會介意，那樣做也不違反共和國精神。噢，請原諒我，現在的我太混亂了。我太混亂了。但如果祢為我看顧他，我會做正確的事。我會聽從他的教誨，也會聽從祢的教誨。只要還能擁有另一個我，我就會這麼做。但現在這樣一無所知我真的承受不了。

她把那匹馬重新綁好，上好馬鞍，鋪平馬毯，拉緊肚帶，然後聽見底下的森林傳來渾厚低沉的聲音，「瑪麗亞！瑪麗亞！瑪麗亞！你的 Inglés 沒事。聽見了嗎？沒事。Sin Novedad！」

瑪利亞雙手扶著馬鞍，將髮絲極短的頭緊貼在馬鞍上哭了。她聽見那低沉的聲音又吼了一次，然後她把臉從馬鞍轉開，哽咽地大吼：「好！謝謝妳！」然後又再次哽咽起來，「謝謝妳！太謝謝妳了！」

聽見飛機的聲音時，他們全抬起頭看見高空中出現來自塞哥維亞的飛機，機身在高空銀閃閃的，轟隆隆的巨響蓋過所有其他聲音。

「那些飛機！」皮勒說：「剛剛只差它們沒出現了！」

羅伯．喬登用手搭住她的肩膀，雙眼望著他們。「不，女人，」他說：「那些飛機不是來追殺我們的，它們沒時間理我們。妳冷靜。」

「我恨它們。」

「我也一樣。但我現在得去找奧古斯敦了。」

他穿過松林後在山坡上繞行了一段，過程中不停聽見飛機陣陣的轟隆巨響傳來，而在殘破不堪的橋對面，就在下方道路的路彎附近，仍然時不時有彷彿搥打的槍聲和厚重的機關槍響傳來。

奧古斯敦趴在自動步槍後方的一簇矮松樹叢裡，羅伯．喬登往下抵達他身旁，此時飛機還是不停飛來。

「下面怎麼樣了？」奧古斯敦說：「帕布羅在做什麼？他不知道橋已經沒了嗎？」

「可能他脫不了身。」

「那我們走吧，管他去死。」

「如果可以的話他應該快要來了，」羅伯．喬登說：「我們現在應該要看見他了。」

「我沒聽見他的槍聲，」奧古斯敦說：「五分鐘了。不。有了！聽！他在那裡。那是他的槍聲。」

突然之間爆出了一陣噠噠噠的騎兵短機關槍響，接著又是一陣，然後又一陣。

「是那個雜種沒錯。」羅伯．喬登說。

他望著還不停在無雲湛藍高空飛來的更多架飛機，也看著奧古斯敦抬頭望向飛機的臉。然後他低頭望向殘破不堪的橋，以及橋對面目前仍空蕩蕩的道路。他咳嗽，吐口水，聆聽沉重的槍聲在底下的路彎處不停捶打出聲響。位置聽起來跟之前一樣。

「那是怎樣？」奧古斯敦問：「見鬼了到底是怎樣？」

「從我把橋炸掉之前就一直是這樣。」羅伯．喬登說。他往下方的橋望去，他可以看見溪水從橋中央的斷口下方流過，炸斷的部分像條鋼製圍裙般彎曲的垂掛著。他聽見剛剛飛過的第一批飛機正在轟炸上方的山隘，而且還有飛機不停飛來。飛機的引擎聲響徹高空，他抬頭可以看見他它們細微、渺小的追擊身影在頭頂的高處繞圈、盤旋。

「我不覺得這些飛機那天早上真有跨越到戰線另一邊，」普里米提沃說：「它們一定是在西邊迴轉後飛回來了。他們要是看到那些飛機就不會發動攻擊了。」

「這些飛機大多是新的。」羅伯．喬登說。

他有一種感覺，情況一開始看來挺正常，卻帶來強悍、規模失控，且極為巨大的後果。彷彿你用石頭丟出漣漪，反彈回來的卻是快把人淹沒的狂嘯巨浪。又彷彿你大吼一聲，回音卻是一陣陣隆隆作響的雷聲，幾乎要讓人耳聾。又彷彿你打了一個人，他倒下，你卻看見身邊所見之處出現許多軍備精良的部隊。他很高興自己沒跟戈茲一起待在上方的山隘。

他趴在奧古斯敦身旁，一邊望著飛機從頭上掠過，一邊聆聽後方的交火聲，同時看著下方的道路，他知道遲早要看到動靜，只是還不知道會出現什麼，他到現在還震驚於自己沒有因為炸橋而死，所以還無法回神。他已經完全接受自己會死的事實，現在的一切因而更顯得不真實。擺脫這種狀態吧，他對自己說，別再深陷其中。今天還有好多、好多、好多事要做。但不真實的感受徘徊不去，他清楚意識到一切開始變得像一場夢。

「你就是那些炸藥的煙吸太多了。」他對自己說。但他知道不是這樣的。他可以在這一切的現實中確切感覺到一切有多不真實，他往下望向橋，望向躺在道路上的哨兵，又望向安索莫躺的地方，他望向靠著邊坡的佛南多，然後眼神回到光滑的棕色道路上，再望向那台癱瘓在路上的卡車，一切還是好不真實。

「你最好趕快跟那個不正常的你拆夥吧，」他對自己說：「你就像那種鬥雞場裡的公雞，沒人看出你受傷，外表也看不出來，但其實已經快不行了。」

「別胡思亂想，」他對自己說：「你只是有點昏沉，責任盡了之後一下子有點鬆懈，如此而已。放鬆一點。」

然後奧古斯敦抓住他的手臂，一邊指向溪谷對面，他看見了帕布羅。

他們看見帕布羅從路彎處跑出來。他們看見他在遮蔽住道路的岩壁邊停下腳步，背靠著岩石回頭開槍。羅伯·喬登看見那個矮胖又結實的帕布羅頭上的帽子不見了，此刻的他正背靠岩壁用那把短短的騎兵自動步槍開火，閃亮的黃銅彈殼在陽光的照射下不停噴出。他們看見帕布羅蹲下，然後又發射了一輪。接著他沒有回頭看，直接甩開那雙外八的弓形腿，矮矮的身體埋頭朝橋的方向直衝過來。

此時羅伯·喬登已經推開奧古斯敦，他把龐大的自動步槍槍托抵在肩膀上，用槍瞄準路彎處，自己的短機關槍則擺在左手邊。短機關槍在這麼遠的距離打不準。

帕布羅朝他們跑來，瞄準著路彎的羅伯·喬登卻什麼都沒看見。帕布羅已經抵達橋邊，他扭頭往後看，又瞄了橋一眼，身影在左轉爬下溪谷後消失不見。羅伯·喬登仍望著路彎，眼前還是什麼都沒出現。奧古斯敦跪起身來，他可以看見帕布羅正像頭山羊般爬下溪谷。自從他們第一眼看見帕布羅之後，下方就沒再傳來槍響。

「你在上方有看到什麼嗎？在上面的岩壁上？」羅伯·喬登問。

「沒有。」

羅伯·喬登望著路彎。他知道橋這端連接到路面的上段陡峭岩壁很不好爬，但下段很輕鬆，之前可能有人繞開陡坡爬上來過。

如果說之前的一切顯得不真實，此刻突然又變得夠真實了，就彷彿相機的反射鏡突然對準焦距。而就在此刻明亮的陽光下，他看見一台車從路彎後方轉了出來，那台車的車身低矮，車頭稜角分明，方形砲塔上塗了綠、灰和棕色的迷彩，機關槍管從砲塔往前突出。他開了一槍，聽見子彈敲打鋼制車殼的聲音。然後這台小小的輕形坦克急匆匆退回岩壁後方。羅伯·喬登望著那個轉角，槍管再次出現，然後出現了砲塔的前緣，接著砲塔往側邊一轉，讓槍口正好指向道路。

「看來老鼠出洞了，」奧古斯敦說：「瞧啊，Inglés。」

「對方不是很有自信。」羅伯·喬登說。

「帕布羅一直都在跟這隻大蟲作戰，」奧古斯敦說：「再開一槍，Inglés。」

「不，我傷不了它，也不想讓對方知道我們在哪。」

坦克繼續朝道路開槍。子彈打到路面，彈開又乒乒乓乓地打在金屬橋上。他們之前在下面聽見的就是這架機關槍的聲音。

「Cabrón！」奧古斯敦說：「這就是鼎鼎有名的坦克嗎？Inglés？」

「這在坦克中只算是寶寶等級。」

「Cabrón。要是有個裝滿汽油的奶瓶，我現在就爬上去給這台寶寶坦克點火。這傢伙之後會怎麼做？Inglés？」

「等一下會再試著開出來看看。」

「大家怕的就是這個，」奧古斯敦說：「瞧，Inglés！他在殺那些早就死掉的哨兵。」

「反正也沒其他目標可打嘛，」羅伯．喬登說：「別怪人家了。」

但他同時也在想，好啊，拿對方來開玩笑啊。但如果換作是你回到自己遙遠的國家，敵方在主要道路上用火力牽制你，還把一道橋給炸了。難道你不會覺得前方可能有地雷或設了什麼陷阱嗎？你一定也會這樣想。對方其實處理得很好。那台輕型坦克在等著看還會有什麼出現。他們正在準備與敵人交鋒，但其實只有我們，只是他無法確認。瞧瞧這個厲害的小雜碎。

這台輕型坦克又把槍管從轉角處往外探了一些。

就在此時，奧古斯敦看見帕布羅從溪谷爬出，他正用手和膝蓋把自己撐上來，那張滿臉鬍渣的臉上大汗淋漓。

「狗娘養的來了。」他說。

「誰？」

「帕布羅。」

羅伯．喬登定睛看見了帕布羅，然後他開始對著坦克上用迷彩掩護的砲塔開槍，他知道機關槍上方有一道細長的縫，所以朝那裡打。那台小坦克立刻咻地往後退，急匆匆地消失在他們的視線範圍外，羅伯．喬登拿起自動步槍，將三腳架摺好緊貼槍管，把槍嘴還燙著的槍背到肩上。燒燙的槍嘴灼傷了他的肩膀，所以他把槍管往後方推得老遠，再將身前的槍托轉平後抓在手上。

「把那袋槍盤和我的小 máquina 拿來，」他大吼：「跑著跟上。」

羅伯．喬登穿過松林往山坡上跑。奧古斯敦緊跟在後，帕布羅也在奧古斯敦後方跟上來。

「皮勒！」喬登對著山坡上喊：「要回去了，女人！」

他們三人盡可能快速往陡峭的山坡上爬，但實在跑不起來，因為坡度不好應付，而除了一架輕巧的騎兵短機關槍之外，帕布羅什麼都沒帶，所以有辦法緊跟在前面兩人後方。

「你的人呢？」奧古斯敦用乾渴的嘴巴問帕布羅。

「全死了。」帕布羅說。他快要無法呼吸。奧古斯敦轉頭望向他。

「我們現在有很多馬了，Inglés。」帕布羅喘著氣說。

「很好，」羅伯．喬登說。這個殺人不眨眼的雜種，他心想。「你遇到了什麼狀況？」

「什麼都遇到了，」帕布羅說。他正在努力把空氣吸進肺裡。「皮勒那邊怎麼樣？」

「她失去了佛南多跟那個兄弟中的——」

「埃拉迪歐。」奧古斯敦說。

「你呢？」帕布羅問。

「我失去了安索莫。」

「現在有很多馬了，」帕布羅說：「甚至還夠運行李。」

奧古斯敦咬住下唇，他一邊看著羅伯．喬登一邊搖頭。就在他們下方看不見的樹林彼方，他們聽見坦克再次對著道路和橋射擊。

羅伯・喬登歪了一下頭。「到底發生了什麼事？」他對帕布羅說。他不喜歡看到帕布羅，也不喜歡聞到他的氣味，但他想聽他說。

「那台坦克在那裡，我走不開，」帕布羅說：「我們被困在下方路彎處的哨站。終於那台坦克決定回頭去找些什麼，我就跑過來了。」

「你剛剛在路彎處那邊對誰開槍？」奧古斯敦直接質問。

帕布羅看著他咧開嘴笑，但他想想又覺得不好，就什麼都沒說。

「你把他們全打死了嗎？」奧古斯敦問。羅伯・喬登對自己說，閉上你的嘴吧，現在不干你的事了。他們的表現可圈可點，甚至超過預期，剩下的就是游擊隊內部的爭端。不要做出道德批判。你對一個殺人不眨眼的傢伙能有什麼指望？你合作的對象就是這種傢伙。閉上你的嘴。你之前就很清楚他是什麼貨色。這也算不上什麼新聞了。但你這下流的雜種，他心想，你這下流、齷齪的雜種。

他的胸口因為剛剛爬坡而疼痛，就像跑步後幾乎要裂開的那種感覺，現在他可以從樹林間看見那些馬。

「說啊，」奧古斯敦說：「為什麼不說你打死了他們？」

「閉嘴，」帕布羅說：「我今天大幹了一場，而且幹得很好。問Inglés就知道了。」

「那想辦法讓我們撐過今天吧，」羅伯・喬登說：「畢竟撤退計畫是你負責的。」

「我的計畫很好，」帕布羅說：「只需要一點運氣，我們都會沒事。」

他開始呼吸得比較順暢了。

「你沒打算把我們當中的誰殺掉，是吧？」奧古斯敦說：「不然我現在就幹掉你。」

「閉嘴，」帕布羅說：「我必須維護你的利益，還有這個小隊的利益。這是戰爭。你不可能總是稱心如意。」

「Cabrón，」奧古斯敦說：「什麼好處都給你拿了。」

「跟我說說你在下面遇到什麼狀況。」羅伯．喬登對帕布羅說。

「什麼都遇上了，」帕布羅又說。他還是彷彿胸口被扯裂一樣地大口呼吸，但現在比較能順暢講話，他的臉和頭上流滿汗水，肩膀和胸口也被汗浸濕。他小心翼翼地觀察羅伯．喬登，確定他的態度是否真的友善，然後咧嘴笑開。「什麼都遇上了，」他又說了一次。「一開始我們拿下哨站。然後來了個騎摩托車的傢伙，接著又來一個，之後是一台救護車，再一台軍用卡車。最後那台坦克才剛來，你就炸橋了。」

「然後——」

「坦克傷不了我們，但我們也走不掉，因為它霸住了道路。等它離開後，我就來了。」

「你的人呢？」奧古斯敦硬是湊進來問，他還想找麻煩。

「閉嘴，」帕布羅直直望向他，根據他的表情，你可以知道他在幹出其他糟糕事之前確實好好打了一場。「他們又不是我們小隊的人。」

現在他們可以看見綁在樹林間的馬匹了，陽光透過松樹枝條灑落在牠們身上，為了趕跑馬蠅，這些馬匹又是甩頭、又是踢腿，羅伯．喬登看見了瑪麗亞，下一個瞬間就已經把她抱在懷裡，而且抱得很緊，此時自動步槍靠在他的身側，槍口的消焰器緊貼他的肋骨，瑪麗亞說：「你啊，羅伯托，噢，你啊。」

「是的，兔子，我乖乖的兔子。現在我們走吧。」

「你是真的嗎？」

「是的，是的，我是真的。噢，妳啊！」

他從沒想過能在作戰時意識到一個女人的存在；甚至是身心還有任何一絲意識到她的可能性，又或者做出回應；他也沒想過若真有了一個女人，她竟能用圓潤緊實的小乳房透過襯衫緊貼著你；

甚至這對乳房還有辦法理解他們在戰鬥中的感受。但這是真的，而他心想，很好。這樣很好。我原本不可能相信會有這種事。此刻他又把她抱得更緊，很緊，但沒有看她，接著他用力拍打了她，而且是之前從未拍過的部位，然後說：「上馬。上馬。上去馬鞍，guapa。」

然後他們把綁住的馬籠頭解開，羅伯．喬登將自動步槍還給奧古斯敦，背起自己的短機關槍，把口袋裡的手榴彈放進鞍袋，接著把空背包塞進另一個背包後綁在他的馬鞍後方。皮勒上來了，但因為爬坡喘得講不出話，只能比手畫腳。

然後帕布羅將手中三綑綁馬腳的繩子塞進鞍袋中，站起身說：「Qué tal，妳這女人？」她只是點點頭，接著所有人都上了馬。

羅伯．喬登騎的是他前一天早上在雪中初次看見的那匹大灰馬，他感覺在自己腿間及手下的這匹馬真的很不錯。他穿著繩底鞋，感覺馬鐙有點太短了；他的短機關槍掛在肩膀上，口袋塞滿彈夾，就這麼坐在馬背上為其中一個用過的彈夾填彈，他把韁繩在一邊的手臂下夾得很緊，同時望著皮勒爬上那匹鹿皮色的馬，那只被綁上太多補給裝備的馬鞍變成了一個形狀怪異的座位。

「那些東西別帶了吧，看在老天的分上，」普里米提沃說：「妳會落馬，馬也扛不動。」

「閉嘴，」皮勒說：「我們之後得靠這些生活。」

「這樣可以騎馬嗎？女人？」帕布羅坐在那匹優秀的紅褐色馬上，馬鞍是從guardia civil那裡搶來的。

「任何牛奶小販都能這樣騎，」皮勒對他說：「你打算怎麼走，老傢伙？」

「直直往下走，越過道路，爬上遠方的山坡，在坡地變窄的地方進入森林。」

「越過道路？」奧古斯敦在他身邊騎馬掉頭，他穿著軟跟帆布鞋，朝帕布羅昨晚搞來的其中一匹馬踢，那匹馬硬梆梆的肚子沒有反應。

「是的，老兄，只能走那條路。」帕布羅說。他把其中一條牽馬繩交給他，剩下的交給普里米提沃和吉普賽人。

「如果你願意的話可以走在最後，Inglés，」帕布羅說：「我們必須從夠高的地方穿過道路，以避開那架 máquina。但我們要分開行動，各自騎一段路後在山坡變窄的上方集合。」

「很好。」羅伯．喬登說。

他們騎馬穿過樹林往下方的道路邊緣走。羅伯．喬登就騎在瑪麗亞身後。因為林木密集，他沒辦法騎在瑪麗亞身邊。他用大腿肌肉輕輕摩擦灰馬，就在他們穿過松林快速往下前進時，他將牠掌控地很穩定，本來在平地可以透過馬刺給牠的指令，他現在是一邊往山坡下走一坡透過大腿力量來調控。

「妳啊，」他對瑪麗亞說：「穿越道路時走第二個。第一個看起來很糟，但其實不然。第二個就很好。他們真正會注意到的都是後面那些人。」

「但你——」

「我會突然衝過去，不會有問題。待在隊伍裡比較糟。」

他看著帕布羅那顆頭髮粗硬的圓頭，那顆頭縮在肩膀中間，自動步槍則掛在他的肩膀上。他望向皮勒，她沒戴帽子，肩膀寬闊，膝蓋因為腳跟勾住行李捆包而比大腿還高。她回頭看了他一眼，搖搖頭。

「在越過道路前騎到皮勒前面。」羅伯．喬登對瑪麗亞說。

然後他的眼神穿過逐漸稀落的樹林，看見底下油亮的深色道路，以及道路對面的綠色山坡。我們現在的位置比涵洞高，他看了看，道路正是從這個高度開始驟然往下傾斜，經由一個長長的彎道通往那座橋。我們大概在距離橋梁上方八百碼處，如果那台小坦克開近橋邊，此處仍在那架飛雅特機關槍的射程範圍內。

「瑪麗亞，」他說：「抵達道路之前，先騎到皮勒前面，等等也一定要快步往山坡上騎。」

她回頭看他，但什麼都沒說。他沒看她，只是想知道她有沒有聽懂。

「Comprendes？」他問她。

她點頭。

「往前騎啊。」他說。

她搖頭。

「往前騎！」

「不，」她對他說，然後轉回身去，搖頭。「我就照現在的順序過去。」

就在此時，帕布羅用兩邊的馬刺一夾，紅褐色大馬就衝下最後一段布滿松針的山坡，再越過道路，牠的馬蹄鐵敲打路面濺出火星。其他人也跟著下去，羅伯・喬登看見他們穿越道路，馬蹄趴嗒趴嗒地爬上綠色山坡，然後聽見橋那邊的機關槍聲彷彿錘擊般響起。然後他聽見咻—啪—砰！那聲砰是迴盪不去的尖銳爆裂聲，他看見山坡上有一小片土像噴泉一樣伴隨一股灰煙飛濺起來。咻—啪—砰！聲音又來了，那聲咻就像火箭發射，接著又是另一波土往空中騰越而起，山坡上的灰煙飄得更高了。

在他前面的吉普賽人被迫停在路邊，他躲在靠近路邊的樹林內，先是往前望向山坡，再回頭看羅伯・喬登。

「去啊，拉菲爾，」羅伯・喬登說：「衝過去，老兄！」

吉普賽人身後有匹馱行李的馬，他握著這匹馬的牽馬繩，但不肯前進的馱馬把繩子扯得死緊。

「放開馱馬衝過去！」羅伯・喬登說。

他看見吉普賽人的手往後伸長，然後愈抬愈高，彷彿永遠都無法放棄，終於他用腳跟踢了正在騎的馬，他身後那條牽馬繩先是繃緊然後垂落，終於他穿過了道路，羅伯・喬登用膝蓋頂住那匹因為嚇壞而往後朝他撞過來的馱馬，此時吉普賽人已穿越那條堅硬的深色路面而去，他可以聽見他的馬往山坡上衝刺時蹄子敲出的沉重音響。

咻咻—喀—喀啪！一記平射砲打了過來，他看見吉普賽人像奔跑的野豬一樣敏捷閃開，他前方的泥土如同黑灰色的泥漿般噴起。他望著他衝刺，進度不快但已經快要抵達目標，他爬上綠色坡地，子彈落在他的後方和前方，他現在已經跟其他人一起待在山腰上的凹陷窪地。

我沒辦法帶上這頭該死的馱馬，羅伯．喬登心想。但真想把這匹狗娘養的馬牽在靠近路中央的身旁，好讓牠擋在我和那把四十七毫米的機關槍之間。老天啊，我還是試著帶牠過去吧。

他騎馬接近那匹馱馬，抓住牠的馴馬籠頭，握住牽繩，讓那匹馬在他身後小跑步跟著，然後往山坡上的林間騎了五十碼。他從樹林邊緣往下望向道路，有台卡車正開向橋。他可以看見有敵人下車後來到橋上，而卡車後方的道路似乎已經堵塞。羅伯．喬登四處張望，終於找到需要的目標，於是伸手從松樹上折下一根枯枝。他放開馴馬籠頭，將馱馬慢慢趕到通往道路的斜坡頂端，然後用枯枝抽打牠的屁股。「跑啊，這狗娘養的傢伙。」他說，然後當馱馬越過道路開始爬上山坡時，他把枯枝丟過去打中了馬，本來只是奔跑的馬因此開始衝刺。

羅伯．喬登沿道路又往上騎了三十碼；再過去的邊坡就太陡了。敵方現在的槍聲充滿火箭發射的咻咻響和爆裂聲，土石也在砰砰響中不停噴飛到空中。「來吧，這頭又大又灰的法西斯雜種。」羅伯．喬登對馬說，接著讓牠往斜坡下方一口氣衝刺起來。他來到了毫無掩護的道路上，馬蹄下的道路好硬，敲打路面的反作用力一路傳遞到他的肩膀、脖子和牙齒，抵達滑軟的坡地後，馬蹄有了抓地力就能使力切入、扎實擊打坡面，蹄子本身也能伸展、揮灑、前進，他沿著坡地往下望向橋，他從沒有從這個角度看過橋。橋現在以側面橫展在他面前，看過去不再有前景縮短的效果，橋中央已被炸破，後方的道路上是那台小坦克，小坦克後方是台大坦克，大坦克上的砲管現在正如鏡子般閃爍著亮黃色火光，接著彷彿空氣被劃開的刺耳聲響傳來，幾乎是劃過了在他面前延伸出去的灰馬脖子上方，就在前方坡地上噴起泥土時，他轉開頭。前方的馱馬已經往右側跑得太遠，此刻腳步已經慢了下來，而羅伯．喬登還在衝刺，他的頭稍微往橋的方向轉，看見一整排卡車停在路彎後方，現在他爬到了地勢較高處所以可以看清楚，然後他看見亮黃色的閃光，那代表咻咻、砰的聲音即將緊接而來，砲彈落下的距離還差他一些，但他聽見泥沙飛起時夾雜了金屬彈片的聲響。

他看見他們全在前方樹林的邊緣望著他，他說：「Arre caballo！[432]跑啊，該死的馬！」他感覺馬的胸口因為坡度變陡而劇烈起伏，他看見前方延伸的馬脖子和灰色馬耳朵，他伸手拍拍濕答答的灰馬脖子，往回望向橋，看見道路上那台沉重、方形的泥色坦克中發出了燦亮閃光，他沒有聽見任何咻咻聲，只有伴隨著轟轟聲響的辛辣氣味，還有如同鍋爐炸裂開來的鏗鏘聲響，然後他就倒在了灰馬底下。灰馬不停踢腿，他則努力把馬壓住的身體掙脫出來。

他還可以動，也有辦法往右側移動，但當他試圖往右側移動時，左腿卻平癱在馬的身體底下。那感覺就像多了一個新關節但不是髖關節，而是另一個像絞鍊一樣的橫向關節。然後他明白是什麼了，就在此時，灰馬跪地將自己撐起，羅伯．喬登剛剛早已機靈地把右腿的馬鐙踢開，任由身體從馬鞍上滑下，他待在馬旁邊的地上，用兩隻手撫摸左腿平癱在地面的大腿骨，雙手都摸到了斷骨尖端抵住皮膚的地方。

灰馬幾乎站在他的正上方，他可以看見馬的肋骨正上下起伏。他坐的地方是一片綠草地，其中有野花，他沿山坡往下望，眼神越過道路、橋梁、溪谷、道路，他看著坦克，等著那裡出現下一道閃光。閃光幾乎立刻就出現了，這次一樣沒有咻咻聲，但帶有高爆藥的氣味，大量泥塊飛散，鋼片四處颼颼地飛，他看見大灰馬安靜坐倒在他身旁，彷彿那是一匹馬戲團的馬。接著他望著坐在那裡的馬，聽見牠發出的哀鳴。

隨後普里米提沃和奧古斯敦抓著他的腋下把他拖上山坡的最後一段路，腿上的新關節讓他的腿因為地面的摩擦左右擺動。曾有顆砲彈咻咻地從他們的頭頂近處飛過，他們立刻放下他，所有人平趴在地面，但砂土還是灑了他們一身，鋼片四處飛散，然後他們再次扶起他。終於他們把他拖進一個隱蔽處，那是在樹林間一道長長的乾涸溪床，馬匹都在那邊，瑪麗亞、皮勒和帕布羅都站在他身邊。

瑪麗亞跪在他身邊說：「羅伯托，你怎麼了？」

他說話時渾身冒汗，「左腿斷了，guapa。」

「我們會幫你固定起來，」皮勒說：「你可以騎那匹馬。」她指向其中一匹背滿行囊的馬。「丟掉那些行李就行了。」

羅伯・喬登看見帕布羅搖頭，他對他點點頭。

「妳們先離開，」他說。然後他說：「聽著，帕布羅，過來這裡。」

他長滿鬍渣的臉上流滿汗水，此時彎腰把臉靠近他，羅伯・喬登可以聞到帕布羅的一身臭氣。

「讓我們談談，」他對皮勒和瑪麗亞說：「我得跟帕布羅談談。」

「會很痛嗎？」帕布羅問。他彎腰靠近羅伯・喬登。

「不，我認為神經給壓壞了。聽著，你們走吧，我死定了，懂嗎？我會跟那女孩說說話。等我要你把她帶走時，就帶走她。她會想留下。我不會說太久。」

「看來是如此，時間也不多了。」帕布羅說。

「顯然是如此。」

「我覺得你去共和國會比較好。」羅伯・喬登說。

「不，我要去格雷多山區。」

「去運用你的才智。」

「跟她說說話吧，」帕布羅說：「時間不多了。很遺憾你受了傷，Inglés。」

432「Arre caballo!」這句西班牙文的可翻為「跑起來呀！你這匹馬！」

「既然已經受傷了——」羅伯．喬登說：「就別提了吧。但用用你才智。你很聰明，要好好利用。」

「怎麼會不利用？」帕布羅說：「快跟她說說話，Inglés。沒時間了。」

帕布羅走去最近的一棵樹邊沿著山坡往下望，他的眼神越過山坡，再沿著道路越過溪谷。帕布羅正望著躺在山坡上的那匹灰馬，臉上有真心的懊悔，皮勒和瑪麗亞聚在羅伯．喬登身邊，他正靠著一棵樹坐著。

「把長褲割開，好嗎？」他對皮勒說。瑪麗亞蹲在他身邊沒說話。陽光照在她的頭髮上，她的臉就像孩子快哭了一樣扭曲著，但她沒哭。

皮勒用她的刀把長褲褲腿從左邊口袋以下割開。羅伯．喬登用雙手將布料攤開，望著那片大腿。髖關節下方十英寸處有塊突出的紫色腫包，就像一座尖頂的小帳棚，他撫摸時可以感覺斷開的大腿骨緊貼住皮膚。他的腿以奇怪的角度癱在地面。他抬頭望向皮勒，她的表情跟瑪麗亞一樣。

「Anda，」他對她說：「走吧。」

她垂頭喪氣地離開，什麼都沒說，也沒回頭，羅伯．喬登可以看見她的肩膀在抖動。

「guapa，」他對瑪麗亞說話，同時抓住她的雙手。「聽著，我們不會去馬德里了——」

然後她開始哭。

「不，guapa，別這樣，」他說：「聽著，我們現在不會一起去馬德里了，但不管妳去哪裡，我都在妳身邊，明白嗎？」

她沒說話，只是把頭貼住他的臉頰，兩隻手臂環抱住他。

「好好聽我說，兔子，」他說。他知道時間很趕，他也在瘋狂流汗，但這些話一定要說出來，而且要能讓她理解。「妳現在會離開，兔子，但我會跟著妳。只要我們其中一個人存在，就代表我們都存在。妳明白嗎？」

「不，我跟你一起留下。」

「不，兔子。現在我要做的事，我得自己做。有妳在的話我做不好。只要妳離開了，就代表我也跟著離開，妳難道不明白嗎？只要我們有人在，就代表我們都在。」

「我要跟你一起留下。」

「不，兔子，聽著。那件事沒辦法跟別人一起做，每個人都得自己來。但如果妳離開，我就等於跟著離開。透過那種方式我也能離開。妳會離開的，我知道，因為妳很乖又很善良。妳會為了我們倆離開。」

「但對我來說，留在這裡比較輕鬆，」她說：「我比較想留下。」

「是，所以離開是在幫我的忙。為我離開，那是妳可以做的事。」

「但妳不明白，羅伯托。那**我**呢？離開對我來說是再糟糕不過的事了。」

「一定的，」他說：「對妳來說比較困難。但我現在也是妳了。」

她沒說話。

他望著她，全身汗如雨下，他繼續說著，他這輩子從未如此努力想讓一件事成功。

「現在妳要為了我們兩人離開，」他說：「妳不可以自私，兔子。妳現在必須完成妳的義務。」

她搖頭。

「妳現在是我了，」他說：「妳一定也感覺到了，兔子。」

「兔子，聽著，」他說：「妳走，真的就等於我一起走。我對妳發誓。」

她沒說話。

「現在妳明白了，」他說：「現在我確定妳明白了。現在妳會離開。很好。現在妳要走了。現在妳已經表明妳會離開。」

她什麼都沒說。

「我為此感謝妳。現在妳會迅速安全地去到很遠的地方，我倆都會跟著妳離開。現在把妳的手放在這裡。現在把妳的頭放下來。不，放下來。對，沒錯。現在我把我的手放在那裡。很好。妳真乖。現在別再多想。現在妳要做該做的事。現在妳會聽話。不是聽我的話，是聽我們倆的話，是存在於妳體內的我。現在妳會為了我倆離開。真的。我們都跟著妳一起走。這點我向妳保證。妳願意離開真的是非常乖、非常善良。」

他朝帕布羅歪了一下頭，本來站在樹邊側身注意這邊的他開始走過來，還用大拇指對皮勒做了個手勢。

「我們之後再找機會去馬德里，兔子，」他說：「真的。現在站起來離開，我們要一起離開了。站起來，懂嗎？」

「不。」她說，然後緊抱住他的脖子。

他仍保持冷靜的講理口氣，但極有威嚴。

「站起來，」他說：「妳現在也是我。之後世上剩下的我也只有妳。站起來。」

她一邊哭一邊緩慢起身，頭低垂著，然後又立刻跌坐在他身邊，接著又站起來，動作緩慢而疲憊，此時他說：「站起來，guapa。」

皮勒抓住了她的手臂，她站在她身邊。

「Vámonos，」皮勒說：「你有缺些什麼嗎？Inglés？」她望著他，然後搖搖頭。

「沒有。」他說，然後繼續跟瑪麗亞說話。

「這不是告別，guapa，因為我們沒有分開。去格雷多山區應該會不錯。現在離開。乖乖離開。不，」皮勒扶女孩走開時，他仍保持冷靜的講理口氣。「別回頭。把妳的腳套進馬鐙。對。腳套進去。幫她上馬，」他對皮勒說：「讓她坐上馬鞍。快上去吧。」

他滿身大汗地轉頭往山坡底下望，然後回頭望向坐在馬鞍上的女孩，皮勒在她身旁，帕布羅就跟在後面。「現在離開，」他說：「快走。」

她開始回頭。「別回頭，」羅伯．喬登說：「快走。」帕布羅用綁馬腳的皮帶抽打馬臀的鞦帶處，瑪麗亞似乎快要從馬鞍上滑下來，但皮勒和帕布羅緊貼在她的兩側，皮勒還伸手扶住她，三匹馬就這麼沿著乾涸溪床往上游離開。

「羅伯托，」瑪麗亞轉身大吼：「讓我留下！讓我留下！」

「我跟妳在一起，」羅伯．喬登大吼：「我現在就跟妳在一起。我們都在那裡。快走！」然後他們騎過一個溪床的轉角後消失在視線範圍外，他現在已經全身被汗水浸濕，什麼都沒辦法看清楚了。

奥古斯敦站在他旁邊。

「要我開槍打死你嗎？Inglés？」他彎腰靠近他問：「Quieres？[433]這沒什麼。」

「No hace falta[434]，」羅伯．喬登說：「走吧。我在這裡很好。」

「Me cago en la leche que me han dado！[435]」奥古斯敦咒罵。他哭到已經無法把羅伯．喬登的臉看清楚。「Salud，Inglés。」

「Salud，老傢伙，」羅伯．喬登說。他現在望向山坡下方。「好好照顧那個小平頭，好嗎？」

「沒有問題，」奥古斯敦說：「你需要的都有了嗎？」

「這把máquina的子彈剩很少了，所以我就留著，」羅伯．喬登說：「反正這把槍的子彈你們也無法搞來更多了。另一把和帕布羅那把還有辦法。」

---

433 「Quieres?」是西班牙文的「你要嗎？」

434 No hace falta，西班牙文，意思是「沒有必要」。

435 「Me cago en la leche que me han dado!」這句西班牙的髒話大概可以翻作「我去我祖宗的十八代」。

「我把槍管清過了，」奧古斯敦說：「你摔到地上時，槍插到土裡了。」

「馱馬怎麼樣了？」

「吉普賽人抓到牠了。」

奧古斯敦已經上了馬，但不想離開。他把身體往羅伯．喬登靠著的樹幹斜斜地伸過去。

「走吧，viejo，」羅伯．喬登對他說：「這種事在戰爭中太常見了。」

「Qué puta es la guerra[436]，」奧古斯敦說：「戰爭是個婊子。」

「是的，老兄，是的。但你快出發吧。」

「Salud，Inglés。」奧古斯敦緊握著右拳說。

「Salud，」羅伯．喬登說：「但出發吧，老兄。」

奧古斯敦將馬匹掉頭，右拳往下揮了一把，彷彿再次用這個動作咒罵戰爭，接著就沿溪床往山上騎去。所有其他人都早已看不見蹤影。奧古斯敦回頭望向溪床在林間的轉彎處，揮舞他的拳頭。羅伯．喬登揮揮手，奧古斯敦也揮了揮，然後就消失了身影……羅伯．喬登沿著山腰的綠色坡地往下望向道路和橋。我現在這個姿勢也不差，他心想，現在不值得冒險趴下，畢竟斷骨現在離皮膚表面很近，而且我這樣看得比較清楚。

他們的離開以及其他發生的一切都讓他覺得空洞、虛脫又疲憊，他的口中有類似膽汁的酸味。現在終於到了最後，一切都沒問題了。無論之前如何或之後即將如何，對他來說都不是問題了。

他們全都離開了，此刻的他獨自背靠樹坐著。他的眼神沿著綠色坡地往下望，看見那匹奧古斯敦打死的灰馬躺在那裡，然後又往下望向道路，道路後方是長滿林木的山區。然後他望向橋，眼神越過橋，他看見了橋上和路面上的動靜。他現在可以看見那些卡車了，它們都擠在下方的路面。卡車的灰色車身從林間透出，然後他回頭往道路的上方看，一路看向路面越過山丘之處。他們很快就要來了，他心想。

皮勒能把她照顧得很好，而且絕不會比任何人差。這點你很清楚。帕布羅一定有詳盡的計畫，不然不會貿然嘗試。你不用擔心帕布羅。去想瑪麗亞的事沒有好處。試著相信你對她說的話吧。那樣再好不過了。而且誰說不是真的呢？不是你唷。你沒這樣說，就像你也不會把發生過的事說成沒發生。繼續堅持你此刻的信念。別憤世嫉俗。你們擁有的時間太少，而且你才剛把她送走。所有人都盡了自己的力。你沒辦法為自己做什麼了，但或許還能為別人做點事。好吧，我們已經走了四天好運。其實不算四天。第一天我抵達時已經是下午，今天也還沒到中午。這樣只能勉強算是三個白天和三個晚上。你要精確一點，他說。這樣說算是夠精準了。

我想你最好現在趴下，他心想。你最好想辦法找出一個姿勢來讓自己有點用處，而不是像個流浪漢一樣靠在樹邊。你一直運氣很好。比現在更糟的情況太多了。反正每個人遲早都得這麼做的。而且一旦知道非做不可你就不怕了，是吧？不怕，他說，真的。不過神經給壓壞算是幸運。他在骨頭斷掉處以下什麼都感覺不到。他摸了摸腿的下半部，那裡似乎完全不是他身體的一部分。

他再次往山坡下望去，然後心想，就只是，我真的不想離開這個世界。我真的很不想離開這個世界，真希望我在這個世界有做過一些好事。我嘗試用我生前有過的才能這麼做了。**應該是現在有的，你是指現在活著擁有的才能。好吧。現在有的。**

我已經為自身的信念奮戰了一年。如果我們在這裡贏了，之後也能在所有地方獲勝。這世界是個很不錯的地方，值得我們為此戰鬥，我真的很不想離開。你之前走過不少好運了，他對自己說，你有很棒的一生。你跟祖父活得一樣精采，只是沒活那麼長。因為有了最後這些日子你也活得不比任何人差。你已經這麼幸運了，你不想抱怨。只不過啊，真希望能有什麼方法能把我領悟到的一切傳承下去。老天啊，我在人生的最後領悟得還真快。我真想跟卡科夫談談，但那得在馬德里，越過

436 Qué puta es la guerra，西班牙文，「戰爭是個婊子」。

這些山後再往下穿越平原就會到了。你得往下穿越灰岩堆和松林，穿越石南花和金雀花，再越過黃土高原，然後就會看見美麗的白色馬德里城矗立在你眼前。這是真的，就跟皮勒說老女人會去屠宰場喝血一樣是真的。世間不是只有一**件**事是真的。所有事都是真的。飛機的美麗也不分我軍或敵軍。真是美麗啊，天殺的美麗，他心想。

你放輕鬆一點，好了，他說。趁還有時間的時候翻身趴下吧。聽著，有件事，你記得嗎？皮勒跟他說會看手相？你相信那些屁話嗎？不，他說。就算發生了這些事也不信？不，我不信。雪開始下之前，她為此友善地向我解釋，就怕我可能真的信了，但我不信。不過她相信。他們有人可以看見預兆，或者能有感應，就像那種獵鳥的狗。但就算有超感官知覺又怎樣？就像罵髒話又怎樣？他說。她不肯說再見，他心想，因為她知道一旦說了瑪麗亞就不會走了。皮勒那傢伙。把你自己翻過來吧，喬登。但他實在很懶得嘗試。

然後他想起後方的口袋裡有個小小的扁酒壺，他心想，我要來找個能消滅「巨人殺手」[437]的好位置，讓我試著來消滅這些烈酒吧。但他伸手去摸時，酒壺不在。這讓他覺得更加孤單，因為就連酒都不會有了。我猜我還是指望能有酒相伴啊，他說。

你覺得是帕布羅拿走了嗎？別傻了。你一定是在橋那邊弄丟了。「可以了，喬登，」他說：「來翻身吧。」

然後他用雙手抓住自己的左腿，用力拉扯，他躺在剛剛背靠著休息的樹旁，同時把腿往腳的方向拉。他平躺在地上，把腿拉得很直，以免斷骨的尖端往上穿出大腿皮膚，他緩慢轉動自己的屁股，直到後腦杓正面對下坡方向，雙手把斷掉的腿轉往上坡方向，他把右腳的腳跟靠在左腳的腳背上，翻轉過程中兩腳始終緊貼彼此，他滿身大汗，終於讓臉和胸口翻向地面。他用手肘撐起身體，雙手往後拉直左腿，再用右腳用力把自己往前一推，終於讓左腿在背後伸直擺好，他也渾身大汗地就定位了。他用手指去摸左大腿骨斷掉的地方，沒事。斷骨尖端沒有刺出皮膚，還好好包覆在底下的肌肉中。

那匹該死的馬滾上去時一定是把大神經壓爛了，他心想。真的是一點也不痛。只有現在偶爾改變姿勢時才會痛，那些時候一定是骨頭刺到了其他什麼。你看吧？他說。你明白自己有多幸運嗎？你根本不需要如同「巨人殺手」的烈酒。

他伸手去拿短機關槍，取出彈盒內的彈夾，伸手去口袋裡摸出其他彈夾，打開槍機，檢查槍管，把彈夾放回彈盒內的凹槽，直到喀一聲卡住，然後往山坡下方望去。或許半小時吧，他心想，現在放輕鬆。

然後他望向山腰，看向松樹，他試著什麼都不去想。

他望向溪流，他想起剛剛在橋下的感覺有多涼爽。真希望敵人會來，他心想。我可不想在他們抵達之前變得神智不清。

你覺得誰比較能輕鬆面對呢？有宗教信仰的人，還是直接面對死亡的人？信仰可以帶來很大安慰，但我們都知道沒什麼好恐懼，唯一糟糕的只有眷戀。死亡只有在拖得太久或害人太痛時才糟糕，也才真的羞辱人。你就是這點幸運，懂嗎？這些你都不用經歷。

他們已經離開實在太好了。現在他們走了，我什麼都不在意了。我之前說的情況就差不多是**現在**這樣。真的差不多跟我說的一樣。情況可能多麼不同啊，要是他們的屍體全散落在灰馬所在的坡地上呢？我們也可能全被困在這裡等死。不，他們走了，他們離開了。真希望這波攻擊能成功。你想要什麼？什麼都想要。我什麼都想要，什麼下場也都接受。如果這波攻擊沒成功，另一波攻擊遲早會成功。我從沒注意飛機何時回來。**老天，我能說服她離開實在太幸運了**。

真想跟祖父聊聊這次的任務。我敢打賭他從來不需要到處召集人手，也不用上演這樣一場爆炸

437 海明威常將烈酒稱為巨人殺手（giant killer）。

大戲。但你又怎麼知道？他可能幹過五十次了。不，他說，你要精準一點。這種任務沒人幹過五十次。幹過五次的人都沒有。或許就連一次都沒有，沒有跟這次類似的。好啦。他們一定幹過。

真希望敵人現在來，他說。我希望他們現在立刻就來，因為我的腿開始痛了，一定是腫起來了。

坦克攻擊時，我們其實進行得相當順利，他心想。但我在橋下時沒遇到坦克過來純粹是運氣好。一旦出了差錯就一定會出事。上面給戈茲下指令時，你就注定要倒楣了。你當時就知道了，皮勒感覺到的也是如此。但之後我們該把這類任務組織得更嚴密。我們該帶可攜式的短波通訊裝備才對。**對，我們應該要有的裝備實在太多了**。我也該替自己帶條備用的腿。

他想著想著就咧嘴笑開，但全身大汗淋漓，因為剛剛跌倒傷到神經的大腿現在痛得厲害。噢，他們快來吧，他說。我不想做我父親做的事。我可以做得很好，但我更寧願不用這麼做。我反對自殺。別想了。完全別想。我希望那些雜種會來，他說。我真的好希望他們來。

他的腿現在痛得厲害。自從他移動後趴下，疼痛感就隨著腫脹浮現，他說，或許我就現在下手吧。我猜我對忍痛實在不在行。聽著，如果我現在下手，你不會誤解我，對吧？**你在跟誰說話？**沒有人，他說。祖父吧，我猜。不。沒有人。噢天殺的該死，我希望他們快來。

聽著，我可能得自己下手，因為如果我昏過去之類的，那我就一點用處也沒了，萬一他們把我弄醒，還會問我很多問題，又找我各種麻煩，那就不好了。最好還是別讓他們有機會找我麻煩。所以為什麼不乾脆現在下手，這樣不就結束了嗎？因為噢，聽著，是的，聽著，**讓他們趕快來吧**。

你真的很不擅長赴死啊，喬登，他說。真的很不擅長。但誰又擅長此道呢？我不知道，現在也不真的在意。但你不擅長。這點倒是沒錯。你一點也不擅長。噢真的一點也不擅長，一點也不。我認為現在下手沒關係？你不覺得嗎？

不，不是現在。因為還有你可以做的事。一旦你知道可以做什麼，你就得去做。只要你還記得可以做什麼就得等著去完成。**來吧。讓他們來。讓他們來。讓他們來！**

想想已經離開的他們，他說。想想他們正穿過樹林。想想他們正越過溪流。想想他們正騎馬穿過石南花叢。想想他們爬上坡地。想想他們今晚能沒事。想想他們正在長途跋涉，而且將跋涉整晚。想想他們明天就會找到地方躲好。想想他們。天殺的，想想他們。**我只能想他們想到這地步了**，他說。

想想蒙大拿。**我沒辦法**。想想馬德里。**我沒有辦法**。想想喝一口清涼的水。**好吧**。那一刻就會像這樣，像喝一口清涼的水。**你說謊**。那樣做也沒什麼。就是這樣。真的沒什麼。那就下手吧。**下手**。現在下手。現在下手沒關係。快啊，現在下手。**不，你得等**。等什麼？你很清楚。**那就等**。

我沒辦法再等了，他說。再等下去我就要昏倒了。我很清楚，因為我已經感覺自己快要失去意識三次，只是死撐著。我好好撐下來了，但不認為可以再撐下去。我想你在骨頭斷掉的附近有內出血，翻身讓情況變得更嚴重。腿就是這樣才腫起來，你因此變得虛弱還開始失去意識。現在下手沒關係。真的，我告訴你現在下手沒關係。

如果你等一下，就算只是牽制他們那麼一下，或者幹掉軍官，就可能扭轉整個局勢。光是把一件事做好可以帶來——

好吧，他說。他非常安靜地趴著，試著撐住自己的意識，他感覺自我意識正從體內流失，就像白雪開始從某座山坡消融滑下，然後他說了，此刻的他口氣沉靜，讓我撐到他們來為止。

羅伯．喬登的運氣非常好，因為就在此時，他看見騎兵從樹林出現後跨越道路。他看著他們騎馬上來。他看見因為灰馬停下的騎兵，那位騎兵轉頭對正騎過來的軍官大吼。他望著他們兩人一起低頭看著那匹灰馬。他們當然認得那匹馬。這匹馬和上頭的騎士自從昨天早上就失蹤了。

羅伯．喬登望著在山坡上的他們，他們現在距離他很近，他可以看見下方的道路、橋，還有更下方的長長車陣。他現在已經完全融入這片風景，他好好地將一切仔細看過一遍，然後抬頭望向天空，天上有大片大片的白色雲朵。他將手掌貼在他所趴的松針上，他又將手掌貼在他後方的松樹幹上。

然後他將兩隻手肘盡可能輕鬆地撐在松針上，短機關槍的槍嘴靠住松樹幹。

那名軍官正騎馬沿著游擊小隊留下的馬蹄印走來，之後將會經過羅伯．喬登趴伏所在地下方的二十碼處。那個距離要打中他不會有問題。那名軍官就是伯倫多中尉。自從下方哨站遭到攻擊的消息首次傳來，他就奉命從拉格蘭哈上來查看。他們一路騎馬上來並不容易，途中還因為橋炸掉被迫掉頭，只能從高處越過溪谷再穿過樹林繞到此地。他們的馬全身汗濕，必須要頻頻催逼才肯前進。

伯倫多中尉望著游擊小隊留下的足跡，然後騎著馬跟上，他瘦瘦的臉龐看來認真又嚴肅。他的短機關槍橫躺在馬鞍上，就揣在左手臂的手肘內凹處。羅伯．喬登趴在樹後，極為謹慎地維持自己的姿勢，仔細小心地確保雙手的穩定。他要等這位軍官走到陽光充足的所在，也就是草原與松林邊界第一棵樹的交會處。他可以感覺心臟怦怦怦地敲打著鋪滿林間地面的松針。

海明威年表

一八九九年　七月二十一日出生於美國伊利諾州芝加哥橡樹園鎮。父親克萊倫斯・愛德蒙・海明威（Clarence Edmonds Hemingway）是一名醫生，母親葛蕾絲・霍爾・海明威（Grace Hall Hemingway）婚前從事音樂工作。海明威為次子，上有一個姊姊，下有四個弟弟妹妹。自小常隨父親狩獵、釣魚、露營。

一九一三年　進入橡樹園溪高中，熱中體育活動。負責編輯校園刊物，也在刊物上發表短篇小說。

一九一七年　從橡樹園溪高中畢業。於《堪薩斯星報》（*Kansas City Star*）擔任記者，遵循報社方針，養成簡潔及正面敘述的寫作風格。記者工作持續半年後即報名上戰場，因視力條件不符，改隨紅十字會赴義大利，擔任救護車司機。

一九一八年　於義大利因傷住院，結識護士艾格妮絲・馮・庫洛斯基（Agnes Hannah von Kurowsky Stanfield），兩人的戀情成為《戰地春夢》的原型。

一九一九年　返回美國。收到艾格妮絲通知另有婚約的分手信。開始為《多倫多星報》（*Toronto Star*）撰稿。

一九二〇年　結識哈德莉・理查遜，通信數個月後決定結婚。作家舍伍德・安德森推薦他們到巴黎旅遊，並為夫妻倆寫介紹信。

一九二一年　與哈德莉婚後前往巴黎。結識詹姆斯・喬伊思、葛楚・史坦等藝文界名人。持續撰寫報導與遊記，刊登於《多倫多星報》。

一九二三年　夫妻倆首次造訪西班牙潘普洛納的聖費爾明奔牛節，再訪多倫多，長子約翰・哈德利・尼卡諾・海明威出生。出版第一本書《三個故事與十首詩》（*Three Stories and Ten Poems*）。

一九二四年　偕哈德莉攜子二度造訪潘普洛納。協助福特・馬多克斯・福特（Ford Madox Ford）編輯當時重要英美文學刊物《跨大西洋評論》。於法國出版《我們的時代》（*in our time*）短篇小說集。

一九二五年　六月三度造訪潘普洛納的聖費爾明慶典，慶典結束後開始撰寫《太陽依舊升起》草稿。十月在美國出版《我們的時代》（*In Our Time*）。

一九二六年　於寶琳・菲佛（Pauline Pfeiffer）的協助下與史克芮納出版社（Charles Scribner's Sons）簽約。十月《太陽依舊升起》正式出版。哈德莉發現了丈夫與寶琳的戀情，提出離婚。

一九二七年　一月與哈德莉離婚，五月與寶琳・菲佛結婚。十月，出版《沒有女人的男人》（*Men Without Women*）。

一九二八年　遷居佛羅里達州基韋斯特。次子派翠克・海明威（Patrick Miller Hemingway）出生。收到父親克萊倫斯自殺的消息。動手創作《戰地春夢》。

一九二九年　《戰地春夢》出版。

一九三一年　三子葛雷哥利・漢考克・海明威（Gregory Hancock Hemingway）出生。

一九三二年　隨筆集《午後之死》（*Death in the Afternoon*）出版。

一九三三年　短篇小說集《勝者一無所獲》（*Winner Take Nothing*）。造訪非洲。

一九三五年　隨筆集《非洲青山》（*Green Hills of Africa*）出版。

一九三七年　撰寫有關西班牙內戰的報導。因反對法西斯、懷疑天主教信仰而導致與寶琳感情生隙。

一九三八年　短篇小說集《第五縱隊與四十九個故事》（*The Fifth Column and the First Forty-Nine Stories*）出版。

一九四〇年　與寶琳離婚。與瑪莎·葛洪（Martha Gellhorn）結婚。出版《戰地鐘聲》。

一九四四年　第二次世界大戰期間，主動加入海軍偵查工作。

一九四五年　與瑪莎離婚。

一九四六年　與瑪莉·威爾許（Mary Welsh）結婚。

一九五〇年　出版《渡河入林》（*Across the River and Into the Trees*）。

一九五二年　出版《老人與海》（*The Old Man and the Sea*）。

一九五三年　獲頒普立茲文學獎。

一九五四年　獲頒諾貝爾文學獎。

一九六一年　歷經多年疾病、酗酒等問題，七月二日於家中舉槍自盡。葬於美國愛達荷州凱徹姆公墓。

一九六四年　散文《流動的饗宴》（*A Moveable Feast*）出版。

一九七二年　短篇小說集《尼克·亞當故事集》出版。

一九八五年　隨筆集《危險夏日》（*The Dangerous Summer*）出版。

一九八六年　小說《伊甸園》（*The Garden of Eden*）出版。

GREAT! 66 **戰地鐘聲**

作者	海明威（Ernest Miller Hemingway）
譯者	葉佳怡
封面設計	之一設計
排版	張彩梅
主編	徐　凡
責任編輯	吳貞儀
總編輯	巫維珍
編輯總監	劉麗真
事業群總經理	謝至平
發行人	何飛鵬
出版	麥田出版 地址：115020台北市南港區昆陽街16號4樓 電話：(02)2500-0888　傳真：(02)2500-1951
發行	英屬蓋曼群島商家庭傳媒股份有限公司城邦分公司 地址：115020台北市南港區昆陽街16號8樓 網址：www.cite.com.tw 客服專線：(02)2500-7718｜2500-7719 24小時傳真專線：(02)-2500-1990｜2500-1991 服務時間：週一至週五09:30-12:00｜13:30-17:00 劃撥帳號：19863813　戶名：書虫股份有限公司 讀者服務信箱：service@readingclub.com.tw
香港發行所	城邦（香港）出版集團有限公司 地址：香港九龍土瓜灣土瓜灣道86號順聯工業大廈6樓A室 電話：+852-2508-6231　傳真：+852-2578-9337
馬新發行所	城邦（馬新）出版集團【Cite(M) Sdn Bhd】 地址：41, Jalan Radin Anum, Bandar Baru Seri Petaling, 57000 Kuala Lumpur, Malaysia. 電話：+603-9056-3833　傳真：+603-9057-6622 電郵：services@cite.my
麥田部落格	http://ryefield.pixnet.net
印刷	前進彩藝有限公司
初版一刷	2024年11月
定價	680元
ISBN	978-626-310-748-9
電子書ISBN	978-626-310-745-8（EPUB）

國家圖書館出版品預行編目資料

戰地鐘聲／海明威（Ernest Miller Hemingway）著；
葉佳怡譯. -- 初版. -- 臺北市：麥田出版：英屬蓋
曼群島商家庭傳媒股份有限公司城邦分公司發行,
2024.11
　面：　公分. --（Great!；RC7066）
譯自：For whom the bell tolls
ISBN 978-626-310-748-9（平裝）

874.57　　113012247

城邦讀書花園
www.cite.com.tw

Printed in Taiwan.

本書若有缺頁、破損、
裝訂錯誤，請寄回更換。